V. C. ANDREWS®
Karussell der Nacht

Autorin

Mit ihrem ersten Roman *Blumen der Nacht* wurde V. C. Andrews zur Bestsellerautorin. Es folgten zehn weitere spektakuläre Erfolge, unter anderem *Wie Blüten im Wind, Dornen der Glücks, Schatten der Vergangenheit, Schwarzer Engel, Gärten der Nacht, Nacht über Eden* und *Dunkle Umarmung*. Nach ihrem Tod brachte ihre Familie zusammen mit einem sorgfältig ausgewählten Autor eine neue V. C. Andrews-Serie auf den Markt, die mit dem Titel *Zerbrechliche Träume* begann und weltweit ein begeistertes Echo hervorrief. Inzwischen gibt es bereits vier packende mehrbändige Familiengeschichten, und eine fünfte, die Logan-Saga, ist in Vorbereitung. V. C. Andrews-Romane wurden in unzählige Sprachen übersetzt und faszinieren Millionen Leser in aller Welt.

In der Reihe Goldmann-Taschenbücher sind folgende Titel
von V. C. Andrews® erschienen:

DAS ERBE VON FOXWORTH HALL:
Gärten der Nacht. Roman (9163)
Blumen der Nacht. Roman (6617)
Wie Blüten im Wind. Roman (6618)
Dornen der Glücks. Roman (6619)
Schatten der Vergangenheit. Roman (8841)

DIE CASTEEL-SAGA:
Dunkle Wasser. Roman (8655)
Schwarzer Engel. Roman (8964)
Gebrochene Schwingen. Roman (9301)
Dunkle Umarmung. Roman (9882)
Nacht über Eden. Roman (9833)

DIE CUTLER-SAGA:
Zerbrechliche Träume. Roman (92045)
Geheimnis im Morgengrauen. Roman (41222)
Kind der Dämmerung. Roman (41304)
Stimmen aus dem Dunkel. Roman (41305)
Stunden der Nacht. Roman (42404)

Die Landry-Saga:
Ruby. Roman (42533)
Dunkle Verheißung. Roman (43202)
Fesseln der Erinnerung. Roman (41590)
Tödlicher Zauber. Roman (41598)
Karussell der Nacht. Roman (41629)

und:
Das Netz im Dunkel. Roman (6764)

V. C. ANDREWS®
Karussell der Nacht

DIE LANDRY-SAGA 5

ROMAN

Aus dem Amerikanischen
von Uschi Gnade

GOLDMANN

Die amerikanische Originalausgabe erschien unter dem Titel
»Tarnished Gold«
bei Pocket Books, New York

Umwelthinweis:
Alle bedruckten Materialien
dieses Taschenbuches sind chlorfrei
und umweltschonend.

Der Goldmann Verlag
ist ein Unternehmen der Verlagsgruppe Bertelsmann

Deutsche Erstausgabe 8/98
Copyright © der Originalausgabe 1996 by the Virginia C. Andrews Trust
This edition published by arrangement with the
original publisher, Pocket Books, New York
V. C. Andrews is a registered trademark of Virginia C. Andrews Trust.
The book in this new series are based on characters, ideas,
and stroytelling techniques originated by the late V. C. Andrews
and completed by a specially selected writer working under
the direction of the V. C. Andrews estate.
Copyright © der deutschsprachigen Ausgabe 1998
by Wilhelm Goldmann Verlag, München
Umschlaggestaltung: Design Team München
Umschlagfoto: Schuster / Liaison
Druck: Graphischer Großbetrieb Pößneck GmbH
Verlagsnummer: 41629
AB · Herstellung: Stefan Hansen
Made in Germany
ISBN 3-442-41629-9

3 5 7 9 10 8 6 4

Liebe Virginia-Andrews-Leser,

diejenigen unter uns, die Virginia Andrews gekannt und geliebt haben, wissen, daß ihr nichts in ihrem Leben so wichtig war wie ihre Romane. Nie war sie so stolz wie in dem Moment, als sie das erste gedruckte Exemplar von *Blumen der Nacht* in der Hand hielt.

Virginia war eine einzigartige und begnadete Erzählerin, die Tag für Tag fieberhaft schrieb. Ständig entwickelte sie Ideen für neue Geschichten, aus denen schließlich Romane werden sollten. Gleich nach dem Stolz auf ihre Werke kam für sie die Freude, die es ihr bereitete, Briefe von Lesern zu erhalten, die von ihren Büchern beeindruckt waren.

Seit ihrem Tod haben viele von Ihnen an uns geschrieben und sich gefragt, ob weiterhin neue Romane von V. C. Andrews erscheinen würden. Kurz bevor sie starb, gelobten wir uns, einen Weg zu finden, um weitere Geschichten zu entwickeln, die ihrer Phantasie entsprungen sind.

Angefangen mit den letzten Bänden der Casteel-Saga, haben wir eng mit einem sorgsam ausgewählten Autor zusammengearbeitet, um ihre Begabung durch das Erschaffen neuer Romane weiterzuentwickeln, die von ihrem wunderbaren Erzähltalent inspiriert worden sind.

Wir glauben, es hätte V. C. Andrews große Freude bereitet, wenn sie gewußt hätte, daß vielen von Ihnen dieses weitere Lesevergnügen vergönnt ist. Inzwischen wurden zahlreiche neue Romane veröffentlicht, darunter etliche, die auf Geschichten gründen, die Virginia noch vor ihrem Tod fertigstellen konnte. Neue Sagas wurden in ihrem Geist gesponnen, zuletzt die Landry-Saga, die mit den Bänden *Tödlicher Zauber* und *Karussell der Nacht* ihren Abschluß findet. Doch wir freuen uns bereits auf die erste Folge der nächsten großen Romanreihe, der Logan-Saga, und wir hoffen, daß Ihnen auch diese wie all die vorangegangenen grandiosen Familiengeschichten wieder ans Herz wachsen wird.

Hochachtungsvoll
Die Andrews-Familie

Prolog

»Du mußt dich von der Unschuld lösen«, hatte Mama früher einmal zu mir gesagt, »denn sonst zieht sie dich herab, wenn sie versinkt wie ein morsches altes Langustenfischerboot auf dem Kanal.«
An einem Frühlingsmorgen war ich die Stufen zur Veranda hinaufgerannt, wo sie saß und die Palmhüte flocht, die sie an die Touristen verkaufte. In den Händen hielt ich behutsam einen winzigen toten Blauhäher. Ich glaubte, er sei aus dem Nest gefallen, aber Mama sagte, höchstwahrscheinlich hätte seine Mutter ihn rausgestoßen.
Ich schüttelte den Kopf. Ich war damals erst sieben. Es war mir unvorstellbar, daß eine Mutter eines ihrer Jungen aus dem Nest werfen könnte.
»Nein, Mama. Er muß versucht haben zu fliegen, und dabei ist er runtergefallen«, beharrte ich.
Sie ließ die Palmwedel auf den Schoß sinken und sah mich mit diesem liebevollen, traurigen Ausdruck in ihren dunklen, onyxfarbenen Augen an, der in meine eigenen Augen Tränen treten ließ. Ihr Blick richtete sich auf das Vogelbaby, und dann schüttelte sie den Kopf.
»Er ist noch zu klein, als daß er versucht haben könnte zu fliegen, Gabrielle. Er war schwächlich und wäre ohnehin gestorben. Die Mutter hat gewußt, was das Beste war.«
Auch ich schaute jetzt auf das winzige Geschöpf herunter. Seine Augen waren fest geschlossen, der kleine Schnabel stand einen Spalt weit offen, und die winzigen Klauen waren gekrümmt.
»Wie kann es das Beste sein, das eigene Baby aus dem Nest zu werfen?« fragte ich zornig.

»Sie mußte auch an ihre anderen Babys denken, Gabrielle, mein Schätzchen, kräftige, gesunde Babys, für die sie sorgen mußte und die die Nahrung brauchten, die sie ihnen gebracht hat. Wenn sie zuviel Zeit darauf vergeudet hätte, sich um eines ihrer Jungen zu sorgen, das ohnehin gestorben wäre, dann wäre eines der gesunden krank geworden und gestorben.«
Ich schüttelte den Kopf. Ich wollte es nicht glauben.
»Das ist keine Entscheidung, an der sie lange herumgrübelt, Gabrielle. Nein, ihr Instinkt sagt es ihr. Sie weiß ganz einfach, was notwendig ist. So kann sie dafür sorgen, daß ihre kräftigen Babys überleben werden und in dem Dschungel, den du so sehr liebst, eine Chance haben.«
»Ist sie jetzt traurig darüber?« fragte ich hoffnungsvoll.
»Vermutlich schon, aber sie kann nichts daran ändern. Verstehst du das?«
»Nein«, sagte ich. »Wenn sie sich mehr angestrengt hätte, dann hätte vielleicht auch dieses Baby überlebt.«
Mama seufzte tief, und das war der Moment, in dem sie auf die Unschuld zu sprechen kam.
Damals wußte ich nicht, was sie meinte. Ich war noch zu klein, um die Welt am Grad ihrer Unschuld zu messen. Für mich war das Aufwachen jeden Morgen noch so wie das Zerreißen von Einwickelpapier, um an die wunderschönen Geschenke heranzukommen, die mich erwarteten, sowie ich mein Frühstück beendet hatte, durch die Tür mit dem Fliegengitter hinausrannte, die Stufen hinuntersprang, die zu unserer Veranda führten, und um die Hausecke herum in den Sumpf lief, zu den zahllosen Wasserläufen und all meinen Tieren. Krankheit und Tod, Brutalität und Grausamkeit war der Zutritt zu dieser Welt verwehrt. Wenn etwas starb, dann deshalb, weil seine rechte Zeit gekommen war. Die Hoffnung kämpfte in meinem Innern um ihr Überleben.
»Kannst du das kleine Vögelchen nicht wieder zum Leben erwecken, Mama?« fragte ich. »Kannst du ihm nicht mit einer Pipette einen Kräutertrunk einflößen oder es mit einem Zauberpulver bestreuen? Das kannst du doch sicher tun?«
Mama war Traiteur, eine Heilerin, deren Hände magische Dinge vollbringen konnten. Ihre Kenntnisse waren von ihrer

Mutter, ihrer Großmutter und ihrer Urgroßmutter an sie weitergereicht worden. Sie sog das Feuer aus Verbrennungen, blies einem Kind Rauch ins Ohr und vertrieb den Schmerz, legte alten Leuten warme Palmwedel auf und verhalf ihnen dazu, daß sie wieder aufstehen und laufen und die Arme frei bewegen konnten. Böse Geister fürchteten sich vor ihr. Sie konnte die Stufen eines Hauses mit Weihwasser besprengen und den Teufel von dort fernhalten. Gewiß konnte sie einem so kleinen Geschöpf wie dem Vögelchen in meinen Händen neues Leben einflößen.

»Nein, mein Schätzchen, ich kann die Toten nicht zurückholen«, sagte sie zu mir. »Wenn man erst einmal durch diese Tür gegangen ist, schließt sie sich für immer und ewig hinter einem.« Als sie die Enttäuschung in meinem Gesicht sah, fügte sie jedoch noch hinzu: »Aber dieses kleines Vögelchen wird in einer besseren Welt heranwachsen.«

Wie konnte es eine bessere Welt geben? fragte ich mich trotz allem. Meine Welt war voller Farben und voller Sonnenschein, voller wunderschöner Blumen, die wunderbar dufteten, voller prächtiger Vögel, die so leicht und mühelos wie Träume durch die Luft schwebten, voller köstlicher Gerichte, die Mama zubereitete, und sie war auch voller weißer Wolken, die meine Phantasie in Kamele, Wale oder sogar Zuckerwatte verwandelte.

»Was hast du denn da, Gabrielle?« fragte Daddy, als er aus der Hütte kam, die er kurz vor meiner Geburt für uns gebaut hatte. Trotz der frühen Morgenstunde hielt er eine Bierflasche in der Hand. Manchmal war Bier das einzige, was er zum Frühstück zu sich nahm. Sein dunkelbraunes Haar war ungebürstet, und die langen Strähnen, die ihm in die Stirn hingen, waren gerade so weit gescheitelt, daß seine schönen smaragdgrünen Augen hindurchlugen konnten. Er trug nur seine Hose, weder Hemd noch Schuhe. Von seinem Nabel zog sich ein schmaler Streifen krauses braunes Haar bis auf seine Brust und weitete sich dort zu einer dichten V-förmigen Matte aus. Mein Daddy war groß und stark und hatte lange Arme, deren Muskeln spielten, wenn er schwere Dinge zog oder hochhob. Mama hatte mir einmal von seinem Ringkampf mit einem Alli-

gator erzählt, den er unternommen hatte, weil zwei Dollar darauf gewettet worden waren. Sie sagte, daran könnte man gut erkennen, wie dumm er sei, aber ich fand, das hieße nur, er sei der stärkste Daddy auf Erden.
»Ein totes Blauhäherjunges«, antwortete Mama an meiner Stelle.
»So?« sagte er. »Und was hast du jetzt damit vor, Gabrielle? Willst du es ins Gumbo werfen?«
»Jack!«
Daddy lachte.
»Ich wollte, daß Mama es wieder lebendig macht«, erklärte ich.
»Sie hat gesagt, seine Mutter hätte es aus dem Nest gestoßen.«
»Ja, höchstwahrscheinlich«, sagte Daddy. Er saugte am Hals der Bierflasche, und sein Adamsapfel hüpfte auf und ab wie ein winziger Gummiball, als er den Inhalt in seine Kehle schüttete.
»Wirf es am besten einfach weg«, sagte Daddy.
Ich sah Mama voller Entsetzen an.
»Warum begräbst du es nicht hinter dem Haus, Gabrielle«, schlug sie behutsam vor.
»Ja. Vielleicht könnten wir sogar einen Gottesdienst abhalten«, sagte Daddy und lachte.
»Könnten wir das tun, Mama?«
Daddy hörte auf zu lachen.
»Hör mal, Kind, das ist doch nur ein toter Vogel. Das ist doch kein Mensch.«
Für mich machte das keinen Unterschied. Etwas Schönes und Liebenswertes war tot.
»Ich werde für dich ein paar Worte am Grab sprechen«, erbot sich Mama.
»Das muß ich sehen«, sagte Daddy.
»Mach dich nicht lustig über das Kind, Jack.«
»Warum denn nicht? Eines Tages muß sie erwachsen werden. Warum also nicht heute?« Er deutete mit seinem langen Zeigefinger auf mich. »Und überhaupt solltest du dort oben sitzen und deiner Mama dabei helfen, diese Hüte zu flechten, damit ihr sie verkaufen könnt, statt deine Zeit damit zu verbringen, durch die Gegend zu laufen«, schalt er mich aus. Dann räumte er ein: »Hier gibt es Schlangen und Insekten, Schnappschildkröten und Alligatoren.«

»Das weiß ich, Daddy«, sagte ich lächelnd. »Heute morgen bin ich schon auf eine Schlange getreten.«
»Was? Wie hat sie ausgesehen?«
Ich beschrieb es ihm.
»Das ist eine verdammte Wassermokassinschlange. Die sind höllisch giftig. Du kannst nicht draufgetreten sein, denn sonst wärest du jetzt so tot wie dieser Vogel in deiner Hand.«
»Doch, Daddy, ich bin draufgetreten, und dann habe ich gesagt: Entschuldigen Sie, bitte, Herr Schlange.«
»Ach, und daraufhin hat die Schlange vermutlich nur genickt und gesagt: Schon gut, Gabrielle, was?«
»Sie hat mich angesehen und ist dann wieder eingeschlafen«, sagte ich.
»Himmel, hörst du, was für Geschichten sie erzählt, Catherine?«
»Ich glaube ihr, Jack. Die Tiere dort draußen mögen sie. Sie haben ein ganz besonderes Verhältnis zu ihr, weil sie wissen, wie es in ihrem Herzen aussieht.«
»Was? Wie kannst du dieses dumme Geschwätz glauben, diesen Voodoozauber der Cajuns, Catherine Landry? Und jetzt hast du das Kind auch schon so weit gebracht, daß es Unsinn plappert.«
»Das ist kein Unsinn«, sagte sie. »Und schon gar kein dummes Geschwätz.« Sie stand auf. »Komm mit, Gabrielle. Ich helfe dir dabei, deinen Vogel zu begraben«, sagte sie. »Vielleicht sollte man das arme Geschöpf lieber bemitleiden«, sagte sie und warf Daddy einen wütenden Blick über die Schulter zu.
»Mach schon. Vergeude deine Zeit damit, dir Sorgen um einen toten Vogel zu machen. Du wirst schon sehen, ob mir das etwas ausmacht«, sagte Daddy und trank wieder einen großen Schluck von seinem Bier. Dann warf er die leere Flasche in die Regentonne. »Ich fahre in die Stadt«, rief er uns nach. »Uns ist schon wieder das Bier ausgegangen.«
»Du bist arbeitslos, Jack Landry. Deshalb ist uns das Bier ausgegangen.«
»Pah«, sagte er und winkte uns nach. Dann ging er wieder in die Hütte.
Mama holte den Spaten und hob für das Vögelchen eine kleine

Grube unter einem Pecanobaum aus, weil sie fand, dort hätte es immer einen kühlen und schattigen Platz. Ich legte den kleinen Vogel behutsam hinein, und dann bedeckte ihn Mama mit Erde. Sie sagte mir, ich solle als Grabstein einen kleinen Stock in den Boden stecken. Dann senkte sie den Kopf und nahm mich an der Hand. Auch ich neigte den Kopf.
»Gott, erbarme dich der unschuldigen Seele, die vor dich tritt«, sagte sie und bekreuzigte sich. Ich tat es ihr nach.
Wir sagten beide: »Amen.«
Als wir gerade wieder aufblickten, sah ich, wie ein Blauhäher durch die Zypressen flitzte und in Richtung Graveyard Lake verschwand, ein kleines Brackwasser im Sumpf, das Daddy so getauft hatte, weil dort eine ganze Reihe von moosbewachsenen toten Zypressen auf dem Wasser trieb. Mamas Augen folgten meinem Blick. Sie seufzte. Sie hielt mich immer noch an der Hand, aber wir machten uns noch nicht auf den Rückweg zur Veranda und der Arbeit, die getan werden mußte.
»Es ist sehr schwer, eine Mutter zu sein, Gabrielle. Jede Mutter hat es schwer«, sagte sie. »Man bringt nicht nur ein Baby zur Welt. Gleichzeitig gebiert man Kummer und Sorge, Hoffnung und Freude, Tränen und Gelächter.«
»Ich würde niemals eines meiner Babys verstoßen«, gelobte ich, denn es widerstrebte mir, mich von dieser Unschuld zu lösen, von der Mama fürchtete, sie könne mich mit sich auf den Grund hinabziehen.
»Ich hoffe, du wirst dir über so etwas nie Gedanken machen müssen, mein Schätzchen, aber falls es doch soweit kommen sollte, dann denk an den Blaureiher und triff die Entscheidung, die für dein Kind die beste ist und nicht für dich.«
Ich blickte zu ihr auf und starrte sie an. Mama war ein Quell der Weisheit, doch für den größten Teil ihres Wissens fehlte es mir bei weitem noch an Jahren. Sie hatte jedoch die Augen einer Wahrsagerin. Sie konnte in das Dunkel der Zukunft schauen und manche Dinge sehen, die später einmal eintreffen würden.
Ich erschauerte ein wenig, obwohl es ein warmer Frühlingstag war. Mama blickte tief in den Sumpf hinein und darüber hinaus, und das, was sie sah, brachte sie dazu, meine Hand noch fester zu halten.

Und dann stimmte ein Blauhäher, von dem ich mir einbildete, es sei die Mutter, sein eigenes Klagelied an, als hätte er alles gehört und gesehen. Mama lächelte mich an.
»Deine Freundin bedankt sich bei dir«, sagte sie. »Komm mit. Hilf mir ein wenig beim Flechten.«
Wir wandten uns ab, und nervös, aber doch mit einem Gefühl von Sicherheit an Mamas Seite, lief ich mit kleinen Schritten dem Morgen entgegen.

1.

Mein eigener Garten Eden

Das Geräusch, mit dem das Fliegengitter in der Tür unserer Hütte fest zugeschlagen wurde, hallte wie ein Schuß durch die Weiden und die Pappeln, und ich beschleunigte meine Schritte. Ich hatte den Heimweg von der Schule fast geschafft. Einen Teil des Weges hatte ich gemeinsam mit Evelyn Thibodeaux und Yvette Livaudis zurückgelegt, den beiden einzigen Mädchen in meiner Klasse, die überhaupt bereit waren, mit mir zu reden. Die meiste Zeit über hatten wir alle gleichzeitig geredet. Unsere Aufregung kochte über wie ein Topf mit Milch, den man unbeaufsichtigt auf dem Feuer stehen läßt. Es war unser letztes Schuljahr. Der Schulabschluß, mit all seinen Verheißungen und tödlichen Schrecken behangen wie mit Unmengen von Louisianamoos, erwartete uns.
Evelyn würde Claude LeJeune heiraten, der ein eigenes Langustenfischerboot besaß, und Yvette würde nach Shreveport ziehen, um dort bei ihrer Tante und ihrem Onkel auf deren Zuckerrohrplantage zu leben. Es wurde allgemein vorausgesetzt, daß sie früher oder später Philippe Jourdain heiraten würde, den Vorarbeiter, mit dem sie das ganze Jahr über einen Briefwechsel geführt hatte. Sie waren einander nur zweimal persönlich begegnet, und er war fast fünfzehn Jahre älter als sie, aber Yvette war überzeugt davon, daß dieses Los ihr bestimmt war. Philippe war Cajun, und Yvette hätte, wie die meisten von uns, niemand anderen geheiratet. Wir waren Abkömmlinge der französischen Arkadier, die nach Louisiana ausgewandert waren, und wir hielten unser Erbe hoch.
Wir schrieben das Jahr 1944. Der Zweite Weltkrieg wütete noch, und Heiratskandidaten unter den jungen Cajunmännern waren nach wie vor rar, obwohl die meisten Bauern und Fi-

scher freigestellt worden waren. Evelyn und Yvette schalten mich ständig dafür aus, daß ich Nicolas Paxton keine Beachtung schenkte, der eines Tages das Kaufhaus seines Vaters erben würde. Er hatte Übergewicht und Plattfüße, und daher würde er niemals eingezogen werden.
»Er hat dich schon immer sehr gern gehabt«, sagte Yvette, »und er wird dir ganz bestimmt einen Heiratsantrag machen, wenn du ihn auch nur eines Blickes würdigst. Er ist nicht arm, soviel steht fest, *n'est-ce pas?*« sagte sie und zwinkerte mir zu.
»Ich weiß nicht, was ich scheußlicher fände«, erwiderte ich. »Morgens wach zu werden und Nicolas neben mir zu sehen oder den ganzen Tag lang in diesem Kaufhaus eingesperrt zu sein und immer wieder zu sagen: ›Kann ich Ihnen behilflich sein, Monsieur? Kann ich Ihnen behilflich sein, Madame?‹«
»Jeden anderen Freier, der in Frage kommt, hast du bereits abgewiesen. Was willst du nach dem Schulabschluß tun, Gabrielle? Willst du etwa für immer und ewig mit deiner Mutter Eichenkörbe und Palmhüte flechten und Gumbo an die Touristen verkaufen?« fragte Evelyn geringschätzig.
»Ich weiß es nicht. Vielleicht ja«, sagte ich und lächelte, was meine beiden einzigen Freundinnen nur noch mehr erboste.
Es war ein sehr warmer Frühlingstag. Der Himmel war nahezu wolkenlos und hatte die Farbe von ausgebleichten Bluejeans. Graue Eichhörnchen mit Federn in den kleinen Beinchen sprangen von einem Ast zum anderen, und in den seltenen Augenblicken, in denen wir alle gleichzeitig verstummten, konnte ich hören, wie Spechte auf die Eichen und Pecanobäume trommelten. Der Tag war einfach zu schön, um sich über irgend etwas zu ärgern, was andere zu mir sagten.
»Aber willst du denn nicht heiraten und Kinder haben und deinen eigenen Haushalt führen?« erkundigte sich Yvette, als stellte es eine Beleidigung für die beiden dar, daß ich nicht verlobt war und niemandem die Ehe versprochen hatte.
»*Oui.* Ich kann mir gut vorstellen, daß ich mir das eines Tages wünsche.«
»Du kannst es dir gut vorstellen? Du weißt es nicht?« Ihre Lippen verzogen sich. »Sie kann es sich gut vorstellen,« sagte sie spöttisch.

»Vermutlich will ich es«, sagte ich und machte damit das größtmögliche Zugeständnis. Meine Freundinnen, aber auch alle anderen Mitschüler, die mich kannten, glaubten, ich sei schon von Geburt an ein wenig seltsam gewesen, weil meine Mutter eine spirituelle Heilerin war. Es stimmte schon, daß Dinge, über die sich die anderen ärgerten, mir nichts ausmachten. Sie waren ständig aufgebracht und kochten, brüteten über Dinge, die irgendein Junge gesagt hatte oder die irgendein Mädchen getan hatte. Es entsprach der Wahrheit, daß mir diese Dinge meistens gar nicht auffielen. Ich wußte, daß sie mir den Spitznamen *La Fille au Naturel* gegeben hatten, das Naturmädchen, und daß viele Geschichten über mich die Runde machten. Sie erzählten einander, ich schliefe bei den Alligatoren, ritte auf dem Rücken von Schnappschildkröten und würde niemals von Moskitos gestochen. Ich wurde selten von Insekten gestochen, das stimmte schon, aber das lag an der Lotion, die Mama angerührt hatte, und es war keineswegs auf irgendeinen Zauber zurückzuführen.

Als ich ein kleines Mädchen war, hatten die Jungen versucht, mich damit zu erschrecken, daß sie mir Schlangen ins Pult legten. Die Mädchen um mich herum wichen kreischend zurück, während ich seelenruhig die Schlangen in die Hand nahm und sie im Freien wieder aussetzte. Sogar meine Lehrer weigerten sich, diese Tiere zu berühren. Die meisten Schlangen waren neugierig und sanftmütig, und selbst die Giftschlangen taten einem nichts Böses, wenn man sie in Ruhe ließ. Mir schien das die simpelste Regel zu sein, an die man sich halten konnte: leben und leben lassen. So versuchte ich beispielsweise nicht, Yvette die Hochzeit mit einem wesentlich älteren Mann auszureden. Wenn sie es so haben wollte, dann freute ich mich für sie. Aber weder sie noch Evelyn brachten es fertig, mich so zu behandeln, wie ich sie behandelte. Da ich nicht so dachte, wie die beiden dachten, und da ich nicht die Dinge tat, die sie gern tun wollten, war ich in ihren Augen albern oder stur, manchmal sogar dumm.

Abgesehen von dem einen Mal, als Nicolas Paxton mich zu einem Fais do-do im Ballsaal der Stadt eingeladen hatte, war ich nie zu einer offiziellen Party eingeladen worden. Andere Jun-

gen hatten sich mit mir verabreden wollen, aber ich hatte immer abgelehnt. Ich hatte kein Interesse daran, meine Zeit mit ihnen zu verbringen, und ich war noch nicht einmal neugierig auf sie. Ich sah sie mir an, ich hörte ihnen zu, und mir wurde schnell klar, daß es mir keinen Spaß machen würde, etwas mit ihnen zu unternehmen. Und ich war immer höflich, wenn ich ihre Einladungen ablehnte. Manche waren beharrlich und verlangten eine Erklärung dafür, daß ich ihnen einen Korb gab. Ich sagte es ihnen. »Ich glaube nicht, daß es mir Spaß machen würde, etwas mit dir zu unternehmen. Trotzdem vielen Dank für die Einladung.«
Die Wahrheit war ein Schuh, der sich an einem Klumpfuß nie elegant ausnahm. Die Jungen wurden daraufhin nur noch wütender, und schon bald erzählten sie Geschichten über mich, von denen die schlimmste die war, ich ließe mich im Sumpf von Tieren lieben und machte mir nichts aus Männern. Mehr als einmal ließ sich Daddy in einer der Zydecobars auf eine Schlägerei ein, weil jemand eine Bemerkung über mich hatte fallen lassen. Im allgemeinen gewann er bei diesen Handgreiflichkeiten, aber er war trotzdem wütend, wenn er nach Hause kam, und er tobte und wütete in der Hütte und beschimpfte Mama dafür, daß sie mir hochtrabende Vorstellungen von Liebe und Romantik in den Kopf gesetzt hatte.
»Und du«, schrie er dann und deutete mit dem langen Zeigefinger auf mich, dessen Nagel schwarz und von Dreck verkrustet war, »solltest nicht mit Vögeln und Schildkröten spielen, sondern statt dessen einem reichen Geck schöne Augen machen und ihn dir anlachen. Dieses hübsche Gesicht und der Körper, mit dem du gesegnet bist, das ist der Käse in der Mausefalle!«
Allein schon die Vorstellung zu flirten, mich kokett zu geben und die Annäherungsversuche eines Mannes stillschweigend zu dulden, führte dazu, daß sich mir der Magen umdrehte. Weshalb sollte man jemanden glauben machen, man wolle etwas, was man in Wirklichkeit gar nicht wollte? Das war einem Mann gegenüber nicht fair, und mir selbst gegenüber war es schon gar nicht fair.
Dennoch machte ich mir viele Gedanken über die Liebe und

über die Romantik, obwohl ich nie mit meinen zwei Freundinnen und noch nicht einmal mit Mama darüber redete; und wenn meine feste Überzeugung, daß sich zwischen mir und einem Mann etwas Magisches abspielen müßte, überspannt war, dann hatte Daddy recht. Ich wollte nicht für einen Snob gehalten werden, aber wenn das der Preis war, den ich dafür zahlen mußte, an das zu glauben, woran ich glaubte, dann würde ich ihn mit Freuden zahlen.

In der Natur erschien mir alles vollkommen. Den Geschöpfen, die sich miteinander paarten und gemeinsam ihren Nachwuchs aufzogen und ihn beschützten, war es bestimmt, zusammen zu sein. Dort stimmte etwas ganz Entscheidendes. Gewiß mußte es sich bei den Menschen genauso verhalten, dachte ich.

»Das kann ich nicht tun, Daddy«, jammerte ich.

»Das kann ich nicht tun, Daddy«, äffte er mich nach. Der Schnaps löste seine Zunge. Wenn er aus den Zydecobars zurückkam, die nichts weiter als schäbige Hütten am Wasserrand waren, war er meistens bösartiger als ein Waschbär, der in einer Falle sitzt. Ich war noch nie in einer Zydecobar gewesen, aber ich wußte, daß das Wort Gemüse bedeutete, alle Arten von Gemüse. Oft hörte ich die afrikanische Cajunmusik im Radio, aber ich wußte, daß sich an diesen Orten mehr abspielte und daß dort nicht nur Musik gehört wurde.

Natürlich brach ich in Tränen aus, wenn Daddy mich verhöhnte, und das brachte Mama gegen ihn auf. Dann stand blanke Wut in ihren Augen. Daddy riß die Arme hoch, als erwartete er, daß ihn aus diesen glänzenden schwarzen Pupillen Blitze trafen. Das ernüchterte ihn schnell wieder, und er floh entweder nach oben oder aus dem Haus und verkroch sich in seiner Fischerhütte im Sumpf.

Mein größtes Problem bestand darin, zu verstehen, warum Mama und Daddy geheiratet und mich bekommen hatten. Sie waren wunderschöne Menschen. Wenn Daddy sich wusch und sich fein anzog, dann war er eine umwerfende Erscheinung, vielleicht sogar der schönste Mann, den ich je gesehen hatte. Sein Teint wies immer die Farbe von Karamel auf, weil er so viel Zeit in der Sonne verbrachte, und diese Bräune betonte die

Pracht seiner strahlenden smaragdgrünen Augen. Wenn er nicht gerade in Bier oder Whiskey ertrank, dann ragte er so groß und so kräftig wie eine Eiche auf. Seine Schultern wirkten stark genug, um ein Haus zu tragen, und es waren Geschichten darüber im Umlauf, wie er das hintere Ende eines Automobils hochgehoben hatte, das in einer tiefen Furche festsaß.

Mama war nicht groß, aber sie besaß eine enorme Ausstrahlung. Das Haar trug sie im allgemeinen aufgesteckt, doch wenn sie es offen trug und es um ihre Schultern wehte, sah sie wie ein Engel aus. Ihr Haar hatte die Farbe von Heu, und ihr Teint war hell. Ihre Augen waren nicht übermäßig groß, aber wenn sie sie wütend auf Daddy richtete, schienen sie größer und intensiver zu werden, wie zwei Leuchtfeuer, die näher und immer näher zusammenrückten. Daddy konnte ihr nicht ins Gesicht sehen, wenn sie ihn zur Rede stellte, um ihn auszufragen, was er mit unserem Geld angefangen hatte. Dann hob er die Hand und flehte: »Sieh mich nicht so an, Catherine.« Es war, als könnten ihre Augen wie Flammen den Panzer seiner Lügen durchdringen und sein Herz versengen. Er gestand immer alles und gelobte Reue. Schließlich erbarmte sie sich seiner und ließ ihn auf seinem fliegenden Teppich der Versprechungen auf ein besseres Morgen entwischen.

Je älter ich wurde, desto mehr lebten sich Mama und Daddy auseinander. Sie stritten sich immer häufiger, und ihre Auseinandersetzungen nahmen an Erbitterung zu. Ihre Feindseligkeit steigerte sich, und die Bemerkungen, die sie austauschten, wurden immer spitzer und gemeiner. Es tat weh mit anzusehen, wie wütend sie aufeinander waren. Ich konnte mich noch daran erinnern, daß sie abends zusammen auf der Veranda gesessen hatten, als ich ein Kind war. Daddy hatte sie in den Armen gehalten, und Mama hatte eine Cajunmelodie gesummt. Mir war auch im Gedächtnis haftengeblieben, wie sehr ihn Mama mit ihren Blicken angebetet hatte.

Damals schien unsere Welt vollkommen zu sein. Daddy hatte das Haus für uns gebaut, und mit seiner Austernfischerei und seinen häufigen Gelegenheitsarbeiten als Schreiner verdiente er gutes Geld. Damals verdingte er sich noch nicht als Führer für reiche kreolische Jäger, und daher gab es keinen Streit über das

Abschlachten von schönen Tieren. In diesen frühen Zeiten schienen wir immer mehr zu haben, als wir brauchten. Wir bekamen auch Geschenke von den Leuten, die Mama für ihre Heilkünste und die Rituale entschädigen wollten, die sie durchführte.

Ich wußte, daß Daddy glaubte, Mamas Kräfte seien für ihn ein Segen und gäben ihm Schutz. Er erzählte mir einmal, nachdem er sie geheiratet hatte, hätte sich sein Los gewendet. Mit der Zeit begann er jedoch zu glauben, daß eben dieser spirituelle Schutz sich auch dann auf ihn übertrug, wenn er in Hinterzimmern dem Glücksspiel frönte, und das war nach Mamas Angaben der erste Schritt zu seinem Untergang.

Was ich mich jetzt fragte, war, wie zwei Menschen, die so sehr ineinander verliebt gewesen waren, sich so schnell hatten entlieben können. Ich wollte Mama nicht danach fragen, weil ich wußte, daß meine Fragen sie traurig gemacht hätten, aber ich konnte diese Frage nicht ewig in meinem Innern verschließen. Nach einem besonders üblen Zwischenfall – Daddy war so betrunken nach Hause gekommen, daß er von der Veranda gefallen war und sich den Kopf auf einem großen Stein aufgeschlagen hatte – setzte ich mich zu Mama, die vor Wut schäumte, und ich fragte sie danach.

»Wenn es in deiner Macht steht, für andere durch das Dunkel zu schauen, warum konntest du es dann nicht für dich selbst tun, Mama?«

Sie sah mich lange Zeit an, ehe sie etwas darauf erwiderte.

»Es gibt nicht zufällig einen jungen Mann, den du angesehen hast, und etwas in deinem Innern hat begonnen zu prickeln?«

»Nein, Mama«, sagte ich.

Sie dachte wieder lange Zeit nach und nickte dann.

»Vielleicht ist das gut so.« Dann seufzte sie tief und schaute in die Dunkelheit, die die Eichen und Zypressen auf der anderen Seite des Pfades umgab. »Die Gabe des spirituellen Heilens ist an mich weitergegeben worden, und so bin ich Traiteur geworden, aber das heißt noch lange nicht, daß ich nicht in allererster Linie eine Frau bin«, sagte sie. »Als mir Jack Landry das erste Mal unter die Augen gekommen ist, habe ich geglaubt, ich hätte einen jungen Gott gesehen, der aus dem Sumpf spaziert

ist. Er hat ausgesehen wie jemand, für dessen Erschaffung sich die Natur besonders viel Zeit gelassen hat.
Was sich in mir breitgemacht hat, war nicht etwa ein Prickeln, nein, in mir hat eine Sturmflut der Leidenschaft aufgewogt, die so stark war, daß ich geglaubt habe, mein Herz würde in Stücke springen. Ich habe gespürt, daß ich ihm gefallen habe, als er mich angesehen hat, und das hat mich noch mehr erregt. Es passiert etwas, wenn die Frau in dir die Oberhand gewinnt, Gabrielle. Du hörst auf zu denken; du verläßt dich nur noch auf deine Gefühle, wenn du Entscheidungen triffst.
Du erinnerst dich noch an die Geschichte, die ich dir von dem Schuster erzählt habe, der so hart für alle anderen gearbeitet hat, daß er selbst keine Schuhe hatte?«
»Ja, Mama. Ich kann mich gut daran erinnern.«
»Tja, das war ich. Ich konnte nicht voraussehen, was mir innerhalb der nächsten Stunde zustoßen würde, von den nächsten zehn Jahren ganz zu schweigen. Jack Landry war das einzige, was ich sehen wollte, und er war ...« Sie lächelte und lehnte sich zurück. »Auf seine einfache Art war er sehr charmant. Er war gut darin, Geschichten zu erfinden und Versprechungen abzugeben. Und er hat sich immer vor mir aufgespielt. Ich erinnere mich noch an das Richtfest bei den Daisys. Nachdem das Dach gedeckt war, ist ein Picknick veranstaltet worden, und alle haben Spiele gespielt. Dein Vater hat sich auf einen Ringkampf mit drei Männern gleichzeitig eingelassen, und er hat sie alle besiegt, und das nur, weil ich zugesehen habe. Das war allen klar. Sie haben gesagt: ›Du hast diesem Mann Leben eingehaucht, Catherine.‹ Dann hat er sich angewöhnt, das ebenfalls zu sagen, und mit der Zeit habe ich selbst daran geglaubt.«
»Du bist inzwischen alt genug, und daher kann ich dir erzählen, daß dein Vater ein wunderbarer Liebhaber war. Wir haben ein paar gute und wunderschöne Jahre miteinander verbracht, ehe es mit uns bergab gegangen ist.« Wieder stieß sie einen tiefen Seufzer aus. »Hüte dich vor Versprechungen, Gabrielle, sogar vor denen, die du selbst abgibst. Versprechungen sind wie Spinnennetze, die wir weben, um unsere eigenen Träume in ihnen einzufangen, aber es liegt in der Natur von

Träumen, daß sie verblassen, bis einem nichts anders mehr bleibt als das Spinnennetz.«

Ich hörte aufmerksam zu, verstand jedoch nicht alles, denn ich dachte mir, wenn Mama mit all ihrer Weisheit in der Liebe Fehler machen konnte, wie stand es dann erst um mich? Darüber hatte ich mir viele Gedanken gemacht, nachdem ich mich auf dem Heimweg von Evelyn und Yvette getrennt hatte. Ihre Fragen hatten die altbekannten Fragen wieder an die Oberfläche gebracht, die ich mir zu meiner eigenen Person stellte.

Dann hörte ich, wie das Fliegengitter ein zweites Mal zugeschlagen wurde, und diesmal folgte Mamas wütendes Geschrei auf den Knall.

»Du wirst mir nicht mehr unter die Augen kommen, ehe du dieses Geld zurückbringst, Jack Landry, hast du mich gehört? Das war das Geld für Gabrielles Aussteuer, und das hast du genau gewußt, Jack. Ich will jeden einzelnen Penny ersetzt haben! Hast du mich gehört? Jack?«

Ich fiel in einen Laufschritt und kam gerade noch rechtzeitig um die Wegbiegung, um zu sehen, wie Daddy durch das hohe Gras stampfte. Seine Wasserstiefel schimmerten in der Nachmittagssonne, sein Haar war zerzaust, und er fuchtelte mit den Armen. Mama stand auf der Veranda, hatte die Arme vor dem Busen verschränkt und sah finster hinter ihm her. Sie sah mich nicht kommen und machte wütend auf dem Absatz kehrt, um wieder in die Hütte zu eilen.

Daddy begann, auf unserem kleinen Anlegesteg auf und ab zu laufen, und dabei schrie er in den Wind und fuchtelte wild mit den Armen. Ich zögerte und entschloß mich dann, erst einmal mit ihm zu reden. Er hörte auf zu toben und zu wüten, als er mich näherkommen sah.

»Sie hat dich zu mir rausgeschickt? So ist es doch?« fragte er barsch.

»Nein, Daddy. Ich bin gerade erst von der Schule zurückgekommen und habe den Aufruhr gehört. Ich habe noch nicht mit Mama gesprochen. Was ist denn jetzt schon wieder passiert?«

»Pah«, sagte er, winkte mir zu und wandte sich dann ab. Er

stemmte die Arme in die Hüften, kehrte mir den Rücken zu und blieb stehen. Seine Schultern sanken herunter, als trüge er den Stamm einer Zypresse darauf.
»Ich habe gehört, daß es um Geld gegangen ist, als sie dich angeschrien hat«, sagte ich.
Er wirbelte herum. Sein Gesicht war rot angelaufen, doch seine Mundwinkel waren weiß vor Wut.
»Ich hatte eine Chance, einen Haufen Geld für uns zu verdienen«, erklärte er. »Sogar eine sehr gute Chance. Da kommt dieser Kerl aus der Stadt und verkauft sein Wundermittel, verstehst du? Es kommt aus New York City! Aus New York City!« hob er noch einmal hervor und breitete die Arme aus.
»Was soll es bewirken, Daddy?«
»Es macht einen jünger, es heilt alle Wehwehchen und nimmt jeden Schmerz, und man bekommt keine grauen Haare mehr. Vor allem Frauen können sich ein paar Tropfen ins Gesicht und in die Hände reiben, und Falten verschwinden. Wenn Zähne wackeln, sitzen sie gleich wieder fest. Ich habe selbst die Frau gesehen, die bei ihm war. Sie hat gesagt, sie sei schon weit über sechzig, aber sie hat nicht älter ausgesehen als fünfundzwanzig. Also renne ich zurück zur Hütte und bringe das Geld an mich, das deine Mutter vor mir versteckt hat. Sie glaubt, ich weiß nicht, was sie mit all diesen Münzen anfängt ... Jedenfalls gehe ich wieder hin und kaufe dem Mann seinen gesamten Vorrat von dem Wundermittel ab. Dann komme ich wieder nach Hause und sage deiner Mutter, sie braucht nichts weiter zu tun, als ihren Kunden zu erzählen, was dieses Mittel bewirkt, und sie werden es ihr für das Zweifache des Preises aus der Hand reißen. Schließlich glaubt jeder alles, was sie sagt, oder etwa nicht? Wir verdoppeln das Geld, und zwar schnell!«
»Was ist passiert?«
»Pah.« Er fuchtelte mit einem Arm durch die Luft und wies auf die Hütte. Dann biß er sich auf die Unterlippe. »Sie geht einfach nur her und kostet es, und dann sagt sie, das ist nichts weiter als Ingwer, Zimt und eine Menge Salz. Sie sagt, es ist nicht mal die Flasche wert, in die es abgefüllt ist. Sie kann es niemandem empfehlen, ganz gleich, zu welchem Zweck. Ich schwöre ...«

»Warum hast du nicht für den Anfang eine einzige Flasche gekauft, sie nach Hause gebracht und ihr gesagt, sie soll sich das Mittel einmal näher ansehen, ehe du den gesamten Vorrat aufgekauft hast, Daddy?«
Er sah mich finster an.
»Wenn ihr nicht beide vom selben Schlag seid. Genau das hat sie auch zu mir gesagt. Und dann hat sie angefangen zu toben und zu wüten. Ich bin natürlich noch einmal zurückgegangen und habe mich auf die Suche nach dem Mann gemacht, aber da waren er und diese Dame längst verschwunden. Und ich wollte doch nur eine Menge Geld für uns verdienen«, jammerte er.
»Ich weiß, daß du es gut gemeint hast, Daddy. Du würdest unser Geld nicht einfach zum Fenster rauswerfen.«
»Siehst du? Wie kommt es, daß du mich verstehst und sie nicht?«
»Vielleicht kommt es daher, daß du solche Dinge schon sehr oft getan hast, Daddy«, sagte ich mit ruhiger Stimme
Er zog die Augenbrauen hoch.
»Maria und Josef. Ein Mann kann nicht mit zwei Frauen zusammenleben, die endlos und ewig an ihm rumnörgeln. Er braucht Raum zum Atmen, damit er in Ruhe nachdenken und auf gute Ideen kommen kann.« Er sah sich nach der Hütte um. »Hast du noch Geld?«
»Ich habe zwei Dollar«, sagte ich.
Gib sie mir, und ich versuche, sie beim *Bourre* zu verdoppeln«, sagte er. Das war ein Kartenspiel, eine Mischung aus Poker und Bridge. Mama sagte, sie hätte weniger Haare auf dem Kopf als die Anzahl der Male, die Daddy bei diesem Spiel verloren hatte.
»Mama haßt es, wenn du unser Geld verspielst, Daddy. Wir müssen Rechnungen bezahlen und ungebleichte Baumwolle zum Weben kaufen und …«
»Jetzt gib mir schon das Geld, ja?«
Daddy streifte Probleme immer ab wie Fusseln, die keinerlei Beachtung wert waren.
Ich kramte die zwei Dollar aus meiner Handtasche und hielt sie ihm hin. Er nahm sie, stopfte sie in die Hosentasche und stieg dann in die Piragua.

»Ich habe nur noch zwei Schultage vor mir, Daddy«, sagte ich. »Am Sonntag ist die Abschlußfeier. Vergiß das nicht.«
»Wie könnte ich das je vergessen? Deine Mutter schwätzt den ganzen Tag über nichts anderes mehr.« Er sah sich wieder nach der Hütte um. »Ich weiß auch nicht, warum sie sich wegen der Aussteuer solche Sorgen macht. Auf dich wartet sowieso kein Heiratskandidat. Wenn du weiterhin auf diese Frau hörst, wirst du noch als alte Jungfer enden, die sich ihren Lebensunterhalt damit verdient, Hüte zu flechten und Decken zu weben. Hast du mich gehört?«
Ich nickte und lächelte ihn an.
»Pah«, sagte er und stieß sich vom Anlegesteg ab. »Wozu rede ich überhaupt? Mir hört ja doch niemand zu«, sagte er und schaute finster auf das Haus. Ich beobachtete, wie er die Piragua durch die dunklen Schatten stakte. Ehe ich mich abwandte, sah ich noch, wie er eine Hand in die Hüfttasche steckte und eine kleine Flasche Whiskey herauszog. Er leerte die Flasche und warf sie dann im hohen Bogen weg. Wasser spritzte auf, als sie landete, und einen Moment lang funkelte sie, ehe sie unterging und aus meiner Sicht verschwand wie Daddy, der um eine Biegung stakte, die von blühendem Geißblatt gesäumt wurde.
Mama saß am Küchentisch und hatte sich die Hände vor die Augen geschlagen, als ich das Haus betrat. Ich legte eilig meine Bücher hin und ging zu ihr.
»Es wird alles wieder gut werden, Mama. Ich brauche dieses Geld im Moment ohnehin nicht.«
Sie blickte auf, und in ihrem Gesicht stand eine solche Müdigkeit, daß sie um Jahre gealtert wirkte. Ich hatte das Gefühl, auch ich könnte einen Blick in die Zukunft erhaschen, aber mir gefiel nicht, was ich sah. Es war, als hätte sich eine kalte Hand um mein Herz geschlossen.
»Es ist weg«, stöhnte sie. »Wie alles andere, was dieser Mann berührt.« Sie lächelte und strich mir ein paar lose Haarsträhnen aus dem Gesicht. »Ich will doch nur, daß du es einmal besser hast«, sagte sie.
»Mir fehlt es an nichts, Mama. Wirklich nicht.«
Sie lachte und schüttelte den Kopf.

»Ich glaube, das meinst du tatsächlich ernst«, sagte sie und seufzte so tief, daß ich glaubte, sie hätte den letzten Eimer Kraft aus dem tiefen Brunnen ihrer Seele geschöpft. »Wie dem auch sei, ich nehme an, jeder wirklich brave Mann, der sich in dich verliebt und der dich zur Frau haben will, wird sich nicht daran stören, daß du keine Aussteuer mitbringst. Er wird dich selbst als die Aussteuer ansehen, deine gütige Art und deine große Schönheit. Das ist ohnehin schon mehr, als irgendein Mann verdient.«
»Ich bin nicht schöner als andere Mädchen, Mama.«
»Oh, doch, das bist du, Gabrielle. Es ist ein Wunder, daß dir das nicht selbst auffällt und daß du nicht vor Arroganz vergehst.« Sie sah sich um und erweckte dabei den Anschein eines Menschen, der einen Moment lang die Orientierung verloren hat, der vollständig vergessen hat, wer er ist und wo er sich gerade aufhält. »Ich habe noch nicht einmal angefangen, mich an die Roux für das Abendessen zu machen, so sehr hat mich dieser Mann in Wut versetzt.«
»Das macht nichts, Mama. Das übernehme ich schon«, sagte ich. Jede Frau im Bayou hatte ihr eigenes kleines Geheimnis, wenn es darum ging, die Sauce zuzubereiten. Mamas Spezialität, die sie mir beigebracht hatte, war Gumbo mit Filé, einem Pulver, von dem sie sagte, es käme von den Choctaw-Indianern und würde aus den zerstoßenen Blättern des Sassafras hergestellt. Dieses Pulver sorgte garantiert für freie Nebenhöhlen.
»Du gehst jetzt auf die Veranda und setzt dich ein Weilchen hin. Mach schon«, beharrte ich.
»Dieser Mann«, sagte sie, »versetzt mich immer wieder in eine heillose Wut.«
Schließlich gab sie nach und ging nach draußen, um sich auf ihren Schaukelstuhl zu setzen. Da der Sommer schon nahte, stand die Sonne am späten Nachmittag noch hoch am Himmel. Manchmal wehte eine kühle Brise vom Golf zu uns herauf, und um diese Tageszeit war genug Schatten auf der Veranda. Man konnte es gut dort aushalten. Trotzdem beschloß ich, schwimmen zu gehen, nachdem ich die Roux zubereitet hatte und es auf kleiner Flamme kochte.
»Das riecht gut«, sagte Mama, als ich zu ihr hinauskam. »Die-

ser Mann hat heute abend keine leckere Mahlzeit verdient, und wahrscheinlich bekommt er auch keine. Was hat er gesagt, wohin er geht?« fragte sie, und ihre Augen kniffen sich argwöhnisch zusammen. Sie machte sich Sorgen darüber, was er als nächstes anstellen würde. Ich wollte ihr nicht erzählen, daß er mir meine zwei Dollar abgenommen hatte und auf dem Weg zu einem Kartentisch in irgendeiner Zydecobar war, in der er ohne weiteres in eine Schlägerei geraten konnte. Anstelle einer Lüge ließ ich lediglich die Information unter den Tisch fallen.
»Er ist stromabwärts gestakt, Mama.«
»Pah«, sagte sie und schaukelte energischer. »Er wird sturzbetrunken nach Hause kommen, das kann ich dir jetzt schon sagen. Wahrscheinlich wird er die ganze Nacht auf der Veranda auf dem Boden schlafen. Das wäre nicht das erste Mal.«
»Mach dir keine Sorgen, Mama. Wir schaffen das schon«, sagte ich und drückte ihre Hand.
»Nur noch ein paar Tage bis zu deinem Schulabschluß«, sagte sie. »Denk immer daran. Zur Abwechslung mal etwas Schönes, was wir feiern können«, fügte sie hinzu. Dann beugte sie sich vor, um mich auf die Wange zu küssen, ehe sie sich wieder zurücklehnte und endlich das Handtuch in meiner Hand bemerkte.
»Was hast du vor, Gabrielle?«
»Ich gehe nur kurz im Teich schwimmen, Mama«, sagte ich.
»Paß gut auf, hörst du?«
»Ja, Mama.«
Ich sprang die Stufen hinunter und lief an den Anlegesteg, an dem meine Piragua vertäut war. Daddy hatte sie für mich gebaut, als ich erst acht Jahre alt gewesen war. Mit acht war ich bereits eine gute Schwimmerin, und schon bald darauf konnte ich auch schon recht gut durch die Wasserläufe staken. Anfangs fand Daddy das amüsant. Er prahlte ständig mit seiner noch so jungen Tochter, die sich besser als die meisten modernen Fischer um die verzwicktesten Krümmungen und durch die schmalsten Wasserläufe winden konnte.
Als ich noch kleiner war, entfernte ich mich nie zu weit vom Haus, doch als ich älter und kräftiger wurde, wagte ich mich weiter und immer weiter in die Sümpfe hinein, bis ich sie so gut

wie Daddy kannte und sogar Orte fand, die er noch nicht gesehen hatte. Mein liebster Platz war ein kleiner Teich etwa eine Viertelmeile östlich von unserem Haus. Ich war darauf gestoßen, als ich mich durch überwucherte Zypressen gearbeitet hatte. Urplötzlich hatte der Teich vor mir gelegen, still, friedlich und abgeschieden und mit einem großen Felsen in der Mitte, auf dem ich mich sonnen konnte. Um diese Tageszeit durchdrang die Sonne das dichte Moos, das Eichenlaub und die Zypressennadeln und zauberte einen Schleier aus zartem Sonnenschein über das teefarbene Wasser, das an jenem Nachmittag auffallend klar war. Ich konnte kleine Steine und Pflanzen sehen, Schildkröten und Brassen. Die Frösche stimmten einen lauten Chor an, als die Sonne hinter den hohen Bäumen versank, und mit ihrem Quaken brachten sie mir ein Ständchen. Nutrias huschten umher, kamen aus ihren Bauten am Ufer des Teichs und verschwanden wieder darin, und ein Silberreiherpärchen spazierte auf dem großen Felsen herum. Sie flogen noch nicht einmal auf, als ich näherkam.
Die Herrin des Teiches war ein dunkelblauer Reiher, der sein Nest in einer knorrigen Eiche am Nordufer gebaut hatte.
Wir beide hatten enge Bekanntschaft miteinander gemacht, und es war mir sogar gelungen, das Vogelweibchen dazu zu bringen, daß es auf dem Felsen landete, während ich dort saß. Anfangs war es auf Distanz bedacht, stolzierte vorsichtig über die Ränder des Felsens und behielt jede meiner Bewegungen im Auge. Ich sprach leise mit ihm, bewegte mich jedoch kaum, und mit der Zeit kam es so nah an mich heran, daß ich die Hand hätte ausstrecken und es berühren können, wenn ich es gewollt hätte. Ich tat es jedoch nie, da ich wußte, daß ich es damit nur erschreckt hätte. Diese ungeschriebene Abmachung bestand zwischen uns. Der Vogel vertraute mir, solange ich keinen Vertrauensbruch beging. Mir genügte es, ihn aus der Nähe zu sehen und zu beobachten, wie er aus dem Nest herabtauchte und anmutig über das Wasser des Teichs glitt, den wir friedlich miteinander teilten.
Als ich an jenem Nachmittag zu dem Teich stakte, sah ich, daß das Vogelweibchen es sich in seinem Nest behaglich gemacht hatte. Ein Schwarm Brassen veranstaltete ein Freßgelage zwi-

schen den Rohrkolben und den Seerosenplacken. Eine sanfte, aber beständige Brise wehte durch den Sumpf und ließ das Moos auf den toten Zypressen flattern. Die Sonne hatte genau den Stand erreicht, von dem aus ihre Strahlen auf den großen Felsen fielen. Hier wurden Kummer und Sorgen und jede Angst und jeder trübsinnige Gedanke aus meinem Herzen verscheucht. Niemand schrie hier, niemand weinte. Keine Drohungen und keine Klagen waren zu vernehmen, abgesehen von den Beschwerden der Reiher, wenn die Sumpffalken den Eiern in ihren Nestern zu nahe kamen.

Ich band meine Piragua an einem Ast fest, der dicht neben dem Felsen aus dem Wasser ragte, und dann zog ich mein Kleid aus, öffnete den Verschluß meines BHs und stieg aus meinem Höschen. Ich ließ meine Kleidungsstücke ordentlich gefaltet im Kanu liegen, nahm mein Handtuch und stieg auf den Felsen, um es dort auszubreiten und mich hinzulegen. In der Natur war alles unbekleidet; es erschien mir richtig, ebenfalls meine Kleider abzulegen, wenn ich mich in der Natur befand. Die Nacktheit vermittelte mir ein Gefühl von Freiheit, und ich liebte es, die Sonne überall auf meinem ganzen Körper zu spüren. Ich faltete die Hände hinter dem Kopf und sah lächelnd in die Sonnenstrahlen, die meine Wangen küßten und meine Brüste streichelten. Als es mir zu warm wurde, tauchte ich in den Teich ein und schwamm im Kreis um den Felsen herum. Dann kehrte ich klatschnaß, aber kühl und erfrischt auf den Felsen zurück, um noch ein Weilchen dort zu liegen, ehe ich mich wieder auf den Weg nach Hause machte, wo mich vermutlich ein Abendessen erwartete, das Mama und ich allein miteinander einnehmen würden. Daran wollte ich im Moment nicht denken.

Ich war beinah eingeschlafen, als ich unverkennbare plätschernde Geräusche hörte und die Augen aufschlug. Zuerst sah ich nichts, und dann war er plötzlich da, blickte von seiner Piragua aus zu mir auf und lächelte strahlend. Ich erkannte ihn sofort. Es war Monsieur Tate, der Besitzer der größten Konservenfabrik in Houma. Er war ein Mann von Ende zwanzig und kinderlos verheiratet, jedenfalls bisher. Bei zwei Gelegenheiten hatte es sich ergeben, daß Daddy für ihn gearbeitet hatte. Er war ein gutaussehender Mann, groß und schlank und mit Haar von der Farbe, die wir Cajuns *chatlin* nannten, eine Mischung aus Blond und Braun. Ich hatte ihn nie anders als mit Jackett und Krawatte gesehen.

Mr. Tate war Fischen gewesen und trug im Moment nur ein T-Shirt und eine robuste Arbeitshose.

Ich schnappte nach Luft und zog das Handtuch unter mir heraus, um mich hineinzuhüllen. Mein Herz pochte dreimal so schnell wie sonst, und ich hielt den Atem an. Eine nahezu lähmende Taubheit ergriff Besitz von mir.

»Du bist so ziemlich das hübscheste Geschöpf, das ich je in diesem Sumpf gesehen habe«, sagte er. Ich spürte, wie mir das Blut ins Gesicht stieg und mein Hals sich rötete. Ich zog die Beine an und rollte mich zu einer Kugel zusammen, doch er schaute mich weiterhin an. »Ich hätte nicht gedacht, daß außer mir noch jemand diesen Teich kennt. Hier habe ich den größten *Sac-au-lait* aller Zeiten gefangen.«

»Ich habe auch nicht gewußt, daß außer mir noch jemand etwas von diesem Teich weiß«, sagte ich und stand kurz vor den Tränen.

»Das macht doch nichts. Nacktbaden ist nichts Böses. Ich habe es schon lange nicht mehr getan, aber dieses Wasser lädt wahrhaft dazu ein.«

Ich wartete und rechnete damit, er würde einfach umkehren und wieder durch die Zypressen staken, doch er stand da und lächelte.

»*Oui, oui*«, sagte er, »das scheint mir eine ganz ausgezeichnete Idee zu sein.« Er zog sich das T-Shirt über den Kopf und begann, seine Hose aufzuknöpfen. Ich starrte ihn ungläubig an. Im nächsten Moment war er nackt und schämte sich seiner überhaupt nicht. Er lachte und sprang in den Teich.

»Es ist einfach wunderbar!« rief er mir zu. »Komm doch auch ins Wasser.«

»Nein, Monsieur. Ich muß mich auf den Heimweg machen«, sagte ich.

»So ein Unsinn. Komm rein. Ich beiße nicht.«

Mein blauer Reiher, den Monsieur Tates Gegenwart aufgescheucht hatte, glitt über das Wasser und flog dann über die

Bäume fort, ein Omen, dem ich größere Beachtung hätte schenken sollen.
»Nein«, sagte ich und begann, mich zentimeterweise an den Rand des Felsens und zu meiner Piragua vorzuarbeiten. Als er sah, was ich vorhatte, schwamm er zu meinem Kanu und erreichte es eher als ich. Er band es los und schwamm zu seinem eigenen Boot zurück.
»Monsieur!« rief ich aus. »Was tun Sie da?« Er lachte und band mein Kanu an seines.
»Jetzt mußt du schwimmen«, sagte er. »Komm schon. Spring rein.«
Ich schüttelte den Kopf. »Bringen Sie sofort mein Piragua zurück.«
Er benahm sich, als könnte er mich nicht hören, schwamm um die Kanus herum und kam dann wieder zu dem Felsen. Ich wich zurück, als er sich aus dem Wasser und auf den Stein schwang.
»Es ist ein schönes Gefühl, mit der Natur im Einklang zu sein, *au naturel* zu sein, *n'est-ce pas*, Gabrielle?«
»Bitte, Monsieur«, sagte ich.
»Hab keine Angst«, sagte er und kauerte sich neben mich, Dann ließ er sich auf den Felsen sinken, legte sich auf den Rücken und faltete die Hände hinter dem Kopf, wie auch ich es getan hatte. Mein Herz pochte heftig. Hier lag er jetzt, ein verheirateter Mann, der sich nackt neben mir ausgestreckt hatte. »Oh, tut das gut«, sagte er. »Seit wann kommst du schon hierher?«
Ich saß mit angezogenen Knien da und hatte mir das Handtuch eng um die Schultern geschlungen. Konnte er denn nicht sehen, in welche Verlegenheit er mich gebracht hatte? Er benahm sich, als unterhielten wir uns seelenruhig miteinander auf einem Picknick, das die Sonntagsschule veranstaltet hatte, doch mein Unterleib fühlte sich ausgehöhlt an, als hätte jemand eine tiefe Furche hineingemeißelt.
»Schon lange«, sagte ich.
»Sehr gut. Ich kann das gut verstehen. Du hast ein kleines Stück vom Paradies gefunden. Ein wunderschönes Fleckchen Erde. Ich lasse zu gern den Lärm und die Geschäftigkeit mei-

nes Betriebs hinter mir zurück und flüchte mich an einen Ort wie diesen, an dem man ungestört seinen Gedanken nachhängen und mit der Natur in Einklang kommen kann. Genau das tust du doch, nicht wahr, Gabrielle? Alle nennen dich *La Fille au Naturel*. Jetzt verstehe ich, warum sie dich so nennen«, sagte er lächelnd. Ich errötete wieder und wandte eilig den Blick ab.

»Bitte, Monsieur.«

»Was ist denn? Ein so schönes Mädchen wie du muß doch schon mit einem Mann zusammen gewesen sein, oder etwa nicht?«

»Nein, Monsieur. Nicht in dieser Form.«

»Wirklich nicht?« Er drehte sich auf die Seite und streckte eine Hand aus, um sie auf meinen Schenkel zu legen. Fast wäre ich von dem Felsen gesprungen. »Schon gut. Du brauchst dich nicht zu fürchten. Das ist ebenso natürlich wie ... wie deine Fische und Vögel.«

»Aber Sie sind verheiratet, Monsieur.«

»Verheiratet«, sagte er, als sei es ihm abscheulich, dieses Wort auch nur in den Mund zu nehmen. »Ich habe überstürzt geheiratet, und noch dazu aus den falschen Gründen«, fügte er hinzu.

Ich warf einen Blick auf ihn. War denn niemand glücklich verheiratet? Ließen sich alle zum Narren halten?

»Welche Gründe?« fragte ich. Er berührte mich wieder und ließ einen Finger über meinen Oberschenkel gleiten wie durch Sand an einem Strand.

»Geld, Reichtum, Einfluß. Die Konservenfabrik hat Gladys' Vater gehört.«

»Sie waren nicht verliebt?«

Er lachte und drehte sich wieder auf den Rücken.

»Liebe«, brachte er mit verkniffenen Lippen heraus. Er sagte es ganz so, als hinterließe dieses Wort einen ekelhaften Nachgeschmack auf seiner Zunge. »Ich habe von Liebe gesprochen, und sie hat von Liebe gesprochen, aber keiner von uns beiden hat daran geglaubt. Wir haben unsere Lügen wie Rizinusöl geschluckt und uns vor dem Geistlichen das Jawort gegeben. Selbst er hatte seine Zweifel, als er uns zu Mann und Frau er-

klärt hat. Das konnte ich in seinen Augen sehen. *Mon Dieu.* Liebe. Gibt es so etwas tatsächlich?«
»Ja«, sagte ich mit fester Stimme.
»Deine Mutter und dein Vater, sind die beiden etwa wirklich ineinander verliebt?« fragte er herausfordernd, und seine Augen lachten.
»Sie waren es früher einmal«, erwiderte ich. Er starrte mich einen Moment lang an und lächelte dann.
»In jemanden wie dich könnte ich mich im Handumdrehen verlieben.«
»Monsieur Tate!«
»So alt bin ich nun auch wieder nicht«, wandte er ein. »Yvette Livaudis, ein Mädchen in deiner Klasse, wird einen Mann heiraten, der älter ist als ich, stimmt's?« Im Bayou war jeder über die Angelegenheiten aller anderen informiert. Daher wunderte es mich nicht, daß er über Yvette Bescheid wußte. »Du solltest mich nicht für zu alt halten.«
»Sie sind nicht alt, Monsieur«, gestand ich ihm zu.
»Richtig. Ich bin nicht alt.« Er warf einen Blick auf unsere Kanus und sah dann mich wieder an. »Ich werde jetzt zurückschwimmen und dein Kanu holen«, erbot er sich.
»Danke, Monsieur.«
»Für einen Kuß«, fügte er lächelnd hinzu.
»Nein, Monsieur!« Ich zuckte zusammen.
»Und warum nicht? Das ist doch wirklich harmlos. Nichts weiter als ein Kuß, und du hast deine Freiheit wieder.« Er setzte sich auf und beugte sich zu mir vor. Ich wandte mich ab, bis ich seine Lippen erst auf meiner Schulter und dann auf meinem Nacken spürte. Ich begann, Einwände zu erheben, als er die Hände hinter meinen Kopf legte und meine Lippen näher an seine zog. Dann küßte er mich. Ich versuchte, mich von ihm loszureißen, aber er hielt mich fest. Ich spürte seine Zunge zwischen meinen Lippen, und dann glitt seine Hand seitlich an meinem Körper hinauf, bis die Handfläche meine Brust gefunden hatte. Ich wich zurück, und er lachte.
»Hat dir das etwa nicht gefallen?«
Ich schüttelte den Kopf und preßte das Handtuch an meinen Busen.

»Zum Kanu«, rief er und sprang vom Felsen. Er schwamm zügig und stieg in mein Kanu. »Hab keine Angst, holde Maid. Ich eile zu deiner Rettung herbei.«
Er begann, mein Kanu zum Felsen zu staken, und dabei benahm er sich, als seien wir zwei spielende Kinder. Nachdem er den Felsen erreicht hatte, blieb er im Kanu stehen und streckte seine Hand aus.
»Komm schon. Ich helfe dir beim Einsteigen.«
»Ich kann allein einsteigen. Das habe ich schon oft genug getan.« Während ich mit ihm sprach, bemühte ich mich, ihn nicht anzusehen, wie er splitternackt dastand.
»Gewiß, Mademoiselle, daran zweifle ich nicht, aber wir sind von Alligatoren umzingelt.«
»Sind wir nicht«, sagte ich.
»Du kannst sie nicht so deutlich sehen wie ich. Komm schon«, sagte er einschmeichelnd. Da ich keine andere Möglichkeit sah, ihn endlich loszuwerden, reichte ich ihm die Hand und schlug dabei die Augen nieder. Als ich jedoch in das Kanu stieg, umarmte er mich und preßte seinen Körper an meinen. Das Boot geriet ins Wanken, als ich darum rang, mich von ihm loszureißen.
»Du wirst noch ins Wasser fallen«, sagte er.
»Bitte, lassen Sie mich los«, flehte ich. Und dann fielen wir tatsächlich in den Teich. Er schrie auf, als wir unter Wasser sanken. Als ich wieder an die Oberfläche kam, hatte ich mein Handtuch verloren, und er kletterte bereits wieder in mein Kanu.
»Ist alles in Ordnung mit dir?«
»Ja, mir fehlt nichts«, sagte ich. »Und jetzt verschwinden Sie.«
»Vorher muß ich mich wie ein Gentleman benehmen und dich in Sicherheit bringen«, beharrte er. »Jetzt komm schon.« Er streckte eine Hand aus und umklammerte mein Handgelenk. Ich kletterte über den Bootsrand, und er ließ sich nach hinten sinken, während er mich hochzog. Diesmal landete ich auf ihm, und er schlang mir die Arme um die Taille. Sein Mund lag wieder auf meinem, und dann glitten seine Lippen schnell über meinen Hals und zu meinen Brüsten hinunter, und er begleitete seine Küsse mit Gelächter. Ich versuchte, mich zu wehren

und mich von ihm loszureißen, aber er war zu kräftig, und daher konnte er sich mit mir umdrehen, so daß ich unter ihm lag. Dann zog er sich auf die Ellbogen und lächelte.
»Eine gewaltige Versuchung, wie du daliegst und auf einen Mann wie mich wartest.«
»Bitte, Monsieur. Ich warte auf niemanden.«
»Du hast keinen Freund, der jeden Moment kommen könnte?« fragte er mit einem skeptischen Blick.
»Nein. Bitte.«
»Hör bloß auf. Du erwartest doch nicht etwa von mir, daß ich glaube, die Tochter eines Mannes wie Jack Landry sei nicht auf Abenteuer aus? Weshalb willst du dich mit einem jungen Knaben begnügen, wenn dir ein echter Mann zur Verfügung steht?« beharrte er.
Ehe ich noch weitere Einwände erheben konnte, ließ er sich auf mich sinken und zwängte sich zwischen meine Beine. Ich spürte, wie der harte Gegenstand, der sich zwischen seinen Beinen aufgerichtet hatte, mich berührte, und dann stieß er fester zu und ließ sein gesamtes Körpergewicht auf meine Arme sinken und hielt mich damit auf dem Boden fest, während er immer näherkam, bis ...
Im ersten Moment war ich betäubt vor Schock, aber je mehr ich mich wand, desto größeren Genuß bereitete ihm, was er tat und desto fester hielt er mich. Ich war unter ihm eingezwängt und spürte seinen heißen Atem auf meinem Gesicht. Er murmelte und flehte und stieß sich tiefer und immer tiefer in mich hinein, und seine Stöße wurden immer schneller, immer brutaler, bis ich endlich spürte, wie er erschauerte. Ich stieß einen winzigen Schrei aus und hörte auf, mich zu wehren, als er mich mit der Glut seiner Lust und seiner Leidenschaft füllte. Mir blieb nichts anderes übrig, als die Augen zu schließen und abzuwarten, bis es vorbei war.
Nachdem es dazu gekommen war, lagen wir beide stumm da. Ich rührte mich nicht, aber ich konnte spüren, wie er sich hochzog. Ich hielt die Augen weiterhin geschlossen und hoffte nur, ich könnte die Erinnerung an das, was geschehen war, aus meinem Leib und meiner Seele auslöschen, wenn ich ihn bloß nicht ansah.

»Es tut mir leid«, sagte er. »Ich konnte mich ... einfach nicht zusammenreißen. Du bist so wunderschön, und meine Frau und ich ... wir ... Es ist schon eine ganze Weile her. Es tut mir leid. Dir ist nichts passiert. Das ist nichts weiter. Wirklich. Dir fehlt nichts.«
Ich wartete. Dann hörte ich, wie er in das Wasser eintauchte und zu seiner eigenen Piragua zurückschwamm. Ich öffnete die Augen, als er sich gerade in sein Kanu zog. Ich setzte mich auf und holte tief Atem. Alles Blut war aus meinem Gesicht gewichen. Ich glaubte, ich würde in Ohnmacht fallen. Er zog sich so schnell wie möglich an und warf dabei immer wieder einen Blick auf mich. Dann griff er nach seiner Stange.
»Es ist alles in Ordnung. Du kannst es getrost vergessen«, sagte er und begann dabei, sich abzustoßen. »Ich werde nie mehr hierher zurückkommen. Das verspreche ich dir. Dieser Ort wird wieder ganz allein dir gehören. *Bonjour*«, fügte er hinzu, als hätten wir gerade eine Tasse Tee miteinander getrunken. Wenige Momente später war er verschwunden.
Die Piragua schaukelte im Wasser. Ich rührte mich nicht von der Stelle. Um mich herum herrschte Totenstille. Sogar die Frösche hatten aufgehört zu quaken. Nur die Insekten kreisten wie verrückt über dem Wasser, doch die Brassen, die der Tumult auf dem Wasser erschreckt hatte, waren tiefer in den Sumpf hineingeschwommen und warteten in der Kühle der Schatten, bis sie sicher sein konnten, daß keine Gefahr mehr bestand.
Ich fing an zu weinen, hörte jedoch gleich wieder damit auf. Das würde mir nichts nutzen, sondern nur dazu dienen, daß ich einen noch gräßlicheren Anblick bot, wenn ich Mama unter die Augen kam. Davor graute mir. Da ich mich beschmutzt fühlte und mir vorkam, als sei mir Gewalt angetan worden, glitt ich über den Rand der Piragua und schrubbte energisch meinen Körper. Dann stieg ich wieder in das Kanu und zog mich schnell an. Die ganze Zeit über kämpfte ich gegen die Tränen an.
Mir graute bei dem Gedanken, was passieren würde, wenn alle herausfanden, was Mr. Tate getan hatte. Der Skandal würde schlimmer wüten als ein Orkan. Haßerfüllte Gerüchte würden

in Umlauf kommen, und ich war sicher, daß man einen Weg finden würde, mir die Schuld zuzuschieben. Wie kam ich dazu, mich im Sumpf nackt auszuziehen? Diejenigen, die die phantastischen Geschichten darüber erfunden hatten, daß ich mich hemmungslos mit den Tieren im Bayou herumtrieb, würden darin nur eine Bestätigung ihrer abscheulichen Lügen sehen. Und die arme Mama, sie würde die Hauptlast zu tragen haben, wenn dieses Unwetter hereinbrach. Daddy würde nur noch mehr trinken und sich auf noch mehr Schlägereien einlassen.
Nein, beschloß ich, mir blieb nichts anderes übrig, als zu versuchen, den ganzen Vorfall zu vergessen. Im Moment wußte ich jedoch nicht, wie das möglich sein könnte. Zum einen würde ich niemals zu meinem geliebten Teich zurückkehren können, ohne mich an diesen Alptraum zu erinnern. Die Umgebung hatte für mich ihre unberührte Schönheit eingebüßt. Ich würde mich davor fürchten, wieder hierher zurückzukehren. Was war, wenn er mich noch einmal allein hier erwischte? Wie scheußlich und wie schuldbewußt mir doch zumute war. Vielleicht war all das wirklich meine Schuld. Vielleicht war es mein Fehler, nackt zu baden. Ich besaß den reifen Körper einer Frau, und ich wäre eine Lügnerin gewesen, wenn ich behauptet hätte, mich nie nach Berührungen verzehrt zu haben, nach diesem Prickeln und der Erfüllung meiner eigenen Sehnsucht nach Liebe; ich hatte jedoch gehofft, diese Sehnsucht mit jemandem stillen zu können, der mir wahrhaft zugetan war und mich liebte.
Ich sehnte mich verzweifelt danach, mit Mama darüber zu reden, mir ihre Weisheit und ihre Ratschläge zunutze zu machen, aber ich wußte nicht, wie ich das hätte tun können, ohne daß sie erriet, was vorgefallen war. Mama würde mir nur einmal tief in die Augen sehen und dort die Wahrheit finden. Ich mußte jetzt stark sein und durfte heute abend nicht den Eindruck erwecken, als wiche ich ihren Blicken aus, dachte ich. Ich saß mit geschlossenen Augen da und hielt den Atem an. Ich wollte diese Erinnerung tief in mir begraben und sie mit anderen Gedanken überlagern.
Meine Beine zitterten immer noch, als ich aufstand und zu staken begann, aber als die Geschwindigkeit und der Schwung

zunahmen, wurden sie wieder kräftiger, und bald stand ich fest auf den Füßen. Ich stakte aus dem Teich, und die Zweige der Zypressen schlossen sich wie eine Tür hinter mir. Ich sah mich nicht um. Während ich weiterstakte, blickte ich eine Zeitlang hektisch von einer Seite zur anderen, da ich fürchtete, Monsieur Tate könnte mir irgendwo in der Nähe auflauern, um sich bei mir zu entschuldigen oder mich anzuflehen, ich solle keinem Menschen ein Wort erzählen. Die Vorstellung, ihm jemals wieder gegenüberzutreten, ließ mein Herz rasen. Was würde ich dann tun? Wie würde er sich verhalten?

Als ich unseren Anlegesteg erreicht hatte und mein Piragua festband, überprüfte ich den Sitz meiner Kleidung und versuchte, mein Spiegelbild im Wasser zu erkennen. Mama würde meine äußere Erscheinung ohnehin nur darauf zurückführen, daß ich geschwommen war, versicherte ich mir selbst. Ich blickte zu der Hütte auf, denn ich wußte, daß sie dort auf mich wartete, den Tisch deckte, eine Butangaslampe anzündete und eine Platte auf unser Grammophon legte, weil sie versuchen wollte, ihre eigenen Sorgen zu vergessen. Ich mußte tun, was ich konnte, um das, was mir gerade zugestoßen war, nicht ins Haus zu tragen.

Ich holte tief Atem und lief den Weg hinauf. Sowie Mama meine Schritte auf der Veranda hörte, rief sie nach mir.

»Bist du das, Gabrielle?«

»Ja, Mama. Ich gehe nur schnell nach oben und ziehe mich um«, sagte ich. »Ich habe mein Kleid naß und schmutzig gemacht«, fügte ich hinzu, ehe sie weitere Fragen stellen konnte. Ich lächelte sie strahlend an, als ich an der Küche vorbeikam, und dann eilte ich die Treppe hinauf zu meinem Schlafzimmer.

»Hat dir das Schwimmen Spaß gemacht?« rief sie mir nach.

»Es war sehr erfrischend, Mama. Du solltest eines Tages mit mir kommen.«

Ich hörte sie lachen.

»Ich kann mich nicht erinnern, wann ich das letzte Mal schwimmen gegangen bin. Wahrscheinlich damals, als dein Vater uns alle zum Lake Pontchartrain mitgenommen hat, vor dem Krieg. Kannst du dich noch daran erinnern?«

»Ja, Mama.«

Ich musterte mich in dem langen Spiegel über der Eichenkommode in Mamas Zimmer. Meine Schultern waren rot, und auch auf meinem Hals waren rote Flecken zu sehen. Was sollte ich bloß tun? Ich zog mein gelb und weiß gemustertes Kleid an, das man bis auf die Schlüsselbeine zuknöpfen konnte, und dann rieb ich mein Haar energisch mit einem Handtuch trocken, bürstete es gründlich durch und hing mir das Handtuch wie einen Schal um den Hals. Ich drückte mir selbst die Daumen und begab mich nach unten, in die Küche. Mama blickte vom Herd auf.
»Diese Roux ist einfach köstlich, Schätzchen. Ich habe außerdem noch ein paar Langusten für uns gekocht.«
»Ich bin regelrecht ausgehungert«, sagte ich. Ich holte Servietten und zwei Gläser von Mamas Limonade für uns. Sie trug den Topf zum Tisch und schöpfte Langusten und Roux aus. Sie hatte Gemüse und Reis hineingeworfen. Das Essen duftete köstlich.
»Was tust du mit diesem Handtuch?« fragte sie lächelnd, ehe sie sich setzte.
»Mein Haar ist noch ganz naß, Mama. Ich habe so großen Hunger, daß ich nicht warten wollte, bis es trocken ist.«
Sie lachte, und wir fingen an zu essen.
»Es ist genauso gekommen, wie ich es dir gesagt habe. Dein Vater kommt zum Abendessen nicht nach Hause. Heute nacht sperre ich ihn aus«, kündigte sie an. »Er ist nichts weiter als ein Dieb, der für diese dumme Idee das Geld für deine Aussteuer gestohlen hat. Wenn er auch nur halb soviel Zeit und Energie auf ehrliche Arbeit verwenden würde wie auf das dumme Zeug, das er sich immer wieder ausdenkt, dann wären wir Millionäre oder jedenfalls mindestens so reich wie die Tates«, sagte sie, und ich hätte fast meinen Löffel fallen lassen.
»Was ist, Gabrielle?« fragte sie mich eilig.
»Ich habe zu schnell geschluckt, Mama.«
»Laß dir lieber Zeit, Schätzchen. Du hast alle Zeit auf Erden. Überstürze bloß nichts, wie ich es getan habe. Überleg es dir zweimal, ehe du ja zu etwas sagst. Ganz gleich, wie geringfügig es auch erscheinen mag oder wie einfach die Dinge wirken könnten.«

»Ja, Mama.«
Die Musik hörte auf zu spielen.
»Ich ziehe das Grammophon noch einmal auf«, sagte Mama. »Heute abend ist mir danach, Musik zu hören. Heute abend will ich die Stille nicht.«
Ich beobachtete, wie sie aufstand und zum Grammophon ging. Es war mir verhaßt, ihr etwas vorzuspielen, aber sie war so niedergeschlagen, so deprimiert und so allein, daß es mir unmöglich gewesen wäre, ihrem Elend noch eine Prise Traurigkeit hinzuzufügen. Ich senkte den Blick auf mein Essen. Nachdem ich gegessen hatte, half ich ihr beim Abspülen und ging dann nach oben, um mein Kleid für den Abschlußball fertig zu nähen. Das Schnittmuster hatte ich von Mama. Sie ging ins Freie und setzte sich auf die Veranda, um Weidenkörbe zu flechten. Sie hatte noch nicht lange dort gesessen, als Mr. La-Fourche kam, um sie in seinem Ford Lieferwagen abzuholen. Seine Frau hatte entsetzliche Magenkrämpfe.
»Ich muß einen Krankenbesuch machen«, rief sie die Treppe hinauf. »Du kommst doch allein zurecht?«
»Ja, Mama. Mach dir um mich keine Sorgen.«
»Falls dein nichtsnutziger Vater hier auftauchen sollte, dann gib ihm bloß nichts zu essen«, sagte sie.
»In Ordnung, Mama«, sagte ich, aber sie wußte genau, daß ich ihm das Abendessen hinstellen würde. Nachdem ich gehört hatte, daß der Lastwagen abgefahren war, verließ ich die Webstube und probierte mein Kleid an. Ich stellte mich wieder vor Mamas Spiegel und sah mich im Schein der Butangaslampe an. Das Kleid saß perfekt. Ich fand, es ließ mich einige Jahre älter wirken.
Trotzdem lächelte ich mein Spiegelbild nicht an.
Mein Herz wollte nicht vor Freude und Aufregung zerspringen.
Ich fing an zu weinen. Ich schluchzte so heftig, daß mein Magen schmerzte. Und dann gingen mir die Tränen aus, und ich saß stumm auf meinem Bett und starrte durch das Fenster die schmale Mondsichel über den Weiden an. Ich seufzte tief, zog mein Kleid für die Abschlußfeier aus, schlüpfte in mein Nachthemd und kroch unter die Bettdecke.

Als ich die Augen schloß, sah ich Mr. Tates Gesicht mit dem lüsternen Lächeln vor mir. Ich stöhnte und setzte mich mit klopfendem Herzen auf. Wie würde er heute nacht wohl schlafen? fragte ich mich. Fiel es ihm leichter als mir, den sündigen Akt aus seinen Gedanken zu verbannen, oder würde sein Gewissen ihm schrecklich zusetzen und ihn auf die Knie zwingen und um Vergebung beten lassen?
Ich war sehr wütend. Ich hätte gern zu Gott gebetet, er solle ihm die Vergebung verweigern. Ich wünschte ihm Jahrhunderte des Leidens und der Qual. Ich hoffte, nachdem er meinen Teich verlassen hatte, sei er aus seinem Kanu gefallen und von Schlangen und Alligatoren angegriffen worden. Seine Schreie wären Musik in meinen Ohren gewesen. Eine Zeitlang gab ich mich diesen Gedanken hin, dann fühlte ich mich schuldig, weil ich derart niederträchtige Gedanken hegte. Ich unterdrückte meine rachsüchtigen Überlegungen.
Aber Mr. Tate hatte mir mehr als nur die Jugend und die Unschuld geraubt, als er über mich hergefallen war. Er war zudem noch in meine private Welt eingedrungen und hatte sie beschmutzt. Deshalb saß meine Traurigkeit so tief. Ich fürchtete mich vor dem, was das bedeutete, denn bisher hatte ich mich nie allein auf Erden gefühlt, obwohl ich keine echten Freunde hatte, nicht zu Parties eingeladen wurde und nicht zum Tanzen und ins Theater ging.
Aber wenn ich meine Welt verliere, dachte ich, wenn ich den Sumpf und die Tiere verliere, die Fische und die Vögel, die Blumen und die Bäume, wenn ich das Zwielicht fürchte und vor Schreck zusammenzucke, wenn die Schatten herabfallen, wohin kann ich dann noch gehen? Was wird dann aus mir werden?
Würde der schöne blaue Reiher zu seinem Nest über dem Teich zurückkehren?
Ich fürchtete mich vor dem Morgen, fürchtete mich vor den Antworten, die mit dem Sonnenaufgang kommen würden.

2.

Das verlorene Paradies

Ich war ganz sicher, daß Mama nur deshalb am nächsten Morgen nichts merkte und nicht wahrnahm, daß mich etwas Ernsthaftes bedrückte, weil Daddy die ganze Nacht über nicht nach Hause gekommen war. Mama war lange fort gewesen, um Mrs. LaFourche zu behandeln, von der sie glaubte, sie hätte Krabben gegessen, die nicht mehr gut waren, und daher war Mama ziemlich müde und ohnehin gereizt. Sie stand mit der Erwartung auf, Daddy entweder auf der Veranda oder auf dem Fußboden unseres Wohnzimmers vorzufinden, aber es war nirgends etwas von ihm zu sehen.
Mama fiel nicht auf, daß ich kaum etwas zum Frühstück aß, und sie merkte auch nicht, daß ich schweigsam und müde war. Ich hatte mich die ganze Nacht über von einer Seite auf die andere gewälzt und war die meiste Zeit von einem Alptraum in den nächsten geglitten. Aber Mama tobte und wütete vor sich hin, brachte die altbekannten Klagen über Daddy vor und kritisierte nicht nur sein übermäßiges Trinken und sein Spielen, sondern auch seine Faulheit.
»Die Landrys waren alle faul«, predigte sie und kehrte damit zu einem alten Thema zurück. »Es liegt ihnen im Blut. Ich hätte von Anfang an wissen müssen, was aus deinem Vater werden würde. Oh ja, am Anfang hat er mich damit bezaubert, daß er dieses Haus gebaut und eine Zeitlang hart gearbeitet hat, aber er hat mich nur auf die gleiche Art reingelegt, wie die Landrys ihre Frauen schon immer reingelegt haben, damit er mir für den Rest meines Lebens immer wieder vorhalten kann, wieviel er bereits für mich getan hat.
»Als könnte man auf die Minute pünktlich von neun bis fünf ein Ehemann und ein Vater sein«, klagte sie. »Eine Mutter und

eine Ehefrau zu sein, ist dagegen ein Vierundzwanzigstundenjob, und das sieben Tage in der Woche. So sehen das die Landrys.
»Ehe du einmal jemanden heiratest, Gabrielle, wirst du verlangen, daß er dir seinen Grandpère vorstellt, und falls seine Grandmère noch am Leben ist, wirst du mit ihr reden und dich gründlich von ihr über seine Unsitten aufklären lassen, hörst du?« warnte sie mich.
»Ja. Mama.« Endlich nahm sie Notiz von mir, aber sie schrieb meine äußere Erscheinung anderen Gründen zu.
»Sieh dich nur an«, bemerkte sie, »so nervös wie ein Küken, das gerade erst ausgeschlüpft ist, und dabei sind es noch zwei Tage bis zu deiner Abschlußfeier.«
»Mir fehlt nichts, Mama.«
»Ich kann es kaum erwarten, daß sie dir dieses Zeugnis aushändigen.«
Sie strahlte, und ihr wutentbranntes Gesicht verlor seine Röte, als sie strahlte.
»Du bist die erste Landry, die ihren Hochschulabschluß macht, ist dir das überhaupt klar?« fragte sie. Daddy hatte mir nichts davon erzählt, aber sie hatte es schon ein paarmal in seiner Gegenwart gesagt, nämlich dann, wenn sie so manches, was er tat, auf das Blut seiner Familie schob.
»Ja, Mama.«
»Gut. Du solltest stolz sein, nicht nervös. Tja, wir werden uns wohl etwas für eine kleine Feier hinterher einfallen lassen müssen, meinst du nicht auch?«
»Nein, Mama. Ich will keine Party.«
»Natürlich willst du feiern. Aber gewiß doch«, sagte sie und nickte, um sich selbst davon zu überzeugen. »Ich werde zwei Truthähne braten, und ich glaube, ich werde Louisianajams mit einer Apfelfüllung zubereiten. Ich weiß doch, wie gern du das magst. Natürlich gibt es auch gefüllte Krebse und Langusten in Sauce Mornay mit rotem und grünem Reis. Ich werde Knoblauchpaste anrühren. Außerdem brauche ich Kekse und, laß mich schnell nachdenken, zum Nachtisch sollten wir Lebkuchen backen, eine meiner Mokkatorten und vielleicht Karamelecken.«

»Mama, wenn du das tust, hättest du bis zur Abschlußfeier den ganzen Tag und die ganze Nacht zu tun.«
»Na und? Wie oft werde ich schon eine Schulabschlußfeier für meine Tochter veranstalten?« sagte sie.
»Aber wir haben doch gar nicht das Geld dafür, oder?«
»Ich habe noch eine kleine Reserve, die deinem Daddy nicht in die Hände gefallen ist«, sagte sie und zwinkerte mir zu.
»Du solltest das Geld für etwas Wichtigeres aufheben, Mama.«
»Deine Abschlußfeier ist mir wichtig«, beharrte sie. »Und jetzt sei still und geh in die Schule. Geh schon«, sagte sie und stieß mich liebevoll zur Tür. »Und mach dir bloß keine Sorgen darüber, wie hart ich arbeite oder wieviel Geld ich ausgebe. Ich muß genau das tun, was mir Spaß macht, was mich glücklich macht und was mich mit Stolz erfüllt. Vor allem jetzt«, fügte sie hinzu, und ihre Miene verfinsterte sich, als sie an Daddy dachte.
Ich schüttelte den Kopf. Wenn Mama sich erst einmal etwas in den Kopf gesetzt hatte, gab es nichts, was ich hätte tun oder sagen können, um es ihr auszureden. Daddy sagte, sie besäße die Sturheit der Cajuns und könnte mit ihren Blicken einen Orkan einschüchtern, wenn sie es gewollt hätte.
»Ich komme so schnell wie möglich nach Haus, damit ich dir helfen kann«, sagte ich.
»Das kommt gar nicht in Frage. Du wirst genau das tun, was alle anderen Mädchen auch tun. Mach dir Sorgen wegen der Abschlußfeier und nicht meinetwegen«, sagte sie.
Als ich aus dem Haus ging, hatte ich immer noch das Gefühl, als hinge eine schwarze Wolke über mir, die die Vorfälle des Vortags hatten aufziehen lassen. Ich fühlte aber auch die Aufregung, die mit dem Schulabschluß einherging. In der ganzen Schule wurde über nichts anderes geredet. Im Klassenzimmer ging es so laut und hektisch zu, daß wir wie ein Hof voller gackernder Hennen klingen mußten. Unsere Lehrer gaben es auf, uns etwas vermitteln zu wollen, was auch nur im entferntesten mit Bildung zu tun hatte.
Am Nachmittag gingen sie mit uns auf den Hof neben dem Schulgebäude, auf dem eine improvisierte Bühne errichtet worden war, damit wir das Abschlußzeremoniell proben

konnten. Für Mrs. Parlange, die Sekretärin, war ein Klavier ins Freie gekarrt worden, damit sie die Prozessionshymne spielen konnte. Mr. Pitot, unser Rektor, würde sie auf dem Akkordeon begleiten. Gemeinsam mit Mr. Ternant, der Gesang, Sport und Mathematik unterrichtete und die Geige spielte, würde Mrs. Pitot ein paar Cajunmelodien spielen, um das Publikum zu unterhalten, das aus Großeltern, Eltern, Geschwistern, Onkeln und Tanten und Freunden bestand, ehe die Reden gehalten und die Abschlußzeugnisse verteilt wurden. Mr. Ternant war für den Ablauf des Zeremoniells verantwortlich, und er reihte uns nach unserer Körpergröße auf. Er studierte die Kopfhaltung mit uns ein, wie wir laufen sollten und wie wir uns auf der Bühne anständig hinsetzten.
»Ich will nicht sehen, daß einer von euch die Beine übereinanderschlägt. Und kein Kaugummi, habt ihr gehört? Ihr werdet alle still dasitzen, den Blick starr vor euch hin richten und einen würdigen Eindruck vermitteln. Jeder einzelne von euch ist ein Vertreter dieser Schule«, predigte er. Bobby Slater machte ein Geräusch mit den Lippen, als würde er eine Kaugummiblase platzen lassen. Viele von uns lächelten, aber niemand wagte es, laut zu lachen. Mr. Ternant sah uns einen Moment lang finster an. Dann erklärte er uns, was wir zu tun hatten, wenn wir aufgerufen wurden.
»Ich will, daß ihr das Zeugnis in diese Hand nehmt«, sagte er und führte es uns vor, »und dann ein paar Schritte weitergeht, um euch hier die Hände drücken zu lassen.«
Er wollte, daß wir uns anschließend dem Publikum zuwandten und eine knappe Verbeugung machten, ehe wir ohne Umwege zu unseren Plätzen zurückkehrten.
Ich versuchte, mich zu konzentrieren, und ich hörte mir all diese Vorschriften sorgsam an, doch meine Gedanken schweiften immer wieder ab und kehrten zu dem Vorfall am Teich zurück. Yvette und Evelyn waren zu sehr mit sich selbst und mit ihren anderen Freundinnen beschäftigt, um zu bemerken, wie abgelenkt ich war. Ich wußte, daß alle, denen meine Geistesabwesenheit auffiel, doch nur glaubten, das sei eine typische Bekundung meines Desinteresses an den Dingen, die die anderen interessierten. So war es aber nicht. Ich wäre gern so

aufgeregt gewesen wie alle anderen auch; ich wäre gern so jung, so albern und so glücklich wie die anderen gewesen. Aber immer wieder zog Mr. Tates Gesicht vor meinem geistigen Auge vorüber, nur wenige Zentimeter von meinem eigenen Gesicht entfernt, und dann schnappte ich nach Luft und stöhnte leise in mich hinein.

Auf dem Heimweg verhielt ich mich sehr still. Yvette und Evelyn dagegen waren gesprächiger denn je. Ein trister Halbschatten hatte mein gesamtes Wesen durchdrungen, aber selbst dann, wenn ich etwas hätte sagen wollen, hätte ich gar keine Gelegenheit gehabt, auch nur ein Wort einzuwerfen. Erst als wir die Stelle erreicht hatten, an der sich unsere Wege trennten, nahmen sie Notiz von mir.

»Was ist denn heute los mit dir?« fragte Yvette. »Hast du Lampenfieber?«

»Ein bißchen«, sagte ich. Den wahren Grund für meine Melancholie hätte ich ihnen nie nennen können.

»Also, ich sage dir, wenn du demnächst heiraten würdest, dann wärst du jetzt nicht so nervös«, bemerkte Evelyn pampig. »Was wirst du übermorgen tun? Willst du etwa an deinem Straßenstand sitzen und darauf warten, daß ein schöner Prinz vorbeigeritten kommt?«

Yvette lachte.

»Ja«, sagte ich lächelnd. »Genau das werde ich tun.«

»In dieser Gegend wirst du alt, ehe dein schöner Prinz vorbeikommt«, sagte Yvette.

Die beiden sahen einander auf eine Weise an, die mir sagte, daß sie sich ausführlich über mich unterhalten hatten.

»Machst du dir denn noch nicht einmal Gedanken darüber, wie es wäre, mit einem Mann zusammenzusein?« fragte Evelyn und warf Yvette einen verstohlenen Blick zu.

»Doch, natürlich«, sagte ich, wenn auch mit wenig Begeisterung.

»Du sagst nie etwas dazu, wenn wir darüber reden«, sagte Yvette jetzt. »Wir wissen, daß du noch nie geküßt worden bist«, fügte sie hinzu und sah Evelyn an, die lächelte. »Ganz zu schweigen davon, daß ein Mann dich … berührt hätte.« Sie kicherten.

»Ihr beide wißt nicht alles über mich«, sagte ich, doch mein

Tonfall klang traurig und unglückselig. Einen Moment lang schwand das Lächeln von ihren Gesichtern. Yvettes Augen wurden so klein wie Zehncentstücke und funkelten argwöhnisch.
»Was hast du vor uns geheimgehalten?« fragte Yvette. »Besucht dich jemand in den Sümpfen?«
Ich wurde rot.
»Jemand hat sie besucht!« behauptete Evelyn. »Sieh sie dir doch nur an.«
»Nein.« Schmetterlinge schlugen in meinem Magen hektisch mit den Flügeln, da ich in Panik geriet.
»Wer war es?«
»Was hast du getan, Gabrielle Landry?«
»Wir erzählen dir immer alles, was wir tun«, sagte Yvette verdrossen.
»Es ist nichts. Ich habe nichts getan«, beharrte ich.
Sie lachten.
»Du lügst.«
»Du solltest es uns lieber erzählen, Gabrielle Landry, denn sonst ...«
»Denn sonst werden wir selbst etwas erfinden und es morgen vor der Abschlußfeier allen erzählen«, kündigte Evelyn an. Yvette nickte und freute sich über diesen Einfall. »Wir werden behaupten, du hättest uns dieses Geheimnis anvertraut. Und alle werden uns glauben, weil sie wissen, daß wir miteinander befreundet sind und jeden Tag auf dem Heimweg von der Schule miteinander reden.«
»Richtig«, sagte Yvette. »Wenn wir es beide beeiden, wird uns jeder glauben.«
»Aber es gibt nichts zu erzählen. Ich ...«
»Ja?« fragte Yvette. Sie stemmte die Arme in die Hüften. Evelyn starrte mich erwartungsvoll an. Ich holte tief Atem. Wenn sie morgen Gerüchte über mich verbreiteten, konnten sie Mama die Abschlußfeier verderben.
»Also, gut, ich werde es euch erzählen, aber ihr müßt mir schwören, daß ihr es für euch behaltet.«
»Wir schwören es«, sagte Yvette.
»Bei Sankt Medad. Schwört es mir bei Sankt Medad.«
Sie taten es und bekreuzigten sich.

»Also, was ist?« sagte Evelyn.
»Manchmal stake ich nachmittags meine Piragua tief in den Sumpf hinein zu einem kleinen Teich, den ich gefunden habe. Außer mir geht dort niemand hin. Ich ziehe meine Kleider aus und schwimme.«
»Nackt?« fragte Yvette und riß die Augen weit auf. Ich nickte. Sie rückten näher zu mir.
»Was ist passiert?« fragte Evelyn atemlos.
»Eines Nachmittags vor etwa einer Woche haben ich mich gerade am Teich gesonnt, als dieser gutaussehende junge Mann seine Piragua auf den Teich gestakt hat. Ich habe ihn nicht kommen hören.«
Yvettes Unterkiefer fiel herunter.
»Du warst nackt, als er dort aufgetaucht ist?« fragte Evelyn. Ich nickte. Sie hielten den Atem an.
»Als ich die Augen aufgeschlagen habe, stand er da und hat lächelnd auf mich heruntergesehen. Ich war natürlich schrecklich verlegen und habe schnell nach meinem Kleid gegriffen. Aber er …«
»Ja, was?«
»Hat sich draufgesetzt.«
»Nein!«
»Was hast du getan?« fragte Evelyn.
»Ich habe gesagt: Bitte, Monsieur, Sie haben sich mir gegenüber einen unfairen Vorteil verschafft. Er hat mir zugestimmt.«
»Und dir dein Kleid gegeben?«
»Nein. Er hat sich ausgezogen, damit er auch nackt ist.«
»Du lügst«, sagte Evelyn.
»Ihr habt mich aufgefordert, euch die Geschichte zu erzählen. Ihr habt geschworen, sie für euch zu behalten. Jetzt erzähle ich euch alles, und ihr beschimpft mich als eine Lügnerin«, sagte ich. »Ich habe mich an meinen Teil der Abmachungen gehalten.« Ich wollte mich abwenden.
»Ich glaube dir«, rief Yvette eilig aus. »Erzähl uns, wie es weitergegangen ist.«
Ich zögerte.
»Also, gut. Ich glaube dir auch«, erbarmte sich Evelyn. »Erzähl weiter.«

»Er war sehr zuvorkommend. Wir haben uns höflich miteinander unterhalten. Er hatte tiefblaue Augen, so blau wie ich es niemals zuvor gesehen habe. Ich glaube, mit diesen Augen hat er mich hypnotisiert. Ich bin sogar ganz sicher, daß es so gewesen ist.«
»Was soll das heißen?«
»Das nächste, was ich weiß, ist, daß er mich geküßt hat.«
»Und er hat dich berührt?«
»Überall«, sagte ich. »Ich konnte ihm nicht widerstehen.«
»Und dann?« fragte Yvette ungeduldig.
»Ich weiß es nicht. Ich bin ... wieder zu mir gekommen, und er war fort.«
»Fort?« Evelyn schnitt eine Grimasse der Enttäuschung. »Das mußt du geträumt haben. Du hast es dir alles nur eingebildet«, fügte sie verächtlich hinzu.
»Nein, ich weiß, daß es kein Traum war. Er hat eine wunderschöne rote Rose neben mir liegen lassen.«
»Eine rote Rose? Im Sumpf?« fragte Evelyn hämisch.
»Das hat mir bewiesen, daß es kein Traum war.«
Die beiden musterten mich einen Moment lang schweigend.
»Also, gut. Was hast du dann getan?« fragte Yvette.
»Ich hatte solche Angst, daß ich mich angezogen habe und so schnell wie möglich nach Hause gestakt bin. Ich habe es meiner Mutter erzählt.«
»Wirklich? Alles?«
»Ja, natürlich.«
Evelyn war beeindruckt. »Was hat sie dazu gesagt?«
»Sie hat mich aufgefordert, ihr den jungen Mann zu beschreiben, und nachdem ich das getan habe, hat sie sich hingesetzt, mit einem Gesichtsausdruck, den ich nie zuvor an ihr gesehen habe. Sie hat lange Zeit geschwiegen. Schließlich habe ich sie dann gefragt, was los ist, und sie hat mir die Geschichte von dem jungen Fischer erzählt, der als der schönste junge Mann im ganzen Bayou galt. Sie hat gesagt, junge Frauen fielen bei seinem Anblick in Ohnmacht, aber sie hat auch gesagt, er sähe besser aus, als es einem Mann anstünde, und das wüßte er. Niemand sonst sei so arrogant, was sein Aussehen anginge. Eines Tages ist er zum Fischen in die Sümpfe gestakt und nie mehr zurückgekehrt.«

»Willst du damit etwa sagen, deine Mutter hätte behauptet, der Mann, der dich geküßt hat, sei ein Geist gewesen?« fragte Yvette.
Ich nickte.
»Deshalb habe ich ihn auch nicht kommen hören. Ich glaube, er ist durch die Luft geglitten.«
Einen Moment lang sagten Yvette und Evelyn kein Wort.
»Ist er dir wie ein Geist vorgekommen, als er dich geküßt hat?« erkundigte sich Evelyn skeptisch.
»Nein. Er ist mir lebendig vorgekommen, sogar sehr lebendig.«
»Hast du ihn jemals wiedergesehen?«
»Nein, aber manchmal habe ich das Gefühl, seine Gegenwart zu spüren.«
»Du stakst immer noch allein in den Sumpf?« fragte Yvette ungläubig.
»Ja. Er hat mir nichts Böses getan. Mama sagt, er sei eine einsame Seele, die dafür bestraft wird, daß sie zuviel Ähnlichkeit mit einem griechischen Gott hat. Die Geschichte, die sie von ihrer Grandmère gehört hat, endet so, daß er an dem Tag, an dem er jemanden findet, der seine Herzensgüte erkennen kann und ihn dafür und nicht für sein gutes Aussehen liebt, in die Welt der Lebenden zurückkehren und sein Leben leben kann, aber ...«
»Aber was?« fragte Evelyn.
»Ja, aber was?« fiel Yvette ein.
»Aber diejenige, die ihn deshalb liebt, wird sterben und seinen Platz im Sumpf einnehmen. Es ist wie eine Art Austausch von Seelen für eine befristete Zeit.«
»Wie furchtbar.«
»Und gefährlich«, sagte Yvette. »Du solltest dich lieber nicht mehr so oft allein in den Sumpf wagen.«
»Das tue ich auch nicht mehr«, sagte ich. »Jedenfalls nicht mehr so oft.«
»Ich weiß nicht, ob das zählt«, wandte Evelyn ein, nachdem sie eine Zeitlang nachgedacht hatte. »Von einem Geist geküßt zu werden ist nicht dasselbe, wie von einem lebendigen Mann geküßt zu werden.«

»Woher willst du das wissen?« sagte Yvette. »Nur Gabrielle kann es mit Sicherheit sagen.«
»Als es dazu gekommen ist, war es ein wunderbares Gefühl«, erwiderte ich. »Und jetzt denkt daran. Ihr habt bei Sankt Medad geschworen, und wenn ihr diesen Schwur brecht, könnte das euren Ehemännern Pech bringen.«
Sie rissen die Augen weit auf. Die Tochter einer Heilerin besaß eine gewisse Glaubwürdigkeit, wenn es um solche Dinge ging.
»Ich werde es niemals jemandem erzählen«, sagte Yvette.
»Ich auch nicht.«
»Ich muß mich jetzt auf den Weg machen. Wir sehen uns dann morgen.«
»*Oui*. Bis Morgen«, sagte Evelyn.
Ich sah ihnen nach, als sie eilig losliefen, und dann nahm ich meinen Weg wieder auf. In meinem tiefsten Herzen wünschte ich, was mir gestern zugestoßen war, wäre das gewesen, was ich den beiden gerade geschildert hatte. Ich hatte die Geschichte frei erfunden, und zumindest eine Zeitlang würde ich sie dazu verwenden, die häßliche Wahrheit zu verschleiern.

Als ich nach Hause kam, bestätigten sich meine Befürchtungen, und Mama tat, was sie gelobt hatte: Sie schuftete am Herd und verließ keinen Moment lang die Küche, um die Vorbereitungen für mein Fest zum Schulabschluß zu treffen. Sie berichtete mir, sie hätte bereits ein Dutzend ihrer Freundinnen und einige ihrer Patienten verständigt.
»Einige von ihnen haben angeboten, auch etwas zu kochen und zu backen. Das wird eine großartige Party werden, mein Schätzchen. Wir werden Musik und Unmengen von leckeren Speisen haben.«
»Ich wünschte, du würdest dir nicht soviel Mühe machen, Mama.«
»Fang bloß nicht wieder davon an«, erwiderte sie, und stürzte sich wieder in ihre Arbeit, um bloß nicht nachzudenken und in Wut zu geraten. Als ich sah, daß ich sie nicht von ihrem Vorhaben abbringen konnte, bot ich meine Hilfe an, doch sie erlaubte mir nicht, auch nur einen Finger zu rühren.
»Das ist deine Party. Du hast sie dir verdient und sollst nichts

anders als deinen Spaß haben«, beharrte sie. Ich konnte nicht untätig dastehen und ihr bei der Arbeit zusehen, und daher ging ich zu unserem Anlegesteg, setzte mich darauf und ließ die Füße ins Wasser baumeln. Ich hielt Ausschau und hoffte nur, ich würde Daddy sehen, wie er seine Piragua nach Hause stakte. Er kam jedoch nicht zurück. Beim Abendessen murmelte Mama gräßliche Dinge vor sich hin.
»Dieser Mann ist verkommen, ein schäbiges, verlottertes Subjekt. Nichts wird ihn jemals ändern. Er wird uns allen noch den Tod bringen. In Wahrheit hoffe ich, daß er nie mehr nach Hause kommt«, behauptete sie, aber ich wußte, daß ihr sein Verschwinden das Herz brach. Nach dem Abendessen setzte sie sich auf ihren Schaukelstuhl auf der Veranda, schaute in die Dunkelheit hinaus und wartete darauf, daß einer dieser Schatten Daddys Gestalt annahm.
Ich gab meinem Kleid für die Abschlußfeier den letzten Schliff und zog es dann an, um es Mama vorzuführen. Sie schüttelte den Kopf und lächelte.
»Du bist so schön, Gabrielle.
»O Mama, ich bin nicht schön. Und außerdem hast du mir unzählige Male gesagt, Stolz sei eine Sünde.«
»Du brauchst es nicht gleich zu übertreiben und dich in dich selbst verlieben, aber du kannst dankbar dafür sein und dich darüber freuen, daß du mit einer solchen natürlichen Schönheit gesegnet bist. Du verstehst das nicht«, fügte sie hinzu, als ich die Augen niederschlug und errötete. »Du versöhnst mich mit meinem Leben. Wenn ich dich ansehe, dann habe ich das Gefühl, daß meine Ehe mit diesem Halunken, den wir deinen Daddy nennen, wenigstens etwas Gutes hervorgebracht hat.«
Ich blickte abrupt auf. »Er versucht doch, sich zu bessern, oder etwa nicht, Mama? Er macht sich ernstliche Gedanken darüber.«
»Das einzige, was ich ihm zugute halten kann, mein Schätzchen, ist, daß das, was er tut, nicht in seiner Macht steht. Es liegt ihm im Blut. Die Landrys sind wahrscheinlich direkte Nachfahren von Kain.« Sie seufzte. »Ich kann niemand anderem als mir selbst die Schuld an meiner Misere zuschieben«, sagte sie.
»Aber wenn das schlechte Blut der Landrys sich derart durch-

setzen kann, werde ich dann nicht auch ein schlechter Mensch werden, Mama?« fragte ich ängstlich.
»Nein«, sagte sie eilig. »In dir fließt auch mein Blut, oder etwa nicht?«
»Doch, Mama.«
»Also, mein Blut siegt sogar gegen das schändliche Blut der Landrys.« Sie nahm meine Hände in ihre und zog mich näher, damit sie mir tief in die Augen sehen konnte. »Wenn du auf schlechte Gedanken kommst, dann brauchst du bloß an mich zu denken, Schätzchen, und mein Blut wird herangeströmt kommen, um diese Gefühle zu überschwemmen und sie zu ertränken. Wenn das nicht klappt ...«
»Ja, Mama?«
»Dann sind deine Gedanken vielleicht gar nicht so schlecht«, sagte sie. Dann holte sie tief Atem, als hätte dieser Ratschlag ihr die letzten Energien geraubt, die ihr nach einem so harten Arbeitstag in der Küche noch geblieben waren. Sie hatte nicht nur gekocht und gebacken, sondern auch das ganze Haus geputzt, damit es morgen den bestmöglichen Eindruck auf unsere Gäste machte.
»Du bist müde, Mama. Du solltest schlafen gehen.«
»*Oui*. Das sollte ich tatsächlich tun«, gestand sie ein. Sie seufzte, schaute einen Moment lang in die Dunkelheit hinaus, ließ ihre Blicke auf der Suche nach Daddy über die Schatten gleiten und erhob sich dann mit großer Mühe. Wir gingen gemeinsam in die Hütte und stiegen die Treppenstufen hinauf.
»Heute abend gehst du zum letzten Mal als kleines Mädchen schlafen«, sagte Mama zu mir, nachdem ich mich ins Bett gelegt hatte. Sie blieb noch ein Weilchen auf dem Fußende meines Bettes sitzen. »Morgen machst du deinen Schulabschluß. Jetzt bist du eine junge Frau.« Sie begann, ein Cajunschlaflied zu summen, das sie mir früher oft vorgesungen hatte, als ich noch ein kleines Mädchen war.
»Mama?«
»Ja, Schatz?«
»Hast du andere Freunde gehabt, ehe du Daddy begegnet bist?«
»Ich hatte eine Reihe junger Männer, die mir auf den Fersen

waren«, sagte sie lächelnd. »Mein Vater hat sie wie die Fliegen verscheucht.«
»Aber ... ist einer von ihnen dein fester Freund gewesen?«
»Oh, ich hatte meine kleinen Abenteuer.«
»Hast du ...«
»Habe ich was, Schätzchen?«
»Hast du dich von diesen anderen Jungen küssen lassen und andere Dinge mit ihnen getan?«
»Was soll diese Frage, Garielle?« sagte sie und zog die Schultern hoch. Auf ihrem Gesicht stand jedoch weiterhin der Anflug eines Lächelns.
»Ich habe mich nur gefragt, ob es natürlich ist, daß solche Dinge vorkommen.«
»Küsse und andere Dinge sind ganz natürlich, wenn du das meinst, aber du mußt immer daran denken, was meine Grandmère mir schon gesagt hat: ›Der Sex, Catherine‹, hat sie immer wieder gesagt, ›ist nichts weiter als eine kleine List der Natur, um die beiden Menschen zusammenzubringen, die richtig füreinander sind.‹«
»Was ist, wenn Leute, die nicht richtig füreinander sind, Sex miteinander haben?« verfolgte ich das Thema mit leiser Stimme weiter, denn ich fürchtete, wenn ich zu laut geredet hätte oder meine Fragen zu schnell herausgesprudelt hätte, wäre dieser magische Augenblick, in dem Mama bereit war, mir intime Dinge zu erzählen, wie eine Seifenblase geplatzt und unwiderruflich verlorengegangen.
»Dann ist es nichts weiter als bloßer Sex. Es kann sein, daß man sich während dessen wohl fühlt, aber hinterher«, sagte sie mit finsterer Miene, »haben alle Beteiligten das Gefühl, eine kleine Kostbarkeit verloren zu haben, einen kleinen Teil ihrer selbst. Ich glaube jedenfalls fest daran. Vermutlich«, fügte sie hinzu und zog die rechte Augenbraue hoch, »würden deine Freundinnen darüber lachen, *n'est-ce* pas?«
»Ich weiß es nicht, Mama. Mir ist gleich, was sie denken.«
Sie starrte mich einen Moment lang an. »Du willst mir doch etwas erzählen, Gabrielle, etwas, was an dir nagt?«
Die Worte lagen schon auf meiner Zungenspitze, doch ich schluckte sie runter.

»Nein, Mama. Ich habe mich nur gefragt, wie das wohl ist. Das ist alles.«
Sie nickte. »Das ist ganz natürlich. Verlaß dich auf deine Instinkte«, sagte sie. »Deine Instinkte sind gut ausgeprägt. Und jetzt wünsche ich dir eine gute Nacht«, sagte sie und beugte sich vor, um mich auf die Wange zu küssen. Ich hielt sie einen Moment länger als sonst fest, und Mama zog die Augenbrauen wieder hoch. Ihre Augen waren klein und durchdringend.
»Ich bin immer bereit, dir zuzuhören und dir zu helfen, Liebling. Vergiß das nie«, sagte sie.
»Ich weiß, Mama. Gute Nacht.«
»Gute Nacht«, sagte sie und stand auf, obwohl ich spürte, daß sie gern geblieben wäre, bis ich ihr erzählte, was sich hinter meinen dunklen Augen verbarg.
Ich dachte über Mamas Worte nach und fragte mich, welchen Teil meiner selbst ich wohl im Sumpf zurückgelassen hatte. Meine Sorgen bewirkten, daß sich etwas Hartes und Schweres in meiner Brust breitmachte und sie schmerzen ließ. Ich preßte meine Handflächen unter dem Kinn zusammen, schloß die Augen und betete.
»Bitte, lieber Gott«, murmelte ich, »vergib mir, wenn ich etwas getan habe, was dazu geführt hat, daß mir diese Abscheulichkeit zugestoßen ist.«
Ich bemühte mich, diese gräßlichen Gefühle abzuschütteln. Vor Müdigkeit schloß ich meine Augen, aber der Schlaf wollte sich nicht einstellen, und ich warf mich von einer Seite auf die andere. Die zu erwartende Spannung des morgigen Tages, mein Kummer über das, was mir zugestoßen war, und meine Sorge um Daddy und um Mama hielten mich bis in die frühen Morgenstunden hellwach. Die Sonne verlieh dem noch dunklen Himmel schon einen rötlichen Schieferton, als ich endlich in Tiefschlaf versank. Ich wurde wach, als Mama am Bett rüttelte.
»Gabrielle, du darfst heute morgen nicht verschlafen!« sagte sie lachend.
»Oh. Oh, wie spät ist es?« Ich sah auf die Uhr und sprang aus dem Bett.
Heute würden wir unsere Abschlußzeugnisse in Empfang neh-

men, unsere Schulbücher abgeben und uns für immer von der Schule verabschieden.

»Geh zur Regentonne und wasch dir den Schlaf aus dem Gesicht«, ordnete Mama an. »Bis dahin ist dein Frühstück fertig.«

»Ist Daddy zurückgekommen?« fragte ich.

»Nein. Wenn er zu Hause wäre, hättest du seine Fahne schon gerochen«, behauptete sie und ging, um Frühstück zu machen. Ich wusch mir das Gesicht mit Regenwasser, bürstete mir das Haar und zog mich an. Mama murmelte vor sich hin, was sie alles noch zu tun hatte, um meine Abschlußfeier vorzubereiten. Ab und zu unterbrach sie ihre Ausführungen, um sich bitterlich über Daddy zu beklagen.

»Ich kann ihm nur raten, heute zurückzukommen und sich für die Feier ordentlich herzurichten«, drohte sie.

»Er kommt bestimmt, Mama. Ich bin ganz sicher.«

»Du vertraust allem und jedem«, sagte Mama. »Du würdest sogar einer Schnappschildkröte eine zweite Chance geben.«

Ich konnte nichts dafür. Gerade heute, an diesem einen Tag, wollte ich bewußt nur an schöne Dinge denken und mich freuen.

In der Schule herrschte große Aufregung: Sturzbäche von Gelächter, eine Sintflut von Gekicher und Regenschauer des Lächelns prasselten auf uns herunter, und unsere Herzen polterten wie Donnerschläge. In den Klassenzimmern trat erst Ruhe ein, als Mr. Pitot seine Runde drehte. Alle saßen mit gefalteten Händen und steifem Rücken da, wie man es uns eingetrichtert hatte, den Blick starr nach vorn gerichtet. Einige Stühle quietschten.

Mr. Pitot gratulierte uns zu einem gelungenen Jahr und lobte die Schüler, die gute Noten bekommen hatten und sich nie schlecht benahmen. Er schärfte uns noch einmal ein, uns während des Zeremoniells gut zu benehmen.

»Wir werden die Öffentlichkeit zu Gast haben. Eltern, Familienangehörige und Freunde, sie alle werden ihre Blicke auf euch richten, auf uns alle. Es ist unsere Pflicht, uns von unserer besten Seite zu zeigen.«

Ich drehte mich um und sah, wie Jacques Bascomb die Zunge unter die Oberlippe zwängte, um Ähnlichkeit mit einem Affen

aufzuweisen. Bei einigen der Jungen in meiner Klasse fiel es mir schwer zu glauben, daß sie in weniger als einem Jahr arbeiten und Familien gründen würden.
Die Schule endete früh, damit wir alle nach Hause gehen und uns für die Abschlußfeier umziehen konnten. Als ich nach Hause kam und Mama dabei antraf, Tische für unsere Gäste nach draußen zu tragen, wußte ich, daß Daddy immer noch nicht zurückgekommen war.
»Mama, die Tische sind zu schwer für dich. Du kannst sie nicht allein ins Freie tragen«, klagte ich.
»Schon gut, Schätzchen. Wenn einem vor Glück das Herz überläuft, dann scheut man keine Mühe.«
»Aber hinterher wirst du es in den Knochen spüren«, schalt ich sie aus.
»Hat man so was schon mal gehört«, sagte sie und richtete sich auf, um die Arme in ihre schmalen Hüften zu stemmen. »Sie hat gerade erst die Schule abgeschlossen, und schon kommandiert sie einen herum.«
»Ich kommandiere dich nicht herum. Ich bin nur vernünftig, Mama.«
»Ich weiß, mein Schatz. In Ordnung. Ich werde warten, bis Hilfe kommt, ehe ich schwere Möbelstücke trage. Das verspreche ich dir«, sagte sie. Ich hoffte nur, daß sie ihr Versprechen wirklich halten würde. Ich konnte sehen, daß ihre Handflächen schon vom Heben der Tische und Stühle gerötet waren. Wo steckte bloß Daddy? Wie konnte er derart rücksichtslos sein?
Ich ging ins Haus, und nachdem ich das Krabbensandwich, das Mama mir zum Mittagessen vorbereitet hatte, halb aufgegessen hatte, zog ich mein Kleid an und frisierte mich noch einmal. Dann ging ich vor die Tür, setzte mich auf die Veranda und wartete darauf, daß die Zeit verging, während ich hoffte, mein Daddy käme zurück, würde sich überschwenglich entschuldigen und versessen darauf sein, alles zu tun, damit dies einer der glücklichsten Tage in unser aller Leben wurde.
Er kam nicht.
Mama zog ihr bestes Kleid an, bürstete sich das Haar und

steckte es auf. Wir trödelten herum und warteten so lange, wie es nur irgend ging. Schließlich stürmte sie dann mit wutentbranntem Gesicht aus dem Haus, und ihre Augen waren bereit, sich in Daddys Augen zu brennen und seine Seele in Flammen zu setzen.

»Laß uns gehen, Schätzchen. Wir wollen nicht zu spät kommen«, sagte sie.

Ich erwähnte Daddy mit keinem Wort. Wir machten uns zu zweit auf den Weg. Als wir uns den Thibodeauxs und den Livaudis' anschlossen, fragten sie nach Daddy.

»Er wird zu den Festlichkeiten erscheinen. Wir treffen uns dort mit ihm«, sagte Mama, aber niemandem konnten die Schatten entgehen, die sich herabgesenkt hatten und Mamas Glück trübten. Niemand fragte sie nach den Gründen. Alle sahen einander an und kannten die Antwort ohnehin.

Als wir eintrafen, hatte sich in der Schule bereits eine große Menschenmenge versammelt. Yvette, Evelyn und ich eilten in das Gebäude, um uns umzuziehen und unsere Plätze einzunehmen. Mr. Ternant war so nervös wie ein graues Eichhörnchen, während er im Korridor auf und ab lief und immer wieder dieselben Anweisungen wiederholte. Er nickte heftig mit dem Kopf, und seine Hände flatterten wie zwei freilaufende Hühner, die ein Fuchs in Angst und Schrecken versetzt hatte. Endlich hörten wir die ersten Töne, die Mrs. Parlange auf dem Klavier spielte, und dann konnten wir Mr. Pitots Akkordeon vernehmen. Alle verstummten.

»Achtung«, sagte Mr. Ternant und hob die rechte Hand wie ein General, der seine Truppen in die Schlacht führt. Die Prozessionshymne erklang, und er senkte den Arm und wies mit den Fingern vor sich hin. »Los geht's!«

Wir fielen in Gleichschritt und begaben uns im Gänsemarsch zur Bühne. Es schien heller denn je zu sein, und die Sonnenstrahlen wurden von jeder glatten Oberfläche zurückgeworfen. Elternteile und Familienangehörige verrenkten sich die Hälse wie Reiher. Kameras klickten, Babys weinten. Ich warf einen Blick auf Mrs. Parlange und sah, daß sie das Klavier so spielte, als säße sie in einem Konzertsaal. Sie schaute weder nach links, noch nach rechts.

Erstaunlicherweise schlängelten wir uns alle ohne Zwischenfälle durch die Sitzreihen und hatten ordnungsgemäß unsere Plätze eingenommen, als die Prozessionshymne endete. Nachdem wir alle Platz genommen hatten, betrat Mr. Pitot die Bühne, auf der sich bereits die Würdenträger versammelt hatten. Er musterte uns und nickte dann zufrieden, ehe er ans Mikrofon trat. Jetzt würde das Zeremoniell zu meinem Schulabschluß beginnen.
Ich suchte das Publikum nach Mama ab, bis ich sie entdeckt hatte. Sie hatte einen Platz neben sich freigehalten, doch dieser Platz war leer. Traurigkeit machte sich in mir breit. Wie konnte Daddy meiner Abschlußfeier fernbleiben? Bitte, bitte, lieber Gott, betete ich, laß ihn noch erscheinen.
Dann glitten meine Blicke weiter nach rechts, und ich sah Monsieur Tate. Er saß in der ersten Reihe neben seiner Frau. Sein Blick war auf mich gerichtet, und seine Lippen waren fest zusammengekniffen. Dieser unerwartete Anblick ließ mein Herz dreimal so schnell schlagen und verschlug mir den Atem. Ich warf einen Blick auf Gladys Tate, weil ich sehen wollte, ob ihr auffiel, wie er mich anstarrte, aber sie wirkte äußerst gelangweilt.
Sie war jedoch sehr elegant gekleidet und hatte eine modische Frisur, und sie trug Perlenohrringe und eine Perlenkette um den Hals. Gladys Tate zählte zu den attraktiveren Frauen in unserer Stadt. Sie hatte eine königliche Haltung, und in ihrem Gang und ihrer Sprache drückte sich eine gewisse Überlegenheit aus.
Ich wandte eilig den Blick ab, schloß die Augen und hielt den Atem an.
Nachdem Mr. Pitot und Mrs. Parlange zwei Stücke gespielt hatten, kehrte Mr. Pitot auf die Bühne zurück und hielt eine kleine Rede, in der es darum ging, daß wir alle zu einem der bedeutendsten Zeitpunkte in der Geschichte der Menschheit unseren Schulabschluß machten. Er sagte, sowie der Krieg endete, sei es unsere Aufgabe, das Land wiederaufzubauen, und da so viele junge Männer fern der Heimat oder gefallen waren, trügen wir eine entsprechend größere Verantwortung. Seine Worte erschreckten mich ein wenig und flößten mir Schuldbe-

wußtsein ein, weil ich nicht mehr mit meinem Leben anfing. Vielleicht hätte ich Krankenschwester werden sollen, überlegte ich mir.

Nachdem Mr. Pitot seine Rede beendet hatte, betrat Theresa Rousseau, die dazu auserwählt worden war, die Festrede zu halten, das Podium und hielt ihre Ansprache, gefolgt von Jane Crump, einer Musterschülerin, die nicht einen einzigen Tag lang gefehlt hatte und auch in keiner Klassenarbeit weniger als fünfundneunzig von hundert Punkten bekommen hatte. Sie war ein kleines, rundliches Mädchen mit Brillengläsern, die so dick waren, daß sie Glotzaugen zu haben schien, aber ihr Vater war Bankdirektor, und alle rechneten damit, daß er einen passenden Ehemann für sie finden würde, nachdem sie das College besucht hatte, um selbst Lehrerin zu werden.

Dann war es endlich an der Zeit, die Abschlußzeugnisse zu verteilen. Ich hatte dagesessen und meine Hände ineinander verschlungen, und ich fürchtete mich davor, Mama anzusehen, aber noch mehr graute mir davor, den Blick nach rechts zu wenden und Mr. und Mrs. Tate zu sehen. Als ich Mama dann doch ansah, machte mein Herz einen Freudensprung.

Daddy saß neben ihr, mit nassem Haar, das er ordentlich gebürstet hatte, und er trug sein bestes Hemd und seine beste Hose. Er hatte sich sogar rasiert. Mama lächelte jedoch nicht. Daddy strahlte über das ganze Gesicht und winkte mir so überschwenglich zu, daß ich zurückwinken mußte, damit er aufhörte und Mama nicht noch mehr in Verlegenheit brachte. Mr. Pitot begann, die Namen der Schulabgänger aufzurufen. Wieder schlug mein Herz schneller. Ich glaubte, meine Knie würden bestimmt butterweich werden, wenn ich aufstand, und ich würde auf der Bühne zu Boden sinken.

»Gabrielle Landry«, rief Mr. Pitot.

Ich erhob mich und wußte, daß alle Blicke auf mich gerichtet waren, die Augen von Mamas Freundinnen und von Leuten, die sie respektierten und eine hohe Meinung von ihr hatten, die Augen derer, die glaubten, ich sei *La Fille au Naturel*, aber auch die Augen von Octavius Tate. Gegen meinen Willen schaute ich in seine Richtung. Auf seinen Lippen stand ein ge-

preßtes Lächeln. Gladys Tate schaute nicht ohne ein gewisses Interesse zu mir auf.
Als ich gerade die Hand nach meinem Abschlußzeugnis ausstreckte, sprang Daddy im Publikum auf und schrie.
«Das ist meine Tochter, die erste Landry, die einen Schulabschluß macht! Halleluja!«
Schallendes Gelächter ertönte. Ich spürte, wie mir der Magen in die Knie sank. Als ich mich umdrehte, sah ich, wie Mama an Daddys Hemd zog, damit er sich wieder hinsetzte. Tränen verschleierten meine Sicht. Ich nahm eilig mein Zeugnis entgegen und rannte von der Bühne und in das Schulgebäude, um vor den lachenden Augen aller zu fliehen. Ich hätte meinen Platz wieder einnehmen und gemeinsam mit meiner Klasse abtreten sollen, aber ich brachte es einfach nicht fertig, und das lag nicht nur an Daddys stürmischem Ausbruch.
Monsieur Tates Augen hatten sich durch mein Kleid gebohrt. Ich war mir mitten auf der Bühne nackt vorgekommen, nackt und geschändet. Ich hatte das Gefühl gehabt, ganz Houma könnte sehen, was mir zugestoßen war. Ich rannte durch den Korridor in die Mädchentoilette, und dort setzte ich mich auf einen geschlossenen Toilettendeckel und weinte mit dem Zeugnis in den Händen. Wenige Momente später kam Mrs. Parlange, die mir nachgelaufen war, ins Bad gerannt.
»Was soll das, Gabrielle? Mr. Ternant steht da draußen, und ist völlig sprachlos. Du solltest deinen Platz wieder einnehmen und gemeinsam mit deiner Klasse von der Bühne abtreten. Das hast du doch gewußt, Gabrielle. Warum weinst du?« fragte sie dann, als hätte sie gerade erst die Augen aufgemacht und mich zum ersten Mal gesehen.
»Ich kann nicht auf die Bühne zurückgehen, Mrs. Parlange. Ich kann es beim besten Willen nicht. Es tut mir leid. Ich werde mich später bei Mr. Ternant entschuldigen.«
»Ach, du meine Güte. Meine Güte«, sagte sie und fächelte sich mit der rechten Hand Luft ins Gesicht. Bestürzung drückte sich in ihren Zügen aus. »So etwas ist bisher noch nie passiert. Ich weiß wirklich nicht, was ich tun soll.«
»Es tut mir leid«, wimmerte ich.
»Ja, also, ja ...« sagte sie und entfernte sich auf Zehenspitzen.

Ich unterdrückte das Schluchzen und fühlte mich, als hätte ich diesen bodenlosen Quell der Tränen ausgeschöpft. Dann holte ich tief Atem und sah mir mein Zeugnis an. Wie stolz Mama auf mich war und wie elend sie sich in diesem Augenblick doch fühlen mußte, dachte ich. Ich saß da und war nicht sicher, was ich als nächstes tun sollte. Endlich hörte mein Herz auf zu rasen, und ich stand auf. Als ich mich im Spiegel anschaute, sah ich ein gerötetes Gesicht mit den deutlichen Spuren getrockneter Tränen. Ich wusch mir das Gesicht, trocknete es ab, holte noch einmal tief Atem und trat in dem Moment ins Freie, in dem die Prozessionshymne für den Abmarsch der Schüler von der Bühne begann. Ich stand in der Tür, als die ersten das Haus betraten.
»Was ist denn mit dir los?« fragte Yvette barsch.
»Du hast unsere ganze Klasse lächerlich gemacht«, sagte Evelyn. »Was war denn los? Hast du etwa deinen Freund, den Geist, gesehen?«
»Was für einen Geist?« fragte Patti Arnot, woraufhin sich eilig ein halbes Dutzend Mädchen um uns drängte.
»Das mußt du sie schon selbst fragen«, sagte Evelyn. »Ich finde, sie hat sich abscheulich benommen.«
»Das finde ich auch«, sagte Yvette.
Es war, als hätte ich von einer Minute zur nächsten die Masern bekommen. Alle hielten sich von mir fern. Ich zog mich in eine Ecke zurück und hatte mich gerade umgezogen, als Mr. Ternant auf der Suche nach mir hereinkam.
»Du hast die Schule abgeschlossen«, sagte er zornig, ehe ich dazu kam, mich zu entschuldigen, »und daher kann ich dich nicht mehr bestrafen, dich nachsitzen lassen oder dich die Tafeln schrubben lassen, bis deine Finger sich blau verfärben, aber das, was du dort draußen getan hast, war für uns alle peinlich.«
»Es tut mir leid, Sir«, sagte ich und schlug die Augen nieder.
»Wie konntest du so etwas bloß tun?«
Ich erwiderte nichts darauf, sondern sagte nur noch einmal: »Es tut mir leid.«
»Ich kann nicht gerade sagen, du hättest dein Erwachsenendasein vielversprechend angetreten. Das nehme ich jetzt an mich«, sagte er und packte die Schachtel, die mein Kleid und

mein Barett enthielt. »Wer weiß, was du als nächstes anstellen wirst, und diese Dinge sind kostspielig.«
Er machte auf dem Absatz kehrt und ging. Alle, die ihn gehört hatten, schauten mich finster an. Ich war auf der ganzen Linie geschlagen.
Ich wandte den Blick ab und lief auf den Ausgang zu.
»Sie hätte ihren Abschluß im Sumpf machen sollen, mit ihren Freunden, den Tieren, und nicht mit uns«, rief jemand, und alle lachten. Ich tauchte aus dem Gelächter auf wie jemand, der in einem schlammigen Pfuhl versinkt, und als ich nach draußen eilte, fand ich Mama, die mich besorgt erwartete. Daddy stand weiter rechts und schrie jemanden an, der eine Bemerkung über mich gemacht hatte.
»Es tut mir leid, Mama«, sagte ich, ehe sie mich fragen konnte, warum ich von der Bühne gerannt war.
»Es ist schon gut, Schätzchen. Laß uns gehen, ehe dein Vater wieder verhaftet wird. Jack!« rief sie. Er hörte auf zu schreien, hatte die Faust jedoch noch erhoben, als er uns ansah. Dann warf er einen finsteren Blick auf den Mann, mit dem er sich gerade stritt.
»Sie können von Glück sagen, daß ich jetzt gehen muß«, zischte er.
Als er sich uns anschloß, wurde mir schnell klar, warum Mama mit grauem Gesicht neben ihm gesessen hatte. Trotz seines gepflegten Äußeren stank er nach Whiskey.
»Warum bist du einfach weggerannt, Gabrielle?« fragte er mich. »Hier glauben manche Leute, du seist so verrückt wie ein tollwütiger Hund.«
»Was glaubst du wohl, warum sie von der Bühne gerannt ist?« fauchte Mama. »So, wie du dich benommen hast. Einfach laut loszuschreien! Alle haben dich ausgelacht.«
»Ist das der Grund dafür? Ich war doch nur stolz, das ist alles. Darf ein Mann denn nicht einmal mehr stolz auf seine Tochter sein?«
»Stolz ist Stolz, und Narretei ist Narretei«, erwiderte Mama daraufhin.
»Pah, wen stört schon, was diese Spießer denken. Du hast großartig ausgesehen, Gabrielle. Und jetzt laßt uns feiern gehen.«

»Ich dachte mir schon, daß du rechtzeitig zum Feiern nach Hause kommst, Jack Landry«, sagte Mama.
»Hör auf, mir Vorwürfe zu machen, Frau. Die Geduld eines Mannes hat Grenzen. Wenn du so weitermachst, explodiere ich.«
Mama bedachte ihn mit einem vernichtenden Blick. Er wandte eilig die Augen ab und lief hinter uns her, als wir uns auf den Heimweg machten, um die Party zu feiern, für die Mama sämtliche Vorbereitungen allein getroffen hatte.
Es kamen weniger Leute zu Besuch, als Mama erwartet hatte, und keine meiner Mitschülerinnen erschien. Ich wußte, daß das an meinem Benehmen lag, und mir war gräßlich zumute, aber Mama dachte gar nicht daran, sich entmutigen zu lassen, und sie wollte auch kein einziges trauriges Gesicht um sich dulden. Ihr Essen und die Gerichte, die ihre Freundinnen mitbrachten, schmeckten wunderbar. Für die Männer und vor allem Daddy gab es jede Menge selbstgebrannten Whiskey zu trinken. Die Brüder Rice sorgten für die Musik. Sie spielten Geige, Akkordeon und Waschbrett. Die Leute tanzten und aßen bis lange nach Einbruch der Dunkelheit. Jedesmal, wenn jemand gehen wollte, sprang Daddy auf, packte denjenigen am Ellbogen und drängte ihn, doch noch ein wenig zu bleiben.
»Die Nacht ist jung«, behauptete er. »Wir haben noch jede Menge zu trinken und zu essen. *Laissez les bons temps rouler*! Wir wollen es uns gutgehen lassen.«
Nie hatte ich ihn so aufgeregt und so glücklich erlebt. Er tanzte einen Jig nach dem anderen, zerrte Mama auf die Füße, um mit ihr den Twostep zu tanzen, vollführte Purzelbäume und Handstände und forderte jeden der anwesenden Männer zum indianischen Ringkampf auf.
Die Leute aßen mit Genuß ihre Teller leer. Die Frauen halfen Mama beim Abspülen. Niemand sprach mich darauf an, was sich bei der Abschlußfeier abgespielt hatte, aber die meisten hatten den einen oder anderen Ratschlag für mich, als sie mich beglückwünschten.
»Laß dir bloß Zeit mit dem Heiraten. Hauptsache, du heiratest den richtigen Mann.«

»Du solltest dir überlegen, ob du vielleicht eine Stellung in der Konservenfabrik annehmen möchtest.«
»Wenn ich in deinem Alter wäre, würde ich nach New Orleans gehen und mir Arbeit suchen, oder ich würde versuchen, einen Job auf einem Dampfer zu bekommen.«
»Gründe eine Familie und zieh deine Kinder groß, solange du jung bist, damit du noch nicht zu alt bist, um das Leben zu genießen, wenn deine Kinder aus dem Haus gehen.«
Ich bedankte mich bei allen. Daddy trank sich bewußtlos und schlief in der Hängematte ein. Sein Arm hing über den Rand, und er schnarchte so laut, daß wir ihn im Haus hören konnten.
»Ich lasse ihn dort draußen liegen«, sagte Mama zu ihren Freundinnen. »Das wäre nicht das erste Mal. Und es wird auch bestimmt nicht das letzte Mal sein.«
Sie nickten und machten sich auf den Heimweg. Als alle gegangen waren, setzte ich mich noch eine Zeitlang mit Mama auf die Veranda. Daddy fällte in seiner Hängematte immer noch Bäume.
»Das war eine wundervolle Party, Mama. Aber du bist jetzt völlig erschöpft.«
»Diese Form von Erschöpfung tut gut. Wenn man jemandem einen Liebesdienst tut, spielt es keine Rolle, wie müde man hinterher ist, Schätzchen. Die Freude lindert den Schmerz und läßt einen ruhig schlafen. Es ist nur ein Jammer, daß dein Vater im Whiskeyrausch zu deiner Abschlußfeier erschienen ist und dich derart in Verlegenheit gebracht hat. Es hat mir fast das Herz gebrochen, als ich gesehen habe, wie du von der Bühne gerannt bist.«
»Es tut mir leid, daß ich das getan habe, Mama.«
»Es ist schon gut. Die meisten Leute verstehen das.«
Ich verspürte einen übermäßigen Drang, ihr zu erklären, daß nicht nur Daddys Benehmen schuld daran gewesen war. Als erstes würde ich ihr erzählen, wie Monsieur Tates Blicke auf mir geruht hatten, und dann …
Aber ich brachte es einfach nicht fertig, die Worte vom Grund der Truhe holen, in der ich sie begraben hatte.
Mama stand auf, warf einen kurzen Blick auf Daddy, schüttelte den Kopf und wollte ins Haus gehen.

»Kommst du mit ins Haus, Gabrielle?«
»Ich komme gleich nach, Mama.«
»Glaube bloß nicht, du seist nicht erschöpft, Schätzchen«, warnte sie mich.
»Oh, doch, ich weiß genau, daß ich erschöpft bin, Mama.«
Sie lächelte, und wir umarmten einander.
»Ich bin verflixt stolz auf dich, mein Süßes. Verflixt stolz.«
»Danke, Mama.«
Sie ging ins Haus, und ich stieg die Stufen hinunter und lief zum Anlegesteg. Ich zog meine Mokassins aus, um meine Füße ins Wasser zu tauchen, und dort saß ich eine Zeitlang und lauschte den Zikaden und dem gelegentlichen Schrei einer Eule. Von Zeit zu Zeit hörte ich ein Plätschern und sah, wie der Mondschein auf dem Rücken eines Alligators schimmerte, der über die ölige Wasseroberfläche glitt und in den Schatten verschwand.
Ich starrte in den Sumpf und richtete meine Augen auf die tintenschwarze Dunkelheit, und dann wünschte ich mir so sehr, ihn zu sehen, daß ich ihn schließlich wirklich zu sehen glaubte … den gutaussehenden jungen Cajungeist. Er schwebte über dem Wasser und lockte mich, wollte mich in Versuchung führen, ihm zu folgen.
Falls es tatsächlich einen gutaussehenden jungen Mann gab, der durch die Sümpfe spukte, dachte ich, dann konnte ich diese schreckliche Geschichte vergessen, die mir zugestoßen war. Ich wäre sogar bereit gewesen, mich in ihn zu verlieben, wie ich es Yvette und Evelyn geschildert hatte, und meine Seele gegen seine einzutauschen. Lieber wollte ich ein Geist sein, der durch die Ewigkeit schwebte, als eine geschändete junge Frau im Hier und Jetzt, dachte ich.
Sein Lächeln verblaßte in der Dunkelheit und wurde zu einem Schwarm von Glühwürmchen, die wie verrückt umeinander herumtanzten.
Der gesamte Zauber dieses Tages löste sich in Luft auf. Die Sterne schienen zurückzuweichen, und dunkle Wolken schoben sich unter Wolken mit silbernen Rändern heraus und verjagten den Mond.
Ich seufzte, stand auf und lief zum Haus zurück, aber nicht

etwa von Hoffnung und Träumen für die Zukunft erfüllt, wie es hätte sein sollen, sondern niedergedrückt und von Grauen vor den künftigen Zeiten durchdrungen.
Besaß ich etwa ein wenig von Mamas Hellsicht? Ich hoffte, daß es nicht so war. Ich hoffte, daß ich nur müde war.

3.

Ich verstecke mich vor Mama

In dem Jahr, in dem ich die Schule abschloß, war der Sommer so furchtsam genaht wie ein Reh mit einer Blesse, aber kaum mehr als eine Woche nach dem Zeremoniell wurde die Hitze drückender, als ich es je erlebt hatte. Mama sagte, sie könnte sich an kein schlimmeres Klima erinnern, und Daddy sagte, sie hätte endlich bekommen, was sie wollte: Sie hätte ihm die Hölle auf Erden beschert. Zeitweilig ließ die Schwüle die Luft so schwer werden, daß mein Haar feucht war und mein Kleid wie eine zweite Hautschicht an meinem Körper klebte.

Die gesamte Natur schien im selben Maß niedergeschlagen zu sein. Sämtliche Tiere beschränkten ihre Ausflüge auf das Notwendigste. Die Alligatoren gruben sich tiefer in den Schlamm, die Brassen schienen nur widerstrebend aus dem Wasser zu springen, selbst dann, wenn es darum ging, sich an den dichten Schwärmen konfuser Insekten zu laben. Ein Teil des Problems bestand darin, daß wir kaum eine Brise hatten, die vom Golf kam. Die Luft stand so still, daß Laub verwelkt und auf den Himmel gemalt wirkte, und die Vögel wirkten ausgestopft und auf Äste geklebt.

Das Geschäft mit den Touristen, das normalerweise schon nicht gerade blühte, ebbte in den Sommermonaten vollständig ab. Eine Schlange konnte sich auf unserer Straße im Schatten zusammenrollen und sich in Sicherheit wiegen. Die Fahrzeuge, die vom Morgen bis zum Abend vorbeifuhren, konnten wir an den Fingern abzählen. Mama klagte täglich wieder darüber, wie schlimm die Dinge standen, aber Daddy tat die Probleme weiterhin ab, als seien sie Staub auf seinen Stiefeln. Mama hatte kleine Einnahmen und ließ sich ihre Dienste als Traiteur mit Nahrungsmitteln entgelten. Zweimal wurde sie wegen schlimmer Schlangenbisse hinzugerufen, dreimal wegen Insektenstichen. Mehr Hautausschläge denn je brachen aus, die Hitze ließ viele Menschen vor Erschöpfung zusammenbrechen, und schließlich kam dann auch noch Mrs. Toomley hinzu, die in ein seltsames Koma verfiel, in dem sie fast einen Monat lang blieb.

Daddy hatte zwar keine Arbeit oder so gut wie keine, aber als endlich jemand kam, der Leute für Arbeiten außerhalb der Stadt verpflichtete, und als dieser Mann ihm und einigen anderen Männern Arbeit in Baton Rouge anboten, nahm er sie nur widerstrebend an und klagte darüber, das hieße, er sei fast sechs Wochen lang fort. Mama sagte zu ihm, fast so lange sei er zwischendurch ohnehin immer wieder verschwunden, wenn er trinken und spielen ging, was also sei der Unterschied? Jetzt könnte er uns wenigstens Geld nach Hause schicken.

Obwohl sie ihn so hart anpackte, sah ich Traurigkeit in ihren Augen, als der Zeitpunkt gekommen war, zu dem er in seinen Lastwagen stieg und sich den anderen anschloß, um nach Baton Rouge zu reisen. Sie machte ihm ein üppiges Sandwich, das mit Austern, Krabben, Tomatenscheiben und kleingeschnittenen Salatblättern belegt war, dazu ihre pikante Sauce.

»Ein solches Sandwich hast du mir schon lange nicht mehr zubereitet, Catherine«, sagte er zu ihr.

»Du hast auch schon seit einer ganzen Weile keinen ordentlichen Job mehr angenommen, Jack Landry«, erwiderte sie darauf. Er schüttelte den Kopf und wandte einen Moment lang schuldbewußt die Augen ab. Sie nahmen gerade auf der Veranda Abschied voneinander. Ich stand direkt hinter dem Fliegengitter. Ich haßte es, wenn sie miteinander stritten, und ich hoffte nur, wenn ich mich unauffällig im Hintergrund hielt, würden sie sanft miteinander umgehen.

»Bist du auch ganz sicher, daß du ohne mich zurechtkommst, Frau?« fragte er sie.

»Das sollte man meinen. Ich habe jede Menge Übung darin gehabt«, erwiderte sie. Mama konnte steinhart sein, wenn sie es für notwendig hielt.

»Komm mir jetzt bloß nicht damit«, klagte er. »Ich breche gerade auf und werde dich wochenlang nicht zu sehen bekommen. Gib mir eine Verschnaufpause, Frau. Du mußt mich Luft schnappen lassen, ehe du meinen Kopf wieder unter Wasser tauchst, hast du gehört?«

Ja, das habe ich gehört«, sagte sie, und ein winziges Lächeln spielte um ihre Lippen. Ihre Augen funkelten. Seine Wehklagen amüsierten sie. Ich weiß nicht, warum er sich überhaupt bemühte, ihr etwas vorzumachen. Mama konnte die Wahrheit durch Louisianamoos lesen, das eine Meile hoch gestapelt war, aber gerade Daddy war so durchsichtig wie eine Fensterscheibe.

»Also«, sagte er und zog seinen Stiefel über die Bodendielen der Veranda. »Also …« Er sah mich an, und dann beugte er sich vor und drückte Mama einen spitzen Kuß auf die Wange, wie ein Küken. »Paß auf dich auf. Und du, Gabrielle, du wirst mehr Zeit mit deiner Mama verbringen als mit den Tieren, hast du mich gehört?«

»Ja, Daddy.«

»Mach dir um mich keine Sorgen, Jack. Wirf nur diesmal nicht das Handtuch«, warnte sie ihn.

»Pah, weshalb treibe ich mich überhaupt noch hier herum? Ich muß jetzt gehen.« Er eilte davon und stieg in seinen Lastwagen, und als er auf die Straße einbog, winkte er noch einmal. Ich stand neben Mama und winkte ihm nach.

»Es scheint mir ungerecht, daß er so weit von hier fortgehen muß, um Arbeit zu finden, Mama.«

»Er findet keine Arbeit. Er hat das Glück gehabt, daß die Arbeit ihn gesucht hat. Wenn dieser Mensch Ehrgeiz besäße, würde er sich hier ein eigenes Geschäft aufbauen, wie es die meisten anderen tun. Aber wer auch immer das Gumbo zusammengemischt hat, das sich Jack Landry nennt, hat diese Zutat vergessen«, klagte sie. »Und jetzt laß uns sehen, ob wir im Haus einen kühlen Winkel finden.«

Die Sonne sah hinter einem dünnen Wolkenschleier aus wie ein rostiger Ball. Die Wolken rührten sich nicht von der Stelle. Ich rechnete fast damit, auch die Uhr sei stehengeblieben, da die Zeiger bei dieser Hitze zu erschöpft waren, um die Anstrengung zu unternehmen, uns zu sagen, wie spät es war.

»Das ist eine gute Idee, Mama«, sagte ich. Sie starrte mich einen

Moment lang an und legte den Kopf ein wenig nach rechts, wie sie es oft tat, wenn etwas, was jemand sagte oder tat, einen leisen Argwohn bei ihr erregte.

»Es sind schon fast zwei Wochen vergangen, seit du deinen Schulabschluß gemacht hast, und etwa um dieselbe Zeit ist der Sommer gewaltig über uns hereingebrochen, und trotzdem bist du noch nicht ein einziges Mal zu deinem Teich rausgestakt, um zu schwimmen, Gabrielle. Wie kommt das?«

»Ich weiß es nicht«, sagte ich eilig, zu eilig. Mama heftete ihren forschenden Blick fester auf mich. »Dir hat dort draußen etwas einen Schrecken eingejagt, etwas, wovon du mir nichts erzählt hast, Gabrielle. Es hat doch nicht etwa eines deiner geliebten Tiere versucht, dich genüßlich zu verspeisen, oder doch?«

»Nein, Mama.« Ich versuchte zu lachen, doch mein Gesicht wollte sich beim besten Willen nicht zu einem Lächeln verziehen.

»Ich kenne dich, Gabrielle. Ich weiß genau, wann du gelacht hast und wann du geweint hast. Ich weiß, wann du dich innerlich derart glücklich fühlst, daß dein Gesicht zu einer zweiten Sonne wird, und ich weiß auch, wann du so traurig bist, daß Wolken vor deine Augen ziehen. Ich habe dich gestillt und dich in Windeln gewickelt, dich genährt und dein Hinterteil gesäubert. Verschließe niemals deine Geheimnisse vor mir, mein Schatz, denn ich habe den Schlüssel, und ich werde eines Tages ohnehin dahinterkommen, was mit dir los ist.«

»Mir fehlt nichts, Mama. Bitte«, flehte ich. Es war mir verhaßt, ihr gegenüber unaufrichtig zu sein. Mama schüttelte den Kopf. »Es ist ja doch nur eine Frage der Zeit«, sagte sie voraus, doch sie erbarmte sich, und ich konnte sie dazu bringen, über andere Dinge zu reden, während sie an Artikeln arbeitete, die wir an unserem Straßenstand verkaufen würden.

Wir hatten weit mehr, als wir brauchten, für unseren Touristenstand, doch wir arbeiteten an Hüten und Körben und webten Decken, damit sie zum Verkauf bereitstanden, sowie der Sommer vorüber war und die Touristen wieder ins Bayou strömten. Tage vergingen, und meistens unterschied sich einer kaum vom anderen. Nachdem eine Woche vergangen war, wartete Mama täglich auf einen Scheck von Daddy, doch es kam nichts. Sie murmelte Verwünschungen vor sich hin und wandte sich anderen Beschäftigungen zu, doch ich wußte, daß es an ihr fraß wie die Termiten an einem toten Baum. Sie brauchte kein Wort zu sagen, und ich wußte doch, daß wir an ihren geheimen Vorräten zehrten.

Und dann tauchte eines Nachmittags, etwa zehn Tage nach Daddys Abreise, ein brandneues Modell eines Automobils vor unserem Haus auf, und zwei große, stämmige Männer, von denen einer eine schmale Narbe auf dem Kinn hatte und dem anderen anscheinend ein Stück vom rechten Ohr fehlte, stampften über unsere Veranda und pochten fest an die Haustür. Ich saß im Wohnzimmer und blätterte eine Ausgabe von *Life* durch, die Mrs. Dancer Mama geschenkt hatte, als Mama hingegangen war, um ihre Magenkrämpfe zu behandeln. Mama war in der Küche und lief eilig zur Tür. Ich stand auf und folgte ihr.

»Ja?« fragte sie.

»Sie sind die Landrys?«

»Ja, das sind wir«, sagte Mama. Instinktiv trat sie einen Schritt zurück und stieß mich ebenfalls weiter nach hinten. »Was wollen Sie?«

»Wir wollen Jack sprechen, Ihren Mann. Ist er da?«

»Nein. Jack ist in Baton Rouge und arbeitet dort auf einer Baustelle.«

»Er ist nicht hier gewesen?« fragte der Mann mit dem lädierten Ohr barsch.

»Nein, das habe ich doch schon gesagt«, erwiderte Mama. »Ich habe nicht die Angewohnheit, Lügen zu erzählen.«

Sie lachten beide in einer Form, die mein Blut gefrieren ließ.

»Sie sind mit Jack Landry verheiratet, und Sie wollen uns weismachen, daß Sie keine Lügen erzählen?« sagte der Mann mit der Narbe. Seine dünnen Lippen verzogen sich zu einem spöttischen Lächeln.

»Richtig«, fauchte Mama ihn an. Ihr Nacken wurde steif, und sie trat vor, und jede Zaghaftigkeit war aus ihren Augen gewichen. Sie sah die beiden Männer fest an. »Also, was wollen Sie von meinem Mann?«

»Wir wollen, daß er seine Schulden zahlt«, sagte der andere Mann.
»Welche Schulden?«
»Spielschulden. Sagen Sie ihm, Spike und Longstreet seien hier gewesen und kämen wieder. Sorgen Sie dafür, daß er diese Nachricht erhält. Hier ist unsere Visitenkarte«, fügte er hinzu und holte ein Schnappmesser heraus, um unser Fliegengitter aufzuschlitzen. Ich spürte, wie das Blut aus meinem Gesicht wich. Ich schrie laut auf, und Mama schnappte nach Luft und legte schnell einen Arm um mich. Die beiden Männer standen da und starrten uns so an, daß es mir eiskalt über den Rücken lief.
»Verschwinden Sie von meiner Veranda! Verschwinden Sie von meinem Grundstück, haben Sie gehört? Wenn Sie nicht augenblicklich gehen, rufe ich die Polizei.«
Sie lachten und ließen sich Zeit. Wir beobachteten beide mit pochendem Herzen, wie sie in ihren Wagen stiegen und fortfuhren.
»Was für einen Ärger hat dieser Mann denn jetzt schon wieder auf unsere Häupter niedergebracht?« jammerte Mama.
»Vielleicht sollten wir in die Stadt gehen und die Polizei unterrichten, Mama.«
»Die würden nichts unternehmen. Sie wissen, in welchem Ruf dein Vater steht. Ich werde jetzt Nadel und Faden holen und das Fliegengitter flicken«, sagte sie, »ehe wir scharenweise Moskitos im Haus haben.«
Wir bemühten uns beide, nicht über die zwei Männer zu reden, aber jedesmal, wenn wir hörten, wie ein Wagen vorbeifuhr, blickten wir furchtsam und erwartungsvoll auf und seufzten dann und stießen den angehaltenen Atem aus, wenn der Wagen nicht vor unserer Hütte anhielt. Die Hitze und die hohe Luftfeuchtigkeit erschwerten das Einschlafen ohnehin schon, aber da jetzt zu alledem auch noch die Furcht vor unserer Tür lauerte, wälzten wir uns im Bett herum und warfen uns von einer Seite auf die andere und lauschten angespannt, wenn wir irgendein ungewohntes Geräusch in der Nacht hörten, insbesondere, wenn es sich dabei um Automobile handelte.

Die beiden abscheulichen Männern kehrten nicht zurück, aber vier Tage später, als Mama und ich gerade einen Salat zum Mittagessen aßen, hörten wir eine Hupe, und als wir aufblickten, sahen wir Daddys Lastwagen über den Pfad holpern und vor dem Haus anhalten. Er trank einen Schluck aus einem Krug, den er neben sich auf dem Sitz stehen hatte, und dann warf er den Krug aus dem Fenster. Beim Aussteigen fiel er regelrecht aus dem Führerhäuschen. Wankend schaffte er es auf die Veranda, auf der wir beide mit weit aufgerissenen Augen standen.
»Was steht ihr beide da und starrt mich an, als hättet ihr einen Geist gesehen?« fragte er unwirsch und blieb so abrupt stehen, daß er beinah umgefallen wäre. »Ich bin es doch nur, Jack Landry, und ich bin wieder zu Hause. Freut ihr euch denn nicht halb tot, mich wiederzusehen?« fragte er und lachte.
»Was hast du hier zu suchen, Jack, und dann auch noch mit schwarzgebranntem Whiskey aufgetankt?« fragte Mama, die die Arme in die Hüften gestemmt hatte.
»Die Arbeit hat eher aufgehört, als ich es erwartet habe«, erwiderte er, doch er kam nicht gegen sein Schwanken an. Er schloß die Augen, und ein albernes Lächeln trat auf seine Lippen.
»Mit anderen Worten heißt das wohl, daß man dich wieder einmal auf die Straße gesetzt hat?« fragte Mama und wackelte wütend mit dem Kopf.
»Sagen wir es doch einfach so: Der Vorarbeiter und ich hatten eine Meinungsverschiedenheit, die sich durch keinen Kompromiß mehr regeln ließ.«
»Du bist so betrunken wie ein Stinktier zur Arbeit erschienen«, schloß Mama.
»Das«, sagte Daddy und fuchtelte mit seinen langen Fingern durch die Luft wie der Dirigent eines großen Orchesters, »ist eine schmutzige, hundsgemeine Lüge.«
»Ich wette, du hast auch keinen Penny in der Tasche«, fuhr Mama fort.
»Tja, also ...«
»Und du hast nicht einen einzigen Dollar nach Hause geschickt, Jack.«
»Ihr habt nichts mit der Post bekommen?« fragte er mit großen Augen.

Mama schüttelte den Kopf. »Wenn du zur Hölle fährst, dann wird sogar der Teufel noch ein oder zwei Tricks von dir lernen.«
»Catherine, ich schwöre auf einem Packen ...«
»Sag es nicht. Das ist Blasphemie«, warnte sie ihn. Er schluckte schwer und nickte.
»Jedenfalls habe ich Geld in einen Umschlag gesteckt. Bestimmt haben ihn diese Leute gestohlen, die für die Post arbeiten. Die öffnen die Umschläge mit einer Kerze, Gabrielle, und dann versiegeln sie sie mit Wachs«, sagte er.
»O Daddy«, sagte ich kopfschüttelnd.
»Seht mich bloß nicht an wie zwei Eulen, ihr beide.« Er wollte lachen, doch Mama trat zur Seite und zeigte auf den Schlitz in dem Fliegengitter, den sie zugenäht hatte.
»Siehst du das, Jack? Deine Freunde sind zu Besuch gekommen und haben das Fliegengitter aufgeschlitzt, als sie dich nicht gefunden haben.«
»Freunde?«
»Mr. Spike und Mr. Longstreet.«
»Sie waren hier?« Sein Gesicht wurde so weiß wie Papier, und er drehte eine Pirouette, als erwartete er, daß sie jeden Moment hinter einem Baum herauskamen. »Was hast du ihnen erzählt?«
»Daß du in Baton Rouge arbeitest. Natürlich habe ich nicht gewußt, daß ich ihnen damit eine Lüge auftische.«
»Wann sind sie hier gewesen?«
»Vor ein paar Tagen, Jack. Was schuldest du ihnen?«
»Nur eine kleine Summe. Das werde ich begleichen«, sagte er.
»Wieviel verstehst du unter einer kleinen Summe, Jack?« bohrte sie.
»Ich habe keine Zeit, mich mit dir zu unterhalten, Frau«, sagte er. »Ich muß nach oben gehen und mich von der Reise erholen.«
Er zog sich am Geländer hinauf und riß dabei fast einen Balken aus. Dann ging er ins Haus, wankte die Treppe hinauf und ließ eine Wolke sauren Whiskeygestanks hinter sich zurück.
»Ich wette, er wird der erste Leichnam sein, den die Würmer

verabscheuen«, sagte Mama und ließ sich auf ihren Schaukelstuhl plumpsen. Es machte mich krank, sie so niedergeschlagen und deprimiert zu sehen. Ich glaubte, Mamas Niedergeschlagenheit, die Hitze und meine eigene Trostlosigkeit seien daran schuld, als mir mein Magen am darauffolgenden Abend übel mitspielte. Mama glaubte, ich hätte mir eine Art Sommerruhr zugezogen. Sie gab mir einen ihrer Kräutertrunks und sagte, ich solle mich früh zu Bett legen.
Aber am nächsten Morgen war mir immer noch genauso übel, und ich mußte mich übergeben. Mama machte sich Sorgen, aber sowie ich erst einmal aufgehört hatte, mich zu übergeben, ging es mir gleich viel besser. Meine Kopfschmerzen ließen nach, und meine Übelkeit verflog.
»Vermutlich hat deine Medizin gewirkt, Mama«, sagte ich zu ihr. Sie nickte, aber sie wirkte nachdenklich und keineswegs überzeugt. Fast eine Woche lang war mir nicht mehr übel, aber ich fühlte mich ständig matt und erschöpft, und einmal schlief ich sogar in Mamas Schaukelstuhl ein.
»Diese Hitze«, sagte Mama, da sie das für die Ursache hielt. Ich bemühte mich, mir Kühlung zu verschaffen; ich wickelte mir ein nasses Handtuch um den Nacken und trank jede Menge Wasser, aber das änderte nichts daran, daß ich weiterhin ständig müde war.
Eines Nachmittags sah Mama, daß ich vom Außenabort zurückkam.
»Wie oft bist du heute schon auf der Toilette gewesen, Gabrielle?« fragte sie.
»Ein paarmal. Ich habe nur Pipi gemacht, Mama. Mein Magen ist wieder in Ordnung.«
Sie starrte mich dennoch argwöhnisch an.
Und dann wachte ich am folgenden Morgen wieder mit dieser Übelkeit auf. Ich mußte mich wieder einmal übergeben.
Mama kam zu mir, legte mir ein nasses Handtuch auf die Stirn und setzte sich dann auf mein Bett und starrte mich an. Ohne ein Wort zu sagen zog sie die Decke zurück und sah meine Brüste an.
»Hast du Schmerzen dort?« fragte sie. Ich erwiderte nichts darauf. »Sie tun dir doch weh, oder nicht?«

»Ein wenig.«
»Du wirst mir jetzt die Wahrheit sagen, und zwar auf der Stelle, Gabrielle Landry. Ist deine Periode ausgeblieben?«
»Sie hat sich schon öfter verspätet, Mama.«
»Wie lange ist sie schon überfällig, Gabrielle?« drang sie in mich.
»Ein paar Wochen«, gestand ich.
Sie verstummte. Schließlich wandte sie den Blick ab, holte tief Atem und drehte sich dann langsam wieder zu mir um, und ihre Augen waren traurig und doch streng. Ihre Lippen waren so fest zusammengekniffen, daß jede Farbe aus ihnen gewichen war, doch auf ihren Wangen und auf ihrem Hals breitete sich eine gewisse Röte aus. Sie sog langsam Luft ein und blickte auf, ehe sie mich wieder ansah. Ich konnte mich nicht erinnern, je erlebt zu haben, daß Mama mich derart betrübt angesehen hatte.
»Wie ist es dazu gekommen, Gabrielle?« fragte sie leise. »Wer hat dich geschwängert?«
Ich schüttelte den Kopf, und die Tränen brannten unter meinen Lidern. »Ich bin nicht schwanger, Mama. Ganz bestimmt nicht.«
»Oh, doch, mein Schätzchen, du bist schwanger. So schwanger, wie man nur irgend sein kann. So etwas wie beinah schwanger gibt es nicht. Wann ist es passiert? Ich habe dich mit keinem Jungen hier gesehen, und ich kann mich auch nicht daran erinnern, daß du ausgegangen wärest, es sei denn ...« ihre Augen wurden groß. »In den Sumpf. Du hast dich mit jemandem getroffen, Gabrielle?«
»Nein, Mama.«
»Jetzt ist es an der Zeit für die ganze Wahrheit, Gabrielle. Keine Halbsätze mehr.«
»O Mama!« rief ich aus und schlug mir die Hände vor das Gesicht. »Mama!«
»Was zum Teufel geht hier vor?« klagte Daddy. Er blieb in seiner zerrissenen Unterhose in meiner Tür stehen. »Findet ein Mann denn niemals seine Ruhe?«
»Sei still, Jack. Siehst du denn nicht, daß Gabrielle etwas zugestoßen ist?«
»Was? Ich meine ...« Er rieb sich mit den rauhen Handflächen

die Wangen und fuhr sich mit den langen Fingern durchs Haar.
»Was ist passiert?«
»Gabrielle ist schwanger«, sagte sie.
»Was? Wann ... Wer ... Wie ist das passiert?« fragte er.
»Das versuche ich gerade herauszufinden. Wenn du es fertig brächtest, deinen Mund zu halten ...«
Ich schluchzte so heftig, daß meine Schultern bebten. Mama legte eine Hand auf meinen Kopf und streichelte mein Haar.
»Ganz ruhig, Schätzchen. Mach dir keine Sorgen, ich werde dir helfen. Was ist passiert?«
»Er ...«
»Sprich weiter, Schätzchen. Spuck einfach alles aus«, sagte Mama. »Wenn du einen bitteren und abscheulichen Nachgeschmack los werden willst, dann tust du das am besten schnell«, versicherte sie mir.
Ich holte tief Atem und kämpfte gegen mein Schluchzen an. Dann hob ich den Kopf und zog die Hände vom Gesicht.
»Er ist im Kanu über mich hergefallen, Mama. Ich konnte mich nicht wehren. Ich habe es versucht, aber es hat nichts genutzt.«
»Schon gut, Gabrielle. Das macht doch nichts.«
»Was?« sagte Daddy und trat näher. »Wer war das? Wer ist über dich hergefallen? Ich werde ihn ...«
»Sei still, Jack. Sonst jagst du ihr nur Angst ein.«
»Also ... niemand kann ungestraft ...«
»Gabrielle, ist es dort passiert, wo du oft schwimmen gegangen bist?«
»Ja, Mama.«
»Wer war es, Schätzchen? Wer hat dir das angetan? Jemand, den wir kennen?«
Ich nickte. Mama nahm meine Hände in ihre.
»Diese jungen Gecken, diese nichtsnutzigen Kerle, diese Tunichtgute ...«, faselte Daddy vor sich hin.
»Es war Monsieur Tate«, platzte ich heraus, und Daddy hielt abrupt den Mund. Sein Unterkiefer fiel herunter.
»Octavius Tate!«
»*Mon Dieu*«, sagte Mama.
»Octavius Tate hat das getan?« wütete Daddy. Er stand mit weit aufgerissenen Augen da, und sein Gesicht war vor Wut

knallrot angelaufen. Dann jagte er sowohl Mama als auch mir einen Schrecken damit ein, daß er fest genug mit der Faust gegen die Wand schlug, um ein Loch hineinzuschlagen.
»Jack!«
»Gabrielle, du wirst sofort aus diesem Bett aufstehen, hast du gehört? Du wirst jetzt augenblicklich aufstehen und dich anziehen«, ordnete Daddy an und stieß mit dem rechten Zeigefinger in die Luft.
»Jack«, rief Mama aus. »Was hast du vor?«
»Sieh du nur zu, daß sie sich anzieht. Ich bin der Mann in diesem Haus. Sorg du dafür, daß sie sich anzieht!«
»Sie wird sich nicht ...«
»Es ist schon gut, Mama«, sagte ich. »Ich kann aufstehen.« Nie hatte ich Daddy derart wutentbrannt erlebt. Es war beim besten Willen nicht zu sagen, was er tun würde, wenn er seinen Willen nicht bekam.
»Aber was heckt er jetzt wieder aus?« rief Mama. Sie sah mich an. »Mein armes Kleines. Warum hast du mir all das nicht schon längst erzählt?«
»Es ist direkt vor meiner Abschlußfeier passiert, Mama. Damals wollte ich dir nicht auch noch damit kommen, und außerdem ... außerdem war ich nicht sicher, ob es nicht zum Teil auch meine Schuld war.«
»Deine Schuld? Weshalb denn das?«
»Weil ich ... ohne Kleider schwimme«, sagte ich.
»Das gibt einem Mann noch lange nicht das Recht zu tun, was er getan hat«, sagte Mama.
»Sieh zu, daß sie aufsteht und sich anzieht!« schrie Daddy aus dem Nebenzimmer.
»Ich denke gar nicht daran«, erwiderte Mama.
»Nein, Mama. Ich werde tun, was Daddy will. Ich habe alles nur noch schlimmer gemacht, dadurch, daß ich dir nichts davon gesagt habe.« Ich erhob mich und begann, mich anzuziehen; dabei zitterten meine Hände, und meine Beine waren wacklig, und ich fühlte mich, als ginge ich unter und müßte in einem Teich aus hoffnungsloser Verzweiflung versinken, und im Augenblick dachte ich noch nicht einmal daran, daß ein Baby in mir wuchs.

»Wohin bringst du sie, Jack?« fragte Mama schroff. Nachdem ich mich angezogen hatte, nahm Daddy mich an der Hand und führte mich aus dem Haus. Er zerrte mich regelrecht hinter sich her zu seinem Lastwagen. Mama folgte uns auf die Stufen der Veranda.
»Steig ein«, befahl er mir und drehte sich dann zu ihr um. »Du schweigst jetzt, Frau«, sagte er zu Mama. »Das hier ist Männersache.«
»Jack Landry ...«
»Nein. Wenn du sie nicht durch die Gegend stromern lassen würdest, wäre es wahrscheinlich gar nicht erst dazu gekommen«, warf er ihr vor.
Mir war entsetzlich zumute, weil er Mama meinetwegen ausschimpfte, und ich begrub das Gesicht in den Händen. Was hatte ich bloß getan? Es war alles meine Schuld. Zuerst einmal hätte ich nicht so unbefangen und vertrauensselig sein dürfen, wenn ich in die Sümpfe hinausstakte, und dann kam noch dazu, daß ich niemals ein derart tiefes und finsteres Geheimnis vor Mama hätte bewahren dürfen. Sie wirkte so zerbrechlich und so niedergeschlagen, als sie jetzt auf der Veranda stand, und sie schien sehr enttäuscht zu sein. Ich wußte, daß sie sich Vorwürfe dafür machte, mich in dem Glauben erzogen zu haben, mir könnte nichts zustoßen, da mein Leben unter einem guten Stern stand. Es stimmte, daß ich immer das Gefühl gehabt hatte, nichts in der Natur könnte mir etwas Böses antun, aber ich hatte nie damit gerechnet, ein anderes menschliches Wesen könnte in die Heiligkeit meiner vollkommenen Welt eindringen, die mir so sehr am Herzen lag.
Daddy ließ den Wagen an und legte den ersten Gang ein. Er trat das Gaspedal durch und ließ Gras und Kieselsteine durch die Luft fliegen, als wir losausten. Der Lastwagen machte einen solchen Satz, daß ich mir beinah den Kopf am Dach angeschlagen hätte. Daddy murrte wütend vor sich hin und schlug mit der Handfläche auf das Steuer. Ich hielt die Lider gesenkt. Plötzlich drehte er sich abrupt zu mir um.
»Du hast dich diesem Mann doch nicht etwa freiwillig hingegeben, Gabrielle?«
»Oh, nein, Daddy.«

»Du bist einfach nur in deinem Teich herumgeschwommen, und er ist über dich hergefallen?«
»Ja, Daddy.«
»Und du hast versucht davonzulaufen, aber er hat dich nicht laufen lassen?«
»Er hat mir meine Kleider weggenommen«, sagte ich.
»Dieser hundsgemeine ... reiche ...« Daddys Augen wurden so klein, daß ich glaubte, er könnte die Straße nicht mehr sehen. Die Reifen quietschten, als wir um eine Kurve bogen.
»Wohin fahren wir, Daddy?«
»Du wirst jetzt Ruhe geben, bis ich dich auffordere, den Mund aufzumachen, verstanden, Gabrielle?«
»Ja, Daddy.«
Kurz darauf fuhren wir über den Kies vor der Konservenfabrik der Tates. Daddy trat auf die Bremse, und die Räder schlitterten und ruckten.
»Komm mit«, sagte er und öffnete die Tür.
Ich stieg langsam aus. Daddy kam um den Lastwagen herum und nahm mich an der linken Hand. Er schleifte mich zum Büro und zog so fest an dem Türknopf, daß die Tür nahezu aus den Angeln fiel. Margot Purcel, Mr. Tates Sekretärin, blickte von ihrem Schreibtisch auf. Sie tippte gerade eine Rechnung, doch als ihr Blick auf Daddy fiel, wurden ihre Augen groß, und Entsetzen spiegelte sich in ihrem Gesicht wider.
»Wo steckt er?« fragte Daddy schroff?«
»Sir?«
»Verschonen Sie mich mit Ihrem Getue. Wo steckt Tate?«
»Mr. Tate telefoniert gerade in seinem Büro«, sagte sie. »Darf ich ihm mitteilen, weshalb Sie ihn sprechen wollen?«
Sie wollte sich gerade erheben.
Daddy bedachte sie mit einem finsteren Blick und zerrte mich zu der Verbindungstür.
»Sir!«
Daddy machte die Tür auf und stieß mich vor sich her in das Büro. Dann knallte er die Tür hinter uns zu.
Octavius Tate saß hinter einem großen, dunklen Schreibtisch aus Walnußholz. Er trug ein eierschalfarbenes Hemd und eine

Krawatte, und sein Jackett hing über der Lehne seines Stuhls. Der Ventilator in der Ecke surrte und sorgte dafür, daß ein angenehmer Lufthauch durch das Büro wehte. Die Jalousien auf der Ostseite waren gegen die späte Morgensonne zugezogen, doch auf der Westseite waren die Jalousien geöffnet, und wir konnten sehen, wie die Lieferwagen beladen wurden und die Männer ihre Arbeiten verrichteten.

Mr. Tate telefonierte gerade, doch er sagte zu demjenigen, mit dem er sprach, er würde ihn zurückrufen, ehe er den Hörer lautlos auf die Gabel legte. Dann lehnte er sich zurück.

»Was ist?« erkundigte er sich so seelenruhig, daß ich mich einen Moment lang fragte, ob ich den ganzen Vorfall tatsächlich nur geträumt hatte.

»Sie wissen genau, was los ist«, sagte Daddy.

Mr. Tate richtete den Blick auf mich, doch ich tat, was Daddy mir vorgeschrieben hatte. Ich senkte die Lider.

»Ich weiß nicht, wovon Sie reden, Landry. Ich habe viel zu tun. Es ist nicht Ihr Recht, unangemeldet in mein Büro hereinzuplatzen. Wenn Sie nicht auf der Stelle wieder kehrtmachen und mein Büro verlassen, werde ich …«

Daddy trat vor seinen Schreibtisch und schlug mit der flachen Hand darauf. Dann beugte er sich vor, bis sein Gesicht keine dreißig Zentimeter von Mr. Tates Gesicht entfernt war.

»Vor Ihnen steht meine Tochter, und sie ist schwanger von Ihnen. Sie haben sie im Sumpf vergewaltigt, Tate.«

»Was? Also … hören Sie … jetzt hören Sie mir erst mal zu«, stammelte Mr. Tate. »Ich habe nichts dergleichen getan.«

Daddy richtete sich auf und lächelte verschlagen.

»Es ist allgemein bekannt, daß meine Tochter nicht lügt.« Er trat zur Seite. »Das ist der Mann, der sich auf dich gestürzt hat, Gabrielle?« fragte er mich.

Ich hob langsam den Kopf und sah Mr. Tate an. Er verzog die Lippen und starrte mich an.

»Ja«, sagte ich leise.

»Also, was ist?« sagte Daddy.

»Ich gebe nichts darauf, was sie behauptet. Das ist doch einfach lächerlich.«

»Dafür werden Sie mir bezahlen, Tate. Ich kann es Ihnen leichtmachen, aber ich es kann es Ihnen auch schwermachen. Jedenfalls werden Sie mir dafür bezahlen.«

Mr. Tate schluckte schwer, und dann sammelte er seine Kräfte. Er nahm den Hörer wieder ab. »Wenn Sie nicht innerhalb von zehn Sekunden dieses Büro verlassen, werde ich die Polizei anrufen und Sie verhaften lassen«, drohte er.

»Meinetwegen«, sagte Daddy. »Sie wollen es sich anscheinend schwermachen.«

Er machte auf dem Absatz kehrt, nahm mich an der Hand und riß die Tür des Büros auf. Ohne sie hinter uns wieder zu schließen, führte er mich ab. Margot Purcel stand auf und warf einen Blick auf die Verbindungstür, als wir an ihr vorbeiliefen und ihr Vorzimmer verließen.

»Steig in den Lastwagen«, sagte Daddy.

»Wohin fahren wir denn jetzt, Daddy?«

»Steig ein. Ich weiß, wie man mit dergleichen Pack umgeht«, sagte er.

Zehn Minuten später bogen wir auf die lange Zufahrt zur Villa der Tates ein, die aufgrund der gewaltigen, moosbewachsenen Eichen, Weiden, Zypressen und Magnolien, von denen sie umgeben war, The Shadows genannt wurde, da diese fast den ganzen Tag über lange, kühle Schatten auf das Haus warfen. Bisher hatte ich diese Villa nur von der Straße aus gesehen. Unsere Familie wurde nie zu den berühmten Parties eingeladen, die die Tates dort veranstalteten, und ebensowenig wurde Mama jemals hinbestellt, um Monsieur oder Madame Tate zu behandeln.

Als wir die lange Auffahrt hinauffuhren, pochte mein Herz dreimal so schnell, und ich rollte mich zu einer noch engeren Kugel zusammen, da mir davor graute, was Daddy wohl als nächstes vorhatte. Daddys zerbeulter Lastwagen holperte über den Kies und wirbelte Staubwolken hinter uns auf. Das Anwesen war derart gepflegt, daß ich das Gefühl hatte, wir schleuderten Schlammbrocken auf einen neuen Teppich.

Sämtliche Eichen waren mit Blumenbeeten umgeben, in denen Azaleen und Kamelien wuchsen. Die Auffahrt war beidseits mit den prächtigsten Blumen gesäumt. Rechts sah ich zum Wasserlauf hin die anscheinend endlosen Gemüsegärten und

die Obstbäume. Ein kleiner, stämmiger Schwarzer mit schneeweißem Haar und eine große, schlanke Schwarze, die das Ebenholzhaar aufgesteckt hatte, brachten die Ernte ein. Sie schauten einen Moment lang in unsere Richtung und wandten sich dann wieder ihrer Arbeit zu.
Ich drehte mich zu dem Haus um.
Vor uns erhob sich das zweieinhalbstöckige Gebäude mit einer majestätischen Zuversicht, die von seiner Pracht und seinem Luxus zeugte. Es hatte einen Vorbau aus klassizistischen Säulen, die sich vom Boden aus erhoben und das Dachgebälk trugen. Es gab Galerien im oberen und im unteren Stockwerk und Treppen, mit geschlossenen Läden zu beiden Seiten. Als wir uns dem Haupteingang zuwandten, sah ich auf der Seite, die zum Bayou führte, eine zurückversetzte Veranda mit Backsteinbögen darunter und gedrehten dorischen Säulen darüber. Farne und Palmwedel wuchsen an den Ziegeln hinauf und schlängelten sich um sie herum. Auf dem Dach über der oberen Galerie der Fassade ragten drei Giebel auf, in die jeweils vier Reihen von Sprossenfenstern eingelassen waren. Auf der Rückseite des Gebäudes erhob sich der Schornstein.
»Was tun wir hier, Daddy?« fragte ich. Daddy schaltete den Motor aus und schaute einen Moment lang finster das Haus an.
»Ich weiß Bescheid über die Tates«, sagte er. »Octavius war mittellos, bis er Gladys White geheiratet hat. In dieser Familie hat sie die Hosen an. Steig aus«, sagte er.
Ich stieg zögernd aus dem Wagen. Aus der Nähe schüchterte mich das Haus nur um so mehr ein. Die Schatten des späten Vormittags verwoben sich und tauchten die Fassade in ein so dichtes Dukel, daß ich mir vorkam, als verließen wir eine Welt und begäben uns in eine andere, als wir auf die große Tür mit den Glasscheiben zugingen. Von dem verschnörkelten Gußeisenspalier über uns hingen üppige Dolden purpurner Glyzinien herab. Über der Tür hing an Lederriemen ein halbes Dutzend silberner Glöckchen.
Daddy schlug sie fest aneinander und ließ sie dann gegen die Tür fallen. Wenige Momente später öffnete ein großer, spindeldürrer Mann mit einem mandelfarbenen Teint, einer Halbglatze, einer langen, dünnen Nase und sehr schmalen Lippen

die Tür. Er trug die Livree eines Butlers, doch seine Krawatte war gelöst, und offensichtlich kaute er gerade den Mund leer. Er schluckte das Essen schnell herunter und zog die hellbraunen Augenbrauen hoch. Sie hoben sich in der Mitte an, als seien sie mit einem unsichtbaren Haken in seiner runzeligen Stirn befestigt.
»Ja?« sagte er und konnte seine Mißbilligung nicht verhehlen, als er Daddys Aufmachung sah, dessen Haar wüst zerzaust war; zudem hing ihm das Hemd aus der derben Hose, die auf den Knien nahezu durchgescheuert war.
»Ich will Madame Tate sprechen«, sagte Daddy.
»Ach, wirklich? Und wer wünscht Madame zu sprechen?« fragte der Butler. Er zog den Kopf beim Sprechen ein wenig zurück, und daher waren seine Nasenlöcher deutlich sichtbar. Auf der Nasenspitze hatte er eine winzige Kerbe, die dennoch nicht zu übersehen war. Sein Tonfall war nasal, und er zog die Mundwinkel herunter, nachdem er mit Daddy gesprochen hatte.
»Jack Landry und seine Tochter Gabrielle«, sagte Daddy. »Und ich habe nicht die Absicht, mich abweisen zu lassen« fügte er hinzu.
»Ach, nein? Und welchen Anlaß hat Ihr Besuch, Monsieur?«
»Das ist eine Privatangelegenheit.«
»Ach, wirklich?«
»Ja, allerdings, das kann man wohl sagen. Was ist? Holen Sie sie, oder muß ich sie selbst holen?« fragte Daddy.
Die Augen des Butlers wurden groß, und dann zog er die Augenbrauen noch höher hinauf.
»Einen Moment, bitte«, sagte er und schloß die Tür.
»Dieses snobistische, reiche ... dreckige ...«, murmelte Daddy vor sich hin. Er sah sich um und nickte. »Die glauben, ihnen gehört alles und jeder, und sie können tun und lassen, was ihnen beliebt. Aber die haben Jack Landry noch nicht kennengelernt«, sagte er.
»Ich finde, wir sollten jetzt wieder nach Hause fahren, Daddy«, sagte ich leise.
»Nach Hause? Wir fahren nirgends hin, solange ich keine Genugtuung bekommen habe«, äußerte er. Er riß wieder an den

Glöckchen. Im nächsten Moment öffnete der Butler die Tür, doch diesmal stand Gladys Tate neben ihm.
Sie war eine furchteinflößende Erscheinung, als sie mit zurückgezogenen Schultern vor uns aufragte, das Rückgrat so steif wie ein Besenstil. Ihre Augen glühten vor Entrüstung. Sie erweckte den Eindruck, als sei sie bei etwas sehr Wichtigem gestört worden oder doch zumindest so, als wollte sie gerade das Haus verlassen, weil sie einen wichtigen Termin hatte. Sie trug ein dunkelblaues Kleid mit Tupfen und einem dünnen Schal. Um die Taille hatte sie sich einen passenden gepunkteten Gürtel geschlungen, der in der Taille mit einer riesigen Schleife zugebunden war.
Als ich ihr jetzt so dicht gegenüberstand, erkannte ich, was für eine umwerfende Schönheit sie war, aber auch, wie hart diese eiskalten braunen Augen sein konnten. Mit stählernem Gesicht trat sie vor.
»Wie können Sie es wagen, mich in der Form herzuzitieren? Was wollen Sie überhaupt?« Sie warf einen Blick auf mich, und ich glaubte, diese bösen Augen könnten Glas schneiden.
»Ich habe eine geschäftliche Angelegenheit mit Ihnen zu besprechen«, sagte Daddy unerschrocken.
»Für die Geschäfte ist mein Mann zuständig.«
»Ich spreche nicht von diesen Geschäften. Es handelt sich um eine Privatangelegenheit«, beharrte Daddy.
»Also, wirklich, Monsieur, ich glaube nicht ...«
»Früher oder später werden Sie mit mir sprechen müssen, Madame. Ich kann Ihnen nur raten, es gleich zu tun«, sagte Daddy.
Ihr Blick wandte sich jetzt wieder mir zu. Ich konnte spüren, wie die Neugier sie erfaßte, und ihr Gesicht wurde freundlicher.
»In Ordnung, Summers«, sagte sie zu dem Butler. »Ich werde mich mit diesen Leuten unterhalten.« Sie sprach »Leute« so aus, als seien Heuschrecken etwas Besseres als wir. »Die erste Tür rechts«, ordnete sie an, und wir betraten das Haus.
Ich war noch nie in einem so großen Haus gewesen und gaffte unwillkürlich alles an: die Eingangshalle aus zartviolettem Marmor, die phantastischen Wandteppiche, auf denen große Plantagengebäude und Anwesen und Szenen aus dem Bürger-

krieg dargestellt waren. Links vor uns tat sich ein quadratisches Treppenhaus aus poliertem Mahagoni auf, und an den hohen Decken über uns hingen Kronleuchter mit tropfenförmigem Kristallglas und schimmernden Messinghalterungen. Hinter der Eingangshalle schien sich das Haus endlos weit zu erstrecken. Ich sah Podeste mit Skulpturen, und jeder verfügbare Platz, der nicht von Wandbehängen geziert wurde, war mit Kunstwerken geschmückt. Auf mich wirkte das Ganze weniger wie ein privates Wohnhaus, sondern eher wie ein Regierungsgebäude oder ein Museum.

Wir betraten den ersten Raum rechts von der Eingangshalle. Unsere Füße versanken in einem weichen beigen Teppich. Das Zimmer hatte honigfarbene Rupfentapeten und war mit hellem Holz und französischen Stühlen mit beigen Lederpolstern möbliert, die einen zarten Stich ins Rosa aufwiesen. Alles wirkte so sauber, so schmuck und so neu, daß ich es nicht wagte, etwas davon zu berühren. Gladys Tate blieb mitten im Zimmer stehen und wandte sich zu Daddy um. Sie musterte ihn von Kopf bis Fuß. Er trug seine alten Stiefel, die mit Schlamm bespritzt waren. Ich hatte den Eindruck, als versuchte sie zu entscheiden, wo er den geringsten Schaden anrichten könnte. Schließlich wies sie mit einer Kopfbewegung auf einen kleinen Stuhl, der rechts von ihr stand.

»Ich gestehe Ihnen fünf Minuten zu«, sagte sie.

Daddy murrte und setzte sich. Es sah aus, als würde der Stuhl zerbrechen, sowie er sich zurücklehnte. Gladys Tate setzte sich auf das kleine Sofa und lehnte den Rücken steif an das Polster. Sie sah erst mich und dann Daddy an.

»Also, was ist?«

»Ihr Mann hat meine Tochter vergewaltigt und sie geschwängert«, sagte er, ohne zu zögern.

Ich hielt den Atem an und wagte nicht zu schlucken. Gladys Tates Gesichtsausdruck blieb unverändert, doch es war, als seien die Schatten, die auf die Fassade des prächtigen Hauses fielen, irgendwie durch die Mauern gedrungen und verdunkelten jetzt ihr Gesicht.

»Ich vermute«, sagte sie nach einer lastenden Stille, »Sie haben Beweise für diese verblüffende Unterstellung.«

»Der Beweis dafür ist meine Tochter. Sie wird Ihnen genau schildern, wie es gewesen ist. Sie lügt nicht.«
»Ich verstehe.« Sie fixierte mich mit ihren versteinerten Augen. »Wo ist es zu diesem angeblichen Vorfall gekommen?«
»Im Sumpf, Madame«, sagte ich leise.
»Im Sumpf?«
»In den Wasserläufen. Er ist zum Fischen rausgefahren, als er sie in ihrem Teich vorgefunden hat, dort, wo sie häufig schwimmen geht«, sagte Daddy.
Gladys Tate starrte ihn an, als dauerte es eine Zeitlang, bis Daddys Worte zu ihr durchdrangen, und dann wandte sie sich wieder an mich.
»Du weißt, wer mein Mann ist?«
»Ja, Madame.«
»Du sagst, er hätte dich beim Schwimmen angetroffen?«
»Genaugenommen habe ich mich zu dem Zeitpunkt auf dem Felsen gesonnt. Als ich die Augen aufgeschlagen habe, war er da. Ich war ...«
»Nackt?«
»Ja, Madame.«
Sie nickte. Dann lächelte sie Daddy an.
»Wissen Sie eigentlich, was es bedeutet, ungerechtfertigte Anschuldigungen vorzubringen, vor allem, wenn es sich um Unterstellungen einer so ernsten Natur handelt?«
»Sie sind nicht ungerechtfertigt«, sagte Daddy.
»Ich verstehe. Und zu welchem Zweck haben Sie Ihre Tochter hierhergebracht?«
»Zu welchem Zweck? Er hat sie geschwängert. Das wird ihn einiges kosten.«
»Ach, dann sind Sie also weniger auf Gerechtigkeit, sondern viel mehr auf Geld aus, so ist es doch?« fragte sie, und ein sarkastisches Lächeln spielte auf ihren Lippen.
»Das ist doch nur gerecht«, gab Daddy zurück.
»Haben Sie schon mit meinem Mann gesprochen?«
»Ja, und er will sich nicht dazu bekennen. Aber das wird er noch tun«, drohte Daddy. »Sehen Sie sie nur an«, sagte er und wies energisch auf mich. »Sehen Sie sich nur an, was er meinem kleinen Mädchen angetan hat. Wie soll sie jemals einen anstän-

digen Mann finden, wenn sie ihren Bauch einen halben Meter vor sich herumträgt? Und all das nur, weil Ihr Mann seinen Spaß mit ihr gehabt hat!«

Gladys Tate starrte mich jetzt wieder an. »Du bist doch das Mädchen, das auf der Abschlußfeier von der Bühne gerannt ist, oder nicht?« fragte sie.

»Ja, Madame.«

»Und Sie«, sagte sie und wandte sich dabei an Daddy, »sind der Mann, der diese lächerliche Szene gemacht hat.«

»Das hat nichts damit zu tun.«

Sie starrte mich wieder an. Diese Pausen, in denen alle schwiegen, ließen Schauer über meinen Rücken laufen, doch Daddy schien sich nichts daraus zu machen, falls er das Schweigen überhaupt wahrnahm. Schließlich seufzte sie dann und schüttelte den Kopf.

»Ich wünsche, Ihre Tochter allein zu sprechen«, sagte sie.

»Was? Warum denn das?«

»Falls Sie es wünschen, daß ich Ihnen weiterhin meine Aufmerksamkeit oder meine Zeit widme, dann tun Sie jetzt, was ich verlange«, sagte sie entschieden. Daddy dachte einen Moment lang nach. Es war nicht schwer zu sehen, daß ihr Entschluß feststand, und er erkannte, daß es das Beste war, sich ihr zu fügen.

»Ich warte vor der Tür«, sagte er, während er aufstand. »Und zwar nur für ein paar Minuten. Versuchen Sie bloß nicht, sie reinzulegen«, fügte er hinzu. Er sah mich an, und in sein Gesicht stand helle Wut geschrieben. »Ruf mich, wenn sie dir etwas tun will«, sagte er und verließ das Zimmer.

»Mach die Tür zu«, befahl mir Gladys Tate. Ich tat es. »Setz dich auf den Stuhl, auf dem dein Vater gesessen hat«, sagte sie. Dann lehnte sie sich vor. »Hast du meinen Mann vor diesem Vorfall im Sumpf jemals gesehen?«

»Ab und zu, Madame, aber wir haben nie miteinander gesprochen.«

»Ich verstehe. Und jetzt erzähl mir in deinen eigenen Worten, was deiner Meinung nach passiert ist.«

Ich begann langsam und erklärte ihr, daß ich oft in diesem Teich schwamm und an jenem speziellen Nachmittag einge-

schlafen war, als ich mich gerade gesonnt hatte. Ich schilderte ihr, wie er sich ausgezogen hatte und auf den Felsen geklettert war. Ihr Gesichtsausdruck veränderte sich nicht, bis ich ihr berichtete, was er mir über seine Ehe erzählt hatte. Daraufhin wurden ihre Augen kleiner, und ein weißer Strich zeichnete sich um ihre zusammengepreßten Lippen ab.
»Sprich weiter«, sagte sie. Ich schilderte ihr, wie er mich geneckt hatte, wie wir aus der Piragua gefallen waren und was daraufhin erfolgt war. Ich spürte, wie mir die Tränen über das Gesicht strömten, doch ich wischte sie nicht weg. Sie tropften von meinem Kinn.
Als ich meinen Bericht beendet hatte, lehnte sie sich zurück. Dann stand sie abrupt auf und ging zur Tür. Daddy hatte offensichtlich gelauscht, denn er fiel nahezu ins Zimmer, als sie die Tür öffnete.
»Und?« sagte er.
»Warten Sie hier auf mich«, sagte sie zu ihm.
»Warum?«
»Tun Sie, was ich Ihnen sage«, befahl sie, ohne zu zögern. Sogar Daddy, der in seiner Wut kaum an sich halten konnte, war entgeistert über ihr Durchsetzungsvermögen und ihre Entschlossenheit. Er trat ein und setzte sich auf das Sofa. »Ich werde dafür sorgen, daß Summers Ihnen kalte Getränke serviert«, sagte sie und ging.
»Was hat diese Frau bloß vor?« fragte Daddy mich. »Hast du ihr etwas erzählt, was ich nicht gehört habe?«
»Ich habe ihr genau geschildert, was passiert ist, Daddy.«
»Ich traue diesen Reichen nicht«, sagte er und sah auf die Tür. Kurz darauf erschien der Butler.
»Möchten Sie vielleicht ein Glas Limonade?« fragte er.
»Haben Sie nichts Stärkeres?«
»Wir haben alles, was Sie wünschen, Monsieur«, sagte er und schnitt eine Grimasse.
»Holen Sie mir ein kaltes Bier. Ohne Glas.«
»Gern, Monsieur. Mademoiselle?«
»Ich nehme gern ein Glas Limonade.«
Er nickte und ging.
»Vielleicht wollen sie uns vergiften«, sagte Daddy. »Deshalb

habe ich das Bier in der Flasche bestellt.« Er zwinkerte mir zu.
»Trink die Limonade lieber nicht.«
»O Daddy, so etwas täte sie doch nicht.«
Er lehnte sich zurück und trommelte mit seinen langen Fingern auf die Armlehne des Sofas.
»Sieh dir bloß dieses Haus an. Von dem, was allein dieses Zimmer gekostet hat, könnte ich ein Jahr lang leben. Vielleicht sogar noch länger.«
Der Butler brachte uns die Getränke. Daddy nippte vorsichtig an seinem Bier. Er schüttelte den Kopf, als ich meine Limonade trank, doch sie schmeckte gut und war erfrischend.
Kurze Zeit darauf hörten wir, wie die Haustür aufging, und es dauerte nicht lange, bis Octavius Tate erschien.
»Ich rufe die Polizei«, sagte er, doch als er sich umdrehte, stand Gladys Tate direkt hinter ihm, so unerschütterlich wie eine Statue.
»Du kommst jetzt rein und setzt dich hin, Octavius«, ordnete sie an.
»Gladys, du wirst diesen Dieben keinen Moment deiner Zeit widmen. Du bist ...«
»Setz dich, Octavius.«
Kopfschüttelnd betrat er den Raum und setzte sich Daddy gegenüber. Er warf einen flüchtigen Blick auf mich und sah dann wieder seine Frau an. Sie schloß die Tür und blieb stehen.
»Also, was ist?« sagte er.
»Sieh dir dieses Mädchen an, Octavius. Los, mach schon.«
»Ich sehe sie doch an.«
»Wirst du ihr ins Gesicht sagen, daß du die ganze Geschichte ableugnest?« fragte sie herausfordernd.
Er schluckte schwer. »Gladys ...«
»Ich will die Wahrheit wissen, und ich will, daß du dich dazu bekennst. Sie hat mir Dinge erzählt, die du über uns gesagt hast, Octavius, intime Dinge, die sie von niemand anderem wissen könnte.«
»Ich ...«
»Du warst doch in diesem Sumpf fischen, oder etwa nicht, Octavius?« sagte sie und begann ihr gnadenloses Verhör.
»Ja, aber ...«

»Und du bist auf diesen Teich gestakt, oder etwa nicht? Du hast sie dort gesehen?«

»Das heißt noch lange nicht, daß ich getan habe, was sie behauptet.«

»Aber du hast es getan, nicht wahr?« beharrte sie.

»Ich …«

»Du hast dich ausgezogen und bist auf den Felsen geklettert, um dich neben sie zu setzen? Was ist?«

»Sieh mal, sie hat mich dazu aufgefordert …«

»Octavius, du hast mit diesem Mädchen geschlafen, nicht wahr?« fragte sie und ging auf ihn zu. In ihren weit aufgerissenen Augen stand Wut. Er schlug die Augen nieder. »Antworte mir und sag die Wahrheit! Du ziehst diesen gräßlichen Moment nur in die Länge und treibst das Messer noch tiefer in mein Herz.«

Er nickte zögernd und biß sich auf die Unterlippe. Dann blickte er abrupt auf.

»Ha!« sagte Daddy und schlug sich mit den Händen auf die Knie.

»Sie kann mit keinem Mittel beweisen, daß ihr Baby von mir ist«, sagte Octavius eilig. »Ein Mädchen von der Sorte …«

»Lügt nicht«, sagte Gladys und nickte. Sie sah erst mich an und dann ihn, ehe sie tief Atem holte und den Blick einen Moment lang abwandte. Als sie sich wieder zu uns umdrehte, sah ich, daß Tränen in ihren Augen glitzerten, doch sie atmete hörbar ein und kämpfte gegen die Tränen an.

»Wieviel will er?« fragte Octavius und sah Daddy finster an.

»Es geht nicht nur darum, was er will«, erwiderte Gladys. Wir alle sahen sie an, doch Daddys Miene verriet das größte Erstaunen. »Es geht darum, was ich will«, sagte sie und gewann die Fassung soweit wieder, daß sie ihre verblüffende Forderung stellen konnte.

4.

Ankauf und Verkauf

»Was wollen Sie denn?« fragte Daddy Gladys Tate, ehe Octavius dazukam. Octavius saß da und schien von den Bewegungen seiner Frau hypnotisiert zu sein. Mama hatte einmal zu mir gesagt, kein anderer Haß sei so groß wie der, der verratener Liebe entspringt. Ebenso wie Octavius fragte auch ich mich, welche Form von Rache Gladys ersann.
Sie trat ans Fenster, zögerte einen Moment lang und zog dann die Vorhänge vor, als glaubte sie, jemand könnte uns nachspionieren. Dunkel fiel in den Raum und auf ihr Gesicht, als sie sich langsam wieder zu uns umdrehte. Octavius wand sich auf seinem Stuhl. Die Standuhr aus dunklem Kirschholz in der Ecke läutete die Mittagsstunde ein. Während sie läutete, heftete Gladys den Blick auf mich wie ein Sumpffalke, der seine Beute sichtet. »Wer weiß sonst noch, was dir zugestoßen ist?« fragte sie mich mit scharfer Stimme.
»Nur meine Mutter«, erwiderte ich. Ein kleines Lächeln ließ ihre Lippen beben, und sie nickte. Dann richtete sie ihren Blick auf Daddy und zog mit verkniffenem Gesicht die Schultern zurück.
»Und wem haben Sie es erzählt, Monsieur?«
»Ich?« Er sah erst Octavius an und dann wieder sie. »Ich habe das alles erst heute erfahren, und daher hatte ich noch keine Zeit, es jemandem zu erzählen, aber ich kann Ihnen versichern, verdammt noch mal, daß ich darüber reden werde, und zwar mit allen, es sei denn …«
»Sie werden Ihr Geld bekommen, Monsieur«, zischte Gladys verächtlich. »Und sogar weit mehr, als Sie erwarten.«
Daddy strahlte vor Schadenfreude. Er lehnte sich zurück und nickte lächelnd.

»Das klingt doch schon viel besser.« »Bloß deshalb, weil manche nicht so reich sind wie Sie, können Sie andere Leute nicht wie den letzten Dreck behandeln«, sagte er. »Sie können nicht einfach nach Lust und Laune andere mißbrauchen ...«
»Ersparen Sie mir den Vortrag, Monsieur«, ordnete Gladys an und hob die Hand wie ein Verkehrspolizist. »Was mein Mann getan hat, ist entsetzlich, aber ich bin sicher, daß es neben einigen der Dinge verblaßt, die Sie in Ihrem Leben bereits getan haben«, bemerkte sie.
»Was? Also, hören Sie mal, man hat mich noch nie verhaftet oder ...«
»Noch nie?« Gladys lächelte herablassend. Daddy sah erst mich an und dann sie. »Wie dem auch sei, es ist vollkommen bedeutungslos. Hier zählt nichts, was Sie jemals gesagt oder getan haben. Das interessiert mich überhaupt nicht.«
»Ja, aber ... was interessiert Sie denn dann?« rief Daddy aus, und sein Gesicht war vor Frustration gerötet.
»Sie ist das einzige, was mich interessiert«, sagte Gladys und deutete mit ihrem dünnen Finger auf mich. Sie trug an jedem Finger Ringe, am Zeigefinger einen großen Rubin, der in Silber gefaßt war. Ihre langen rosaroten Fingernägel sahen aus wie winzige Dolche, die auf mein Herz zielten. Ich erschauerte und fühlte Eiseskälte im Nacken.
»Ich?«
»Da außer deiner Mutter und den Menschen in diesem Raum niemand weiß, daß du ein Kind von meinem Mann bekommst«, begann sie, »schlage ich vor, nein, ich bestehe darauf, daß du hierbleibst, bis das Kind geboren worden ist.«
»Was?« sagte Daddy. »Weshalb sollte sie das denn tun?«
Ich konnte sie nur bestürzt anstarren. Weshalb sollte sie sich jetzt noch meinen Anblick antun, ganz zu schweigen von meiner Gegenwart?
Gladys wandte sich an Daddy und bedachte ihn wieder mit ihrem öligen Lächeln.
»Sie sind ein solcher Ignorant, daß Sie noch nicht einmal verstehen, welches wunderbare Angebot ich Ihrer Tochter und Ihrer ganzen Familie unterbreite«, sagte sie. »Glauben Sie etwa, mit nichts weiter als einem Geldbetrag, den Sie erpres-

sen, seien sämtliche Probleme gelöst, die auf Ihre Tochter, auf Ihre Frau und sogar auf Sie selbst zukommen werden, sowie sich zeigt, daß sie schwanger ist und ein uneheliches Kind bekommt?«
»Nein, natürlich nicht, aber ...«
»Was schlägst du vor, Gladys?« fragte Octavius mit matter Stimme. Sie sah ihn einen Moment lang finster an und schwieg.
»Ich schlage vor, daß ich ab sofort schwanger bin«, sagte sie.
»Was? Das verstehe ich nicht«, sagte Octavius. Er schüttelte den Kopf. »Wie kannst du ...«. Er stockte und sah mich an, und das Verständnis zeichnete sich auf seinem Gesicht ab.
»Aber, Gladys, weshalb solltest du das wollen?«
»Sowie diese ganze Geschichte ans Licht kommt, wird man im Bayou nicht nur über diese Familie aus dem Sumpf reden, Octavius. Und glaubst du auch nur für einen Moment, daß wir das Schweigen dieses Mannes kaufen können?« fügte sie hinzu und wies mit einer Kopfbewegung auf Daddy.
»Wenn ich Ihnen mein Wort gebe«, begann Daddy, »Dann können Sie ...«
»Ihr Wort.« Sie warf den Kopf zurück und lachte, und dann warf sie ihm einen wutentbrannten Blick zu. »Was passiert, wenn Sie in eine Ihrer Zydecospelunken gehen und zuviel Whiskey schlucken, Monsieur? Werden Sie dann noch Ihr Wort halten? Halten Sie mich etwa für dumm, bloß weil mein Mann ... weil mein Mann etwas so Gräßliches getan hat?«
»Hm«, sagte Daddy. Er wälzte seine Gedanken einen Moment lang im Kopf herum und wußte nicht, wie er jetzt reagieren sollte, da ihm noch nicht recht klar war, was Gladys Tate hier eigentlich vorschlug. »Ich glaube, ich verstehe das alles nicht recht.«
Sie lachte kurz und schroff. »Und Sie glauben, ich verstehe es?« Sie hob die Augen zur Decke. »Manche Frauen werfen Tag und Nacht Kinder auf den Feldern wie die Kühe Kälber.« Sie sah mich finster an, dann trat ein Anflug von Traurigkeit auf ihr Gesicht und sie sagte: »Und andere ... anderen ist der Segen eigener Kinder durch eine unerklärliche Laune der Na-

tur verwehrt.« Sie wandte sich an Octavius. Er wandte den Blick ab und stützte sein Kinn auf die Handfläche.

»Was ich vorschlage«, fuhr sie fort und sah mich als erste an, »ist, daß Gabrielle während der gesamten Zeit ihrer Schwangerschaft hier im Haus bleibt. Sie wird hier im Haus leben. Ich richte ihr oben ein Zimmer ein, und niemand wird wissen, daß sie hier ist, noch nicht einmal mein Personal. Ich werde mich darum kümmern, daß bis zu der Geburt des Babys gut für sie gesorgt wird, und dann wird alle Welt glauben, daß es mein Kind ist. Ich werde vorgeben, schwanger zu sein, und ich werde alle Stadien der Schwangerschaft durchlaufen.«

»Und wie wollen Sie das anstellen?« fragte Daddy lächelnd. »Wollen Sie vielleicht eine Wassermelone schlucken?« Er lachte und sah mich an. Ich war derart erschrocken und schockiert über ihren Vorschlag, daß ich mich keinen Zentimeter von der Stelle rührte und gar nicht daran dachte, zu lächeln oder gar zu lachen.

Einen Moment lang wurde Gladys Tates Gesicht so weiß wie Papier, und dann erdolchte sie Daddy mit einem Blick.

»Lassen Sie das ruhig meine Sorge sein, Monsieur«, sagte sie, und ihre Stimme wies Ähnlichkeit mit dem Zischen einer Schlange auf. Sie nahm wieder eine steife Haltung ein und sah mich an. »Nachdem das alles ausgestanden ist, kann Gabrielle wieder nach Hause zurückkehren, und niemand wird etwas von den schaurigen Einzelheiten erfahren. Sie kann ihr Leben unbeschwert weiterführen und einen anständigen Mann zum Heiraten finden, wie Sie es sich erhofft haben.«

»Und was ist mit dem Baby?« fragte Daddy unerschrocken.

»Das Baby«, sagte sie, nachdem sie tief Atem geholt hatte. »Das habe ich Ihnen doch schon gesagt. Alle werden glauben, daß es mein Kind ist. Das Baby wird hierbleiben und als ein Tate aufwachsen. Er oder sie ist ohnehin ein Tate«, fügte sie hinzu.

»Ich weiß nicht recht«, sagte Daddy kopfschüttelnd. »Es kann gut sein, daß meine Frau damit nicht einverstanden ist ...«

»Und wie sieht die Alternative aus?« warf sie ihm an den Kopf. »Ihre Frau wird für den Rest ihres Lebens mit der

Schande leben müssen, soviel steht fest. Du willst doch gewiß nicht«, sagte sie und wandte sich an mich, »daß deine Mutter diese Erniedrigungen auf sich nehmen muß, daß man für alle Zeiten schlecht über sie reden wird, daß sie den Blicken anderer ausweichen muß, daß sie ständig wissen wird, daß die Leute hinter ihrem Rücken über dich tuscheln. Wenn du meinem Mann die Schuld zuschiebst, bist du noch lange nicht von jeder Schuld entbunden, Gabrielle«, bestürmte sie mich und nickte. »Die Männer werden trotzdem glauben, daß du in irgendeiner Form verantwortlich dafür warst, vor allem, wenn sich erst einmal herumspricht, daß du nackt gebadet hast.«

Ich versuchte zu schlucken, doch der Kloß in meiner Kehle war steinhart. Sie hatte den Blick so fest auf mich gerichtet, daß ich es nicht fertigbrachte, das Gesicht abzuwenden. Unwillkürlich dachte ich an Mama. Gladys Tate hatte recht. Mama würde es zwar niemals zeigen, aber ich wußte, daß es furchtbar für sie sein würde. Einige Leute würden sie nicht mehr als Heilerin zu sich bestellen, und andere würden uns wie Aussätzige behandeln.

»Daddy?« sagte ich nach einem Moment. »Ich glaube, sie könnte recht haben.«

»Was? Soll das etwa heißen, daß du dazu bereit bist, das Baby aufzugeben und alles, was damit zu tun hat?«

Ich nickte bedächtig und senkte den Kopf wie eine Flagge auf Halbmast. Es schien mir tatsächlich eine vernünftige Lösung sämtlicher Probleme zu sein.

»Ich weiß nicht recht. Meine Tochter wie eine Gefangene zu halten, ihr das Baby wegzunehmen …«

»Octavius«, sagte Gladys mit scharfer Stimme und lächelte dann wie die Katze in Alice im Wunderland, »warum gehst du nicht mit Mr. Landry ins Büro und besprichst mit ihm die finanzielle Seite, während Gabrielle und ich ungestört miteinander plaudern.«

Octavius sah sie einen Moment lang an und stand dann auf, als müßte er das Dreifache seines Gewichts vom Stuhl hochheben. In der Tür nahm sie ihn zur Seite und flüsterte ihm etwas ins Ohr, was ihn knallrot anlaufen ließ.

»Bist du verrückt?« sagte er. »Er wird es ja doch nur zum Fenster rauswerfen, es versaufen.«
»Das ist nicht unsere Sorge«, sagte sie. »Monsieur«, fügte sie hinzu und drehte sich zu Daddy um. Er warf einen Blick auf mich und stand dann langsam auf.
»Hier ist noch nichts entschieden«, sagte er. »Nicht, ehe ich gehört habe, was sie uns anzubieten haben, hast du gehört, Gabrielle?«
»Ja, Daddy.«
»Gut.« Er tauschte einen Blick mit Gladys Tate aus, doch sie ließ sich von ihm nicht einschüchtern. Da er das wußte, folgte er Octavius aus dem Zimmer. Gladys Tate schloß die Tür hinter ihnen und nahm auf dem hochlehnigen Stuhl Platz. Sie legte die Arme auf die Armlehnen und saß mit kerzengeradem Rücken da. Auf mich wirkte sie majestätisch. Obwohl wir auf einer Höhe miteinander waren, hatte ich das Gefühl, ich blickte zu ihr auf oder sie auf mich herab.
»Ich nehme an«, begann sie, »Daß das dein erstes Kind ist.«
»Ja, selbstverständlich, Madame.«
Sie lachte hämisch. »Willst du mir etwa einreden, du seist noch jungfräulich gewesen, als mein Mann mit dir geschlafen hat?«
»Aber das ist die Wahrheit, Madame.«
Sie starrte mich einen Moment lang an und blinzelte mehrfach schnell hintereinander. »Vielleicht stimmt das sogar«, sagte sie, und ihre Stimme erschien mir wesentlich trauriger und tiefer. Sie seufzte und warf einen Blick auf die zugezogenen Gardinen. »Dann ist es also meine Schuld, einzig und allein meine Schuld«, sagte sie und tupfte sich mit ihrem spitzengesäumten Seidentaschentuch die Augen ab. »Offensichtlich kann er Babys zeugen. Ich bin diejenige, die Schwierigkeiten hat.«
»Das tut mir leid für Sie, Madame.«
Sie drehte sich so abrupt zu mir um, als merkte sie jetzt erst, daß ich ihre Worte gehört hatte, und ihre Augen wurden so hart wie Kristalle.
»Vielen Dank, aber ich will dein Mitleid nicht. Was hast du überhaupt dort draußen im Teich getan? Ihm eine Falle gestellt?«

»Was?«
Sie nickte und verzog die Lippen zu einem hämischen Lächeln.
»Du hast dort in dem Wissen nackt gebadet, daß er in der Nähe herumstakt, ein gutaussehender, reicher Mann ...«
»Nein, Madame. Ich schwöre es.«
Sie stieß einen mürrischen Laut aus, und ihr Gesicht wurde wieder so verkniffen, daß ihre Haut der Oberfläche einer Statue aus Alabaster ähnelte. Dann holte sie tief Atem. »Das, was ich zu deinem Vater gesagt habe, war mein Ernst: Trotz allem, was Octavius getan hat, tue ich damit dir und deiner Familie einen größeren Gefallen als mir.«
»Ich weiß, Madame.«
»Damit sich diese Regelung bewährt, wirst du jeden meiner Befehle befolgen müssen. Ich erwarte, daß du dich kooperativ verhältst. Es wird nicht gerade angenehm für mich sein, aber für dich wird es für die nächsten sechs oder sieben Monate noch unangenehmer sein. Du wirst die Einsamkeit ertragen müssen, und du wirst so still sein müssen wie eine Kirchenmaus. Bringst du das fertig?«
»Ich hoffe es. Ja, ich glaube, schon, Madame.«
»Ich hoffe es auch. Wenn du dich mir auch nur ein einziges Mal widersetzt«, sagte sie, »werfe ich dich aus dem Haus, und dann bleibt es dir überlassen, aller Welt deinen dicken Bauch zu erklären, verstanden? Es wird zwar sehr unschön sein, aber ich glaube, ich kann die Leute hier davon überzeugen, daß du dir all das nur ausgedacht hast, obwohl deine Mutter einen so guten Ruf hat. Die Leute sind darauf angewiesen, sich ihren Lebensunterhalt in meiner Fabrik zu verdienen. Was glaubst du wohl, auf wessen Seite sie sich schlagen werden? Auf die eines armen Cajunmädchens oder auf meine?«
Ich erwiderte nichts darauf. Sie kannte die Antwort ohnehin schon.
»Was ist? Wirst du mir gehorchen und dich an meine Vorschriften halten?« verfolgte sie das Thema weiter.
»Ja, Madame. Aber ich werde doch gewiß meine Mutter sehen können.«
»Nur selten, und dann nur heimlich. Ich werde das folgendermaßen anstellen«, sagte Gladys Tate und dachte laut. »Ich

werde in Umlauf setzen, daß ich mich wegen meiner Schwangerschaft an eine Heilerin gewandt habe. Die Leute werden glauben, daß sie meinetwegen ins Haus kommt, aber du kannst keine Freunde sehen und keine anderen Besucher empfangen, ist das klar?«
»Ja, Madame. Aber wo werde ich mich aufhalten?«
»Ich zeige dir deine Unterkunft, sowie du zurückkommst. Ich will, daß du nachts kommst, heute nacht, um präzise zu sein. Sei um Mitternacht hier. Es wird still im Haus sein. Ich werde meinen Butler fortschicken, und die Hausmädchen werden natürlich längst schlafen. Komm einfach an die Tür. Bring möglichst wenig mit. Hast du mich verstanden?«
»*Oui*, Madame.«
»Gut«, sagte sie und erhob sich.
Ich stand auf. »Es tut mir alles schrecklich leid«, sagte ich. »Trotz allem, was Sie vielleicht glauben mögen, wollte ich nicht, daß es dazu kommt.«
»Was ich glaube, spielt keine Rolle. Das einzige, was zählt, ist, was passiert ist und was wir jetzt tun können, um den Schaden zu beheben, der meiner und deiner Familie andernfalls entstünde«, belehrte sie mich.
Ich nickte. War sie tatsächlich so großzügig? Besaß sie die Herzensgröße, ihrem Mann verzeihen zu können und eine solche Lösung zu planen? Ich war voller Hoffnung, ja, sogar dankbar, aber mir gefiel nicht, wie sie den Blick abwandte, wenn ich versuchte, ihr in die Augen zu sehen. Lag es daran, daß sie nicht zeigen wollte, wie groß ihr Schmerz war? Oder wie tief ihre Rachegelüste saßen?
Sie öffnete die Tür und rief Octavius und Daddy. Daddy trat als erster ein, und als ich sein strahlendes Gesicht sah, wußte ich, daß ihn das Angebot zufriedenstellte, das man ihm unterbreitet hatte.
»Ist alles geregelt?« fragte Gladys Octavius. Er nickte beklommen.
»Ich muß jetzt wieder arbeiten gehen«, sagte er.
»Ja, Sir, gehen Sie mal schön wieder zu Arbeit«, sagte Daddy zu ihm und klatschte ihm auf den Rücken. »Ich will doch nicht, daß Sie bankrott gehen. Jedenfalls nicht jetzt gleich.« Er

zwinkerte mir zu. »Komm, Gabrielle. Wir müssen deiner Mutter erzählen, was wir gemeinsam beschlossen haben.«
»Ich habe ihr gesagt, daß sie heute abend wieder hiersein soll«, sagte Gladys. »Sie soll allein kommen, haben Sie verstanden, Monsieur?«
»Ja, klar. Was gibt es da schon zu verstehen?« sagte Daddy. Dann schaute er finster. »Falls ich hören sollte, daß Sie sie nicht gut behandeln, ist das ganze Geschäft abgeblasen«, polterte er. Sie lächelte einfach nur hämisch. Es war, als hätte eine Fliege einem Alligator gedroht.
»Denk daran«, sagte sie zu mir. »Niemand darf etwas erfahren, und du wirst möglichst wenig mitbringen.«
»Ja, Madame.«
Octavius ging als erster. Daddy blieb noch einen Moment lang in der Tür stehen, sah sich um und nickte.
»Kein schlechter Ort, um dort ein paar Monate zu verbringen, was, Gabrielle? Ich bin mir sicher, hier bekommst du leckere Sachen zu essen.«
»Ja, Daddy. Laß uns jetzt gehen«, drängte ich ihn. Er schlenderte zur Tür und wandte sich dann noch einmal an Gladys.
»Glauben Sie bloß nicht, damit sei alles wiedergutgemacht. Es ist und bleibt ein Verbrechen, was er getan hat.«
Gladys Tates Ausdruck blieb unverändert, doch ihre Augen, in denen deutliche Anklagen standen, richteten sich auf mich. Ich machte die Tür auf und verließ eilig das Haus. Daddy folgte mir mit einem breiten Grinsen, doch als wir in den Lastwagen stiegen und losfuhren, verflog sein Lächeln.
»Du mußt mir dabei helfen, deine Mama davon zu überzeugen, daß dieser Entschluß richtig war, Gabrielle. Sie wird bestimmt glauben, das sei ein Plan, den ich ausgeheckt habe, um mehr Geld zu bekommen. Du mußt ihr unbedingt erzählen, daß die Idee von Gladys Tate stammt und nicht von mir, hast du gehört?«
»Ja, Daddy, ich werde es ihr sagen.«
»Gut«, sagte er. Und dann dachte er wieder an das Geld und strahlte über das ganze Gesicht.
»Ist es eine Menge Geld?« fragte ich.
»Was? Ach so. Tja, es ist nicht soviel, wie ich gern gehabt hätte,

aber wir werden schon damit auskommen. Ich werde deiner Mutter einen Packen geben, den sie horten kann, und dann kaufe ich ein paar Sachen für das Haus und vielleicht sogar einen neuen Lastwagen und Werkzeug für mich, damit ich mehr Arbeit bekomme.«
»Das klingt gut, Daddy«, sagte ich. Ich sah mich noch einmal nach dem Haus um und überlegte mir, daß wenigstens etwas Gutes bei dieser ganzen entsetzlichen Geschichte herausgekommen war.

Mama sagte ein paar lange, drückende Momente lang kein Wort. Sie hörte sich an, was Daddy ihr zu berichten hatte, der fast in einem Atemzug alles hervorsprudelte, und dann sah sie mich an, stand vom Tisch auf und stellte sich an das Fenster. Die hölzernen Fensterläden standen offen, und die Brise ließ die Gaze flattern, die wir vor das Fenster gehängt hatten, und das zarte Gewebe hüllte sie ein.
»Mir gefällt das alles gar nicht«, sagte sie schließlich. »Das klingt nicht normal, daß sie jetzt so tun will, als bekäme sie ein Baby und all das.«
»Was?« Daddys Augen quollen vor Unsicherheit aus seinem Kopf heraus. »Da bekommen wir all dieses Geld, Gabrielle will nicht am hellichten Tage den Bauch eine Meile weit vor sich herschieben, und das Baby ist gut untergebracht, und jetzt sagst du, dir gefällt das alles nicht?«
»Die meisten Frauen, die ich kenne, würden das nicht so wohlwollend hinnehmen und das Kind als ihr eigenes aufziehen wollen, Jack.«
»Sieh dir doch bloß die Frauen an, die du kennst. Die haben doch alle keinen Stil. Habe ich recht, Gabrielle?« fragte er und nickte. »Na los, erzähl es ihr.«
»Ich halte es für das Beste, Mama. Sie hat mir erzählt, daß es ihr bisher nicht gelungen ist, schwanger zu werden. Sie gibt sich die Schuld daran, und ich glaube, das ist der Grund dafür, daß sie es Octavius nicht allzu schwer macht und das Baby selbst behalten will.«
Mama starrte mich einen Moment lang an. »Für dein Alter weißt du schon sehr viel, Gabrielle. Du wirst so schnell er-

wachsen«, sagte sie kopfschüttelnd. »Aber ich finde das trotzdem nicht richtig.«
»Worüber klagst du denn jetzt schon wieder, Frau? Darüber, daß das Kind vernünftig ist? Das hat es schließlich von dir geerbt«, wandte Daddy ein.
»Das kann man wohl sagen, Jack Landry«, sagte sie und sah ihn fest an. »Wieviel Geld haben sie dir angeboten? Komm schon, sag es mir, und zwar gleich, und wage es nicht, mich zu belügen.«
»Fünftausend Dollar!« sagte er. »Was sagst du dazu?«
Mama war beeindruckt, doch sie schüttelte weiterhin betrübt den Kopf. »Blutgeld«, sagte sie. »Es kommt mir nicht richtig vor, das anzunehmen, Jack.«
»Du hast es doch nicht angenommen«, sagte er. »Ich habe es angenommen, und du kannst von Glück sagen, daß ich dir einen Teil davon gebe und im Haus ein paar Dinge tue, die du dir schon lange gewünscht hast«, fügte er hinzu.
»Das ist dasselbe, als hätte ich das Geld angenommen.«
»Gabrielle«, rief er aus und warf die Hände in die Luft. »Könntest du deine Mutter zur Vernunft bringen? Mir geht allmählich der Atem aus.«
»Mama, das ist die beste Lösung, und wenigstens ist doch noch etwas Gutes dabei herausgekommen. Gladys Tate wird erlauben, daß du mich besuchst. Sie wird verbreiten, daß du sie behandelst.«
»Was soll ich den Leuten sagen, die sich nach dir erkundigen? Wie soll ich erklären, daß du nicht hier bist?« fragte sie, doch sie ließ sich allmählich erweichen.
»Du wirst allen erzählen, daß sie die Familie meines Bruders in Beaumont besucht«, schlug Daddy vor. »Das klingt doch gut, oder nicht?«
»Nein. Meine Freundinnen wissen, daß ich ihr niemals erlauben würde, einen Landry zu besuchen«, erwiderte Mama. »Und überhaupt bin ich keine gute Lügnerin. Ich habe nicht deine Erfahrung, Jack.«
»Dann sag eben gar nichts. Das geht die Leute ohnehin nichts an.«
»Du kannst allen erzählen, ich sei bei deiner Tante Haddy zu

Besuch, Mama. Ich wollte sie ohnehin schon immer besuchen. Das ist fast keine Lüge.«

Mama lachte. »Du klingst schon wie er«, sagte sie, doch sie lächelte immer noch. Sie kam auf mich zu, strich mir über das Haar und küßte mich dann auf die Stirn. »Mein armes Kind. Das hast du nicht verdient. Es war nicht deine Schuld, aber das ist nicht das erste Mal, und es wird auch nicht das letzte Mal sein, daß etwas Ungerechtes auf dieser Welt geschieht. Bist du ganz sicher, daß du es so haben willst?«

»Ja, Mama.«

Sie legte die Hand auf ihr Herz und holte tief Atem. »Aber du mußt mir versprechen, daß du nach Hause kommst, wenn du nicht glücklich dort bist, ganz gleich, was hinterher auch passieren mag, Gabrielle.«

»Das verspreche ich dir, Mama.«

Sie setzte sich wieder hin. »Wann wirst du dort erwartet?«

»Heute um Mitternacht«, sagte ich. Sie schien erschrocken zu sein, und ihre Augen wurden glasig. »Du brauchst dir um mich keine Sorgen zu machen, Mama.«

Sie biß sich auf die Unterlippe, nickte und drängte ihre Tränen zurück. Mir schmerzte die Brust.

Ich ging nach oben, um die wenigen Dinge zu packen, die ich mitnehmen würde. Ich beschloß, die Fotos von Mama und Daddy mitzunehmen, die gleich nach ihrer Hochzeit aufgenommen worden waren. Ich packte Unterwäsche ein, zwei Nachthemden, drei Kleider, ein zweites Paar Mokassins, ein paar Haarschleifen, meine Kämme und meine Bürsten. Während ich diese Sachen zusammensuchte, bereitete Mama ein Päckchen für mich vor, das ihre selbstgemachte Seife enthielt, ein paar Kräuter, die ich mit den Mahlzeiten einnehmen sollte, und eine kleine Statue von Sankt Medad. Ich packte ein paar Bücher und Zeitschriften in meine Tasche und steckte dann noch einen Block und einen Bleistift dazu, damit ich mein Tagebuch schreiben und auch andere Dinge festhalten konnte. Ich war ganz sicher, daß Gladys Tate mich mit Dingen versorgen würde, damit ich mir die Zeit vertreiben konnte, wenn ich sie darum bat. Ich konnte zum Zeitvertreib sticken und weben.

An jenem Abend bereitet Mama eine meiner Leibspeisen zu, ihr Langustenétouffée. Sie beschäftigte sich den ganzen Tag über, damit sie nicht dazu kam, sich Sorgen zu machen. Daddy war in die Stadt gegangen, um einige der Gegenstände zu besorgen, die er von dem Geld kaufen wollte. Er kam mit einer Schachtel Pralinen und mit einer Flasche französischem Parfum für Mama zurück. Es war schon eine ganze Weile her, seit ich ihn das letzte Mal so überschwenglich und so froh erlebt hatte. Vor dem Abendessen wusch er sich und zog sein bestes Hemd und seine beste Hose an. Während des Essens redete er unermüdlich über die Dinge, die wir im Haus tun sollten.

»Was hältst du davon, daß wir einen neuen Herd kaufen, Catherine?«

»Der Herd, den ich habe, ist doch in Ordnung, Jack.«

»Darum geht es doch gar nicht. Ich habe mir überlegt, wir könnten uns eines von diesen neuen Radios besorgen, und vielleicht besorge ich dir einen von diesen Mixern, damit du nicht den ganzen Tag lang mit einer Schüssel dazustehen und zu rühren brauchst, was sagst du dazu? Und was hältst du von einem von diesen Dingsdas, die den Schmutz aufsaugen?«

»Für all diese Dinge braucht man Elektrizität, Jack«, rief ihm Mama trocken ins Gedächtnis zurück.

»Dann lassen wir uns eben jetzt gleich Elektrizität legen. Schließlich ist das Geld jetzt endlich da, stimmt's?«

»Gib nicht alles an einem Tag aus, Jack«, warnte ihn Mama.

»Nein, natürlich nicht. Ich gebe dir Geld zum Horten, aber ich brauche auch etwas, um es gut anzulegen. Schließlich kann man von fünftausend nicht ewig leben«, sagte er, als sei er bereits ein erfolgreicher Geschäftsmann. »Vielleicht sollte ich doch keinen Lastwagen und Werkzeug kaufen, sondern mir lieber ein eigenes Langustenfischerboot zulegen. Für eine Anzahlung reicht es. Oder ...«

»Hör auf«, sagte Mama. Tränen strömten über ihre Wangen.

»Was? Was habe ich denn getan?«

Sie stand vom Tisch auf und rannte zur Haustür hinaus.

»Was habe ich denn getan?« fragte mich Daddy und breitete hilflos die Arme aus.

»Es ist schon gut, Daddy. Laß mich mit ihr reden.«
Ich folgte ihr. Sie saß auf ihrem Schaukelstuhl und starrte in die Dunkelheit hinaus.
»Mama.«
»Ich ertrage es nicht, daß er dasitzt und sich mit all den Dingen brüstet, die er mit diesem Geld anfangen wird, Gabrielle. Es tut mir leid. Das ist schmutziges Geld, ganz gleich, wie man es sieht«, beharrte sie.
»Ich weiß, Mama. Aber was zählt, ist nicht so sehr das Geld. Entscheidend ist, daß wir einen guten Platz für das Baby gefunden haben und die Schande nicht über uns hereinbricht. Gladys Tate hat recht: Es ist zwar nicht meine Schuld, aber die Leute werden trotzdem schlecht von mir denken, und welcher anständige Mann will dann noch etwas mit mir zu tun haben?«
»Das hat sie gesagt?«
»Ja, Mama.«
»Sie will dieses Baby also wirklich haben, stimmt's?«
»Den Eindruck hatte ich allerdings, Mama.«
Mama seufzte tief und breitete dann die Arme aus. Ich kniete mich neben sie und begrub mein Gesicht an ihrem Busen, wie ich es als kleines Mädchen getan hatte, und sie zog mich eng an sich und wiegte mich ein wenig. Dann drückte sie mir einen Kuß aufs Haar.
»Also, gut«, sagte sie. »Ich komme schon zurecht. Sag ihm nur, er soll sich das Maul mit einem Kilo Dichtungshanf stopfen.«
Ich lachte und drückte sie noch einmal an mich. Mama war meine beste Freundin. Jemanden wie sie würde es für mich auf der ganzen Welt nie wieder geben. Dieses Wissen machte mich froh, aber zugleich auch traurig, da ich wußte, daß ich sie eines Tages verlieren würde, und dann würde ich Vormittage und Nachmittage, Nächte und die Sterne ohne ihre Weisheit und ihren Trost, ohne ihre Liebe und ihr Lächeln ertragen müssen. Es würde sein, als hätte sich eine Wolke für immer und ewig vor die Sonne geschoben.
Wir gingen wieder ins Haus und beendeten unsere Mahlzeit. Daddy war so klug, den Mund zu halten. Er ging hinter das Haus, um seine Pfeife zu rauchen, die aus einem Maiskolben

gefertigt war, und über seinen neuen Reichtum nachzusinnen. Nachdem wir das Geschirr gespült hatten, setzten Mama und ich uns wieder auf die Veranda und redeten miteinander. Sie erzählte mir, wie es gewesen war, als sie schwanger war, und wie meine Geburt verlaufen war. Sie erzählte mir von den beiden Babys, die ihre Mutter verloren hatte, eines durch eine Fehlgeburt, und eines war totgeboren worden. Davon hatte ich nie etwas gewußt.
Etwa um halb zwölf erschien Daddy, um mir zu sagen, es sei jetzt an der Zeit.
»Wie wird das vor sich gehen?« fragte Mama.
»Ich fahre sie rüber, und sie geht allein ins Haus, stimmt's, Gabrielle?«
»Ja, Mama, genauso ist es.«
»Du wirst warten, bis man sie eingelassen hat, Jack.«
»Ja, natürlich warte ich so lange«, fauchte er. »Mir ist egal, wie reich diese Leute sind. Sie sollen es wagen, Jack Landry zu ärgern«, drohte er.
»Um Jack Landry mache ich mir keine Sorgen«, gab Mama daraufhin zurück.
»Ich gehe jetzt und hole meine Sachen, Daddy«, sagte ich und eilte nach oben. Eine Zeitlang stand ich in meinem Zimmer und sah mich um. Es war kein großes Zimmer, aber es war gemütlich und warm. Das war der Ort, an dem ich meine Kinderkrankheiten durchgemacht hatte, an dem ich Tränen vergossen hatte, an dem ich mich meinen Träumen und Phantasien hingegeben und abends wunderbare Gespräche mit Mama geführt hatte. Hier hatte sie mir ihre Schlaflieder vorgesungen und mich in die Decke eingewickelt, damit ich mich geborgen fühlte. Heute abend würde ich zum ersten Mal in meinem Leben in einem anderen Zimmer schlafen. Ich unterdrückte die Tränen, da ich fürchtete, Mama, die ohnehin schon beunruhigt war, noch mehr zu beunruhigen. Dann sprach ich ein stummes Gebet für sie, für Daddy und für mich und verließ eilig mein Zimmer, ohne mich noch einmal umzusehen.

Daddy hatte die Scheinwerfer des Lastwagens ausgeschaltet, als wir die Einfahrt zu The Shadows erreichten. Ganz langsam fuhr er über den Kies. Eine dicke Schicht dunkler Wolken war vom Golf herübergezogen und hatte eine Decke aus rabenschwarzer Dunkelheit vor die funkelnden Sterne gezogen, zu denen ich so oft trostsuchend aufblickte. Jetzt wirkte der Himmel wie ein gigantisches Tintenfaß, schwarz, tief und endlos. Das ließ eine böse Vorahnung in mir aufkeimen, als wir dieser prächtigen Cajunvilla immer näher kamen. Ich wußte, daß ich mich unter anderen Umständen schlichtweg dafür begeistert hätte, ein solches Haus zu betreten, ganz zu schweigen davon, eine Zeitlang darin zu leben.

Da nur hier und da vereinzelte Lichter brannten, wirkte das Haus trübsinnig und unheilverkündend. Das Dach ragte als Silhouette gegen das ebenholzschwarze Wolkenmeer auf. Weiter rechts konnte ich das klägliche Heulen eines angeketteten Hundes hören, und in der Ferne konnte ich zwischen den Gewitterwolken Blitze sehen. Fledermäuse flogen tief über die Einfahrt und schlugen ihre Flügel mit mechanischer Präzision, wenn sie heruntertauchten, um ein Insekt zu schnappen, das für meine Augen unsichtbar war. Als Daddy den Motor ausschaltete, konnten wir die monotone Symphonie der Zikaden hören.

Daddy war eine Spur nervöser als sonst. Nachdem er den Lastwagen angehalten hatte, richtete er den Blick fest auf die Haustür, während er mit mir sprach.

»Also«, sagte er, »ich vermute, wir werden uns jetzt für eine Weile voneinander verabschieden müssen, Gabrielle. Ich weiß, daß du in guten Händen sein wirst. Laß dir bloß von niemandem etwas bieten, hörst du?«

»Ja, Daddy.«

»Deine Mutter wird dich demnächst besuchen und mir Bericht erstatten.«

»In Ordnung, Daddy«, sagte ich mit einer Stimme, die sogar in meinen eigenen Ohren kleinlaut und zu jung für mein Alter klang.

»Tja«, sagte er. »Dann ist es jetzt wohl das Beste, wenn du aussteigst und allein hingehst, wie wir es abgemacht haben.« Er beugte sich vor und drückte mir einen schnellen Kuß auf die Wange.

»Auf Wiedersehen, Daddy«, sagte ich und öffnete die Tür des Lastwagens. Sie bewegte sich quietschend in den Angeln, mit einem metallischen Klagen, dessen Echo über das gesamte Anwesen zu hallen schien. Sogar die Ochsenfrösche unterbrachen ihr Konzert, um zu lauschen.

»Demnächst werde ich mir einen neuen Laster zulegen, der keine Beulen hat und nirgends quietscht«, prahlte Daddy.

Ich schloß die Tür des Wagens und schleppte meine Tasche und mich selbst die Stufen zur Veranda vor dem Haus hinauf, doch schon ehe ich die Glöckchen klingeln lassen konnte, wurde die Tür mit einem so heftigen Ruck aufgerissen, daß ich glaubte, er ließe einen Luftzug entstehen, der mich in die schlecht beleuchtete Eingangshalle ziehen würde. Gladys Tate stand in einem dunkelblauen Morgenmantel über ihrem Nachthemd aus elfenbeinfarbener Spitze da. Sie hielt eine kleine Kerosinlampe in der Hand. Das gelöste Haar fiel um ihre Schultern, und ihr Gesicht, das jetzt keine Spur von Make-up aufwies, erweckte den Eindruck, als sei Kerzenwachs geschmolzen und über ihre Stirn und ihre Wangen geschmiert worden, was ihr einen gespenstisch weißen Teint verlieh. Die winzige Flamme in der Lampe flackerte.

»Komm schnell rein«, krächzte sie. Sowie ich durch die Tür getreten war, schloß sie sie hinter mir und ging auf die Treppe zu. »Folge mir.«

Ohne ein weiteres Wort führte sie mich nach oben und scheuchte mich so schnell durch das Haus, daß ich keine Sekunde lang dazu kam, stehenzubleiben und mich umzusehen. Ich hatte mehr oder weniger damit gerechnet, auch Octavius vorzufinden, doch von ihm war nirgends etwas zu sehen. Als wir den oberen Treppenabsatz erreicht hatten, wandte sie sich nach links und führte mich durch einen kurzen Korridor zu einer schmalen Tür. Sie steckte die Hand in eine Tasche ihres Bademantels, um einen Schlüsselbund herauszufischen und die Tür aufzuschließen. Einen Moment lang blieb sie stehen und lauschte. Nachdem sie zu ihrer Zufriedenheit festgestellt hatte, daß kein Laut zu vernehmen war, streckte sie eine Hand aus und betätigte einen Schalter, um ein paar Treppenstufen zu beleuchten, die zu einem Dachboden und zu einer zweiten Tür führten.

»Was ist dort oben?« fragte ich.
»Was dort oben ist? Wie meinst du das? Dort oben ist dein Zimmer. Was hast du denn geglaubt, wo ich dich unterbringe, etwa in meinem Schlafzimmer oder bei Octavius?« gab sie zurück. Sogar in dem schwachen Licht konnte ich ihr groteskes Lächeln sehen.
»Nein, Madame, aber ...«
»Was aber?«
»Nichts«, sagte ich.
»Paß gut auf, wohin du trittst, und tritt so leicht wie möglich auf. Lauf auf Zehenspitzen«, riet sie mir und stieg die wenigen steilen Stufen hinauf. Dabei schwebte sie selbst mehr oder weniger durch die Luft. Als sie die zweite Tür erreicht hatte, steckte sie einen zweiten Schlüssel in das Schloß und drehte ihn um. Ich trat hinter ihr ein. Sie stellte die Lampe behutsam auf einen schmucklosen, rechteckigen Tisch aus Zypressenplanken, und dann drehte sie die Flamme höher, um einen beengenden kleinen Raum auszuleuchten, der ein einziges Fenster zur Rückseite des Hauses hatte und sofort Klaustrophobie bei mir auslöste. Jetzt war vor diesem Fenster eine Jalousie heruntergelassen, und davor war ein Vorhang zugezogen.
Die Wände waren früher einmal mit einem Blumenmuster tapeziert gewesen, doch die Tapete war derart ausgebleicht, daß die Blumen auf dem eierschalfarbenen Hintergrund, der ursprünglich bestimmt weiß gewesen war, kaum noch zu erkennen waren. Rechts von mir waren etliche Regale angebracht, auf denen jetzt Puppen jeder Größe saßen, von denen einige anscheinend aus fremden Ländern stammten. Zwischen vielen der Puppen hingen Spinnweben, und ihre Gesichter und ihre Puppenkleider waren fast so stark ausgebleicht wie die Tapete. Direkt vor mir sah ich die kurze Matratze eines Klappbetts in einem Gestell aus dunkler Eiche ohne Kopfende. Rechts daneben stand ein winziger Nachttisch, und direkt daneben stand eine Kommode, die nicht höher als bestenfalls einen Meter war.
»Früher einmal«, sagte Gladys Tate, »war das mein Spielzimmer. In diesem Schrank dort sind noch ein paar von meinen

Ausschneidebögen, und dort findest du auch Puzzles, Puppengeschirr und andere Kinderspiele.« Sie wies mit einer Kopfbewegung auf den schmalen Schrank, der gleich rechts neben der kleinen Kommode stand. »Es ist zwar nicht das Waldorf, aber für unsere Zwecke genügt es«, fügte sie hinzu und drehte sich zu mir um. Ihre Worte kamen kalt und lieblos heraus. Der Zweck konnte ohne weiteres der sein, jemanden für sein schlechtes Benehmen zu bestrafen.
Ohne etwas darauf zu erwidern, stellte ich meine Tasche auf dem Tisch ab und trat vor das Bett. Ich setzte mich darauf und hörte die Matratze wie eine ganze Rattenfamilie quietschen. Es war zwar so dunkel, daß ich nicht viel sehen konnte, doch ich nahm an, hier gäbe es genug Staub, um ein Kopfkissen damit zu füllen.
»Das Bett habe ich heute selbst frisch bezogen«, brüstete sich Gladys. »Und zwar mit dem Bettzeug, der Decke und dem Kissen, das ich damals benutzt habe, wenn ich hier oben geschlafen habe. Ich bin immer gut mit meinen Sachen umgegangen, und daher haben sie so lange gehalten. Ich erwarte von dir, daß du die Sachen ebenfalls gut behandelst«, sagte sie, und ich sah mich um und fragte mich, was ich hier gut behandeln sollte: ein kleines Lämpchen, winzige Möbelstücke, eine verblaßte Tapete, alte Spielsachen ...
»Natürlich konnte ich das Zimmer nicht von meinen Hausangestellten putzen lassen, ohne ihren Verdacht zu erregen. Das meiste wirst du selbst tun müssen, aber schließlich hast du ja jede Menge Zeit, nicht wahr?« sagte sie.
»Wo ist das Badezimmer?« fragte ich, ohne auf ihre Bemerkung einzugehen.
»Das Badezimmer? Du bist doch einen Außenabort gewohnt, oder etwa nicht?«
»Doch, aber wie könnte ich einen Außenabort benutzen, wenn Sie nicht wollen, daß jemand etwas von meiner Anwesenheit hier im Haus erfährt?«
»Genau«, sagte sie und ging auf den kleinen Schrank zu. Sie holte einen Nachttopf heraus. »Den wirst du benutzen. Jeden Abend, wenn schon alle schlafen, komme ich nach oben und sage dir Bescheid, und dann kannst du ihn ins Badezimmer in

dem Korridor tragen, der auf den Dachboden führt. Dann kannst du dich auch waschen oder baden. Schließlich will ich nicht, daß du dir irgendwelche Krankheiten zuziehst und mein Kind in Gefahr bringst«, fügte sie hinzu.
Mein Kind? dachte ich. Sie hatte sich sehr schnell mit dieser Geisteshaltung angefreundet. Ihre Entschlossenheit beeindruckte mich.
»Hier oben ist es stickig«, sagte ich. »Ist dieses Fenster offen?«
»Ja.«
»Dann müssen wir den Vorhang öffnen und die Jalousie hochziehen«, sagte ich, »um das Zimmer halbwegs zu lüften.« Ich ging auf das Fenster zu.
»Jetzt kannst du das tun, aber du mußt immer daran denken, die Jalousie am Morgen wieder herunterzuziehen. Wir wollen nicht, daß dich jemand hier oben entdeckt. Schau nie, aber auch wirklich niemals, bei Tageslicht aus diesem Fenster hinaus, verstanden? Wenn du gesehen wirst, hast du alles verdorben.«
»Ich soll nie aus dem Fenster sehen?«
»Du darfst noch nicht einmal aus einem Spalt hinauslugen. Jemand könnte sehen, daß die Jalousie sich bewegt, und dafür müßte ich dann eine Erklärung abgeben. Falls es dazu kommen sollte, werde ich mir die Mühe sparen. Ich werde dich schlichtweg vor die Tür setzen lassen«, drohte sie. Dann lächelte sie kalt, und ihr rechter Mundwinkel schnitt sich in ihre Wange. »Ich könnte den Leuten ganz einfach erzählen, wir hätten dich hier aufgenommen, um deinen Eltern einen Gefallen zu tun, aber du hättest dich schlecht benommen. Alles, was ich sage, wird man mir eher abnehmen als alles, was dein Vater sagt«, fügte sie zuversichtlich hinzu.
Trotz allem, was Octavius mir angetan hatte, konnte ich nicht begreifen, weshalb er eine so kaltherzige Frau geheiratet hatte. Ihre Augen funkelten wie geschliffene Steine, und ihr Mund war so dünn wie ein Strich, als hätte man ihre Lippen mit einem Bleistift gezeichnet. Ich rechnete fast mit der Entdeckung, daß die Alabasterhaut ihres Gesichts und ihres Körpers nicht von Adern durchzogen war, in denen Blut floß, und daß sie anstelle eines Herzens ein Gefäß voller zorniger Bienen trug.

»Und außerdem solltest du dankbar dafür sein, daß ich dir für die Zeit deiner Schande diese sichere und behagliche Unterkunft zur Verfügung gestellt habe«, sagte sie.
Eine sichere und behagliche Unterkunft? Ich würde in einem Raum schlafen, essen und meine Notdurft verrichten, der nicht viel größer war als die Kleiderschränke mancher Leute, und das in diesem riesigen Haus, in dem es ein Dutzend prächtige Zimmer gab. Man würde mich einsperren und mir verbieten, die Sonne zu sehen oder den Wind in meinem Gesicht zu spüren, und man würde mir nur gestatten, aus dem Fenster zu schauen, wenn die Sonne untergegangen war, und wie eine Fledermaus' nur zu einer nächtlichen Stunde aufzutauchen.
»Und jetzt«, fuhr sie fort und verschränkte die Arme auf der Brust, »kommen wir zu den Vorschriften.«
»Vorschriften?«
»Ja, selbstverständlich mache ich dir Vorschriften. Alles muß deutlich klargestellt und bis aufs I-Tüpfelchen befolgt werden. Das Allerwichtigste zuerst: Du wirst dieses Zimmer niemals ohne meine ausdrückliche Erlaubnis verlassen. Wie ich bereits sagte, werde ich herkommen und dir Bescheid geben, wenn die Luft rein ist und du nach unten kommen kannst, um den Nachttopf auszuleeren und dich zu waschen.
Zweitens wirst du hier oben diese Mokassins nicht tragen. Lauf barfuß und lauf so wenig wie möglich herum, damit du möglichst wenig Lärm machst. Falls jemand Schritte hören sollte, werde ich sagen, daß es Feldmäuse sind, aber es darf unter gar keinen Umständen mit Dingen geklappert oder gerasselt werden. Keine Musik, kein Gesang, und falls du mit dir selbst reden solltest, was ich mir gut vorstellen kann, dann mußt du dich auf ein Flüstern beschränken. All das gilt insbesondere für die Vormittage, wenn meine Hausmädchen das obere Stockwerk aufräumen und putzen. Ist das klar?«
»*Oui*, Madame«, sagte ich.
»Gut. Drittens: das Essen. Ich werde versuchen, zweimal täglich nach oben zu kommen, aber gelegentlich kann es passieren, daß ich nur einmal am Tag kommen werde. Auf der anderen Seite des Bettes findest du einen Wasserkrug. Vergeude

dieses Wasser nicht. Wenn du nach unten ins Badezimmer gehst, kannst du den Krug auffüllen, aber denk daran, daß du diese Gelegenheit nur einmal täglich haben wirst. Ich werde dafür sorgen, daß du anständiges Essen bekommst, damit die Gesundheit meines Babys nicht gefährdet wird. Du wirst nicht mehr als eine Gabel, einen Löffel, ein Messer, einen Teller, eine Tasse und ein Glas zur Verfügung haben, da ich all diese Dinge persönlich spülen muß. Es liegt auf der Hand, daß ich das den Hausmädchen nicht überlassen kann.
Viertens: Hier oben gibt es keine Elektrizität. Du wirst diese Kerosinlampe erst anzünden, wenn die Sonne untergeht, und du wirst die Flamme so klein wie möglich drehen und die Lampe so weit wie möglich vom Fenster entfernt hinstellen. Ich habe tatsächlich«, sagte sie und trat vor, »hier auf dem Fußboden eine Grenzlinie gezeichnet. Sieh her«, befahl sie mir und deutete darauf. Ich schaute hin und sah einen schwarzen Strich auf dem Bretterboden. »Du wirst die Lampe zu keinem Zeitpunkt über diese Grenzlinie tragen, verstanden?«
»*Oui*, Madame«, sagte ich kopfschüttelnd und staunte darüber, wie gründlich sie alle Einzelheiten durchdacht hatte.
»Lach dich ruhig kaputt darüber«, fauchte sie mich an, »aber ich habe mir große Mühe damit gemacht, diese Dinge heute sorgsam zu planen, und meine Vorschriften dienen ebensosehr deinem Nutzen wie dem aller anderen. Ich bin nicht sicher, ob du das wirklich zu würdigen weißt.«
»Natürlich weiß ich das zu würdigen, Madame.«
»Hm«, sagte sie und nickte skeptisch. »Wir werden es ja sehen. Fünftens: deine Unterhaltung. In dem Schrank stehen ein paar Bücher. Natürlich kannst du dich mit den Spielsachen beschäftigen. Ich habe gehört, daß du weben und sticken kannst, und daher werde ich dir das nötige Material beschaffen. Aus naheliegenden Gründen kannst du kein Radio und kein Grammophon haben.
Jetzt zum letzten Punkt: Jeden Donnerstag haben meine Hausmädchen und mein Butler einen freien Abend und gehen aus dem Haus. Dann werde ich nach oben kommen und dich holen, damit du dir die Beine vertreten und im Eßzimmer zu

Abend essen kannst. Wenn du willst, kannst du hinter dem Haus herumlaufen. Einige meiner Feldarbeiter leben in der Nähe, aber es bereitet mir keine Sorgen, daß sie dich in den allerersten Monaten gelegentlich sehen könnten, wenn man dir noch nicht allzuviel ansieht. In der zweiten Hälfte der Schwangerschaft wird es dir jedoch nicht gestattet sein, daß Haus zu verlassen, noch nicht einmal bei Nacht. Verstanden?«
Ich nickte.
»Gut. Hast du noch irgendwelche Fragen?«
Ich sah mich um. »Was ist, wenn ich tagsüber etwas brauche?«
»Dann wirst du eben warten müssen, bis ich gefahrlos nach oben kommen kann«, sagte sie.
»Mir gefällt das alles ebensowenig wie dir«, fuhr sie fort. Als ich nichts darauf erwiderte, wurden ihre Augen glasig vor Wut. »Was glaubst du wohl, wie mir dabei zumute ist, die Frau bei mir aufzunehmen, mit der mein Mann in den Sümpfen geschlafen hat, die Frau, die sein Kind austrägt, das Kind, das mein Kind hätte sein sollen, das in meinem Körper hätte heranwachsen sollen? Was glaubst du wohl, was für ein Gefühl es für mich sein wird, unter dir zu schlafen und jede Nacht in dem Wissen zur Decke aufzublicken, daß du hier bist?«
»Es tut mir leid, Madame, aber es war Ihre Idee, und ...«
»Ich weiß, daß es meine Idee war, du kleiner Dummkopf, aber das heißt noch lange nicht, daß mir all das behagt. Ich war nur einfach schlau genug, um mir einen Ausweg für alle Beteiligten einfallen zu lassen.« Sie zog den Kopf zurück. »Weiß deine Mutter ebenfalls zu würdigen, was ich hier tue?«
»Sie kann es verstehen«, räumte ich ein.
»Hm. Sie kann es verstehen? Nun, ich persönlich kann es nicht verstehen, aber ich bin schließlich keine Heilerin. Ich bin nichts weiter als ... eine mißhandelte Ehefrau.« Sie seufzte. »Ich bin müde«, sagte sie dann. »Ich habe einen sehr anstrengenden Tag hinter mir, der mich gefühlsmäßig mitgenommen und ausgelaugt hat. Am späten Vormittag werde ich dir etwas zu essen bringen, nachdem die Mädchen uns das Frühstück serviert, das Geschirr gespült und die Küche geputzt haben und in anderen Teilen des Hauses beschäftigt

sind. Falls etwas dazwischenkommen sollte, wirst du dich gedulden müssen, und versuch bloß nicht, ganz gleich, was du auch tust, herauszufinden, warum ich nicht hier auftauche, obwohl ich dir gesagt habe, ich käme. Sei so klug, dir selbst zu sagen, daß triftige Gründe mich in dem jeweiligen Moment daran hindern.

All das erfordert ein großes Entgegenkommen von deiner Seite, damit es klappen kann«, erklärte sie. »Ich versichere dir, wenn etwas schief geht, dann wird es bestimmt nicht an mir liegen.«

»Ich werde mein Bestes tun, Madame.«

»Dein Bestes ist nicht unbedingt genug. Tu, was ich will«, verbesserte sie mich.

»Ich werde es versuchen.«

»Ja, versuch es«, sagte sie und verzog den Mund. »Wieviel leichter es doch ist, sich schwängern zu lassen, meinst du nicht auch? Man liegt einfach nur still, und der Mann steckt seine Härte hinein und ächzt vor Lust.«

»Ich habe nicht still dagelegen, Madame«, gab ich zurück.

Sie starrte mich mit ihrem sarkastischen Lächeln an.

»Ich sage die Wahrheit. Ich bin vergewaltigt worden!«

»Hier in dieser Gegend ist es kein großes Geheimnis, daß Octavius nicht gerade kräftig ist. Mein Vater hat ihn für mich ausgesucht, ihn in unser Geschäft eingearbeitet und ihn ausgebildet, und er hat ihn darauf vorbereitet, mein Ehemann zu sein. Er hat gefürchtet, ich würde keinen richtigen Mann finden, der in seinen Augen anständig genug ist, und daher hat er mir einen Mann gesucht.

Er hat dafür gesorgt, daß wir einander kennenlernen, und er hat uns beide regelrecht vor den Altar geschleift. Octavius ist ein Schwächling. Es fällt mir schwer zu glauben, er könnte sich jemandem gewaltsam aufdrängen, und selbst bei einem angeblich hilflosen jungen Mädchen kann ich mir das nicht recht vorstellen.

Aber ganz gleich, was passiert ist, der Schaden ist angerichtet, und wieder einmal war ich diejenige, die sich eine Lösung für ein Problem einfallen lassen mußte.«

»Sie hätten niemals einen Mann heiraten sollen, in den Sie nicht

verliebt waren, Madame«, kritisierte ich sie, da meine Wut und meine Empörung mir Mut machten.
Ihr Mund verzog sich zu einem gehässigen Lächeln, und sie schüttelte den Kopf.
»Ihr jungen Mädchen heute amüsiert mich. Ihr geht ins Kino und seht euch all diese Filmstars in ihren romantischen Rollen an, und ihr denkt, auch euch könnte das zustoßen. Ihr glaubt, ihr begegnet einem Mann, und plötzlich wird Musik erklingen, und ihr werdet gemeinsam in den Sonnenuntergang laufen. Im Leben geht es aber nicht zu wie im Film. Das Leben ist wahr, und in der wahren Welt werden Menschen aus praktischeren Gründen zusammengeführt, und selbst wenn zu Beginn Liebe im Spiel ist, dann hält sie nicht lange an.«
»Sind deine Eltern etwa noch verliebt?« fragte sie geringschätzig. »Ehren und lieben sie einander etwa immer noch, bis daß der Tod sie scheidet? Nun, was ist? Du hast mir keine Antwort gegeben«, sagte sie, ehe ich auch nur Atem holen konnte.
Ich atmete tief ein und drückte meinen Rücken durch, wie Mama es so oft tat. »Nicht jeder führt ein vollkommenes Leben, Madame, aber Sie haben Ihre Ehe in dem Glauben angetreten, daß ohnehin von Anfang an alles nicht vollkommen ist. Sie haben es gewußt, und trotzdem haben Sie sich auf dieses Leben eingelassen. Das«, sagte ich unerschrocken und voller Entschlossenheit, »war Ihr Fehler.«
Das Lächeln wich von ihrem Gesicht. »Für ein Mädchen in deinem Alter bist du ziemlich unverschämt, aber das wundert mich gar nicht, wenn ich bedenke, wo du lebst und wie du aufgezogen worden bist. Wir werden einander tolerieren und das tun, was getan werden muß, aber an dem Tag, an dem dieses Baby geboren wird, wirst du aus diesem Haus und aus meinem Leben verschwinden«, kündigte sie mir an.
»Madame«, sagte ich, »das ist der erste Punkt, in dem wir wirklich einer Meinung sind.«
Es schien, als strömte jeder Tropfen Blut aus ihrem Körper in ihr Gesicht. Mit einem Ruck zog sie die Schultern hoch und nahm eine steife Haltung ein. Einen Moment lang starrte sie mich einfach nur wutentbrannt an. Dann wandte sie sich ab und ging zur Tür.

»Merk dir alles, was ich gesagt habe«, befahl sie mir und ging, und dann schloß sie die Tür leise hinter sich. Ich hörte, wie sie auf Zehenspitzen die Stufen hinunterschlich und durch die untere Tür verschwand. Dann hörte ich jedoch, wie sie den Schlüssel ins Schloß steckte und ihn umdrehte.
Jetzt war ich allein.
Ich sah mich in meiner neuen Welt um. Ich kam mir vor wie Alice, aber in einem weitaus seltsameren Wunderland. Die winzigen Möbelstücke, die ausgebleichte Tapete an den Wänden und die staubigen Puppen ließen alles so unwirklich erscheinen wie in einem Traum. Ich war in Gladys Tates Vergangenheit ausgesetzt worden, einer Vergangenheit, der sie offensichtlich kaum jemals einen Besuch abstattete, einer Vergangenheit, die mit Spinnweben behangen und mit ausrangierten Erinnerungen angefüllt war. Es war, als sei ich in den Alptraum eines anderen Menschen geraten.
Die Puppen schauten mißtrauisch auf mich herunter. Die dichten Schatten, die die Lampe warf, tanzten im Rhythmus der flackernden Flamme. Unter mir und sogar über mir ächzte das große Haus. Ich hatte Angst davor, mich von der Stelle zu rühren, denn ich fürchtete, wenn ich auch nur das leiseste Geräusch verursachte, käme Gladys wieder nach oben geeilt, um mich aus dem Haus zu werfen. Aber dann zog ich meine Mokassins aus und stand langsam auf, um ans Fenster zu treten und die Jalousie eine Handbreit hochzuziehen. Eine leichte Brise wehte herein, und der betörende Duft von blühendem Jasmin drang in meine Nase. Als ich hinauslugte, sah ich die Dunkelheit und die Zypressen und die Eichen, die sich wie Wachposten als Silhouetten gegen den immer noch schwarzen Nachthimmel abzeichneten.
Ich packte meine Tasche aus und stellte das Foto von Mama und Daddy zwischen meine Kämme und Bürsten und die kleine Statue von Sankt Medad auf den winzigen Nachttisch. Dann zog ich mein Kleid und meine Unterwäsche aus und schlüpfte in mein Nachthemd.
Mir blieb nichts anderes übrig, als das Licht auszuschalten und ins Bett zu kriechen. Ich sprach meine Gebete und lag dann mit offenen Augen da und starrte ins Dunkel. Ich malte mir

aus, wie sich Mama meilenweit von mir entfernt ebenfalls zum Schlafengehen fertig machte, ihre Tränen vor Daddy verbarg, vielleicht einen Blick in mein leeres Zimmer warf und die Leere in ihrem Herzen fühlte.
Eben diese Leere empfand ich jetzt.
Und dann dachte ich zum ersten Mal, seit die Dinge begonnen hatten, sich zu überschlagen, an das Baby, das in mir heranwuchs. War es ein Mädchen oder ein Junge? Und wie würde es ihr oder ihm gefallen, unter diesem Dach zu leben? Wie würde Gladys Tate das Kind behandeln? Würde sie grausam zu ihm sein oder würde sie das Baby tatsächlich als ihr eigenes akzeptieren und einen Platz in ihrem Herzen für den Säugling finden? Es würde grauenhaft für mich sein, wenn ich erfahren mußte, daß sie das Baby mißhandelte. Im Moment schien sie durchaus in der Lage zu sein, ihre Rachegelüste an jedem und allem auszulassen, aber dennoch …
Aber dennoch hatte ich dieses unerschütterliche Vertrauen, diesen tief verwurzelten Glauben, daß sie mich in gewisser Weise als ein notwendiges Übel ansah, als einen vorübergehenden Wohnort für das eigene Kind, das sie sich schon so lange sehnlichst wünschte. Sie war hart, und ihre Sätze waren voller Drohungen, aber gewiß wünschte sie sich, daß alles gutging. Man würde mich nicht vernachlässigen oder mißhandeln, dachte ich mir.
Meine Hoffnung, nein, meine Gebete liefen darauf hinaus, daß die Zeit schnell vorübergehen würde und daß ich wieder in die einzige Welt zurückkehren würde, die ich bisher gekannt hatte und an der mein Herz hing. Als ich die Augen gerade schloß, hörte ich den Ruf eines Reihers. Ich lief zum Fenster, und als ich hinausschaute, sah ich, daß er auf der Brüstung vor meinem Fenster gelandet war. Er drehte sich zu mir um und sah mich an, und dann hob er die Schwingen wie zum Gruß, als wollte er mir sagen, daß sämtliche Tiere des Sumpfs, die ich liebte und auf deren Gegenliebe ich vertraute, hier waren und über mich wachten.
Der Reiher flog von der Brüstung auf, und sein Hals hatte die typische S-Form, als er den Schatten und den Bäumen entgegenstrebte. Im nächsten Moment war er verschwunden, und es

herrschte wieder vollkommene Stille. Ich kehrte in das winzige Bett zurück, kroch so leise wie möglich hinein und schloß dann die Augen und tat so, als schliefe ich in meinem eigenen Zimmer ein. Am Morgen würde Mama mich wecken, und all das ...
All das würde nichts weiter als ein böser Traum gewesen sein.

5.

Ein Leben ohne Sonne

Irgendwann im Lauf der Nacht mußte jemand in mein winziges Zimmer gekommen sein und die Jalousie heruntergezogen haben, so daß die Morgendämmerung nur einen schwachen Lichtschein durch das winzige Fenster warf, als sie nahte. Natürlich mußte es Gladys gewesen sein. Es schockierte mich, und doch erstaunte es mich zugleich, daß ich nicht davon wach geworden war, daß sie das Zimmer betreten hatte, doch die emotionale Belastung, die für mich damit verbunden war, hierherzukommen, hatte mich in Verbindung mit meiner Schwangerschaft in einen Tiefschlaf versinken lassen.
In dem Moment, in dem ich die Augen aufschlug und mir den Schlaf herauswischte, war mein erster Instinkt der, aufzuspringen und die Jalousie hochzuziehen, doch Gladys Tates Warnungen schwirrten durch meinen Kopf wie eine Biene, die in einem Marmeladeglas gefangen ist. Wie trostlos es doch war, die Augen aufzuschlagen und nicht den strahlenden Sonnenschein zu sehen oder aus dem Fenster schauen zu können und die Vögel zu sehen, die vorüberflogen, und die Blumen, die ihre Blüten weit öffneten, um die belebenden Strahlen aufzufangen. Mama sagte immer, ich sei wie eine wildwachsende Blume, die den Sonnenschein brauchte, um fröhlich zu sein, zu wachsen und bei bester Gesundheit zu bleiben.
Ich setzte mich auf, konnte jedoch die Decke der Niedergeschlagenheit nicht von mir ziehen. Würde ich diesen Zustand in all den Monaten ertragen, die mir bis zu der Geburt des Babys noch bevorstanden? Hatte ich Versprechungen gemacht, die ich nicht halten konnte? Das einzige, was ich tun konnte, um der Trostlosigkeit und der Verzweiflung etwas entgegenzusetzen, war, mir wieder ins Gedächtnis zu rufen, daß somit die

Schande nicht über unsere Türschwelle kommen würde und daß das Baby, das keine Schuld an seiner Existenz trug, ein gutes Zuhause finden würde. Weshalb sollte ein Kind für die Sünden eines Vaters büßen müssen?

Der Duft von gerade erst übergebrühtem schwarzem Cajunkaffee, frisch gebackenem Brot, Spiegeleiern und Würstchen hing in meinem Zimmer, da er durch die Bodendielen drang, und mein Magen regte sich voller Vorfreude. Ich stand auf und zündete aufgrund des Zwielichts im Raum die Lampe an. Dann zog ich mich an und benutzte die Unterseite von einer von Gladys Tates Puppenküchenbratpfannen als Spiegel, bürstete mir das Haar und steckte es auf. Ich benutzte den Nachttopf und einen Teil des Wassers, um mir das Gesicht zu waschen und mich den Umständen entsprechend so frisch wie möglich zu fühlen. Anschließend setzte ich mich auf das Bett und lauschte hoffnungsvoll auf Schritte, die darauf hindeuten würden, daß Gladys mit meinem Frühstück eintraf. Von unten konnte ich die gedämpften Stimmen von Menschen hören, das Zuschlagen einer Tür, das Bellen von Hunden, die Rufe, mit denen sich die Gärtner im Freien verständigten, aber ich hörte keine Schritte, die auf ihr Erscheinen hinwiesen.

Da das Warten mich zu langweilen begann, stand ich auf und begann, das Zimmer zu erkunden. Zu allererst trat ich mit der Lampe vor den kleinen Schrank, und, nachdem ich den Staub fortgepustet hatte, holte ich die Bücher heraus, bei denen es sich ausnahmslos um Kindergeschichten handelte. Was hatte sich Gladys Tate bloß dabei gedacht, als sie gesagt hatte, ich könnte mir die Zeit damit vertreiben, diese Bücher zu lesen? Sie waren für ein Kind bestimmt, das gerade erst das Lesen gelernt hatte, und sie waren vorwiegend mit Bildern angefüllt, zwischen die sich gelegentlich ein paar einfache Worte verirrt hatten.

Der beeindruckendste Gegenstand im ganzen Schrank war das handgeschreinerte Puppenhaus, in dem alles maßstabgetreu angefertigt worden war. Ich erkannte schnell, daß es sich dabei um ein Modell von The Shadows handelte, und durch ein genaueres Studium des Puppenhauses konnte ich erfahren, welches Zimmer sich wo befand und womit die jeweiligen Zimmer eingerichtet waren. Dem Modell fehlte jedoch ein Raum, nämlich der, in dem ich derzeit lebte.

Es war mit winzigen Möbelstücken eingerichtet, sogar mir noch winzigeren Büchern auf den Bücherregalen und winzigen Küchengeräten in der Küche. Meine Finger waren zu dick, um in einige der schmaleren Öffnungen zu passen, und daher malte ich mir aus, daß dieses Modell für Gladys gebaut worden war, als sie noch ein ganz kleines Kind war. Abgesehen von dem Staub, der sich dort angesiedelt hatte, war das Puppenhaus in einem perfekten Zustand. Bei einer noch gründlicheren Erkundung entdeckte ich, daß das Dach sich abnehmen ließ und daß ich wie eine Art Gott in die Innenräume herunterschauen konnte. Ich sah Gestalten, von denen ich sicher war, daß es sich dabei um Gladys' Mutter und Vater handelte, nebeneinander in einem riesigen Bett im prächtigsten der Schlafzimmer liegen. In dem Zimmer, bei dem es sich offensichtlich um Gladys' Zimmer handelte, sah ich ein Bett mit einem Betthimmel, doch die winzige Puppe, die Gladys hätte darstellen sollen, war verschwunden. Winzig kleine Püppchen stellten die Hausmädchen dar, die Köche und den Butler, und es gab sogar Miniaturausgaben von Jagdhunden, die im Wohnzimmer vor dem Kamin schliefen.

Es gab keine anderen Kinder in dem Puppenhaus, und die einzigen anderen Schlafzimmer waren den Zimmermädchen zugedacht, oder es handelte sich um leerstehende Gästezimmer. Die Küche war, wie in den meisten Cajunhäusern, ganz hinten im Haus untergebracht, und direkt dahinter befand sich eine Speisekammer, die mit Dingen gefüllt war, die nur halb so groß wie mein Fingernagel waren. Derjenige, der diese Puppenstube gebaut hatte, mußte ein meisterhafter Handwerker gewesen sein, ein wahrer Künstler.

Ich stellte das Puppenhaus zur Seite und wühlte in den alten Zeitschriften herum. Ich fand Malbücher und einen Malkasten mit ausgetrockneten Wasserfarben und steifen Pinseln. Ich stieß auch auf verschimmelte Buntstifte und Bleistifte und auf ein kleines Nähkörbchen mit Stoffen, die für Puppenkleider gedacht waren. Ich fand ein Spielzeugstethoskop, eine Schwesternhaube, ein unechtes Thermometer und einige echte Ver-

bände und Gaze. Auch diese Gegenstände wirkten ziemlich unbenutzt.
Zuunterst entdeckte ich ein Notizbuch, das als Zeichenblock benutzt worden war. Die allerersten Seiten waren grob liniert, doch als ich weiterblätterte, hatte ich das Gefühl, die Jahre der Entwicklung von Gladys Tate zu durchschreiten, bis ich den Punkt erreichte, an dem ihre Zeichnungen ausgeklügelter wirkten. Eine Seite interessierte mich ganz besonders.
Die Zeichnung wirkte wie ein Selbstporträt von Gladys Tate: Es war das Gesicht eines kleinen Mädchens mit ähnlichen Gesichtszügen. Hinter dem kleinen Mädchen ragte das Gesicht eines bärtigen Mannes auf. Sie hatte den Rest seines Körpers weggelassen, aber direkt über ihrer Schulter sah ich etwas, was offensichtlich seine Hand sein sollte, eine Hand mit dicken Fingern und einem Ehering.
Als ich den Notizblock etwas höher hob, um ihn dichter vor Augen zu haben, sah ich, daß etwas zwischen den Seiten herausrutschte. Es war eine Karte mit einem kleinen Vogel darauf. Als ich die Karte aufschlug, sah ich die hingekritzelten Worte. *Für meine kleine Prinzessin. In Liebe, Daddy*. Ich fand eine zweite Karte, die ebenfalls außen von einem Vogel geziert wurde. Diesmal lauteten die hingekritzelten Worte: *Fürchte dich nie. In Liebe, Daddy*.
Ich blätterte ein paar Seiten weiter, und dabei fielen mir grobe Skizzen von einem Mann ohne Hemd auf, dessen Brust mit etwas bedeckt war, das wohl lockiges Haar sein sollte. Inmitten des Torsos war ein Gesicht angedeutet, das den Mund anscheinend zu einem Schrei verzerrt hatte.
Da mich inzwischen die Neugier gepackt hatte und ich außerdem fasziniert war, überblätterte ich die Zeichnungen von Vögeln, Bäumen und einem Pferd, bis ich auf ein Bild stieß, das mich laut nach Luft schnappen ließ. Es war mit einer zittrigen Hand gezeichnet worden. Die Linien verschwammen, doch es handelte sich ganz offensichtlich um den Körper eines Mannes, der von der Taille abwärts entblößt war, und seine Männlichkeit war deutlich zu erkennen. Ich schlug das Notizbuch eilig zu, legte es wieder in den Schrank und stand auf, und dann schlug ich die Hände zusammen, um den Staub abzuklopfen.

Wie konnte ein kleines Mädchen nur so seltsame Dinge zeichnen, dachte ich mir.

Ich ging an die Tür meines Zimmer, öffnete sie langsam und lauschte gespannt, ob ich Schritte hören konnte, die sich von unten näherten. Bestimmt würde sie mir bald etwas zu essen bringen, dachte ich. Ich war sehr hungrig, und mein Magen knurrte erbost. Frustriert wandte ich mich den Puppen auf dem Regal zu, da mir klar war, daß mein Magen sich nur um so lauter melden würde, wenn ich mich nicht mit etwas beschäftigte.

Ich fand ein Tuch, das ich zum Abstauben benutzen konnte, und daraufhin nahm ich die erste Puppe herunter, um behutsam ihre Arme, ihre Beine und ihr Gesicht abzustauben. All diese Puppen wirkten so, als seien sie einst kostspielig gewesen. Einige von ihnen wiesen derart perfekte Züge auf, daß ich sicher war, sie könnten nur von Hand gearbeitet sein. Als ich sie alle vor mir auf den Regalen sitzen sah, fiel mir auf, daß nur zwei der Puppen männlichen Geschlechts waren, und diese beiden saßen etwas weiter hinten als die anderen.

Als ich die erste Puppe vom Regal nahm und sie auf den Tisch legte, fiel mir noch etwas Seltsames auf, als das Kleid der Puppe höher nach oben rutschte. Ich zog den Rock hoch und starrte voller Entsetzen auf das, was hier geschehen war. Dort, wo sich die weiblichen Genitalien befinden, waren zwischen den Beinen der Puppen Tintenkleckse aufgemalt worden. Ich sah mir die anderen Puppen näher an und stellte fest, daß sie entweder diese Markierung aufwiesen oder in diesem Bereich mit einem groben Werkzeug aufgeschlitzt worden waren. Der schlimmste Schaden war jedoch an den beiden einzigen männlichen Puppen angerichtet worden. Sie waren derart verstümmelt, daß ihr Torso direkt unter dem Nabel endete.

Es war mir verhaßt, darüber nachzudenken, was all das möglicherweise bedeuten könnte. Plötzlich hörte ich das unverwechselbare Geräusch von Schritten auf der kurzen Treppe, die nach oben führte. Eilig packte ich die Puppen wieder auf das Regal und setzte mich in dem Moment wieder auf das Bett, in dem Gladys Tate meine Tür öffnete und ein Tablett mit meinem Essen brachte.

»Was denkst du dir eigentlich?« fauchte sie mich an. »Sitz nicht einfach da und laß dich bedienen. Komm wenigstens und nimm mir das Tablett ab.«
Ich sprang vom Bett, nahm das Tablett entgegen und stellte es auf dem Tisch ab.
»Danke«, sagte ich. Ich zog den Stuhl an den Tisch und setzte mich hin.
»Warum brennt diese Lampe?« fragte sie.
»Mit der zugezogenen Jalousie ist es zu dunkel im Zimmer.«
»Du verschwendest nur das Kerosin. Ich kann nicht auch noch jeden Tag Kerosin nach oben bringen. Benutze es sparsam«, befahl sie mir und schaltete die Lampe aus, woraufhin wir im Halbdunkel versanken. Dennoch begann ich zu essen und den Kaffee zu trinken, solange er noch warm war.
»Wie ich sehe, hast du dich bereits hier umgeschaut«, sagte sie, als sie die Dinge sah, die vor dem Schrank auf dem Boden lagen.
»Ja, Madame. Das ist ein sehr hübsches Puppenhaus, eine Nachbildung dieses Hauses, nicht wahr?«
»Mein Vater hat es für mich gebastelt. Er hatte eine künstlerische Ader«, sagte sie, »aber er hat diese Dinge lediglich als ein Hobby betrieben.«
»Es ist ein echtes Kunstwerk. Sie sollten ihm einen Ehrenplatz unten im Haus einräumen.«
»Ich glaube nicht, daß ich deine Ratschläge brauche, wie ich mein Haus einrichten soll«, fauchte sie. »Diese Puppenstube gehört hier oben hin, und dort wird sie auch bleiben.«
»Es tut mir leid. Ich dachte nur, Sie wären stolz darauf, wenn andere Leute dieses Puppenhaus ebenfalls sehen könnten.«
»Wenn du es unbedingt wissen mußt, das ist ein sehr persönlicher Gegenstand. Er hat mir dieses Puppenhaus zu meinem fünften Geburtstag geschenkt.« Sie schloß die Augen, als sei es schmerzlich für sie gewesen, mir diese Erklärung abzugeben.
»Sie müssen begeistert gewesen sein. Ich habe mir die Bücher angesehen. Sie sind alle für sehr kleine Kinder.«
»Hm. Ich werde mich darum kümmern und dir etwas bringen, was deinem Reifegrad gemäßer ist. Mein Vater hat mich früher

dazu gezwungen, Charles Dickens zu lesen. Ich mußte mich vor ihn hinstellen und ihm ganze Absätze laut vorlesen.«
»Ja, ich habe einige von Charles Dickens' Romanen in der Schule gelesen.«
»Jedenfalls wird jeder einzelne seiner Romane eine Zeitlang dafür sorgen, daß du beschäftigt bist«, sagte sie.
»Heute morgen hast du dich still genug verhalten«, sagte sie entgegenkommend, und ihr Tonfall war einem Kompliment so nah, wie sie es nur irgend bewerkstelligen konnte. »Niemand hat etwas bemerkt oder sich mir gegenüber dazu geäußert. Das ist gut so. So soll es bleiben«, schrieb sie mir vor.
»Du mußt jedoch eines tun. Steh vor dem Morgengrauen auf und zieh die Jalousie herunter. Sie ist noch nie tagsüber offen gewesen, und das würde mit Sicherheit jemandem auffallen.«
»Warum ist sie nie offen gewesen?« fragte ich.
»So ist es eben«, warf sie mir an den Kopf. »Dieser Raum hat bis jetzt leergestanden.«
»Aber warum?« beharrte ich. »Man sollte meinen, daß mit Ihrem früheren Spielzimmer schöne Erinnerungen für Sie verknüpft sind und daß Sie Wert darauf legen, dieses Zimmer in einem guten Zustand zu erhalten.«
»So, das meinst du also? Für wen hältst du dich eigentlich, mir ständig deine Meinung zu unterbreiten, was ich in meinem eigenen Haus tun sollte und was nicht?« Sie ließ ihre steinernen Augen kurz über mich gleiten.
»Es tut mir leid«, sagte ich. »Ich wollte nicht ...«
»Mach du dir lieber Sorgen um dich selbst. Das sollte dich zur Genüge beschäftigen«, sagte sie. »Ich komme gleich wieder«, fügte sie hinzu und verließ das Zimmer.
Während sie fort war, aß ich mein Frühstück auf. Als sie zurückkam, brachte sie einen Eimer Wasser und eine Handvoll Lumpen mit.
»Das habe ich dir mitgebracht, damit du dieses Zimmer säubern kannst. Tu es so leise wie möglich.«
»Ich brauche mehr als einen Eimer Wasser, Madame«, sagte ich. Sie riß den Kopf zurück und zog die Schultern hoch, als hätte ich sie geohrfeigt.
»Das weiß ich selbst, du Dummkopf. Damit kannst du aber

zunächst einmal anfangen. Du erwartest doch nicht etwa von mir, daß ich einen Eimer Wasser nach dem anderen nach oben schleppe, oder doch? Heute abend kannst du diesen Eimer gemeinsam mit deinem Nachttopf ausleeren und außer deinem Trinkwasser auch noch einen Eimer frisches Putzwasser nach oben tragen. Es war die reinste Freundlichkeit von mir, dir diesen ersten Eimer hochzubringen.«
»Es tut mir leid. Ich möchte nicht undankbar erscheinen«, sagte ich und zog ihr damit den Stachel aus dem Rückgrat. Sie lächelte zwar nicht, doch ihre Augen wurden freundlicher.
»Wenn du aufgegessen hast, haben wir einige sehr wichtige Dinge miteinander zu besprechen«, sagte sie.
»Gewiß, Madame.« Ich drehte mich zu ihr um und wartete. Sie verschränkte die Arme auf der Brust und ging ein paar Schritte auf das Fenster zu. »Wie du weißt, bin ich nie schwanger gewesen. Ich weiß soviel darüber, wie jede Frau in meinem Alter wissen sollte«, fügte sie eilig hinzu, »aber nichts läßt sich mit der tatsächlichen Erfahrung vergleichen. Vermutlich trifft das auf alles zu, aber es erweist sich als noch wahrer, wenn es um eine Schwangerschaft geht.«
Ich nickte, da ich nicht sicher war, was sie zu sagen versuchte.
»Wenn wir wollen, daß sich diese Lösung bewährt und daß die Leute mir glauben, wenn ich behaupte, schwanger zu sein, dann sollte ich mich besser auch wie eine schwangere Frau benehmen. Ich weiß, daß du demnächst in den dritten Monat kommst, stimmt das?«
»Ja, Madame, das ist richtig.«
»Nun«, sagte sie und wartete. Als ich nichts sagte, fauchte sie: »Erzähl mir Genaueres darüber.«
»Ich soll Ihnen etwas erzählen? Womit soll ich anfangen, Madame?«
»Am Anfang, wo denn sonst? Wie bist du dahintergekommen, daß du schwanger bist?«
»Mama hat es mir gesagt. Wenn ich morgens wach geworden bin, war mir übel, und ich mußte mich übergeben. Nachdem sich das öfter wiederholt hat, hat sie mich gefragt, ob meine Periode ausgeblieben ist.«
»Ja?«

»Das war so, und dann hat sie mich gefragt, ob ich hier eine Überempfindlichkeit verspüren würde«, sagte ich und wies auf meine Brüste.
»Überempfindlich?« Sie trat näher. »Kannst du mir dieses Gefühl genauer beschreiben?«
»Es ist ein Gefühl, als seien meine Brüste voller. Manchmal sind sie auch empfindlich und wund.«
»Wirklich?« sagte sie und zog die Augenbrauen hoch.
Ich kam mir seltsam dabei vor, ihr diese Dinge zu beschreiben. Im Moment schien es ganz so, als sei ich die Erwachsene und sie die jüngere Frau. Wie konnte sie in anderer Hinsicht so erfahren sein, aber doch so unwissend, wenn es um Frauenfragen ging? fragte ich mich.
»Ja«, sagte ich. »Manchmal tun sie wirklich weh.« Ihre Augen wurden groß. »Außerdem bin ich öfter müde und nicke einfach ein.«
»Ja?«
»Und ich muß öfter auf die Toilette gehen ... zum Urinieren«, sagte ich.
»Hast du dich heute morgen übergeben?« fragte sie.
»Nein. Mama hat mir Kräuter mitgegeben, die dagegen helfen.«
»Gut. Ich werde ihr Bescheid geben, daß sie mir dieses Kraut auch mitbringt, wenn sie das erste Mal zu Besuch kommt«, sagte sie. »Wenn es wirkt, warum nicht?« fügte sie hinzu, und das erschien mir äußerst seltsam. Weshalb sollte sie das wollen.
»Also, was ist mit deinem Bauch? Ich kann es nicht beurteilen, weil du diesen Rock trägst, aber man scheint dir noch nicht viel anzusehen.«
»Nein. Mama hat mir erzählt, ihr hätte man nichts angesehen, bis sie im fünften Monat war, aber ich selbst erkenne kleine Veränderungen«, sagte ich.
Sie starrte mich einen Moment lang an und nickte dann. »Darüber möchte ich mir selbst ein Urteil bilden«, sagte sie.
»Verzeihung, Madame?«
»Ich will es sehen. Ich muß genau wissen, wie du jetzt aussiehst und wie du dich mit der Zeit veränderst, wenn ich meine Rolle richtig spielen will, oder etwa nicht? Zieh dich aus.«

Ich zögerte.
»Was ist? Im Sumpf stellst du dich doch auch nackt zur Schau, oder etwa nicht?«
»Ich stelle mich nicht nackt zur Schau«, sagte ich, und Tränen traten in meine Augen.
»Es ist und bleibt dasselbe, ganz gleich, wie du es nennst. Und jetzt zieh dich aus. Ich habe dir von Anfang an gesagt und dich gewarnt, daß ich deine Hilfsbereitschaft erwarte«, sagte sie in einem drohenden Tonfall. »Entweder du tust, was ich dir sage, oder ich werfe dich augenblicklich aus dem Haus. Entscheide dich.«
Ich schluckte den Kloß in meiner Kehle und holte hörbar Atem. Dann wandte ich mich von diesen steinernen Augen ab und zog das Kleid über meinen Kopf. Ich öffnete meinen BH und zog mein Höschen aus. Ehe ich mich umdrehen konnte, hob sie die Arme über meinen Kopf und hielt ein Maßband in der Hand. Sie mußte alles schon im Voraus geplant haben, da sie es bereits mitgebracht hatte. Sie schlang es mir unsanft um den Bauch und nahm Maß.
»Dreh dich um«, ordnete sie an. Ich tat es, und sie schaute auf meine Brüste herunter. »Normalerweise sind sie nicht so groß?«
»Nein, Madame«, sagte ich. »Und hier hat sich die Farbe verändert«, sagte ich und deutete auf meine Brustwarzen. »Sie sind dunkler geworden.«
»Ach?« Sie musterte mich mit Interesse. »Ich werde meinen BH ein wenig auspolstern müssen«, sagte sie versonnen und nickte. »Einmal in der Woche werde ich deinen Bauchumfang messen und meine eigenen Maße entsprechend verändern. Du kannst dich jetzt wieder anziehen«, sagte sie.
Sie wartete, während ich mich wieder ankleidete, und dann sagte sie in einem freundlicheren Tonfall: »Ich werde dir heute abend, wenn ich dir das Essen bringe, ein Buch von Charles Dickens mitbringen. Die Hausmädchen werden sich jetzt jeden Moment an die obere Etage machen, sei also so still wie möglich, wenn du mit dem Putzen beginnst. Ich hoffe«, fügte sie hinzu, »daß du so wenig Geräusche wie möglich von dir gibst, falls du dich übergeben mußt.« Sie nahm mein Tablett. In

der Tür drehte sie sich noch einmal zu mir um. »Ich werde deine Mutter schon sehr bald ins Haus bestellen, vielleicht sogar schon heute.«
»Ich danke Ihnen, Madame«, sagte ich. Ich konnte es kaum erwarten, Mama zu sehen. Obwohl ich erst eine einzige Nacht hier verbracht hatte, fehlte sie mir jetzt schon entsetzlich.
Gladys Tate schloß die Tür leise hinter sich und schlich auf Zehenspitzen die Treppe hinunter. Einen Moment lang stand ich da und stellte plötzlich fest, daß ich zitterte. Dann machte ich mich daran, das Zimmer zu säubern und mich in Gedanken zu beschäftigen, damit ich nicht länger über diese seltsame, harte Frau nachdachte, die in nicht allzu ferner Zukunft die Mutter des Kindes sein würde, das ich austrug.

Nach dem Abendessen brachte Gladys Tate Mama zu mir. Ein einziger Blick in Mamas Gesicht, als sie die Treppe hinaufkam und das Zimmer betrat, sagte mir deutlich, daß sie entrüstet war.
»Sie sperren Sie hier oben ein, in dieser ... Abstellkammer?« sagte sie und wandte sich erbost zu Gladys Tate um.
»Das ist der einzige abgeschiedene Ort in diesem Haus«, sagte Gladys, ohne auch nur mit einer Wimper zu zucken. »Ich bemühe mich, es ihr so behaglich wie möglich zu machen.«
Mama sah sich in dem Raum um und heftete den Blick dann auf mein leeres Geschirr. Natürlich war ich nicht sicher, ob sie es nicht mehr um Mamas als um meinetwillen getan hatte, aber Gladys hatte mir ein köstliches Mahl serviert: eine Schale Schildkrötensuppe, Rebhuhn in einer Traubensauce mit Cognac, Süßkartoffeln in Orangen und grüne Bohnen. Zum Nachtisch gab es eine Schnitte Pekannußtorte. Gladys äußerte sich stolz zu dem Menü und erklärte, ich würde immer dasselbe zu essen bekommen, was auch die Familie aß.
Mama zog skeptisch die Augenbrauen hoch.
»Ich möchte allein mit meiner Tochter sprechen«, sagte sie.
Gladys zuckte zusammen, und ihr Mund wurde zu einem schmalen Schlitz in ihren angespannten Wangen. Dann bedachte sie Mama mit einem kalten und verkniffenen Lächeln.
»Ja, selbstverständlich«, sagte sie und machte abrupt auf dem

Absatz kehrt. Sie schloß die Tür hinter sich und stieg die Stufen hinunter, und dabei berührten ihre Füße kaum die Stufen.
»Du kannst hier nicht bleiben«, setzte Mama augenblicklich an. »Es ist einfach entsetzlich. Ich mußte mich mit ihr nach oben schleichen, wie eine Sumpfratte.«
»So schlimm ist es gar nicht, Mama. Ich sorge dafür, daß ich beschäftigt bin, und auf die Art wird die Zeit schnell vergehen.«
»Mir gefällt das gar nicht«, beharrte sie. »Du hast viel zuviel von einem Naturgeschöpf an dir, Gabrielle. Man kann dich nicht einfach so einsperren.«
»Ich werde es schon schaffen, Mama. Bitte. Wie sähe die Alternative aus? Diese Menschen hier sind reich und haben Einfluß. Sie werden mich als die Böse hinstellen, und das Baby, das Baby wird von der Gesellschaft ausgestoßen werden. Und außerdem«, sagte ich lächelnd, »wette ich, daß Daddy einen Teil des Geldes bereits ausgegeben hat.«
»Einen Teil? Ich wette, inzwischen hat er das meiste ausgegeben oder es verspielt.« Sie seufzte tief und setzte sich auf das Bett. »Sieh dir nur an, wie winzig alles hier ist. Was war das für ein Zimmer?«
»Ihr Spielzimmer.«
»Ihr Spielzimmer? Was denkst sie sich bloß? Hält sie das Ganze etwa für ein Kinderspiel und sieht in dir nichts weiter als ein Spielzeug, eine Abwechslung? Diese Frau macht mir zu schaffen, Gabrielle. Mit ihr stimmt etwas nicht, und zwar etwas Ernstes.«
»Ich weiß. Sie ist wild entschlossen, alle glauben zu machen, daß es ihr Baby ist. Sie hat sich wirklich darauf eingelassen.«
»Und zwar zu sehr. Ich war allein mit ihr, und sie hat mir erzählt, daß ihr morgens übel ist und daß sie in der letzten Zeit häufiger auf die Toilette gehen muß. Weshalb sollte sie mir diese Dinge erzählen, wenn niemand sonst in der Nähe ist?« hob Mama hervor.
Ich zuckte die Achseln. »Vielleicht nur zur Übung.«
»Ich weiß es nicht. Mir gefällt diese ganze Atmosphäre hier nicht«, sagte Mama und sah sich mit ihrem durchdringenden Blick um. »In diesem Zimmer hier ist niemand fröhlich gewe-

sen. Es war weniger ein Spielzimmer, eher ein ... Versteck«, schloß sie. »Und genau das hat sie jetzt daraus gemacht«, fügte sie hinzu und sah mich an.
»Wenn es unerträglich wird, dann komme ich nach Hause zurück, Mama«, versprach ich.
Mama blinzelte und verzog die Mundwinkel. »Du bist weit duldsamer, wenn man dich mißhandelt, als die meisten Menschen, Gabrielle, und du bist anderen gegenüber zu nachsichtig. Ich fürchte, du wirst nicht das tun, was das Beste für dich ist. Du wirst zuerst an alle anderen denken.«
»Nein, Mama. Ich verspreche dir ...«
Sie schüttelte den Kopf, und dann rötete ein Anflug von Wut ihr Gesicht.
»Ist er hier gewesen? Hast du ihn zu sehen bekommen?«
»Nein, Mama. Ich habe Octavius Tate seit meiner Ankunft hier nicht gesehen. Ich glaube, er fürchtet sich vor ihr«, räumte ich ein.
Mama nickte. »Dasselbe sagt dein Vater auch. Er ist nicht gerade ein Prachtexemplar von einem Mann, wenn er sich von seiner Frau unter den Pantoffel stellen läßt und tut, was er dir angetan hat. Du solltest wissen, daß ich versucht war, deinen Vater auf ihn loszulassen. Als er mit diesem Vorsatz fortgefahren ist, war ich keineswegs darauf versessen, ihm Einhalt zu gebieten. Ich war genauso wütend wie er, aber ...« Sie seufzte. »Vielleicht hast du recht, und es ist tatsächlich das Beste, wenn das Baby gut untergebracht wird und dir die Schande erspart bleibt, die einige über dein Haupt herabbrächten, ganz gleich, was auch geschehen ist. Mir gefällt nur einfach die Vorstellung nicht, daß du hier eingesperrt wirst.«
»Ich werde so oft wie möglich aus dem Haus gehen, Mama. Und du wirst in der Nähe sein und mich ab und zu besuchen.«
»Darauf kannst du wetten«, sagte sie. Sie wühlte in ihrem geflochtenen Eichenkorb herum und fischte weitere Kräutermedizin heraus und außerdem ein Glas selbstgemachter Blaubeermarmelade, einen Laib Zimtbrot und eine Schachtel Pralinen. »Iß sie nicht alle auf einmal auf«, warnte sie mich. Du mußt darauf achten, daß du nicht zu fett wirst, Gabrielle.«

»Dazu wird es schon nicht kommen, Mama«, sagte ich und lachte.
Sie seufzte wieder und stand auf. Wir hörten, wie Gladys die Treppe heraufkam. Sie klopfte an die Tür, und ich war sicher, daß sie das niemals getan hätte, wenn Mama nicht dagewesen wäre.
»Ja«, sagte Mama.
Gladys trat ein. »Es tut mir leid, aber wenn Sie noch länger hier oben bleiben, wird es meinen Hausmädchen auffallen.«
»Sie sollten Hausmädchen einstellen, denen Sie vertrauen können«, warf Mama ihr an den Kopf. Gladys erwiderte nichts darauf, doch ihre Augen wurden klein, und sie schnappte hörbar nach Luft. »In ein paar Tagen komme ich wieder«, sagte Mama. Dann wandte sie sich an Gladys. »Sie werden dafür sorgen, daß sie diesen Raum möglichst oft verlassen kann. Sie braucht Bewegung, oder die Geburt wird schwierig, wenn nicht sogar gefährlich werden.«
»Selbstverständlich, Madame Landry. Ich werde ihr alles erlauben, was im Rahmen des Möglichen ist.«
»Wenn es nicht möglich ist, dann machen Sie es möglich«, beharrte Mama. »Sorgen Sie auch dafür, daß Sie reichlich Wasser zu trinken bekommt. Hier muß für zwei Menschen gesorgt werden. Merken Sie sich das gut.«
»Sonst noch etwas?« fragte Gladys ohne sichtliche Verärgerung.«
»Ja. Sie sollten hier oben einen Ventilator aufstellen.«
»Weshalb? Sie haben doch nicht etwa Ventilatoren in Ihrer Hütte, oder?«
»Nein, aber in unserer Hütte ist sie nicht in ein kleines Zimmer eingesperrt«, gab Mama zurück.
»Hier oben gibt es keine Elektrizität, und selbst wenn es hier Strom gäbe, dann würden die Geräusche Aufmerksamkeit wecken«, erklärte Gladys.
»Es ist schon in Ordnung, Mama. Wirklich«, sagte ich.
»Pah«, sagte Mama, und dann wandte sie sich wieder an Gladys. »Sie werden dafür sorgen, daß Ihr Mann nicht in ihre Nähe kommt, nicht einmal auf drei Meter.«
Gladys wurde so rot, daß ich glaubte, das Blut würde immer

weiter nach oben schießen und aus ihrer Schädeldecke herausspritzen.
»Sparen Sie sich jedes Versprechen«, fügte Mama noch hinzu, ehe Gladys auch nur ihren verkniffenen Mund öffnen konnte. »Sorgen Sie nur dafür, daß es nicht dazu kommt.« Dann wandte Mama sich wieder an mich. »Wir sehen uns bald wieder, Schätzchen«, sagte sie und gab mir einen Kuß auf die Wange, ehe sie Gladys noch einmal finster ansah und das Zimmer verließ. Gladys nahm mein Tablett mit dem leeren Geschirr mit und bedachte mich mit einem verärgerten Blick, ehe sie ging. Als sie die Treppenstufen hinuntergestiegen waren und die Tür zum Korridor hinausgingen, schloß Gladys nicht hinter sich ab. Darüber war ich froh.
Nachdem Mama gegangen war, legte ich mich auf mein Bett und las in dem Roman von Charles Dickens, den Gladys Tate mir mitgebracht hatte. Da die Sonne hinter die Bäume gesunken war, konnte ich die Jalousie hochziehen und mehr Luft in das Zimmer einlassen. Das Geräusch der Flügelschläge eines Vogels riß mich aus meiner Lektüre heraus, und ich trat ans Fenster, um den Reiher näher zu betrachten. Er führte einen kleinen Tanz auf der Brüstung auf und drehte sich dann um und sah mich an.
»Hallo«, sagte ich. »Holst du gerade das Abendessen oder machst du nur einen kleinen Spaziergang?«
Der Vogel hob seine Flügel, als wollte er etwas darauf erwidern, und dann kräuselten sich die Muskeln in seinem Nacken, als er den Schnabel senkte, ehe er sich erhob und zum Wald und zu den Teichen flog, um dort das Abendessen zu jagen. Nie hatte ich mir so sehr wie in jenem Moment gewünscht, es stünde in meiner Macht zu fliegen. Wenn ich das gekonnt hätte, wäre ich neben dem Reiher hergeflogen und über den Sumpf geschwebt, ehe ich mich höher und immer höher zu dem funkelnden Versprechen der Sterne erhoben hätte.
Ich war verblüfft, als ich hörte, wie die Tür unter der Treppe geöffnet wurde und Schritte die Stufen hinaufkamen. Als ich mich vom Fenster abwandte, stand Gladys Tate vor mir.
»Du kannst jetzt deinen Nachttopf ausleeren und ein Bad nehmen, wenn du magst. Mein Personal hat sich schlafen gelegt.

Schütte auch dieses schmutzige Putzwasser weg und füll den Eimer mit frischem Wasser, damit du morgen weitermachen kannst«, wies sie mich an. »Vergiß nicht das Trinkwasser für dich selbst und für unser Baby«, fügte sie hinzu. »Das Bad findest du unter der Treppe, gleich die erste Tür rechts. Handtücher, Seife und alles andere, was du sonst noch brauchen könntest, findest du dort.«
»*Très bien*, Madame«, sagte ich. »Ich danke Ihnen.«
»Ich hoffe«, sagte sie, »du hast deiner Mutter erzählt, daß ich tue, was ich kann, um aus einer scheußlichen Situation das Beste zu machen. Für mich ist es auch nicht gerade leicht. Das sollte ihr klar sein, wenn sie hierherkommt«, jammerte sie.
»Ich brauche Mama nichts zu sagen, Madame. Sie besitzt die Fähigkeit, die Wahrheit zu sehen. Sie weiß immer, wie es im Herzen eines Menschen aussieht. Das ist ihre Gabe.«
»Einfach lächerlich, dieser volkstümliche Aberglaube. Niemand besitzt diese Fähigkeit, aber ich habe mich erkundigt, und die Leute sagen, deine Mutter sei die beste Hebamme im ganzen Bayou«, gab sie zu. »Man hat mir berichtet, sie hätte noch nie ein Baby bei der Geburt verloren, abgesehen von denen, die bereits tot geboren wurden.« Sie lächelte. »Alle halten es für eine gute Idee, daß ich mich in ihre Obhut begeben habe.«
Sie starrte mich einen Moment lang an, und dann hob sie die Hände auf ihre Brüste, als hätte sie gerade die Form von Überempfindlichkeit verspürt, die ich ihr geschildert hatte.
»Manchmal macht es dir zu schaffen, wenn du auf dem Bauch schläfst, nicht wahr?« fragte sie.
»*Oui*, Madame.«
»Dann wird es mir auch zu schaffen machen«, gelobte sie.
»Geh ins Bad, aber lauf nicht im Haus herum. Mein Butler ist noch auf«, warnte sie mich und stieg die Treppe hinunter.
Kurze Zeit später nahm ich den Nachttopf und folgte ihr. Das Badezimmer war fast so groß wie der Raum, in dem ich jetzt lebte. Die Tapete war rosa und weiß gemustert, und vor der Badewanne lag eine flauschige blaue Matte. Sämtliche Armaturen waren aus Messing. Auf dem Frisiertisch fand ich Puder, Seifen und Parfums. Ich leerte den Nachttopf aus, und dann

schloß ich die Tür und ließ warmes Wasser in die Wanne laufen. Ich fand ein Schaumbad und schüttete ein wenig davon in das einlaufende Wasser. Dann zog ich mich aus und blieb fast zwanzig Minuten lang in der Wanne liegen. Das war wirklich sehr erquickend, und es war etwas, was ich zu Hause nicht tun konnte. Davon würde ich Mama unbedingt erzählen müssen, damit sie sich wegen meines Aufenthaltes hier weniger Sorgen um mich machte.
Die Handtücher waren groß und weich. Nachdem ich mir das Haar gewaschen hatte, rieb ich es mir mit einem Handtuch trocken und schlang dann ein anderes Handtuch um mich, ehe ich mich vor die Frisierkommode setzte und mein langes Haar bürstete. Als ich mich im Spiegel ansah, glaubte ich zu entdecken, daß ich pausbäckiger geworden war, und mir fiel Mamas Warnung wieder ein, ich solle bloß nicht zu dick werden. Ich verwöhnte mich mit einem Spritzer Parfum, und dann zog ich mein Kleid wieder an. Nachdem ich mich vergewissert hatte, daß ich das Badezimmer ordentlich zurückließ, trug ich meinen Nachttopf wieder nach oben. Ich kehrte noch einmal zurück, um meinen Wasserkrug zu füllen und einen Eimer frisches Wasser zu holen, mit dem ich den Fußboden in meinem Zimmer schrubben konnte.
Als ich das Bad zum zweiten Mal verließ, hörte ich einen ganz gräßlichen Laut. Er ähnelte einem Würgen. Ich blieb regungslos stehen und lauschte. Hier würgte ganz eindeutig jemand, und die Geräusche kamen von der ersten Tür links. Meine Neugier siegte über die Warnungen, ich solle nicht im Haus herumlaufen, die Gladys Tate ausgesprochen hatte. Ich schlich auf Zehenspitzen dicht an der Wand entlang. Als ich die Tür erreicht hatte, lugte ich verstohlen in das Zimmer, das ich in dem Puppenhaus als das elterliche Schlafzimmer identifiziert hatte. Ich konnte durch das Zimmer bis in ein weiteres Bad sehen, da die Badtür offenstand. Octavius war nirgends zu sehen, doch Gladys Tate kniete vor der Toilette und erbrach sich.
Ich riß den Kopf zurück, und ein Schock zuckte durch mein Rückenmark.
Übergab sie sich, weil sie etwas gegessen hatte, was unbekömmlich oder verdorben war, oder …

Nein, sagte ich mir. Das ist zu weit hergeholt. Sie konnte es sich doch nicht etwa so lebhaft einbilden, daß es tatsächlich dazu kam, oder doch?
Mein Wasserkrug schlug gegen die Wand.
»Octavius?« hörte ich sie rufen. »Bist du das?«
Ich rührte mich nicht von der Stelle.
»Octavius? Verdammt noch mal, mir ist schlecht.«
Ich wartete mit pochendem Herzen. Dann hörte ich sie wieder würgen und zog mich schleunigst zu der Tür zurück, die zum Dachboden führte. Ich stieg die Stufen hinauf und achtete sorgsam darauf, kein Wasser zu verschütten. Ich schloß die Tür hinter mir und blieb stehen, hielt den Atem an und fragte mich, ob ich wirklich die richtige Entscheidung getroffen hatte. Diese Leute waren reich, und Gladys Tates Familie zählte zu den berühmtesten und angesehensten Familien im ganzen Bayou. Ihre Fabrik bot vielen Menschen Arbeitsplätze, und alle, angefangen mit dem Geistlichen bis hin zu den Politikern, erwiesen der Familie ihren Respekt. Doch in den dunklen Winkeln und den Abstellkammern dieses Hauses lauerten Schatten und Erinnerungen. Ich fragte mich, ob ich hierbleiben konnte, ohne mich von der Traurigkeit und dem Bösen anstecken zu lassen, das früher einmal ungehindert durch die Korridore und durch sämtliche Räume gezogen war, zumindest hegte ich diesen Verdacht. Vielleicht, dachte ich erschauernd, war es immer noch sehr präsent.
In der zweiten Nacht fiel mir das Einschlafen schwer. Ich hatte einen Alptraum nach dem anderen und wälzte mich herum. Zwischendurch wachte ich oft auf und lauschte dem Knarren im Gebälk. Manchmal glaubte ich zu hören, wie jemand schluchzte. Ich lauschte angestrengt, und das Geräusch wurde schwächer, bis ich endlich wieder einschlief. Kurz vor Tagesanbruch war ich wieder wach, und diesmal hörte ich, wie sich jemand leise auf Zehenspitzen die Treppe hinaufschlich. Die Tür ging langsam auf, und einen Moment lang war niemand zu sehen. Mein Herz blieb stehen. War es ein Gespenst? Der Geist eines der zornigen Vorfahren von Gladys Tate, den meine Anwesenheit im Haus erboste?
Dann tauchte eine dunkle Gestalt auf und schlich durch das

Zimmer ans Fenster. Ich stellte mich schlafend, ließ jedoch das rechte Auge einen Spalt weit offen. Es war Gladys Tate. Sie zog die Jalousie herunter, wartete einen Moment lang, schlich sich dann auf Zehenspitzen wieder aus dem Zimmer und schloß die Tür leise hinter sich. Ich konnte kaum hören, wie sie die Stufen hinunterlief. Sie hatte die Bewegungen einer Schlafwandlerin gehabt, als schwebte sie und berührte kaum den Boden. Das erfüllte mich mit Verwunderung. Es war zwecklos, die Augen wieder zu schließen. Ich blieb wach und sah die ersten schwachen Sonnenstrahlen durch die Jalousie dringen und den Raum ein wenig aufhellen, um mir zu sagen, daß der Morgen, der wunderschöne Tagesanbruch im Bayou, gekommen war. Nur würde ich nicht draußen sein, um den neuen Tag zu begrüßen, wie ich es mein ganzes Leben lang getan hatte.

Die nächsten Tage verliefen ereignislos. Ich schrubbte und putzte das Zimmer, bis ich der Überzeugung war, es sei so makellos rein wie ein Krankenhauszimmer. Das alte Holz schimmerte, und die Fensterscheibe war so sauber, daß das Fenster offen zu sein schien, selbst wenn es geschlossen war. Ich holte alles von den Regalen und räumte den Schrank vollständig aus, staubte die Gegenstände ab und ordnete sie, und dann staubte ich die kleinen Möbel ab und polierte sie. Gladys Tate war gegen ihren Willen beeindruckt und bemerkte, es freute sie, daß ich mich meiner Unterkunft so gut angenommen hätte.
Natürlich war ich einsam und vermißte nicht nur Mama gräßlich, sondern auch die Außenwelt. Mir stattete jedoch allabendlich ohne jede Ausnahme mein Reiher einen Besuch ab und stolzierte jedesmal etwas länger auf der Brüstung auf und ab, während ich mich durch das Fenster mit ihm unterhielt. Ich sagte ihm, er solle all meinen geliebten Tieren im Sumpf ausrichten, ich hätte sie nicht im Stich gelassen und käme bald wieder. Ich malte mir aus, daß der Reiher die Nutrias und die Rehe besuchte, die Schlangen und die Schildkröten und vor allem die Blauhäher, die die größten Klatschbasen waren, die ich kannte, und daß er ihnen allen die Neuigkeiten mitteilte. Nachts sangen die Zikaden lauter denn je und gaben mir zu verstehen, die ganze Natur sei froh darüber, daß mir nichts

fehlte und daß ich zurückkehren würde. Ich weiß selbst, daß all das nur alberne Phantasien waren, aber sie taten mir gut.
An dem ersten Donnerstagmorgen nach meiner Ankunft auf The Shadows kündigte Gladys Tate mir an, ich könnte mich auf meine erste Mahlzeit unten im Eßzimmer freuen und dann ungehindert umherlaufen. Ich beschloß, das hübscheste meiner drei Kleider anzuziehen, nicht etwa, um sie zu beeindrucken und ihr einen Gefallen zu tun, sondern nur, um mir selbst etwas Gutes zu tun. Ich bürstete mir gründlich das Haar und steckte es auf, und als der Abend näherrückte, wartete ich darauf, daß sie mich holen würde. Ich hörte, wie die Tür unter der Treppe geöffnet wurde, und gleich darauf folgte ihr Ruf.
»Du kannst jetzt nach unten kommen, Gabrielle.«
Ich sprang augenblicklich auf. »Danke, Madame«, sagte ich und lief die Treppe hinunter.
Sie sah mich an und lächelte dann kühl. »Octavius wird sich nicht zu uns gesellen«, sagte sie. »Es war unnötig, daß du dich herausgeputzt hast. Ich habe deiner Mutter das Versprechen abgegeben, daß du Octavius nicht sehen wirst, und ich habe die Absicht, dieses Versprechen zu halten.«
»Ich habe durchaus nicht den Wunsch, ihn zu sehen, Madame Tate. Es erleichtert mich sogar, daß er nicht dasein wird«, fügte ich hinzu. Sie zog die Augenbrauen hoch, sah mich jedoch skeptisch an, ehe wir die Treppe zum Eßzimmer hinunterliefen. Dort stand unser Abendessen in Form eines ganzen, poschierten roten Schnappers bereit. Obgleich ich fand, der Tisch sei äußerst elegant gedeckt, stellte Gladys Tate von Anfang an ausdrücklich klar, daß sie mit ganz anderen Dingen aufwartete, wenn sie wichtige Besucher empfing.
Der Fisch war mit einer dicken Sauce überzogen und mit Petersiliensträußchen geschmückt, um am Kopf und am Schwanz die Schnittstellen zu verbergen. Die Augen waren durch Radieschen ersetzt worden, und eine Reihe von dünnen Zitronenscheiben zierte den Rumpf, abwechselnd mit Scheiben von gekochten Eiern, die einander überlappten. Die Garnitur auf der Servierplatte bildeten grüner Salat, Gurken, Tomaten, Oliven, rote Paprikaschoten und gefüllte Eier. Wenn das eine ge-

wöhnliche Mahlzeit war, dann fragte ich mich, wie ein Festessen wohl aussehen mochte.
Sie sagte mir, ich sollte mich ihr gegenüber ans Kopfende des Tisches setzen. Der Kronleuchter war heruntergedreht, und zwei Kerzen brannten. Schatten tanzten auf den Wänden und übten eine seltsame und gespenstische Wirkung auf die Gesichter der Menschen aus, die in den Szenen von Zuckerrohrplantagen und Sojabohnenfeldern dargestellt waren. Die traurigen oder besorgten Gesichter der Arbeiter schienen zu lächeln, und das Lächeln der reichen Grundbesitzer wirkte finster. Die gegenüberliegende Wand war vollständig verspiegelt, so daß ich dort Gladys Tates Rücken und mich selbst sah, nur schien ich im Spiegel meilenweit entfernt zu sein.
»Du darfst uns beiden Eistee einschenken«, sagte Gladys Tate, und ich stand auf, um es zu tun. Die Kelche aus Kristallglas funkelten, und das silberne Besteck lag schwer in der Hand. Das Geschirr war mit einem Blumenmuster versehen.
»Dieses Geschirr ist wunderschön«, bemerkte ich.
»Das ist das Geschirr, das wir im Alltag benutzen. Aber es ist schon seit sehr langer Zeit in der Familie«, gestand sie ein.
»Vermutlich bist du daran gewöhnt, mit Blechgabeln und Blechlöffeln direkt von einem Tisch aus roh gezimmerten Balken zu essen.«
»Nein, Madame. Wir haben Teller. Natürlich nicht so elegant wie diese, aber wir haben Geschirr.«
Sie bekundete mit einem mürrischen Laut ihr Mißfallen und nahm sich von dem roten Schnapper. »Bediene dich«, sagte sie. Ich tat es und stellte fest, daß der Fisch köstlich schmeckte.
»Sie haben eine sehr gute Köchin.«
»Sie hat ihr Handwerk in New Orleans erlernt und versetzt uns mit ihren kreolischen Kreationen immer wieder in Erstaunen. Wie du selbst sehen kannst«, sagte sie mit einer ausholenden Geste, die nichts Bestimmtes beschrieb, »wird unser Baby mit dem Feinsten vom Feinen verwöhnt werden. Du hast eine sehr kluge Entscheidung getroffen.«
»Ich glaube, die Umstände haben mir die Entscheidung abgenommen, Madame«, sagte ich. Ganz gleich, wie oft sie auch behaupten mochte, sie täte viel für mich, ich wollte deutlich

klarstellen, daß hier ich das wahre Opfer war und nicht etwa sie.
»Wie dem auch sei«, sagte sie. »Wie steht es im allgemeinen um deinen Appetit?« erkundigte sie sich dann.
»Absolut unberechenbar. Manchmal habe ich morgens großen Hunger, und manchmal will ich keinen Bissen zu mir nehmen. Dann versetzt schon allein der Gedanke an Essen meinen Magen in Aufruhr.«
»Schwangere Frauen haben doch diese seltsamen Gelüste, nicht wahr?« fragte sie und gab mir wieder einmal das Gefühl, ich sei die Erwachsene und sie die junge Frau.
»Das kann schon vorkommen. Mama hat mir von einer schwangeren Frau erzählt, die ständig Rinde gegessen hat.«
»Rinde? Du meinst von Bäumen?«
»*Oui*, Madame.«
»Igitt«, sagte sei und schnitt eine Grimasse. »Ich meinte lediglich merkwürdige Zusammenstellungen. Plagen dich irgendwelche derartige Gelüste?«
Ich dachte einen Moment lang nach. »Eine Zeitlang hatte ich Heißhunger auf Pfefferpaste, die ich auf Pekannußtorte gestrichen habe, aber das ist vorübergegangen.«
Sie nickte. »Ja, das kommt dem, was ich meinte, schon näher«, bemerkte sie. Ich setzte zu einem Lächeln an, aber sie schien plötzlich sehr zornig zu sein.
»Ich will, daß du mir diese Dinge immer gleich dann erzählst, wenn sie dir auffallen. Enthalte mir nichts vor«, befahl sie mir. »Ich muß ganz genau wissen, was ich zu den Leuten sagen soll. Bald wird man es uns ansehen, und dann werden die Leute Fragen zu meiner Schwangerschaft stellen. Hast du verstanden?«
»*Oui*, Madame.«
»Gibt es sonst noch etwas, was du mir im Moment erzählen möchtest?«
Ich dachte nach und schüttelte dann den Kopf.
»Gut, dann iß dein Abendessen«, sagte sie und aß eine Zeitlang stumm, während ihre Augen ins Leere blickten. Sie schien mich nicht anzusehen, sondern einem Gedanken nachzuhängen. Das Essen war rundum köstlich. Ich genoß jeden einzelnen Bissen.

»Das ist französischer Schokoladenkuchen«, kündigte sie an und hob eine Glocke über einer Vorlegeplatte hoch.
»Ich nehme nur ein ganz kleines Stück, Madame. Mama hat mir gesagt, ich sollte auf mein Gewicht achten.«
»Ach? Da haben wir es!« fiel sie über mich her. »Ich wußte doch, daß du mir noch mehr zu sagen hast. Auf das Gewicht achten. Muß ich all diese Dinge rein zufällig herausfinden?«
»Ich habe nicht daran gedacht...«
»Du mußt aber daran denken.« Sie beugte sich vor, und ihre Augen waren klein und glänzend. »Wir müssen uns an einen ausgefeilten und komplizierten Plan halten. Wir müssen einander die intimsten Einzelheiten über unsere Körper anvertrauen«, sagte sie, und ich fragte mich, für welche Einzelheiten ihres Körpers ich ihrer Meinung nach wohl auch nur das geringste Interesse aufbringen könnte. Ich beschloß, eine Frage zu wagen.
»Haben Sie sich mit ihren Schwierigkeiten, schwanger zu werden, jemals an einen Arzt oder an eine Heilerin gewandt, Madame?«
Sie nahm eine stocksteife Haltung ein. Ihr Gesicht lief knallrot an, und ihre Augen wurden groß. »Glaube bloß nicht, weil du unter diesen Umständen hier lebst, könntest du dir Freiheiten herausnehmen, was mein Privatleben angeht«, sprudelte sie heraus.
»Ich wollte nicht respektlos wirken, Madame. Sie haben selbst gerade erst gesagt, wir müßten einander vertrauen.«
Sie starrte mich einen Moment lang an, und dann fiel ihre Empörung ebenso plötzlich von ihr ab, wie sie aufgewallt war, und sie lächelte. »Ja, das ist wahr. Nein, ich bin bei keinem Mediziner und auch bei keiner Heilerin gewesen. Ich vertraue darauf, daß Gott mich eines Tages mit Fruchtbarkeit segnen wird. Ich bin, wie du selbst sehen kannst, in jeder anderen Hinsicht eine gesunde und tatkräftige Person.«
»Mama hat einigen Frauen dazu verholfen, schwanger zu werden«, warf ich ein.
Sie zog die Augenbrauen hoch.
»Ich bin sicher, daß sie auch Ihnen helfen würde.«
»Falls ich jemals verzweifelt genug sein sollte, werde ich mich

an sie wenden«, sagte Gladys. Die Standuhr dröhnte, und sie richtete den Blick auf die Tür.
»Wollten Sie, daß ich in mein Zimmer zurückkehre, ehe Octavius nach Hause kommt?« fragte ich, da ich annahm, das sei es, was ihr Sorgen bereitete.
»Octavius wird erst sehr viel später nach Hause kommen«, sagte sie. »Deine Mutter hat gesagt, du brauchst Bewegung, um eine leichtere Geburt zu haben. Du kannst um das Haus herumlaufen, aber lauf nicht die Auffahrt hinunter, und sprich, ganz gleich, was du tust, unter gar keinen Umständen mit einem meiner Feldarbeiter, falls einer von ihnen sich hier in der Nähe herumtreiben sollte. Mein Personal kommt jedoch um elf zurück, und daher mußt du vorher wieder oben in deinem Zimmer sein.«
»*Oui*, Madame.«
Sie starrte mich wieder an, und ihr Gesicht wurde freundlicher.
»Möchtest du Kaffee?« fragte sie und wies mit einer Kopfbewegung auf die silberne Kanne, die auf einer Warmhalteplatte stand.
»Ja, gern«, sagte ich. Sie stand auf und schenkte mir tatsächlich Kaffee ein. Dann setzte sie sich wieder und seufzte tief.
»Natürlich gefällt mir ganz und gar nicht, was Octavius getan hat«, begann sie und sah sich in dem großen Eßzimmer um, »aber die Vorstellung, daß kleine Füße über diese Böden tappen werden und eine andere Stimme in diesem Haus zu hören sein wird, ist einfach wunderbar. Ich werde all meine Zeit mit meinem Baby verbringen. Endlich werde ich eine Familie haben.«
»Sie haben keine Geschwister, Madame Tate?«
»Nein«, sagte sie. »Meine Mutter … meiner Mutter ist es nicht gutgegangen, als sie schwanger mit mir war, und man hat mir erzählt, die Entbindung sei sehr schwierig gewesen. Sie wäre beinah gestorben.«
»Das tut mir leid.«
»Mein Vater hat sich natürlich einen Sohn gewünscht, und er war sehr unglücklich. Dann hat er sich endlich damit begnügt, einen anständigen Schwiegersohn zu suchen, anständig in seinen Augen«, fügte sie hinzu, und die Worte kamen fast wie ein

Fauchen heraus. Einen Moment lang starrte sie finster den Tisch an, und dann blickte sie eilig wieder auf. »Aber das gehört jetzt alles der Vergangenheit an. Ich möchte nicht daran denken.« Sie verzog hämisch das Gesicht. »Es wäre mir lieb, wenn du mir nicht ganz so viele persönliche Fragen stellen würdest«, fuhr sie fort, und ihre Stimme wurde so scharf wie eine Rasierklinge. »Sie zu beantworten ist für mich, als risse ich den Schorf von einer Wunde.«
»Es tut mir leid, Madame. Ich hatte nicht die Absicht ...«
»Alle haben immer nur die besten Absichten. Niemand meint es je böse mit einem«, sagte sie höhnisch. Dann zerknitterte sich ihr Gesicht, und einen Moment lang sah sie aus wie ein kleines Mädchen. »Daddy, mein Daddy, er hat mir auch nie etwas Böses gewünscht. Alle Männer in meinem Leben wollten mir nichts Böses antun.« Sie lachte ein dünnes, hohles Lachen. »Sogar Octavius hat es nicht böse gemeint, behauptet er. Er hatte nur vor, dir das Geschenk zu machen, die Liebe zu erleben. Kannst du dir vorstellen, daß er mir derart lächerliche Dinge erzählt? Ich glaube fast, er glaubt selbst daran.«
Ich schüttelte den Kopf. Mein Herz pochte heftig, und ich war nicht sicher, was ich als nächstes zu erwarten hatte. Es gelang ihr immer wieder, mich in Erstaunen zu versetzen und mich zu schockieren. Ihr Gesicht wurde wieder zu Granit.
»Was glaubst du wohl, wohin er heute abend gegangen ist?« fragte sie mich voller Gehässigkeit. »Er wird eine andere benachteiligte junge Frau in den Genuß seiner Liebeserfahrung kommen lassen. Du siehst also«, sagte sie, und ihre Augen siedeten, als sie sich über ihren Teller zu mir vorbeugte, »daß du keinen Grund hast, dich selbst zu bemitleiden. Du solltest lieber mich bemitleiden und tun, was ich dir sage, um alles wiedergutzumachen.«
Es kostete mich große Anstrengung zu nicken. Ich konnte nicht schlucken, und meine Finger fühlten sich taub an.
Sie lehnte sich zurück. Ihr Gesicht, das zu Granit geworden war, nahm wieder einen freundlicheren Ausdruck an, und sie seufzte tief. »Ich wünsche dir viel Spaß bei deinem Spaziergang«, sagte sie und wedelte mit der Hand. »Deine Fragen haben mir den Magen verdorben.«

Ich erhob mich langsam. »Kann ich Ihnen in irgendeiner Form behilflich sein?« fragte ich und wies mit einer Kopfbewegung auf den Tisch.

»Was? Nein, du Dummkopf. Glaubst du etwa, ich würde den Tisch abräumen und das Geschirr spülen oder auch nur das übrige Essen in die Küche tragen? Um all das werden sich meine Hausmädchen nach ihrer Rückkehr kümmern. Lauf einfach los. Jetzt geh schon.«

»Danke, Madame. Das war ein köstliches Abendessen«, sagte ich, doch sie schien in ihre eigenen Gedanken verloren zu sein. Ich ließ sie dort sitzen, den Kopf ein wenig nach rechts geneigt, mit wäßrigen Augen und zitterndem Kinn.

In dem Moment hatte ich doch mehr Mitleid mit ihr als mit mir selbst. Trotz ihres großen Hauses, das mit den kostspieligsten und schönsten Gegenständen, Möbelstücken und Gemälden angefüllt war, und trotz des Geldes, das ihre Fabrik abwarf, schien sie eine der traurigsten und unglücklichsten Frauen zu sein, die mir je begegnet waren.

Was war Glück? fragte ich mich. Aus welchem Quell schöpfte man es? Geld und Reichtum für sich allein genommen waren keine Garantie für Glück. Ich kannte weit ärmere Familien im Bayou, die zehn-, nein zwanzigmal so häufig lächelten wie Gladys Tate. Selbst wenn sie doppelt so alt wurde, würde sie nicht annähernd so oft lachen und singen, wie diese Menschen jetzt schon gelacht und gesungen hatten.

Kein Mensch war wirklich glücklich, solange er nicht einen anderen hatte, der ihn liebte und den er lieben konnte, erkannte ich, und mit dieser Erkenntnis ging die Einsicht einher, warum Gladys Tate so bereitwillig und begierig und mit so klugen Mitteln daran gearbeitet hatte, dieses Baby an sich zu bringen, um es in ihrem Haus und in ihrem Leben zu haben.

Endlich würde sie Vergnügen aus dem Quell des Glückes schöpfen können, doch der Pfad, der dahin führte, war immer noch von zahlreichen Hindernissen verstellt, und es lauerten sogar Gefahren am Wegesrand. Wie sehr ich doch wünschte, diese Reise würde schon bald ein Ende haben.

6.

Madames geheimes Leiden

Aus den Tagen wurden Wochen, und aus den Wochen wurden Monate, und mein Alltag verlief gleichbleibend. Ich hatte keine Uhr, und daher las ich die Zeit an den Sonnenstrahlen ab, die durch die Jalousie drangen, aber auch an den Geräuschen im Haus, an die ich mich in der Zwischenzeit gewöhnt hatte. Das Personal hielt sich an einen strikten Zeitplan und reinigte die Räume unter mir immer um etwa dieselbe Tageszeit. Ich konnte die gedämpften Stimmen hören und beneidete die Mädchen um ihr gelegentliches Lachen. Ich konnte mich nicht mehr daran erinnern, wann ich das letzte Mal so unbefangen gelacht hatte. Die meiste Zeit waren meine Gedanken von Kummer und Sorgen geprägt, und ich war angespannt und bedrückt, da ich wußte, wie groß die Sorge war, die mein Zustand Mama bereitete, und nur zu leicht konnte ich mir ausmalen, wie sie sich nachts im Bett von einer Seite auf die andere warf und ständig nur daran dachte, daß ich in diesem kleinen Raum eingesperrt war.

Die silbrigen Laute, mit denen Wasser am Morgen durch Rohre rauschte, sagten mir, wann die Tates aufstanden, und die Essensgerüche aus der Küche gaben mir einen Hinweis darauf, wie lange es noch dauern würde, bis mir meine Mahlzeiten serviert wurden. Trotz ihrer verschleierten Drohungen, das Gegenteil könnte eintreten, brachte Gladys Tate mir jede einzelne Mahlzeit, ohne auch nur eine einzige auszulassen, und sie ließ mich auch nicht so lange warten, wie sie es anfangs angedroht hatte. Ich glaube, dahinter steckte Mama. Mama hatte ihr einen Schrecken eingejagt, denn sie hatte ihr gesagt, die Gesundheit des Babys könnte gefährdet sein, wenn mir in irgendeiner Form meine grundlegenden Bedürfnisse versagt blieben.

Nur ein einziges Mal verweigerte sie mir etwas, nämlich dann, als das Kerosin meiner Lampe zur Neige gegangen war. Ich sagte ihr, ich hätte keines mehr, und sie schalt mich aus, ich hätte die Lampe zu lange brennen lassen oder die Flamme zu hoch gedreht. Um ihrer Haltung Nachdruck zu verleihen, brachte sie mir zwei Tage lang keinen Nachschub und behauptete, sie hätte kein Kerosin im Haus. Sowie die Sonne unterging, mußte ich im Dunkeln sitzen und konnte nicht lesen und auch nicht nähen. Ich bat sie, mir wenigstens ein paar Kerzen zu bringen, doch sie sagte, sie hätte Angst, ich könnte einen Brand verursachen.
»Ich sitze oft in der Dunkelheit«, sagte sie zu mir. »Das ist wohltuend.«
Ich empfand es gar nicht als wohltuend, wußte jedoch, daß sie wie durch ein Wunder am dritten Tag das Kerosin für mich herbeizaubern würde, denn das war der Tag, für den Mamas Besuch vereinbart war. Ich begann, mir wie eine Kriegsgefangene vorzukommen, die gelegentlich Besuch vom Roten Kreuz bekommt. Um mir die Zeit zu vertreiben und mich zu unterhalten, malte ich mir aus, ich sei eine Spionin, die die Deutschen gefangengenommen hatten, und Gladys Tate sei die Wärterin des Gefangenenlagers. Ich plante eine Flucht, die ich ausführlich mit meinem Reiher diskutierte, während er auf der Brüstung umherstolzierte.
»Ich werde mein Bettlaken, meine Decke und meine Kleider zu einem langen Seil zusammenbinden, an dem ich herunterrutschen kann«, sagte ich. »Aber ich sollte besser bis Mitternacht warten. Dann sind die Wächter weniger auf der Hut.«
Mein Reiher hob die Schwingen und wackelte mit dem Kopf, als wollte er damit sagen: »Ein guter Plan.«
Auf die Art konnte ich endlich wieder lachen. Die Abende waren mir die liebste Tageszeit. Wenn es mir gestattet war, die Jalousie vor dem Fenster hochzuziehen, dann konnte ich das Verrinnen der Stunden am Vorrücken des Mondes oder der Verschiebung der Sterne und Planeten wie Venus ablesen. Mama hatte mir viel über den Himmel und die Sternbilder beigebracht, und ich wußte, wie man den Nachthimmel liest. Ich liebte es, an meinem kleinen Fenster zur Welt zu sitzen und die

abendlichen Stürme zu beobachten, die zischenden Blitze, die die Dunkelheit durchschnitten und mir eine kräftige Brise ins Gesicht wehen ließen.

Stundenlang saß ich am Fenster und lauschte den abendlichen Geräuschen, und ich war geblendet von den glimmenden Glühwürmchen, die wirkten wie die Funken eines Lagerfeuers, die durch die Dunkelheit sprühten. Sogar das Surren der Insekten wirkte auf einen Menschen wie mich wohltuend, auf jemanden, der fast den ganzen Tag und die ganze Nacht lang eingesperrt ist. Die Schreie einer Eule oder das Krächzen eines Falken bereiteten mir immenses Vergnügen. Abgesehen von Mama und Gladys Tate hatte ich schon seit so langer Zeit mit keinem Menschen mehr geredet.

Gladys Tate zog ihr Maßband immer häufiger heraus, und nach dem fünften Monat beschloß sie, man sähe mir inzwischen so viel an, daß jeder, dem ich zufällig begegnete, meinen Zustand wahrnehmen und sich ein genaues Bild vom Stadium meiner Schwangerschaft machten könnte. Gladys sagte, das hieße, ich könne an den Donnerstagabenden keinen Spaziergang mehr im Freien machen, da sie fürchtete, einer der Arbeiter könnte eine schwangere junge Frau sehen und sich fragen, wer sie wohl war und was sie ständig hier zu suchen hatte. Diese Spaziergänge waren zwar keine besonderen Unternehmungen gewesen, weil ich in der Nähe des Hauses bleiben mußte und nicht in die Wälder laufen oder mich den Sümpfen nähern konnte, doch sie waren etwas gewesen, worauf ich mich freuen konnte, eine Abwechslung und eine Gelegenheit, der Natur einen Besuch abzustatten.

Gladys Tate ging jetzt, wie sie es anfangs versprochen hatte, dazu über, etwas unter ihrer Kleidung zu tragen, was zu meinem Erstaunen jeweils genau meiner eigenen Entwicklung entsprach. Sie polsterte sogar ihren BH aus. Ich mußte mich neben sie stellen, um zu bestätigen, daß unsere Maße in etwa identisch waren. Ich konnte nicht verstehen, warum sie solchen Wert auf größte Genauigkeit legte, aber ich fragte sie nicht danach, weil derartige Fragen sie doch nur in Wut versetzten.

Andererseits horchte sie mich unaufhörlich nach den Symptomen aus und erkundigte sich laufend nach meiner gesundheitlichen Verfassung. Sie ging sogar so weit, mich zu fragen, ob ich irgendwelche seltsamen Träume hätte, insbesondere welche, die sich um das Baby drehten, und falls dem so sei, ob ich sie ihr ganz genau schildern könnte? Als sie Mama erzählte, sie äße keinen Bissen weniger als ich, war das keine Lüge. Vor Mamas Ankunft nahm Gladys jede einzelne Mahlzeit ganz genau unter die Lupe und berichtete mir, sie hätte aufgegessen, was ich aufgegessen hatte, und was ich übriggelassen hätte, hätte auch sie übriggelassen, was nicht etwa heißen soll, daß ich viel auf meinem Teller liegen ließ. Sie änderte laufend den Speiseplan und katalogisierte Nahrungsmittel, um herauszufinden, was ich mochte und was nicht.

»Die Köchin versteht, daß ich so pingelig bin«, sagte sie zu mir. »Zu einer Schwangerschaft gehört das nun einmal dazu. In gewisser Weise ist es angenehm, schwanger zu sein. Jede sonderbare Laune wird einem verziehen«, schloß sie. Ich sagte ihr, mir wäre es lieber, nicht schwanger zu sein und nichts nachgesehen zu bekommen, doch meine Antwort gefiel ihr nicht. Eines Tages hörte ich sie nicht die Treppe heraufkommen, und als sie die Tür öffnete, fand sie mich weinend vor. Sie verlangte genaue Auskünfte darüber, was mir fehlte, und dabei schnitt sie Grimassen, als täte ich ihr ein fürchterliches Unrecht an.

»Ich ernähre dich gut. Du bekommst alles, was du brauchst. Du wirst keine Peinlichkeiten über dich ergehen lassen müssen, nachdem das alles ausgestanden ist. Was willst du denn sonst noch von mir?« jammerte sie und stemmte die Arme in die gepolsterten Hüften.

»Ich will nichts von Ihnen, Madame Tate. Im Moment weine ich nicht deshalb«, sagte ich und beschrieb mit einer Geste das Zimmer und die räumlichen Beschränkungen, die mir auferlegt wurden.

»Warum weinst du denn dann?«

»Ich weiß es nicht. Manchmal ... manchmal weine ich ganz einfach. Manchmal bin ich so traurig, daß ich mir nicht zu helfen weiß. Ich empfinde einen emotionalen Aufruhr.«

Die Wut wich aus ihrem Gesicht und wurde schnell von Neugier und Sorge abgelöst.

»Kommt das oft vor?«
»Oft genug«, sagte ich.
»Hast du deine Mutter danach gefragt?« verfolgte sie das Thema weiter.
»Ja. Sie hat gesagt, für eine schwangere Frau sei dieser Zustand nicht ungewöhnlich.«
»Welcher Zustand?«
»Der abrupte Stimmungsumschwung zwischen Glück und Traurigkeit, und das ohne jeden ersichtlichen Grund«, erklärte ich. »Es tut mir leid«, sagte ich. Sie starrte mich einen Moment lang an und nickte.
Als ich an jenem Abend ins Badezimmer ging, um meinen Nachttopf auszuleeren und ein Bad zu nehmen, hörte ich ein Schluchzen aus ihrem Zimmer kommen, und als ich zur Tür hereinlugte, sah ich sie auf ihrem Bett sitzen und sich echte Tränen von den Wangen wischen. Plötzlich hörte sie auf zu weinen und lachte laut. Dann fing sie wieder an zu weinen. Ich ging, ehe sie merkte, daß ich sie beobachtete, und zum ersten Mal zog ich in Betracht, daß diese Situation für sie eine ebenso große emotionale Belastung darstellen könnte wie für mich.
Natürlich war mir klar, daß mein Trübsinn nicht nur daher rührte, daß die Schwangerschaft mich emotional anfälliger machte, sondern zu einem großen Teil auch damit zu tun hatte, daß ich in Gladys Tates früherem Spielzimmer eingesperrt war. Ich wollte nicht darüber klagen und damit allen ein ungutes Gefühl vermitteln, denn das hätte mir doch nur eine von Gladys Tates Strafpredigten eingetragen, wieviel sie für mich tat, um dieses schreckliche Problem zu lösen, und wie dankbar ich ihr eigentlich sein müßte.
Aber trotz meiner Bücher, meiner Stickerei, der Skizzen, die ich zeichnete, und dem Tagebuch, das ich führte, blieb mir noch so viel Zeit, und in meiner winzigen neuen Welt gab es nichts mehr zu entdecken. Worauf hätte ich meinen Blick wenden können, damit er auf etwas ruhte, was er nicht schon Dutzende von Malen gesehen hatte? Ich verbrachte viele Stunden mit Tagträumen und malte mir aus, ich sei frei und könnte ungehindert durch das hohe Gras laufen, meine Hand in das Wasser eines Flußlaufs tauchen, das Geißblatt und die Blüten der

Magnolien riechen oder die Ausdünstungen von Hortensien, Pecanobäumen und Eichen nach einem kräftigen Schauer in mich einsaugen. Ich malte mir aus, daß die kühle Brise, die vom Golf kam, mein Gesicht streichelte oder Haarsträhnen über meiner Stirn tanzen ließ. Ich hörte, wie die quakenden Enten für den Sommer nach Norden flogen, und ich sah die Nutrias, die fieberhaft an ihren Kuppelbauten arbeiteten.
Als Mama herausfand, daß es mir nicht mehr gestattet war, an den Donnerstagen meine Spaziergänge zu unternehmen, beklagte sie sich bei Gladys und sagte ihr, es sei ungesund für eine schwangere Frau, eine sitzende Lebensweise zu führen.
»Sie müssen dafür sorgen, daß ihre Beine und ihre Bauchmuskulatur kräftig bleiben«, schalt Mama sie aus. »Sie braucht Bewegung.«
Gladys Tates Lösung bestand darin, mir zu erlauben, daß ich nach dem Abendessen durch das Haus lief.
»Halte dich nur von den Fenstern fern. Ich will nicht, daß jemand etwas von deiner Anwesenheit hier erfährt, und schon gar nicht jetzt«, betonte sie. Um ihren Worten Nachdruck zu verleihen, zog sie sämtliche Vorhänge vor und sorgte für eine möglichst schlechte Beleuchtung im ganzen Haus.
Die Villa der Tates war mit kostspieligen Möbelstücken angefüllt, darunter viele Antiquitäten, einige aus der Zeit vor dem Bürgerkrieg. Das Wohnzimmer sah aus wie ein Raum in einem Museum. Mir schien es, als würde es niemals benutzt. Die Hausmädchen sorgten für Sauberkeit und Ordnung und brachten alles auf Hochglanz, und nicht ein einziges Kissen war von seinem Platz verrückt, und kein Stäubchen lag auf einem Tisch. Der Perserteppich wirkte, als hätte nie jemand einen Fuß darauf gesetzt. Überall standen Kunstgegenstände herum, darunter einige orientalische Vasen und Elfenbeinfigürchen, und auf Tischen, in Regalen und in einer Vitrine aus Kirschbaum mit gläsernen Türen standen Dinge aus Kristall und Glas. Die Fenster wurden von dichten Satindraperien umrahmt.
Gladys Tate ließ mich in der Bibliothek herumstöbern, damit ich mir neue Bücher aussuchen konnte, die ich gern lesen wollte, doch ich mußte mich immer darauf beschränken, nicht

mehr als zwei Bücher auf einmal mitzunehmen und jeweils die beiden Bücher, die ich ausgelesen hatte, zurückzubringen, ehe ich weitere Bände mitnahm. Auf die Art, erklärte sie mir, würde das Fehlen der Bücher niemandem auffallen. Selbstverständlich war es mir verboten, außer den Büchern etwas anzurühren. Ich durfte mir alles ansehen und mich fast ungehindert durchs Haus bewegen, aber ich durfte unter gar keinen Umständen einen Gegenstand von seinem Platz verrücken. Dieses Verbot vermittelte mir das Gefühl, durch ein Haus aus hauchdünnem Porzellan zu laufen. Ständig graute mir davor, ich könnte gegen einen der Tische stoßen und ein sehr wertvolles Stück könnte in Stücke springen oder ich könnte Fußabdrücke auf den makellos sauberen Böden hinterlassen.

Eines Donnerstagabends wagte ich mich weiter in den Korridor im oberen Stockwerk hinein. Gewöhnlich waren die Türen stets geschlossen, und Gladys Tate hatte mir klipp und klar gesagt, ich dürfe auf meinen Spaziergängen durch das Haus niemals eine geschlossene Tür öffnen. An jenem speziellen Abend stand jedoch eine der Türen, die sonst immer geschlossen waren, fast zur Hälfte offen. Ich blieb stehen und warf einen Blick hinein, anfangs so furchtsam wie eine Schildkröte und dann mehr wie ein neugieriges kleines Kätzchen, als ich eine Herrenhose über einer Stuhllehne hängen sah. Die Kleiderschranktüren standen offen, und daher konnte ich den Inhalt des Schrankes sehen: Es handelte sich ausschließlich um Herrenbekleidung. Ich begriff, daß Octavius dieses Zimmer bewohnte. Was hatte das zu bedeuten? Er und Gladys schliefen nicht in einem Zimmer? War das auf ihre erfundene Schwangerschaft zurückzuführen oder hielten sie es immer so? fragte ich mich. Ich verlor kein Wort darüber, bis Gladys und ich am Donnerstagabend der folgenden Woche am Tisch Platz nahmen, um unser gewöhnlich kaltes Abendessen einzunehmen.

»Deine Mutter sagt, für eine schwangere Frau sei es regelrecht gut, Treppen zu steigen, solange sie es nicht übertreibt«, bemerkte Gladys. »Sie sagt, zu viele Frauen verhätscheln sich selbst und werden von ihren Angehörigen verhätschelt, wenn sie schwanger sind. Es tut mir leid, daß du den großen Treppenaufgang nur donnerstagabends benutzen kannst. Ich nehme an, du könntest die kurze Treppe zu deinem eigenen Zimmer häufiger leise rauf und runter laufen, wenn du nach unten ins Bad gehst.

»Ich verhätschele mich jedenfalls nicht«, fuhr sie fort. »Früher habe ich gelegentlich das Frühstück im Bett eingenommen. Und jetzt erwarten das natürlich alle von mir, aber ich denke gar nicht daran, wie eine dieser verwöhnten Frauen zu wirken, von denen deine Mutter spricht«, sagte sie. Sie dachte einen Moment lang nach und sagte dann: »Mir war nie klar, daß Bewegung so wichtig für eine schwangere Frau ist. Ich habe immer geglaubt, Schwangere müßten sich ins Bett legen und sich von vorne und hinten bedienen lassen, aber deine Mutter ist der Meinung, es sollte umgekehrt sein. Sie sagt, daß sie den Frauen niemals rät, die Arbeit niederzulegen, es sei denn, eine Frau hat ein Problem. Manche haben bis zu dem Tag gearbeitet, an dem sie sie entbunden hat.«

»Mama hat genug Frauen von ihren Babys entbunden, um zu wissen, wovon sie spricht«, versicherte ich Gladys. »Einmal hat sie vier Babys an einem Tag entbunden: am Morgen einen kleinen Jungen, am Nachmittag Zwillinge, zwei Mädchen, und am Abend dann noch einmal ein kleines Mädchen.«

Sie nickte, und nach einer Weile richtete sie diese forschenden Augen fest auf mich und fragte: »Du schläfst nachts nicht mehr gut, das stimmt doch?«

»Ja.«

»Du wachst oft auf und stöhnst und ächzt. Manchmal kann ich dich durch die Decke hören. Du mußt dich zusammenreißen«, warnte sie mich. »Denk immer daran, daß das Fenster nachts offensteht.«

»Mir war nicht klar, daß ich das tue«, sagte ich. »Habe ich Sie und Octavius aufgeweckt?«

»Octavius doch nicht. Sein Schlafzimmer befindet sich gegenüber, auf der anderen Seite des Korridors«, sagte sie eilig.

»Sie schlafen nicht im selben Zimmer?« fragte ich, ehe ich meiner Zunge Einhalt gebieten konnte.

Diesmal waren ihre Augen so hart wie Stein und funkelten, als sie den Blick auf mich richtete. »Nein. Wir haben unterschiedliche Schlafgewohnheiten. Das ist nichts Ungewöhnliches.

Meine Mutter und mein Vater haben vom ersten Tag ihrer Ehe an in getrennten Zimmern geschlafen.«
Ich sagte nichts.
»Du hast ohnehin schon gewußt, daß Octavius ein eigenes Schlafzimmer hat, nicht wahr?« sagte sie in einem anklagenden Tonfall. »Du schnüffelst jetzt im ganzen Haus herum. Vermutlich kennst du es schon bis in alle Winkel und bis in die kleinste Ritze.«
»Nein, Madame. Ich ...«
»Das macht nichts«, sagte sie und sah mich dann mit ihrem sarkastischen Lächeln an. »Du kannst ohnehin niemandem etwas über dieses Haus und über unser Privatleben erzählen, weil sonst bekannt wird, daß du hiergewesen bist, und dann werden die Leute Fragen stellen, und du hast alles verdorben. Dann wird dein Baby als uneheliches Kind gebrandmarkt werden, statt ein gutes Zuhause zu haben und mit allem versorgt zu werden, was es braucht, und alles ist nur deine Schuld. Das begreifst du doch, oder nicht?« fragte sie mich, und ich hörte mehr Besorgnis als eine Drohung aus ihrer Stimme heraus.
»Ja, selbstverständlich, Madame. Ich wollte nicht herumschnüffeln. Ich war nur neugierig, weil ...«
»Eines Tages wirst du das alles am eigenen Leib erfahren«, sagte sie, und dann stieß sie einen Seufzer aus. »Du wirst erfahren, wie schwer es ist, mit einem Mann zusammenzuleben. Männer unterscheiden sich nicht nur physisch von Frauen; sie sind egoistischer. Sie sind ständig auf ihre Befriedigung aus, ganz gleich, wie uns zumute ist. Das einzige, was sie interessiert, sind ihre eigenen wüsten Gelüste«, sagte sie, und es klang wie ein Zischen.
Sie beugte sich vor und sagte dann in einem lauten, krächzenden Flüsterton: »Das liegt an ihren Hormonen. Sie überfluten sie, und dann verspüren sie dieses gewaltige Pochen, das nicht nachläßt, ehe sie befriedigt werden. Das hat mein Vater mir erzählt.«
»Ihr Vater hat mit Ihnen über solche Dinge gesprochen?« fragte ich, und es gelang mir nicht, mein Erstaunen zu verbergen.

Sie zuckte die Achseln. »Meine Mutter war zu prüde, um mit mir darüber zu reden. Sie wollte mir noch nicht einmal von den Bienchen und den Blümchen erzählen. Wußtest du, daß sie Röcke für die Beine unseres Klaviers hat schneidern lassen, weil sie fand, nackte Klavierbeine seien zu anzüglich?« Sie lachte ein dünnes Lachen, und dann verzog sie das Gesicht zu einem ernsten Ausdruck und fügte hinzu: »Aber natürlich waren junge Leute zu meiner Zeit weniger interessiert an sexuellen Dingen, als sie es heute zu sein scheinen.«
»Damals war das alles anders«, fuhr sie fort und schaute sich um, als könnte sie den Raum vor zwanzig Jahren vor sich sehen. Sie lächelte zärtlich. »Damals waren die Dinge weniger kompliziert. Alles war so, wie es sich gehört. Man hat kultiviert umeinander geworben, eben so, wie es sich gehört. Ich habe mir so sehr gewünscht, es würde immer so bleiben, aber ...«
Ich starrte sie einfach nur an, doch sie erweckte den Anschein, als schaute sie durch mich hindurch. Das ließ mich erschauern, da sie mehr mit sich selbst als mit mir zu reden schien. Etwas, was sie in ihrer eigenen Erinnerung vor sich sah, ließ ihre Augen klein werden und einen haßerfüllten Ausdruck annehmen. Sie schüttelte sich und verzog die Lippen zu einem zynischen Lächeln, ehe sie fortfuhr.
»Octavius hat mir unsere Flitterwochen nie verziehen«, sagte sie zornig. »Er hat mir unterstellt, ich hätte alles so geplant. Er hat gesagt, ich hätte es vorher wissen müssen, hätte genauer auf den Kalender schauen müssen.«
»Auf den Kalender?« fragte ich verwundert. »Das verstehe ich nicht.«
Sie blinzelte, ehe sie mich ansah und hämisch das Gesicht verzog. Dann lehnte sie sich zurück und wackelte mit dem Kopf.
»Mädchen wie du bringen mich um den Verstand«, begann sie. »Ihr habt euren Spaß, aber wenn es um eure eigenen Körperfunktionen geht, habt ihr keinen Schimmer.«
Ich schüttelte den Kopf und war immer noch verwirrt.
»Octavius hat mir vorgeworfen, daß meine Periode drei Wochen lang und nicht nur eine Woche lang gedauert hat«, fauchte sie unwirsch. »Ich weiß genau, daß du weißt, was eine Periode ist.«
»*Oui*, Madame«, sagte ich. »Natürlich weiß ich das.«

»Nun, meine Periode weist manchmal Unregelmäßigkeiten auf, und gleich nach unserer Hochzeit ist es wieder einmal dazu gekommen, und so hat es sich ergeben, daß Octavius seine Lust in unserer Hochzeitsnacht nicht stillen konnte, und ebensowenig in der Nacht darauf oder in der nächsten Nacht. Konntest du dieser Erklärung mit deinem einfältigen Gemüt folgen, oder muß ich Bilder malen?«
Sie wandte den Blick ab, und als sie sich mir wieder zuwandte, standen Tränen in ihren Augen. »Es ist sehr schwierig, mit einem Mann verheiratet zu sein, der keine Rücksicht auf deine Bedürfnisse nimmt. Daher ist es besser, wenn ein Mann und eine Frau getrennte Schlafzimmer haben. Für meine Mutter war es das Beste, und für mich ist es auch das Beste. Befriedigt das deinen Wissensdurst? Was ist, bist du jetzt zufrieden?« fragte sie barsch.
»Es tut mir leid, Madame. Ich verspüre kein Verlangen, die intimen Einzelheiten Ihres Lebens zu erfahren. Ich wollte nicht aufdringlich sein.«
»Nein, natürlich nicht. Und du wolltest auch nicht plötzlich in mein Leben hineinplatzen.«
»Nein, Madame Tate. Das wollte ich keineswegs«, sagte ich mit fester Stimme. »Es war umgekehrt. Octavius ist plötzlich in mein Leben hereingeplatzt.«
Sie funkelte mich einen Moment lang wütend an, und dann wurden ihre Züge freundlicher. »Schon gut, du hast ja recht. Natürlich hast du recht. Und überhaupt sollten wir nicht über solche Scheußlichkeiten reden. Wir müssen zusammenhalten und einander helfen, diese Tortur zu überstehen«, sagte sie mit einer zuckersüßen Stimme. »Bist du satt geworden?«
»*Oui*, Madame.«
»Gut. Dann verschaff dir jetzt Bewegung. Warte«, sagte sie, als ich mich erheben wollte. »Ich werde dich begleiten. Ich will deinen Gang genauer studieren.«
»Meinen Gang?«
»Ja. Bei schwangeren Frauen verändert sich der Gang. Ich habe gesehen, wie du dir manchmal beim Laufen das Kreuz reibst. Du hast diesen watschelnden Gang schwangerer Frauen angenommen.«

»Oh«, sagte ich. Ich nickte, und sie folgte mir und blieb ein oder zwei Schritte hinter mir zurück, damit sie meine Bewegungen analysieren und nachahmen konnte. Ich bemühte mich, nicht bei jeder kleinsten Bewegung gehemmt zu sein, aber wenn man unter einem Vergrößerungsglas betrachtet wird, wird man sich unwillkürlich über jede Geste bewußt, über jede Regung, die sich in den Zügen widerspiegelt, über jedes Ziehen in den Beinen und im Rücken. Ich ertappte mich dabei, daß ich zwischendurch sogar den Atem anhielt.

Nach einer Weile nahm unser gemeinsamer Spaziergang durch das Haus jedoch eine erfreulichere Wendung, da Gladys anfing, mir Dinge zu erklären und mich auf ein bestimmtes Kunstwerk oder eine Vase hinzuweisen, mir ihre Geschichte zu erzählen und wer den jeweiligen Gegenstand erworben hatte und weshalb. Sie erklärte, warum ihr gewisse Stücke besonders lieb waren. Mir fiel auf, daß sie über alles, was ihre Mutter erworben hatte, mit Begeisterung sprach, doch Dinge, die ihr Vater gekauft hatte, schienen schmerzliche Erinnerungen aufleben zu lassen. Während sie mir Näheres über einzelne Erwerbungen berichtete, wurde mir klar, daß ihr Vater die meisten Dinge, die er erstanden hatte, nur gekauft hatte, um ihre Mutter für etwas zu entschädigen, womit er ihr Mißfallen oder ihre Traurigkeit ausgelöst hatte. Sie bezeichnete diese Versöhnungsgeschenke als »reumütige Gaben«, und dann fügte sie fast beiläufig hinzu: »Das gilt auch für mein wunderbares Puppenhaus.« Als sie diese Worte aussprach, trat ein Ausdruck von Zorn und Gehässigkeit auf ihr Gesicht.

»Sie haben Ihren Vater nicht geliebt, Madame Tate?« fragte ich behutsam.

Das entlockte ihr ein kurzes, dünnes Lachen, und dann sagte sie: »Ihn geliebt? Natürlich habe ich ihn geliebt. Er hat es von mir verlangt.«

»Wie kann man Liebe verlangen?« fragte ich.

»Mein Vater konnte der Sonne abverlangen, daß sie aufgeht oder untergeht.«

»Das verstehe ich nicht«, sagte ich.

»Sei froh, daß du es nicht verstehst«, erwiderte sie, und dann preßte sie sich die Hand ins Kreuz, als litte sie tatsächlich unter

denselben Schmerzen wie ich, ehe sie stöhnte und sagte: »Jetzt habe ich genug Bewegung gehabt. Achte auf die Uhrzeit«, warnte sie mich. »Du mußt wieder oben sein, ehe jemand dich entdecken kann.«
Sie ließ mich im Korridor stehen.
Auf meinem Rückweg nach oben blieb ich in der Tür zum Arbeitszimmer stehen und blickte zu dem Porträt von Gladys Tates Vater auf. Was für ein Mann mußte das sein, wenn er glaubte, Liebe, die man anderen abverlangte, hätte auch nur das Geringste mit Liebe zu tun? fragte ich mich. Seine gemalten Augen schienen mich erdolchen zu wollen, und seine festen Lippen schienen zu einem hämischen Grinsen erstarrt zu sein. Ich verweilte nicht länger, sondern begab mich wieder in meine winzige Welt, obwohl mir noch Zeit geblieben wäre, durch dieses finstere und bedrohliche Haus zu laufen.

Gladys Tate hatte das Versprechen gehalten, das sie Mama gegeben hatte: Sie hatte Octavius vom Tage meiner Ankunft an von mir ferngehalten. Nur ein- oder zweimal hörte ich von unten eine gedämpfte Stimme und war sicher, daß es sich dabei um seine handeln mußte, und einmal, als ich nachts aus dem Fenster schaute, glaubte ich, ihn im Schatten stehen zu sehen und zu mir aufzublicken, aber ich hatte es mir entweder nur eingebildet, oder er wich sofort tiefer in die Dunkelheit zurück und war im nächsten Moment verschwunden.
Fast eine Woche war seit dem Abend vergangen, an dem mir Gladys Tate von ihren katastrophalen Flitterwochen erzählt hatte, als ich spät abends wie gewohnt nach unten ging, um ein Bad zu nehmen und meinen Nachttopf auszuleeren. Nachdem ich mich ausgezogen hatte, sah ich mir die Veränderungen an, die sich an meinem Körper vollzogen hatte, und dabei fielen mir die Schwangerschaftsstreifen auf meinen Brüsten und auf meinem Bauch auf. Außerdem fiel es mir inzwischen schwerer, in die Wanne zu steigen und wieder hinauszuklettern. Jeder einzelne meiner Muskeln schien zu schmerzen. Ich blieb lange im Wasser liegen, bürstete mir das Haar und zog mein Nachthemd an, doch in dem Moment, in dem ich in mein Zimmer zurückkam, nahm ich eine Veränderung wahr. Wenn man über

einen so langen Zeitraum wie ich tagtäglich soviel Zeit in einem so kleinen Zimmer zugebracht hat, dann nimmt man die kleinste Veränderung wahr, selbst dann, wenn man sie nicht sehen kann. Die Lampe war heruntergedreht, und daher drehte ich die Flamme höher, und als ich mich umdrehte, sah ich ihn mit dem Rücken zur Wand in der Ecke stehen.

»Monsieur Tate!« rief ich aus.

Er trat eilig vor und legte einen Finger auf die Lippen. »Bitte. Schrei nicht.«

»Was wollen Sie?« fragte ich schroff. »Sie haben mir einen Schrecken eingejagt«, fügte ich zornig hinzu.

»Ich mußte mich natürlich heimlich auf den Dachboden schleichen. Es tut mir leid«, sagte er. »Beruhige dich, bitte. Ich bin nicht gekommen, um dich zu belästigen oder dir etwas Böses zu tun.«

»Was wollen Sie?« fragte ich noch einmal, und mein Herz schlug wie eine Blechtrommel.

Er trug ein weißes Baumwollhemd und eine dunkle Hose. Sein Haar war ordentlich gekämmt, und ich konnte sein Eau de Cologne riechen. Er lächelte.

»Ich wollte mich nur kurz mit dir unterhalten«, sagte er und hob die Hände, um mich daran zu hindern, daß ich laut schrie.

»Wir haben einander nichts zu sagen. Ich muß Sie bitten, augenblicklich zu gehen«, sagte ich und wies mit einem Finger auf die Tür, ehe ich mir das Nachthemd auf den Busen preßte, um mich vor seinen forschenden Blicken zu schützen.

»Ich kann dir nicht vorwerfen, daß du mich haßt«, sagte er. »Nichts, was ich sagen kann, wird etwas daran ändern, was ich dir angetan habe, und es wird dadurch auch nichts besser werden, aber ich dachte, da du schon seit einer ganzen Weile hier bist, könntest du meine Situation vielleicht zumindest ein wenig besser verstehen, und möglicherweise habe ich sogar gehofft ... daß du ein gewisses Mitgefühl für mich aufbringst.«

»Ich verstehe überhaupt nichts. Ich weiß nur, daß Sie ein abscheulicher Mensch sind, ein gemeiner Egoist.«

»Vielleicht bin ich das«, gestand er ein. »Ich will es aber nicht sein.« Er senkte den Kopf. Ich wich zu meinem Bett zurück, verschränkte die Arme über dem Busen und setzte mich. Er

starrte mich so durchdringend an, daß ich mich nackt fühlte, obwohl ich mein Nachthemd trug. Jetzt hob er den Kopf und lächelte wieder. »Wie geht es dir?« fragte er. »Fehlt es dir an irgend etwas?«
»Ja, an meiner Freiheit«, erwiderte ich.
Er nickte, und sein dünnes Lächeln schwand. »Soweit ich weiß, verläuft alles erwartungsgemäß, und jetzt wird es nicht mehr lange dauern.«
»Mir erscheint jeder Tag wie eine Woche, jede Woche wie ein Monat und jeder Monat wie ein Jahr. Es ist die reinste Folter, nicht aus dem Haus gehen zu können, wenn die Sonne scheint, auf Zehenspitzen durch das Haus laufen zu müssen und stets im Schatten zu bleiben, bis ich mir selbst schon wie ein Schatten vorkomme«, stieß ich mit Tränen in den Augen hervor.
»Es tut mir leid«, sagte er, und seine Stimme brach. Dann fügte er hinzu: »Ich bete allabendlich um deine Vergebung. Mir ist klar, daß du mir wahrscheinlich nicht glauben wirst, aber es entspricht der Wahrheit. Trotz allem, was ich getan habe, bin ich ein religiöser Mann. Gladys und ich haben seit unserer Hochzeit an keinem einzigen Sonntag den Gottesdienst versäumt. Sogar während unserer Flitterwochen sind wir in die Kirche gegangen.«
»Sie müssen nicht nur um meine Vergebung beten, Monsieur«, erwiderte ich, und meine Stimme war so kalt wie Eis. Falls tatsächlich eines Tages Vergebung in meinem Herzen keimen würde, dann war es noch viel zu früh, als daß die Saat hätte aufgehen können. Ich war noch im Winter meines Leidens, und mein Herz war alles andere als ein fruchtbarer Boden für die Saat des Verzeihens.
Jetzt lächelte er wieder, und sogar in dem schwachen Licht konnte ich sehen, daß es ein gepreßtes, kleines Lächeln war.
»Falls du damit meinen solltest, daß ich die Vergebung meiner erlauchten Gemahlin erbitte, dann glaube ich, du überschätzt die Last, die auf meinem Gewissen ruht. Inzwischen mußt du zu Erkenntnissen über unsere Beziehung gelangt sein, obwohl du hier oben eingesperrt und in deinen Bewegungen eingeengt bist«, sagte er.
»Das geht mich nichts an.«

»Ich weiß. Leider geht es niemanden außer mir selbst etwas an. Erinnerst du dich noch an die Dinge, die ich dir auf dem Teich erzählt habe? Es waren keine Lügen, aber jetzt siehst du wahrscheinlich, daß alles noch viel schlimmer ist, als ich es geschildert habe. Wir leben schon seit einer ganzen Weile nicht mehr als Mann und Frau zusammen. Ich hoffe, die Dinge werden sich ändern, wenn das Baby erst einmal geboren ist und sie Mutter wird.«

»Monsieur, nichts von alledem …«

»O Gabrielle«, sagte er und sank auf die Knie. Er griff nach meiner Hand. Seine Geste überrumpelte mich. Ich hielt den Atem an, aber mein Herz pochte weiterhin heftig. »Ich will doch nur, daß du alles verstehst. Erst dann wirst du vielleicht einen kleinen Platz in deinem Herzen finden, der mir ein winzig kleines bißchen Verzeihung gewährt.«

Er schluckte schwer und fuhr dann fort. »Gladys und ich schlafen getrennt, weil die Liebe für sie zu schmerzhaft ist. Sie liegt einfach nur da und wimmert. Kannst du dir vorstellen, wie das für mich ist? Ich wäre ihr gern ein echter Ehemann, der Kinder mit ihr zeugt, wie es sein sollte, aber sie macht es mir so schwer.«

»Warum erzählen Sie das ausgerechnet mir, einer Fremden? Warum gehen Sie nicht zu einem Arzt mit ihr, Monsieur?« fragte ich mit unverminderter scharfer Stimme. Ich hatte mein gesamtes Potential an Mitleid für Mama und mich selbst aufgebraucht. Für ihn hatte ich gewiß nichts davon übrig, für den Mann, dessen Lust mich in die Abgeschiedenheit dieses winzigen Raumes verbannt hatte.

»Weil ein Arzt ihr nicht helfen kann, solange sie nicht die gräßlichen Kindheitserinnerungen von Jahren auswischen kann«, platzte er heraus.

Ich spürte, wie eine Woge aus Blut in meinen Hals und mein Gesicht strömte, und ich entzog ihm meine Hand.

»Ich verstehe nicht, wovon Sie reden, Monsieur«, sagte ich, obwohl die finsteren Gedanken schon seit dem Tag in meinem Hinterkopf gelauert hatten, an dem ich auf die seltsamen Zeichnungen im Kleiderschrank und auf die verstümmelten Puppen gestoßen war. Diese Vorstellungen waren so grauen-

haft und erschreckten mich so sehr, daß ich sie unter Verschluß hielt.
»Gladys ist von ihrem Vater mißbraucht worden ... sexuell, als sie noch ein kleines Mädchen war«, sagte er, und ich schnappte nach Luft. »Vom ersten Tag unserer Ehe an habe ich begriffen, daß bei ihr etwas nicht stimmt. Um den Vollzug der Ehe hinauszuzögern, hat sie einen ihrer Arbeiter dazu gebracht, heimlich ein Schwein zu schlachten und einen Teil des Bluts in eine kleine Flasche abzufüllen, die sie in unsere Flitterwochen mitgenommen und dort benutzt hat, um mir vorzumachen, sie hätte ihre Periode. Gegen Ende der erste Woche habe ich das Fläschchen tief unten in einer Schublade gefunden. Als ich sie darauf angesprochen habe, ist sie zusammengebrochen und hat geweint und unzusammenhängendes Zeug über ihre Vergangenheit herausgeschluchzt.
Ich war natürlich entsetzt. Ihr Vater war ein hochangesehener und einflußreicher Mann, ein Mann, den ich persönlich bewundert habe. Er hatte mich in sein Geschäft eingearbeitet und mich vom ersten Tag an wie einen Sohn behandelt. Er war derjenige, der veranlaßt hat, ich sollte mich um Gladys bemühen, und obwohl sie meinen Annäherungsversuchen herablassend gegenübergestanden hat, dachte ich, das läge nur an ihrer Schüchternheit. Vor mir hatte sie nie einen richtigen Freund gehabt.
Daher war ich bereit, ihr Zeit zu lassen, und als unsere Hochzeit arrangiert worden ist, habe ich geglaubt, wir würden gewiß lernen, einander zu lieben, und dann würde alles gut. Als ich hinter ihre Vergangenheit gekommen bin, habe ich ihren Vater darauf angesprochen, der, wie du vielleicht weißt, eine ganze Weile an einem Lungenemphysem gelitten hat. Die Krankheit hatte sich zusehends verschlimmert. Er konnte kaum noch aufstehen und war die meiste Zeit bettlägerig, an einen Sauerstofftank angeschlossen. Es hat ausgesehen, als hinge er an einer Nabelschnur, und er ist geschrumpft, bis er kaum mehr als ein kleines Baby zu sein schien. Ich habe das Geschäft damals bereits geleitet.«
»Was ist passiert, nachdem Sie ihn darauf angesprochen haben?« fragte ich, da ich mein Interesse an seiner Geschichte

beim besten Willen nicht leugnen konnte, obwohl ein Teil von mir die Einzelheiten verabscheute.

»Er hat natürlich alles abgestritten und mir erzählt, Gladys sei schon immer ein phantasievolles Kind gewesen, das tatsächlich fest an seine eigenen Einbildungen glaubte. Er hat mich jedoch angefleht, sie nicht aufzugeben, und er hat behauptet, ich sei die einzige Hoffnung auf ein normales Leben, die sie noch hätte.«

»Sie haben ihm geglaubt?«

»Ich wußte nicht mehr, was ich glauben sollte. Es schien keinen Unterschied zu machen, ob er mir die Wahrheit gesagt hatte oder nicht. Das Ergebnis war so oder so dasselbe. Gladys war, wie ein Psychiater, an den ich mich gewandt habe, gesagt hat, frigide. Er hat gesagt, er hätte schon ähnliche Fälle gesehen, in denen die psychische Verfassung einer Frau tatsächlich ihre Fähigkeit, schwanger zu werden, beeinflußt. Er hat von einem Sieg des Geistes über die Materie gesprochen.

Oh, ja, ein paarmal habe ich mich ihr gewaltsam aufgedrängt, weil ich mir davon erhofft habe, ich könnte damit diesen Wall aus Frigidität durchbrechen, doch bisher hat sich diese Mauer als undurchdringlich erwiesen. Kannst du begreifen, was es für mich bedeutet hat, unter solchen Bedingungen zu leben?

Ich hatte ihrem Vater Versprechungen abgegeben, und ich habe mich an sie und das heilige Sakrament der Ehe gebunden gefühlt, aber ... ich bin schließlich auch nur ein Mann, der die Bedürfnisse und die Schwächen eines normalen Mannes hat.«

»Ich weiß«, sagte er eilig, »daß sich damit nicht entschuldigen läßt, was ich dir angetan habe, und es ist lachhaft, wenn ich dir vorschlage, mir aufgrund dessen zu verzeihen, aber du sollst wenigstens wissen, daß ich kein schlechter Mensch bin und daß ich unter Gewissensbissen leide.« Er senkte den Kopf.

»Als mein Vater zu Ihnen gekommen ist, haben Sie alles abgestritten«, rief ich ihm ins Gedächtnis zurück.

»Wer hätte Jack Landry gegenüber etwas Derartiges zugegeben? Er hat gewirkt, als würde er mir die Arme ausreißen und den Kopf abbeißen. Ich hatte schreckliche Angst. Sein Ruf ist mir durchaus bekannt. Glaube bloß nicht, ich hätte nicht gezittert und meine Knie wären nicht unter meinem Schreib-

tisch weich geworden, als dein Vater mit dir in mein Büro gestürmt ist und ich versucht habe, ihn mit Drohungen abzuschrecken.
Ich weiß, daß du keinen Grund hast, mir zu glauben, aber ich habe augenblicklich Vorbereitungen getroffen, um dir Geld zu schicken, das dir während der Schwangerschaft und auch später mit dem Kind helfen sollte. Ich hatte vor, es anonym zu tun. Ich hätte niemals erwartet, daß dein Vater zu Gladys geht, und ich war, wie du sicher noch weißt, reichlich überrascht über ihre Reaktion und die Entscheidung, die sie getroffen hat.«
»Das also«, sagte er und lehnte sich zurück, »ist die ganze Wahrheit. Jetzt kennst du sie, und vielleicht wirst du mich nicht mehr ganz so sehr hassen wie bisher.«
»Was hier zählt, ist nicht, wie sehr ich Sie hasse«, sagte ich, und dann fügte ich mit einer freundlicheren Stimme hinzu: »Ich hasse Sie nicht. Mama sagt immer, Haß ist wie ein kleines Feuer, das in der Seele eines Menschen entfacht wird; mit der Zeit verbrennt es jede Güte und verzehrt mit seiner Glut die ganze Person.«
»Sie hat recht, und es ist ganz reizend von dir, daß du mir das sagst. Gerade deine Güte war es doch, die all das so furchtbar gemacht hat.« Er lächelte. »Kann ich wirklich nichts für dich tun? Gibt es irgend etwas, was ich dir bringen kann?«
»Nein, Monsieur.«
Er starrte mich an und lächelte. »Ich wünschte, ich wäre Jahre später geboren worden und hätte schon in jungen Jahren ein Mädchen wie dich kennengelernt«, sagte er.
»Aber mein Vater besitzt keine Konservenfabrik«, rief ich ihm ins Gedächtnis zurück.
Sein Lächeln wurde breiter. »Für jemanden, der behauptet, nicht viele Männer gekannt zu haben, bist du nicht nur ein sehr schönes, sondern auch ein sehr kluges Mädchen«, sagte er. »Sag mir jetzt die Wahrheit. Es hat doch auch andere gegeben, oder etwa nicht?«
»Ich habe Ihnen die Wahrheit gesagt, und mich interessiert nicht, was Sie von mir denken, Monsieur.«
Er lächelte, als wollte er mich aufheitern, und dann sah er sich

um. Er kniete immer noch vor mir auf dem Fußboden. »Du mußt hier sehr einsam gewesen sein, *n'est-ce pas?*«
»*Oui*, Monsieur.«
»Ich bin sicher, daß du deine Freunde vermißt.«
»Ich vermisse meine Mutter und meine Bewegungsfreiheit.«
»Das tut mir leid. Es muß doch gewiß etwas geben, was ich für dich tun kann«, beharrte er. Dann stand er auf und setzte sich neben mich. »Jetzt habe ich es. Ich könnte dich öfter besuchen«, schlug er mir vor. »Dich unterhalten und dich trösten. Du bist ein reizendes Mädchen. Du solltest nicht derart allein sein. Das ist nicht gerecht.«
»Ich werde es schon überstehen. Wie Sie bereits sagten, dauert es jetzt nicht mehr lange.« Ich rutschte auf dem Bett herum, um nicht ganz so dicht neben ihm sitzen zu müssen.
»Ja, aber wie du schon sagtest, kommt dir jeder Tag wie eine Woche vor, jede Woche wie ein Monat und jeder Monat wie ein Jahr, wenn du eingesperrt bist und keine Gesellschaft hast. Wir können Dame spielen oder einfach nur miteinander reden, und ich kann dich mit Zuneigung überschütten, um dich zu trösten, wann auch immer du es brauchst. Schwangere Frauen brauchen Zärtlichkeit doch noch viel mehr als Frauen, die nicht schwanger sind, nicht wahr?«
Er griff über meinen Schoß und nahm meine Hand in seine. Ich wollte sie zurückziehen, doch er hielt sie fest.
»Du brauchst dir jetzt keine Sorgen mehr zu machen. Der Schaden, wie es so schön heißt, ist bereits angerichtet. Du kannst nicht noch schwangerer werden. Du wirst schon keine Zwillinge bekommen«, fügte er lachend hinzu.
»Bitte, Monsieur.« Ich entzog ihm meine Hand, doch er griff wieder nach ihr und drückte sie fester und eindringlicher.
»Gabrielle, auch ich bin einsam. Ich mache diesen Vorschlag nicht nur deinetwegen.«
»Monsieur Tate ...«
»Die Schwangerschaft macht die Frauen noch schöner, als sie es ohnehin schon sind«, sagte er. »Du bist in dieser Besenkammer eingesperrt und dem Sonnenschein entzogen, den du so sehr liebst, und dennoch blühst du zu einer strahlenden Frische auf, die mein Herz höher schlagen läßt.«

»Ich fühle mich alles andere als strahlend frisch.«
»Aber du bist es«, beharrte er. »In diesen vergangenen Monaten habe ich häufig in meinem Bett gelegen, die Decke angestarrt und daran gedacht, daß du hier oben in diesem Zimmer eingesperrt bist. Ich gehe oft in das Schlafzimmer von Gladys, um jede Bewegung zu hören, jedes Ächzen der Bodendielen, und ein paarmal«, gestand er, »habe ich dich aus der Ferne oder aus dem Schatten beobachtet und dich dafür bewundert, was du für deine Eltern und für das Baby tust.«
»Ich tue nur, was getan werden muß«, sagte ich, und meine Stimme war schwach, weil mein Herz vor Furcht und Sorge trommelte, als ich mir vorstellte, daß er sich unter mir herumtrieb und auf ein Ächzen im Gebälk wartete.
»Deine Courage verschlägt mir immer wieder den Atem und macht dich in meinen Augen noch schöner. Wenn du mir bloß erlauben würdest, dir wahren Trost zu spenden«, sagte er und beugte sich zu mir vor, um meine Wange zu küssen, während seine Hände seitlich an meinem Körper zu meinen Brüsten hinaufglitten.
Voller Erstaunen und Entsetzen preßte ich meine Hand auf seine Brust, um ihn mir vom Leib zu halten. »Verschwinden Sie, Monsieur. Und zwar sofort!« Er zögerte. »Sonst schreie ich. Ich warne Sie.« Meine Kehle schnürte sich zu, doch er sah die Entschlossenheit, die in meinen Augen stand.
»Schon gut«, sagte er und stand auf. Er hob beschwichtigend die Hände. »Bleib ganz ruhig. Du brauchst dich nicht zu fürchten. Ich gehe ja schon. Ich dachte mir nur, du bräuchtest vielleicht Trost, und ...«
»Ich will Sie hier nicht wiedersehen«, sagte ich, und Tränen brannten unter meinen Lidern. »Von dieser Form von Trost will ich nichts wissen.«
»In Ordnung. Mir soll das recht sein. Trotzdem werde ich von Zeit zu Zeit nach dem Rechten sehen.«
»Nein, sparen Sie sich die Mühe.«
»Für mich ist das keine Mühe.«
»Monsieur«, sagte ich mit fester Stimme und schluckte meine Tränen, damit meine Worte schärfer und entschiedener klangen, »falls Sie noch ein einziges Mal einen Fuß in dieses Zim-

mer setzen sollten, werde ich mich bei Madame Tate beschweren, und ich werde augenblicklich dieses Haus verlassen. Das schwöre ich Ihnen.«
Er schüttelte den Kopf. »Woher nimmst du bloß diese Kraft?«
»Aus meinem Empfinden dafür, was sich gehört«, erwiderte ich nachdrücklich.
Er blieb stumm und zog sich dann zur Tür zurück. Dort blieb er noch einmal stehen und sah sich nach mir um. Er seufzte tief und schüttelte den Kopf. »Es tut mir leid«, sagte er und stieg leise die Stufen hinunter.
Ich wartete, bis ich hörte, wie die Tür am unteren Ende der Treppe geschlossen wurde. Dann stieß ich den Atem aus und spürte, wie mir die Tränen glühend heiß aus den Augen quollen und über die Wangen liefen. Jetzt, nachdem er wieder gegangen war, begann ich erst, mich wirklich zu wundern. Wie konnte er es wagen, hierherzukommen und Reue zu heucheln, wenn er in Wirklichkeit versuchen wollte, mich noch einmal zu verführen? Madame Tate hatte recht, dachte ich. Männer müssen tollwütige Hormone haben, die sie in die reinsten Ungeheuer verwandeln. Besaß er denn gar kein Schamgefühl?
Ich trat ans Fenster, um tief Atem zu holen. Mein Herz pochte immer noch.
Wenn Mama wüßte, was soeben vorgefallen war, würde sie mich augenblicklich aus diesem Haus herausholen, dachte ich. Vielleicht war mein Entschluß doch nicht so weise gewesen. Vielleicht sollte ich mein Baby nicht in diesem Haus lassen, ganz gleich, ob die Leute nun reich waren oder nicht.
Ich wußte beim besten Willen nicht mehr, was richtig und was falsch war. Ich wußte, daß ich mich nicht an Mama wenden konnte, damit sie mir die Antworten gab. Ich wußte, wie selbstlos sie war. Sie hätte sich für die Lösung entschieden, die mir das Leben leichter gemacht hätte, ungeachtet der Folgen, die es für sie hatte. Wenn es doch bloß jemanden gegeben hätte, mit dem ich hätte reden können, noch einen anderen Menschen, dem ich vertraute und den ich liebte und der mich liebte. Ich blickte zu den Sternen auf, und die heißen Tränen strömten immer noch über meine Wangen. Dann tauchte, anscheinend

aus dem Nichts, mein Reiher auf und landete auf der Brüstung. Er hob die Schwingen und hüpfte auf und ab, als wollte er mich damit belustigen. Ich lachte.
»Was hast du denn heute nacht hier zu suchen, Herr Reiher?« fragte ich. Er wackelte mit dem Kopf.
Dann machte er kehrt und flog in die Nacht hinaus.
Meine Tiere setzten keine Masken auf. Sie waren genau das, was sie zu sein schienen. Sie brachen keine Versprechen. Sie lebten in einer Welt ohne jede falsche Hoffnung. Vielleicht hätte ich als Reiher geboren werden sollen. Im Moment erschien mir dieses Leben erstrebenswerter als meines.
Ich seufzte und lehnte mich zurück, und dann spürte ich ein seltsames Ziehen in meinem Bauch. Dann spürte ich es wieder, und meine Augen leuchteten. Meine Tränen versiegten augenblicklich.
Das ist das Baby, dachte ich. Es war das erste Mal, daß ich gespürt hatte, wie es sich in mir bewegte.
Und plötzlich hoben sich alle dunklen Wolken hinweg, und ein Sonnenstrahl erhellte die dunklen Korridore meines Herzens und ließen es mit einer Freude schlagen, wie ich sie nie zuvor verspürt hatte. Der Schmerz, der sich meiner jetzt bemächtigte, rührte daher, daß ich niemanden an meiner Seite hatte, mit dem ich diese neue, aufregende Erfahrung teilen konnte.
Die Einsamkeit war im Glück genauso schwierig zu ertragen wie in der Traurigkeit, dachte ich, denn auch das Glück mußte man teilen. Ich begann zu verstehen, was es wirklich bedeutete, einen Menschen zu lieben. Es hieß, jede Entdeckung mit ihm zu teilen, jede neue Erkenntnis, jede Träne, jedes Lachen, jeden Traum und sogar jeden Alptraum.
Es hieß, jemanden zu haben, dem man seine Ängste und seine Hoffnungen anvertrauen konnte.
Liebe bedeutete soviel mehr, als die Menschen hier in diesem Haus glaubten. Vielleicht würde die Geburt des Babys ihnen das Verständnis vermitteln, an dem es ihnen allen mangelte. Vielleicht würden die Tates aufhören, nur an sich selbst und ihre eigenen Probleme zu denken, und sich statt dessen dem Kind zuwenden. Es würde sie einander in einer guten Form näherbringen. Sie würden die Entwicklung des Babys gemein-

sam erleben, gemeinsam lachen, wenn es lächelte, gemeinsam bewundern, wie es heranwuchs, seine ersten Schritte machte und seine ersten Worte sagte. Und vielleicht würde sich dann herausstellen, daß Octavius recht gehabt hatte: Gladys würde mehr Kinder wollen, Kinder, die wirklich ihre eigenen waren.
Wenn etwas Schlimmes passierte, zitierte Mama oft die Heilige Schrift und sagte: »Ein jegliches hat seine Zeit, und alles Vorhaben unter dem Himmel hat seine Stunde ... zerreißen hat seine Zeit, zunähen hat seine Zeit.«
Das Baby trat wieder um sich.
Ich hatte die Jahreszeit des Zerreißens hinter mich gebracht.
Jetzt würde für mich die Zeit des Zunähens beginnen.

7.

Ein Freund tritt in Erscheinung

Jetzt, nachdem ich gespürt hatte, wie sich Leben in mir regte, schien es, als sei mir die verbleibende Zeit meiner Schwangerschaft weniger unerträglich. Zu Beginn des achten Monats hatte ich das Gefühl, eine lange, gewundene Biegung auf einem Weg hinter mich gebracht zu haben und das Ende der Wegstrecke direkt vor mir zu sehen. Obwohl sie sehr unglücklich darüber war, daß ich Monate über Monate heimlich im Haus der Tates versteckt wurde, schien Mama mit dem Fortschreiten meiner Schwangerschaft und mit der Entwicklung des Babys zufrieden zu sein. Wenn Mama mich jetzt besuchte, plapperte ich die meiste Zeit unermüdlich darüber, wie das Baby um sich getreten und sich ruckartig bewegt hatte, was für ein Gefühl es war, wenn sich ein Lebewesen in Erwartung seiner eigenen Geburt drehte und wand, und für den Moment vergaß ich vollständig, daß Mama all das viel besser wußte als ich. Schließlich war sie mit mir schwanger gewesen!

»Letzte Nacht hat das Baby mich so fest getreten, daß ich fast aus dem Bett gefallen wäre, Mama! Ich mußte mich aufsetzen und dann mußte ich fast die ganze Nacht lang meinen Bauch reiben und beschwichtigend auf es einreden. Ich wünschte, ich wüßte, ob es ein Junge oder ein Mädchen ist.«

»Das klingt alles so, als sei es ein Junge«, sagte sie.

»Das habe ich mir auch schon gedacht«, flüsterte ich. »Ich spüre ganz einfach, daß es ein Junge ist, und ich rede mit dem Baby, als sei es ein Junge. Ich habe nicht das Gefühl, als würde ich von einem zierlichen Mädchenfuß getreten«, sagte ich und lachte.

Während sie mir zuhörte, war ein weises Lächeln auf Mamas

Gesicht erstarrt, das allmählich von einem Ausdruck der Sorge abgelöst wurde. Ich ließ mich derart von meiner eigenen Aufregung mitreißen, daß es mir eine Zeitlang nicht auffiel, doch als ich schließlich sah, wie ihre Augen sich verfinstert hatten, setzte mein Herzschlag einen Moment lang aus.
»Was ist passiert, Mama?« fragte ich. »Hat Daddy etwas angerichtet?«
»Dein Daddy richtet laufend Dinge an, die dazu führen, daß sich mir die Nackenhaare aufstellen, aber im Moment habe ich nicht an ihn gedacht.«
»An wen denn? Was ist los?«
»Es ist an der Zeit, daß wir darüber reden, wie die Dinge hinterher aussehen werden, Schätzchen.«
»Hinterher?«
»Wenn eine Frau ein Kind gebärt, geschieht etwas Wunderbares, Gabrielle«, erklärte sie. »Natürlich kommt es erst einmal zu all diesen Monaten des Unbehagens, zu den schmerzhaften Wehen und zu den Schmerzen bei der Geburt, aber sowie das Baby erst einmal aus ihrem Leib herausgekommen ist und die Mutter einen Blick auf dieses wunderbare Geschöpf wirft, das in ihr Gestalt angenommen hat, dann entfällt ihrem Gedächtnis schlagartig die Erinnerung an jedes Leid, und sie ist von einer unbeschreiblichen Freude erfüllt. Ich habe es schon Hunderte von Malen miterlebt, Schätzchen. Vor allem bei Erstgeburten traut die Mutter ihren eigenen Augen nicht. Ich selbst habe meinen Augen nicht getraut, als du geboren worden bist.« Sie seufzte so tief, als sie sich unterbrach, daß ich unwillkürlich den Atem anhielt, bis sie weitersprach.
»Genau das wird dir passieren, Gabrielle, und dann wird dir im selben Moment das Baby entrissen werden. Du mußt dich darauf vorbereiten, obwohl ich, ehrlich gesagt, nicht weiß, was ich dir sagen soll und was du tun könntest, um es dir leichter zu machen.«
Mama hielt meine Hand, während sie diese Dinge sagte, und ich konnte ihrem grimmigen Gesicht ansehen, daß sie mein zukünftiges Elend bereits vor Augen gesehen hatte und traurig für mich war.
»Erst bist du vergewaltigt worden, und dann mußtest du all

das durchmachen, und jetzt kommen auch noch die Folgen hinzu. Ich will es nicht beschönigen, Schätzchen. Es ist ein Schmerz, wie du seinesgleichen nie mehr erleben wirst«, sagte sie. »Ich habe das Grauen erlebt, wenn ein Baby tot geboren wird. Ich fürchte, darauf wird es für dich hinauslaufen«, schloß sie.
Ich versuchte zu schlucken, doch meine Kehle war zugeschnürt. Tränen trübten meine Augen, und die Furcht, die Mama in meiner Brust gesät hatte, ließ mein Herz rasend schlagen. Plötzlich lächelte sie, als ihr etwas anderes einfiel.
»Erinnerst du dich noch, wie du als kleines Mädchen einmal mit einem toten Vögelchen zu mir gekommen bist und ich dir gesagt habe, wahrscheinlich hätte seine Mutter es aus dem Nest geworfen?«
»Ja, Mama. Daran erinnere ich mich noch. Wir haben es unter dem Pecanobaum begraben.«
Sie lachte. »Ja, genau das haben wir getan. Siehst du, Schätzchen, diese Vogelmama hat das getan, wovon sie geglaubt hat, es sei das Beste für ihre anderen Babys. Damals konntest du das nicht akzeptieren. Was ich dir damals zu erklären versucht habe, war, daß die Vogelmama mehr an ihre Babys denken mußte als an sich und an ihre eigene Traurigkeit.«
»Das ist etwas, was auch du tun mußt. Ich sage dir all das nur jetzt schon, weil ich dich darauf vorbereiten will. Ich will dich auf das vorbereiten, wozu du dich ohnehin schon entschlossen hast.«
Ich nickte, und eine tiefe Traurigkeit ließ weiterhin Schatten vor die Sonne ziehen, die in meinem Herzen geschienen hatte.
»Du hast mir damals gesagt, ich müßte mich von meiner Unschuld lösen, Mama.« Ich nickte. »Jetzt verstehe ich, was du damals gemeint hast.«
»Es tut mir leid, Schätzchen. Ich hätte ausgiebiger mit dir darüber reden sollen, ehe du deinen Entschluß gefaßt hast, aber du warst so sicher, die richtige Entscheidung getroffen zu haben.«
»Ich glaube immer noch fest daran, daß es die richtige Entscheidung ist, Mama«, sagte ich leise.
Sie schloß die Augen und seufzte wieder. »In Ordnung«, sagte sie und tätschelte meine Hand. »Wenn du das wirklich immer

noch glaubst, dann kann nichts schiefgehen. Und ich werde von der ersten bis zur letzten Minute bei dir sein.«
Sie ließ mir ihre Kräutermedizin da und sagte, sie käme jetzt öfter vorbei, da meine Schwangerschaft schon so weit fortgeschritten sei. Sie bemerkte, das Baby sei in den letzten Tagen tiefer gesunken, als sie es erwartet hatte. Ich kam mir auch tatsächlich wie eine Ente vor, wenn ich in meinem kleinen Zimmer herumwatschelte und mich die wenigen Treppenstufen hinaufzog. In der letzten Zeit hatte ich auf der Treppe stehenbleiben und Luft holen müssen. Ich fand, ich sähe reichlich komisch aus, und manchmal mußte ich laut über mich selbst lachen.
Trotzdem hinterließ unser Gespräch eine große Niedergeschlagenheit in mir, und trotz aller Verbote beschloß ich, nachdem Mama gegangen war, ich müsse dringend den Sonnenschein und die Natur sehen. Ich hob die Jalousie vor dem Fenster, damit der Sonnenschein mein Gesicht wärmen konnte.
Plötzlich tauchte, anscheinend aus dem Nichts, zu meiner Rechten ein Junge von etwa fünfzehn Jahren auf, der auf den Händen über den Rasen lief. Dann blieb er stehen, machte einen Überschlag und landete auf seinen nackten Füßen; als er das tat, heftete er den Blick auf mein Fenster. Ich wich eilig zurück, doch als ich mich wieder vorbeugte, um hinauszulugen, war er immer noch da, stand starr auf der Stelle und blickte zu meinem Fenster auf. Ich fürchtete, daß er mich entdeckt hatte. Mein Herz pochte heftig, da ich mit Ärger rechnen mußte. Wenn Gladys Tate dahinterkam, war nicht abzusehen, wie sie in ihrer derzeitigen Gemütsverfassung darauf reagieren würde. Je näher meine Entbindung rückte, desto nervöser und reizbarer wurde sie.
Ich trat zur Seite und schaute auf den Jungen herunter, während er das Fenster musterte und vermutlich in sich ging, um zu entscheiden, ob er tatsächlich etwas gesehen hatte.
Dann lächelte er und machte einen Überschlag rückwärts. Er machte einen Handstand und fing wieder an, auf den Händen über das Gras zu laufen. Er machte kehrt, rollte sich zu einem Purzelbaum zusammen, sprang dann auf die Füße und drehte

eine Pirouette wie ein Ballettänzer. Seine Bewegungen waren derart anmutig und geschmeidig, daß ich den Blick einfach nicht von ihm abwenden konnte. Er lächelte, stand still und verwandelte sich direkt vor meinen Augen wie durch einen Zauber in eine Marionette.
Seine Schultern zogen sich hoch, als hingen sie an Schnüren, und seine Arme hoben sich mit schlaff herunterhängenden Händen. Dann hoben sich abrupt seine Hände, und er riß den Kopf erst nach rechts und dann nach links. Ehe ich vor Erstaunen den Kopf schütteln konnte, ließ er seinen Körper in sich zusammensinken und ahmte eine Marionette nach, deren Fäden von dem Puppenspieler losgelassen werden. Sowie seine Knie das Gras berührten, sprang er jedoch wieder auf, und seine Arme hoben sich mit flatternden Händen höher und immer höher. Ich mußte unwillkürlich lachen. Das Lachen kam aus meinem Mund heraus, ehe ich es unterdrücken konnte, doch falls er mich gehört hatte, ließ er es sich nicht anmerken. Statt dessen fing er an, nach rechts zu laufen wie die Marionette, die er darstellte. Seine Beine hoben und senkten sich mit den ruckhaften Bewegungen einer Puppe, deren Fäden gezogen werden. Er lief im Kreis und sackte dann noch einmal auf dem Boden in sich zusammen, als seien die Fäden gerissen. Dort blieb er regungslos liegen, mit Augen, die wie Glasaugen aussahen.
Schließlich riß er die Augen weit auf, lächelte und stand vom Boden auf. Er sah mich an, sagte aber kein Wort, und seine Lippen bewegten sich nicht. Statt dessen setzte er zu einer Reihe von schnellen Handbewegungen an, die ich als Zeichensprache ansah. Ich beobachtete ihn eine Zeitlang und nahm deutlich seine Frustration wahr, als ich nicht darauf reagierte. Selbst, wenn ich es gekonnt hätte, hätte ich nicht gewußt, wie ich darauf hätte reagieren und was ich hätte sagen sollen. Stellte er mir Fragen?
Ich hatte bisher nur einen einzigen Taubstummen gesehen, Tyler Joans, der acht Jahre alt war, als ich ihm zum ersten Mal begegnet war. Ich hatte Mama begleitet, als sie als Heilerin zu den Joans' gerufen worden war, um etwas gegen die Warzen auf dem Handrücken von Tylers Mutter zu unternehmen. Die Fa-

milie Joans war schon vor Jahren von hier fortgezogen, und ich hatte Tyler nie näher kennengelernt.

Der Junge auf dem Rasen stemmte jetzt die Arme in die Hüften. Es war ein großer, schlanker Junge mit dunkelbraunem Haar, das ihm über die Stirn und in die Augen fiel. Er trug eine Khakihose und ein ausgebleichtes weißes T-Shirt, das am Kragen zerrissen war.

Ich wich zurück, als ein großer, stämmiger Mann mit einem Rechen in der Hand auftauchte. Ich hörte, wie er »Henry!« rief, und dann sah ich, wie er dem Jungen zornig bedeutete, er solle ihm folgen. »Mach dich wieder an die Arbeit, Junge, ehe ich dir das Fell gerbe.« Mit seinen großen Händen machte er ihm schnelle Zeichen und schwenkte den Rechen durch die Luft.

Der Junge hob den Arm, stemmte den rechten Zeigefinger auf seinen Kopf, drehte sich wie ein Kreisel und raste dann los, und ich lachte leise in mich hinein und fragte mich, wer er wohl war.

An jenem Abend ließ ich mich wieder an mein Fenster locken, als ich zu hören glaubte, wie mein Reiher auf der Brüstung herumstolzierte. Statt des Vogels fand ich jedoch ein Sträußchen Hyazinthen vor, die mit einer Schnur zusammengebunden waren. Die lavendelfarbenen Blüten waren hell und wiesen zwischen den innersten Blütenblättern einen gelben Klecks auf. Gewiß konnte mein Reiher sie nicht gebracht haben, dachte ich und sah in die Dunkelheit, um nach meinem Wohltäter Ausschau zu halten. Wie hatte er wissen können, wie sehr ich den Anblick von Hyazinthen vermißte, die sich auf der Oberfläche des Bayous von einem Ufer zum anderen zogen? Mich hatte schon immer fasziniert, wie sehr sie ihre Farbe verändern konnten, von dem zarten Lavendelton bis hin zu einem dunklen Purpur, wenn eine Wolke über den Himmel zog. Auf mich wirkte es, als malte ein begnadeter Künstler die Welt, in der ich lebte, in ständig neuen Farben. Nie war sie langweilig, und nie war sie frei von Überraschungen. Und das war etwas, wonach ich mich in jenen langen, dunklen Monaten, in denen mir meine geliebte Welt verschlossen gewesen war, verzehrt hatte.

»Danke«, rief ich in die Nacht hinaus und wartete auf eine Reaktion. Ich vernahm jedoch nichts anderes als den traurigen Schrei einer Eule und die monotone Symphonie der Zikaden. Ehe ich mich schlafen legte, verbarg ich die Blumen unter meinem Bett. Ich würde sie zum Fenster hinauswerfen, wenn sie verwelkten und vertrockneten, damit Gladys Tate sie nicht fand. Am nächsten Morgen blieb sie in meinem Zimmer stehen, nachdem sie mir das Frühstück gebracht hatte, und ich fürchtete schon, sie wüßte, daß dieser seltsame und faszinierende Junge mich gesehen hatte.
Sie schnupperte und sah sich argwöhnisch um, während ich aß.
»Es riecht, als sei hier plötzlich der Frühling eingezogen«, sagte sie.
»Die Brise weht den Duft von Blumen hinein«, erwiderte ich, doch sie blieb weiterhin stehen und sah sich argwöhnisch um.
»Octavius ist doch nicht etwa hier gewesen, oder doch?« erkundigte sie sich plötzlich. Da mir davor graute, was passieren würde, wenn ich ja sagte, schüttelte ich eilig den Kopf. »Wenn ich sein Eau de Cologne rieche, dreht sich mir der Magen um.«
»Nein, Madame.«
»Steh auf«, befahl sie mir. Ich legte meine Gabel hin und tat es. Sie stellte sich neben mich, legte die Hände auf ihren Bauch und sah meinen Bauch an. »Bei dir sitzt es tiefer als bei mir.« Sie verschob ihr Polster ein wenig. »Sind irgendwelche weiteren Schmerzen aufgetreten?«
»Nein, Madame.«
Sie schnupperte noch einmal, und direkt bevor sie den Raum verließ, blieb sie stehen, und ihr Blick richtete sich auf etwas, was auf dem Fußboden meines Zimmers lag. Sie kniete sich hin und hob ein winziges Stück von einem Hyazinthenstengel auf.
»Was ist das? Wie ist das hierhergekommen?« erkundigte sie sich schroff.
»Was? Ach so. Hier landet jede Nacht ein Reiher«, sagte ich und deutete auf das Fenster. »Er hat ein paar Blätter und Stöckchen auf der Brüstung fallen lassen.«
Gladys sah mich einen Moment lang fest an, und dann lächelte sie affektiert. »Ich werde meinem Gärtner sagen, daß er sich darum kümmern soll. Wir wollen schließlich nicht, daß ein Vo-

gel die Aufmerksamkeit auf dieses Fenster lenkt. Paß bloß auf, daß du tagsüber nicht zu nah an das Fenster kommst.«
»Ja, Madame«, erwiderte ich und wandte mich meinem Frühstück wieder zu. Sie blieb noch einen Moment lang stehen, doch ich sah sie nicht mehr an, und schließlich ging sie.
Am späteren Morgen hörte ich leise Geräusche vom Fenster her kommen. Ich näherte mich behutsam und stellte fest, daß jemand winzige Kieselsteine gegen die Scheibe warf. Als ich zwischen dem Vorhang und dem Fensterrahmen hinauslugte, sah ich meinen jungen Akrobaten wieder. Diesmal jonglierte er mit Äpfeln und brachte es bis auf fünf. Nachdem er sein Kunststück vorgeführt hatte, bot er mir einen der Äpfel an.
Ich nickte lächelnd. »Ich hätte schrecklich gern einen Apfel«, sagte ich und erwartete, er würde mir einen Apfel zuwerfen, doch er verschwand blitzschnell unter der Brüstung. Wenige Momente später hörte ich, wie er an der Wand hinaufkletterte, und dann sah ich seine Hand auf der Brüstung liegen. So geschmeidig wie eine Katze zog er sich hoch und sprang über die Brüstung. Das überraschte und erschreckte mich.
»Du darfst nicht zu mir nach oben kommen«, sagte ich und schüttelte nachdrücklich den Kopf. Ich bedeutete ihm, er solle wieder verschwinden. »Bitte.«
Er legte den Kopf zur Seite und wirkte verwirrt und bestürzt. Dann lächelte er und deutete auf sich. »Hen Rieh«, sagte er und deutete auf mich. Als ich nicht darauf reagierte, wiederholte er das Ganze noch einmal. »Hen Rieh.«
»Ich bin Gabrielle«, sagte ich zu ihm.
Er schüttelte den Kopf, hob die Hände und deutete mit dem rechten Zeigefinger auf seine linke Handfläche.
»Ich kann nicht mit den Händen reden. Bitte, du mußt wieder hinunterklettern. Niemand darf wissen, daß ich hier bin.« Ich schüttelte den Kopf und deutete auf mich.
Jetzt schüttelte er den Kopf, als hätte ich etwas in einer Sprache gesagt, die ihm fremd war, und dann schwang er sich wieder auf die Brüstung. Als er sich dort auf die Hände stellte und sich zu mir umdrehte, schrie ich vor Furcht auf, doch er lachte nur und sprang wieder auf den winzigen Balkon. Er kauerte sich hin und begann, in Zeichensprache mit mir zu reden. Er er-

klärte, er sei stumm und könne nur mit den Händen sprechen. Er fuhr mit seinen flinken Handbewegungen fort, und ich war sicher, daß er ein langes Gespräch mit mir führte.

»Es tut mir leid«, sagte ich. »Ich weiß nicht, wie ich deine Handbewegungen lesen soll.« Ich hielt meine Hände vor mich hin und schüttelte den Kopf.

Er unterbrach sich, starrte mich einen Moment lang an und dachte offenkundig nach. Seine Augen waren haselnußbraun und glitten nervös von eine Seite auf die andere, während er sich anstrengte, um sich etwas anderes einfallen zu lassen, wie er seine Gedanken mitteilen konnte.

»Du mußt jetzt wieder verschwinden«, sagte ich und wies auf die Brüstung. »Sonst wird Mrs. Tate sehr wütend sein. Niemand soll wissen, daß ich hier bin, verstehst du?«

Er zog die Augenbrauen hoch, schnitt eine Grimasse und hob fragend die Arme. Es war frustrierend. Ich versuchte, meine Worte mit Gesten zu untermalen, und ich bemühte mich, Mrs. Tate nachzuahmen, wie sie finster schaute, sich mit übertriebener Autorität gebärdete und ihn verscheuchte. Damit brachte ich ihn aber nur zum Lachen.

Schließlich deutete ich dann auf mich selbst, legte einen Finger auf meine Lippen und schüttelte den Kopf. Jetzt schien er zu verstehen, was ich ihm sagen wollte.

»Es muß unbedingt geheimgehalten werden. Bitte, sag niemandem, daß ich hier bin.« Ich schüttelte verneinend den Kopf und ließ den Finger weiterhin auf meinen Lippen liegen.

Er lächelte. Offenbar machte es ihm Spaß, ein Geheimnis für sich zu behalten. Er nickte nachdrücklich, und dann fiel sein Blick auf meinen Bauch.

Er riß die Augen weit auf, und dann legte er die rechte Handfläche unter den linken Ellbogen und bewegte seine Arme ganz so, als wiegte er ein Baby.

»Ja«, sagte ich und nickte. »Ich bin schwanger, und ich werde schon sehr bald ein Baby bekommen.«

Ich begriff, daß er nicht so schnell wieder verschwinden würde, und ich genoß seine Gesellschaft, obwohl er stumm war.

»Arbeitest du hier für die Tates?« fragte ich und beschrieb mit

einer Armbewegung das Haus und das Anwesen. Um ihm zu verdeutlichen, was Arbeit war, hob ich die Arme und senkte sie wieder, als hackte ich Holz. Er nickte und begann, mir mit Gesten verständlich zu machen, seine Arbeit bestünde darin, Laub zusammenzurechen, Hecken und Bäume zu schneiden und Dinge anzupflanzen. »Solltest du denn jetzt nicht in der Schule sein?« fragte ich ihn. Ich deutete auf ihn und nahm dann ein Buch zur Hand, hielt es hoch und tat so, als würde ich darin lesen. Dann stellte ich mich schreibend. Sein Gesicht hellte sich auf.
»Schuh.«
»Ja, Schule«, sagte ich und deutete auf ihn.
Er nickte, und ich konnte seinem Gesichtsausdruck deutlich entnehmen, daß er lieber in der Schule gewesen wäre als hier zu arbeiten. Er schüttelte den Kopf und führte mir noch einmal in Gesten die Arbeiten vor, die er hier zu tun hatte. Dann beugte er sich vor und lugte in mein Zimmer hinein. Seine Neugier nahm sichtlich zu. Als er so dicht vor mir stand, konnte ich die winzigen Sommersprossen unter seinen Augen und eine kleine Narbe unter dem rechten Mundwinkel sehen. Er war braungebrannt, fast so dunkel wie Daddy, und ich konnte sehen, daß er zwar schlank war, seine Arme jedoch die reinsten Muskelstränge waren und sein Bauch ein Waschbrett. Seine Augen glitten über die Puppen und blieben dann auf meiner Stickerei liegen. Ich konnte die Fragen in seinem Gesicht lesen.
»Ja, damit vertreibe ich mir die Zeit«, sagte ich. Er nickte, lächelte und drückte mit Gesten seine Bewunderung aus.
»Danke. Aber wenn ich nichts zu tun hätte, würde ich schließlich verrückt«, murrte ich. Er schien verwirrt zu sein, und daher verdrehte ich die Augen und schüttelte den Kopf, um ihm klarzumachen, was ich meinte. Er zog die rechte Augenbraue hoch. Ich war sicher, daß meine albernen kleinen Gesten absolut lächerlich wirkten.
Er begann, mir in Zeichensprache eine weitere Frage zu stellen. »Es tut mir leid, aber ich verstehe dich nicht.« Er strengte sich noch mehr an, und ich bekam mit, was er meinte.
»Oh, nein, ich kann nicht nach unten gehen.« Ich schüttelte

den Kopf. »Das habe ich dir doch schon erklärt«, sagte ich und deutete auf mich, und dann legte ich mir einen Finger auf die Lippen. »Es wird geheimgehalten, daß ich hier bin.« Er verzog verwirrt das Gesicht, verweilte jedoch nicht länger bei diesem Thema. Er bedeutete mir, er wolle durch das Fenster einsteigen. »Nein«, setzte ich an, doch er war nicht mehr aufzuhalten. Als er von der Fensterbank stieg, führte ich einen Finger an die Lippen und deutete auf den Fußboden, um ihm zu bedeuten, daß er sich sehr leise bewegen mußte. Er verstand mich und trat mit übertriebener Behutsamkeit auf. Das ließ mich lächeln, und auch er lächelte jetzt.
Dann hob er die Hand, als finge er eine Fliege in der Luft, und als er die Faust vor meinen Augen öffnete, sah ich eine einzige künstliche Perle auf seiner Handfläche liegen.
Ich lachte. »Wie hast du das gemacht?«
Er hielt den Zeigefinger hoch, schloß die Augen und tat so, als konzentriere er sich angestrengt. Nach einem Moment öffnete er die Augen wieder, griff hinter mein Ohr und zog dort eine weitere Perle hervor.
Ich lachte wieder. »Du stellst dich wirklich sehr geschickt an.«
Er nickte und lächelte freundlich.
»Wer hat dir all das beigebracht?« Ich deutete auf die Perle und dann auf ihn. Er war entweder sehr klug, oder er konnte Lippen lesen.
»Grr ppaa«, sagte er.
»Dein Grandpère?«
Er nickte.
»Warum kannst du nicht richtig reden?« fragte ich und deutete auf meine Zunge. Ich begleitete diese Geste mit den entsprechenden Bewegungen meiner Finger. Er deutete erst auf seine Ohren, dann auf meinen Bauch und dann auf sich selbst.
»Du bist taub geboren worden«, schloß ich.
Und zum ersten Mal fragte ich mich, wie mein Baby wohl zur Welt kommen würde. Würde es etwa irgendeinen Schaden haben? Mama glaubte, daß alles in Ordnung war, aber selbst Mama konnte nicht alles wissen. Wenn ein Baby durch einen unerwünschten Akt gezeugt wurde, konnte das die Gesundheit des Babys beeinträchtigen? Ich hatte meine Schwanger-

schaft wie eine Krankheit angesehen und dieses Baby bis zu dem Augenblick nicht in mir haben wollen, in dem ich zum ersten Mal gespürt hatte, wie es sich bewegte. Mir war die Vorstellung abscheulich, ich könnte schuld daran sein, wenn es taub oder blind geboren wurde. Ich hätte Mama danach fragen sollen, aber andererseits dachte ich, sie würde mir vielleicht nicht die Wahrheit sagen, weil sie fürchtete, ich könnte Tag und Nacht dasitzen und mir Sorgen machen.
Henry lief in dem Zimmer umher und sah sich erst die Puppen und dann das Puppenhaus an, das ihn begeisterte. Er kniete sich davor, und im nächsten Moment erkannte auch er, daß es sich um ein Modell des Hauses der Tates handelte. Er deutete erst auf das Puppenhaus und dann auf die Hausmauern.
»Ja.« Ich nickte.
In dem Moment versetzte mir das Baby einen besonders festen Tritt, und ich stöhnte und hielt mir den Bauch. Ich mußte mich auf das Bett setzen. Henry sah mich mit einer Mischung aus Neugier und Sorge an, und ich deutete auf meinen Bauch und trat mit dem Fuß in die Luft. Seine Augen wurden groß. Das Baby trat wieder nach mir und hörte einfach nicht auf, um sich zu treten. Ich bedeutete Henry, er sollte seine Hand auf meinen Bauch legen. Er stand langsam auf und kam furchtsam näher. Das Baby war immer noch äußerst aktiv. Als Henry zögerte, streckte ich einen Arm aus, nahm seine Hand und legte sie auf meinen Bauch. Dort hielt ich seine Handfläche fest, während das Baby weiterhin um sich trat.
Henry strahlte vor Aufregung über das ganze Gesicht. Dann lachte er. In Zeichensprache stellte er mir eine Frage nach der anderen. Ich schüttelte den Kopf. Er deutete auf meinen Bauch und formte dann seine Arme zu eine Wiege.
»Oh, du willst wissen, wie lange es noch dauert?« Ich dachte nach und zählte sechs Finger ab, um ihm zu bedeuten, daß es bis dahin noch sechs Wochen waren, doch ich konnte ihm ansehen, daß er nicht wußte, ob ich sechs Tage oder sechs Monate meinte.
Er setzte sich im Schneidersitz vor mir auf den Fußboden und blickte verwundert zu mir auf. Als ich in diese dunkelbraunen Augen sah, konnte ich die zahllosen Fragen ahnen, die die

Oberfläche des bodenloses Teiches seiner Neugier kräuselten. Wer war ich? Warum hielt man mich hier versteckt? Vielleicht fragte er sich sogar nach dem Vater des Babys. Was hatte all das mit den Tates zu tun?
Er deutete wieder auf sich und sagte noch einmal: »Hen Rieh.« Dann deutete er auf mich. Er wollte unbedingt meinen Namen erfahren, und meine Unfähigkeit, es ihm zu sagen, frustrierte ihn. Ich dachte einen Moment lang nach und fragte mich, wie lange er die Schule wohl besucht hatte. Dann stand ich auf, holte einen Stift und Papier und schrieb meinen Namen auf. Er setzte sich neben mich auf das Bett und schaute auf den Notizblock. Dann deutete ich auf meinen Mund und bildete langsam mit den Lippen meinen Namen.
»Ga-bri-elle.«
Er schüttelte den Kopf. Mir wurde klar, daß er Analphabet war. Vielleicht war er nie zur Schule gegangen oder nur für sehr kurze Zeit, dachte ich. Was für ein Jammer. Ich dachte über das Problem nach, und dann nahm ich seine rechte Hand und legte sie auf meine Kehle. In seinen Augen stand Erstaunen, ja, sogar eine Spur von Furcht. Ich wiederholte meinen Namen in der Hoffnung, er würde die Vibrationen fühlen. Dann legte ich seine Hand auf seine eigene Kehle. Ich tat es mehrmals, bis ich sah, daß seine Augen strahlten.
»Ga.«
»Ja, genau. Mach weiter so«, sagte ich aufgeregt.
»Ga Brrr.«
Wir wiederholten diesen Vorgang, bis er die zweite und schließlich auch die dritte Silbe aussprach. Ich bedeutete ihm, er solle die Buchstaben schneller hintereinander aussprechen.
»Gabri ... el.«
»Ja, so heiße ich.«
Henry strahlte vor Freude über diesen Erfolg. Dann legte er seine Hand zaghaft wieder auf meinen Bauch. Das Baby war inzwischen wieder wesentlich ruhiger geworden. Henry schien enttäuscht zu sein.
»Es schläft«, sagte ich und ließ mit geschlossenen Augen meinen Kopf auf die Schulter sinken. Henry nahm die Hand von meinem Bauch, sah mich aber ganz süß an. Ich lächelte ihn an,

und er erwiderte mein Lächeln. Dann stand er langsam auf, als sähe er etwas in der Luft herumschweben. Er lief mit übertriebenen Schritten, wie ein Jäger, der sich an seine Beute anschleicht. Er griff in die Luft, hielt sich die leere Handfläche unter die Nase und schnupperte begeistert daran. Ich lachte, und er verbeugte sich mit den Händen auf dem Rücken, trat vor mich hin und voilà ... hielt mir eine winzige Magnolienblüte hin.
Das Erstaunen auf meinem Gesicht begeisterte ihn. Ich nahm natürlich an, daß er die Blüte unter seinem Hemd verborgen hatte, aber es war trotzdem eine so wunderbare Überraschung, daß ich nicht gegen die Tränen ankam, die in meine Augen traten.
»Ich danke dir«, sagte ich. »Und ich danke dir auch für die Hyazinthen, die du mir letzte Nacht gebracht hast.«
Er verbeugte sich und sah zum Fenster.
»Du mußt jetzt wieder an die Arbeit gehen?« Ich imitierte das Zusammenrechen von Laub und das Stutzen von Hecken, und er nickte. Ich hielt ihm die Hand zum Abschied hin. »Auf Wiedersehen«, sagte ich. »Und vielen Dank.« Er hielt meine Hand einen Moment lang und trat dann ans Fenster. »Sei vorsichtig«, sagte ich. Er lächelte ehe er aus dem Fenster und über die Brüstung glitt und dann wie ein Eichhörnchen an dem Abflußrohr herunterrutschte. Ich schaute zum Fenster hinaus und sah ihn um die Hausecke eilen. All das schien mir ein Traum gewesen zu sein, doch meine Magnolienblüte duftete wundervoll. Dieser köstliche Geruch erfüllte mich mit erfreulichen Erinnerungen und erlaubte es mir, wenngleich auch nur für wenige Momente, die Augen zu schließen und mich ins Bayou zurückzuversetzen, um dort ungehindert die Welt auszukosten, die ich liebte.

An jenem Abend bekam ich direkt nach dem Abendessen meinen ersten großen Schrecken. Ich hatte in den allerletzten Wochen ohnehin schon nicht gut geschlafen. Das Baby war allzu aktiv. Jeden Morgen beim Aufwachen hatte ich das Gefühl, ich sei an meinen geschwollenen Füßen durch den Sumpf gezerrt worden. Allein schon das Aufsetzen kostete mich große Mühe,

und mein Kreuz tat manchmal so weh, daß ich mich wieder hinlegen mußte. Gladys beobachtete und imitierte diese Symptome, bis ihr Anblick morgens, wenn ich sie sah, schlimmer war als meine Symptome. Sie klagte darüber, wie schwer ihr das Treppensteigen gefallen war, und sie stöhnte und rieb sich das Kreuz, als bekäme sie tatsächlich ein Kind.
Eines Morgens explodierte ich, als sie einfach nicht davon aufhörte, wie schlecht sie schliefe und wie schwer das alles für sie sei.
»Wovon reden Sie? Warum beklagen Sie sich so lautstark? Ich bin hier diejenige, die tatsächlich viel durchmacht«, rief ich aus. Sie starrte mich mit Eis in den Augen an. »Wie kannst du behaupten, du seist diejenige, die tatsächlich viel durchmacht? Glaubst du etwa, es würde genügen, sich einfach nur schwanger zu stellen? Ich habe die Fähigkeit herausgebildet, alles zu fühlen, was du fühlst, alles zu wissen, was du weißt, und genausosehr zu leiden wie du, damit niemand, verstehst du, aber auch wirklich niemand daran zweifeln wird, daß dieses Kind mein Kind ist und daß diese Geburt meine Geburt ist. Und all das tue ich nicht nur für das Baby, sondern auch für dich. Ich erwarte keine Dankbarkeit. Das wäre zuviel verlangt, aber ich erwarte zumindest Verständnis. Hör also auf zu jammern. Du bist hier nicht die einzige, die all das durchmachen muß«, fauchte sie und machte auf dem Absatz kehrt, um mich im Kielwasser ihres Ausbruchs zurückzulassen.
Ich fühlte mich zu unwohl, um mir viel daraus zu machen. Mama sagte mir, die meisten meiner Symptome seien normal, aber während ihres letzten Besuchs konnte ich eine gewisse Sorge in ihrem Gesicht entdecken, und daher legte ich mich gleich hin, als mir nach dem Abendessen ein wenig übel wurde. Sowie ich mich hingelegt hatte, packten mich Krämpfe, und ich bekam große Angst. Ich wartete darauf, daß die Schmerzen vorübergehen würden, doch sie ließen nicht nach.
»Mama!« stöhnte ich. Was sollte ich bloß tun? Die Krämpfe waren so heftig, daß ich mich kaum aufsetzen konnte. Der Schmerz ließ nicht nach, sondern schnürte meinen Bauch und meinen Rücken zusammen, als steckte ich in einem Schraubstock, und mein Atem ging immer schneller. Ich keuchte und

fühlte mich noch nicht einmal in der Lage, um Hilfe zu rufen, obwohl mich ohnehin niemand gehört hätte.

Dann hörte ich ein Geräusch hinter mir, und als ich mich umdrehte, sah ich Henry durch das Fenster klettern. Er sah mein schmerzverzerrtes Gesicht und war augenblicklich besorgt um mich. Er eilte an meine Seite und stellte mir in Zeichensprache Fragen, aber ich brachte nicht die nötige Geduld dafür auf. Ich stöhnte und keuchte, als sich mein Bauch wieder zusammenzog. Ich hatte meinen Rock hochgezogen, und Henry legte seine kühle Handfläche auf meinen Bauch. Auch er fand es erstaunlich und erschreckend, wie angespannt mein Bauch war. Er zog die Hand zurück, als hätte er sie sich an meinem Bauch verbrannt. Ich holte mehrere tiefe Atemzüge und wartete. Die Krämpfe ließen nach, und ich stieß einen Seufzer der Erleichterung aus.

Schweißtropfen rannen über mein Gesicht. Henry fand ein Taschentuch und kehrte an meine Seite zurück, um mir das Gesicht abzutupfen. Ich blickte lächelnd zu ihm auf. Mein Busen hob und senkte sich, weil ich immer noch schwer atmete. Ich muß Mama ins Haus holen lassen, dachte ich. Darauf hat sie mich nicht vorbereitet. Es ist noch zu früh.

Mit seinen Händen und mit Gesten fragte Henry, ob das Baby jetzt käme.

»Ich hoffe nicht«, sagte ich. »Es soll noch nicht kommen. Es ist noch zu früh.« Ich schüttelte den Kopf, doch die nächste Wehe setzte ein. Und dann spürte ich die Wärme über die Innenseiten meiner Schenkel rinnen. Dieses Gefühl sandte einen Stromschlag durch mein Rückgrat und direkt in mein Herz. Henry sah den Ausdruck des Entsetzens auf meinem Gesicht. Langsam hob ich den Kopf und fuhr mit den Fingern über meinen Oberschenkel. Als ich meine Finger sah, schrie ich laut auf. Sie waren mit Blut bedeckt. Der ängstliche Ausdruck auf Henrys Gesicht verstärkte nur noch meine eigene Angst.

»Mama!« rief ich. Ich rang darum, mich aufzusetzen, und Henry eilte mir zur Hilfe. »Madame Tate!« schrie ich. Das Blut floß weiterhin. Ich versuchte, ein paar Schritte zu laufen, doch die Krämpfe waren so stark, daß ich mich krümmte. Henry

half mir wieder ins Bett. Mit aller Kraft, die ich aufbringen konnte, schrie ich noch einmal.
»Madame Tate!«
Daraufhin folgte Stille. Wo steckte sie bloß? Sie behauptete doch ständig, jeder kleinste Laut, den ich in diesem Zimmer von mir gab, sei unten zu hören. Sie behauptete, mich im Schlaf stöhnen zu hören. Warum konnte sie mich jetzt nicht schreien hören?
Henry deutete erst auf sich und dann auf die Tür, um mich zu fragen, ob ich wollte, daß er Hilfe holte. Natürlich wollte ich das, aber es hätte gleichzeitig bedeutet, daß Gladys von seinen Besuchen bei mir erfuhr, was hieß, daß jemand von meiner Anwesenheit hier im Haus und von meiner Schwangerschaft wußte. Gladys wäre vor Wut außer sich geraten. Ich wußte wirklich nicht, was schlimmer war: darauf zu warten, bis sie meine Schreie hörte, oder zu verraten, daß Henry hier gewesen war. Da die Abstände zwischen den Wehen immer kürzer wurden und jede Wehe länger dauerte als die vorangegangene, und da zudem noch weiterhin das Blut an meinem Bein herunterlief, hatte ich das Gefühl, keine Wahl zu haben. Ich holte tief Atem, nickte und bedeutete Henry, Gladys Tate zu holen. Er öffnete die Tür und sprang die Stufen hinunter.
Ich atmete tief durch und wartete, doch ich hörte nicht etwa Gladys, die endlich zu mir kam, sondern Henry, der unten an der Tür riß und zerrte. Er kam zurückgerannt, um mir zu sagen, daß die Tür abgeschlossen war.
»Was? Wieso denn das?« stöhnte ich.
Henry bedeutete mir, er würde zum Fenster hinausklettern, an der Regenrinne runterrutschen, um das Haus herumlaufen und es durch den Vordereingang wieder betreten, um Hilfe zu holen.
»Nein, warte«, rief ich und streckte meine Hand aus. Er stand verwirrt da, während ich versuchte, inmitten der Schmerzen einer weiteren Wehe einen vernünftigen Gedanken zu fassen. Der Schmerz verschlug mir nahezu den Atem. Ich keuchte und keuchte, doch ich hielt weiterhin eine Hand hoch, damit Henry das Zimmer nicht verließ.
Ich begriff, daß Henry nicht einfach ins Haus stürzen und

meine mißliche Lage erklären konnte, denn sonst hätten alle von meiner Anwesenheit hier oben erfahren, und unser Geheimnis wäre ans Licht gekommen. Dann würde sich Gladys nicht an unsere Abmachungen halten. Das konnte ich nicht zulassen.

Als die Wehe vorüberging, bedeutete ich Henry, er solle mir von der Kommode einen Stift und Papier holen. Er tat es, und ich schrieb: *Mama, komm schnell her.* Dann faltete ich das Blatt zusammen und schrieb auf die Außenseite: *Für Catherine Landry. Dringend.* Ich deutete darauf. Henry sah die Worte an und schüttelte den Kopf. Er wußte nicht, wer Mama war. Doch dann lächelte er mich an und bedeutete mir, er würde es herausfinden und ihr die Nachricht zukommen lassen. Er tätschelte meine Hand und lief zum Fenster. Wenige Momente später war er über die Brüstung geklettert und verschwunden. Jetzt konnte ich nur noch hoffen, daß der taubstumme Junge Mama finden würde.

Die nächste Wehe kam, doch sie war von kürzerer Dauer. Darauf folgte eine längere Ruhepause, und die Wehe danach war erträglich. Ich nahm meinen Waschlappen und wischte das Blut ab. Ich schien jetzt nicht mehr ganz so stark zu bluten. Als meine Schmerzen und meine Furcht nachließen, kehrten meine Gedanken wieder zu der Tür unter der Treppe zurück, und meine Wut steigerte sich. Wie kam Gladys Tate dazu, ausgerechnet heute nacht diese Tür abzuschließen?

Da ich mich jetzt wieder kräftiger fühlte und mein Atem leichter ging, stand ich auf, ging zur Tür und blieb über der Treppe stehen.

»Madame Tate!« rief ich. »Madame Tate!«

Es schien eine ganze Weile zu dauern, bis eine Reaktion darauf erfolgte, aber endlich hörte ich, wie der Schlüssel in der unteren Tür umgedreht wurde, und ich sah, wie die Tür sich öffnete. Sie streckte den Kopf durch die Tür und flüsterte krächzend: »Sei ruhig! Hörst du mich? Du sollst ruhig sein.«

»Madame Tate, ich brauche Sie jetzt sofort«, sagte ich.

Sie trat in den Korridor und blickte zu mir auf. Ich hielt mir immer noch den Bauch, und ich stand gekrümmt da. Sie trug ein elegantes schwarzes Kleid und eine Diamantkette mit pas-

senden tropfenförmigen Diamantohrringen. Ihr Haar war aufgesteckt, und sie war geschminkt.
»Senke deine Stimme«, sagte sie.
»Warum haben Sie diese Tür abgeschlossen?«
»Wir haben Gäste, Geschäftspartner und deren Ehefrauen. Ich mußte ihnen das Haus zeigen, und daher mußte ich ganz sichergehen, daß du nicht plötzlich hier unten auftauchst. Was ist los?«
»Ich blute«, sagte ich.
»Was? Du blutest?« Sie unterbrach sich. »Wir bluten!« rief sie dann aus und verzog das Gesicht zu einer Grimasse.
»Nein, wir bluten nicht. Ich blute, und ich habe Wehen gehabt. Hier stimmt etwas nicht. Irgend etwas passiert hier«, sagte ich.
»Ach, du meine Güte. Und ich habe diese Gäste. Was tue ich jetzt bloß?«
»Ich habe Mama schon verständigt«, platzte ich heraus, ohne vorher nachzudenken. Ich war zu wütend, um einen klaren Gedanken zu fassen, weil sie sich um ihre Gäste sorgte und nicht etwa um mich.
»Sie verständigt? Wie?«
»Das ist im Moment vollkommen egal. Ich sagte Ihnen doch bereits, daß es ernst ist. Ich glaube, ich habe eine Frühgeburt. Die Wehen setzen wieder ein.«
»Oh!« rief sie aus und packte plötzlich ihren eigenen unechten Bauch. »Wehen! Blut! Das Baby kommt ... Octavius«, schrie sie. »*Octavius.*« Sie wandte sich in der Tür um, hielt sich am Türrahmen fest und krümmte sich.
»Madame Tate!« rief ich. »Warten Sie!«
»Octavius!«
Sie schlug die Tür zu, und dann hörte ich, wie der Schlüssel im Schloß umgedreht wurde.
»Madame Tate!«
Eine weitere Wehe durchzuckte mich, und diesmal krampfte sich mein Bauch so schnell zusammen, daß es mir eher so vorkam, als hätte mir jemand einen Hieb in die Magengrube versetzt. Meine Lunge tat weh. Ich versuchte, tief durchzuatmen. Das Zimmer begann sich zu drehen, und ich verlor das Gleichgewicht und wankte nach rechts. Ich fiel zur Seite und landete

auf dem Puppenhaus, das unter dem Gewicht meines Körpers zersplitterte und zerbrach, und es gelang mir gerade noch, meinen Sturz mit der ausgestreckten rechten Hand ein wenig abzufangen. Aber die Wehe war so stark, daß ich nicht aufstehen konnte. Ich lag da und schnappte mühsam nach Luft.

Da ich auf dem Boden lag, konnte ich den Tumult hören, der unten ausgebrochen war: schnelle Schritte, gefolgt von Rufen und Schreien, dann Octavius' Stimme, die Stimmen von Dienstboten und Gästen und dann Gladys Tates Stöhnen. Da ihr Schlafzimmer direkt unter meinem Zimmer lag, konnte ich ihre Schreie hören. »Blut! Wehen!« schrie sie.

Meine Wehe ging mit der Zeit vorüber. Ich setzte mich mühsam auf, und dann kroch ich zum Bett und zog mich daran hoch. Während ich für einige Momente Erleichterung fand, betete ich, Mama möge jetzt jeden Moment kommen, und ich bat Gott, mir jede Sünde zu vergeben, die ich je begangen haben könnte.

»Bestrafe das Baby nicht«, flehte ich.

Als die nächste Wehe kam, ballte ich die Hand zur Faust, steckte sie in den Mund und biß auf meine eigenen Knöchel, um meine Schreie zu dämpfen. Die Leute unter mir durften mich nicht hören, aber Gladys Tate veranstaltete einen solchen Lärm, daß sie mich ohnehin nicht gehört hätten. Seltsamerweise wirkten ihre Schreie wie ein Echo meiner eigenen innerlichen Schreie und meiner Schmerzensrufe. Es war, als sickerten meine Schmerzen durch den Boden und die Decke darunter, bis sie sich in ihr niederließen, damit sie wußte, wann sie schreien mußte und wann sie stumm zu sein hatte.

Ich kam niemals dahinter, wie Henry Mama ausfindig gemacht hatte, doch er fand sie. Mir schien es, als seien endlose Stunden vergangen, bis sie kam, doch später wurde mir klar, daß in der Zwischenzeit keine Stunde vergangen war. Erst hörte ich ihre Stimme unten, und dann hörte ich, wie Türen zugeschlagen wurden und Stille unter mir eintrat. Kurz darauf wurde die Tür unter der Treppe geöffnet, und Mama kam die Stufen hinaufgerannt. Nie war ich so froh gewesen, ihr Gesicht zu sehen. Ich erzählte ihr, was passiert war. Sie untersuchte mich und sah sich die blutbeschmierten Laken an.

»Was hat das alles zu bedeuten, Mama?«
»Das Baby rührt sich schon lange. Es will eher geboren werden, Schätzchen.«
»Wird es jetzt gleich kommen?«
»Das läßt sich nicht genau sagen, aber vielleicht kommt es schon sehr bald«, erwiderte sie. »Vielleicht schon sehr bald.«
Sie lehnte sich zurück und hielt meine Hand.
»Ich glaube, ich bin während einer der Wehen ohnmächtig geworden, Mama. Ich kann mich nicht erinnern, wieviel Zeit seit der letzten Wehe vergangen ist.«
Sie nickte, sah sich um und bemerkte das zerbrochene Puppenhaus. »Dort bist du gestürzt?«
»Ja, Mama.«
»Man kann dich jetzt nicht mehr allein lassen, Schätzchen, und ich will ohnehin nicht, daß du noch länger hier oben bleibst. Diese Frau will dich jetzt ohnehin in ihr Schlafzimmer umquartieren«, fügte sie mit einem höhnischen Lächeln hinzu.
»Ich weiß nicht, was sie sich angetan hat, aber sie hat Blut auf den Schenkeln gehabt, als ich zu ihr geführt worden bin. Wer war dieser Junge, den du zu mir geschickt hast?«
»Er heißt Henry. Er arbeitet hier. Ich wollte nicht, daß Gladys Tate von ihm erfährt, da er der einzige ist, der weiß, daß ich hier bin, aber ich wußte mir nicht mehr anders zu helfen, Mama.«
»Ihretwegen brauchen wir uns keine Sorgen mehr zu machen, Schätzchen. Ich will dich jetzt nach unten bringen, denn dort hast du es bequemer, und wir werden es dort leichter haben.«
Ich sah in ihren Augen, daß sie sich große Sorgen machte, sie jedoch nicht zeigen wollte.
»Wird das Baby sterben, Mama?«
»Babys können zu früh geboren werden und trotzdem gesund und kräftig sein, Schätzchen.«
»Aber im allgemeinen verhält es sich umgekehrt, nicht wahr? Es ist alles meine Schuld«, stöhnte ich. »Ich habe mir zu sehr gewünscht, nicht mehr hiersein zu müssen, und daher habe ich das Baby gezwungen, sich zu beeilen.«
»Unsinn«, sagte sie.
»Das hat es nicht verdient. Das Baby ist nicht schuld daran.

Schließlich hat es nicht darum gebeten, in der Form geboren zu werden«, jammerte ich.

»Gabrielle, hör augenblicklich damit auf«, befahl mir Mama. Ihr Gesicht war streng, und in ihren Augen loderte Autorität. »Wenn du vorhast, dazuliegen und dir alle möglichen Sorgen zu machen, dann machst du es euch beiden nur noch schwerer, und außerdem bringst du euch beide in Gefahr, dich und das Baby, Schätzchen. Du mußt jetzt auf Gott vertrauen. Es wird so kommen, wie Er es will, und wir werden tun, was wir können. Jetzt ist nicht der rechte Zeitpunkt, um schwach zu werden.«

Ich schluckte meine Tränen und nickte.

»Es tut mir leid, Mama.«

»Schon gut, Schätzchen.«

»Wo ist Daddy?«

Dein Vater sitzt unten bei Octavius Tate. Er hat einen Freudensprung gemacht, als er gehört hat, es könnte soweit sein, daß du das Kind gebärst.«

»Warum denn das?«

»Für ihn ist das eine Gelegenheit, um noch mehr Geld zu verlangen. Er hat darauf gesessen wie eine fette Henne auf einem fetten Ei und nur auf eine Chance gewartet, dem Mann Daumenschrauben anzulegen. Ich weiß nicht, wen ich dafür mehr verabscheuen soll, deinen Vater wegen seiner Habgier oder Octavius Tate für das, was er dir angetan hat. Der Mann hat es verdient, deinen Vater im Nacken zu haben, aber dein Vater tut das nicht, um Gerechtigkeit für dich zu fordern. Ich bin sicher, daß er den größten Teil des Geldes längst verspielt und inzwischen neue Schulden gemacht hat.«

»Es wird immer schlimmer, Mama. Vielleicht war das alles meine Schuld.«

»Unsinn. So was darfst du noch nicht einmal denken«, fauchte sie mich an. »*Oui*, es ist hart, aber es wird vorübergehen, wie jedes Unwetter, und für dich wird wieder die Sonne scheinen, Gabrielle.« Sie wischte mir Haarsträhnen aus dem Gesicht, die mit Schweiß verklebt waren. »Kannst du aufstehen, oder soll ich diese Halunken holen, damit sie helfen, dich nach unten zu tragen?«

»Laß es mich erst versuchen.«
»So ist es brav.«
Sie half mir auf die Füße.
»Mein Bauch kommt mir plötzlich fünf Kilo schwerer vor, Mama, und meine Beine sind butterweich.«
Mama lachte. Ich atmete wieder leichter. Mit ihr an meiner Seite hatte ich keine Angst.
Natürlich war ich immer noch in der Situation eines Menschen, der zum ersten Mal auf einem Wasserlauf stakt. Ich war aufgeregt und wollte meine Sache unbedingt gut machen, aber ich wußte nicht, was mich nach der nächsten Biegung erwartete.

8.

Für einen Augenblick bist du mein

Da sie meine Ankunft erwartete, hatte Gladys Tate Octavius ein zweites Bett in ihr Zimmer bringen und neben ihrem eigenen Bett aufstellen lassen. Mama sagte, sie hätte gehört, wie Gladys zu Octavius gesagt hatte, er solle den Dienstboten sagen, es sei für Mama, weil sie ab sofort ständig an Gladys Tates Seite weilen müßte. Weder Mama noch ich verstanden, warum Gladys nicht einfach vorübergehend in ein anderes Zimmer zog oder mich in einem der Gästezimmer unterbrachte, aber das Bett war vorbereitet worden und erwartete mich schon. Sowie ich eingetreten war, wurde die Tür abgeschlossen, und nur Octavius und Mama war der Zutritt zu dem Zimmer gestattet. Gladys beharrte darauf, daß die Vorhänge zugezogen blieben, und natürlich befahl sie uns, nur mit gesenkten Stimmen zu reden.
Gladys war beeindruckt davon, wie schwer es mir fiel, die Treppe herunterzukommen, und welche Mühe es mich kostete, eine bequeme Haltung in dem Bett zu finden.
»Wann kann es soweit sein?« fragte sie Mama, und Mama sagte ihr, es könnte sich um Stunden, aber auch um Tage handeln.
»Es ist gut möglich, daß es sich um unechte Wehen handelt, und dann werden die übrigen Wochen, bis es ursprünglich soweit sein sollte, eben doch noch draufgehen. Wir werden abwarten müssen«, sagte Mama.
Trotzdem beauftragte Gladys Octavius, den Dienstboten den Zutritt zu dem oberen Stockwerk zu untersagen.
»Wenn ich es mir genauer überlege«, sagte sie, nachdem sie einen Moment lang nachgedacht hatte, »ist es eigentlich das beste, wenn du sie alle auf der Stelle wegschickst.«
»Ich soll sie wegschicken?«

»Gib ihnen allen eine Woche frei«, beharrte sie.
»Aber welchen Grund soll ich dafür nennen?«
»Du brauchst ihnen keine Gründe zu nennen, Octavius«, erwiderte sie hochmütig. »Sie arbeiten für uns. Wir erteilen hier die Befehle. Jetzt mach schon«, fauchte sie und fuchtelte ungeduldig mit der Hand, als sei auch er einer ihrer Dienstboten. Falls jemals ein Zweifel daran bestanden haben sollte, wer diesen Haushalt führte und über das Leben der beiden bestimmte, dann löste dieser sich jetzt in Luft auf.
»Aber ...« Octavius sah Mama an.
»Wie ich Ihnen bereits sagte, heißen die Blutungen nicht zwangsläufig, daß das Baby in Kürze kommt«, erklärte Mama. »Es kann eine Woche dauern, vielleicht auch zwei, wer weiß?«
»Das ist mir gleich«, sagte Gladys Tate zu Mama und wandte sich wieder an Octavius. »Du sorgst ganz einfach dafür, daß alle das Haus verlassen. Ich will nicht, daß jemand einen Verdacht schöpft. Bis heute ist es mir gelungen, die Leute davon zu überzeugen, daß ich diejenige bin, die hier ein Kind bekommt. Ich will jetzt kein Risiko mehr eingehen, jemand könnte zufällig dahinterkommen«, beharrte Gladys.
»Wobei mir etwas einfällt«, sagte sie und sah mich mit ihren stählernen Augen an. »Woher hat deine Mutter gewußt, daß sie kommen soll? Wie hast du sie verständigt?« fragte sie. »Und erzähl mir bloß nicht, du hättest irgendeinem Vogel gesagt, er soll sie holen.«
Ich sah Mama furchtsam an. Würde Gladys Tate uns jetzt noch aus dem Haus werfen, nachdem ich um des Babys und um meiner eigenen Familie willen schon soviel durchgemacht hatte? Sollten all diese Mühen, dieses Leiden und diese Einsamkeit umsonst gewesen sein?
»Erzähl ihr am besten alles ganz genau«, sagte Mama.
»Da war dieser Junge«, setzte ich an.
»Junge? Was für ein Junge?« fiel sie über mich her, und ihre Augen wurden groß.
»Ich habe gesehen, wie er auf dem Rasen hinter dem Haus Handstände gemacht hat, und er hat mich am Fenster gesehen. Aber er wird niemandem sagen, daß ich hier bin. Er hat es mir versprochen«, fügte ich eilig hinzu.

»Was ist das für ein Junge?« fragte sie Octavius. »Von wem redet sie bloß?«
Er zuckte die Achseln.
»Wie heißt er?« fragte sie mich.
»Henry«, sagte ich.
»Der Taubstumme«, sagte Octavius, der jetzt begriff, von wem ich sprach. »Porters Sohn.«
»Sieh zu, daß du ihn los wirst«, fauchte Gladys. »Und zwar noch heute. Ich will, daß die ganze Familie von dem Anwesen verschwindet.«
»Aber, Madame Tate«, rief ich aus. »Er ist harmlos. Er wird niemandem etwas sagen, und es war uns eine große Hilfe, daß er Mama geholt hat. Bestrafen Sie seine Familie nicht dafür, daß er mir geholfen hat.«
»Sie haben noch vor Sonnenuntergang mein Grundstück zu verlassen, Octavius. Hast du verstanden?« sagte sie und ignorierte mein Flehen. Er nickte.
»Keine Sorge, ich werde mich darum kümmern«, versicherte er ihr, doch selbst das schien sie nicht zu beruhigen.
»Niemand hätte erfahren dürfen, daß du hier bist«, fauchte sie mich an, und ihr Gesicht war rot und drückte große Wut aus. »Darin hat unsere Abmachung bestanden. Was glaubst du wohl, warum ich all diese Unannehmlichkeiten und all diese Schmerzen auf mich genommen habe?«
»Schmerzen? Welche Schmerzen?« fragte Mama.
»Schmerzen! Schmerzen! Ich stehe hier schließlich als diejenige da, die ein Kind bekommen wird. Das läßt sich doch nicht schmerzlos abwickeln, oder doch? Wenn man seine Rolle so gründlich studiert und sie so gut spielt, wie ich es getan habe, dann fühlt man alles, was man den anderen vormacht, tatsächlich. Kein Mensch weiß, wieviel ich durchgemacht habe«, rief sie aus, und ihr Gesicht war zu einer häßlichen Grimasse verzerrt. »Ich bin hier diejenige, die sämtliche Opfer bringt, und das nur, damit alles den richtigen Anschein hat.« Sie fuhr sich mit den Händen durch das Haar und wirkte ganz so, als würde sie es sich gleich büschelweise ausreißen, und dann wandte sie sich an Octavius, der dastand und das gesamte Geschehen furchtsam, aber auch voller Erstaunen

miterlebte. «*Warum bist du immer noch hier? Schaff sie uns vom Hals! Und zwar sofort! Das ist alles nur deine Schuld. Aber auch alles!*«
»Schon gut, schon gut«, sagte er und hob beschwichtigend die Hände. »Beruhige dich. Ich gehe ja schon.«
Er rannte aus dem Zimmer. Ich wandte mich ab, damit niemand die Tränen in meinen Augen sehen konnte. Ich hätte nicht aus dem Fenster schauen dürfen, und ich hätte auch nicht lachen und mich Henry zeigen dürfen. Meinetwegen wurden Henry und seine Familie entlassen, und jetzt würden sie sich auf die Suche nach Arbeit und einer neuen Unterkunft machen müssen.
Es schien ganz so, als würde alles, aber auch alles, was ich tat, anderen schaden. Lag das daran, daß ich im Bann des Bösen stand und selbst meine Seele von einem Makel befleckt war? Vielleicht konnte mich keine Tat auf Erden, nicht einmal die selbstloseste, von dieser Verschmutzung läutern. Vielleicht war es ratsam, wenn ich mich den Menschen, die ich liebte, fernhielt, dachte ich betrübt. Man brauchte sich doch nur anzusehen, was ich diesem unschuldigen Knaben angetan hatte. Wenn ich nicht in Panik geraten wäre und auf Gladys Tate gewartet hätte, statt Henry zu Mama zu schicken, dann stünde Henrys Familie jetzt nicht mittellos da. Ich habe es verdient, mich elend zu fühlen, dachte ich. Irgendwie gelingt es mir, alle anderen ins Elend zu stürzen.
Mama sah die Reue und das Schuldbewußtsein in meinem Gesicht und wußte, daß ich unter Gewissensbissen litt. »Wenn sie sagt, daß der Junge niemandem etwas erzählen wird, dann stimmt das«, sagte sie zu Gladys. »Im Moment ist es der Situation nicht zuträglich, sich über jede Kleinigkeit aufzuregen und hysterisch zu werden.«
»Ich bin nicht hysterisch«, beharrte Gladys in einem krächzenden Flüsterton, doch ihre Augen glühten immer noch wie zwei heiße Kohlen.
Mama schüttelte den Kopf. »Ich will nicht, daß sich Gabrielle in diesem entscheidenden Moment aufregt. Ich will, daß sie bei klarem Verstand ist und sich konzentrieren kann. Falls das Baby tatsächlich jetzt schon kommen sollte, dann sind wir

noch nicht aus dem Schneider. Noch lange nicht«, sagte sie, und zum ersten Mal dachte Gladys an das Wohlergehen des Babys und nicht nur an ihr eigenes.
»Kann meinem Baby etwas passieren?« fragte sie besorgt.
»Ein Baby muß den Übergang aus einer Welt in eine andere vollziehen. Die Natur verstößt es aus seiner seligen Geborgenheit und entläßt es in den Aufruhr des Lebens. Auf diesem Weg lauern immer Gefahren. Wir brauchen dieses Risiko nicht noch durch unser eigenes Zutun zu vergrößern.«
Plötzlich zogen sich Gladys Tates Augen zu zwei schmalen Schlitzen zusammen. Das Blut strömte an die Oberfläche ihrer Wangen, und ihre Schultern zogen sich hoch. Sie sah erst Mama und dann mich und dann gleich wieder Mama an, und dabei schüttelte sie ganz langsam den Kopf und trat einen Schritt zurück. Dann machte sich ein gehässiges und zynisches Lächeln auf ihrem Gesicht breit, und ihre kalten braunen Augen sprühten teuflische Funken.
»Sie wollen, daß das Baby stirbt, stimmt's?« sagte sie und nickte, um sich ihren eigenen Verdacht zu bestätigen. »Ja, natürlich. Mit einem Kräutertrunk, den Sie nach einem Ihrer Geheimrezepte gebraut haben, haben Sie eine Frühgeburt herbeigeführt. Ihr rückständigen Cajunheiler mit eurem grenzenlosen Aberglauben. Wahrscheinlich glauben Sie, das Baby wird einen Fluch auf Sie herabbringen oder so was. So ist es doch? Der Tod des Babys würde für Sie alle Probleme lösen, nicht wahr?«
»Was? Natürlich nicht«, sagte Mama. »Wie können Sie bloß etwas so Furchtbares sagen? Das ist doch einfach lächerlich. Wenn hier jemand denkt wie ein rückständiger Cajun, dann sind das Sie!« gab Mama zurück.
Gladys hörte jedoch nicht auf zu nicken, da sie von ihrem eigenen Argwohn überzeugt war. »Ich habe Geschichten über Heilerinnen gehört, die Babys getötet haben, weil sie daran glaubten, die Babys würden mit teuflischen Seelen geboren. Wenn sie sie nach der Geburt waschen, dann ertränken sie sie vorsätzlich, oder sie ersticken sie, wenn gerade niemand hinsieht.«
»Das sind dumme Lügen. Keine Heilerin würde auch nur

daran denken, ein Leben zu nehmen. Wir sind dazu da, Schmerzen zu lindern und das Böse zu vertreiben.«
»Sie sagen es doch selbst. Da haben wir es. Sie haben es gerade selbst gesagt«, brachte sie anklagend hervor und deutete mit dem rechten Zeigefinger auf Mama. »Das Böse vertreiben. Wenn Sie glauben, ein Baby könnte böse sein ...«
»Ein Baby kann nicht böse sein«, beharrte Mama. »Man kann einem Baby nicht die Schuld an seiner eigenen Geburt geben«, erklärte sie, »Und schon gar nicht, wenn die Mutter vergewaltigt worden ist«, fügte sie nachdrücklich hinzu, doch Gladys schien nicht überzeugt zu sein.
»Ich werde nicht eine Minute lang von Ihrer Seite weichen«, sagte sie, »und ich werde jede Ihrer Bewegungen beobachten.«
»Mir soll das recht sein«, sagte Mama. »Tun Sie das ruhig.«
Gladys verschränkte die Arme auf der Brust und ließ sich auf den Sessel mit den rosa Polstern sinken, der mir gegenüberstand.
»Wenn Sie ohnehin vorhaben, die ganze Zeit über hierzubleiben, dann können Sie sich ebensogut nützlich machen«, sagte Mama zu ihr. »Besorgen Sie mir eine Schüssel warmes Wasser und ein paar saubere Waschlappen. Ich möchte Gabrielle baden.«
Gladys Tate starrte uns an, als hätte sie kein Wort verstanden. Sie erweckte sogar den Eindruck, als sähe sie durch uns hindurch. Ihre Augen waren glasig geworden, und sie bewegte keinen Muskel. Unter ihrem rechten Augen war ein Zucken wahrzunehmen. Mama musterte sie einen Moment lang, und dann sah sie mich an und zog die Augenbrauen hoch. Sie tätschelte meine Hand und ging selbst ins Bad, um dort zu holen, was sie brauchte. Ich warf einen Blick auf Gladys und sah, daß sie sich nicht von der Stelle gerührt hatte und daß selbst ihre Augen reglos waren. Sie sahen aus, als seien sie zu Glas geworden. Ihr Anblick ließ einen eiskalten Schauer über meinen ohnehin schon angespannten Körper laufen.
Mama wusch mich und machte es mir so bequem wie möglich. Währenddessen sah Gladys uns stumm zu. Ihr Gesichtsausdruck veränderte sich nicht, und sie rührte sich auch nicht vom Fleck, bis Octavius zurückkam. Sowie er eintrat, stürzte sie sich auf ihn.

»Also, was ist?« sagte sie.
»Sie haben alle ihre Sachen gepackt und sind gegangen. Ich habe ihnen einen zusätzlichen Wochenlohn bezahlt, damit sie sich nicht beklagen.« Er wandte sich an Mama. »Ihr Mann läßt Ihnen ausrichten, er müsse jetzt gehen«, sagte Octavius.
»Bestimmt geht er *Bourre* spielen«, flüsterte sie mir zu. »Das neue Geld brennt ihm schon ein Loch in die Tasche. Er konnte noch nicht einmal warten, bis er weiß, wie es dir geht«, fügte sie hinzu und unterdrückte mühsam ihre Wut. »Aber wahrscheinlich ist es ohnehin besser, daß er nicht hier ist. Er würde uns ja doch nur alle um den Verstand bringen«, sagte sie mehr zu ihrer eigenen Beruhigung, als um mich zu beschwichtigen. Ich nickte lächelnd. Ein leichter Schmerz hatte in meinen Lenden begonnen und war nach oben in meinen Bauch und von dort aus in meinen Rücken gezogen, doch ich sagte nichts, da er bisher nicht halb so schlimm war wie meine früheren Schmerzen.
»Tja«, sagte Octavius und sah von Gladys zu Mama, »vielleicht sollte ich euch etwas zu essen und zu trinken bringen. Es kann doch noch eine ganze Weile dauern, was?«
»Bring uns Eistee«, ordnete Gladys an, »Und sieh nach, ob die Haustür abgeschlossen ist. Zieh im ganzen Haus die Vorhänge zu. Und geh nicht ans Telefon, wenn jemand anruft, und mach auch selbst keine Anrufe.«
Octavius schloß die Augen, als hätte er fürchterliche Kopfschmerzen, und dann öffnete er sie wieder und wandte sich an Mama.
»Was darf ich Ihnen bringen?« fragte er.
»Nur kaltes Wasser«, sagte Mama zu ihm. Für sich selbst und für mich hatte sie alles mitgebracht, was sie wollte.
Er nickte und ging, und kurz darauf nahmen meine Schmerzen zu.
»Mama«, sagte ich, »es fängt wieder an.«
»In Ordnung, Schätzchen. Drück einfach nur meine Hand, wenn es dir weh tut. Ich will wissen, wie schlimm die Schmerzen wirklich sind.«
Sie zog die silberne Armbanduhr von Grandmère Landry aus ihrer Handtasche und legte sie neben mich auf das Bett.

»Was ist das?« erkundigte sich Gladys und sah Mama über die Schulter.
»Nur eine Armbanduhr, damit ich sehen kann, wie lange ihre Wehen dauern und wieviel Zeit zwischen den einzelnen Wehen verstreicht. Daran kann ich erkennen, wie dicht die Geburt bevorsteht.«
»Oh«, sagte Gladys und preßte sich die Handflächen auf ihren künstlichen Bauch. »Es spannt sich alles an, nicht wahr? Der Bauch verkrampft sich und wird steinhart.«
Mama sah sie verblüfft an, was dazu führte, daß Gladys Tate plötzlich den Blick abwenden mußte. Eine leuchtende Röte stieg in ihre Wangenknochen auf.
»Ich muß schließlich über alle Einzelheiten informiert sein, oder etwa nicht? Die Leute stellen Fragen. Ich will die Geburt so beschreiben können, als hätte ich das Baby wirklich selbst bekommen.«
»Ja, der Bauch wird hart«, sagte Mama. »Anfangs nur für sehr kurze Zeit, und dann länger und immer länger, wenn die Geburt des Babys näherrückt.«
»Ja«, sagte Gladys und verzog das Gesicht, als machte sie tatsächlich eine Wehe durch.
Mama seufzte und drehte sich mit einem gepreßten Lächeln auf den Lippen wieder zu mir um. Sie verdrehte die Augen. Ich hätte sie gern angelächelt, doch der Schmerz hielt an und wurde immer schlimmer.
»Atme tief durch«, riet mir Mama.
»Kommt es? Ist es schon soweit?« fragte Gladys aufgeregt.
»Nein, noch nicht«, sagte Mama. »Ich habe es Ihnen doch schon gesagt. Ich bin nicht sicher, ob es sich schon um echte Wehen handelt, und außerdem purzeln Babys nicht so schnell in diese Welt hinaus, und schon gar nicht, wenn eine Frau ihr erstes Kind gebärt.«
»Ja«, sagte Gladys mehr zu sich selbst als zu uns. »Für mich ist es das erste Mal.«
Sie watschelte zu ihrem eigenen Bett, setzte sich und faltete die Hände auf ihrem gepolsterten Bauch. Sie schloß die Augen und biß sich auf die Unterlippe. Mama wischte mir das Gesicht mit einem kalten Waschlappen ab. Ich zwang mich zu einem

Lächeln und warf einen Blick auf Gladys, die ganz so wirkte, als bräche ihr gerade selbst der Schweiß aus. Einen Moment lang lenkte es mich von meinen eigenen Schmerzen ab, sie zu beobachten, ihre Gesten, ihre Bewegungen, ihr lautloses Stöhnen und ihre tiefen Atemzüge. Mama zuckte einfach nur die Achseln und schüttelte den Kopf.

Mama sagte, die Abstände zwischen den Wehen dauerten rund fünf Minuten, und die Wehen selbst dauerten noch nicht lange genug, um wirklich bedeutsam zu sein, doch so ging es stundenlang weiter. Währenddessen lag Gladys Tate die ganze Zeit über neben mir in ihrem Bett. Sie aß nichts und trank nur ein wenig Eistee, doch meistens beobachtete sie mich nur und ahmte jede meiner Gesten nach, jedes einzelne Stöhnen.

Als die Sonne unterzugehen begann und es dunkler im Raum wurde, dauerten meine Wehen länger, und die Abstände dazwischen verkürzten sich von Mal zu Mal. Ich konnte Mama ansehen, daß sie glaubte, jetzt würde sich etwas Entscheidendes ereignen.

»Jetzt dauert es nicht mehr lange, bis das Baby kommt, stimmt's, Mama?«

Sie nickte. »Ich glaube, ja, Schätzchen.«

»Aber es ist doch noch zu früh, Mama, nicht wahr? Es sind erst knappe acht Monate.«

Sie nickte, sagte aber nichts dazu. Ihre Stirn war von tiefen Sorgenfalten gezeichnet, und ihre Augen waren dunkler geworden. Mein Herz klopfte heftig. Im Grunde genommen schlug es schon seit so langer Zeit so heftig und so schnell, daß ich mir Sorgen machte, es würde mir den Dienst versagen. Diese Überlegungen ließen mir wieder kalten Schweiß ausbrechen. Ich drückte Mamas Hand fester, und sie versuchte, mich zu beruhigen. Sie flößte mir mit einem Teelöffel eine Kräutermedizin ein, die bewirken sollte, daß mir nicht übel wurde. Gladys Tate beharrte darauf zu erfahren, was Mama mir eingeflößt hatte, und nachdem Mama es ihr erklärt hatte, bestand Gladys darauf, ebenfalls einen Löffel von dieser Medizin zu nehmen.

»Ich will ganz sicher sein, daß es sich dabei um kein für Babys schädliches Cajungift handelt«, sagte sie.

Mama zügelte ihre Wut und gab ihr einen Teelöffel von der

Medizin. Gladys schluckte sie schnell und spülte sie mit Eistee herunter. Dann wartete sie auf eine Reaktion. Als nichts passierte und sie kein Wort sagte, lächelte Mama höhnisch.
»Vermutlich ist es kein Gift«, sagte Mama, doch Gladys schien immer noch nicht überzeugt zu sein.
Plötzlich begann es zu regnen, und die Tropfen trommelten gegen die Scheiben. Der Wind wurde stärker und ließ den Schauer auf das Haus prasseln. Ein Blitz zuckte durch den Himmel, und dann ertönte ein Donnerschlag, der das große Haus bis in die Grundfesten zu erschüttern schien und auch mein Bett wanken ließ. Wir konnten hören, wie der Regen auf das Dach trommelte. Er schien das Dach zu durchschlagen und in mein Herz einzudringen.
Mama forderte Gladys auf, die Lampen anzuzünden. Sie stöhnte und stand mit übertriebener Langsamkeit auf, als kostete es sie alle Kraft, das Bett zu verlassen und durch das Zimmer zu laufen. Sowie sie die Lichter eingeschaltet hatte, kehrte sie zu ihrem Bett zurück und beobachtete, wie ich in den Wehen lag, schloß die Augen, murmelte vor sich hin und seufzte.
»Wie lange kann das dauern?« erkundigte sie sich schließlich ungeduldig.
»Zehn, fünfzehn, manchmal sogar zwanzig Stunden«, sagte Mama zu ihr. »Wenn Sie etwas anderes zu tun haben ...«
»Wie könnte ich etwas anderes zu tun haben? Sind Sie verrückt, oder versuchen Sie, mich loszuwerden?«
»Vergessen Sie, was ich eben gesagt habe«, murrte Mama und wandte ihre Aufmerksamkeit wieder mir zu.
Plötzlich spürte ich am Ende einer Wehe eine warme Flüssigkeit aus mir heraussprudeln und an meinen Beinen herunterlaufen.
»Mama!«
»Das ist das Fruchtwasser«, rief Mama aus. »Das Baby wird heute nacht kommen«, verkündete sie. Gladys Tate stieß einen aufgeregten Ruf aus, und als wir uns nach ihr umsahen, stellten wir fest, daß sie in ihr eigenes Bett genäßt hatte.
Mama und ich sagten kein Wort dazu. Unsere Aufmerksamkeit galt jetzt vorwiegend meinen Anstrengungen, ein neugeborenes Kind auf die Welt zu bringen.

Stunden vergingen, und die Wehen nahmen weiterhin an Intensität zu, und die Abstände dazwischen verkürzten sich, doch Mama schien nicht zufrieden mit den Fortschritten zu sein, die ich machte. Sie untersuchte mich in regelmäßigen Abständen und schüttelte besorgt den Kopf. Ich atmete inzwischen schneller und schwerer und keuchte häufig. Als ich Gladys ansah, war ihr Gesicht knallrot, und ihre Augen waren glasig. Sie war sich so oft mit den Fingern durch das Haar gefahren, daß die Strähnen wie gerissene Klavierseiten wirkten, die nach allen Richtungen abstanden. Sie wand sich stöhnend auf ihrem Bett. Mama konzentrierte sich jetzt angespannt auf mich und nahm kaum Notiz von ihr.

Mama sah immer wieder auf die Uhr, maß meine Wehen, untersuchte mich und biß sich auf die Unterlippe. Ich sah, wie die Sorgen in ihrem Augen zunahm und wie ihre Gesichtsmuskulatur sich anspannte.

»Was ist los, Mama?« keuchte ich zwischen zwei tiefen Atemzügen.

»Es ist eine Steißgeburt«, sagte sie bekümmert. »Das hatte ich schon gefürchtet. Aber das ist bei Frühgeburten nicht ungewöhnlich.«

»Eine Steißgeburt?« rief Gladys Tate aus und unterließ es für einen Moment, meine Qualen nachzuahmen. »Was heißt das?«

»Das heißt, daß das Baby in der falschen Lage ist. Sein Popo will zuerst heraus und nicht etwa sein Kopf«, erklärte sie.

»Das ist noch schmerzhafter, nicht wahr? Oh, nein. Oh, nein«, rief sie händeringend aus. »Was soll ich bloß tun?«

»Für solche Dummheiten habe ich keine Zeit«, sagte Mama. Sie eilte zur Tür. Octavius war in der Nähe und lief unruhig auf und ab. »Bringen Sie mir Whiskey«, rief sie ihm zu.

»Whiskey?«

»Eilen Sie sich.«

»Was hast du vor, Mama?« fragte ich.

»Ich muß versuchen, das Baby umzudrehen, Schätzchen. Bleib ganz ruhig. Denk an etwas anderes. Denk an deinen Sumpf, an deine Tiere und an deine Blumen, an alles, was du willst«, sagte sie zu mir.

Wenige Momente später tauchte Octavius mit einer Flasche

Bourbon auf. Er stand schockiert da. Gladys wand sich mit geschlossenen Augen auf ihrem Bett und stöhnte, und gelegentlich schrie sie laut auf.
»Was fehlt ihr?« fragte er Mama.
»Ich möchte nicht einmal versuchen, Ihnen das zu erklären«, sagte sie zu ihm und nahm ihm den Whiskey ab. Sie schüttete ihn über ihre Hände und schrubbte sie mit Alkohol, während Octavius an Gladys' Seite trat und versuchte, sie aus ihrem seltsamen Zustand herauszureißen, doch sie nahm keinerlei Notiz von ihm. Ein Schauer des Entsetzens überlief ihn, und er trat verwirrt zurück und flehte sie an, die Selbstbeherrschung wiederzufinden.

Mama kehrte an meine Seite zurück und bemühte sich, das Baby umzudrehen. Ich hatte das Gefühl, zwischendurch immer wieder für kurze Zeit bewußtlos zu werden, denn ich konnte mich nicht daran erinnern, was passiert war oder wie lange ich geweint und gestöhnt hatte. Einmal schaute ich mich um und sah den Ausdruck allergrößten Entsetzens auf Octavius' Gesicht. Mama freute sich bestimmt darüber, daß er im Raum anwesend war und all die Schmerzen und die Qualen mit eigenen Augen mit ansah, und ich wußte, daß sie hoffte, er würde diese Geburt noch Jahre später in seinen Alpträumen vor sich sehen.

Es war ein Glück für mich und für das Baby, daß Mamas Hände Wunder wirken konnten. Nachträglich erzählte sie mir, wenn sie gescheitert wäre, hätte die einzige Alternative in einem Kaiserschnitt bestanden. Aber Mama war eine echte Cajunheilerin. Ihrem glücklichen Gesicht war deutlich anzusehen, daß es ihr gelungen war, das Baby umzudrehen. Dann redete sie mir gut zu und gab mir laufend Ratschläge, während sie die Geburt einleitete.

»Du mußt drücken, wenn die Wehen kommen, Schätzchen. Auf die Art verbinden sich zwei Kräfte miteinander, die Wehen und dein eigenes Pressen. So kommt das Baby in Bewegung, und du sparst Kraft«, riet sie mir. Ich tat, was sie sagte, und schon bald darauf spürte ich, daß das Baby sich bewegte.

Mein eigenes Ächzen und Schreien hallte in meinen Ohren, und daher konnte ich nicht hören, wie Gladys Tate ächzte und schrie, aber einen Moment lang sah ich, wie Octavius ihre Hand hielt und unaufhörlich bemüht war, sie zu beruhigen. Sie hatte die Beine angezogen und drückte tatsächlich auf ihre Polster, so daß sie von ihrem Bauch und zwischen ihre Beine glitten.

»Er kommt!« kündigte Mama an, und wir wußten alle, daß es ein Junge war. Das Zimmer war das reinste Tollhaus: Gladys schrie wie eine Irre – lauter als ich, Octavius versuchte, sie davon abzubringen, ich selbst schrie auch, und Mama murmelte Gebete und Anordnungen, und dann trat dieses phantastische Gefühl der Vollendung ein, und ich fühlte diese süße Leere, die auf den ersten Schrei meines Babys folgte.

Dieses winzige Stimmchen ließ nicht nur meine eigenen Schreie verstummen, sondern auch Gladys war augenblicklich still. Mama hielt den Jungen hoch, an dem noch die Plazenta hing.

»Was für ein großer Junge«, rief Mama aus. »Er ist groß genug, um ein Prachtexemplar zu werden, obwohl er zu früh gekommen ist.«

Ich bemühte mich, Luft zu schnappen, und meine Blicke waren auf das Wunder geheftet, das aus meinem Körper gekommen war, das Lebewesen, das in meinem Bauch beheimatet gewesen war.

Mama schnitt die Nabelschnur durch und band sie ab, und dann begann sie, das Baby zu waschen, und all das tat sie mit sehr flinken Bewegungen und einem Geschick, das der Erfahrung von langen Jahren entsprungen war, während ich mich zurücklegte und versuchte, meinen Herzschlag zu verlangsamen und regelmäßig zu atmen. Als ich einen Blick auf Gladys Tate war, sah ich, daß der Anblick des Babys sie hypnotisierte. Sie rührte sich nicht von der Stelle. Octavius sah mit Interesse und ehrfürchtigem Staunen zu. Mama wickelte das Baby in eine Decke und hielt es einen Moment lang auf den Armen.

»Perfekt geschnittene Züge«, sagte sie.

»Geben Sie mir mein Baby«, verlangte Gladys. »Geben Sie es mir jetzt sofort!« schrie sie.

Mama sah sie einen Moment lang an und warf dann einen Blick auf mich. Ich schloß die Augen und hielt mir eine Hand vor

das Gesicht. Ich hatte den Jungen wenigstens einen Moment lang selbst in den Armen halten wollen, aber ich fürchtete mich davor, auch nur ein Wort zu sagen. Mama brachte das Baby zu Gladys, die es eilig entgegennahm und auf ihren Armen wiegte.
»Sieh ihn dir nur an, Octavius«, sagte sie. »Ein vollkommenes Geschöpft. Die Vollkommenheit in Person. Wir werden den Jungen Paul nennen«, fügte sie eilig hinzu, »nach dem jüngeren Bruder meiner Mutter, der auf tragische Art und Weise in den Wasserläufen ums Leben gekommen ist, als er erst zwölf Jahre alt war. Einverstanden, Octavius?«
Er sah uns an. »Ja«, sagte er.
Mama sagte nichts dazu. Sie wandte ihre Aufmerksamkeit wieder mir zu. »Wie geht es dir, Schätzchen?«
»Mir geht es gut, Mama.« Ich wandte mich an Gladys. »Darf ich ihn ansehen? Bitte«, fragte ich.
Sie schaute mich finster an, ehe sie das Baby umdrehte, damit ich ihm nicht ins Gesicht sehen konnte. »Natürlich nicht. Ich will, daß du augenblicklich von hier verschwindest«, sagte sie. Sie sah Mama an. »Sorgen Sie dafür, daß sie aus diesem Bett und aus diesem Haus verschwindet, ehe jemand kommt.«
»Das kann man nicht überstürzen«, sagte Mama. »Sie muß erst wieder zu sich kommen. Sie blutet immer noch.«
»Octavius, bring die beiden in ein anderes Zimmer, von mir aus sogar in deines«, sagte sie.
Mama richtete sich auf, und ihre Augen loderten. »*Nein! Sie* werden sich gefälligst in ein anderes Zimmer begeben. Meine Tochter wird sich hier ausruhen, bis ich sage, daß sie in einer Verfassung ist, in der sie das Haus verlassen kann, und das ist mein letztes Wort zu diesem Thema, haben Sie gehört?«
Gladys sah, daß Mama unnachgiebig war. »Also, gut«, sagte sie. »Ich werde mich jetzt in Octavius' Zimmer legen, um mich zu erholen, und das Baby werde ich in sein Kinderbettchen legen.«
»Wie wollen Sie den Säugling eigentlich füttern?« fragte Mama. Gladys lächelte kühl. »Darüber haben wir uns bereits Gedanken gemacht. Ich habe eine Amme engagiert. Octavius wird sie jetzt holen. Das wirst du doch tun, Octavius?«
»Ja, meine Liebe«, sagte er unterwürfig. Er konnte mir nicht

ins Gesicht sehen und bedachte mich nur mit einem flüchtigen Blick.
»Das Kind braucht außerordentlich viel Zuwendung«, sagte Mama. »Vergessen Sie nicht, daß es eine Frühgeburt ist.«
»In weniger als einer Stunde werden wir einen richtigen Arzt im Haus haben. Er ist jemand, dem wir vertrauen können, aber ich will trotzdem, daß Sie das Haus sobald wie möglich verlassen«, sagte sie. Sie reichte Octavius das Baby, als sie vom Bett aufstand. Dann nahm sie ihm das Baby eilig wieder ab, verließ ihr Schlafzimmer und achtete dabei, so schien es mir, sorgsam darauf, daß ich das Gesicht des Jungen nicht zu sehen bekam. In der Tür blieb sie noch einmal stehen.
»Sowie du mein Haus verlassen hast, will ich dich nie wieder auf diesem Anwesen sehen«, sagte sie zu mir.
»Lieber würde sie auf Treibsand treten«, gab Mama daraufhin zurück.
Gladys lächelte zufrieden. »Das ist nur gut so«, sagte sie und verließ mit meinem Baby das Zimmer. Ich hatte es weniger als eine ganze Minute gesehen, und schon war es für immer aus meinem Leben verschwunden. Meine Lippen zitterten, und mein Herz schmerzte.
Octavius blieb noch einen Moment und stammelte eine Art Entschuldigung und seinen Dank. »Lassen Sie sich Zeit, so lange Sie brauchen«, schloß er mit gesenktem Blick. Dann folgte er eilig seiner Frau und seinem neugeborenen Kind.
Ich konnte nicht verhindern, daß ich in Tränen ausbrach. Mama schlang ihre Arme um mich und küßte mich auf das Haar und auf die Stirn, da sie versuchen wollte, mich zu trösten und mich zu beschwichtigen.
»Ist wirklich alles in Ordnung mit ihm, Mama?«
»Ja, mein Schätzchen. Es fehlt ihm nichts. Und er ist eines der hübschesten Babys, die ich je gesehen habe, und wie du weißt, habe ich im Lauf der Jahre schon viele Babys zu sehen bekommen.«
»Wird es ihm gutgehen?«
»Ja, das glaube ich schon. Sein eigener Atem ist kräftig. Trotzdem ist es gut, daß sie einen Arzt ins Haus kommen lassen. Aber jetzt will ich mich um deine Blutung kümmern, Gabri-

elle, und dann mußt du dich ausruhen. Der Teufel soll deinen Vater holen, der nicht einmal die Geburt abwarten konnte. Jetzt könnte ich ihn gut gebrauchen«, murrte sie.

Ich legte mich zurück, denn ich war nicht nur von der Entbindung erschöpft, sondern auch von den emotionalen Qualen, nur einen flüchtigen Blick auf den kleinen Paul erhascht zu haben und dann mit ansehen zu müssen, wie er mir augenblicklich entrissen wurde. Mama hatte recht gehabt. Es war ein scheußliches Gefühl. Ich fühlte mich, als sei ich in einem Alptraum gefangen, der für den Rest meines Lebens durch meinen Kopf spuken sollte.

Es war schon sehr spät, als ich mich kräftig genug fühlte, um aus dem Bett aufzustehen und mich auf meine eigenen Füße zu stellen. Mama stützte mich und ließ mich erst im Zimmer umherlaufen. Dann sagte sie mir, ich solle mich wieder hinsetzen, und sie machte sich auf die Suche nach Octavius. Da Daddy nicht zurückgekommen war, mußte sie Octavius bitten, uns nach Hause zu fahren.

Da alle Dienstboten gegangen waren, war es finster und still im Haus. Ich blieb vor der Schlafzimmertür auf dem oberen Treppenabsatz stehen, weil ich mein Baby weinen hören wollte. Ich sah Octavius an.

»Ich will ihn sehen«, sagte ich.

Er sah erst Mama an und dann mich.

»Ich gehe nicht, bevor ich ihn gesehen habe«, drohte ich.

Er nickte. »Gladys schläft. Sie behauptet, sie sei erschöpft. Wenn du dich ganz leise verhältst ...«

»Ich bin ganz leise. Ich verspreche es«, sagte ich.

»Gabrielle. Vielleicht ist es besser, wenn wir jetzt einfach gehen, Schätzchen. Du ziehst den Abschiedsschmerz nur in die Länge und ...«

Mamas Stimme verklang.

»Nein, Mama. Ich muß ihn sehen. Bitte«, flehte ich. Sie schüttelte den Kopf, und dann drehte sie sich zu Octavius um und nickte.

»Sei bloß leise«, sagte er und schlich mehr oder weniger auf Zehenspitzen durch den Korridor zu dem Kinderzimmer, das er und Gladys vorbereitet hatten. Die Amme war bereits da. Es

war ein junges Mädchen, kaum älter als ich. Octavius flüsterte ihr etwas zu, und sie ging, ohne mich auch nur anzusehen.
Ich trat an die Wiege und sah den kleinen Paul an, der in seine blaue Baumwolldecke gewickelt war. Sein rötliches Gesicht war nicht größer als eine Faust. Er hatte die Augen geschlossen, doch sein Atem ging gleichmäßig. Seine Haut war so zart. Auf den Wangen war sie ein wenig gerötet. Seine Gesichtszüge waren wirklich perfekt geschnitten. Mama hatte recht gehabt. Seine Finger, die die Decke unklammerten, wirkten kleiner als die Finger jeder Puppe, die ich je besessen hatte. Mein Herz schmerzte vor Verlangen, ihn zu berühren, ihn zu küssen, ihn an meine pochenden Brüste zu halten, die mit Milch gefüllt waren, die für ihn bestimmt war und niemals seine Lippen berühren würde.
»Wir sollten jetzt besser gehen«, flüsterte Octavius.
»Komm, Schätzchen«, drängte mich Mama. Sie hing sich bei mir ein und zog mich am Ellbogen.
»Auf Wiedersehen, Paul«, flüsterte ich. »Du wirst nie wissen, wer ich bin. Ich werde dich nie wieder weinen hören. Ich werde dich nie trösten oder dich lachen hören, aber ich hoffe, in irgendeiner Form wirst du ahnen, daß es mich gibt und daß ich den Tag herbeisehne, an dem ich dich wiedersehen werde.«
Ich küßte seine Finger und berührte dann seine winzige Stirn. Meine Kehle fühlte sich an, als sei ein Stein darin steckengeblieben. Ich wandte mich ab und ging wie in Trance. Ich spürte nichts, ich sah nichts und ich hörte nichts anderes als die Trauer in meinem Innern.
Irgendwie schafften wir es, die Treppe hinunterzusteigen, zur Haustür hinauszulaufen und Octavius' Wagen zu erreichen. Mama und ich saßen auf dem Rücksitz, und ich lehnte mit geschlossenen Augen an ihr und umklammerte ihre Hände. Wir glitten durch die Nacht wie Schatten, die sich nicht von der Decke der Dunkelheit absetzten, die sich schwer über die Welt herabgesenkt hatte. Niemand sagte ein Wort, bis wir unsere Hütte erreicht hatten und Mama mir beim Aussteigen half.
»Den Rest schaffen wir allein«, sagte Mama streng zu ihm.
»Wird sie sich gut davon erholen?« fragte er. Mama zögerte.

Ich spürte, daß sie sich zu ihm umdrehte, und ich schlug die Augen auf.
»Sie wird wieder gesund werden. Und sie wird auch wieder zu Kräften kommen, wogegen Sie unter der Last Ihrer Sünde ständig schwächer und kleiner werden«, sagte sie voraus. Er schien vor unseren Augen zu schrumpfen. »Sorgen Sie dafür, daß diese Irre, die Sie Ihre Frau nennen, das Kind mit Liebe und Güte aufzieht, hören Sie?«
»Dafür werde ich sorgen«, versprach er. »Der Junge wird alles haben, was er braucht, und sogar noch mehr.«
»Er braucht Liebe.«
Octavius nickte. »Es tut mir leid«, murmelte er noch ein letztes Mal, ehe er wieder zu seinem Wagen ging.
Mama drehte mich an den Schultern um, und wir gingen auf die Hütte zu, während Octavius abfuhr und die Geräusche seines Wagens in der Dunkelheit verklangen. Ich hatte immer noch Schmerzen. Meine Beine fühlten sich schwer an und mein Kopf noch viel schwerer, aber ich beklagte mich nicht. Ich wollte es Mama nicht noch schwerer machen, als es ohnehin schon für sie war. Sie schaffte es, mich ins Haus zu bringen und mich die Treppe zu meinem kleinen Zimmer hinaufzuführen. Es war tatsächlich noch ein wenig kleiner als das Zimmer, in dem ich im Haus der Tates gelebt hatte, aber es war mein eigenes Zimmer, und es war von Erinnerungen angefüllt. Es war, als sähe man einen alten Freund wieder.
»Es ist so schön, wieder zu Hause zu sein, Mama«, sagte ich.
Sie half mir ins Bett. »Ruh dich jetzt aus, Schätzchen. Ich bin da, wenn du mich brauchst«, fügte sie hinzu. Dann sagte sie noch etwas anderes, aber ich hörte es nicht. Ehe sie den Satz beendet hatte, war ich bereits eingeschlafen.

Daddy kehrte gegen Morgen erbittert und wütend zurück, weil er beim Spielen Geld verloren hatte, und er wütete, man hätte ihn betrogen und er würde sich dafür rächen. Er war sehr betrunken und zerschlug in seiner Wut einen Stuhl, bis er ihn zu Kleinholz gemacht hatte. Davon wurde ich wach, und Mama raste nach unten, um ihn auszuschimpfen. Ich hörte, wie die beiden einander anschrien, und ich hörte auch, wie er gegen die Wände schlug und auf den Boden stampfte. Die Tür wurde so fest zugeschlagen, daß die ganze Hütte bebte, und dann herrschte Totenstille. Meine Augen schlossen sich, und ich öffnete sie nicht, bevor die Sonne mein Gesicht streifte. Meine Lider öffneten sich flatternd, und im ersten Moment wußte ich nicht, wo ich war. Im nächsten Augenblick brach die Erinnerung wieder über mich herein, darunter auch der Aufruhr, den ich mitten in der Nacht gehört hatte. Mama, die vorhergesehen hatte, daß ich erwachen würde, trat mit einer Tasse starkem Cajunkaffee ein, der noch dampfte.

Du mußt jetzt aufstehen und dich bewegen, Schätzchen. Frauen, die wie Kranke im Bett liegenbleiben, nachdem sie ein Kind bekommen haben, bekommen gewöhnlich das eine oder andere Problem«, sagte sie.

Ich setzte mich auf und nahm ihr die Kaffeetasse ab. »Habe ich das alles nur geträumt, oder hat Daddy dich letzte Nacht furchtbar angeschrien?« fragte ich.

Sie schüttelte den Kopf. »Ich wünschte, du hättest es nur geträumt. Nein, er ist wieder einmal betrunken nach Hause gekommen und hat behauptet, man hätte ihn um das Geld betrogen, das er beim Kartenspielen verloren hat. Statt sich eine gute Stellung zu suchen und hart zu arbeiten, versucht er immer wieder, irgendwie das große Geld zu machen. Er arbeitet hart daran, nicht zu arbeiten, härter, als er es täte, wenn er arbeiten würde«, fügte sie hinzu.

»Weiß er, daß ich wieder zu Hause bin?«

»Ich habe versucht, es ihm zu sagen, aber gestern nacht hat er nichts anderes gehört als das dumme Zeug, das er selbst geredet hat.«

»Wo ist er?«

»Das Letzte, was ich gesehen habe, war, daß er in seinem Lastwagen eingeschlafen ist, aber als ich vorhin vor die Tür gegangen bin, war der Lastwagen fort. Es ist nicht abzusehen, was er jetzt schon wieder im Schilde führt. Ich mache dir jetzt ein leckeres Frühstück, Schätzchen. Und du stehst auf und vertrittst dir die Beine, hörst du?«

»Ja, Mama. Mama?« sagte ich, ehe sie das Zimmer verließ. Sie drehte sich zu mir um.

»Ja, Schätzchen?«
»Was ist mit ...« Ich hielt die Hände unter meine üppigen Brüste.
Mamas Gesicht wurde wieder traurig. »Das werde ich dir heute alles in Ruhe erklären«, sagte sie betrübt. »Du wirst die Milch abpumpen müssen, denn sonst bekommst du Milchfieber.«
»Aber die Milch ...«
»Wir können sie nicht einfach einem anderen Baby zur Verfügung stellen, und diese Frau läßt nicht zu, daß Paul deine Milch bekommt«, fügte sie erbittert hinzu. Mama haßte jede Form von Vergeudung.
»Wie lange werde ich das tun müssen, Mama?«
»Wenn ich dich ansehe, dann denke ich, du mußt mindestens mit einigen Wochen rechnen, Schätzchen. Es tut mir leid für dich.«
Meine Tränen brannten unter den Lidern. Jedesmal, wenn ich es tat, würde ich daran denken, daß mein Baby gezwungen war, die Milch einer Fremden zu trinken, während die Milch seiner Mutter fortgeschüttet wurde. Und wenn ich bedachte, wie sehr meine Brüste schmerzten, dann konnte ich es wohl auch nicht mehr lange hinausschieben. Nach dem Frühstück zeigte mir Mama, was ich zu tun hatte. All die heißen Tränen, die ich zurückgehalten hatte, strömten über meine Wangen. Sie schienen nicht nur mein Gesicht, sondern auch mein Herz zu versengen. Ich glaube, Mama wandte sich ab und ließ mich allein, weil auch sie zu dicht vor den Tränen stand.
Hinterher, als ich mich zurücklehnte und die Augen schloß, glaubte ich, mein Baby weinen zu hören. Ich erinnerte mich wieder an sein winziges Gesicht und malte mir aus, wie es wohl gewesen wäre, seine Lippen auf meinen Brustwarzen zu spüren, wenn sie meine Milch aufsogen. Vielleicht würde es mir ein wenig leichter ums Herz werden, wenn ich beim Abpumpen jedesmal daran dachte, sagte ich mir.
Am späten Nachmittag kam Daddy zurück. Seine linke Backe war geschwollen, und er hatte ein blaues Auge. Ganz oben auf der Stirn hatte er eine Platzwunde, und seine Kleidung war zerknittert und mit Schlamm und Schmutz be-

deckt, als sei er durch den Sumpf gezogen worden. Er humpelte, als er das Haus betrat. Mama und ich blickten beide auf und keuchten.

»Was hast du denn jetzt schon wieder angestellt, Jack«, fragte Mama nach einem Moment, »wenn es dir eine solche Tracht Prügel eingebracht hat?«

»Sie haben sich zusammengerottet und sind gemeinsam auf mich losgegangen. Das und nichts anderes ist passiert«, jammerte er. »Diese Diebe unten im Bloody Mary's.« Er heftete die Augen auf mich. »Du hättest dieses Haus nicht so schnell verlassen dürfen, Gabrielle. Wir hätten ihnen Geld dafür abknöpfen können, daß sie dich loswerden.«

»Und wozu, Jack? Damit du es in irgendeiner Bar beim Glücksspiel zum Fenster herauswerfen kannst?« fauchte Mama. »Genauso, wie du es mit jedem anderen Penny auch getan hast?«

»Dieses Geld hat uns zugestanden«, erklärte er und breitete die Arme aus.

»Uns, Jack? Wieso denn das? Sie ist hier diejenige, die gelitten hat, und sie bekommt nicht einen Penny von dem Geld zu sehen, weil du längst alles ausgegeben oder beim Spiel verloren hast, richtig? Oder hast du etwa eine Kleinigkeit für sie zur Seite getan?« fragte Mama, die die Antwort längst kannte.

»Ich ... ich habe doch nur versucht, für diese Familie etwas aufzubauen, das ist alles. Aber man hat mich übers Ohr gehauen, und daher bin ich noch mal losgezogen, um das zurückzuholen, was mir gehört, und sie haben sich zusammengerottet, um sich auf mich zu stürzen.« Er starrte mich einen Moment lang an. »Haben sie dir noch etwas gegeben, ehe du gegangen bist?« fragte er.

»Nein, Daddy«, sagte ich.

»Und wenn sie es getan hätten, dann würde wir es dir nicht sagen, Jack Landry«, sagte Mama.

»Ah! Frauen wissen nie zu würdigen, was ein Mann für sie zu tun versucht«, beklagte er sich und ließ sich auf seinen abgewetzten Sessel fallen. »Ich muß mir sofort einen neuen Plan ausdenken. So leicht kommen mir diese Tates nicht davon«, murrte er.

»Warum suchst du dir nicht eine ehrliche Arbeit, Jack, statt ständig nur dazusitzen und dir etwas auszudenken, wie du andere Leute ausrauben kannst?« sagte Mama, die Arme in die Hüften gestemmt. Er blickte zu ihr auf, und das Lid über seinem rechtem Auge, das fast zugeschwollen war, zuckte.
»Was soll das heißen, Leute ausrauben? Die haben uns doch ausgeraubt, haben unserer Tochter die Unschuld geraubt. Das ist mal wieder typisch für dich. Du siehst nie, worum es geht.«
»Ich sehe ganz genau, worum es geht«, sagte Mama. »Und es wird mir zunehmend klarer. Und diese Klarheit schneidet sich in mein Herz.«
»Ah, hör auf zu klagen. Ich brauche jetzt Ruhe und etwas zu essen. Ich muß nachdenken«, sagte er.
Mama schüttelte den Kopf und wandte sich ihrer Mehlschwitze wieder zu.
»Ich habe gesagt, ich brauche etwas zu essen!« schrie Daddy. Mama rührte unbeirrt ihre Mehlschwitze um und hatte ihm dabei den Rücken zugewandt, als sei er gar nicht da. Ich stand auf und brachte ihm einen Teller Essen.
»Danke, Gabrielle«, sagte er, als er ihn entgegennahm und das Essen gierig in sich hineinschlang. »Wenigstens machst du dir noch etwas aus mir.«
»Mama macht sich auch etwas aus dir, Daddy. Sie ist nur müde. Wir sind alle müde«, sagte ich.
Daddy hörte auf zu kauen, und seine Augen wurden dunkler.
»Der Teufel soll mich holen, wenn ich tatenlos dasitze und zusehe, wie meine Frauen sich abmühen, während diese reichen Leute sich an der Frucht meiner Tochter erfreuen«, polterte er. »Ich fahre gleich noch mal hin, und diesmal verlange ich doppelt soviel.«
»Wag das nicht, Jack«, fauchte Mama ihn an.
»Schreib mir nicht vor, was ich zu tun habe und was nicht, Frau. Diese Cajunfrauen«, zischte er abfällig. »Eine solche Sturheit ist doch kaum zu fassen ...« Er stellte seinen Teller hin und stand auf.
»Jack Landry«, rief Mama ihm nach, doch er lief bereits zur Tür.
»Rührt euch nicht vom Fleck. Schließlich bin ich in diesem

Haus der Mann«, rief er über seine Schulter zurück und brauste zur Tür hinaus.

»Wenn du der Herr im Haus wärest, bräuchtest du nicht ständig andere Leute zu erpressen, Jack Landry«, rief Mama ihm nach, doch er blieb nicht stehen. Er stieg in seinen Lastwagen und fuhr los. Mama und ich blieben in der Tür stehen. »Das wird kein gutes Ende nehmen«, sagte sie vorher und schüttelte den Kopf. »Das wird gewiß kein gutes Ende nehmen.«

Wie zu erwarten kam am Nachmittag die Polizei, um uns zu berichten, daß sie Daddy eingesperrt hatten.

»Er hat drüben in der Konservenfabrik der Tates einen schrecklichen Tumult entfacht«, erklärte der Polizist. »Wir werden ihn festhalten, bis Mr. Tate entschieden hat, ob er Anklage gegen ihn erhebt oder nicht.«

Mama bedankte sich bei dem Polizisten dafür, daß er hergekommen war, um uns zu benachrichtigen.

»Was wirst du jetzt tun, Mama?« fragte ich, nachdem die Polizisten gegangen waren. »Wirst du rübergehen und mit Octavius reden?«

Sie schüttelte den Kopf. »Ich habe es satt, deinem Vater aus der Patsche zu helfen, Gabrielle. Soll er doch eine Weile im Knast sitzen. Vielleicht bleut ihm das Vernunft ein.«

Am Abend, nachdem Mama und ich schweigsam zu Abend gegessen hatten, saßen wir auf der Veranda und schauten auf die Straße hinunter, und wir fragten uns beide, ob Daddy wohl nach Hause kommen würde. Mama war sehr besorgt, und ihre Sorgen ließen sie in meinen Augen viel älter wirken.

»Manchmal geht aber auch alles schief«, murmelte sie plötzlich. »Ich vermute, ich bin doch keine besonders gute Heilerin. Für meine eigene Familie kann ich jedenfalls nicht viel tun«, stöhnte sie.

»Das stimmt doch gar nicht, Mama. Du hast schon eine ganze Menge für uns getan. Wo wäre ich ohne deinen Trost und ohne deine Hilfe?« rief ich ihr ins Gedächtnis zurück.

»Ich hätte besser auf dich aufpassen müssen, Gabrielle. Ich hätte dich vor dem Bösen warnen müssen, das tief im Innern mancher Menschen lauert, und ich hätte dich nicht so oft allein lassen dürfen. Es ist alles meine Schuld«, sagte sie.

»Nein, ganz und gar nicht, Mama. Ich war dumm und blind. Ich hätte nicht ganz so sehr in meiner eigenen Traumwelt leben dürfen.«
»Es ist hart gewesen«, sagte sie. »Es ist, als hättest du niemals einen Vater gehabt. Nimm dich bloß in acht, in wen du dich verliebst, Gabrielle«, warnte sie mich. »Das ist ja so wichtig. Diese erste Entscheidung bestimmt über den Weg, den du einschlagen wirst, und sämtliche Biegungen und Hügel, sämtliche Straßengräben und Schluchten sind von vornherein festgelegt.«
»Aber, Mama, wenn du die Zukunft nicht voraussehen konntest, wie kannst du es dann von mir erwarten?«
»Man braucht nicht in die Zukunft sehen zu können. Sei nur nicht mehr so vertrauensselig und paß auf, daß dein Herz deinem Kopf nicht gebietet zu schweigen.« Sie schaukelte auf ihrem Schaukelstuhl und schüttelte den Kopf.
»Wird Daddy sich jemals ändern, Mama?«
»Ich fürchte, nein, meine Süße. Das, was in seinem Herzen vermodert ist, hat um sich gegriffen und beherrscht ihn inzwischen vollständig. Jetzt ist er nur noch ein Mann, den man notgedrungen zu ertragen hat. Es sieht so aus, als müßten wir beide für uns selbst sorgen.«
»Wir werden es schon schaffen, Mama. Wir haben es bisher immer geschafft.«
»Ja, vielleicht hast du recht«, sagte sie. Dann lächelte sie. »Natürlich werden wir es schaffen«, sagte sie und tätschelte meine Hand. Wir umarmten einander, und dann redeten wir über andere Dinge, bis wir beide müde wurden und beschlossen, uns schlafen zu legen.
Ich mußte immer wieder meine Milch abpumpen, und jedesmal beschwor ich dabei da Bild des kleinen Paul vor mir herauf. Wenn ich einschlief, träumte ich von seinen winzigen Fingern und von seinem süßen Gesicht.
Am späten Morgen kam Daddy zurück. Er war mürrisch und wortkarg, und daher mußte Mama die ganze Geschichte mühsam aus ihm herausholen. Er war tatsächlich noch einmal zu Octavius gegangen, um weitere Geldforderungen zu stellen, doch diesmal hatte Octavius Daddy von seinen Män-

nern vom Gelände werfen lassen. Daddy hatte sich in seinen Lastwagen gesetzt und auf die Hupe gedrückt, bis der Wirbel zu groß geworden war und Octavius die Polizei gerufen hatte.

Heute morgen hatte die Polizei ihm mitgeteilt, Octavius würde keine offizielle Anklage gegen ihn erheben, doch Daddy wurde gewarnt, er solle sich nicht mehr auf dem Anwesen oder dem Fabrikgelände der Tates blicken lassen. Wenn er sich einem der Grundstücke auch nur auf hundert Meter nähern würde, würde man ihn wieder einsperren. Er tobte und wütete darüber, wie die Reichen das Gesetz manipulieren konnten. Er gelobte, er würde Mittel und Wege finden, es den Tates heimzuzahlen. Mama weigerte sich, mit ihm zu reden, kochte ihm jedoch etwas zu essen. Schließlich beruhigte er sich dann und sprach davon, Fletcher Tylers Angebot anzunehmen, der ihn als Führer für Jäger engagieren wollte, die in den Sümpfen jagten.

»Dafür eignet sich niemand besser als ich. Die Bezahlung ist gut, und man bekommt Trinkgelder«, sagte er zu Mama. »Also, was ist?« sagte er, als sie sich nicht dazu äußerte. »Weshalb bist du so still? Genau das willst du doch von mir, oder etwa nicht? Daß ich mir eine ehrliche Arbeit suche.«

»Daran glaube ich erst, wenn ich es mit eigenen Augen sehe«, sagte sie zu ihm.

Daraufhin brach ein Wortschwall über die Cajunfrauen aus ihm heraus, die ihren Männern die dringend notwendige Unterstützung verweigern. Eine Zeitlang erboste er sich darüber, und dann ging er aus dem Haus, um ein paar Bisamratten zu fangen.

Der Tag ging langsam in eine drückend heiße Nacht über. Glühwürmchen tanzten über den Gewässern des Sumpfes, und die Eulen riefen einander Klagelaute zu. Nachdem ich in mein Zimmer gegangen war, setzte ich mich ans Fenster und lauschte den Zikaden. Ich fragte mich, ob Paul wohl schlief oder ob er gerade gestillt wurde. Ich malte mir aus, wie seine kleinen Arme um sich schlugen und welche Aufregung er jedesmal verspürte, wenn er an seinem eigenen Körper eine neue Entdeckung machte, und dann drehte ich mich um und griff nach einem Stift und Papier, um den Brief zu schreiben, den ich niemals abschicken würde.

Lieber Paul,

Du wirst wahrscheinlich aufwachsen, ohne jemals meinen Namen zu hören. Falls wir einander begegnen sollten, wirst Du mich nicht anders ansehen als alle anderen auch. Wenn Du alt genug bist, um es zu bemerken, wird Dir vielleicht auffallen, daß ich Dich mit einem liebevollen Lächeln auf dem Gesicht ansehe, und Du wirst Dich fragen, wer ich bin und warum ich Dich so anschaue. Wenn Du Deine Eltern nach mir fragst, werden sie Dir nichts erzählen. Wir werden einander fremd bleiben.
Aber vielleicht, vielleicht, auch, wenn es noch so unwahrscheinlich ist, wirst Du in einer Nacht, die so warm und so einsam ist wie diese Nacht für mich, bemerken, daß Dir etwas fehlt. Es kann gut sein, daß Du niemals jemandem etwas von diesem Gefühl erzählen wirst, aber es wird dasein, und es wird sich noch häufig einstellen.
Und dann, eines Tages, wenn Du alt genug bist, um dieses Gefühl in einen Gedanken zu fassen, dann wirst Du Dich an das junge Mädchen erinnern, das Dich so liebevoll angesehen hat, und Du wirst begreifen, daß noch mehr in ihren Augen stand.
Vielleicht wirst Du Dich an Deinen Vater oder an Deine Mutter wenden, und vielleicht, vielleicht, wenn es auch noch so unwahrscheinlich ist, werden sie gezwungen sein, Dir die Wahrheit zu erzählen.
Ich frage mich, ob Du mich dann dafür hassen wirst, daß ich Dich aufgegeben habe. Ich frage mich, ob Du mich dann kennenlernen willst. Ich frage mich, ob wir beide jemals ein Gespräch miteinander führen werden.
Wenn es dazu käme, dann würde ich Dir sagen, wieviel Liebe ich zu Dir verspürt habe, als Du geboren wurdest, soviel, daß ich fürchtete, mein Herz könnte zerspringen. Ich würde Dir erzählen, daß ich Nacht für Nacht geweint habe, wenn ich an Dich gedacht habe. Ich würde Dir sagen, daß es mir leid tut.

Natürlich könntest Du dann Deinen Vater hassen und Deine Stiefmutter verabscheuen, und daher muß ich mir ernsthafte Gedanken machen, ehe ich Dir diese Dinge sage. Es könnte sein, daß ich sie um Deinetwillen niemals ausspreche, denn Dein Glück liegt mir weit mehr am Herzen als mein eigenes. Du sollst nur wissen, daß ich Dich liebe und daß Du, obwohl ich es nicht dazu kommen lassen wollte, zu einem Teil von mir geworden bist und es auch immer sein wirst.

Deine Dich liebende Mutter Gabrielle

Ich drückte einen Kuß auf das Papier und faltete das Blatt zusammen. Dann steckte ich es zu meinen kostbarsten Erinnerungen in die oberste Schublade meiner Kommode. Es tat mir gut, diesen Brief zu schreiben, obwohl ich wußte, daß Paul ihn niemals lesen würde.

Der Mond lugte zwischen zwei Wolken heraus und sandte einen Keil gelben Lichts über den Sumpf. Einen Moment lang sah die Welt verzaubert aus, und ich hätte schwören können, daß ich das Weinen eines Babys hörte. Es hallte über das Wasser und schwebte in die Dunkelheit hinaus. Ich rollte mich in meinem Bett zusammen und bildete mir ein, ich hielte den kleinen Paul in meinen Armen und sein winziges Gesicht sei an meine Brust gepreßt, weil er Trost in meinem Herzschlag fand. Und dann schlief ich ein und träumte von einem besseren Morgen.

9.

Eine gemarterte Spionin

In warmen Nächten, in denen der Mond durch Wolken lugte, die nicht dichter als Träume waren, saß ich auf Daddys Anlegesteg, ließ meine nackten Füße direkt über dem Wasser baumeln, das sanft gegen die dunklen Holzpfosten schwappte, und lauschte dem Schreien eines Waschbären. In meinen Ohren klang es wie das Weinen eines menschlichen Babys. Dann dachte ich an Paul und daran, wie groß er in diesen vergangenen drei Jahren geworden war. Gelegentlich sah ich ihn in der Stadt mit den Tates oder auch in der Kirche, wenn sie ihn dorthin mitnahmen. Ich hoffte, Gott würde mir vergeben, daß ich weniger wegen des Gottesdienstes in die Kirche ging, sondern vielmehr, um einen Blick auf mein Baby zu erhaschen. Die meiste Zeit ließen die Tates Paul jedoch zu Hause bei seinem Kindermädchen. Ich erfuhr, daß Gladys sich nicht gern von einem Baby stören ließ, wenn sie sich in der Öffentlichkeit bewegte. Darüber hätte ich mich niemals beklagt, dachte ich.
Das zarte blonde Haar, das Paul bei seiner Geburt gehabt hatte, war jetzt *chatlin*, ein dichter Schopf, dessen blonde Strähnen ein klein wenig dicker und heller als die braunen waren. Seine Augen hatten den zarten Blauton des Morgenhimmels, wenn die Sonne im Osten hinaufkletterte und die pechschwarze Dunkelheit im Westen am Horizont hinabglitt.
Jedesmal, wenn Gladys Tate sah, daß Paul mich anschaute, ob es nun in der Stadt oder in der Kirche war, riß sie ihn augenblicklich herum und verstellte ihm mit ihrem Körper die Sicht auf mich. Sie machte es mir schwer, nah an ihn heranzukommen. Einmal, nur ein einziges Mal, war ich nur wenige Zentimeter von ihm entfernt, als sie die Kirche verließen und ich bewußt zurückgeblieben war und an der Tür herumgetrödelt

hatte. Ich sah die Anmut seiner Hände und die zarte Haut seines Gesichts. Ich hörte sein niedliches Lachen, und als er den Kopf in meine Richtung drehte, sah ich ihn lächeln, und seine Augen strahlten, als seien winzige blaue Glühbirnen hinter ihnen angebracht. Ich konnte sehen, daß er ein glückliches Kleinkind war, pummelig und zufrieden. Einerseits war ich froh darüber, aber andererseits betrübte mich auch der Gedanke, er könnte tatsächlich besser dran sein mit den reichen Tates, die ihm soviel geben konnten, als er es mit mir gewesen wäre, die ihm so wenig hätte geben können.
An jenem Tag in der Kirche hatte er einen kleinen Matrosenanzug getragen, und seine Schuhe waren fleckenlos und schneeweiß gewesen. Es stand außer Frage, daß er alles hatte, was er brauchte und sich jemals wünschen könnte. Er erweckte den Eindruck eines gesunden, aufgeweckten und geliebten Kindes. Ich war für ihn nichts weiter als ein vorüberziehender Schatten, lediglich ein fremdes Gesicht unter vielen anderen, und doch verweilten seine großen, runden Augen so lange auf mir, daß Gladys Tate es bemerkte. Als sie sich umdrehte und mich dort stehen sah, röteten sich ihre Wangen vor Wut. Sie zog die Schultern hoch und beschleunigte ihre Schritte, und sie ließ Octavius hinter sich zurück, der einen Moment lang erstaunt war. Sie murmelte ihm etwas zu, und auch er drehte sich zu mir um. Er verzog das Gesicht, als hätte er plötzlich Magenkrämpfe, und dann lief er eilig hinter Gladys her, die Paul bereits seinem Kindermädchen in die Arme gedrückt hatte, als sei er eine Wassermelone. Das Baby wurde schnell in den Wagen gepackt, und wenige Momente später fuhren sie los und wirbelten mit ihrem luxuriösen Automobil Staubwolken auf.
Ich konnte nichts dafür, daß ich Paul so oft wie möglich sehen wollte, daß ich seine Veränderungen und seine Entwicklung beobachten wollte. Eine Fotografie der Tates, die auf den Gesellschaftsseiten der Lokalzeitung abgedruckt worden war, hütete ich wie einen Schatz, weil Paul verschwommen zwischen Gladys und Octavius zu sehen war. Diesen Zeitungsausschnitt bewahrte ich dicht neben meinem Bett auf, damit ich ihn allabendlich im Licht einer Butangaslampe betrachten konnte. Ich

hatte den Ausschnitt schon so oft geglättet und wieder zusammengefaltet, daß die Worte inzwischen nahezu unlesbar waren. Mama wußte, welche Qualen ich litt, und sie wußte auch, daß ich mich nachts im Bett von einer Seite auf die andere warf und das Abkommen bereute, das ich geschlossen hatte. Sie konnte sehen, welcher Schmerz jedesmal in meine Augen trat, wenn jemand mit einem Baby auf den Armen auftauchte, ganz gleich, ob es nun eine unserer Nachbarinnen war oder eine Touristin, die anhielt, um an unserem Straßenstand etwas zu kaufen. Ich bot mich an, wenn jemand gebraucht wurde, um auf ein Baby aufzupassen, denn ich war darauf versessen, von Windeln, Babynahrung und Rasseln umgeben zu sein. Ich mußte das Kichern und das Gurren hören, und sogar das Weinen eines Babys, wenn es Nahrung oder Zuwendung wollte, war mir unentbehrlich.
»Ich weiß genau, warum du so schnell bei der Hand warst und angeboten hast, heute nachmittag auf Clara Sams Baby aufzupassen, Gabrielle«, sagte Mama jedesmal, wenn ich mich anbot. »Du quälst dich nur selbst, Kind.«
»Ich kann nichts dafür, Mama. Ich muß mir diese Freude manchmal gönnen, obwohl ich weiß, daß ich meine eigene Leere nur um so stärker spüren werde, wenn Clara Sam kommt, um ihr Baby wieder abzuholen.«
»Darauf kannst du dich verlassen«, sagte Mama voraus und warf einen zornigen Blick in Daddys Richtung.
Die meiste Zeit tat Daddy so, als sei das alles nie passiert. Jedesmal, wenn Mama auf das Geld anspielte, das er von den Tates bekommen und sogleich verplempert hatte, stellte er sich entweder taub, oder er sagte gar, er wüßte nicht, wovon sie redete. Obwohl Octavius Tate ihn von seinem Fabrikgelände hatte entfernen lassen und ihm damit gedroht hatte, ihn verhaften und ins Gefängnis werfen zu lassen, hatte er bei mindestens zwei weiteren Gelegenheiten versucht, mehr Geld aus ihm herauszuholen, doch er war jedesmal gescheitert.
»Der Mann hat kein Gewissen«, jammerte Daddy dann. »Reiche Männer wie er, die ihr Vermögen auf Kosten von ehrlichen, hart arbeitenden Männern erwerben, sind immer gewissenlos.«
»An welchem ehrlichen, hart arbeitenden Mann hat er sich

wohl bereichert, Jack?« fauchte Mama dann. »Du sprichst doch nicht etwa von dir selbst?«

»Und wie ich das tue! Bloß, weil ich schwere Zeiten durchgemacht habe, kannst du noch lange nicht behaupten, ich könnte nicht hart arbeiten. Sieh dir doch an, was ich heute leiste. Ich bringe das Essen auf den Tisch, oder etwa nicht?« protestierte er.

Daraufhin schüttelte Mama nur den Kopf und wandte sich wieder ihrer Arbeit an dem Korb zu, den sie gerade aus Palmwedeln flocht. Sie konnte keine Einwände erheben. Daddy war in seinem derzeitigen Job schon länger angestellt als irgendwo sonst, soweit ich zurückdenken konnte. Er arbeitete als Reiseleiter für Jed Atkins, dessen Firma Ausflüge in den Sumpf veranstaltete und Boote, Ausrüstung und Gewehre an Touristen und reiche Städter verlieh, die ins Bayou kamen, um Enten oder Rotwild zu jagen.

Jed war ein Boß nach Daddys Geschmack. Er trank selbst große Mengen selbstgebrannten Whiskey, er rauchte, und fluchte, und jedes vierte Wort, das er benutzte, war ein Schimpfwort. Er lebte allein im Hinterzimmer seines Geschäfts, einem vermoderten Holzhaus, das den Eindruck machte, es würde in dem Moment zusammenbrechen, in dem das Ungeziefer und die Insekten, die sich dort häuslich eingerichtet hatten, beschlossen auszuziehen.

Obwohl er trank, spielte und sich auf Schlägereien einließ, hatte sich Daddy mit der Zeit einen guten Namen als Sumpfführer gemacht. Es schien, als sei er der richtige Mann für diesen Job, da er so aussah und so redete, wie es die reichen Kreolen aus New Orleans von einem Cajunführer erwarteten, der sie durch den Sumpf begleitete. Für einen Dollar mehr stellte er sich für ihre Fotografien in Pose, mit wüst zerzaustem Haar, struppigem Bart und braungebrannter Haut, die wie gegerbtes Leder wirkte.

Die Wahrheit sah so aus, daß Daddy immer Enten für sie fand oder ihnen die Möglichkeit gab, Rotwild zu erlegen. Daddy kannte seinen Sumpf; er war ebensosehr ein Bestandteil des Sumpfes wie eine Nutria oder ein Alligator, doch ich haßte seine Arbeit, weil die Männer, die er durch den Sumpf führte,

Männer waren, die zum Spaß töteten und nicht etwa, weil sie Nahrung oder Kleidung brauchten. Manche von ihnen ließen die Tierkadaver an Ort und Stelle liegen, weil sie als Trophäen nicht groß genug oder nicht allzu beeindruckend waren.

Dennoch waren wir mit Daddys Einkünften oder, besser gesagt, mit dem, was er Mama gab, ehe er es verspielte oder vertrank, und mit dem, was Mama und ich mit dem Flechten von Körben, dem Weben von Decken und dem Verkauf von Marmeladen und Gumbos einnahmen, besser gestellt denn je. Daddy kaufte sich einen Lastwagen eines späteren Baujahrs, und Mama erwarb bei dem Zinngießer, der mit seinem Lieferwagen vorbeikam, neues Geschirr. Mama veranlaßte Daddy, mir zu meinem neunzehnten Geburtstag eine Armbanduhr zu kaufen. Sie hatte ein silbernes Gehäuse und römische Zahlen auf dem Zifferblatt, und das Armband war schmal und schwarz. Daddy hielt das für Geldverschwendung.

»Nach dem Stand der Sonne kann sie die Uhrzeit genauer bestimmen als jede Armbanduhr«, erklärte er. »Niemand kann die Zeichen der Natur besser deuten als Gabrielle.«

»Heutzutage sollte eine junge Frau eine schöne Armbanduhr haben«, beharrte Mama.

»Das sollte mir ja recht sein, wenn sie sich an Orte begäbe, an denen ein junger Mann sie als Ehefrau ins Auge fassen könnte«, sagte Daddy. »Weißt du was?« fügte er hinzu, nachdem er einen Moment lang grüblerisch auf seine Unterlippe gebissen hatte. »Im Grunde genommen bin ich froh darüber, daß sie jetzt eine Armbanduhr hat. Jetzt kann sie das Ticken hören, mit dem die Zeit vergeht. Ehe wir uns versehen haben, wird sie zwanzig und ist immer noch unverheiratet. Wer wird sie dann noch wollen? Was ist, Catherine? Jedenfalls bestimmt keiner deiner gutgestellten, angesehenen Jungen aus der Stadt, nein, soviel steht fest. Und wenn sie einer trotzdem noch ins Auge faßt und dann erfährt, daß sie keine Jungfrau mehr ist ... sie kann von Glück sagen, wenn sie sich hier im Sumpf einen Mann angeln kann.«

»Du wirst jetzt sofort aufhören mit diesem Gerede, hast du gehört, Jack Landry?« sagte Mama und ließ ihren Zeigefinger durch die Luft sausen wie eine Peitsche. Ich werde jeden

Mann, der schlecht über Gabrielle redet, mit einem Fluch belegen, hörst du? Jeden Mann«, betonte sie mit loderndem Blick.
»Es ist doch wahr! Sie besucht keine Tanzveranstaltungen, sie redet mit niemandem in der Kirche, sie geht nirgends hin, wenn du nicht mitgehst, und das einzige, was sie tut, ist, dich zu begleiten, wenn du als Heilerin geholt wirst. Die meisten Männer hier in der Gegend halten sie für seltsam, weil sie soviel Zeit im Sumpf verbringt. Ich weiß, wovon ich rede«, sagte er und stach sich seinen langen rechten Zeigefinger so fest in die Brust, daß ich zusammenzuckte, als ich mir den Schmerz ausmalte. »Im Bootsschuppen bekomme ich es ständig zu hören«, fügte er hinzu.
»›Kann sich deine Tochter wirklich mit den Alligatoren unterhalten, Jack? Schläft sie wirklich auf einem Bett aus Wasserschlangen?‹« äffte er die Männer nach und wackelte dabei mit dem Kopf. »Und was tust du, damit sie passabel aussieht, wenn ein Freier auftaucht, Catherine? Nun, was ist? Du läßt sie barfuß und mit Lianen und wildwachsenden Blumen im Haar herumlaufen! Du erlaubst es ihr, Tierbabys als Haustiere zu halten – Schildkröten, Nutrias, Frösche, jedes Ungeziefer, das man in den Sümpfen finden kann.«
»Sie ist eine hübsche junge Dame, Jack Landry. Ich brauche nichts zu tun, um sie passabel herzurichten. Ein Mann, der ihre natürliche Schönheit nicht sieht, hat sie ohnehin nicht verdient«, sagte Mama.
»Ah, ist das nicht dasselbe hochtrabende Geschwätz, das ich von ihr schon kenne? Ein Mann, der das nicht sieht ... Man muß erst wissen, daß man den Boden bestellen und einen Garten anpflanzen kann, ehe man mit seinen Samen kommt«, sagte er und fuchtelte mit seinen langen Armen in der Luft herum.
»Das hat mein Daddy früher immer gesagt.«
»Eine dieser typischen Sumpfweisheiten«, warf Mama ihm an den Kopf. »Und wage du es bloß nicht, eine dieser Sumpfratten als Freier ins Haus zu schleppen, Jack. Ich will, daß sie einmal einen anständigen Ehemann bekommt, einen, der gut für sie sorgen wird, hörst du?«
»Ja, ja, schon gut, ich höre, was du sagst. Das Ärgerliche ist nur, daß du nicht auf mich hören willst. Du hörst die Uhr nicht

ticken. Auch du solltest das Ohr öfter an ihre Armbanduhr halten.«

Vielleicht lag es daran, daß ich auf die zwanzig zuging, aber in der letzten Zeit beklagte sich Daddy immer häufiger darüber, daß ich daran scheiterte, einen passenden Ehemann zu finden. Er drohte damit, vor unserem Haus eine Tafel mit der Aufschrift BRAUT VERFÜGBAR, GENAUERES ERFAHREN SIE IM HAUS aufzustellen, wenn ich nicht bald selbst einen Mann fände. Natürlich sagte Mama dazu, sie würde die Tafel augenblicklich vom Pfosten reißen und sie ihm über den Schädel schlagen, falls er es versuchen sollte, ein solches Schild auf unserem Rasen aufzustellen.

Die Wahrheit sah jedoch so aus, daß ich keinerlei Interesse an jungen Männern und an einer Ehe hatte. Daddy hatte recht. Das einzige, woran ich denken konnte, war der kleine Paul und wie ich ihn wiedersehen konnte. Romantik und Liebe, Heirat und Ehe, all das schien mir der Stoff von Filmen und von Büchern zu sein, so entlegen wie ein fernes Donnergrollen, das über jemand anderen und nicht über mich hereinbrach.

Eines Nachmittags stakte ich meine Piragua auf dem Flußlauf nach Osten und legte in der Nähe der Villa an, in der die Tates lebten, da die Leere meines Herzens einen finsteren Schatten auf meine Seele warf. Unter einem Baldachin von Zypressen fand ich einen menschenleeren Pfad, der zur Straße führte, überquerte dann die Schnellstraße und schlich mich durch den Wald von hinten an das Haus heran, denn ich wußte, daß dort an einem künstlich angelegten Teich mit einer Rutsche Schaukeln angebracht worden waren. Dorthin brachte das Kindermädchen der Tates den kleinen Paul oft zum Spielen. Ich fand ein schattiges Plätzchen unter einer großen Weide in der Nähe und kauerte mich hinter die Zweige und das Laub der Ranken, die mit dem Zaun verflochten waren. Ich wollte beobachten, wie er lachte und kicherte, umherlief und Entdeckungen machte oder einfach nur in seiner Sandkiste saß und sich mit seinen Spielzeugautos beschäftigte.

Pauls Kindermädchen hatten die Tates aus New Orleans geholt. Das junge Mädchen hatte honigblondes Haar, aber ein rundliches Gesicht und eine birnenförmige Figur. Sie wat-

schelte träge hinter dem Baby her, und in ihrem Gesicht drückte sich ihr Mißmut über jede zusätzliche Anstrengung aus, die Paul ihr abverlangte. Sie schien nicht viel älter als ich zu sein, und jedesmal, wenn ich sie mit dem Baby sah, wirkte sie gelangweilt. Wenn Paul in der Sandkiste spielte, saß sie ausnahmslos mit einer Nagelfeile da und beschäftigte sich stundenlang mit ihren Fingernägeln, als arbeitete sie an einer phantastischen Marmorstatue, oder sie las eine ihrer Filmzeitschriften und kaute Kaugummi wie eine Milchkuh, die einen Grashalm wiederkäut. Manchmal ließ sie ihn fast zehn Minuten lang weinen, ehe sie nachsah, was ihn plagte oder was er wollte. Es kostete mich meine gesamte Kraft, die Lippen geschlossen zu halten und nicht aufzuspringen und zu dem Kleinen zu laufen. Wahrscheinlich war das, was ich tat, qualvoller, als ihn gar nicht zu sehen.
Als ich jetzt jedoch unbemerkt im Gestrüpp hinter dem Haus saß, konnte ich mir ausmalen, ich sei an seiner Seite. Vielleicht würde ich ihm eine Geschichte vorlesen oder ihm geben, was er brauchte. Normalerweise spielte er still und vergnügt und stellte keine Anforderungen. Ich konnte sehen, daß er zu einem gescheiten jungen Mann heranwachsen würde; alles weckte seine Neugier. Ich war enttäuscht, als sein Kindermädchen sah, wie spät es war, und ihn hochhob, um ihn ins Haus zu tragen.
Am nächsten Tag kehrte ich jedoch zurück und ebenso am übernächsten, und manchmal wartete ich stundenlang, ehe das Mädchen ihn aus dem Haus brachte. Und wenn es regnete, war ich schrecklich frustriert, weil ich wußte, daß er gar nicht draußen spielen würde. Dann entdeckte ich eines Tages, während ich in meinem Versteck saß und ihm zusah, wie er spielte, herumkroch und Sand in seine Sandkiste warf, während sein Kindermädchen dasaß und mit dem Rücken zu ihm eine Zeitschrift las, daß eine Wassermokassinschlange, die ich eindeutig identifizieren konnte, durch das Gras schlitterte und sich direkt neben der Sandkiste zusammenrollte. Unheilverkündend hob sie ihren dreieckigen Kopf. Paul nahm die Bewegung aus dem Augenwinkel wahr. Er betrachtete die Schlange einen Moment lang, und dann lachte er und lief auf

sie zu. Das Kindermädchen war weiterhin in seine Zeitschrift vertieft.
»*Nein!*« schrie ich über den Zaun. Das Mädchen drehte sich abrupt zu mir um. »Er läuft direkt auf eine Wassermokassinschlange zu. Schnell!« schrie ich und deutete hin. Einen Moment lang sah es so aus, als erholte sich das Mädchen nicht von dem Schock, mich plötzlich aus den Wäldern auftauchen zu sehen, doch sie faßte sich schnell genug wieder, um die Arme nach ihm auszustrecken und ihn in dem Moment hochzuheben, in dem die Schlange zurückschnellte, um anzugreifen. Auch das Kindermädchen schrie jetzt, und die Köchin kam zur Hintertür hinausgerannt, gefolgt von Gladys Tate.
Ich war so verblüfft, daß ich mich nicht schnell genug zurückzog, und daher sah Gladys Tate in meine Richtung, als das Kindermädchen zu einer Erklärung ansetzte und deutete. Ihr Gesicht drückte größeren Abscheu vor mir als vor der Schlange aus. Die Köchin lief um die Sandkiste herum und tötete die Schlange mit einem Metallrechen. Gladys befahl dem Kindermädchen, Paul ins Haus zu bringen. Ich wandte mich ab und rannte mit pochendem Herzen durch die Wälder zu meiner Piragua. So schnell war ich noch nie gestakt, um nach Hause zu kommen.
Ich fürchtete mich davor, Mama zu berichten, was vorgefallen war, denn dann hätte ich ihr beichten müssen, daß ich schon öfter dort gewesen war. Ich hatte Glück, denn sie war mit einer Kundin beschäftigt, die sich für ihre Tischdecken interessierte, und daher konnte ich mich unbemerkt ins Haus schleichen und in mein Zimmer gehen. Als die Abenddämmerung hereinbrach, rief mich Mama.
»Ist alles in Ordnung mit dir?« fragte sie, nachdem ich auf der Treppe aufgetaucht war.
»Ja, Mama. Ich habe mich nur ausgeruht.«
»Ich koche uns heute nichts Neues zum Abendessen. Wir essen das Langustenétouffée von gestern auf. Dein Daddy hat mir ausrichten lassen, daß er zum Essen nicht nach Hause kommt. Er behauptet, er müsse länger arbeiten, aber ich weiß genau, daß er in irgendeiner Garage oder in einer Scheune Karten spielt und einen Wochenlohn verlieren wird.«

Sie war derart abgelenkt von ihrer Sorge, daß sie mir nichts im Gesicht ansah, doch wir hatten uns gerade erst zum Essen an den Tisch gesetzt, als ein Automobil vor dem Haus vorfuhr. Wer auch immer der Fahrer sein mochte, er fing an zu hupen und hörte nicht auf, bis wir in der Tür des Hauses erschienen. Mein Herz sank. Ich erkannte den großen, kostspieligen Cadillac.
»Wer ist das wohl?« fragte sich Mama, die die Augen zukniff, um besser sehen zu können, sie jedoch gleich darauf weit aufriß und mich verärgert ansah. »Was hat diese Frau hier zu suchen?«
Gladys Tate stieg aus ihrem Wagen und kam mit ihrem vertrauten arroganten Gang auf die Hütte zu. Ich stand dicht hinter Mama, und mein Herz pochte so heftig, daß ich sicher war, auch Mama könnte es spüren. In ihrem schwarzen Cape wirkte Gladys noch größer als sonst. Ihr Haar war gelöst. Als sie näherkam, sah sie mich finster an, und ihre kalten braunen Augen sprühten haßerfüllte Funken. Über ihren verkniffenen Lippen war ein weißer Strich in ihr Gesicht geritzt.
»Womit kann ich Ihnen dienen?« fragte Mama.
»Ich werde Ihnen sagen, womit Sie mir dienen können. Sie können dafür sorgen, daß Ihre Tochter sich von meinem Anwesen und von meinem Baby fernhält. Genau damit können Sie mir dienen«, erwiderte sie.
»Anwesen?« Mama drehte sich zu mir um und sah mich fragend an.
»Richtig. Heute ist sie dort gewesen, hat sich im Gebüsch versteckt und meiner Familie nachspioniert.«
»Ist das wahr, Gabrielle?« fragte Mama. »Du bist bei den Tates gewesen?«
»Ja, Mama, aber ich habe ihrer Familie nicht nachspioniert. Ich habe nur ...«
»Was nur?« fragte Gladys schroff und stemmte die Arme in die Hüften. Sie wirkte wie ein gigantischer Habicht, der sich jeden Moment auf seine Beute stürzen wird.
»Ich habe nur den kleinen Paul beobachtet. Ich wollte ihm beim Spielen zusehen. Das ist alles.«
»O Gabrielle«, sagte Mama kopfschüttelnd und sah mir voller Mitleid in die Augen.

»Wohin ich auch gehe, ob in die Stadt, in die Kirche oder in Geschäfte, jedesmal, wenn ich mich umdrehe, sehe ich, wie sie uns anstarrt. Ich dulde das nicht länger, soviel kann ich Ihnen sagen«, sagte Gladys, deren Stimme beinah wie das Zischen einer Giftschlange klang. Das erinnerte mich wieder an den Vorfall.

»Wenn ich heute nicht dort gewesen wäre, hätte Paul ohne weiteres von einer Wassermokassinschlange gebissen werden können. Na los, erzählen Sie die ganze Geschichte«, sagte ich trotzig. »Erzählen Sie Mama, wie gut Ihr Kindermädchen auf das Baby aufpaßt.«

»Das ist nicht deine Angelegenheit«, erwiderte Gladys, doch ihre Stimme klang jetzt weit weniger streng.

»Das Baby wäre fast von einer Wassermokassinschlange gebissen worden?« fragte Mama.

»Sie übertreibt. Die Schlange war zwar in der Nähe, aber mein Kindermädchen hätte noch jede Menge Zeit gehabt, das Baby zu beschützen. Und außerdem geht das Ihre Tochter nichts an«, beharrte Gladys. »Wir haben teuer dafür bezahlt, daß du dich von uns fernhältst, und ich habe die Absicht, dafür zu sorgen, daß diese Abmachung eingehalten wird. Wenn Ihre Tochter das nächste Mal auf meinem Grundstück gesehen wird, werde ich sie verhaften lassen. Haben Sie verstanden? Und wenn sie uns weiterhin auf Schritt und Tritt folgt, werde ich mich an einen Richter wenden und eine gerichtliche Verfügung erwirken, die Sie alle ins Gefängnis bringt.«

»Ich folge Ihnen nicht auf Schritt und Tritt«, stöhnte ich.

»Du weißt mit deinem sinnlosen Leben nichts Besseres anzufangen, als erwachsene Männer zu verführen und dann ihren Ehefrauen auf Schritt und Tritt zu folgen«, fuhr Gladys fort. »Dich sollte man in ein Kloster stecken, fernab von braven, anständigen Bürgern.«

»Jetzt reicht es aber«, sagte Mama. »Sie haben sich klar genug ausgedrückt. Gabrielle wird Ihr Anwesen nie wieder betreten, und wenn sie Sie in der Stadt oder in der Kirche sieht, wird sie in die andere Richtung sehen.«

»Das klingt schon besser. Wenn Sie ihr die Zügel nicht so locker gelassen hätten, dann wären wir alle wohl gar nicht erst

in diese Situation geraten«, fügte Gladys hinzu, und ihr Gesicht rötete sich vor Zufriedenheit.
»Ich glaube, Sie bringen hier einiges durcheinander«, sagte Mama freundlich. »Hätten Sie Ihrem Ehemann die liebevolle Fürsorge zuteil werden lassen, die eine Frau ihrem Mann entgegenbringen sollte, dann hätte er sich wohl gar nicht erst im Sumpf herumgetrieben und meine Tochter vergewaltigt.«
»Was?« Sie zog die Schultern hoch. Das ist doch wohl die Höhe ... Wie kommen Sie dazu, so etwas zu sagen, wenn Ihr eigener Mann das degeneriertste Exemplar im ganzen Bayou ist?«
»Wenigstens gibt er sich nicht als einen Heiligen aus und heuchelt in der Kirche Frömmigkeit«, gab Mama zurück.
Gladys Tates Gesicht rötete sich. Sie kniff die Lippen zusammen, und dann hob sie langsam den rechten Arm, um mit ihrem langen, dünnen Zeigefinger, dessen Nagel silbern lackiert war, auf mich zu weisen.
»Ich warne Sie – halten Sie mir Ihre Tochter vom Leib«, sagte sie, machte auf dem Absatz kehrt und stolzierte wieder zu ihrem Wagen.
Ich konnte nicht schlucken. Ich fühlte mich betäubt und konnte mich nicht von der Stelle rühren. Es war, als seien meine Füße an die Bodendielen der Veranda genagelt. Wir sahen ihr nach, als sie mit ihren Reifen Brocken des Rasens aufwirbelte und dann den Motor hochjagte und fortfuhr.
»Eine gräßliche Frau«, sagte Mama. »Es ist, als nährte sie eine Schlange an ihrem Herzen.« Sie drehte sich um und sah mich an. »Gabrielle, du mußt dich davon lösen, Schätzchen. Es ist vorbei. Er gehört dir nicht mehr.«
»Ja, Mama. Es tut mir leid.«
»Schon gut, Schätzchen«, sagte sie und umarmte mich. Sie strich mir über das Haar. »Es ist schon gut. Und jetzt laß uns etwas essen und an morgen denken.«
Ich nickte. In der Ferne konnten wir hören, wie Gladys Tates Wagen mit quietschenden Reifen um eine Kurve bog und beschleunigte. Gemeinsam mit ihm schwanden meine Hoffnungen, mein eigenes Baby jemals näher kennenzulernen.
Wir erzählten Daddy nie etwas von dem Besuch, den uns Gla-

dys Tate abgestattet hatte. Er hätte ja doch nur getobt und gewütet und mit Vergeltung gedroht. Er hätte darin sogar eine neue Gelegenheit sehen können, wieder einmal Geld von ihnen zu erpressen.
Am nächsten Tag überraschte er uns ohnehin, als er mit einem neuen Kleid für Mama und einem neuen Kleid für mich nach Hause kam. Jetzt war Mama an der Reihe, ihm Verschwendung vorzuwerfen, da sie genauso gute, wenn nicht bessere Kleider nähen konnte als die, die man im Laden kaufte.
»Und was ist passiert, Jack Landry?« fragte Mama mit Argwohn in den Augen. »Hast du beim *Bourre* gewonnen?«
»Nein. Dieses Geld habe ich ausschließlich mit ehrlicher Arbeit verdient, Frau.« Er schenkte sich ein Glas Limonade ein und setzte sich mit einem strahlenden Lächeln an den Eßtisch. Mama sah erst mich an und dann die neuen Kleider, und dann schüttelte sie den Kopf. »Da ist doch etwas im Busch.«
»Da ist gar nichts im Busch. Ich habe mir einfach nur gedacht, es sei an der Zeit, daß ich dich und Gabrielle einmal abends ausführe. Wir sollten am kommenden Sonntag am Abend zu dem Fais do-do im Crab House gehen.«
»Zu einem Fais do-do? Zu einer Tanzveranstaltung? Du willst mit mir tanzen gehen?« fragte ihn Mama voller Erstaunen.
»Und mit Gabrielle. Das ist ein geeigneter Ort für sie, um jemanden zu finden. Ich habe mir überlegt, daß ich nicht genug dazu beigetragen haben, ihr Gelegenheiten zu geben.«
Mama starrte ihn an und konnte immer noch nicht glauben, was sie gerade gehört hatte.
»Das ist alles, Frau. Sonst steckt nichts dahinter«, sagte er und schlug eilig die Augen nieder.
»Du hast mich schon seit langer Zeit nicht mehr zum Tanzen ausgeführt, Jack Landry«, sagte Mama zu ihm. »Da ist doch etwas faul.«
»Ist das zu fassen? Was sagst du dazu, Gabrielle? Ein Mann lädt seine Frau ein, mit ihm tanzen zu gehen, und sie sagt, da sei etwas faul.«
»Ich kann mir nicht helfen, aber mir kommt da tatsächlich etwas faul vor«, sagte Mama.
»Hör endlich auf damit. Mir ist aufgefallen, daß wir schon

lange nicht mehr miteinander ausgegangen sind, und ich fand, es sei an der Zeit, euch beide auszuführen, das ist alles.«
»Du wirst doch nicht mit uns dort hingehen und dich dann sinnlos betrinken, Jack, oder doch?« fragte sie. Ihr Kopf war zur Seite geneigt, und sie musterte ihn prüfend.
»Ehrenwort«, sagte er und hob die rechte Hand. »Ich habe mich geändert. Das siehst du doch selbst, oder etwa nicht?« Er nickte nachdrücklich, um seine Behauptung zu stützen.
»Du wirst dich ordentlich herausputzen?«
»Unbedingt. Du wirst es ja sehen.«
Mama willigte ein, obwohl sie nach wie vor argwöhnisch war. Sie sagte, sie täte es in erster Linie meinetwegen. Sie probierte das Kleid an. Es war hübsch, und sie freute sich sehr darüber, wie sie darin aussah. Sie brachte mich dazu, mein Kleid ebenfalls anzuprobieren. Dann beschloß sie, die Taille zu raffen und den Saum ein wenig herauszulassen, doch ansonsten fand sie, Daddy hätte eine erstaunlich gute Wahl getroffen.
»Es ist schon so lange her, seit wir das letzte Mal etwas Derartiges unternommen haben«, sagte sie zu mir. »Ich glaube, ich werde mich wider besseres Wissen ein wenig gehenlassen und ihm vertrauen.«
Am Samstag wusch und bügelte Mama Daddys Hose und sein Hemd, schnitt ihm das Haar und stutzte seinen Schnurrbart. Er leistete nicht den gewohnten Widerstand. Frisch gewaschen und mit geschnittenem Haar sah Daddy so gut aus wie schon lange nicht mehr, und sogar seine Fingernägel waren nicht mehr grünlich braun, sondern sauber.
Ich beobachtete, wie Mama sich selbst gründlich das Haar bürstete und ihre schicken Kämme hineinsteckte, und als sie das neue Kleid anzog und ein wenig Lippenstift auftrug, war sie die schönste Frau im ganzen Bayou.
Daddy überschüttete sie mit Komplimenten. Er sagte, es erfüllte ihn mit Stolz, die beiden hübschesten Frauen im ganzen Bayou ausführen zu dürfen. Mama errötete wie ein junges Mädchen. Sie half mir mit meinem Haar, und nachdem ich mein neues Kleid angezogen hatte, trat sie einen Schritt zurück und sagte: »Du könntest dir heute abend tatsächlich einen gutaussehenden jungen Mann angeln. Es widerstrebt

mir, das zu sagen, aber dein Daddy könnte recht gehabt haben.«
Ich war seit meinen Schulzeiten nicht mehr auf einem Fais dodo gewesen. Ich hatte keine neuen Freundschaften mit anderen Mädchen geschlossen, und die meisten Mädchen aus meiner Klasse hatten geheiratet oder waren zu Verwandten gezogen, weil es in deren Nähe jemanden gab, der sie bald heiraten würde. Evelyn Thibodeaux hatte Claude LeJeune geheiratet, wie sie es geplant hatte. Er machte sich gut als Langustenfischer und besaß zwei Boote. Evelyn hatte einen Sohn von zwei Jahren und war mit ihrem zweiten Kind schwanger. Yvette Livaudis heiratete Philippe Jourdain, den Vorarbeiter ihres Onkels, genau, wie sie es gesagt hatte, und ein Jahr später gebar sie dann Zwillinge, zwei kleine Mädchen. Gerade erst vor einem Monat hatte ich einen Brief von ihr bekommen, dem sie ein Foto ihrer Töchter beigelegt hatte. Ich brauchte eine Woche, um den Brief zu beantworten. Ich konnte ihr wirklich nichts Neues über mich berichten, und es sah ganz so aus, als würden sich die Voraussagen bewahrheiten, die sie und Evelyn in Bezug auf mich getroffen hatten: Ich würde eine alte Jungfer werden und für alle Zeiten gemeinsam mit Mama unseren Straßenstand betreiben.
Der Abend, an dem die Tanzveranstaltung stattfand, war warm, wenngleich es auch leicht bewölkt war und Sprühregen drohte. Ich erinnere mich noch daran, daß ich von Hoffnung erfüllt war, als wir drei das Haus verließen und uns alle feingemacht hatte. Vielleicht konnte doch noch eine Familie aus uns werden. Vielleicht sagte Daddy die Wahrheit über sich, wenn er von den Veränderungen sprach, die sich in ihm vollzogen hatten. Vielleicht gab es für mich doch noch eine neue Zukunft, die dort draußen auf mich wartete wie eine wunderschöne Rose, die nur darauf wartete, gepflückt zu werden.
Erst, als wir schon auf halber Strecke zur Stadt waren, rückte Daddy mit seinen wahren Motiven heraus. Mama hätte ihn fast dazu gebracht, wieder umzukehren. Der Lastwagen machte einen großen Satz. Daddy lachte und sagte, wir sollten uns gut festhalten.
»Ich will doch schließlich nicht, daß meine beiden Schönheiten schon zerknittert und zerzaust dort ankommen«, sagte er.

»Übrigens«, fügte er hinzu, »habe ich Gabrielles ersten Tanz schon im voraus vergeben.«
»Was? Wovon redest du, Daddy? Wem hast du mich versprochen?«
»Virgil, der Sohn von Jed Atkins' Bruder, ist aus Lafayette zu Besuch gekommen.«
»Ein Atkins?« klagte Mama.
»Gegen den ist nichts einzuwenden. Er arbeitet für Jeds Bruder und hat eine gute Stellung.«
»Und was für eine Arbeit ist das, die er hat?«
»Sie haben eine Tankstelle mit viel Betrieb in Lafayette. Jed sagt, der Junge ist ein prachtvoller Mechaniker, ein Naturtalent, wenn es um Motoren geht.«
»So, so«, sagte Mama. »Und was weißt du sonst noch über ihn, Jack?«
»Nichts weiter.« Er unterbrach sich. »Bis auf eine kleine Äußerlichkeit.«
»Eine Äußerlichkeit? Was mag das wohl sein, Jack? Spuck die ganze Wahrheit aus«, fügte sie schnell hinzu. »Ich weiß ohnehin, daß die Wahrheit immer einen bitteren Nachgeschmack in deinem Mund hinterläßt.«
»Ach, ja?« Er zögerte. »Tja, also, er hat dieses Muttermal auf der Wange. Keine größere Sache ... einfach nur ein großer roter Fleck, aber ich habe Jed gesagt, daß es gerade meiner kleinen Gabrielle nicht ähnlich sieht, verächtlich auf einen Mann herabzublicken, weil er ein kleines Muttermal auf der Wange hat. Das stimmt doch, Gabrielle?«
»Ja, Daddy«, antwortete ich behutsam.
»Genau das dachte ich mir.«
»Hinter dieser Geschichte steckt doch noch mehr, Jack Landry«, sagte Mama und richtete ihre Augen so fest auf ihn, daß er ihr nicht ins Gesicht sehen konnte. »Was ist los, Jack?«
»Nichts weiter. Er ist ein stämmiger junger Mann, groß, etwa so groß wie ich, und er hat dichtes dunkles Haar ...«
»Wie kommt es dann, daß er nicht schon längst einer Frau einen Heiratsantrag gemacht hat, und wie kommt es, daß er nicht beim Militär ist, Jack? Mechaniker werden nicht ausgemustert.«

»Ja, also ... er war beim Militär«, erwiderte er eilig.
»So? Und was ist passiert?«
»Man hat ihm etwas vorgeworfen, aber er schwört, daß er unschuldig war.«
»Was hat man ihm vorgeworfen, Jack?« sagte Mama. Daddy zögerte. »Das ist ja schlimmer, als einem Kind Zecken aus dem Haar zu ziehen.«
»Er hätte eine Krankenschwester angefallen. Klingt das nicht wirklich lächerlich?«
»Angefallen? Du meinst das doch nicht etwa im sexuellen Sinn, Jack? Oh, doch«, sagte Mama und beantwortete ihre eigene Frage. »Und du willst, daß Gabrielle diesen Mann kennenlernt, nach allem, was ihr zugestoßen ist?«
»Er war unschuldig. Die Frau war eine von denen, du weißt schon, eine von denen, die Männer mögen, alle Männer, und er hat sie zurückgewiesen, und deshalb hat sie ihn beschuldigt und ...«
»Und sie haben ihn aus dem Militär entlassen, ihn rausgeworfen?«
»Ja, nachdem er ungerechterweise seine Zeit im Bau abgesessen hat. Aber schließlich kann er nur froh darüber sein. Wahrscheinlich wäre er andernfalls erschossen worden. Er ist ein guter Junge, Catherine. Dafür verbürge ich mich.«
»Das ist, als würde sich der Teufel für Judas verbürgen.«
»Was soll das heißen?«
»Nichts. Und wieviel hat Jed dir im Auftrag seines Bruders dafür versprochen, daß du diese Eheschließung arrangierst, Jack?«
»Wieviel ...! Wie kannst du mir so etwas unterstellen?«
»Mühelos«, sagte Mama. »Jetzt weiß ich endlich, warum du so scharf darauf warst, uns zu diesem Fais do-do zu schleppen«, fügte sie hinzu, und ihre Stimme war vor Enttäuschung belegt.
»Das ist eine himmelschreiende Lüge.«
»Sag uns doch einfach, wieviel Geld man dir versprochen hast, und rück auch gleich mit der Sprache raus, falls sich sonst noch etwas dahinter verbirgt, Jack, damit wir nicht später noch etwas entdecken.«
»Es ist nicht so, daß er mir etwas dafür bezahlt. Er hat lediglich

gesagt, er würde dafür sorgen, daß für unser eigenes Nestei etwas dabei abfällt. Er ist eben ein großzügiger Mann, sowie es um seine Familienangehörigen geht«, erklärte Daddy. »Findest du etwa nicht, daß das eine gute Familie ist, in die du einheiraten wirst?« fragte er mich.
»Mit der Familie von Jed Atkins kann man bestimmt keinen großen Staat machen«, erwiderte Mama.
»Da haben wir es! Immer mußt du meine Freunde schlecht machen. Du läßt einem Mann keinen Raum zum Atmen, Caherine.«
»Was mir Sorgen macht, ist nicht das Atmen; es ist, was Männer mit ihrem Atem anfangen und wie sehr er stinkt«, sagte Mama mit einem durchtriebenen kleinen Lächeln.
»Trotzdem«, sagte Daddy und beugte sich zu mir herüber, um sich direkt an mich zu wenden, »sind wir schließlich keine Leute, die auf andere herabsehen, weil sie eine Pechsträhne gehabt haben, nicht wahr, Gabrielle?«
»Nein, Daddy.«
»Sag es deiner Mutter. Es ist ja schließlich nicht so, als hätten wir nicht unsere eigenen Leichen im Keller, richtig?«
»Ja, Daddy.«
»Ich bitte dich nur darum, dem Jungen eine Chance zu geben, sonst nichts. Er ist sehr schüchtern, und das beweist doch wohl, daß er nicht getan haben kann, was man ihm beim Militär vorgeworfen hat.«
Mama verzog hämisch das Gesicht. »Warum habe ich mich bloß dazu überreden lassen?« murmelte sie. »Ich hätte es von Anfang an wissen müssen.«
»Sei ganz ruhig, Catherine. Entspann dich, und laß uns den Abend genießen, ja?«
Mama schloß die Augen, während der Lastwagen holpernd und schwankend weiterfuhr, aber ich war jetzt sehr nervös geworden.
Das Crab House war ein Restaurant mit einem großen Ballsaal dahinter. Dort gab es eine kleine Bühne für die Musiker, die Akkordeon, Geige, Triangel und Gitarren spielten. Dieses Fais do-do war eines der beliebtesten im ganzen Jahr. Menschen strömten in Scharen zur Tür hinein und heraus, und wir konn-

ten die Zydecomusik hören, als wir den Wagen parkten. Zu derartigen Tanzveranstaltungen brachten die Cajuns ihre ganze Familie mit. Ein Raum im Crab House war für die kleinen Kinder reserviert, von denen viele einschlafen würden, während ihre Eltern tanzten oder *Bourre* spielten.
Als wir eintraten, sahen wir die Gesichter von Menschen, die Mama kannten und überrascht und erfreut darüber waren, daß sie zu dem Fest erschien. Viele von ihnen nutzten die Gelegenheit, über das eine oder andere körperliche Leiden zu klagen und ihren Rat einzuholen. Eine Reihe von Daddys Freunden hatte sich um das Bierfaß herum geschart, und sie tranken und knabberten Langusten. Ich sah, wie Jed Atkins ihm zuwinkte, und dann sah ich, wie Jed einen großen, schlanken jungen Mann zu sich rief.
»Komm schon, Gabrielle«, sagte Daddy. »Ich möchte, daß du Virgil kennenlernst.«
Widerstrebend lief ich neben Daddy her, während Mamas Augen mir Warnungen und Mißbilligung signalisierten. Er und Jed schüttelten einander kräftig die Hand, und Jed reichte ihm einen Humpen.
Hallo, Gabrielle«, sagte Jed Atkins und wandte sich zu mir um. »Seit ich dich das letzte Mal gesehen habe, hast du dich wirklich zu einer feinen jungen Dame gemausert.«
»Ich habe Sie vor wenigen Wochen gesehen, Monsieur.«
»Ach, ja? Da war ich wohl nicht ganz auf der Höhe. Ich kann mich nicht daran erinnern.« Er lachte. »Das hier ist Virgil, der Sohn meines Bruders«, sagte er und zog ihn näher.
Virgil Atkins' linke Wange wurde zur Hälfte von einem kardinalsroten Fleck eingenommen, auf dem leichte Erhebungen zu sehen waren. Er hatte dunkle Augen, eine schmale Nase und dunkelbraunes Haar, das direkt über den Ohrläppchen ungleichmäßig abgeschnitten war. Auch seine Lippen waren dünn und ähnelten einem gedehnten Gummiband.
»Hallo«, sagte er. Er trank einen Schluck Bier.
»Was ist, Virgil? Willst du sie denn nicht zum Tanzen auffordern? Wenn ich in deinem Alter wäre, täte ich das sofort«, sagte Jed. »Ich habe einen tollen Twostep hingelegt, als ich noch jünger war«, fügte er hinzu.

»Klar. Möchtest du tanzen?« Auf seinem Gesicht stand ein albernes Lächeln, und er wirkte wie ein Junge, der sich gern einen Scherz erlaubte.
Ich sah mich nach Mama um, die uns beobachtete, während zwei ältere Damen ihr beide Ohren vollquasselten.
»Ich glaube, ich werde erst einmal etwas essen und etwas trinken«, sagte ich diplomatisch.
»Schön. Hol ihr einen Teller, Virgil. Zeig ihr, daß du Manieren hast«, sagte Jed. »Diese Tanzveranstaltungen sind eher etwas für euch junge Leute und nicht für uns alte Trottel«, fügte er hinzu und sah mich an.
»Stimmt«, sagte Virgil. »Mit vollem Magen geht alles leichter.« Daddy und Jed lachten. Virgil und ich setzten uns in Bewegung.
»Ich hole dir eine Schale Gumbo«, sagte er und bahnte sich mit den Ellbogen einen Weg zwischen zwei kleinen Jungen. Als er mit dem Essen zurückkam, wies er mit einer Kopfbewegung auf einen freien Tisch. »Ich könnte dir ein Bier holen.«
»Nein, danke. Ich nehme lieber eine Limonade«, sagte ich.
»Trinkst du denn nicht? Heutzutage trinken alle jungen Mädchen, die ich kenne«, sagte er mit einem sarkastischen Gesichtsausdruck.
»Nein«, sagte ich.
»Gehst du oft tanzen?«
Ich schüttelte den Kopf. Er löffelte das Gumbo schnell in sich hinein und hielt dabei die Augen auf mich gerichtet.
»Du bist ein hübsches Mädchen«, sagte er. »Mein Onkel hat mir erzählt, daß dein Daddy dich bis jetzt versteckt hat.« Dieses unechte Lächeln trat wieder auf sein Gesicht.
»Niemand hat mich versteckt gehalten«, sagte ich mit scharfer Stimme. Er lachte.
»Warum hast du dann keinen festen Freund?«
»Ich habe einen gehabt«, log ich, »aber er mußte zum Militär gehen.«
»Ach?« Sein Lächeln verflog. »Davon hat Onkel Jed ja gar nichts gesagt.«
»Die meisten wissen es nicht. Er schreibt mir täglich einen Brief.«

»Wo ist er stationiert?«
»Ich weiß es nicht. Das ist ein Geheimnis.«
Er sah mich argwöhnisch an und trank wieder einen Schluck von seinem Bier. Dann lächelte er mit neugewonnener Zuversicht, als hätte er erraten, daß ich all das nur erfunden hatte.
»Wenn ich jetzt aufstehe und mir noch ein Bier hole, bist du dann noch da, wenn ich zurückkomme?« fragte er.
»Ich habe noch nicht aufgegessen«, erwiderte ich, und das stellte ihn zufrieden.
Als er zurückkam, war meine Schale nahezu leer. Er hatte mir auch ein Glas Bier mitgebracht.
»Nur für den Fall, daß du es dir anders überlegst«, sagte er.
»Ich mag kein Bier.«
»Ach? Was magst du denn? Wein?«
»Manchmal.«
Er nickte. »Du siehst aus wie ein Mädchen, das einen teuren Geschmack hat. Ich wette, das ist der Grund dafür, daß du noch nicht verheiratet bist, was? Du wartest noch auf einen guten Fang?«
»Nein. Geld hat nichts damit zu tun.«
Er lachte skeptisch. Ich spürte, wie in meiner Brust Funken des Zorns aufstoben und Hitze durch meinen Körper sandten.
»Ich würde jetzt gern wieder in den Ballsaal gehen«, sagte ich und stand auf.
»Okay. Ich bin zwar nicht gerade der allerbeste Tänzer, aber mit den meisten anderen kann ich mithalten.«
Einen Moment lang erstarrte ich. Meine Worte waren keineswegs so gemeint gewesen, daß ich mit ihm tanzen wollte, doch offensichtlich hatte er sie so aufgefaßt.
»Du willst doch tanzen, oder nicht?«
»Meinetwegen«, sagte ich. Meiner Zunge widerstrebte es derart, das Wort zu bilden, daß ich beinah daran erstickte, aber ich ging trotzdem mit ihm auf die Tanzfläche. Als ich mich nach Daddy und Jed Atkins umsah, stellte ich fest, daß die beiden von einem Ohr zum anderen grinsten. Mama, die mit ein paar Freundinnen in der Nähe stand, schaute finster zu den Männern herüber, und ihre Augen sprühten Funken. Daddy ignorierte sie.

In Wahrheit war Virgil gar kein schlechter Tänzer, und mir gefiel die Musik. Er sah darin ein Zeichen dafür, daß ich mich in seiner Gegenwart wohl fühlte und ihn mochte.

»Ich kann ganz toll Waschbrett spielen«, schrie er mir ins Ohr und lachte. »Ich und ein paar Freunde, wir treffen uns in der Autowerkstatt und spielen zusammen. Einmal haben wir sogar auf einem Fais do-do gespielt.

»Wie nett«, sagte ich. Die Musik wurde immer lauter und immer schneller. Virgil fing an, gewaltig zu schwitzen. Er knöpfte sein Hemd auf und schüttete noch mehr Bier in sich hinein.

»Laß uns frische Luft schnappen«, schrie er schließlich. Ich wollte mich entschuldigen und zu Mama gehen, aber sie war in ein ernstes Gespräch mit zwei von ihren Freundinnen vertieft und hatte mir den Rücken zugewandt, und mir fiel keine brauchbare Ausrede ein. »Komm schon. laß uns eine Zigarette rauchen.«

»Ich rauche nicht«, sagte ich.

»Dann siehst du mir eben beim Rauchen zu.« Er nahm mich an der Hand, und ich ging mit ihm ins Freie. Als ich mich umdrehte, sah ich, wie Jed Atkins Daddy auf den Rücken klopfte und die beiden miteinander anstießen.

Wir verließen den Saal durch die Hintertür, die auf den Parkplatz führte. Virgil kramte ein Päckchen Zigaretten aus der Hemdtasche und schüttelte eine heraus. Er zündete sie eilig an und warf das Streichholz lachend in die Luft.

»Diese Bombe wäre gezündet. Was ist mit dir? Lebst du gern hier?«

»Ja«, sagte ich.

»Ich habe meinen Wagen hier stehen. Möchtest du ihn dir ansehen? Ich habe den Motor selbst frisiert.« Er deutete auf ein individuell hergerichtetes Automobil, auf dessen Fahrerseite ein gezackter Blitz gemalt war. »Das ist ein Rennmobil, verstehst du.«

»Ich kenne mich nicht gut mit Autos aus.«

»Was hältst du davon?«

»Ein hübscher Wagen«, sagte ich vollkommen teilnahmslos.

»Hübsch? Dieser Wagen ist nicht nur hübsch. Mit diesem Fahrzeug kann man Preise gewinnen. Wußtest du überhaupt, daß ich in diesem Jahr schon fünfhundert Dollar bei Rennen gewonnen habe?«

»Das freut mich sehr für dich«, sagte ich. »Ich glaube, wir sollten jetzt besser wieder in den Ballsaal gehen.« Ich wandte mich zur Tür um, als er einen Arm hervorschnellen ließ und mein Handgelenk umfaßte.

»Das freut dich sehr für mich? Mann, du bist wirklich mächtig von dir selbst eingenommen, das kann man wohl sagen.«

»Das ist nicht wahr.«

»So wirkst du aber.« Er schnippte seine Zigarette in die Luft, und Funken sprühten in alle Richtungen, als sie über den Parkplatz rollte. Er hielt mein Handgelenk immer noch umklammert. »Weshalb willst du denn so schnell schon wieder ins Haus? Da treibt sich doch nur ein Haufen alter Leute und kleiner Kinder herum. Komm schon, wir unternehmen eine Spritztour mit meinem Wagen.«

»Nein, danke.«

»Nein, danke«, äffte er mich nach und lachte. Dann schlang er den linken Arm um meine Taille und zog mich an sich, ehe ich mich wehren konnte. Seine Lippen senkten sich zu einem nassen Kuß auf meinen Mund, und gleichzeitig senkte sich seine Hand auf meinen Hintern und quetschte ihn. Ich versuchte mit aller Kraft, mich loszureißen, aber er hielt mich nur noch fester und zwängte seine Zunge mit einer solchen Wucht in meinen Mund, daß ich ihr noch nicht einmal mit meinen Zähnen den Weg versperren konnte. Ich würgte, riß mich endlich los und wischte mir mit dem Handrücken die Lippen ab.

»Wie kannst du das wagen?«

»Was ist denn schon dabei? Du bist doch schon öfter geküßt worden, oder etwa nicht?«

»So nicht, und auch nicht ohne meine Einwilligung.« Er lachte. »Spiel bloß nicht die feine Dame. Ich weiß alles über dich und daß du schwanger gewesen bist«, fügte er hinzu. Ich fühlte, wie es mir den Atem verschlug und mein Blut bis in meine Füße sank. »Das macht doch nichts. Mich stört das nicht. Ich mag dich trotzdem. In Wahrheit habe ich nämlich gelernt, daß man mit einer Frau, die bereits zugeritten ist, besser dran ist. Das habe ich beim Militär gelernt. Und jetzt machen wir eine Spa-

zierfahrt und lernen einander besser kennen, und vielleicht heiraten wir sogar. Komm schon«, drängte er mich und ging auf seinen Wagen zu.
»Mir dir würde ich mich nicht einlassen, wenn du der letzte Mann auf Erden wärest«, sagte ich.
»Für dich könnte ich das ohne weiteres sein. Wenn erst einmal alle über dich Bescheid wissen, wird niemand mehr um deine Hand anhalten. Willst du etwa bei deiner Ma und deinem Pa leben, bis die beiden keine Zähne mehr haben? Ich kann dich glücklich machen. Besser als dieser andere Mann«, fügte er mit einem anzüglichen Grinsen hinzu.
»Du bist widerwärtig«, sagte ich und machte auf dem Absatz kehrt.
»Das ist deine letzte Chance«, rief er hinter mir her, »einen echten Mann zu kriegen.«
Ich erwiderte nichts darauf, sondern ließ ihn so schnell wie möglich stehen. Als ich den Ballsaal wieder betrat, sah ich mich verzweifelt nach Mama um und entdeckte sie im Gespräch mit Evelyn Thibodeauxs Mutter. Sie warf nur einen Blick auf mich und entschuldigte sich eilig, um mir entgegenzulaufen.
»Gabrielle?« sagte sie. »Was ist passiert, Schätzchen?«
Tränen strömten über meine Wangen. »O Mama«, sagte ich, »er hat alles ausgeplaudert. Daddy hat ihm alles über mich erzählt, damit der Junge glaubt, er täte mir einen Gefallen, wenn er um meine Hand anhält.«
Sie nahm eine so aufrechte Haltung ein, als sei ihr Rückgrat aus Stahl. Als sie Ausschau nach Daddy hielt, mußte sie feststellen, daß er schon auf dem besten Weg war, sich zu betrinken. All seine Kumpel standen um ihn herum, lachten und schütteten so schnell sie konnten Bier und Whiskey in sich hinein. Sie blieb mit mir an ihrer Seite hinter ihm stehen. Er hörte auf zu lachen und sah sich einen Moment lang furchtsam um.
»Wir gehen nach Hause, Jack«, sagte sie. »Und zwar gleich!«
»Jetzt gleich? Aber ... ich habe doch nur ... meinen Spaß.«
»Jetzt sofort«, sagte sie noch einmal.
Er wurde wütend. »Ich denke gar nicht daran, nach Hause zu fahren«, erwiderte er, »um mir deine endlosen Klagen anzuhören.«

»Tu, was dir paßt«, sagte Mama. Sie nahm mich an der Hand, und wir liefen zur Tür. »Wir werden zu Fuß nach Hause laufen«, sagte sie zu mir. »Schließlich ist das nicht das erste Mal, daß ich ihn allein zurücklasse, und ich weiß genau, daß es auch nicht das letzte Mal sein wird.«

10.

Ich falle

Nach dem Fais do-do war Mama tagelang nicht bereit, mit Daddy zu sprechen. An jenem Abend kam er ohnehin nicht nach Hause, und als er am nächsten Nachmittag auftauchte und so aussah, als hätte er in einem Straßengraben geschlafen, weigerte sie sich, ihm etwas zu essen vorzusetzen. Er stöhnte und klagte und benahm sich ganz so, als sei er hier derjenige, der verraten und mißhandelt worden war. Er schlief im Wohnzimmer auf dem Fußboden ein und schnarchte so laut, daß die Hütte wackelte. Er wachte schlagartig auf, und sein langer Körper zuckte, als sei er unter Strom gesetzt worden. Als er die Augen aufriß, sah er Mama wie einen Truthahngeier über sich gebeugt. Sie hatte ihre kleinen Fäuste gegen ihre Rippen gepreßt.
»Wie konntest du das bloß tun, Jack? Wie konntest du deine eigene Tochter vor einem Atkins schlechtmachen?«
Er setzte sich auf, fuhr sich mit den Fingern durch das Haar und sah sich um, als wüßte er nicht, wo er sei, und als könnte er nicht hören, daß Mama ihn anschrie.
»Wir haben Gabrielle all diese Greuel durchmachen lassen, und wir haben sie in dem Haus dieser abscheulichen Frau versteckt, damit niemand erfährt, welche Schrecklichkeiten ihr zugestoßen sind, und jetzt packst du die ganze Geschichte nachträglich aus, und dann auch noch bei einem Kerl wie Jed Atkins. Warum, kannst du mir das sagen? Ich will wissen, warum du das getan hast.«
Daddy fuhr sich mit der Zunge über die trockenen Lippen, schloß die Augen und wankte. Er ließ sich einen Moment lang gegen das Sofa sinken und unternahm keinen Versuch, ihr eine Antwort zu geben oder etwas zu seiner Verteidigung vorzubringen.

»Und dann wagst du es, deine Tochter einem nichtsnutzigen Lumpen zu versprechen, der keine Spur besser ist als das Ungeziefer, das sich in morschen Langustenbooten einnistet. Wo ist dein Gewissen geblieben, Jack Landry?«
»Aaah!« schrie er endlich und schlug sich die Hände auf die Ohren. Mama ließ ihren Wortschwall abreißen, doch sie blieb weiterhin über ihm stehen, und ihre kleine Gestalt war furchteinflößend, als sie finster auf ihn hinuntersah. Er nahm langsam die Hände von den Ohren.
»Ich habe doch nur das getan, wovon ich geglaubt habe, daß es für alle Beteiligten das Beste ist, Frau. Ich bin kein Heiler, und ich besitze keine spirituellen Kräfte. Ich kann nicht so wie du die Zukunft lesen, nein, ganz gewiß nicht.«
»Ach? Du kannst nicht so wie ich die Zukunft lesen? Also, in deinem Falle ist das nicht schwer, Jack Landry. Du brauchst nur einer Schlange nachzulaufen und sie genau zu beobachten. Wie sie lebt und wie es mit ihr endet, das verhält sich in etwa wie bei dir«, sagte sie.
Daddy fuchtelte mit der Hand in der Luft herum, wie er es tat, wenn er Fliegen verscheuchte. »Verschone mich mit diesem Unsinn. Wo ist das Zeug, das du gegen Kopfweh und schlimme Magenschmerzen gebraut hast?«
»Das ist mir restlos ausgegangen. Du betrinkst dich so oft, daß ich mit der Herstellung nicht nachkomme«, schalt sie ihn aus.
»Und außerdem gibt es keine Heilerin auf Erden, die ein Mittel gegen das ersinnen kann, was dir fehlt, Jack Landry.«
Der letzte Rest Blut wich aus Daddys Gesicht. Seine blutunterlaufenen Augen wandten sich mir zu, und dann sah er Mama wieder an.
»Ich denke gar nicht daran, hierzubleiben und mich schlecht behandeln zu lassen«, drohte er.
»Wenn hier jemand andere schlecht behandelt, dann bist du das, nicht etwa wir.«
»Jetzt reicht es mir«, sagte er und zog sich mühsam auf die Füße. »Ich werde bei Jed einziehen, bis du dich entschuldigst.«
»Nicht ehe es im Juli schneit«, gab Mama zurück, und ihre Augen wurden so hart wie Kristalle.
Daddy trat gegen einen Stuhl, ehe er aus dem Haus wankte

und die Gittertür hinter sich zuknallte. Er taumelte die Stufen hinunter und stolperte über seine eigenen Füße, ehe er es bis zu seinem Laster geschafft hatte. Mama beobachtete, wie er sich damit abmühte, in den Wagen zu steigen, ehe er den Motor anließ, dem Getriebe übel mitspielte und dann Erdbrocken durch die Luft fliegen ließ, als er das Fahrzeug wendete und losfuhr.

»Jedesmal, wenn ich das Gefühl habe, soviel Glück hätte ich nicht verdient, bekomme ich einen Denkzettel, der mir sagt, wie dumm ich gewesen bin«, murrte sie. Sie seufzte tief, und die Verzweiflung ließ ihr Gesicht bleich werden.

»O Mama, es ist alles meine Schuld«, stöhnte ich.

»Deine Schuld? Wie könntest du an irgend etwas schuld sein, Schätzchen? Du hast dir deinen Daddy schließlich nicht selbst ausgesucht, stimmt's?«

»Wenn ich mehr Interesse an einer Heirat hätte und selbst etwas unternehmen würde, dann würde Daddy so etwas nicht tun«, jammerte ich. Ich ließ mich auf einen Stuhl plumpsen, und mein Bauch kam mir ausgehöhlt vor.

»Glaube mir, Kind. Er würde diese Dinge so oder so tun, ob du nun verheiratet bist oder nicht. Einen Stein, unter dem Jack Landry nicht plötzlich herausgekrochen kommt, gibt es bisher noch nicht«, sagte sie. »Schenke ihm keine Beachtung. Er wird schon wieder zur Vernunft kommen, und dann kommt er angekrochen, wie sonst auch immer.« Sie sah noch einmal in die Richtung, in die er verschwunden war, und dann machte sie sich wieder an die Arbeit.

Aber die Tage vergingen, und Daddy kam nicht zurück. Mama und ich arbeiteten und verkauften unsere Tischdecken, unsere Bettwäsche, unsere Handtücher und unsere Körbe. Abends setzten wir uns nach dem Essen auf die Veranda, und Mama sprach über ihre Jugend und über ihre Mama und ihren Papa, meine Großeltern, die ich nie gesehen hatte. Traurige Zeiten ließen sie immer in Erinnerungen schwelgen. Wir lauschten den Schreien der Eulen und sahen gelegentlich einen Reiher. Manchmal fuhr ein Automobil vorbei, und dann erwarteten wir beide Daddys Rückkehr, aber es war immer jemand anderes, und die Motorengeräusche des Wagens verklangen in der

Nacht und hüllten uns in eine Melancholie, die so dick wie Sirup war.
Ich hatte viel Zeit, an den späten Nachmittagen mit meinem Kanu auf den Wasserläufen zu staken, allein dazusitzen, mich treiben zu lassen und nachzudenken. Allerlei trostlose Gedanken gingen mir durch den Kopf. Virgil Atkins hatte wahrscheinlich recht mit seiner Voraussage, schloß ich. Jetzt war es mir mit Sicherheit bestimmt, als alte Jungfer zu sterben, an Mamas Seite zu arbeiten und zuzusehen, wie der Rest der Welt vorüberzog. Sämtliche jungen Männer im heiratsfähigen Alter würden die Wahrheit über mich erfahren, und kein anständiger Mann würde mich jemals haben wollen. Ich würde mich niemals verlieben. Jeder Mann, der auch nur das geringste Interesse an mir zeigte, würde sich nur aus einem einzigen Grund für mich interessieren, und sowie er mich rumgekriegt hatte, würde er mich so lässig abschieben, wie man eine Bananenschale wegwirft. Echte Zuneigung, Romantik und Liebe waren Dinge, von denen ich träumen und über die ich in Büchern lesen konnte, aber ich würde nichts von alledem jemals persönlich erleben.
Normalerweise äußert sich jede einzelne von Mamas Freundinnen und sogar Leute, die einfach nur vorbeischauten, um sich bei Mama Rat zu holen oder uns etwas abzukaufen, dazu, wie gut ich doch aussähe. Es wurde zunehmend schmerzlicher für mich, diesen Leuten gegenüberzutreten und mir ihre Komplimente anzuhören. Die meisten waren erstaunt darüber, daß ich noch nicht verheiratet und auch noch niemandem versprochen worden war, und doch schien es mir jedesmal, wenn ich in die Stadt oder in die Kirche ging, als sähen alle angesehenen und anständigen jungen Männer durch mich hindurch. Ich fühlte mich unsichtbar und allein. Der einzige Ort, an dem ich Zufriedenheit fand, war der Sumpf mit seinen wildwachsenden Blumen, mit den Tieren und den Vögeln; aber wie würde ich diese Freude jemals mit einem anderen Menschen teilen können? Auch er müßte im Sumpf aufgewachsen sein und ihn so leidenschaftlich lieben, wie ich es tat. Gewiß existierte ein solcher Mensch gar nicht. Ich war so verloren wie der Zweig einer Zypresse, der abgebrochen war und ziellos dem Nichts entgegentrieb.

Manchmal lag ich auf dem Boden meines Kanus und ließ mich einfach von der Strömung treiben, ließ sie darüber bestimmen, wohin sie mich führen wollte. Ich wußte immer, wo ich schließlich landete und wie ich von dort aus den Rückweg fand, aber es war ein gutes Gefühl, mich ohne Ziel und ohne Richtung treiben zu lassen und dabei zu dem hellblauen Himmel aufzublicken, an dem die Silberreiher und die Sumpffalken zwischen mir und den Wolken durch die Lüfte glitten. Ich hörte, wie die Ochsenfrösche oder die Brassen die Wasseroberfläche durchbrachen, um sich an Insekten zu laben. Manchmal schwamm ein neugieriger Alligator neben mir her und stieß gegen das Kanu; und oft schlief ich ein und erwachte erst wieder, wenn die Sonne hinter den Baumwipfeln versunken war und die Schatten lang und tief über das Brackwasser des Sees fielen. Genauso stellte ich mir mein zukünftiges Leben vor: ein Leben, in dem ich mich treiben ließ, mir von der gelegentlichen Brise die Richtung vorschreiben ließ, teilnahmslos wie ein Blatt, das sich im Wind dreht und wendet, gleichgültig und resigniert. Ich konnte mein Los und den Sinn meines Lebens nicht begreifen, aber ich hatte die Fragen und das Ringen um Antworten satt. Mich interessierte nicht wirklich, wie ich aussah, und ich vermied es, mit Menschen zu reden, und selbst mit den Touristen, die kamen, um Einkäufe zu machen, sprach ich so wenig wie möglich.
Mein Verhalten beunruhigte Mama. Sie sagte, es schmerzte sie, wie glanzlos meine Augen geworden seien. Ungerechterweise war mir meine Jugend geraubt worden. Das warf sie sich vor, und sie sagte zu mir, irgendwie hätte sie, eine Frau mit großen spirituellen Kräften, es fertiggebracht, ihr eigenes Haus und ihre eigene Familie nicht ausreichend zu beschützen. Sie sagte, sie sei zu arrogant gewesen und hätte geglaubt, der böse Blick könnte sich niemals auf sie und ihre Angehörigen richten. Natürlich sagte ich ihr, daß sie sich irrte, doch in den geheimsten Winkeln meiner Seele machte ich mir Gedanken über diese dunklen Geheimnisse, denen es möglich zu sein schien, sich mit unseren Leben zu verflechten.
Eines Tages kam Daddy dann endlich wieder nach Hause und benahm sich, als sei er nur ein paar Stunden fort gewesen. Er

fuhr vor dem Haus vor, sprang aus seinem Lastwagen und kam pfeifend zur Haustür herein. Mama sprach nicht viel mit ihm, doch sie warf ihn nicht raus, und ohne großes Trara stellte sie ihm einen Teller mit Essen auf den Tisch. Er setzte sich und aß und redete lebhaft über einige der Führungen, die er gemacht hatte, und er beschrieb besonders lange Alligatoren oder eine große Gänseschar, die sie gejagt hatten. Ehe er aufgegessen hatte, lehnte er sich zurück, kramte in seiner Hosentasche herum und zog ein Bündel Dollar und etwas Kleingeld heraus.
»Alles Trinkgelder von meinen reichen Kunden«, prahlte er. »Besorg alles, was du brauchst«, sagte er zu Mama und aß weiter. Sie musterte das Geld, rührte es jedoch nicht an, solange er am Tisch saß. Nach dem Abendessen setzte er sich auf die Veranda und rauchte seine Pfeife. Ich saß ebenfalls draußen und hörte ihm zu, als er mir von einigen der reichen Kreolen erzählte, die er durch den Sumpf geführt hatte. Er sprach über sie, als seien sie Götter, weil sie mit vollen Händen das Geld hinauswarfen und feine Kleider und Stiefel trugen und gute Schußwaffen besaßen.
»Ich habe vor, demnächst, sogar schon bald, selbst einen Ausflug nach New Orleans zu machen«, sagte er zu mir. »Was hältst du davon mitzukommen, Gabrielle?«
Ich riß die Augen weit auf. Ich war nie in New Orleans gewesen, und ich kannte das Vieux Carré nicht, aber ich hatte so viel darüber gehört, daß ich unwillkürlich neugierig geworden war.
»Das wäre einfach prima, Daddy. Wir würden doch alle gemeinsam hinfahren?«
»Ja, selbstverständlich fahren wir alle hin, und zwar im großen Stil. Deshalb will ich auch noch warten, bis ich genug Geld für alles habe. Ich werde dir und deiner Mama schöne Kleider kaufen, und wir werden in einem guten Hotel wohnen und in den besten und teuersten Restaurants essen. Und wir werden einkaufen gehen und dich und deine Ma einkleiden und ...«
»Und wovon willst du das bezahlen, Jack Landry?« sagte Mama, die hinter dem Fliegengitter stand. Sie hatte uns ein paar Minuten lang belauscht, ehe sie uns hatte wissen lassen, daß sie uns zuhörte.
Daddy drehte sich zu ihr um und lächelte. »Du glaubst wohl,

das schaffe ich nicht, Catherine? Das sagt deine Kristallkugel wohl nicht, was?«
»Ich möchte nur sichergehen, daß du dem Mädchen keine heiße Luft auftischst, Jack. Davon haben wir hier im Sumpf schon genug.«
Daddy lachte. »Komm her und hör zu, Frau«, sagte er. »Labe deine Ohren an dem köstlichen Mahl aus Worten, das ich dir servieren werde.«
Mama zog die Augenbrauen hoch, zögerte und hatte die Arme unter dem Busen verschränkt, als sie auf die Veranda trat.
»Hier bin ich. Serviere.«
»Ich arbeite nicht mehr für Jed Atkins«, sagte er und nickte zur Bekräftigung. Aufregung drückte sich auf seinem Gesicht aus.
Mama warf einen Blick auf mich und sah dann wieder ihn an. »Ach, so ist das also? Und für wen arbeitest du jetzt?«
»Für Jack Landry«, erwiderte er. »Ich arbeite nur noch für mich selbst. Und warum sollte ich das auch nicht tun?« fügte er eilig hinzu. »Warum sollte ich nur ein Viertel von dem bekommen, was Jed einnimmt? Ich bin schließlich derjenige, der die gesamte Arbeit leistet. Er sitzt doch nur auf einem fetten Hinterteil und plant die Ausflüge. Ich habe meine eigene Piragua, und dann haben wir noch die von Gabrielle, und bald werden wir noch eine dritte haben. Ich habe meinen eigenen Anlegesteg, und Grips habe ich auch«, sagte er und deutete auf seine Schläfe.
»Ich verstehe«, sagte Mama. »Was also hast du vor? Willst du dein eigenes Schild aufstellen und hoffen, daß die Leute vorbeifahren und anhalten, um für deine Dienste zu bezahlen?«
»Das werde ich auch tun, aber ich habe schon mehr getan«, sagte er und strahlte von einem Ohr zum anderen.
»Du hast schon mehr getan? Was soll das heißen?«
»Ich habe in der letzten Woche etlichen von Jeds Kunden von meinem Vorhaben erzählt, und ich habe ihnen gesagt, wie sie hierherfinden, und zwei Ausflüge habe ich bereits komplett geplant, den ersten für morgen früh. Ein kleine Gruppe reicher Kreolen aus New Orleans wird schon am frühen Morgen hier sein. Also«, sagte er, steckte die Daumen unter seine Weste und

schob die Brust raus, »darf ich euch Jack Landry, den Geschäftsmann, vorstellen.«
»Was wird Jed Atkins dazu sagen?«
»Er weiß noch nicht alles. Ich habe ihm nur gesagt, daß ich morgen nicht zur Arbeit erscheine.« Er beugte sich zu Mama vor. »Ich mache ihnen ein besseres Angebot als er, aber ich verdiene trotzdem mehr dabei. Eine gescheite Idee, was?«
»Wenn du Termine mit Leuten vereinbarst und ihnen Dienstleistungen versprichst, dann wirst du diese Dienstleistungen auch erbringen müssen, Jack«, warnte ihn Mama.
»Das werde ich auch tun.«
»Du wirst dich dem schwarzgebrannten Whiskey fernhalten müssen, du wirst dich den Zydecobars und den Spieltischen fernhalten müssen, und du wirst um eine anständige Zeit zu Hause sein müssen.«
»Das tue ich, ich schwöre es«, sagte er und hob die rechte Hand. »Ich habe es satt, für einen Hungerlohn für andere zu schuften.«
Mama schien hoffnungsvoll zu sein. »Also, wenn das wahr ist ... Gabrielle und ich könnten das Essen für die Kunden kochen. Vielleicht könnten wir wirklich etwas daraus machen.«
»Ich hatte gehofft, daß du das sagen würdest«, sagte Daddy und schlug sich auf die Knie. Ich konnte mich nicht erinnern, ihn jemals so aufgeregt erlebt zu haben. »Mit dem, was ihr in dieser Küche zaubern könnt, und mit dem, was ich in den Sümpfen zu bieten habe, könnten wir gemeinsam ein nettes, kleines, erfolgreiches Geschäft aufziehen, nicht wahr?«
»Das mag schon sein«, sagte Mama. »Aber wenn ich mich jetzt in die Küche stelle und koche und morgen früh niemand auftaucht, Jack ...«
»Sie werden ganz bestimmt kommen.« Er zog einen kleinen Zettel aus seiner Tasche. »Vater und Sohn und zwei Freunde der Familie. Der Name ist Dumas. Diese reichen Leute erzählen anderen reichen Leuten, was sie erlebt haben, und dann kommen die anderen auch her. Wir werden gute Einnahmen haben«, schloß Daddy, »so wahr ich Jack Landry heiße.«
»Ich muß doch nicht etwa mitkommen, wenn ihr mit dem Kanu losfahrt, Daddy, oder doch?« fragte ich.

»Natürlich nicht, wenn du nicht magst, aber es wäre wirklich schön, wenn du dabei wärst, Gabrielle. Du kennst diese Sümpfe noch besser als ich.«
»Es schlägt mir auf den Magen, wenn ich sehe, wie Männer in den Sumpf ziehen und die Tiere erschießen, Daddy.«
Er schnitt eine Grimasse. »Dann komm eben nicht mit, aber halte bloß keine Predigten und sag auch nichts Dummes zu den Leuten, hörst du? Ich will nicht, daß sie ein schlechtes Gefühl dabei haben herzukommen, nein, ganz bestimmt nicht.«
»Kannst du nicht einfach Ausflüge im Sumpf veranstalten und den Leuten die Pflanzen und die Tiere zeigen, Daddy? Vielleicht kannst du dir eines dieser Boote mit gläsernem Boden zulegen und …«
»Nein, damit kann man nicht soviel Geld verdienen, und außerdem würden uns die Tiere überschwemmen, wenn wir nicht immer wieder einige von ihnen töten. Sag ihr, daß ich recht habe, Catherine.«
»Laß sie glauben und denken, was sie will, Jack. Und außerdem braucht sich Gabrielle von mir nicht sagen zu lassen, was richtig und was falsch ist. In ihrem Herzen weiß sie mehr, als du glaubst.«
»Oh, komm mir bloß nicht wieder mit diesem Kauderwelsch«, jammerte Daddy. »Ich bemühe mich, etwas für diese Familie aufzuziehen. Keine Predigten!« warnte er. »Es ist mein Ernst.«
Er stapfte die Stufen hinunter, um nachzusehen, ob mit seinem Kanu und mit dem Anlegesteg alles in Ordnung war.
»Komm, Schätzchen«, sagte Mama und sah ihm nach. »Es steht nicht in meiner Macht, eine Kröte in einen Prinzen zu verwandeln, aber wenn er einer ehrlichen Arbeit nachgeht und wenn diese Arbeit ihn vom Trinken abhält, dann sind wir besser dran als bisher. Manchmal ist das alles, was man sich erhoffen darf«, schloß sie und ging ins Haus, um ein frisches Roux anzurühren.
Mama war am nächsten Morgen früh auf, doch Daddy überraschte uns beide damit, daß er schon vor ihr aufstand und eine Kanne starken Cajunkaffee brühte. Der Duft lockte uns beide nach unten, und dort fanden wir Daddy, der seine beste Jagdkleidung angezogen hatte und saubere Stiefel trug.

»In einer Stunde könnten sie schon hier sein«, sagte er voraus.
»Ich habe den Anlegesteg repariert und mein Kanu und das von Gabrielle gereinigt. Wie ich sehe, hast du Beignets vorbereitet. Das ist gut. Daran sind sie gewöhnt, nur werden deine besser sein als alles, was sie in der Stadt vorgesetzt bekommen.«
»Sag so was nicht, Jack. In New Orleans wimmelt es von großartigen Köchinnen.«
»Ja, aber du bist die beste im ganzen Bayou. Das stimmt doch, Gabrielle?«
»Ja, Daddy.«
»Ich brauche deine Schmeicheleien nicht, Jack.«
»Das sind keine Schmeicheleien. Es ist die reine Wahrheit«, sagte Daddy und zwinkerte mir zu. Seine Aufregung war ansteckend, und obwohl mir die Art seiner Arbeit nicht behagte, wurde ich unwillkürlich von seiner Begeisterung infiziert.
»Ich ziehe jetzt los und pflücke uns wildwachsende Blumen für die Tische vor dem Haus, Mama«, sagte ich und machte mich gleich auf den Weg, nachdem ich ein Beignet gegessen und eine Tasse Kaffee getrunken hatte.
Ich wußte, wo ich üppig blühendes Geißblatt und wilde Veilchen fand, aber auch Hibiskus und blaue und rosa Hortensien. So früh am Morgen wälzten sich Nebelschwaden über den Sumpf heran. Als ich näher ans Wasser kam, konnte ich eine Brasse springen hören und einen Ochsenfrosch, der von einem Baumstumpf ins Wasser glitt. Vor mir sprang ein Reh mit weißem Spiegel durch die Büsche. Mich betrübte die Vorstellung, daß reiche Männer möglicherweise Freude daran haben könnten, derart schöne Geschöpfe zu töten. Es erschien mir als ein gewaltiger Verrat, aber ich wußte, daß es kaum etwas gab, was ich dagegen unternehmen konnte, und wenn ich tatsächlich den Mund aufgemacht hätte, wäre Daddy wütend geworden. Dann wäre es wieder trostlos in unserer Hütte zugegangen.
Ich verbrachte mehr Zeit mit dem Blumenpflücken im Sumpf, als ich beabsichtigt hatte. Als ich mich auf den Rückweg machte, war Daddys kleine Jagdgesellschaft schon eingetroffen, und die Männer luden dicht neben dem Anlegesteg

ihre Ausrüstungen aus ihrem Wagen. Einen Moment lang blieb ich stehen und sah ihnen zu. Ein schlanke junger Mann, der höchstens fünf Zentimeter kleiner als Daddy war und dichtes kastanienbraunes Haar hatte, kam hinter dem Wagen hervor. In dem Moment landete ein Reisvogel auf meiner Schulter. Das kam häufig vor. Die meisten Vögel hatten keine Furcht vor mir, da ich sie oft fütterte und leise mit ihnen sprach. Der junge Mann starrte mich mit einem zärtlichen Lächeln auf den Lippen an. Ich nahm einen Teil der Blumen in den linken Arm und streckte den rechten Arm aus, damit der Reisvogel bis zu meinem Handgelenk herunterlaufen konnte, ehe er fortflog. Wie üblich kitzelten mich seine winzigen Füße, und ich lachte.

Der junge Mann lachte ebenfalls. Ich konnte sehen, daß er Daddy nach mir fragte, und dann sah er mich noch intensiver an und schüttelte den Kopf. Ich warf einen schüchternen Blick auf ihn und setzte meinen Weg zum Haus fort. Der junge Mann sah sich noch einmal zu dem Treiben auf dem Anlegesteg um, ehe er über das Gras gelaufen kam und mich auf halbem Wege abfing.

»Hallo«, sagte er. Als er näher kam, sah ich, daß er freundliche grüne Augen und einen schlanken, aber kräftigen Rumpf hatte.

»Als Sie eben aus dem Nebel herausgekommen sind, habe ich geglaubt, Sie seien so etwas wie eine Sumpfgöttin.«

»Ich bin durchaus keine Göttin«, sagte ich.

»Aber Sie können nicht weit von den Göttern entfernt sein«, erwiderte er, und das Lächeln in seinen Augen weitete sich jetzt auch auf seine Lippen aus. »Ich habe noch nie gesehen, daß ein wilder Vogel auf einem Menschen landet und wie auf einem Baum auf ihm herumspaziert. Geschieht das öfter?«

»*Oui*, Monsieur.«

»Warum fürchten sich die Vögel nicht vor Ihnen?«

»Sie wissen, daß ich ihnen nichts Böses will, Monsieur.«

»Einfach erstaunlich.« Er schüttelte den Kopf und lächelte dann. »Ich heiße Pierre Dumas. Ihr Vater hat mir bereits gesagt, daß Sie Gabrielle heißen.«

»*Oui*. Ich habe gerade Blumen für unsere Tische gepflückt«, sagte ich und setzte meinen Weg fort.

»Lassen Sie sich von mir helfen«, sagte er und folgte mir.
»Oh, nein, ich ...«
»Bitte«, beharrte er und nahm mir einen Strauß Veilchen aus den Armen.
Die Sonne hatte bereits begonnen, den Morgennebel zu zerstreuen, und auf dem Gras um die Hütte herum glitzerte der Tau. Vom Golf her wehte eine laue Brise, und weiße Wattewölkchen zogen träge über den blauen Himmel, der immer heller wurde. Pierre begleitete mich zu den Tischen.
»Die Leute halten hier zum Mittagessen an?« fragte er. »Sind diese Tische dafür gedacht?«
»*Oui*, Monsieur. Wir verkaufen Gumbo, aber wir verkaufen auch Kaffee und Kuchen.«
»Ich habe bereits von Ihren Beignets probiert. Sie sind einfach köstlich.«
»*Merci*, Monsieur«, sagte ich und lief von einem Tisch zum anderen. Er folgte mir, und ich fragte mich, wann er wohl zu den Kanus zurückkehren würde, um beim Beladen zu helfen. Plötzlich setzte er sich einfach auf eine Bank, um mich zu beobachten. Auf seinen Lippen stand die Andeutung eines Lächelns, und seine grünen Augen strahlten.
»Pardon, Monsieur«, sagte ich, da ich mich sehr gehemmt fühlte, »aber Sie sollten sich doch sicher wieder auf den Weg zum Anlegesteg machen.«
»Ich werde Ihnen ein großes Geheimnis verraten«, sagte er und drehte sich zum Anlegesteg um, ehe er mich wieder ansah. »Ich gehe in Wirklichkeit nicht gern jagen. Ich komme nur mit, um meinem Vater einen Gefallen zu tun.«
»Ach?«
»Ich bin ein schrecklich schlechter Schütze. Ich kneife immer die Augen zu, ehe ich einen Schuß abgebe. Mir ist die Vorstellung verhaßt, ich könnte etwas treffen und es töten«, gestand er. Ich lächelte.
Mama kam zur Haustür heraus und blieb auf der Veranda stehen, als sie mich mit Pierre reden sah. Sie hielt etliche unserer gewebten Decken in den Armen, um sie zum Straßenstand zu bringen.
»Ich muß jetzt meiner Mutter helfen«, sagte ich. »Ich wünsche

Ihnen, daß Sie heute möglichst wenig erlegen«, fügte ich hinzu, und er lachte.

»Das sind sehr schöne Blumen, Gabrielle«, sagte Mama, ohne Pierre Dumas aus den Augen zu lassen. Er stand auf, nickte ihr zu und ging zum Anlegesteg zurück.

»Ich hole die Handtücher, Mama«, sagte ich und eilte leichten Herzens ins Haus. Als ich an Pierre Dumas' freundliche grüne Augen dachte, flatterte mein Herz, und es kam mir vor, als hätte sich der winzige Reisvogel in meine Brust verirrt.

»So«, sagte Mama, als ich mit einem Packen wieder an den Stand kam, »wie ich gesehen habe, hast du dich mit diesem netten jungen Mann unterhalten.«

»Ja, Mama. Er sagt, er geht in Wirklichkeit gar nicht gern auf die Jagd, sondern kommt nur mit, weil sein Vater es möchte.«

Mama nickte. »Ich glaube, von deinen Tieren und den Vögeln müssen wir noch viel lernen, Gabrielle. Wenn sie ihre Babys aufgepäppelt haben, lassen ihre Eltern sie ziehen. Sie lösen sich von ihnen, damit sie ein eigenes Leben führen können.«

»*Oui*, Mama«, sagte ich. Als ich zu ihr aufblickte, waren ihre Augen vor Neugier weit aufgerissen, aber sie sah nicht etwa mich an. Sie schaute über meine Schulter zum Anlegesteg. Ich drehte mich um und sah, wie Pierre wieder auf uns zugeschlendert kam, während Papa und die anderen Männer die Kanus abstießen.

»Ich muß jetzt wieder nach meinem Roux sehen«, sagte Mama und ging auf das Haus zu.

»Monsieur«, sagte ich, »wollen Sie denn nicht im Sumpf jagen?«

»Ich weiß selbst nicht, warum«, sagte er, »aber ich habe leichte Kopfschmerzen, und daher habe ich beschlossen, mich statt dessen auszuruhen. Ich hoffe, das macht Ihnen nichts aus.«

»Nein, gewiß nicht, Monsieur. Ich werde mit meiner Mutter über Ihre Kopfschmerzen reden. Sie ist Heilerin, verstehen Sie.«

»Heilerin?«

Ich erklärte ihm, was das hieß und wofür sie zuständig war.

»Bemerkenswert«, sagte er. »Vielleicht sollte ich sie nach New Orleans mitnehmen und ihr dort eine Praxis einrichten. Ich

kenne eine ganze Menge wohlhabender Leute, die ihren Beistand suchen würden.«
»Meine Mutter würde niemals das Bayou verlassen, Monsieur«, sagte ich mit einem todernsten Gesichtsausdruck. Er lachte. »Ich auch nicht«, fügte ich hinzu, und sein Lächeln verblaßte.
»Ich mache mich nicht lustig über Sie. Mich amüsiert nur Ihre Selbstsicherheit. Die meisten jungen Frauen, die ich kenne, sind ziemlich unsicher, wenn es um ihre Überzeugungen geht. Sie wollen sich ganz genau absichern, was gerade in Mode ist oder woran ihre Ehemänner glauben, ehe sie eine Meinung von sich geben, und selbst dann kann man sich noch nicht darauf verlassen, daß sie den Mund aufmachen«, sagte er. »Sie sind wohl in New Orleans gewesen?«
»Nein, Monsieur.«
»Woher wissen Sie dann, daß Sie dort nicht leben wollen?«
»Ich weiß, daß ich niemals den Sumpf verlassen könnte, Monsieur. Ich könnte niemals Zypressen und Louisianamoos, die Weiden und meine Wasserläufe gegen asphaltierte Straßen und Gebäude aus Ziegel und Stein eintauschen.«
»Ihnen gefällt der Sumpf wirklich?« fragte er mit einem ungläubigen Lächeln.
»*Oui*, Monsieur. Ihnen etwa nicht?«
»Nun, ich muß gestehen, daß ich noch nicht allzuviel davon gesehen habe, und die Jagdausflüge haben mir keinen Spaß gemacht. Vielleicht«, fügte er hinzu, »könnten Sie mir die Umgebung zeigen, falls Sie Zeit haben. Mir zeigen, warum Sie es so schön hier finden.«
»Aber Ihre Kopfschmerzen, Monsieur«, rief ich ihm ins Gedächtnis zurück.
»Die scheinen jetzt schon etwas nachgelassen zu haben. Ich glaube, mich hat nur die Vorstellung nervös gemacht, auf die Jagd zu gehen. Natürlich würde ich für diesen Ausflug bezahlen«, fügte er hinzu.
»Ich würde Ihnen nichts in Rechnung stellen, Monsieur. Was würden Sie sich denn gern ansehen?«
»Zeigen Sie mir, was Ihnen hier gefällt und Sie vor Glück strahlen läßt. Ich weiß, daß die meisten Frauen in New Or-

leans alles für den Schimmer geben würden, der Ihr Gesicht überzieht.«
Ich spürte, wie meine Wangen sich röteten. »Bitte, Monsieur, necken Sie mich nicht.«
»Ich versichere es Ihnen«, sagte er und zog die Schultern zurück, um eine aufrechtere Haltung einzunehmen. »Jedes einzelne Wort ist ernst gemeint. Was halten Sie davon, einen Ausflug mit mir zu machen, damit ich den Sumpf besser kennenlerne?«
Ich zögerte.
»Wir brauchen nicht lange fortzubleiben. Ich möchte Sie nicht von Ihrer Arbeit abhalten.«
»Ich sage meiner Mutter Bescheid«, sagte ich, »Und dann machen wir einen Spaziergang am Flußufer.«
»*Merci.*«
Ich eilte in die Hütte, um Mama zu berichten, was der junge Mann von mir wollte. Sie dachte einen Moment lang darüber nach.
»Junge Männer aus der Stadt haben oft eine schlechte Meinung von den Mädchen im Bayou, Gabrielle. Verstehst du, was ich meine?«
»*Oui*, Mama, aber ich glaube nicht, daß das auf diesen jungen Mann zutrifft.«
»Sieh dich vor und bleib nicht zu lange fort«, warnte sie mich.
»Ich habe ihn nicht lange genug gesehen, um mir ein klares Bild zu machen.«
»Mir wird schon nichts passieren, Mama«, versicherte ich ihr.
Pierre stand mit den Händen hinter dem Rücken da und schaute auf das Wasser hinaus.
»Ich habe gerade gesehen, wie ein ziemlich großer Vogel direkt hinter diesen Baumwipfeln verschwunden ist«, sagte er und deutete hin.
»Das ist ein Sumpffalke, Monsieur. Wenn Sie genauer hinsehen, könnten Sie erkennen, daß er dort sein Nest hat.«
»Ach?« Er sah hin. »*Oui*, jetzt sehe ich es selbst«, fügte er aufgeregt hinzu.
»Mit dem Sumpf verhält es sich wie mit einem Philosophiebuch, Monsieur. Sie müssen es lesen, sich Gedanken darüber machen, es anstarren und alles aufnehmen und auf sich wirken

lassen, erst dann werden Sie verstehen, was es dort alles zu entdecken gibt.«
Er zog die Augenbrauen hoch. »Sie lesen philosophische Schriften?«
»Ab und zu, aber nicht mehr so oft wie früher, als ich noch zur Schule gegangen bin.«
»Wie lange ist das her?'
»Drei Jahre.«
»Sie sind eine faszinierende Frau, Gabrielle Landry«, sagte er.
Wieder spürte ich, wie die Glut in meinen Hals und in mein Gesicht aufstieg. »Hier entlang, Monsieur«, sagte ich und deutete auf den Pfad, der durch das hohe Gras führte. Er lief neben mir her. »Und was tun Sie, Monsieur?«
»Ich arbeite für meinen Vater in unserem Wohnungsbauunternehmen. Besonders aufregend ist das nicht. Wir kaufen und verkaufen Grundstücke, vermieten Gebäude und entwickeln Bauprojekte. Der Bedarf an preisgünstigen Unterkünften nimmt enorm zu, und darauf wollen wir vorbereitet sein«, fügte er hinzu.
»Da haben Sie ein paar äußerst preisgünstige Unterkünfte«, sagte ich und deutete auf die Graskuppel am Ufer. Eine Nutria streckte den Kopf heraus, entdeckte uns und schreckte zurück. Pierre lachte. Ich streckte den Arm aus und berührte seine Hand, um ihm zu bedeuten, wir sollten stehenbleiben.
»Was ist?«
»Bleiben Sie einen Moment lang ganz still stehen, Monsieur«, sagte ich »und richten Sie Ihren Blick auf diesen Baumstamm, der dort gegen den Felsen treibt. Sehen Sie ihn?«
»Ja, aber was ist an diesem Baumstamm so ungewöhnlich, daß … *Mon Dieu*«, bemerkte er, als aus dem Baumstamm ein winziger Alligator wurde, der den Kopf aus dem Wasser hob. Er sah uns an und stieß sich dann ab, um sich mit der Strömung treiben zu lassen. »Da wäre ich glatt draufgetreten.«
Ich lachte, und in dem Moment kam eine Gänseschar um die Biegung und flog über das Wasser, ehe sie anmutig kehrtmachte, um über die Wipfel der Zypressen zu fliegen.
»Mein Vater hätte jetzt losgeballert«, bemerkte Pierre. Wir liefen ein paar Meter weiter.

»Der Sumpf bietet für jede Stimmung etwas«, erklärte ich. »Hier, wo die Sonne sich auf dem Wasser spiegelt, sind die Seerosenplacken und die Rohrkolben dicht, aber dort drüben, gleich hinter der Biegung, sehen Sie das Louisianamoos und die dunklen Schatten. Ich mag die Vorstellung, daß diese Orte geheimnisvoll sind. Die knorrigen Bäume mit ihren Krümmungen werden zu Geschöpfen meiner Phantasie.«
»Jetzt wird mir klar, warum Sie gern hier aufgewachsen sind«, sagte Pierre. »Aber diese Wasserläufe sind das reinste Labyrinth.«
»Ja, das kann man wohl sagen. In den Tiefen gibt es Orte, an denen das Moos so weit herabhängt, daß man den Zugang zu einem See oder zu einem anderen Wasserlauf verfehlt. Dort findet man kaum noch etwas, was einen an die Außenwelt erinnert.«
»Aber die Moskitos, die Insekten und die Schlangen ...«
»Mama hat eine Lotion, die die Insekten fernhält, und trotzdem bestehen Gefahren, aber, Monsieur, in Ihrer Welt geht es doch sicher auch gefährlich zu.«
»Und wie.«
Er lachte.
Ich habe hier unten eine kleine Piragua liegen, Monsieur, gerade groß genug für zwei. Möchten Sie vielleicht noch etwas mehr sehen?«
»Ja, sehr gern, *merci*.«
Ich zog mein Kanu unter den Büschen heraus, und Pierre stieg ein.
»Möchten Sie, daß ich stake?«
»Nein, Monsieur«, sagte ich. »Sie sind der Tourist.«
Er lachte und sah zu, wie ich vom Steg abstieß und in die Strömung trieb.
»Man sieht Ihnen an, daß Sie wissen, was Sie tun.«
»Ich tue das schon so lange, Monsieur, daß ich mir gar keine Gedanken mehr darüber mache. Aber Sie gehen doch sicher segeln, *n'est-ce pas? Sie* haben den Lake Pontchartrain vor der Tür. Ich habe ihn gesehen, als ich noch ein kleines Mädchen war, und auf mich hat er gewirkt, als sei er so groß wie ein Weltmeer.«

Er wandte sich ab und schaute einen Moment lang in das Wasser, ohne etwas darauf zu erwidern. Ich sah, wie der Ausdruck von Glück und Zufriedenheit von seinem Gesicht schwand und von tiefer Melancholie abgelöst wurde.
»Früher bin ich manchmal gesegelt«, sagte er schließlich, »aber mein Bruder hat kürzlich beim Segeln einen entsetzlichen Unfall gehabt.«
»Oh. Das tut mir leid, Monsieur.«
»Während eines Sturms ist der Mast gegen seine Schläfe geschlagen, und er ist für lange Zeit in ein Koma versunken. Er war vorher ein sehr sportlicher Typ, und jetzt ist er ... kaum wiederzuerkennen, völlig teilnahmslos.«
»Was für ein Jammer, Monsieur.«
»Ja. Seitdem bin ich nicht mehr segeln gegangen. Meinen Vater hat das alles natürlich sehr mitgenommen. Deshalb tue ich alles, was ich kann, um ihm einen Gefallen zu tun. Aber mein Bruder war der bessere Jäger und Fischer. Jetzt, nachdem mein Bruder untauglich dafür ist, versucht mein Vater, mich zu einem Abbild von ihm zu machen, aber ich fürchte, daran scheitere ich kläglich.« Er lächelte. »Es tut mir leid, daß ich meine Sorgen auf Ihre anmutigen, schmalen Schultern lade.«
»Das ist schon in Ordnung, Monsieur. Schnell«, sagte ich und deutete nach rechts, um ihn aus seiner melancholischen Stimmung herauszureißen, »sehen Sie sich diese gewaltige Schildkröte an.«
»Wo?« Er starrte und starrte, und schließlich lächelte er. »Wie kommt es, daß Sie diese Tiere sofort entdecken?«
»Man lernt es, die Veränderungen im Wasser wahrzunehmen, jeden Farbton, jede Bewegung.«
»Ich bewundere Sie. Sie scheinen in dieser rückständigen Welt, in der Sie leben, sehr zufrieden zu sein.«
Ich stakte an einer Sandbank mit ihrer von der Sonne getrockneten Oberfläche vorbei und auf einen Baldachin von Zypressen zu, der über dem Wasser so dicht war, daß er die Sonne nicht einfallen ließ. Ich zeigte Pierre ein dichtes Gestrüpp aus Geißblatt und wies ihn auf zwei Rehe hin, die dicht am Wasser grasten. Wir sahen ganze Scharen von Reisvögeln und ein Reiherpärchen, und außerdem stießen wir auf weitere Alligatoren

und Schildkröten. An meinen geheimen Orten schwammen Enten neben Gänsen her, und das Moos war dichter, die Blumen üppiger.
»Führt Ihr Vater die Jäger hierher?« fragte Pierre.
»Nein, Monsieur.« Ich lächelte. »Mein Vater kennt diese Orte nicht, und ich denke gar nicht daran, sie ihm zu zeigen.«
Pierres Gelächter schallte über das Wasser, und zwei scharlachrote Kardinalsvögel kamen aus den Büschen heraus und flogen über unsere Köpfe. Am anderen Ufer stolzierte ein Kernbeißer entlang und war zu stolz, um uns mehr als eine Sekunde lang wahrzunehmen.
»Es ist sehr schön hier, Mademoiselle. Ich kann Ihren Widerwillen verstehen, von hier fortzugehen und an einem anderen Ort zu leben. Im Grunde genommen beneide ich Sie um die Ruhe und den Frieden. Ich bin ein reicher Mann. Ich wohne in einem großen Haus, das mit schönen, kostbaren Gegenständen eingerichtet ist, aber irgendwie glaube ich, daß Sie in Ihrem Sumpf ein glücklicheres Leben führen, in Ihrer Hütte, die auf sogenannten Zahnstochern steht.«
»Mama sagt oft, es geht nicht darum, was man hat, sondern darum, was einen hat«, sagte ich zu ihm, und er lächelte, und seine grünen Augen strahlten.
»Das klingt alles ganz so, als sei sie eine Frau, die aus einem Quell großer Weisheit schöpfen kann.«
»Und was ist mit Ihrer Mutter, Monsieur?«
»Sie ist vor gut einem Jahr gestorben.«
»Oh, das tut mir leid.«
»Kurz nach dem Unfall meines Bruders Jean hat sie Schwierigkeiten mit dem Herzen bekommen, und schließlich ...« Er beugte sich über den Rand der Piragua und ließ seine Hand durch das Wasser gleiten. Plötzlich zog er die Hand zurück und lehnte sich an. Eine grüne Schlange glitt an uns vorüber.
»Vor einem Moment war das noch ein Stock. Diese Gegend ist voller Zauber.«
Ich lachte.
»Das ist nur der Zauber der Natur. Die Geschöpfe des Sumpfes verbinden sich mit ihrer Umgebung, um zu überleben. Mama sagt, das trifft auch auf die Menschen zu. Wenn unsere Art zu

leben uns nicht gefällt und wenn es uns verhaßt ist, da zu sein, wo wir sind, verblassen wir.«

Er nickte. »Ich fürchte, genau das könnte mir passieren«, sagte er leise und seufzte.

Ich sah ihn so gebannt an, daß ich der Richtung, in die meine Piragua glitt, keine Beachtung schenkte. Wir stießen gegen einen großen Stein, der aus dem Wasser herausragte, und ich verlor durch den Aufprall das Gleichgewicht. Ich fiel über den Rand des Kanus in das Wasser und war mehr überrascht als verängstigt. Als ich wieder an die Oberfläche kam, war ich wieder erstaunt, diesmal jedoch über Pierre Dumas, den ich neben mir im Wasser vorfand. Er schlang den Arm um meine Taille, damit ich nicht wieder unterging.

»Fehlt Ihnen etwas?«

Ich spuckte das Wasser aus, hustete und schüttelte den Kopf. Wir hielten uns beide an der Seite der Piragua fest. Er konnte sich als erster hineinziehen, und dann half er mir in das Kanu. Ich schnappte schnell nach Luft, war aber immer noch benommen. Natürlich waren wir beide klatschnaß bis auf die Haut.

»Oh, das tut mir ja so leid, Monsieur«, klagte ich. »Ihre schönen Kleider sind total verdorben.«

»Nein, das glaube ich nicht, und selbst, wenn es so wäre, würde das keine Rolle spielen. Sind Sie in Ordnung?«

»Ja, aber ich bin ziemlich verlegen. Das ist mir noch nie passiert.«

Er lächelte. »Ich vermute, ich kann von Glück sagen, daß ich dabei war, als Ihnen das zum ersten Mal passiert ist.«

Ich sah auf mich herunter. Meine Bluse klebte an meinem Busen, und der dünne Stoff war so gut wie durchsichtig. Auch seine Augen sogen mich auf, und obwohl ich die Arme über meinem nahezu entblößten Busen verschränkte, war es mir aus irgendwelchen Gründen nicht halb so peinlich, wie ich es erwartet hätte.

»Ich bin naß bis auf die Knochen«, stöhnte ich, und er lachte.

»Mama wird wütend auf mich sein, vor allem, wenn sie sieht, was ich Ihnen zugefügt habe, und mein Daddy ...«

»Hören Sie auf, sich Sorgen zu machen. Das ist doch nichts weiter. Wissen Sie was«, sagte er und schaute nach rechts, ehe

er nickte. »wir werden jetzt bei dieser Lichtung anhalten und uns eine Zeitlang zum Trocknen in die Sonne legen. Dann sehen wir nicht ganz so schlimm aus, wenn wir zurückkommen«, schlug er vor.
Ich nickte und setzte dazu an weiterzustaken, doch er hielt mich davon ab und nahm mir die Stange aus der Hand. Als wir ans Ufer gelangten, sprang er heraus und zog das Kanu an Land, ehe er mir beim Aussteigen half. Einen Moment lang standen wir so dicht voreinander, daß jeder von uns den Atem des anderen auf seinem Gesicht spüren konnte. Er sah mir fest in die Augen, und ich erlag seiner magischen Ausstrahlung.
»Mein Haar ist vollständig zerzaust«, sagte ich leise.
»So sehen Sie noch schöner aus.«
Ich wollte ihm gerade widersprechen, doch er legte einen Finger auf meine Lippen und ließ ihn einen Moment lang dort liegen. Dann zog er ihn zurück und ersetzte ihn langsam, aber sicher mit seinen Lippen. Sein Kuß war so zart, daß er meiner bloßen Einbildung hätte entspringen können, aber als ich die Augen aufschlug, sah ich, daß seine Augen immer noch geschlossen waren. Er erweckte den Eindruck, als kostete er das Gefühl intensiv aus, um jedes mögliche Maß an Genuß daraus zu schöpfen. Seine Augen öffneten sich, und er lächelte.
»Ich fühle mich unwirklich, als sei ich voll und ganz von Ihrem verzauberten Königreich eingefangen.«
»Es ist nicht verzaubert, Monsieur, es ist ...«
»Oh, doch, das ist es, und Ihr Kuß ist der Schlüssel«, sagte er, ehe er mich wieder küßte, diesmal eindringlicher und länger. Ich ließ mich in seine Arme sinken, und unsere nassen Kleidungsstücke rieben sich aneinander. Die Glut seines Körpers liebkoste meine Haut und meine Brüste.
Wir sanken auf die Knie, und er lehnte sich zurück, stützte sich auf die Hände und hielt das Gesicht in die Sonne.
»Ich bin nicht sicher, welcher Kuß wärmer ist, der Kuß der Sonne oder dein Kuß«, murmelte er und hielt die Augen dabei immer noch geschlossen.
»Ich weiß nicht, wie das passieren konnte. Ich kann ein Kanu besser staken als mein Daddy«, sagte ich und fühlte mich immer noch beschämt.

»Ich bin froh, daß es passiert ist«, erwiderte Pierre. »Hier«, sagte er und legte sich zurück, wobei er den Arm ausstreckte. Leg dich einfach auf mich und mach es dir bequem.«
Ich befolgte seinen Vorschlag, legte meinen Kopf auf seine Brust und duldete seinen Arm um meine Schultern. Wir lagen stumm da, und unsere nassen Kleider dampften in der heißen Sonne des Mittags von Louisiana.
»Ich komme mir vor wie eine Cajunerdnuß«, murmelte ich nach einem Moment.
»Was ist das?«
»Eine Krabbe, die in der heißen Sonne getrocknet worden ist.«
Er lachte. »Du steckst voller Überraschungen, und jeder Ausdruck, jedes Wort, kommt unerwartet. Sag mir, wie es sein kann, daß dich nicht längst jemand geraubt und geheiratet hat. Sind alle jungen Männer hier blind?«
Ich sagte nichts. Die Stille lastete auf uns.
»Du hast keinen Freund?« verfolgte Pierre das Thema weiter.
»Nein, Monsieur.« Ich setzte mich auf.
»Es tut mir leid. Ich wollte nicht aufdringlich sein«,
»Ich sollte Sie jetzt wieder zurückbringen«, sagte ich. »Mama wird ohnehin schon wütend sein.«
Ich wollte aufstehen, doch er streckte einen Arm aus und umfaßte mein linkes Handgelenk.
»Ich kenne dich noch nicht lange, aber irgendwie habe ich das Gefühl, daß ich dir gegenüber ehrlich sein kann. Du trägst einen Schmerz in deinem Herzen herum. Ich wünschte, ich könnte dir diesen Schmerz nehmen. Ich wünschte, ich besäße einen Teil des Zaubers, der dieser Gegend innewohnt.«
Ich setzte mich wieder auf. Er ließ mein Handgelenk los, nahm aber meine Hand.
»Gabrielle. Dein Name klingt in meinen Ohren wie Musik.« Er nahm meine andere Hand und zog mich sanft, aber entschieden, näher zu sich. »Du bist zu schön, um unglücklich zu sein. Das lasse ich nicht zu«, sagte er und küßte mich wieder. Als wir uns voneinander lösten, wischte er die Träne ab, die sich unter meinem brennenden Lid hervorgestohlen hatte.
»Dir bereitet etwas Kummer. Ein junger Mann?«
»Nein, nicht ein junger Mann«, sagte ich.

»Ein älterer Mann?« Ich nickte. »Er hat dich ausgenutzt? Gerade erst kürzlich?« fragte er und warf mir eine Frage nach der anderen an den Kopf.
»Ja. Oft gehe ich allein in den Sumpf. Eines Tages hat er mich entdeckt und ...«
»Ich hoffe, er hat dafür leiden müssen.«
»Nein, Monsieur. Er ist ein reicher Mann, und die Reichen kommen oft ungeschoren davon, ohne Schmerz und ohne Leid«, sagte ich erbittert.
»Das stimmt nicht immer«, sagte Pierre und schlug die Augen nieder. »Zumindest trifft es bei mir nicht zu.
»Ihr Bruder«, sagte ich und erinnerte mich wieder an das, was er mir vorher erzählt hatte. Er nickte.
»Das ist noch nicht alles. Ich trage den Ring nicht immer«, sagte er, »aber ...«
Mein Herz blieb stehen und schlug dann wieder. »Sie sind verheiratet, Monsieur?«
Mit großem Widerwillen nickte er.
»Ach«, sagte ich, als sei mein Herz bleischwer geworden. Einen Moment lang bekam ich keine Luft. Die Schwüle schien zuzunehmen, die Luft dicker zu werden.
»Aber es ist keine glückliche Ehe«, sagte er eilig. »Wir sind kinderlos, und die Ärzte sagen, so wird es immer bleiben. Meine Frau hat gewisse Schwierigkeiten.«
Trotz der Schwäche in meinen Beinen stand ich eilig auf.
»Wir müssen zur Hütte zurückkehren, Monsieur. Ich muß meiner Mutter dabei helfen, die Ware aus dem Haus zu tragen, die wir heute verkaufen wollen.«
»Ja, selbstverständlich.«
»Es tut mir leid, daß das alles passiert ist. Mama wird Ihre Kleidung schnell wieder trocknen. Es wäre besser, wenn wir jetzt am Ufer entlanglaufen«, fügte ich hinzu.
Er stand auf. »Gabrielle, meine Frau ist noch mehr als ich erbittert über unsere Ehe. Sie glaubt, daß ich eine schlechte Meinung von ihr habe. Es ist, als sei ein Wall zwischen uns errichtet worden. Ein Haus, ein Heim, eine Ehe – all das sollte von Liebe erfüllt sein. Zwei Menschen sollten tun, was sie können, um einander das Leben bedeutsamer und glücklicher zu gestal-

ten. Wir dagegen verhalten uns heute wie zwei Fremde, die gemeinsam Kaffee trinken.

Mir ist schon lange nicht mehr so leicht ums Herz gewesen, und ich bin schon lange nicht mehr so froh gewesen wie heute morgen, als ich dich aus dem Nebel der Sümpfe habe kommen sehen. Du bist wie ein frischer Lufthauch. Ich versichere dir, daß es mein Ernst ist, wenn ich sage, daß ich alles täte, was in meiner Macht steht, um die Traurigkeit von deiner Schwelle fernzuhalten.«

»*Merci*, Monsieur«, sagte ich und machte mich auf den Weg. Er folgte mir.

»Gabrielle.« Er nahm meine Hand in seine, und ich drehte mich um. »Du hast doch auch etwas Besonderes empfunden, als wir uns geküßt haben, nicht wahr?«

»Ich verlasse mich nicht mehr auf meine Gefühle, Monsieur. Und außerdem«, fügte ich hinzu und schlug die Augen nieder, »sind Sie verheiratet, Monsieur. Ich will keinen Ärger mehr haben. Er findet mich selbst dann, wenn ich keine Ausschau nach ihm halte.«

»Ich verstehe.« Er nickte und lächelte dann. »Können wir Freunde sein?«

Ich schüttelte den Kopf.

»Warum nicht? Ich bin wirklich ein netter Kerl«, sagte er lächelnd. »Das kann ich dir schriftlich bestätigen.«

»Ich bin sicher, daß Sie nett sind, Monsieur.«

»Also, was dann?«

Ich sah in seine hypnotisierenden grünen Augen. »Mich mit Ihnen anzufreunden ... das ist, als säße ein ausgehungerter Mensch in Mamas Küche und verspräche, nur einen Löffel von ihrem Langusténétouffée zu probieren, Monsieur. Weshalb sollten wir uns vormachen, an das Unmögliche zu glauben? Man kostet es, und dann kann man sich nicht mehr zurückhalten.«

Er lachte. »Du bist nicht nur schön und zauberhaft, sondern auch noch weise. Die Möglichkeit, wir könnten einander nie mehr wiedersehen, ist die reinste Marter. Du wirst mich doch nicht etwa abweisen, oder?«

»Ich bin sicher, daß Sie vornehme und gutgestellte Freunde in

New Orleans haben, Monsieur. Sie brauchen kein armes Cajunmädchen aus dem Bayou.«
»Doch, genau das brauche ich«, sagte er, als wir weiterliefen. Er hielt immer noch meine Hand. »Jemanden, der mir die Wahrheit sagt und der mir voller Aufrichtigkeit zuhört. Ich werde dich für deinen Zeitaufwand bezahlen. Jetzt weiß ich, was wir machen. Ich werde dich als meine persönliche Sumpfführerin engagieren«, fügte er hinzu. »Ich bin sicher, daß du mir noch viel mehr zeigen kannst.«
»Aber, Monsieur ...«
»Vorausgesetzt, du wirfst mich nicht jedesmal ins Wasser, wenn wir ausfahren«, fügte er hinzu.
Ich mußte unwillkürlich lachen.
»So ist es besser. Sieh mich an. Ich bin klatschnaß, aber glücklich. Ich fühle mich wieder wie ein kleiner Junge«, sagte er.
Seine Begeisterung riß mich mit. Mir fielen Dutzende von Gründen ein, aus denen ich hätte widersprechen können, aber er war zu fröhlich und zu entschlossen.
Und etwas in meinem Innern hielt mich davon ab, diese Tür zuzuschlagen.

11.

Der verborgene Ring

»Was ist passiert?« fragte Mama sofort, als sie uns sah.
»Ein kleiner Zwischenfall, Madame Landry«, erwiderte Pierre eilig, ehe ich dazu kam, eine Erklärung abzugeben. »Niemand trägt die Schuld daran, oder falls doch jemanden die Schuld treffen sollte, dann bin das ich. Mit meinem unermüdlichen Gerede und meinen zahllosen Fragen habe ich Gabrielle abgelenkt, während sie ihr Kanu gestakt hat.«
»Du bist tatsächlich auf dem Wasserlauf mit deinem Kanu gekentert?« fragte mich Mama überrascht. Sie wußte, wie geschickt ich mich anstellte, wenn es darum ging, eine Piragua zu staken.
»Nein, Mama. Ich habe mit der kleinen Piragua einen großen Steinbrocken gerammt und bin ins Wasser gefallen.«
Im ersten Moment war sie vor Verblüffung sprachlos, und ihre Blicke wanderten von Pierre zu mir.
»Geh jetzt und zieh dich um«, forderte sie mich auf. Dann wandte sie sich wieder an Pierre. »Ich habe frische, trockene Sachen für Sie, Monsieur. Einen Moment, bitte.«
»Seien Sie so nett und machen Sie sich meinetwegen keine Mühe«, sagte Pierre, aber Mama hatte sich bereits auf den Weg gemacht, Kleidung für ihn zu holen. Pierre sah mich an und zuckte die Achseln.
»Gabrielle!« rief mir Mama von der Treppe aus zu.
»Ich komme schon, Mama.« Ich eilte hinter ihr her.
»Wie konnte so etwas passieren, Gabrielle?« erkundigte sie sich in einem lauten Flüsterton.
»Es war genauso, wie er es geschildert hat, Mama. Ich habe nicht aufgepaßt, und die Piragua ist gegen einen Stein geprallt. Ich habe das Gleichgewicht verloren und bin über Bord gefallen.«

»Und wie kommt es dann, daß auch er klatschnaß ist?«
»Er ist ins Wasser gesprungen, um mir zu Hilfe zu kommen.«
»Er ist ins Wasser gesprungen?«
»*Oui*, Mama.«
Einen Moment lang starrte sie mich an, und dann schüttelte sie den Kopf. »Zieh dich um«, sagte sie.
Als ich wieder nach unten kam, hatte Mama Daddys beste Hose und eines seiner besten Hemden für Pierre geholt. Er hatte die Sachen bereits umgezogen und war barfuß, während Mama seine Schuhe und Socken, seine Hose und sein Hemd auf dem Ofen trocknete. Seine Unterhose hing auf der Wäscheleine in der Sonne. Er blickte von dem roh gezimmerten Holztisch in der Küche zu mir auf. Auf seinem Gesicht stand ein schelmisches Grinsen, und er schien ganz entschieden jeden einzelnen Moment dieser Katastrophe auszukosten. Vor ihm auf dem Tisch standen ein Becher mit dampfendem Cajunkaffee und eine Schale Gumbo.
»Unser unerwartetes Bad hat den reinsten Heißhunger bei mir geweckt«, erklärte er. »Und darüber bin ich heilfroh, denn das hier ist eindeutig das köstlichste Krabbengumbo, das ich je gegessen habe. Du siehst also, daß es sich wieder einmal bewahrheitet ... auf jedes Unwetter folgt auch wieder Sonnenschein.«
Ein zaghaftes Lächeln breitete sich auf meinem Gesicht aus, doch Mama zog die Augenbrauen hoch.
»Setz dich« wies sie mich an. »und iß auch du etwas. Also, wirklich, Gabrielle, wie konntest du Monsieur Dumas bloß in den Sumpf staken, um ihm einen Teich zu zeigen, in dem es von Alligatoren, Schnappschildkröten und Schlangen wimmelt, und dann auch noch die Unvorsichtigkeit begehen, aus dem Kanu zu fallen?«
»Ich habe ihn auf keinen Teich gestakt, in dem es nur so von Alligatoren wimmelt, Mama.«
Pierre lächelte jetzt noch strahlender. Als ich mich gerade hinsetzte, hörten wir einen Wagen hupen.
»Kundschaft«, sagte Mama.
»Ich hole mir selbst eine Schale von dem Gumbo, Mama. Danke.«

Sie musterte uns von Kopf bis Fuß, und ihr Blick war voller Argwohn und Tadel, ehe sie zum Straßenstand hinauseilte.
»Deine Mutter ist einfach wunderbar«, sagte Pierre.
»Eine Frau von der Sorte, die alles selbst in die Hand nimmt. Ich hatte regelrecht Angst, auch nur einen ihrer Vorschläge abzulehnen.«
»Wenn Sie fort sind, wird sie mich dafür ausschimpfen, daß ich einen reichen Gentleman aus New Orleans in Gefahr gebracht habe«, sagte ich zu ihm und tauchte den Schöpflöffel in den schweren schwarzen Gußeisentopf, um mir von dem Gumbo zu nehmen. Auch mich hatte plötzlich der Heißhunger gepackt.
»Ich esse in den vornehmsten Restaurants von New Orleans, aber ich glaube, nie habe ich eine Mahlzeit mehr genossen als diese hier«, sagte er und sah sich in der kleinen Küche um.
»Meine Köchin hat eine Küche, die denen der besten Restaurants Konkurrenz macht, und deine Mutter zaubert mit derart bescheidenen Mitteln diese großartigen Gerichte.«
»Wo leben Sie in New Orleans, Monsieur?«
»Bitte, nenn mich doch einfach Pierre, Gabrielle. Ich wohne in der Gegend, die unter dem Namen Garden District bekannt ist.«
»Was für eine Gegend ist das?«
»Der Garden District? Nun ja, ursprünglich war es die Gegend, in der die reichen Amerikaner gelebt haben, als New Orleans den Vereinigten Staaten angegliedert worden ist. Die Kreolen aus dem Französischen Viertel haben diese Leute nicht akzeptiert, und daher haben sie sich selbst ein luxuriöses Viertel aufgebaut. Mein Großvater hat unser Anwesen bei einer Zwangsversteigerung erstanden und befunden, es sei nicht unter unserer Würde, dort zu wohnen. Gepflegte Gärten, die man von den Straßen aus sieht, haben diesem Stadtteil seinen Namen gegeben. Zwar wird der Garden District von Touristen besucht, doch Reisebussen ist die Durchfahrt nicht gestattet. Es gibt dort etliche berühmte Villen, zum Beispiel das Payne-Strachan House. Jefferson Davis, der Präsident der Konföderation, ist 1889 dort gestorben.
Es tut mir leid. Ich wollte keinen Vortrag halten wie ein Reiseführer«, sagte er und lachte über seinen eigenen Enthusiasmus.

»Haben Sie ein sehr großes Haus?«
Er nickte.
»Ist es größer als alle Häuser, die Sie im ganzen Bayou gesehen haben?«
Wieder nickte er.
»Wie groß ist Ihr Haus?« fragte ich, und er lachte.
»Es ist ein zweistöckiges Haus im klassizistischen Stil, mit zwei Galerien, die sich über die Fassade ziehen. Ich glaube, es hat vierzehn oder fünfzehn Zimmer.«
»Und das vermuten Sie nur? Sie leben in einem so großen Haus, daß Sie selbst nicht sicher sind, wie viele Zimmer es hat?«
»Es sind fünfzehn«, sagte er. Er hielt kurz inne. »Vielleicht sind es auch sechzehn. Ich weiß nicht, ob ich die privaten Räumlichkeiten der Köchin als ein oder zwei Zimmer zählen soll. Und dann ist da natürlich auch noch der Ballsaal.«
»Ein Ballsaal? In einem privaten Wohnhaus?«
»Außerdem haben wir etliche Räume, für die wir bisher noch keinen konkreten Verwendungszweck gefunden haben. Wenn ich die auch noch mitzähle ...«
»*Mon Dieu*! Steht dieses Haus etwa auch noch auf einem großen Grundstück?«
»Wir haben mehrere Nebengebäude, einen Stall, einen Swimmingpool und einen Tennisplatz. Ich habe die Größe des Grundstücks nie gemessen, aber ich würde wetten, daß es mehr als ein Morgen Land sein muß.«
»Sie haben mitten in der Stadt einen Stall? Ist Ihre Familie die reichste in ganz New Orleans?« fragte ich mich laut und mit weit aufgerissenen Augen.
Er lachte. »Nein, wohl kaum. In dieser Gegend gibt es eine ganze Reihe von Anwesen, die so groß wie unseres sind.«
»Wie winzig und ärmlich Ihnen unsere Hütte doch erscheinen muß«, sagte ich und sah mich so beschämt um wie jemand, der gerade mit Löchern in den Schuhsohlen erwischt worden ist.
»Und doch wirkt dieses Haus so großzügig und reich auf mich, weil du darin lebst«, erwiderte er. Ich aß errötend weiter und spürte, daß er mich keinen Moment lang aus den Augen ließ.

»Vielleicht wirst du New Orleans eines Tages selbst einmal einen Besuch abstatten«, sagte er.
»Daddy sagt, er fährt mit uns hin, sowie er genug Geld verdient hat, um uns dort einen stilvollen Aufenthalt zu bieten.«
»Ja, selbstverständlich. New Orleans ist eine Stadt, in der man sich etwas leisten können sollte«, sagte Pierre. »Und was das Geldverdienen angeht ... ich gehe davon aus, daß er in meinem Vater einen festen Kunden gewonnen hat. Ihn beeindruckt es sehr, wie gut sich dein Vater in den Sümpfen auskennt.«
»Mein Daddy ist der beste Cajunführer im ganzen Bayou. Als ich noch klein war, hat er mir viel über die Tiere beigebracht und mir gezeigt, wie man eine Piragua stakt.«
»Bist du damals auch schon ins Wasser gefallen?«
»Nein, Monsieur. Es tut mir wirklich leid. Ich weiß beim besten Willen nicht, wie das passieren konnte. Ich ...«
»Ich wollte dich nur necken, Gabrielle.« Er streckte einen Arm über den Tisch und legte seine Hand auf meine. »Ich kann mich nicht erinnern, wann mein Herz vor Glück höher geschlagen hat als jetzt, in diesem Augenblick«, fügte er hinzu. Seine Worte klangen so aufrichtig und waren so überwältigend, daß sie mir den Atem verschlugen.
»Ich muß jetzt Mama helfen«, sagte ich mit brüchiger Stimme.
»Schön. Dann werde ich eben auch mithelfen.«
»Sie, Monsieur? Sie wollen unsere Waren an die Touristen verkaufen?« Diese Vorstellung brachte mich zum Lachen.
»Zufällig bin ich als Verkäufer ein echtes As«, sagte er und heuchelte Entrüstung. »Schließlich habe ich gerade erst letzte Woche ein Gebäude in einem Wert von fast zwei Millionen verkauft.«
»Dollar?«
»*Oui*«, sagte er und lächelte über meine erstaunte Miene. »Ich wünschte, Daphne wüßte das auch zu würdigen und ließe sich davon beeindrucken«, fügte er hinzu und bereute gleich darauf seine Bemerkung.
»Daphne ist Ihre Frau?«
»*Oui*«, sagte er.
Ich stand auf, um meine Schale in das Spülbecken zu stellen. Er

folgte meinem Beispiel, und einen Moment lang stand er so dicht hinter mir, daß ich seinen Atem auf meinem Haar spüren konnte. Mein Herz pochte heftig. Seine Hände legten sich auf meine Taille.

»Gabrielle, deine Gegenwart strahlt einen echten Zauber auf mich aus. Das kann ich nicht leugnen, und ich kann es auch nicht ignorieren.«

»Das müssen Sie aber tun, Monsieur. Bitte«, sagte ich und fürchtete mich davor, mich zu ihm umzudrehen.

»Ich muß dich wiedersehen, es geht gar nicht anders, und sei es nur, um mit dir zu plaudern. Gewiß wirst du meine trübsinnigsten Tage in hellem Glanz erstrahlen lassen. Und ich«, sagte er und drehte mich zu sich um, »werde dein Herz mit Glück erfüllen. Das verspreche ich dir.«

Ich wollte gerade den Kopf schütteln, doch er legte seine Lippen zu einem zarten Kuß auf meine.

Ich löste mich von ihm. »Ich muß jetzt wirklich Mama helfen«, murmelte ich und stürmte zur Haustür hinaus.

An Mamas Stand hatten zwei Paare angehalten. Die Frauen sahen sich unsere Tischdecken und Handtücher an, während die Männer etwas weiter abseits standen, rauchten und miteinander redeten.

»Gabrielle, hol doch bitte schnell diese Kissenbezüge, die wir vorgestern gewebt haben«, sagte sie in dem Moment, in dem sie mich näherkommen hörte.

»*Oui*, Mama.«

Pierre trat gerade auf die Veranda, als ich ins Haus zurückeilte und ohne ein Wort an ihm vorbeilief. Als ich zum Straßenstand zurückkehrte, unterhielt sich Pierre mit den Männern und weckte ihr Interesse daran, Gläser mit Insekten aus dem Sumpf zu erwerben.

»Auf Ihrem Schreibtisch im Büro liefern Sie großartigen Gesprächsstoff. So etwas findet man in der Stadt nicht so schnell, *n'est-ce pas?*« sagte er gerade zu ihnen.

Sie stimmten ihm zu und erstanden zusätzlich zu den Dingen, die ihre Ehefrauen bereits ausgewählt hatten, jeder zwei dieser Gläser. Nachdem sie abgefahren waren, bedankte sich Mama bei Pierre für seine Verkaufshilfe.

»Nichts zu danken, Madame. Ich versichere Ihnen, daß es mir mehr Spaß bereitet hat, als auf dem Kanu jagen zu gehen«, fügte er hinzu. Mama lächelte. Er erkundigte sich bei ihr nach einigen ihrer Kräuter und hörte zu, als sie ihm schilderte, wie sie angewandt wurden und wogegen sie halfen. Ich konnte ihm deutlich ansehen, daß er tief beeindruckt von ihr war. Er entschloß sich, selbst eine Auswahl von Kräutern zu kaufen.
»Wir haben eine Köchin, die selbst sehr viel mit diesen Dingen im Sinn hat«, erklärte er. Dann lächelte er mich strahlend an.
Mama ging ins Haus, um weitere Waren zu holen. Sie freute sich darüber, wie gut sich unsere Verkäufe an jenem Tag anließen.
Pierre setzte sich auf den wackligen alten Stuhl aus Zypressenholz, den Daddy vor Jahren geschreinert hatte, und auf meine Bitte hin beschrieb er seine Villa in New Orleans genauer. Ich saß zu seinen Füßen auf dem Gras. In unserer Nähe blinzelten neugierige graue Eichhörnchen und warteten ab, was wir vorhatten und ob Krumen für sie abfallen würden.
»Ihr habt hier wunderschöne wildwachsende Blumen, aber auf unserem Anwesen umschließen die Gartenmauern riesige Bananenbäume, und purpurner Günsel rankt sich daran herunter. Wenn ich morgens wach werde, begrüßt mich der Duft von blühenden Kamelien und Magnolien, und über die Straßen des Viertels wölbt sich ein Baldachin aus Eichen.«
»Das klingt tatsächlich, als würden auch Sie in einer sehr schönen Gegend leben.«
»Es ist ein sehr schönes und ruhiges Viertel, aber mit der Straßenbahn sind es nur wenige Minuten, bis man vom Trubel der Stadt umgeben ist«, sagte er, und die Aufregung war deutlich in seinen Augen zu sehen. Ich lauschte gebannt, als er die Galerien beschrieb, die Museen, die eleganten Restaurants und das berühmte Französische Viertel, in dem die Jazzmusiker spielten und Leute in Straßencafés saßen und Café au Lait tranken.
»Das Französische Viertel ist in Wirklichkeit viel mehr von den Spaniern geprägt als von den Franzosen. Sämtliche Gebäude, die noch aus den Kolonialzeiten stammen, sind von der Architektur und vom Design her spanisch. Und der soge-

nannte Französische Markt ist von den Grundmauern bis zu den Schornsteinen auf dem Dach spanisch.«

Er wußte eine ganze Menge über die Geschichte von New Orleans, und er genoß es, ein so aufmerksames Publikum wie mich und später dann auch Mama zu haben. Schließlich lief es dann auch tatsächlich darauf hinaus, daß er mehr mit ihr als mit mir über die Geschichte von Louisiana sprach.

Am späten Nachmittag kehrte die Jagdgesellschaft zurück. Pierres Vater hatte mehr als zwei Dutzend Enten erlegt, ähnlich erfolgreich waren die Freunde der Familie Dumas. Ehe sie den Anlegesteg erreichten und aus den Piraguas stiegen, begab sich Pierre in unsere Hütte, um seine eigenen Sachen wieder anzuziehen. Mama hatte alles getrocknet und gebügelt, und die Sachen sahen mindestens so gut aus wie vorher.

»Es ist unnötig, deinem Vater zu erzählen, daß wir unfreiwillig baden gegangen sind«, flüsterte Pierre mir zu, als die Männer ihn vom Anlegesteg aus riefen. Ich nickte, denn ich wußte, daß Mama kein Wort darüber verlieren würde.

Sogar in seiner Jagdkleidung sah man Pierres Vater mit seinem dichten Schopf aus schlohweißem Haar und dem ebenso weißen Spitzbart den vornehmen Herrn an. Seine Wangen und seine Stirn waren von der Sonne ein wenig gerötet, was die Falten um seine leuchtend smaragdgrünen Augen noch mehr vertiefte. Daddys Gesichtsausdruck ließ mich vermuten, daß er ihm ein beträchtliches Trinkgeld gab. Dann musterte er mich lange Zeit, ehe er auf Pierre zuging.

»Wie steht es um deine Kopfschmerzen, mein Sohn? Hast du eines von Madame Landrys Geheimrezepten probiert oder«, fügte er hinzu und sah lächelnd in meine Richtung, »hast du ein anderes Heilmittel gefunden?«

»Mir geht es gut, Vater«, erwiderte Pierre barsch. »Wie ich sehe, warst du erfolgreich.«

»Eine ganz ausgezeichnete Ausbeute. Wir haben bereits einen weiteren Ausflug bei Jack gebucht. Meinst du, beim nächsten Mal bist du etwas mehr auf der Höhe, Pierre?« fragte er, und auf seinem gutgeschnittenen Gesicht stand immer noch dieses dämonische Grinsen. Pierre wandte sich errötend ab. Ehe sie gingen, bedankte sich Pierre bei Mama für ihre Gastfreund-

lichkeit, und sie bedankte sich bei ihm für Einkäufe, die er getätigt hatte. Daddy war noch mit dem Ausladen am Anlegesteg beschäftigt, und daher sah er nicht, wie Pierre auf mich zukam, um sich zu verabschieden.
»Ich habe einen wunderbaren Tag verbracht. Das ist mein Ernst«, sagte er und drückte mir die Hand. »Ich werde eher wiederkommen, als mein Vater glaubt«, fügte er hinzu, »und auch eher, als du es im Moment für möglich hältst.«
»Bitte, Monsieur Dumas. Sie sollten wirklich nicht ...«
»Halte Ausschau nach mir«, sagte er, und seine Augen funkelten schelmisch, »und zwar genau dort und dann, wenn du am allerwenigsten damit rechnest, mich zu sehen.«
Er lief eilig los, um sich seinem Vater und den Freunden der Familie in der großen Limousine anzuschließen, und als sie losfuhren, kurbelte er das Fenster herunter, um zu winken. Mama, die gerade wieder etwas an einen anderen Reisenden verkauft hatte, erschien an meiner Seite.
»Er ist ein sehr netter junger Mann«, sagte sie. »Aber er ist verheiratet, Gabrielle«, fügte sie in einem finsteren Tonfall hinzu.
»Das weiß ich«, sagte ich betrübt. »Er hat es dir erzählt?«
»Nein.«
»Woher weißt du es dann, Mama?«
»Als ich seine Hose zum Trocknen über den Ofen gehängt habe, habe ich den Ehering in seiner Tasche fühlen können, und ich habe ihn ihm gegeben, damit er ihn gemeinsam mit seinen anderen Sachen aufbewahrt. Ein Mann, der seinen Ehering derart bedenkenlos ablegt, trägt ihn nicht allzu gewissenhaft«, bemerkte sie.
»Nimm dich vor ihm in acht, Gabrielle«, sagte sie liebevoll. »Er trägt Unglück in seinem Herzen herum, und Unglück ist allzuoft ansteckend«, sagte sie. Dann beschloß sie, sich mit Daddy zu unterhalten, und ich blieb zurück und zitterte ein wenig, als ich Pierres Limousine nachblickte und seine schönen Worte sich wie Tränen im Wind davonmachten.
Wochen vergingen, und Pierre Dumas begann, in meiner Erinnerung zu verblassen. Sein Gesicht hatte sich mein Gedächtnis eingeprägt wie eine erhabene Kamee, die ich tief in meinem Herzen trug, von der ich jedoch glaubte, sie nie mehr betrach-

ten und ertasten zu können. Nachts drehten sich meine Phantasien um ihn, und ich dachte an ihn wie an meine Traumliebe, den Geist, der aus dem Sumpf erschien, um mein Herz zu erobern, obwohl ich den Preis kannte, den ich dafür zahlen würde, ihn zu lieben. Gegen meinen Willen spulte ich seine Worte in Gedanken immer wieder ab, durchlebte noch einmal seinen Kuß, hörte wieder sein Lachen und fühlte, wie das Lächeln in seinen liebevollen grünen Augen mein Herz wärmte.
Mama in ihrer Weisheit sah mich trübsinnig durch die Gegend laufen und eher schweben, als an den Ufern des Flußlaufs entlangzulaufen, und sie wußte, weshalb ich bleich und abwesend war. Oft mußte sie Dinge zweimal zu mir sagen, weil ich sie beim ersten Mal nicht hörte; ich war zu sehr in meine eigenen Überlegungen vertieft. Ich stocherte lustlos in meinem Essen herum und sah ins Leere, während sie und Daddy beim Abendessen am Tisch miteinander redeten oder stritten. Mama sagte, zu allem Überfluß hätte ich auch noch abgenommen.
Sie sorgte dafür, daß ich ständig beschäftigt war; sie trug mir mehr Arbeiten auf und füllte jeden ruhigen Moment, den ich hätte finden können, mit zusätzlichen Aufgaben aus, doch ich brauchte für alles doppelt so lange wie sonst, und das brachte sie erst recht auf.
»Du benimmst dich wie eine Turteltaube, die Liebeskummer hat, Gabrielle«, sagte sie eines Nachmittags zu mir. »Sieh zu, daß du dich in den Griff kriegst, ehe du dahinsiechst oder von einem unserer berühmten Wirbelstürme fortgeblasen wirst, hast du gehört?«
»Ja, Mama.«
Sie seufzte und machte sich Sorgen um mich.
Aber ich konnte Pierre nicht einfach vergessen. Jedesmal, wenn Daddy davon sprach, daß wieder eine Jagdgesellschaft einen Ausflug bei ihm gebucht hatte, lauschte ich gebannt, um zu erfahren, ob es sich um die Dumas' handelte, doch sie waren es nie. Eines Tages begab ich mich dann schließlich an den Anlegesteg, als er dort einen weiteren Ausflug vorbereitete, und ich sprach ihn direkt daraufhin an.
»Ich dachte, dieser reiche Mann aus New Orleans käme wie-

der, Daddy. Sein Sohn hat mir erzählt, sein Vater hielte dich für einen ganz ausgezeichneten Sumpfbegleiter.«

»Eine reiche Familie? Ach, du meinst diesen Dumas? *Oui*, er hatte einen weiteren Ausflug gebucht, aber vorgestern hat er abgesagt. Auf diese Leute kann man sich nicht verlassen. Die lügen einem lächelnd mitten ins Gesicht. Mein Motto lautet: Zieh ihnen möglichst viel aus der Tasche, solange du die Chance hast, aber gib bloß nichts auf ihre Versprechungen. Warum fragst du?« fügte er dann eilig hinzu. »Du wirst mir doch nicht etwa schon wieder damit anfangen, Gabrielle? Jetzt fang bloß nicht wieder an, dich über das kleine Getier zu beklagen, das sie abschießen. Denn wenn du mir damit noch einmal kommst ...«

»Nein, Daddy«, sagte ich abrupt. »Ich habe mich nur gefragt, was vorgefallen ist, das ist alles«, erwiderte ich und machte schleunigst kehrt, ehe er zu einer seiner Tiraden über die Tierfreunde und die Ölbetriebe ansetzte, die gemeinsam das Bayou ruinierten. Darüber konnte er sich stundenlang auslassen, und mit seinen Gepolter konnte er sich in eine solche Wut hineinsteigern, daß er hinterher ebensolange brauchte, um sich wieder zu beruhigen. Und Mama konnte auf jeden, der ihn zu einem solchen Ausbruch veranlaßte, ebenso wütend werden wie auf ihn selbst.

Die Tage vergingen, und mit der Zeit begann ich zu versuchen, was Mama ohnehin längst von mir wollte – an andere Dinge zu denken. Ich fing tatsächlich an, mehr zu arbeiten und härter zuzupacken, doch ich fand immer noch genug Zeit dafür, mich in meinen Sümpfen herumzutreiben, und jedesmal, wenn ich mein kleines Kanu stakte, dachte ich unwillkürlich wieder an Pierre. Nachdem eine weitere Woche vergangen war, gelangte ich zu dem Schluß, daß Daddy recht hatte – die Reichen verbreiteten dreistere Lügen. Ihr Reichtum verleiht ihnen größere Glaubwürdigkeit und macht uns übrige anfälliger für ihre Phantastereien. Vielleicht hatte Daddy sogar in allen diesen Punkten recht; vielleicht waren wir tatsächlich die Opfer und sollten die Reichen bei jeder Gelegenheit ausbeuten, die sich uns bot.

Es war mir verhaßt, so zu denken wie Daddy, doch auf die Art konnte ich das Gefühl von tiefer Traurigkeit überwinden, das meinen Bauch füllte wie Sand. Ich begann mich zu fragen, ob es nicht daran lag, daß Daddy allem gegenüber so negativ eingestellt war und alles und jeden schlechtmachte. Vielleicht war das seine Form, gegen seine eigene Traurigkeit anzukämpfen, gegen seine eigenen Niederlagen, seine eigenen Enttäuschungen. Ironischerweise entwickelte ich ihm gegenüber eine größere Toleranz als Mama. Ich hörte auf, mich über seine Jagdausflüge zu beklagen, und wenn er nach einem langen Arbeitstag zurückkehrte, hielt ich sogar eine Tasse dampfenden Cajunkaffee für ihn bereit oder half ihm dabei, seine Ausrüstung zu verstauen.

Mit den Einnahmen, die er erzielte, und mit dem Geld, das Mama und ich in dieser guten Saison durch den Verkauf unserer Waren an unserem Straßenstand verdienten, waren wir finanziell besser gestellt denn je. Daddy wiederholte sein Versprechen, schon sehr bald ein paar Tage Ferien mit uns in New Orleans zu machen. Diese Aussicht erfüllte mich mit Spannung und mit Vorfreude, vor allem, wenn ich mir die Möglichkeit ausmalte, durch den Garden District zu laufen und vielleicht sogar das Haus der Dumas' zu sehen. Ich stellte mir sogar vor, Pierre unter Umständen zu sehen, die es ihm nicht erlaubten, mich zu sehen.

Mama sagte, ich solle mich bloß nicht auf eines von Daddys Versprechen verlassen.

»Eines Tages wird er die Hand tief in seine Tasche stecken und nachsehen, wieviel Geld er unter seinem Zigarettenpapier vergraben hat, und dann wird er zu einer Sauftour losziehen und sein hart verdientes Geld verspielen und vertrinken. Ich tue, was ich kann, um ihm soviel wie möglich abzuknöpfen, indem ich behaupte, wir bräuchten mehr für dieses und für jenes, und dieses Geld verstecke ich, weil ich genau weiß, daß dieser Regentag kommen wird, Gabrielle. Die Gewitterwolken türmen sich bereits direkt hinter diesen Baumwipfeln dort drüben auf«, sagte sie voraus.

Vielleicht hat sie recht, dachte ich mir und bemühte mich, nicht allzuoft an New Orleans zu denken. Eines Nachmittags unternahm ich meinen gewohnten Spaziergang am Ufer des

Flußlaufs. Es war ein wunderschöner Tag mit kleinen weißen Wattewolken und nicht mit lang gezogenen, dünnen Wolkenfetzen. Die Brise, die vom Golf her wehte, hob sachte die Palmwedel und kräuselte sanft die Wasseroberfläche, die jetzt die Farbe von dunklem Tee angenommen hatte. Es schienen mehr Silberreiher denn je unterwegs zu sein. Ich sah zwei große Schnappschildkröten, die sich auf einem Felsen sonnten, nicht weit von einer zusammengerollten Wassermokassinschlange. Rotwild äste furchtlos im Gebüsch, und mein Reiher schwebte von einem Baum zum anderen und folgte mir, während ich am Wasser entlangschlenderte, ohne an etwas Bestimmtes zu denken. Ich freute mich einfach nur über das anscheinend so friedliche Zusammenleben aller Wesen in der Natur, und ich schwelgte in meiner relativ unberührten Welt.
Plötzlich hörte ich meinen Namen. Anfangs glaubte ich, ich hätte es mir nur eingebildet. Ich hielt es für nichts weiter als das leise Rascheln der Brise, die in den Zypressen und in dem Louisianamoos rauschte, doch dann ertönte mein Name wieder, diesmal lauter und klarer, und ich drehte mich um. Im ersten Moment glaubte ich, tatsächlich eine Geistererscheinung zu sehen. Zum Abschied hatte Pierre zu mir gesagt, ich sollte dort Ausschau nach ihm halten, wo ich ihn am wenigsten zu sehen erwartete. Tja, und jetzt stakte er eine Piragua auf mich zu, etwas, womit ich wahrhaftig niemals gerechnet hätte.
Schockiert blieb ich mit weit offenem Mund stehen. Er trug eine dunkle Hose, ein dunkles Hemd und einen Hut aus geflochtenen Palmwedeln. Er stakte geschickt auf mich zu und ließ das Kanu dann ans Ufer gleiten.
»*Bonjour*, Mademoiselle«, sagte er und riß sich schwungvoll den Hut vom Kopf, um sich mit einem Lachen in den Augen tief vor mir zu verbeugen. »Finden Sie nicht auch, daß wir heute einen ganz besonders schönen Tag hier im Sumpf haben?«
»Pierre! Woher kommst du? Wie bist du ... Woher hast du diese Piragua?«
»Ich habe sie gekauft und sie gerade erst ein Stückchen weit von hier am Wasser abgeladen«, sagte er. »Wie du sehen kannst, habe ich auch schon das Staken geübt.«

»Aber was tust du hier?«
»Was ich hier tue? Ich stake ein Kanu auf dem Wasserlauf«, sagte er so selbstverständlich, als hätte er sein Leben lang nichts anderes getan. »Und dabei habe ich dich zufällig am Ufer entlangschlendern sehen.«
Daraufhin mußte ich lachen. Sein Gesicht wurde ernst, und diese grünen Augen gruben sich tief in meine.
»Gabrielle«, sagte er. »Seit dem Tag, an dem ich von hier fortgegangen bin, habe ich deinen Namen ständig wieder vor mich hingesagt. Er ist wie Musik, ein rhythmischer Gesang. Wohin ich mich in der Stadt auch begeben habe, ich habe ihn überall gehört. Im Verkehr haben die Reifen der Wagen ihn angestimmt. In der Straßenbahn habe ich ihn im Klappern der Räder gehört. In unseren eleganten Restaurants war er im Stimmengemurmel zu vernehmen. Und natürlich habe ich ihn unablässig nachts in meinen Träumen gehört.
Hundertmal habe ich dein Gesicht gesehen, es jedem hübschen Mädchen aufgesetzt, das mir über den Weg gelaufen ist. Du verfolgst mich wie ein Spuk«, sagte er.
Seine Worte beflügelten mich. Ich sah mich neben meinem Reiher durch die Lüfte gleiten, und als Pierre ans Ufer stieg und mich in seine Arme zog, konnte ich keinen Widerstand leisten. Es war ein langer Kuß, und unsere Körper schmiegten sich anmutig aneinander. Als unsere Lippen sich voneinander lösten, glitt sein Mund über meine Augen und über meine Wangen. Es war, als wollte er sich an meinem Gesicht laben wie an einem Festmahl.
»Pierre«, flehte ich matt.
»Nein, Gabrielle. Du empfindest genau dasselbe für mich, was ich für dich empfinde. Das weiß ich; ich habe es in all den Wochen gewußt, in denen ich unter der Trennung von dir gelitten habe. Ich habe mir eingeredet, ich könnte mich von dir fernhalten, aber ich habe gemerkt, daß das eine dumme Lüge war und daß ich mir selbst etwas vorgemacht habe. Es hat nicht die geringste Hoffnung bestanden. Ebensowenig könnte ich die Sonne davon abbringen, auf- und unterzugehen. Ich mußte dich einfach sehen, Gabrielle.«
»Aber, Pierre, wie können wir ...«

»Ich habe gründlich über alles nachgedacht«, sagte er stolz.
»Und ich habe alles in die Wege geleitet, ehe ich auf der Suche nach dir hierhergekommen bin, in der Hoffnung, dich am Ufer zu sehen. Ich muß gestehen«, fügte er hinzu, »daß ich dich nicht zum ersten Mal hier erwarte.«
»Du bist schon vorher hier gewesen?«
»*Oui.*«
»Aber worüber hast du nachgedacht? Was hast du geplant? Ich verstehe das alles nicht«, sagte ich.
»Setzt du genug Vertrauen in dich selbst oder in mich, um in dieses Kanu zu steigen?«
Ich sah es argwöhnisch an. »Und was dann?«
»Das soll eine Überraschung werden«, sagte er. »Komm schon.« Er nahm mich an der Hand und half mir in sein Kanu. Dann stieß er es vom Ufer ab und wendete die Piragua, ehe er in die Gegenrichtung zu staken begann. Ein Könner mußte ihm Unterricht erteilt haben, denn er machte seine Sache wirklich gut. Wenige Momente später glitten wir geschmeidig durch das Wasser. »Wie stelle ich mich an? Habe ich schon Chancen, ein Cajunfischer zu werden?«
»Mit der Zeit könntest du es schaffen«, sagte ich.
Während wir uns voranbewegten, erzählte er mir von einigen Arbeiten, die er seit seiner Abreise aus dem Bayou hatte erledigen müssen, daß jedoch seine Gedanken immer wieder zu mir und zu diesem Paradies zurückgekehrt seien.
»Und meine Köchin war ganz begeistert von den Kräutern deiner Mutter. Sie sagt, deine Mutter muß eine großartige Heilerin sein.«
»Ja, das ist sie«, sagte ich. »Pierre, wohin fahren wir? Ich will nicht ...« Ich unterbrach mich, als er die Piragua zum Ufer lenkte. Dort war ein kleiner Anlegesteg, der fast gänzlich von den wuchernden Seerosen und dem hohen Gras verborgen wurde, und dahinter stand, wie ich sehr wohl wußte, die alte Hütte der Daisys, die schon leerstand, seit John Daisy an Herzversagen gestorben war. Er war Fischer und Fallensteller gewesen. Nach seinem Tod war seine Frau nach Houma gezogen, um sich dort Arbeit zu suchen, und inzwischen hatte sie einen Postboten geheiratet.

Pierre band das Kanu fest. »Wir sind da«, sagte er.
»Hier? Das ist das alte Haus der Daisys«, sagte ich.
»Nicht mehr. Vor ein paar Wochen habe ich es gekauft.«
»Was? Ist das dein Ernst? Du hast es gekauft?«
»*Oui*«, sagte er. »Komm mit und sieh es dir an. Ich habe es ein wenig herrichten lassen. Es ist zwar kein Apartment in New Orleans, aber es ist recht gemütlich.«
»Aber wie hast du es angestellt, daß niemand etwas davon erfährt?«
»Das läßt sich alles machen, wenn man es sich genug kosten läßt«, erwiderte er und zwinkerte mir zu.
»Aber weshalb hast du das getan?«
»Weshalb? Ausschließlich, damit ich immer dann in deiner Nähe sein kann, wenn ich es mir wünsche und wenn du es dir hoffentlich auch wünschst«, sagte er. Er nahm mich an der Hand. Ich fühlte mich machtlos, und es blieb mir gar nichts anderes übrig, als ihm zu folgen. Er schlug den Pfad zur Hütte ein. Schon zu den Lebzeiten der Daisys war diese Hütte nie etwas Besonderes gewesen, doch nach John Daisys Tod war sie gänzlich zu einer Ruine verfallen. Pierre hatte die Bodendielen reparieren lassen, die Löcher füllen lassen, neue Fensterscheiben einsetzen lassen, das Wellblechdach wieder herrichten lassen und die gesamte Einrichtung gegen neue Möbelstücke ausgetauscht. Im Wohnzimmer lag sogar ein neuer Teppich.
»Den habe ich selbst aus New Orleans mitgebracht«, sagte er und wies mit einer Kopfbewegung auf den Teppich. An modernen Annehmlichkeiten fehlt es hier gänzlich, aber ich finde, gerade das macht den Charme der Hütte aus, meinst du nicht auch?« sagte er, als ich durch das Haus schlenderte. »Die Lampen sind mit Öl gefüllt; Essen und Getränke sind vorhanden, und das Bett ist frisch bezogen. Was könnten wir sonst noch verlangen?« sagte er und öffnete in der Küche einen Schrank, um Gläser herauszuholen, und dann zog er eine Flasche Wein aus einer Kühltruhe, die er mit Eis gefüllt hatte.
»Ich kann einfach nicht glauben, daß du das getan hast«, sagte ich.
»Ich bin ein tatkräftiger Mensch«, erwiderte er lachend. Dann entkorkte er die Weinflasche und schenkte zwei Gläser ein.

»Laß uns auf etwas trinken«, sagte er und reichte mir mein Glas. »Auf unser Traumhaus in unserer Traumwelt. Ich hoffe nur, daß ich niemals erwachen werde.« Er stieß mit mir an und führte sein Glas dann an die Lippen. Einen Moment später trank auch ich einen Schluck von meinem Wein. »Also? Was hältst du davon?«
»Ich halte dich für einen Irren«, sagte ich.
»Gut so. Ich habe es satt, Pierre Dumas zu sein, der vernünftige, brillante und angesehene Geschäftsmann. Ich will mich wieder jung und lebendig fühlen, und dieses Gefühl gibst du mir, Gabrielle. Du wischst die Spinnweben aus meinem Gehirn, und du vertreibst die Schatten aus meinem Herzen. Du verkörperst Sonnenschein und kühles, klares Wasser.
Hast du etwa in diesen vergangenen Wochen nicht ständig an mich gedacht? Hast du dir etwa nicht gewünscht, ich würde zurückkehren? Bitte, sag mir die Wahrheit. Ich muß sie unbedingt hören.«
Ich zögerte.
In meinem Hinterkopf vernahm ich Mamas Stimme und hörte all die Warnungen. Ich sah mich auf einen gähnenden Abgrund zutreiben, und ich sah die Gefahr eines tiefen Sturzes vor mir. Jede Faser Vernunft und Logik, die ich in mir hatte, sagte mir, ich solle von hier fortgehen, und zwar so schnell wie möglich; meine Füße dagegen schienen von einer Liebe, die so kräftig durch meinen Körper strömte, wie er es von sich behauptete, wie am Boden festgenagelt.
»Ich habe an nichts anderes gedacht«, gestand ich. »Auch ich habe dein Gesicht überall gesehen und deine Stimme in jedem Laut gehört. Jeder Tag, an dem du nicht zurückgekommen bist, war ein sinnentleerter, hohler Tag, ganz gleich, mit wieviel Arbeit ich ihn auch angefüllt habe«, sagte ich. Sein Gesicht hellte sich auf.
»Gabrielle ... ich liebe dich«, sagte er und zog mich in seine Arme. Dann hob er mich hoch und trug mich in das Schlafzimmer, das unser Liebesnest sein würde.
Nach allem, was Octavius Tate mir angetan hatte und was Virgil Atkins zu mir gesagt hatte, hatte ich geglaubt, ich würde niemals Liebe auf meinen Lippen kosten, noch würde ich je-

mals erfahren, wie sich eine zarte und sanfte Liebkosung anfühlte. Ich hatte geglaubt, ich würde ähnlich wie eine wild wachsende Rose sterben, die nie von einem menschlichen Auge erblickt worden war, deren Duft nie jemand in sich eingesogen hatte, die niemals berührt worden war, eine Blume, die von der Sonne und dem Regen geküßt wurde, bis sie prachtvoll erblühte, die dann jedoch mit der Zeit verblühte und verwelkte, mit Blütenblättern, die verdorrt zu Boden fielen, und einem Stengel, der sich bog, bis der nächste Regenguß ihn in den Staub hämmerte und so der Vergessenheit anheimfiel, so als hätte diese Blume niemals existiert.

In Pierres Armen dagegen spürte ich, wie ich aufblühte und mich zu meiner vollen Farbenpracht entfaltete. Seine sanften und zärtlichen Berührungen durchströmten mein Herz mit einer Wärme, von der ich im Traum nicht geglaubt hätte, sie jemals erleben zu dürfen. Nichts wurde übereilt; nichts erschien mir grotesk. Als wir nackt nebeneinanderlagen, verstummten wir und sprachen nur noch mit den Augen und den Lippen. Seine Finger ließen geheime Stellen meines Körpers prickeln, Orte, von denen ich mir nie ausgemalt hätte, sie könnten zu einem so sprühenden Leben erweckt werden. Ich schloß die Augen und klammerte mich an ihn, als seine Lippen über meine Brüste glitten, ehe er sie mit seiner Zungenspitze berührte. Ich hatte das Gefühl zu fallen, doch solange ich mich nur fest genug an ihn klammerte, würde ich für immer in Sicherheit sein. Er hatte es nicht eilig damit, seine Männlichkeit in mich einzuführen. Es war, als wüßte er genau, was ich unter den schmutzigen und brutalen Berührungen eines Octavius Tate mitgemacht hatte, als wüßte er, daß ich zuvor erst wieder in einen jungfräulichen Zustand zurückversetzt werden mußte, um sodann sanft, liebevoll und zärtlich in das eingeführt zu werden, wovon eine jede junge Frau von dem Tag an träumt, an dem sie erkennt, was sich zwischen ihr und einem geliebten Mann abspielen kann. All das geschah jetzt so, wie es geschehen sollte. Mit jeder zärtlichen Liebkosung und mit jedem seiner geflüsterten Liebesworte wurde meine gräßliche Schändung ausgelöscht.

Als wir im Bett zusammenfanden, hielten wir inne und schauten einander lange in die Augen. In dem Moment erkannte ich, daß der Liebesakt die allergrößte Bestätigung unserer tiefsten Gefühle füreinander sein kann. Es war weit weniger ein Nehmen als ein Geben. Ich konnte Pierres Gedanken hören, sein Flehen hören: »Komm mit mir, schwing dich mit mir auf und vergiß für diese kostbaren Augenblicke alles um uns herum. Wir bedeuten die Welt füreinander; ein jeder von uns ist die Sonne des anderen; wir sind die Sterne.«

Es war wundervoll, mich uneingeschränkt hinzugeben und zu spüren, wie er sein ganzes Wesen vollständig in mich eintauchen ließ. Wir waren, wie die Dichter sagen, eins geworden. Hinterher lagen wir nebeneinander, von diesem Prickeln erfüllt, und wir berührten einander immer noch mit Händen und mit Mündern.

»Das hier ist unser geheimes Versteck«, sagte Pierre. »Niemand darf etwas davon erfahren. Solange es mir irgend möglich ist, werde ich kommen, sooft ich kann«, versprach er mir.

»Aber wie soll das gehen, Pierre? Du bist verheiratet.«

»Meine Frau und ich leben derzeit jeder sein eigenes Leben. Sie begnügt sich damit, die Königin des Straßenzugs zu sein, in dem wir wohnen, zu den hochangesehensten Personen von New Orleans zu gehören, sich wie eine Prinzessin in dieser Stadt zu fühlen. Ihre Freunde sind nicht meine Freunde. Ich fühle mich nicht wohl auf den Veranstaltungen, die sie besucht, und ich bin nicht gern mit den Leuten zusammen, mit denen sie sich umgibt. Es sind ausnahmslos ... Gecken und Dandies, affektierte Geschöpfe beiderlei Geschlechts, die nicht nur einander, sondern auch sich selbst unablässig belügen, und hinterher tuschelt dann jeder hinter dem Rücken der anderen über sie. Daphne dagegen kostet diese Spielchen aus, und sie genießt es, im Mittelpunkt zu stehen, sich von Speichelleckern und Kriechern von vorn und von hinten bedienen zu lassen, sich wie die blaublütige Dame behandeln zu lassen, für die sie sich tatsächlich hält.«

»Aber, Pierre, ist das, was wir tun, denn nicht sündhaft?« Jetzt mußte ich unwillkürlich wieder an Mama und an all ihre Warnungen denken. »Sag mir, daß die Liebe all das rechtfertigt«, stöhnte ich, und die Tränen brannten unter meinen Lidern.

»Psst.« Er legte mir einen Finger auf die Lippen, ehe er mich lächelnd auf die Nasenspitze küßte. »Ja, meine bezaubernde Gabrielle. Die Liebe rechtfertigt das alles, und erst recht eine wahre Liebe, denn eine Liebe wie die unsere kann nur einer göttlichen Inspiration entstammen und muß somit gesegnet sein. Sie ist zu wunderbar, um vom Teufel erschaffen zu sein, und dazu ist sie auch zu rein. Meine Liebe zu dir entspringt nicht der Wollust, sondern der Zuneigung; ich liebe dich voller Selbstlosigkeit und bin nur von der Hoffnung beseelt, dich glücklich zu machen.«

»Aber was ist, wenn dich irgendwann jemand hier entdeckt? Was ist, wenn ...«

»Ich würde alles, was ich besitze, hundertfach für dich aufs Spiel setzen«, gelobte er, »denn alles, was ich habe, ist ohne dich nicht von Bedeutung für mich.«

Er küßte mich und hielt mich in den Armen, und ehe wir uns ankleideten, um unser geheimes Versteck zu verlassen, liebten wir uns noch einmal. Hinterher stiegen wir wieder in die Piragua, und Pierre setzte mich nicht weit von der Hütte ab, in der ich lebte, aber doch so weit entfernt, daß er unbemerkt entkommen konnte. Wir umarmten und küßten einander zum Abschied noch einmal.

»Ich komme wieder, sobald es geht«, sagte er. »Ich werde dich benachrichtigen, und du wirst wissen, wo du mich findest und wo ich auf dich warte. Möge jeder Tag zu einer Stunde werden, jede Stunde zu einer Minute, damit ich dich eher wiedersehen kann«, sagte er und küßte mich noch einmal, ehe er vom Ufer abstieß. Ich sah ihm nach, wie er davonstakte, meine Geistererscheinung, meine Traumliebe, bis er um eine Biegung verschwand.

Es erschien mir eher wie eine Illusion und weniger wie eine tatsächliche Begebenheit. Ich mußte mich selbst kneifen, um mich davon zu überzeugen, daß ich all das wirklich erlebt hatte und nicht etwa auf einem Felsen eingeschlafen war und die Vorstellungen nur heraufbeschwor. Ich wandelte auf Wolken, und mein Herz war von tiefer Zufriedenheit erfüllt, doch als ich mich der Hütte näherte, hörte ich, wie Mama und Daddy über Geld stritten. Ich blieb vor dem Fenster stehen und lauschte.

Sie behauptete, er hätte alles verspielt, was er besaß, und er schwor, es sei alles für Unkosten draufgegangen. Er wollte von ihr haben, was sie zur Seite geschafft hatte, doch sie weigerte sich, ihm das Geld zu geben.
»Ich werde dir nicht dabei helfen, deine neuerlichen Spielschulden zu bezahlen, Jack. Gabrielle und ich haben für das wenige, was wir zur Seite legen konnten, hart gearbeitet, und wir denken gar nicht daran zuzusehen, wie du unseren Spargroschen gemeinsam mit allem, was du hast, zum Fenster hinauswirfst.«
»Pah! Jetzt hör mir mal zu«, sagte Daddy mit tiefer Stimme in einem drohenden Tonfall.
Plötzlich stieß Mama ein lautes Heulen aus, und dann hörte ich, wie sie den Heiligen Medad anrief. Darauf ließ sie ein wirres Kauderwelsch folgen, das nur sie selbst verstand, und im nächsten Moment kam Daddy mit wildem Haar, gerötetem Gesicht und Augen, die ihm vor Furcht aus dem Kopf traten, aus dem Haus gestürzt. Er sprang mit einem Satz in seinen Wagen und fuhr los.
Als ich das Haus betrat, war Mama auf ihrem Schaukelstuhl in sich zusammengesunken. Ihr Kopf hing so tief herunter, daß ihr Kinn ihre Brust berührte.
»Mama!« rief ich aus, ehe ich eilig an ihre Seite lief und mich neben sie kniete, um ihre Hand zu halten.
Sie hob langsam den Kopf. »Mir fehlt nichts. Ich habe nur geglaubt, er käme noch einmal zurück«, sagte sie mit einem kalten Lächeln. Dann trat ein betrübter Ausdruck auf ihr Gesicht. »Es ist wirklich ein Jammer, daß ich auf Aberglauben und einen solchen Hokuspokus zurückgreifen muß, um gegen ihn etwas auszurichten.
Ich habe unser Geld überall vergraben, Gabrielle, an Orten, die er niemals finden wird. Es ist besser, wenn er nicht weiß, wieviel wir gespart haben, denn sonst nimmt er es uns doch nur weg und läßt uns auf dem trockenen sitzen, und das nur, um wieder einmal eine Sauftour zu machen. Was er nicht hat, das kann er nicht vertrinken und verspielen«, schloß sie.
»Es tut mir leid, Mama«, sagte ich. »Ich hatte den Eindruck, er hätte sich wirklich gebessert.«

»Er schien sich auch gebessert zu haben, aber er ist nicht beständig. Ich fürchte, man wird sich nie auf ihn verlassen können. Aber damit«, sagte sie und stand auf, »werden wir uns wohl abfinden müssen. Wir kommen schließlich auch mit dem aus, was wir haben, nicht wahr? Ich werde mich jetzt um unser Abendessen kümmern.«

»Liebst du ihn noch, Mama?« fragte ich. Mir war unbegreiflich, wie das hätte möglich sein können, vor allem jetzt, nachdem ich mit Pierre zusammen gewesen war und gesehen hatte, wie wunderbar wahre Liebe sein konnte. Mama blieb stehen, dachte einen Moment lang nach und verzog die Lippen dann zu einem winzigen Lächeln.

»Manchmal, wenn er so ist, wie er früher war, schlägt mir das Herz wieder höher, aber«, sagte sie mit einem tiefen Seufzen, »dieses Gefühl hält nicht an.«

Bis zu diesem Augenblick, nachdem ich auf meiner eigenen Wolke der Ekstase gereist war und erlebt hatte, was Liebe und Leidenschaft bedeuten konnten, war mir nicht voll und ganz klar gewesen, welche Last Mama mit sich herumtrug, und jetzt tat sie mir aufrichtig leid. Ich wünschte, ich hätte ihr alles erzählen können, doch ich wußte, daß sie mir verbieten würde, das Haus zu verlassen, und daß es ihr gelingen würde, Pierre so schnell wie möglich aus meinem Leben zu vertreiben, wenn ich auch nur ein einziges verräterisches Wort von mir gab. Manche Geheimnisse waren meiner Meinung nach notwendig, aber ich glaubte fest daran und hoffte, daß vielleicht eine Zeit kommen würde, zu der sich diese Notwendigkeit erübrigte.

Natürlich war ich noch sehr jung und hatte keine Ahnung, wie finster die Zukunft aussehen konnte. Nur Mama wußte das; nur sie hatte dieses Sehvermögen. Im Moment wollte ich nicht, daß sie in meine Zukunft sah. Lieber wollte ich es so wie meine Sumpfschildkröten halten und den Kopf einziehen, bis ein Unwetter vorüberzog. Die Frage war nur, ob ich zu meinem Schutz einen ebenso dicken Panzer hatte.

Daddy überraschte uns damit, daß er sich nicht betrank und dem Haus eine Zeitlang fernblieb, wie er es gewöhnlich tat, wenn er Streit mit Mama gehabt hatte. Er kam noch am selben

Abend nach Hause zurück, und zwar nüchtern, und am nächsten Morgen war er schon früh auf.
»Heute habe ich etwas Wichtiges vor«, sagte er, als er nach unten in die Küche kam. »Diese reichen Leute aus New Orleans, nach denen du dich erst kürzlich bei mir erkundigt hast, haben Bescheid gegeben, daß sie wieder einen Jagdausflug unternehmen wollen.«
»Monsieur Dumas?« sagte ich, nachdem ich einen Moment lang nach Luft geschnappt hatte.
»*Oui*. Ich werde eine neue Piragua kaufen, weil sie diesmal noch ein paar Freunde mitbringen werden«, sagte er zu mir. »Gestern habe ich ein Darlehen aufgenommen. Dafür muß ich hohe Zinsen zahlen, weil es nämlich jemanden gibt, der mir das Geld nicht zinsfrei leiht«, fügte er hinzu und sah Mama wütend an. Sie tat so, als hörte sie seine Klagen nicht. »Jedenfalls wird das Kanu heute geliefert«, sagte er. »Du kannst es für mich zureiten, Gabrielle. Preß ihm die Knie in die Flanken und zeig ihm, wo es langgeht, hörst du?«
»Ja, Daddy.« Ich bemühte mich, meine Aufregung zu verbergen. Würde Pierre seinen Vater begleiten? Würde er so schnell schon wiederkommen? Wie würde ich mich verhalten? Würde ich das Geheimnis unserer Liebe preisgeben? Würde Mama selbst dann etwas ahnen, wenn ich mich absolut zurückhielt?
Gegen Ende der Woche erschienen an einem späten Vormittag drei große Wagen, und die Männer aus New Orleans stiegen aus. Einen Moment setzte mein Herz aus. Schon seit dem Erwachen hatte ich diesem Augenblick entgegengefiebert, und ich wurde nicht enttäuscht. Pierre war unter den Besuchern.
Am frühen Morgen war ein Regenguß heruntergegangen, doch jetzt waren die gefiederten Sturmwolken nur noch am fernen Horizont zu sehen, und die Sonne hatte das Laub und das Gras bereits getrocknet. Daddy begrüßte aufgeregt Monsieur Dumas, und Monsieur Dumas stellte Daddy den anderen Jägern vor. Während sie miteinander sprachen, hielt sich Pierre im Hintergrund und sah von Zeit zu Zeit mit einem kleinen Lächeln auf den Lippen in meine Richtung. Aufgrund der späten Tageszeit, zu der sie eingetroffen waren, wurde beschlossen, daß Mama und ich den Männern schon vor dem Aufbruch

das Essen vorsetzen würden. Sie setzten sich an die Tische vor unserem Haus, und wir servierten ihnen unser Krabbenétouffée, Entengumbo und Austerngumbo, Mamas selbstgebackenes Brot und Wein. Für mich stellte es eine köstliche Folter dar, Pierre zu bedienen, ohne meine wahren Gefühle für ihn zu verraten. Ich bemühte mich, ihn dabei nicht anzusehen, da ich spüren konnte, daß die Augen sämtlicher Männer auf mich gerichtet waren.
»Ihre Tochter ist sehr hübsch, Monsieur«, sagte Pierres Vater zu Daddy. Er knurrte, sah mich an, als hätte er meine Anwesenheit gerade eben erst bemerkt, und lächelte. Ich spürte, wie die Röte in meinen Hals und in mein Gesicht aufstieg. Ich warf einen schnellen Blick auf Pierre und schlug dann die Augen nieder.
»Aus ihr wird noch einmal eine große Schönheit werden«, sagte Daddy mit vollem Mund.
»Werden? Man müßte blind sein, um nicht zu erkennen, daß sie bereits jetzt eine große Schönheit ist. Wie alt sind Sie, Mademoiselle?« fragte mich Pierres Vater.
»Neunzehn, Monsieur.«
»Neunzehn? Mir erscheint es ein Jammer, ihre Talente hier zu vergeuden«, bemerkte einer der anderen reichen Männer.
»Hier wird nichts vergeudet«, gab Mama mit scharfer Stimme zurück, und das lüsterne Lächeln fiel schnell von ihm ab. Daddy schaute finster und Mama wies mich an, etwas ins Haus zu bringen.
Schon bald darauf machten sie sich für ihren Jagdausflug in die Sümpfe bereit, und alle schlüpften in ihre hüfthohen Stiefel. Sie überprüften noch einmal ihre Schrotflinten, und Daddy lobte sie für ihre gute Ausrüstung.
Pierre ging diesmal mit auf die Jagd, doch ehe er in die Piragua stieg, blieb er neben mir stehen, drückte heimlich meine Hand und flüsterte: »Ich bleibe länger und warte hinterher in unserem Versteck auf dich. Ich habe schon alles vorbereitet.«
»Aber dein Vater ...«
»Mach dir seinetwegen keine Sorgen. Du brauchst dir überhaupt keine Sorgen zu machen. Kannst du heute abend kommen?«

»Ja«, versprach ich ihm.
»Mach dir keine Sorgen«, sagte er noch einmal lächelnd, als er aufbrach. »Ich werde keine Tiere töten. Jetzt, nachdem ich dich kennengelernt habe, bin ich ein noch schlechterer Schütze als vorher.«
Ich lachte und wandte mich ab, um ins Haus zu eilen und Mama beim Aufräumen zu helfen. Als ich mich umdrehte, sah ich, daß sie am Fenster stand und mich beobachtete. Zwischen den Latten der hölzernen Jalousie war ihr Gesicht so finster und so traurig, als hätte sie gerade das Ende der Welt vor ihren Augen gesehen.

12.

Ich folge meinem Herzen

Mama sagte kein Wort zu mir; ihre Augen sprachen Bände, als sie das Abendessen für uns vorbereitete und wir gemeinsam aßen. Wenn sie mich ansah, drückten sich Enttäuschung und Traurigkeit in ihren Augen aus. Daddy nahm eine ganze Zeitlang nichts von alledem wahr. Er strahlte immer noch, weil er einen erfolgreichen Jagdausflug hinter sich hatte und damit gutes Geld eingenommen hatte.

»Wenn ich mir überlege, wieviel Zeit ich darauf verschwendet habe, für andere zu arbeiten«, predigte er. »Von jetzt an wird niemand mehr Jack Landry ausnutzen und mich wie einen Sumpfsklaven behandeln«, gelobte er. »Nein, davon kann keine Rede sein. Mir bringt man Respekt entgegen. Ich glaube, eigentlich könnte ich gleich auch noch in ein weiteres Gebäude investieren, ein richtiges Bootshaus, und mit der Zeit werde ich einen Assistenten einstellen«, fuhr er fort und geriet dabei immer mehr in Fahrt. »Ich werde meine Dienste in den Zeitungen inserieren, vielleicht sogar in den Zeitungen von New Orleans. Wir werden diese Hütte herrichten, die Außenwände neu verkleiden und das Grundstück verschönern, alles vorzeigbar herrichten.«

Er unterbrach seinen Redeschwall und sah Mama an. »Warum bist du so still, Catherine? Freust du dich denn nicht über das Geld, das ich dir gegeben habe, und darüber, wie gut wir jetzt dastehen?«

»Oh, doch, ich freue mich darüber, Jack«, sagte sie eilig. »Ich will nur keine Versprechungen und Gelübde hören, an die du dich dann doch nicht hältst«, warnte sie ihn.

»Hast du das gehört, Gabrielle? Nach allem, was ich schon getan habe, muß ich mir so etwas anhören. Ein Cajunmann hat bei einer Cajunfrau wahrhaftig keine Chance. Das sind die halsstarrigsten und störrischsten Weibsbilder diesseits der Hölle. Man läßt einer Cajunfrau die Leine einen Zentimeter zu locker, und sie wird sie dehnen, bis sie lang genug ist, um dich daran mit dem Kopf nach unten an der nächstbesten Zypresse aufzuhängen und dich dort baumeln zu lassen, bis dir das Blut aus dem Haar tropft.« Er fuhr sich mit den langen Fingern durch das Haar und hielt mir dann seine Handflächen hin. »Sieh nur, bei mir ist es bereits soweit.«

»Laß den Unsinn, Jack Landry«, sagte Mama mit einem gepreßten Lächeln. »Du tust gerade so, als würde ich dich schlecht behandeln.«

»Ich fühle mich auch schlecht behandelt, weil ich nicht genug Anerkennung bekomme«, klagte er.

Mama hob die Augen zur Decke, als wollte sie um göttliche Führung bitten, und dann schüttelte sie den Kopf.

»Deine Mama ist ein ziemlich harter Brocken, Gabrielle. Ohne ein breites Grinsen hält das kein Mensch aus«, sagte er.

»Laß den Unsinn, Jack Landry.«

»Schenk mir noch ein wenig von deinem guten Wein ein, Catherine«, sagte Daddy, und ein ganz anderer Ausdruck trat in seine Augen. »Es ist an der Zeit, daß wir beide miteinander feiern.«

»Wann es an der Zeit zum Feiern ist, entscheide ich«, sagte Mama, doch sie goß ihm den Wein ein und warf dann wieder einen betrübten Blick in meine Richtung. Ich aß meinen Teller leer und räumte den Tisch ab.

»Laß uns eine kleine Spazierfahrt unternehmen, Catherine Landry«, schlug Daddy vor. »So wie früher«, fügte er mit einem Zwinkern hinzu. Ich konnte mich nicht erinnern, jemals vorher gesehen zu haben, daß Mama errötet war. Sie wandte eilig den Blick ab und ging nach oben, um sich einen dünnen Schal zu holen.

»Wir werden nicht lange fort sein«, sagte Mama zu mir.

»Das wird sich zeigen«, sagte Daddy. »Wir könnten zwischendurch anhalten, um uns vor Samson's Landing den Mond über dem Deich anzusehen.«

»Halt endlich den Mund, Jack Landry, du Dummkopf«,

fauchte Mama ihn an. Daddy lachte, legte ihr den Arm um die Taille und eilte mit ihr aus dem Haus. Sie sah sich noch einmal nach mir um und warf mir einen warnenden Blick zu, doch Daddy zerrte sie in seinen Wagen, ehe sie auch nur noch ein einziges Wort hinzufügen konnte. Ich hörte, wie die beiden wegfuhren, und in dem Moment, in dem ich allein war, begann mein Herz heftig zu pochen.

Ich spülte das Geschirr und lief dann eilig zum Anlegesteg, um in mein Kanu zu steigen. Das Herz pochte so laut und so schnell in meiner Brust, daß ich kaum das Kanu staken konnte und fürchten mußte, mir könnte der Atem ausgehen und ich würde wieder über Bord fallen. Ich glitt jedoch schnell am Ufer entlang, und schon kurze Zeit später sah ich den alten Anlegesteg der Daisys vor mir. Heute stand nur eine schmale Mondsichel am Himmel, und selbst diese war die meiste Zeit hinter einer dichten Schicht aus dunklen Wolken verborgen, die sich vom Golf heranwälzten. Die Zikaden zirpten lauter denn je und wurden von einem Chor von krächzenden Ochsenfröschen begleitet. Ein Reiher landete auf dem Anlegesteg, ehe ich dort eintraf, und einen Moment lang stolzierte er über die Planken, ehe er wieder in die Dunkelheit hinaussegelte.

Vom Anlegesteg aus konnte ich den matten Schimmer der Butangaslampe im hinteren Fenster der Hütte sehen. Ihr Schein flackerte wie Kerzenlicht. Ich zögerte, schlang die Arme um mich und sah mich in der Dunkelheit nach allen Seiten um. Alles erschien mir verboten; mit ihren finsteren Blicken am heutigen Abend hatte Mama bewirkt, daß sich eine Decke von Tabus auf die Welt herabgesenkt hatte. Doch im Innern der Hütte wartete die große Liebe meines Lebens darauf, meine Lippen wieder zu spüren. Jedesmal, wenn ich die Augen schloß, tanzten Pierres betörende Augen auf den Innenseiten meiner Lider, und seine Stimme trieb in der sanften Brise, die mein Haar flattern ließ und meine Ohren kitzelte. Ich hörte ihn rufen: »Gabrielle ... Gabrielle.« Ich konnte regelrecht spüren, wie sich seine Hand um meine schlang, mich führte, mich voranzog, mich drängte, an seiner Seite zu sein.

Er kam nicht aus dem Haus, um mich zu begrüßen, und als ich langsam die Tür öffnete und in das dunkle Innere der Hütte

trat, war nichts von ihm zu hören oder zu sehen. Vielleicht war es gar nicht Pierre; vielleicht hielt sich jemand anderes in der Hütte auf.
»Pierre?« rief ich. Es kam keine Antwort; ich konnte nichts anderes vernehmen als das Trommeln meines eigenen Herzens gegen meine Brust. »Pierre?«
Ich ging weiter, blieb unter der Treppe stehen und lauschte.
»Pierre?«
»Gabrielle«, hörte ich schließlich aus der Dunkelheit über mir. »Ich bin hier oben und warte auf dich.«
Ich bebte von Kopf bis Fuß und mußte mich am Geländer festhalten, als ich die Treppe hinaufstieg. In die Dunkelheit gehüllt ging ich langsam auf die Schlafzimmertür zu, und als ich hineinsah, lag er nackt auf unserem Bett und war in den matten Schein der Butangaslampe getaucht, der seinen Körper schimmern ließ.
»Ich hätte nicht kommen dürfen«, flüsterte ich gerade laut genug, daß er mich hören konnte. »Ich hätte der Versuchung widerstehen müssen.«
»Ebensogut könntest du versuchen, bis ans Ende deiner Tage den Atem anzuhalten«, erwiderte er. »Wir können uns dem nicht versagen, was unser Herz begehrt. Gabrielle, komm zu mir«, sagte er und breitete die Arme aus.
Ich hatte Ähnlichkeit mit einem Menschen, der unter Hypnose steht, als ich langsam auf ihn zuging und meine Beine mir vorkamen, als schwebten sie durch die Luft zu dem Bett. Es war seine Idee, daß wir einander eine Zeitlang nicht berührten, uns nicht küßten, uns nicht streichelten, einander noch nicht einmal mit dem Atem streiften. Er lehnte sich zurück, während ich mich im gelben Schein der kleinen Lampe auszog. Dann rückte er auf die andere Seite des Bettes, und ich legte mich hin, ließ den Kopf auf das Kissen sinken und heftete den Blick auf ihn. Wir sahen einander an, und unser beider Herzen pochten, während das Blut durch unsere Körper strömte.
Ich sehnte mich von Kopf bis Fuß danach, berührt zu werden. Meine Lippen prickelten vor Vorfreude. Er lächelte und hielt seine Hand zwei Zentimeter über meine Brüste, bewegte sie

durch die Luft, als streichelte er mich. Ich stöhnte, schloß die Augen und wartete ab.

»Was für eine köstliche Folter«, sagte er.

Ich wand mich, stöhnte wieder und fuhr mir in Erwartung seines Kusses mit der Zungenspitze über die Lippen.

»Jeder Zentimeter zwischen uns ist wie eine Meile«, sagte er. »Jetzt weißt du, wie qualvoll es für mich ist, nach New Orleans zurückzukehren, und du weißt auch, was es für mich heißt, aus meinem Fenster in Richtung Bayou zu schauen und an dich zu denken.«

Ich war mit der Hoffnung gekommen, ich brächte die Stärke auf, mich ihm zu versagen, doch jetzt kostete es mich meine gesamte Kraft, mich ihm nicht an den Hals zu werfen.

»Gabrielle«, sagte er schließlich, und seine Lippen kamen näher und immer näher, bis wir uns endlich küßten. Es war der prickelndste und erregendste Kuß, den wir bisher miteinander ausgetauscht hatten. Ich hielt ihn enger und fester umschlungen als er mich, und dann berührten unsere Körper einander, und wir kamen zusammen. Diesmal liebten wir uns wilder. Es war, als hätten wir einander damit um den Verstand gebracht, daß wir uns mit unserem eigenen Verlangen geneckt hatten. Ich wollte nicht, daß es jemals aufhörte, und als es zu enden drohte, schrie ich auf und verlangte mehr, grub meine Finger in seine Schultern und in seine Hüften.

Er lachte, und wir liebten uns, bis unsere beiden Körper vor Schweiß glänzten, unsere Herzen kurz vor dem Zerspringen standen und unsere Lungen das Verlangen nach Luft nicht mehr stillen konnten. Keuchend und doch glücklicher denn je ließen wir uns auf das Bett zurücksinken. Wir lagen mit den Köpfen dicht nebeneinander da, und er hatte einen Arm um meine Schultern gelegt, während wir darauf warteten, daß wir wieder Luft bekamen und miteinander reden konnten.

»Kannst du je an meiner Liebe zu dir zweifeln?« fragte er.

»Nicht mehr, als ich an meiner Liebe zu dir zweifeln kann.«

»Gut. Dann laß uns in Zukunft nicht mehr über Entsagung reden.«

Ich schmiegte mich in die Wärme seiner Armbeuge und lauschte, während er mir schilderte, wie es für ihn gewesen

war, dem Rendezvous mit mir entgegenzufiebern und es mit dem Ausflug seines Vaters zu verbinden.
»Wir hatten so viel zu tun, daß ich nicht wußte, wann wir es schaffen würden, wieder herzukommen, aber mein Vater war fast so begierig darauf wie ich.«
»Und zu Hause wird dich niemand vermissen, wenn du nicht gemeinsam mit ihm zurückkommst?« fragte ich und meinte damit seine Frau.
»Offiziell habe ich eine Geschäftsreise unternommen. Das ist für mich nichts Ungewöhnliches, aber ich glaube, mein Vater hat trotzdem Verdacht geschöpft.«
»Was wird er tun?« fragte ich und fürchtete mich ein wenig.
»Nichts. Er ist nicht darauf aus, weitere Unannehmlichkeiten zu bekommen. Er mag zwar anscheinend unbeschwert mit seinen Freunden umgehen, aber in Wirklichkeit ist er derzeit sehr unglücklich. Zum ersten einmal ist da mein Bruder Jean, von dem ich dir schon erzählt habe, und dann kommt noch hinzu ...«
»Was?« fragte ich, als er zögerte.
»Die Unfähigkeit meiner Frau, Kinder zu bekommen. Er hat auf Enkel gehofft. Er ist tief enttäuscht.«
»Besteht denn keine Hoffnung, daß dein Bruder eines Tages wieder gesund wird?«
»Nein. Die Ärzte glauben, daß es sich um einen bleibenden Schaden handelt. Unter Umständen kann sich seine Verfassung so weit bessern, daß er sich wieder um seine grundlegendsten Bedürfnisse kümmern kann, aber er wird nie mehr der Mann sein, der er früher einmal war«, sagte Pierre und setzte sich eilig auf. »Ich gebe mir die Schuld daran«, fügte er hinzu.
Ich legte eine Hand auf seinen Rücken. »Warum denn das? Wenn ihr in einen Sturm geraten seid ...«
»Ich hätte niemals mit ihm segeln gehen dürfen. Wenn ich das nicht getan, sondern auf meine eigenen Warnungen gehört hätte, statt mich von ihm provozieren zu lassen, dann ginge es ihm heute gut.«
»Aber er konnte doch gut segeln, oder nicht? Er hätte es selbst wissen müssen.«
»Jean hat mich immer provoziert, ihm alles gleichzutun. Ich

glaube, sein Ego hat über seine Vernunft gesiegt. Ich hätte ihn zurückhalten sollen. Schließlich bin ich der Ältere, der Klügere«, sagte er.
»Aber du bist ein Mann, und jeder Mann hat sein Ego. Ich bin sicher ...«
»Nein«, sagte er schroff. »Es war meine Schuld. Ich werde lernen müssen, damit zu leben, aber, was noch wichtiger ist, ich werde Mittel und Wege finden müssen, meinen Vater vor seinem Tod glücklich zu machen. Ich versuche mein Bestes. Ich tue geschäftlich, was ich kann, aber das ist nie genug. Verstehst du, mein Vater ist ein sehr anspruchsvoller Mensch.«
Plötzlich wandte er sich lächelnd wieder zu mir um und sagte: »Aber laß uns nicht länger über die Probleme meiner Familie sprechen. Laß uns nur noch über uns selbst reden.
Laß uns einander etwas geloben. Wir wollen geloben, nur an unsere eigene Seligkeit zu denken und uns keine Gedanken über die Folgen unseres Tuns zu machen, solange wir alles nur aus Liebe heraus und füreinander tun.«
»Das klingt nach einem sehr egoistischen Gelübde«, sagte ich.
»Genau so ist es auch gedacht. Ich will Glück aus dem Schlund der Traurigkeit pflücken und die Ungeheuer vertreiben. Ich will, daß uns beiden nie und nimmer etwas zustoßen kann. Ich will uns gegen das Unglück abschirmen, das Leid, die Eifersüchteleien, das Böse, das sich in das Leben aller einzuschleichen scheint, sogar in das der reichsten und angesehensten Leute. Niemand wird je eine solche Ekstase erleben, wie sie uns vergönnt sein wird, Gabrielle. Das schwöre ich dir.«
»Deine Liebe zu mir überwältigt mich«, sagte ich. »Sie jagt mir Angst ein, weil ich nicht weiß, ob ich ein solches Versprechen halten kann, Pierre. Ich glaube, meine Mutter weiß bereits von uns.«
»Wenn sie wahrhaft eine Seherin ist, dann wird sie deutlich erkennen, wie dein Herz überläuft und wie rein unsere Liebe ist, und sie wird nicht wollen, daß wir uns voneinander trennen.«
»Aber du bist verheiratet. Wir können nicht für immer ein Liebespaar bleiben.«
»Irgendwie wird sich eine Möglichkeit finden lassen«, sagte er.
»Laß uns vorerst nicht daran denken. Laß uns an nichts den-

ken, was unsere Liebe schmälert. Laß uns bewußt blind und taub für alles andere als uns selbst sein. Schaffst du das?«
Er wartete meine Antwort nicht ab. Seine Lippen legten sich auf meine, und dann küßte er mein Kinn und meine Brüste und legte den Kopf auf meinen Schoß. Ich streichelte sein Haar und schaute in sein schönes Gesicht und in seine flehentlichen Augen hinab, und ich gebot den Stimmen in meinem Innern, die mich warnen wollten, augenblicklich zu verstummen.
Schweig still, mein Herz, dachte ich, und höre nur auf den Schwur meiner Liebe.
Ich ließ meinen Kopf wieder auf das Kissen sinken. Ein Regenschauer ging herunter, und die Tropfen trommelten auf das Wellblechdach. Pierre zog mich eng an sich, damit wir uns zum Rhythmus des Regens noch einmal lieben konnten.
Es regnete immer noch, als ich die Hütte verließ, um meine Piragua nach Hause zu staken. Pierre wollte mich hinfahren, doch ich sagte ihm, es sei nicht das erste Mal, daß ich durch den Regen stakte, selbst bei Nacht. Er begleitete mich an den Anlegesteg, und wir küßten uns zum Abschied. Er stand lächelnd da, während die Tropfen über seine Wangen rannen und seine Kleidung durchnäßten, doch er benahm sich, als hätten wir einen strahlend schönen, trockenen Sonnentag. Ich stieß mich ab und winkte, und kurz darauf verlor ich ihn in der Dunkelheit aus den Augen. Er sagte, er würde am Abend nach New Orleans zurückfahren und mir Bescheid geben, wann er wieder in unser Liebesnest zurückkehren könne.
Mama und Daddy waren bei meiner Rückkehr nicht zu Hause, und das erleichterte mir die Situation. Ich log Mama nicht gern an, doch ich hatte mir vorsichtshalber eine Geschichte zurechtgelegt. Ich lag schon lange im Bett und war sogar bereits eingeschlafen, als die beiden nach Hause kamen. Ich erwachte von Daddys Gelächter, und ich hörte, wie Mama ihm sagte, er solle leiser sein. Er stieß gegen einen Stuhl, und Mama schalt ihn wieder aus. Dann half sie ihm die Treppe hinauf und ins Bett. Ich hörte, wie sie auf meine Tür zuging, und ich hatte das Gefühl, daß sie eine ganze Zeitlang dort stehen blieb, doch ich stellte mich schlafend.
Am nächsten Morgen schlief Daddy lange. Als ich zum Früh-

stück nach unten kam, war Mama schon auf, saß am Tisch und hatte die Hände um einen Becher dampfenden Kaffee gelegt. Sie schaute in die dunkle Flüssigkeit, als sei es eine Kristallkugel.

»Guten Morgen, Mama«, sagte ich und wandte eilig die Augen ab, um ihrem durchdringenden Blick auszuweichen, als sie den Kopf hob. Ich hätte ebensogut auch gleich ein Geständnis ablegen können. Sie wartete, bis ich mir eine Tasse Kaffee und ein Stück Brot geholt hatte, ehe sie etwas sagte.

»Gestern abend, nachdem dein Daddy und ich fortgefahren sind, bist du aus dem Haus gegangen, stimmt's, Gabrielle?«

»Ja, Mama.«

»Wo bist du gewesen?«

»Ich habe nur einen Spaziergang gemacht und dann eine kleine Ausfahrt mit meiner Piragua unternommen«, sagte ich und schmierte Marmelade auf mein Brot.

»Du hast dich irgendwo mit diesem Mann getroffen, oder etwa nicht, Gabrielle?« fragte sie mich direkt. Mein Herz blieb erst stehen und flatterte dann. »Du kannst mich nicht belügen, Gabrielle. Es steht dir ins Gesicht geschrieben.«

»*Oui*, Mama«, gestand ich. Sie hatte recht: Ein Geheimnis vor Mama zu bewahren, war ganz so, als wollte man einem Wirbelsturm Einhalt gebieten.

»O Schätzchen«, stöhnte sie. »Wie kannst du dich nach allem, was du mitgemacht und durchlitten hast, noch einmal mit einem verheirateten Mann einlassen?«

»Wir lieben uns, Mama. Es ist etwas ganz anderes, und es hat Ähnlichkeit mit nichts, was ich je zuvor empfunden habe«, protestierte ich.

»Woher willst du das wissen?« fragte sie mit strenger Miene. »Du hast nie wirklich einen Freund gehabt.«

»So schön kann es mit keinem anderen sein.«

»Natürlich kann es das. Du erlebst lediglich zum ersten Mal in deinem Leben echte Erregung, und dann auch noch bei einem sehr raffinierten, reichen Mann aus der Stadt, der wahrscheinlich ein halbes Dutzend junge Mätressen hat«, behauptete sie. Auf einen solchen Gedanken war ich selbst nie gekommen.

»Nein, Mama, er hat gesagt …«

»Er würde alles sagen, um dich dahinzubekommen, wo er dich haben will, Gabrielle.« Sie beugte sich zu mir vor, damit ich diesen allwissenden Augen nicht ausweichen konnte. »Und er würde dir alles versprechen, um zu bekommen, was er will. Wenn du ihm glaubst, dann liegt das in erster Linie daran, daß du ihm glauben willst, und in zweiter Linie kommt es daher, daß er schon soviel Übung darin hat, jungen Mädchen alles zu versprechen, und deshalb stellt er sich geschickt an«, schloß sie.
Ich starrte vor mich hin und dachte nach. Dann schüttelte ich den Kopf. »Das kann nicht sein. Das kann einfach nicht sein«, beharrte ich und wollte damit nicht nur sie, sondern auch mich selbst überzeugen.
»Und warum nicht, Gabrielle?«
»Ich fühle ihn«, sagte ich und schlug mir die Hand auf das Herz, »ganz tief hier drinnen. Meine Gefühle haben mich bisher noch nie betrogen«, beharrte ich, um mir selbst Mut zu machen. »Schon als kleines Mädchen habe ich gewußt, was wahr ist und was nicht. Meine Tiere ...«
»Tiere sind soviel einfacher als Menschen, Gabrielle. Sie sind nicht gerissen und hinterhältig.«
»Sag das mal meinen Spinnen«, warf ich ihr an den Kopf. Mamas Augen funkelten einen Moment lang belustigt, doch dann kehrte die Sorge wieder zurück.
»Also, gut, was ist mit deiner Spinne, die eine anscheinend so harmlose Welt um sich herum aufbaut, einen so unschuldigen Anschein, daß die Fliege sich immer davon verleiten läßt und erst zu spät merkt, daß sie der Spinne ins Netz gegangen ist? Es steht in der Macht eines reichen, kultivierten Mannes wie Monsieur Dumas, eine sehr einladende Welt um sich herum zu spinnen. Und in diesem Netz wird er dich fangen, und wenn du es merkst, wird es bereits zu spät sein.«
»Pierre ist kein bißchen verschlagener als ich, Mama. Du kennst ihn noch nicht gut genug.«
»Und was ist mit dir? Du kennst ihn bereits gut genug?«
»Unsere Gefühle füreinander haben unseren Geist und unsere Seele offengelegt. Wenn man einander wahrhaft liebt, dann braucht man nur Minuten, ehe man alles Wissenswerte

übereinander weiß. Er hat mir von seinem großen Unglück erzählt, und ich sehe, wie sehr er leidet, obwohl er so reich ist.«
»Und was ist mit seiner Frau?« fragte sie.
»Jeder von beiden führt im Moment sein eigenes Leben. Sie war nicht in der Lage, ihm ein Kind zu schenken, und sie legt mehr Wert auf ihre hochgestellten Freunde als auf ihn«, erklärte ich.
»Aber wohin soll all das führen, Gabrielle?« fragte sie verzweifelt.
»Ich weiß es nicht«, gab ich zu.
»Und im Augenblick ist es dir gleich, weil du dich von deinen Gefühlen und von deiner Erregung blenden läßt. Glaubst du etwa, ich wüßte nicht, wie sehr du dich nach einer wahren Liebe sehnst und wie dringend du jemanden brauchst, der dich wirklich liebt, vor allem nach den abscheulichen Erfahrungen, die du gemacht hast? Und daher ergreifst du die erste Gelegenheit beim Schopf, die sich dir bietet, aber leider ist es keine Gelegenheit, Gabrielle. Je höher du dich in dieses blendende Licht aufschwingst, desto tiefer wird die Dunkelheit sein, in die du stürzt.«
Sie lehnte sich mit strenger Miene zurück, und ihre Worte hingen schwer in der Luft zwischen uns.
»Ich will, daß du diesem Mann bei der ersten sich bietenden Gelegenheit sagst, du wirst ihn nie wiedersehen, hast du gehört? Wenn du es nicht tust, werde ich es tun, Gabrielle, und selbst, wenn es heißt, daß ich den weiten Weg nach New Orleans zu Fuß zurücklege und an seine Haustür klopfe«, drohte sie mir.
»O Mama, bitte ...«
»Wenn ich tatenlos dastünde und zusähe, wie du ertrinkst, dann ließe ich mir damit doch etwas zuschulden kommen, oder etwa nicht? Ich kann dir versichern, daß ich gar nicht daran denke, tatenlos zuzusehen«, gelobte sie.
Wir hörten, wie die Bodendielen über uns ächzten.
»Es ist das beste, wenn dein Daddy nichts davon erfährt, hörst du, Gabrielle?«
»Ja, Mama.« Ich schlug die Augen nieder.

»Es tut mir leid, Schätzchen, aber ich weiß, was das beste für dich ist.«
Ich warf einen zornigen Blick auf sie. Warum wußte sie immer, was das beste für mich war? Schließlich war sie nicht ich. Was glaubte sie wohl, wie es war, eine Heilerin zur Mutter zu haben und in all diesen Jahren zu glauben, jeder einzelne meiner Gedanken und jedes meiner Gefühle stünden unverhüllt vor ihren Augen, so nackt wie ein Neugeborenes? Und außerdem, dachte ich, war Mama keineswegs unfehlbar, wenn es um die Liebe ging. Man brauchte sich ja nur anzusehen, welchen Fehler sie begangen hatte und was für eine Ehe sie jetzt führte. Trotzig stand ich vom Tisch auf und lief aus dem Zimmer.
»Gabrielle!«
Die Haustür schlug hinter mir zu, als ich die Stufen der Veranda hinuntersprang und um das Haus herum zum Wasser lief. Fast den ganzen Tag über hielt ich mich fern vom Haus, schlenderte über meine Pfade, glitt über das Wasser, saß auf einem großen Felsen und beobachtete die Vögel und die Fische. Die ganze Zeit dachte ich über die Worte Mamas nach.
Meine Vernunft schlug sich natürlich auf Mamas Seite und machte geltend, sie sei nur um mein Glück besorgt und bemühte sich, mich vor Traurigkeit und Enttäuschungen zu bewahren. Dieser Teil von mir warnte mich davor, nur für den Moment zu leben. Er verspottete das Gelübde, das Pierre und ich einander abgegeben hatten. Was war das überhaupt für ein Gelübde, der Schwur, alles und jeden außer dem eigenen Vergnügen zu mißachten? Es war kurzsichtig, nur für den Moment zu leben. Was würde passieren, wenn der Tag der Abrechnung kam?
Meine andere Seite, der Teil von mir, der unbändig und frei war und seine Kraft aus der Natur schöpfte, dieser andere Aspekt von mir, der sich noch nie wohl gefühlt hatte, wenn er von Kleidungsstücken oder von Häusern oder von Vorschriften eingeengt wurde, die die Menschen aufgestellt hatten, weigerte sich, darauf zu hören. Sieh dir nur die Vögel an. Die sitzen nicht da und machen sich Sorgen, der Winter könnte kommen; sie kosten genüßlich den Frühling und den Sommer aus und

spüren die warme Brise um sich herum, wenn sie durch die Luft gleiten, glücklich, frei und unbeschwert.
Und was ist mit diesen Menschen, die vernünftig gehandelt und den sogenannten Richtigen geheiratet haben? Was ist mit diesen Menschen, die nie nackt in der Sonne und unter den Sternen gelegen haben, die in erster Linie auf ihren Verstand und nicht auf ihr Herz gehört haben? Sie sind in ihren weisen und vernünftigen Entscheidungen gefangen, und während sie dahinwelken, fragen sie sich, wie es wohl hätte sein können, wenn sie sich von ihren Gefühlen und nicht von ihren Gedanken hätten leiten lassen.
Aber deine Mama hat sich von ihren Gefühlen und nicht von ihren Gedanken leiten lassen, gab meine vernünftige Seite zurück. Dieser Gedanke machte mich eine Zeitlang sehr nachdenklich. Ich saß da und grübelte. Meine vernünftige Seite sprach weiter. Sie versucht doch nur, dich in den Genuß ihrer Weisheit kommen zu lassen, einer Weisheit, die sie betrüblicherweise durch Schmerz und Leid errungen hat. Kannst du ihr Geschenk nicht dankbar annehmen und endlich aufhören, ein stures, selbstsüchtiges kleines Mädchen zu sein?
Ich drängte meine Tränen zurück und holte tief Atem.
Ich war immer noch trotzig, oder zumindest versuchte ich, an meinem Trotz festzuhalten, als ich das Gesicht in den Wind hielt und schrie.
«Ich liebe Pierre! Ich werde ihn immer lieben. Ich werde ihn nicht aufgeben. Ich denke gar nicht daran!»
Meine Worte wurden davongetragen. Sie änderten nichts. Es kostete nicht allzuviel Mühe, sie herauszuschreien; ich konnte sie noch einmal schreien. Was große Mühe kostete, war dagegen, sie in meinem Herzen zu verschließen und die Tür zu diesem geheimen Ort in meinem Innern abzusperren, in dem Pierres Gesicht seinen Sitz hatte und seine Worte ewig widerhallten.
Als ich mich auf den Heimweg machte, fragte ich mich, ob jede Geburt, ganz gleich, ob es sich um die Geburt einer Spinne oder die Geburt eines menschlichen Wesens handelte, ein weiterer Herzschlag des Universums war. Vielleicht war meine Geburt ein unregelmäßiger Herzschlag gewesen. Ich ging

schlichtweg nicht mit dem Rhythmus dieser Welt synchron, und ich würde niemals meinen Platz in ihr finden. Nie würde ich Glück finden, nie eine Liebe, die lebbar war. Es war mir bestimmt, eine Ausgestoßene zu sein. Vielleicht fühlte ich mich deshalb so sehr zu den einfachen und natürlichen Dingen hingezogen, und vielleicht kam es daher, daß ich mich im Sumpf sicherer fühlte als in der menschlichen Gesellschaft.
Mama schaute von den Kleidungsstücken auf, die sie in der Regentonne wusch, als ich auftauchte. Sie war nicht wütend; es tat ihr alles schrecklich leid für mich. Sie unterbrach ihre Arbeit und wartete, als ich näherkam.
»Ich werde es ihm sagen. Ich werde mich nicht mehr mit ihm treffen, Mama«, sagte ich.
»Das ist das beste, Gabrielle.«
»Das beste sollte einem nicht so schwerfallen«, gab ich erbost zurück und ging in die Hütte.
Fast eine Woche verging, ehe ich wieder etwas von Pierre hörte. Während dieser Zeit saß ich in meinem Zimmer am Fenster und schaute über die Flußläufe hinaus in Richtung New Orleans, und ich fragte mich, was er wohl gerade dachte und was er wohl gerade tat. In Gedanken schrieb ich meinen Brief an ihn und schrieb ihn immer wieder um, bis ich die richtigen Worte fand, und dann setzte ich mich eines Abends spät, nachdem Daddy und Mama schon zu Bett gegangen waren, an den Küchentisch und brachte die Worte zu Papier.

Lieber Pierre,

manche Frauen glauben, die Geburt eines Kindes sei das schwierigste und schmerzhafteste Ereignis in ihrem ganzen Leben. Hinterher bekommen sie natürlich eine wunderbare Belohnung dafür. Ich jedoch glaube, die Geburt dieser Worte auf diesem Blatt Papier ist für mich schwieriger und schmerzhafter als alles andere. Und ich habe auch keine wunderbare Belohnung zu erwarten.
Ich kann mich nicht mehr mit Dir treffen. Ich liebe Dich; ich werde jetzt nicht lügen und das bestreiten, aber unsere Liebe ist, wenn sie auch noch so wunderschön erscheint, ein zwei-

schneidiges Schwert, das sich eines Tages gegen uns wenden wird, vielleicht sogar schon eher, als wir es erwarten. Wir werden andere zutiefst verletzten, vielleicht sogar so tief, daß sie sich nicht mehr davon erholen, und unter Umständen, obwohl sich das nicht mit Sicherheit sagen läßt, werden wir einander irgendwann sogar für das hassen, was wir einander angetan haben, oder, und das wäre noch schlimmer, wir werden uns selbst dafür hassen.
Ich gebe nicht vor, ein besonders kluger Mensch zu sein. Auch bin ich nie davon ausgegangen, ich hätte die Kräfte meiner Mutter geerbt, aber ich glaube nicht, daß man sehr klug oder hellsichtig sein muß, um in unsere Zukunft sehen zu können. Wir sind wie ein Bach, der funkelnd und glitzernd und randvoll dahinströmt, doch plötzlich kommt er um eine Biegung und stürzt von einem Felsvorsprung, schlägt auf den Felsen darunter auf und versickert dann.
Ich darf nicht zulassen, daß das einem von uns beiden zustößt. Bitte, versuch, es zu verstehen. Ich will, daß Du glücklich wirst. Ich hoffe, daß Deine Probleme ein Ende finden werden und daß Du dort ein schönes und erfülltes Leben führen wirst, wo Du bist und wo Du hingehörst.
Verkaufe diese Hütte und geh wieder nach Hause, Pierre. Tu es um unser beider willen.
Gabrielle.

Ich faltete den Brief zusammen und steckte ihn schnell in einen Umschlag. Am nächsten Morgen nach dem Frühstück lief ich zum Anlegesteg hinunter, stieg in mein Kanu und stakte zum Anlegesteg der Daisys. Ich eilte zur Hütte hinauf und legte den Umschlag mitten auf den Küchentisch, damit man ihn nicht übersehen konnte. Dann sah ich mich in der Hütte um, die unser Liebesnest hätte sein sollen, solange es sich irgend machen ließ. Tränen strömten über meine Wangen. Ich seufzte, biß mir auf die Unterlippe und rannte aus der Hütte. Während ich nach Hause stakte, schluchzte ich, doch als ich unseren Anlegesteg erreichte, gebot ich meinen Tränen Einhalt, holte tief Atem und zwang mich, nicht mehr an das zu denken, was ich gerade getan hatte.

Ich stürzte mich in die Arbeiten, die Mama und ich zu erledigen hatten, das Weben, das Kochen und die Organisation, und ich gestattete es mir nicht, an Pierre zu denken. Jedesmal, wenn ich sein Gesicht vor Augen sah, stürzte ich mich in eine andere Arbeit. Mama beobachtete mich mit ihren weisen Augen den ganzen Tag über. Sie sagte nichts, solange ich arbeitete, doch an jenem Abend kam sie nach dem Essen zu mir auf die Veranda und umarmte mich wortlos. Wir sahen einander ins Gesicht. Schließlich sagte sie: »Glaube bloß nicht, daß ich deine Schmerzen nicht fühle, Liebling. Wir stehen einander zu nahe.«
»Ich weiß, Mama.«
»Du bist ein braves Mädchen, ein starkes Mädchen, stärker als ich«, sagte sie und lächelte. Ich lächelte sie ebenfalls an, aber ich glaubte nicht an diese Worte. Wenn überhaupt, dann fühlte ich mich zerbrechlicher und schwächer denn je.
Ein weiterer Tag verging, dann der nächste und dann noch einer. Ich begann schon zu glauben, Pierre sei in der Hütte gewesen, hätte meinen Brief gefunden und sei nach New Orleans zurückgekehrt. Je mehr Zeit verging, seit ich ihn das letzte Mal gesehen hatte, desto fester begann ich daran zu glauben, Mama hätte möglicherweise doch in jeder Hinsicht recht gehabt. Das betrübte mich zwar ein wenig, aber andererseits erleichterte es mich auch.
Und dann blieb ich eines Abends, als ich mich gerade schlafen legen wollte, wie so oft an einem meiner Fenster stehen, um hinauszuschauen, und dort stand Pierre im Mondschein, der seine Gestalt als klar umrissene Silhouette erkennen ließ. Er stand da und blickte zu meinem Fenster auf. Ich wäre gern zu ihm gegangen und hätte mit ihm gesprochen, ihm gesagt, warum ich den Brief geschrieben hatte, rührte mich nicht von der Stelle. Ich beobachtete ihn und wartete. Er blieb fast eine Stunde lang dort stehen und wartete, und er wirkte wie eine Statue. Mein Herz zersprang, doch jedesmal, wenn ich zur Tür ging, hielt ich mich im letzten Augenblick zurück. Und jedesmal, wenn ich ans Fenster zurückkehrte, hoffte ich, er würde inzwischen gegangen sein, doch er war immer noch da.
Wolken zogen näher und schoben sich vor den Mond. Pierre

verschwand in den Schatten, doch wenn die Wolken sich teilten, stand er wieder da, wartete, blickte zu dem Haus auf und hoffte.
Ich ging ins Bett und preßte mein Gesicht in das Kissen, bis ich nahezu erstickte. Ich klammerte mich am Bettzeug fest wie jemand, der ertrinken könnte, wenn er losläßt. Als ich endlich doch wieder ans Fenster ging, war er nicht mehr da. Wieder einmal hatte er Ähnlichkeit mit meinem Geist, und wieder einmal war er in jene andere Welt zurückgekehrt. Ich konnte nicht einschlafen. Ich lag mit offenen Augen da und fragte mich, ob er in die Hütte zurückgekehrt war, um dort zu schlafen, oder ob er meinen Rat angenommen hatte und in seinen Wagen gestiegen war, um nach New Orleans zurückzufahren.
Den ganzen nächsten Tag über war ich in Versuchung, zum Anlegesteg der Daisys zu staken und nachzusehen. Ich dachte, vielleicht käme er auch angestakt, um mich zu sehen, doch er kam nicht. Ich unternahm Spaziergänge, erledigte meine Arbeiten und schaute jedesmal auf die Straße hinaus, wenn ich ein Automobil hörte, doch er tauchte nicht auf. Es ist aus und vorbei, dachte ich an jenem Abend nach dem Abendessen. Ich habe es getan. Diese Erkenntnis machte mich innerlich krank. Ich mußte früh ins Bett gehen. Daddy war aus dem Haus gegangen, um Bourre zu spielen, und Mama spülte noch das Geschirr.
Als ich mich gerade ins Bett legen wollte, hörte ich jedoch, wie jemand an die Haustür kam. Ich lauschte angestrengt. War es Pierre? Ich hörte die Stimmen und begriff, daß es sich um Jed Loomis handelte, einen Nachbarn, der etwa eine halbe Meile von uns entfernt in Richtung Houma lebte. Er war in seinem Lieferwagen gekommen, um Mama zu berichten, daß seine Mutter unter entsetzlichen Magenkrämpfen litt. Sie hatte fürchterliche Schmerzen. Alle waren in größter Sorge; sein Vater wollte nicht von ihrer Bettkante weichen. Sie waren nicht sicher, ob es an etwas lag, was sie gegessen hatte, oder ob es sich um etwas noch Schlimmeres handeln könnte.
Mama packte ihre Kräuter und ihr Weihwasser ein und kam dann nach oben, um mir zu sagen, sie ginge aus dem Haus.
»Möchtest du mitkommen, Gabrielle?«

»Nein, Mama. Es sei denn, du glaubst, daß du mich brauchst.«
»Nein. Du kannst mir dort nicht helfen, und der größte Teil der Nacht könnte dafür draufgehen. Vermutlich hat es keinen Sinn, daß wir beide so lange aufbleiben«, sagte sie. »Wenn dein Daddy aus irgendwelchen Gründen früh nach Hause kommt, sagst du ihm, wohin ich gegangen bin.«
»Ja, Mama.«
»Fehlt dir auch wirklich nichts, Schätzchen?«
»Nein, Mama«, log ich.
Sie blieb einen Moment lang stehen. »Ich muß jetzt gehen«, sagte sie dann. »Die arme Frau hat große Schmerzen.«
»In Ordnung, Mama.«
Sie stieg die Stufen hinunter und verschwand. Ich schloß die Augen und versuchte zu schlafen, und für kurze Zeit versank ich tatsächlich in einen tiefen Schlaf, doch plötzlich schlug ich meine Augen auf. Mein Herz hatte begonnen zu pochen, als wüßte es etwas, was ich nicht wußte. Ich lag da, starrte in das Dunkel und wartete darauf, daß sich mein Herzschlag wieder verlangsamen würde. Als er es endlich tat, setzte ich mich auf und trat dann ans Fenster.
Dort stand er, vom Mondlicht umrissen, starrte das Haus an und wartete ... Pierre. Mein Geist wollte nicht weichen.
Ich schlüpfte eilig in mein Kleid, eilte nach unten und schloß leise das Fliegengitter in der Eingangstür hinter mir. Er wartete an unserem Anlegesteg.
»Gabrielle«, sagte er, als ich näherkam. »Ich hatte Angst, an die Tür zu klopfen und nach dir zu fragen.«
»Ich bin froh, daß du das nicht getan hast«, sagte ich und blieb dreißig Zentimeter vor ihm stehen.
»Warum? Warum hast du diesen Brief geschrieben?«
»Ich mußte es tun«, sagte ich so schroff, wie meine Lippen es gestatteten. Er kam einen Schritt näher. »Mama weiß alles«, fügte ich hinzu, und einen Moment lang erstarrte er. »Sie hat damit gedroht, nach New Orleans zu fahren und an deine Tür zu klopfen, wenn es sein muß«, erklärte ich.
Als der Mond einer vorüberziehenden Wolke über die Schulter lugte, fiel sein Schein auf Pierres Gesicht, und ich sah den gequälten Ausdruck, der darauf stand.

»Wie denkt deine Mutter über mich?« fragte er leise. »Was hat sie dir über mich erzählt?«
»Du bist reich, Pierre. Du kannst gehen, wohin du willst, du kannst tun, was du willst, und du kannst dich treffen, mit wem du willst.«
»*Oui*«, sagte er. »Das ist wahr, Gabrielle, aber ich bin nirgends anders hingegangen; ich habe nichts anderes getan, und ich habe mich mit niemand anderem als mit dir getroffen. Du hast recht gehabt mit dem, was du in deinem Brief geschrieben hast. Unsere Liebe, meine Liebe zu dir, ist tatsächlich ein zweischneidiges Schwert, und als du geschrieben hast, du könntest dich nicht mehr mit mir treffen, habe ich die Schärfe der Klinge in meinem Herzen gefühlt. Weißt du, was ich dabei empfunden habe, hier zu sein und nachts zu deinem Fenster aufzublicken?«
»Pierre ...«
»Und tagsüber?«
»Tagsüber?«
»Ja. ich habe dich aus der Ferne beobachtet, auf deinen Spaziergängen, bei der Arbeit und wenn du mit Leuten gesprochen hast, aber ich habe mich davor gefürchtet, am hellichten Tag auf dich zuzugehen. Erinnerst du dich noch an die köstliche Folter, nebeneinanderzuliegen und jede Berührung zu vermeiden? Diesmal war nichts Köstliches dran; es war die reinste Folter.
Du glaubst, ich hätte außer dir noch andere Geliebte, nicht wahr? Du glaubst, bloß, weil ich reich bin, kann ich tun und lassen, was ich will, und eine Affäre nach der anderen haben, und eines Tages packe ich dann meine Sachen und verschwinde, breche einem anderen Menschen das Herz, ohne mir etwas daraus zu machen?«
Ich schämte mich, ja zu sagen, aber genau das hatte ich geglaubt. Er nickte und wandte sich einen Moment lang ab.
»Auf andere Männer, die ich kenne, wohlhabende verheiratete Männer, trifft diese Beschreibung durchaus zu. Das kann ich nicht leugnen, aber du bist die erste Frau, die ich leidenschaftlich geküßt habe, seit ich mit Daphne verheiratet bin. Das mußt du mir glauben.«

»Hast du sie denn nicht geliebt?«
»Ich ... ich habe es mir eingebildet. Sie ist eine sehr schöne Frau, und sie stammt aus einer Familie, die ebenso vornehm ist wie meine eigene, wenngleich auch nicht so reich. Unsere Hochzeit war mehr oder weniger von unseren Familien arrangiert worden. Man hat uns für das perfekte Paar gehalten, aber es geschehen nun einmal Dinge, und Dinge verändern sich. Heute bin ich ein sehr einsamer Mann, Gabrielle, und trotz allem, was deine Mutter für dich fürchten mag, liegt es nicht in meiner Natur, den Frauen nachzulaufen und alles auf die leichte Schulter zu nehmen, ganz gleich, was du jetzt gerade denken magst. Ich bin weiß Gott nicht leicht zu haben.
Aber als meine Augen sich an dir gelabt haben, als ich dich das erste Mal gesehen habe, habe ich in meinem Herzen ein so tiefes und so aufrichtiges Gefühl gespürt, daß es zwecklos war, es zu leugnen. Ich werde es auch nicht leugnen. Ich schwöre dir, daß ich nicht hier bin, um dich auszunutzen und dich dann in der Patsche sitzen zu lassen. Ich werde niemals etwas tun, was dir schaden oder dich unglücklich machen könnte. Ich will in der Lage sein, in irgendeiner Form für dich zu sorgen.
Ich kann einfach nicht glauben«, fuhr er mit einer etwas lauteren Stimme fort und hob die geballten Fäuste in die Luft, »daß diese Liebe nicht sein soll. Was für einen abscheulichen Streich hätte die Natur uns dann gespielt. Erst führt sie mich hierher und gestattet es mir, dich zu sehen, und dir erlaubt sie, mich zu sehen. Sie läßt zu, daß wir einander küssen, in den Armen halten und unsere Gefühle bekennen, und dann reißt sie uns erbarmungslos voneinander ... nein. Nein!« rief er aus. »Ich lasse nicht zu, daß es dazu kommt. Sag mir, was ich tun muß, damit ich mit dir zusammensein kann, und ich werde es tun.«
»Ich kann dich nicht um etwas bitten, Pierre. Es ist schon schlimm genug, daß wir beide zusammengewesen sind, obwohl du verheiratet bist, aber ich habe dir geglaubt, als du gesagt hast, unsere Liebe sei so schön und so rein, daß sie alles rechtfertigt. Ich wollte dir unbedingt glauben.«
»Hör nicht auf, es zu glauben, Gabrielle. Es ist wahr. Es ist so wahr wie das Tageslicht und die Sterne am Nachthimmel.« Er trat näher. »Wie kannst du das leugnen?«

»Ich leugne es nicht«, sagte ich leise.
»Gut. Dann lieb mich, Gabrielle. Liebe mich mit der reinen Liebe, mit der ich dich liebe, und schlag die Vorsicht und das Unglück in den Wind.«
»Pierre«, flüsterte ich. Er legte mir die Hände auf die Schultern. Ich konnte ihn nicht fortjagen; ich brachte die nötige Kraft nicht auf. Gott möge mir vergeben, dachte ich, aber ich liebe ihn mehr als alles, was logisch oder richtig oder vernünftig ist. Er küßte mich, und ich erwiderte seinen Kuß.
Augenblicklich schlang er die Arme um mich. Er hob mich hoch und preßte mich an sich.
»Ich dachte schon daran, mich umzubringen«, flüsterte er mir zwischen zwei Küssen ins Ohr. »Ich dachte schon daran, mich in deinen Sumpf zu stürzen und deinen Schlangen und Alligatoren ein Festmahl zu bereiten, ihnen meinen deprimierten Körper zum Fraß vorzuwerfen. Das schien mir ein angemessener Ort zum Sterben zu sein.«
»Nein, Pierre. Denk nicht an solche furchtbaren Dinge.«
»Ich werde nicht mehr daran denken, solange du mich in den Armen hältst, mit mir zusammen bist und mich liebst«, sagte er. Ich versprach ihm alles, und wir küßten uns wieder. Dann stiegen wir in sein Kanu. Ich legte mich auf den Rücken und sah zu, wie er abstieß und uns in die Dunkelheit stakte.
Der Sumpf schien zum Leben zu erwachen. Es war, als seien alle Laute und jedes Leben zum Stillstand gelangt, während wir miteinander geredet hatten, und jetzt, da wir schwiegen, sprach die Natur. Sie sprach durch die Eule, die von dem Ast des Pecanobaums herunterschrie, durch die Zikaden, die ihre Stimmen erhoben, um ihre nächtliche Symphonie anzustimmen, die Frösche, die uns unablässig mit ihrem Quaken begleiteten, und durch den Reiher, der aus der Dunkelheit rief.
In jener Nacht kehrten wir in unser Liebesnest zurück, und gemeinsam verbrannten wir meinen Brief und beobachteten, wie die Flammen ihn verschlangen.
»Sollen diese dunklen Gedanken sich mit dem Rauch zerstreuen«, sagte Pierre und küßte mich.
Ich lehnte mich zurück und war zu erschöpft, um mich zu wi-

dersetzen oder auch nur zu zögern. Hinterher brachte er mich nach Hause, noch bevor Mama zurückkam. Er sagte mir, er müsse am Morgen aufbrechen.
»Es wird mir fast zwei Wochen lang nicht möglich sein zurückzukommen, weil ich mit meinem Vater eine Geschäftsreise nach Texas unternehme.«
»Ich werde dich vermissen und die Tage zählen, bis ich dich wiedersehe«, versprach ich ihm.
»Ich nehme kaum an, daß ich dich nach meiner Rückkehr besuchen kann. Deine Mutter wäre wohl nicht allzu froh darüber.«
»Nein.«
»Deinem Vater würde es vermutlich auch nicht gefallen. Aber ich kann nicht einfach herkommen, vor dem Haus herumstehen und warten, bis du mich siehst. Daher werde ich folgendes tun«, sagte er und zog das Tuch aus blauer Seide von seinem Hals. »Wenn du dieses Halstuch an den nordöstlichen Pfosten eures Anlegestegs gebunden siehst, dann weißt du, daß ich hier bin und auf dich warte. Bring es mit, wenn du kommst«, sagte er. »Irgendwie sollte es möglich sein«, fügte er seufzend hinzu, »daß wir nicht ganz so heimlichtuerisch umherschleichen, aber für den Moment...«
»Für den Moment wollen wir nicht mehr daran denken«, sagte ich zu ihm. Er lächelte und gab mir einen Gutenachtkuß. Er wartete, während ich zum Haus hinauflief und mich auf dem Weg noch einmal umdrehte, um ihm zum Abschied zu winken. Er fuhr los und verschwand in der Dunkelheit, und ich ging ins Haus.
Mamas Vermutung, sie müsse den größten Teil der Nacht bei Nicolette Loomis verbringen, bestätigte sich, und als sie kurz vor Tagesanbruch zurückkehrte, war sie sehr erschöpft. Daddy kam erst am Nachmittag des folgenden Tages nach Hause. Er brachte keine Ausreden vor, und Mama verlangte auch keine Erklärung von ihm.
Ich erzählte Mama kein Wort von Pierre. Falls sie etwas wußte, weil sie es in meinem Gesicht lesen konnte, ließ sie nichts darüber verlauten.
Daddy hatte in der kommenden Woche zwei Buchungen für

Jagdausflüge, und Mama und ich waren damit beschäftigt, Essen zu kochen und unsere Waren zu verkaufen.
Am darauffolgenden Samstag ging ich in die Stadt, um Besorgungen zu machen, und vor dem Textilwarengeschäft entdeckte ich das Automobil der Tates. Weder Gladys noch Octavius schienen in der Nähe zu sein, und daher lief ich auf dem Bürgersteig auf den Wagen zu. Als ich durch das Rückfenster hineinlugte, sah ich das Kindermädchen und Paul. Er lächelte mich an, und ich lächelte ihn an, doch ich entfernte mich eilig, als ich glaubte, Gladys Tate käme zurück. Dennoch hatte ich Paul lange genug ansehen können, um mir ein Bild davon zu machen, wie groß er geworden war, wie leuchtend seine Augen strahlten und wie schön er war.
Mama nahm während jener Tage eine Beschwingtheit in meinem Gang und eine Zufriedenheit in meinem Lächeln wahr. Das konnte ich daran erkennen, wie sie mich von Zeit zu Zeit ansah, doch sie stellte mir keine Fragen, und sie äußerte auch keinen Verdacht. Ich verbrachte fast meine gesamte Zeit mit Arbeiten an ihrer Seite, oder ich unternahm allein Spaziergänge im Sumpf. Auch Daddy half ich zwischendurch.
Es war mir verhaßt, Geheimnisse zu haben und Mama hinters Licht zu führen, aber ich sagte mir, das sei eine dieser Zeiten, in der es für alle das beste war. Ich fürchtete, eine gewisse Ähnlichkeit mit Daddy anzunehmen, der häufig behauptete, es sei in Ordnung, wenn man log und stahl, wenn es dazu gedacht war, jemandem zu helfen, den man liebte oder der es nötig hatte, daß man das für ihn tat.
Mama warf ihm natürlich vor, er fände lediglich Ausreden für seine eigene Schlechtigkeit.
»Im Alter wird das alles auf dich zurückfallen und dich wie ein Spuk verfolgen, Jack Landry«, sagte sie voraus. »Die Geister deiner Sünden werden deine einzige Gesellschaft sein.«
Natürlich graute mir davor, das, was sie Daddy voraussagte, könnte auch auf meine Zukunft zutreffen; aber jedesmal, wenn ich bei dem Versuch, meiner Liebe zu Pierre erneut ein Ende zu bereiten, mit einem solchen Gedanken spielte, zogen sein Gesicht, seine Worte und seine warmen Lippen wieder vor mir herauf und zerstreuten derartige Überlegungen so gewaltsam,

daß sie wie eine Herde Reisvögel, die ein Alligator erschreckt hat, in alle Richtungen stoben.
Die Wochen vergingen zu langsam, und als die Zeit seiner Rückkehr nahte, hielt ich begierig nach seinem Halstuch aus blauer Seide Ausschau. Doch Tag für Tag fand ich nichts, wenn ich nachsah. Ich fürchtete schon, er hätte es am Pfosten festgebunden, und es hätte sich gelöst und sei vom Wasser fortgetrieben worden, und daher stakte ich sogar zum Anlegesteg der Daisys, um dort nachzusehen, aber er war nicht da. Eine weitere Woche verging, und ich begann, mir immense Sorgen zu machen. War unsere Liebesbeziehung entdeckt worden, und sein Vater hatte ihm verboten, mich wiederzusehen? War Daphne dahintergekommen und machte ihm großen Ärger? Vielleicht war ihm etwas zugestoßen, und er war krank oder verletzt, dachte ich. Es war entsetzlich, in dieser Ungewißheit leben zu müssen und im dunkeln zu tappen, wenn es um ihn ging. Nachdem noch ein weiterer Tag vergangen war und ich kein Halstuch gefunden hatte, spielte ich mit dem Gedanken, in die Stadt zu laufen und dort von einem Münzfernsprecher aus bei ihm zu Hause in New Orleans anzurufen; mir graute jedoch zu sehr bei der Vorstellung, die Stimme seiner Frau oder auch nur die eines Hausmädchens oder eines Butlers zu hören. Damit konnte ich ihm ohne weiteres Schwierigkeiten machen, sagte ich mir. Daher wartete ich und wurde von Stunde zu Stunde, die verging, trauriger und niedergeschlagener, ganz zu schweigen von den Tagen, die vergingen.
Immer, wenn ich mit Mama zusammen war oder glaubte, daß sie mich beobachtete, bemühte ich mich, fröhlich zu wirken, doch mein Gesicht war für sie wie aus Glas. Schließlich fragte sie mich dann, ob mir etwas fehlte.
»Nein, Mama, mir geht es gut«, sagte ich. Dann dachte ich eilig nach und fügte hinzu: »Ich habe den kleinen Paul kürzlich in der Stadt gesehen, und er hat mich angelächelt.«
»Oh«, sagte sie und glaubte, den Grund entdeckt zu haben. »Haben die Tates ...«
»Nein, ich bin gegangen, ehe einer von beiden gesehen hat, daß ich das Baby angeschaut habe.«
»Das ist gut so«, sagte Mama. »Wir können nicht noch mehr

Tumult in unserem Leben gebrauchen«, fügte sie hinzu und zog die Augenbrauen hoch. »Das ist mein Ernst, hörst du, Gabrielle?«

»Ja, Mama.«

Ich wandte mich wieder meiner Arbeit zu. Am nächsten Morgen entdeckte ich, daß eine Lerche ihr Nest mit Gänsedaunen gepolstert hatte, und eine Familie von Feldmäusen hatte sich darunter häuslich eingerichtet. Die Lerche schien sich nicht daran zu stören, und die Wunder der Natur heiterten mich eine Zeitlang auf. Und als ich von meinem Spaziergang zurückkehrte, warf ich einen Blick auf unseren Anlegesteg und sah das Halstuch aus blauer Seide in der Brise flattern.

Mein Geliebter war zurückgekehrt.

Mein Herz war wieder zum Bersten angefüllt.

13.
Die heimliche Ehefrau

In den Tagen und Wochen, die darauf folgten, lebte ich für den Anblick von Pierres Halstuch aus blauer Seide, das in der Brise flatterte. Es war, als lebten wir in unserem eigenen Land, in unserer eigenen Welt, und das Halstuch war unsere Flagge, die wir hißten, um unsere Liebe zu verkünden. Seine Ankunft kam immer unerwartet, denn er wußte nie genau, wann er sich freinehmen konnte, um herzukommen. Manchmal trafen wir uns am Nachmittag, manchmal mitten in der Nacht. Er blieb nie länger als zwei Tage.
Nach einer Weile stand es außer Frage, daß Mama Bescheid wußte, doch sie sagte nichts. Ein paarmal ertappte ich sie dabei, daß sie sich bekreuzigte, wenn sie mich ansah. Sie trug diesen Gesichtsausdruck, den sie immer dann hatte, wenn sie fest daran glaubte, daß etwas Trauriges unvermeidlich oder vorherbestimmt war.
Aber in jener Zeit wurde Mama durch Daddy abgelenkt und war vollauf mit ihm beschäftigt, und daher konnte sie sich mir weniger widmen. Der Erfolg und das Geld waren ihm zu Kopf gestiegen. Mama versuchte, ihn dazu zu bringen, daß er einen Teil seines Geldes in die Bank trug, aber Banken und Bankiers hatte er noch nie getraut. Daddy begegnete jedem, der seinen Lebensunterhalt mit dem Kopf und nicht mit den Händen verdiente, mit Argwohn und Geringschätzung. Für ihn war das nichts weiter als eine raffiniertere oder ausgefeiltere Form von Betrug, der seine Wurzeln in den Tricks und Mätzchen hatte, die Halunken anwandten, um hart arbeitende Leute in Versuchung zu führen, ihr Geld in fingierte Grundstücksgeschäfte oder nicht existierende Firmen zu stecken.
Mama sagte zu ihm, wenn es jemanden gäbe, der sich mit sol-

chen Schlechtigkeiten genau auskennen würde, dann sei das er, da die Landrys eine ganze Reihe von Veruntreuungen, Unterschlagungen, Schwindel und Diebstahl auf das Konto ihrer Familie verbuchen konnten. Diese Bemerkungen führten nur zu weiteren Auseinandersetzungen zwischen ihnen. In Wahrheit konnte Daddy nämlich genau so stur wie Mama sein, und alles, was er über die Cajunfrauen behauptete, traf auf die Cajunmänner im selben Maß zu.

Mit Geld in der Tasche, einem neuen Lastwagen und dem wachsenden Respekt anderer Cajunfallensteller und Cajunfischer legte sich Daddy eine gewisse Arroganz zu. Er kaufte sich neue Stiefel und ein paar neue Kleider, neue Messer und Angelruten, und er trieb sich in seinen alten Spelunken herum und gab einigen seiner übelsten Trinkkumpane Krüge von »gutem altem Nongela« und Roggenwhiskey aus, und dann zog er mit ihnen los, um zu trinken und zu spielen. Seine Bargeldvorräte schrumpften schnell, und er fing wieder an, Tag für Tag von Mama zu verlangen, daß sie ihm einen Teil des Geldes zurückgab, das er ihr gegeben hatte, damit sie es für schlechte Zeiten aufbewahrte.

»Die Zeiten könnten nicht schlechter sein«, klagte er. »Jetzt kann ich das Geld wirklich gebrauchen.«

»Wenn schlechte Zeiten gekommen sind, dann nur deshalb, weil du sie auf dich selbst herabbeschworen hast, Jack Landry. Bleib abends zu Hause und mach dir Gedanken darüber, wie du wieder Geld verdienen kannst, statt das Geld auszugeben, das wir haben«, sagte sie zu ihm. Sie weigerte sich, ihm auch nur einen einzigen Penny zu geben, ganz gleich, wie inbrünstig er flehte.

Eines Abends kam er betrunken nach Hause und fing an, die Hütte auf der Suche nach verstecktem Geld auseinanderzunehmen. Mama war aus dem Haus gegangen, um Mrs. Bordeaus Gicht zu behandeln, und als sie zurückkam, fand sie mich verängstigt vor, wie ich mich vor dem Haus in die Schatten kauerte. Dann hörte sie den Tumult, der aus der Hütte drang.

»Was geht hier vor, Gabrielle?«

»Daddy ist wieder einmal betrunken, Mama«, jammerte ich. »Er ist in das Haus gestürmt und hat von mir verlangt, ich soll

ihm sagen, wo du das Geld versteckt hast. Ich habe ihm gesagt, ich wüßte es nicht, und daraufhin hat er angefangen, die Töpfe und die Pfannen aus den Schränken zu holen und sie quer durch die Küche zu werfen, und eine Pfanne hätte mich beinah getroffen. Ich bin rausgerannt, um hier zu warten. Ich glaube, im Moment reißt er die Bodendielen raus.«
»Das wird jetzt schnell ein Ende finden«, gelobte sie und stürmte auf die Haustür zu. Ihr zierlicher Körper straffte sich, bis ihre Schultern fast auf Höhe ihrer Ohren waren. Sie riß das Fliegengitter auf, griff in ihren Korb und zog eine Statue der Jungfrau Maria heraus. Sie hielt sie vor sich hin, während sie eintrat und einen Singsang auf französisch anstimmte. Ich hörte, wie der Krach abrupt endete. Mama kreischte etwas, was wie ein Voodoozauber klang, und Daddy kam aus dem Haus gerannt, mit wildem Blick und dunkelrotem Gesicht. Auf den Verandastufen stolperte er und stürzte. Mama tauchte über ihm auf und schüttete eine Flasche Weihwasser über ihn. Als die Tropfen ihn trafen, heulte er auf, als hätte er sich verbrüht. Etwas Derartiges hatte ich noch nie zuvor gesehen. Er brüllte und kroch fort, und seine Arme zerteilten die Luft, als er versuchte, auf die Füße zu kommen.
»Laß dich hier bloß nicht mehr blicken, Jack Landry, solange du nicht bußfertig und so nüchtern wie ein Priester bist, hörst du?« schrie sie ihm nach. Er raste zum Anlegesteg hinunter, sprang in sein Kanu und stakte in die Nacht, sowie er sich abstoßen konnte. Mama setzte sich auf die oberste Stufe, um Atem zu holen.
»Er hat unser Haus nahezu zertrümmert«, stöhnte sie, als ich näher kam. »Ich schwöre es dir«, sagte sie, und Tränen und Frustration standen in ihren Augen, »der Teufel hat ihn mir als einen Teil seines Kampfes gegen meine guten Werke gesandt. Er ist der Fluch, den ich um den Hals trage, und das nur, weil ich in erster Linie auf die Frau in mir gehört habe. Hast du gehört, Gabrielle? Jetzt siehst du selbst, was dabei herauskommt, wenn man dem einen mehr Beachtung als dem anderen schenkt«, sagte sie und deutete erst auf ihr Herz und dann auf ihren Kopf.
»*Oui*, Mama«, sagte ich behutsam. Ich wußte, was sie meinte,

aber in tausend Jahren würde Pierre keine Ähnlichkeit mit Daddy annehmen, dachte ich. Seine erste Sorge galt immer nur meinem Glück. Was mich betrübte, das betrübte auch ihn. Das war der große Unterschied. Die Frau in mir hatte mich nicht blind für diese Wahrheit gemacht. Ich schlug die Augen nieder, damit Mama den Trotz in meinen Augen nicht sehen konnte. Ich hörte sie tief seufzen.
»Es bleibt uns nichts anderes übrig, als alles zu reparieren, was er zerbrochen hat«, sagte sie.
»Ich werde dir dabei helfen, Mama.«
Ich folgte ihr ins Haus und bekam selbst einen Schock, als ich die zertrümmerten Möbelstücke, die herausgerissenen Bodendielen, die umgestürzten Küchenregale und die Löcher in den Wänden sah. Wir arbeiteten, bis wir beide vollständig erschöpft waren und uns schlafen legen mußten.
Fast eine Woche verging, ehe Daddy zurückkam. Er wirkte unterwürfig und bußfertig. Er hatte eine Buchung von einer kleinen Jagdgesellschaft, doch schon vor dem Aufbruch bekam er Streit mit einem der Teilnehmer, und die kleine Gruppe setzte sich in Marsch und fuhr geschlossen wieder ab. Er blieb schimpfend und fluchend zurück und spuckte auf den Anlegesteg. Das war ein weiterer Geldverlust, und auch dieser war auf seine aufbrausende Art zurückzuführen. Dafür schimpfte Mama ihn aus, und er zog verdrossen ab, nicht ohne zu behaupten, seine Frau stünde niemals hinter ihm.
»Wenn man sich mit Anstand hinter dich stellen könnte, dann täte ich es!« rief sie ihm nach. Er murmelte Flüche vor sich hin und fuhr los.
Die beiden standen so schlecht miteinander wie noch nie zuvor. Das betrübte mich zutiefst. Ich war sehr froh darüber, Pierres Halstuch am folgenden Tag an dem Pfosten zu sehen, und ich konnte es kaum erwarten, zur Hütte der Daisys aufzubrechen.
Da wir uns jetzt häufiger in unserem Liebesnest trafen, brachte Pierre oft Lebensmittel mit, und ich bereitete uns ein Abendessen zu, das wir in romantischer Atmosphäre zu uns nahmen. Wir hatten Wein und Brot, das er in den besten Bäckereien von New Orleans gekauft hatte. Wir aßen bei Kerzenschein.

Natürlich hatten wir keine Elektrizität, doch Pierre kaufte ein aufziehbares Grammophon, damit wir Platten spielen konnten. Wir hielten einander eng umschlungen und tanzten in den Schatten und dem flackernden Licht. Seine Lippen lagen auf meiner Stirn, und mein Ohr, das an seine Brust gepreßt war, lauschte selig seinem Herzschlag, da ich wußte, daß dieses Herz aus Liebe zu mir schlug.
Als ich diesmal ankam, hatte Pierre mir Geschenke mitgebracht. Er hatte mir ein elegantes Kleid mit einem vollen, weiten Rock gekauft, und er machte mir eine Kette mit passenden Ohrringen zum Geschenk. Sogar die passenden Schuhe hatte er für mich gekauft. Ich zog sofort alles an und kam mir vor, als würde ich zu einem echten Ball gehen.
»Das ist die neueste Mode«, sagte er. »Von Dior. Daphne ist über diese Dinge ständig auf dem laufenden«, fügte er gedankenlos hinzu. Ich sah, wie er die Lippen zusammenkniff wie der Bauer, der zu spät erkannt hat, daß ihm das Pferd aus dem Stall entkommen ist.
»Dann hat sie also auch so ein Kleid?« Er starrte mich an. »Was ist? Hat sie auch so ein Kleid oder nicht?«
»Doch«, gab er zu, »aber trotz ihrer teuren Friseure und all ihrer Schminke sieht sie darin nicht halb so attraktiv aus wie du.«
»Das bezweifle ich«, sagte ich, und der Zauber dieses ganz besonderen Augenblicks verflog schlagartig. »Mehr als einen Hauch Lippenstift habe ich nie getragen. Mama sagt, Schminke ist meistens schlecht für die Haut.«
»Und damit hat sie vollkommen recht.«
»Wieso? Hat Daphne etwa eine schlechte Haut?« fauchte ich ihn an.
»Sie wird sie schon noch bekommen«, sagte er.
»Das einzige Parfum, das ich je besessen habe, hat Mama aus den Duftnoten ihrer Kräuter und Pflanzen zusammengestellt.«
»Und das ist zehnmal besser als das, was Daphne sich aus Frankreich kommen läßt.«
Ich schüttelte den Kopf. »Ich mag zwar aussehen wie eine rückständige Hinterwäldlerin, aber so dumm bin ich nun auch wieder nicht.«
»Du siehst nicht aus wie eine Hinterwäldlerin. Du könntest

dich an jeder elegant gekleideten Debütantin in ganz New Orleans messen«, behauptete er. »Und du solltest nicht abfällig über dein einfaches Leben hier draußen reden. In meinen Augen ist das eine idyllische Welt, wenn ich an all den Trubel, die Falschheit und das Getue denke, mit dem ich mich in der angeblich so kultivierten Stadt Tag für Tag herumschlagen muß.«
»Eine schöne Idylle«, sagte ich und ließ mich auf einen Stuhl sinken. »Meine Mutter bringt ihr ganzes Leben damit zu, anderen Menschen im Kampf gegen Krankheiten und Schmerzen, gegen Schlangenbisse und Vergiftungen beizustehen, und wenn sie nach Hause kommt, muß sie sich gegen meinen betrunkenen Vater zur Wehr setzen.«
»Warum bist du so traurig, *Chérie*?« fragte Pierre, der schnell an meine Seite trat, damit er meine Hand halten konnte. »Das sieht dir gar nicht ähnlich, und erst recht nicht, wenn du über das Bayou sprichst.«
»Es ist wegen Daddy«, sagte ich und schilderte ihm, was er in unserem Haus angerichtet hatte und was sich zwischen ihm und Mama abgespielt hatte. »Das Geld hat ihn zu einem schlechteren und nicht etwa zu einem besseren Menschen gemacht.«
»Das tut mir leid. Ich wünschte, es gäbe eine Möglichkeit, dich von hier fortzubringen und dir irgendwo ein Schloß zu bauen, in dem du immer geborgen und glücklich bist«, sagte er zu mir. Dann dachte er einen Moment lang nach. »Vielleicht werde ich das sogar tun.«
»Werde nicht auch noch zum Träumer, Pierre«, warnte ich ihn. Ich hatte Daddy zu verdanken, daß ich nur zu gut wußte, welches Elend leere Versprechungen nach sich ziehen konnten.
Pierre lächelte. »Mein weises, altes kleines Mädchen.« Er küßte mich. »Komm jetzt. Wir wollen nicht traurig sein. Erinnerst du dich noch an unser Gelübde? Wenn wir hier sind, dann sperren wir den Rest der Welt aus und leben nur für uns selbst.« Er legte wieder Musik auf und breitete die Arme aus. »Komm zu mir, Gabrielle. Laß dich für immer und ewig von diesen Armen trösten und beschützen.«
Ich ließ mich erweichen. »Bin ich wirklich so hübsch wie die reichen und eleganten Debütantinnen in New Orleans?«

»Sie reichen bei weitem nicht an dich heran. Du besitzt eine Form von Frische und von Schönheit, von der diese Mädchen keine Ahnung haben«, sagte er.
Mein Herz strömte ihm wieder entgegen. Er hatte recht, dachte ich, wir müssen uns an unser Gelübde halten und dürfen nur an uns selbst und an unser eigenes Glück denken. Ich eilte in seine Arme, und wir tanzten, tranken Wein und Kaffee, und dann liebten wir uns so leidenschaftlich wie immer.
Es schien, als würden wir uns nie aneinander sattsehen, als würde es nie enden, daß wir immer wieder etwas Neues und Aufregendes am anderen entdeckten.
Als ich an jenem Abend nach Hause kam, fühlte ich mich durch und durch glücklich und zufrieden. Mama schlief bereits, oder sie lag zumindest im Bett, und von Daddy war nirgends etwas zu sehen. Ich schlich mich so leise wie möglich durch die Hütte, doch die Stufen quietschten, und der Fußboden knarrte. Als ich den Kopf auf das Kissen legte, glaubte ich, Mama weinen zu hören. Ich lauschte angespannt, vernahm jedoch nichts mehr, doch allein schon der Gedanke daran durchbohrte mich wie ein Schwert aus Eis. Ich fühlte mich entsetzlich schuldbewußt, weil ich zu Zeiten glücklich war, zu denen Mama so schrecklich traurig war.
In den darauffolgenden Tagen verdiente Daddy unseren kärglichen Lebensunterhalt wieder damit, daß er Austern und Louisianamoos sammelte, das die Möbelfabrikanten dafür benutzten, Stühle und Sofas zu polstern. Er stellte Fallen für Bisamratten auf und ging fischen. Er schien ständig wütend zu sein, und Mama und er sprachen nur sehr wenig miteinander. Pierre erbot sich, mir etwas Geld für ihn zu geben, doch ich nahm an, das hätte Mama nur noch mehr in Wut versetzt, und Daddy hätte es ja doch nur für Whiskey ausgegeben. Uns blieb meiner Meinung nach nichts anderes übrig, als uns weiterhin abzuplagen und auf das Beste zu hoffen. Mama mußte es ähnlich ergangen sein. Sie schien mehr denn je mit ihren Botengängen als Heilerin beschäftigt zu sein.
Eines Nachmittags kam Pierre früher als sonst und brachte einen Korb Lebensmittel mit. Er fand, es sei eine gute Idee, ein Picknick zu machen. Er fragte mich, ob ich von einem Ort im

Sumpf wüßte, der interessant, ruhig und abgeschieden war. Natürlich fiel mir gleich mein ganz spezieller mein persönlicher Teich, aber dort hatte mich Octavius Tate vergewaltigt, und seitdem war es mir nicht mehr möglich gewesen, mich unbefangen dorthin zu begeben und zu schwimmen oder mich zu sonnen.

»Es gibt einen solchen Ort«, sagte ich, »aber ich glaube nicht, daß ich ihn dir zeigen kann.«

»Und warum nicht?« fragte Pierre, und ich erklärte es ihm. Während er mir zuhörte, wurde seine Miene grimmig und finster.

»Du machst alles nur noch schlimmer, wenn du dir von dem, was er dir angetan hat, zerstören läßt, was du früher einmal gehabt hast«, sagte er, nachdem ich ihm geschildert hatte, was dort vorgefallen war. »Die Natur trägt doch schließlich keine Schuld daran, oder doch?«

»Nein.«

»Dann werden wir deinen ganz speziellen Ort eben zurückerobern müssen, seinen Zauber wieder für dich erobern müssen.«

»Ich kann unmöglich wieder dorthin gehen, Pierre.«

»Mit mir kannst du alles«, sagte er trotzig und entschieden. »Bring mich so nah wie möglich an diese Stelle, und den Rest kannst du mir überlassen«, behauptete er.

Ängstlich, nervös und mit pochendem Herzen tat ich, was er von mir verlangte, und erst vor der überwucherten Zypresse hielt ich das Kanu an.

»Nun, was ist?« fragte Pierre, der sich aufsetzte und sich umsah. »Ist das alles?« Er schien tief enttäuscht zu sein.

»Nein.« Ich lächelte. »Dort geht es durch«, sagte ich und deutete auf die Zypresse.

»Dort kann man durchfahren?« Er stand auf. »Gib her«, sagte er und nahm mir aufgeregt den Staken aus der Hand. Jetzt war ich an der Reihe, mich zurückzulehnen und ihn zu beobachten, während er die Führung übernahm. Er stieß uns vorwärts, und das Kanu drang durch das Laub und das Geäst, das sich wie eine Tür vor uns öffnete, und dann waren wir da.

Das schreckliche Erlebnis, das mir hier zugestoßen war, be-

gann jetzt wieder, durch die Hallen meiner Erinnerung zu rauschen und sich auf mich zu stürzen, und jedes einzelne Bild und jeder einzelne Laut war so lebhaft, als seien seitdem nur Minuten vergangen. Ich verzog das Gesicht, doch Pierre merkte nichts davon. Er sog die Schönheit meines Teiches in sich auf.
»Das ist ja einfach prachtvoll«, sagte er und schaute auf das klare Wasser hinaus. Mein Silberreiherpärchen war da und stolzierte über den großen Felsen. Ich blickte zum Wipfel der knorrigen Eiche am Nordufer auf. Das Nest des Reiherweibchens war noch da, doch von dem Vogel selbst war im Moment nichts zu sehen.
»Ist das der Platz, an dem du dich früher gesonnt hast?« fragte Pierre und deutete auf den Felsen.
»*Oui*«, sagte ich matt. Er stakte weiter, band die Piragua an den Ast, der aus dem Wasser ragte, und stieg auf meinen Felsen.
»Ich, Pierre Dumas, vertreibe hiermit jeden schlechten Gedanken, alle Erinnerungen, Dämonen, unirdischen Geschöpfe und dergleichen von diesem Teich«, sagte er und wedelte mit den Armen durch die Luft. »Siehst du«, sagte er dann und blickte lächelnd auf mich herab. »Jetzt gehört der Teich uns allein.«
Ich mußte lachen. Er sah wirklich sehr gut aus und wirkte stark, als er dort stand und den Greueln meiner Vergangenheit mit erhobener Faust drohte. Er zog sein Hemd aus und breitete es auf dem Felsen aus. Dann setzte er sich darauf und wartete auf mich. Zögernd stand ich auf und sah mich um, als rechnete ich damit, Octavius Tate wieder auftauchen zu sehen, ehe ich auf den Felsen kletterte. Eine Zeitlang saß ich einfach nur neben Pierre und schaute auf das Wasser hinaus, beobachtete, wie die Brassen sich an Insekten labten und wie die Nutrias umherhuschten und alltägliche Dinge erledigten. Und dann glitt mein Reiher wie ein Zeichen der Erneuerung über die Baumwipfel herab und flog tief über das Wasser, um uns zu begrüßen, ehe er sich anmutig wieder erhob und auf sein Nest zuflog.
»Wie schön es hier ist«, bemerkte Pierre. Er drehte sich zu mir um. »Bist du jetzt glücklich?«

»Ja«, sagte ich behutsam. Er lächelte, küßte mich und machte sich dann wie ein eifriger Teenager daran, unser Picknick auf dem Felsen auszubreiten. Tatsächlich verbrachten wir einen unserer schönsten Tage. Wir küßten und streichelten einander, wir lachten und neckten einander sogar, doch an jenem Tag liebten wir uns nicht auf dem Teich. Pierre war so klug, sich Zeit zu lassen. Der Ausdruck in seinen Augen versprach mir unmißverständlich, daß wir uns bei unserem nächsten Besuch hier lieben würden, doch für den Moment genügte es, die alten Dämonen zu besiegen und meinen ganz speziellen Ort im Bayou wieder für uns zurückzuerobern.
Als ich am späten Nachmittag nach Hause kam, fühlte ich mich, als sei ich in einen hellen Schimmer gehüllt. Ich schlug die Augen nieder, und auf meinen Lippen spielte ein kleines Lächeln, als ich vom Anlegesteg zum Haus hinauflief. Als ich näher kam, hörte ich eine fremde Stimme und blieb stehen. Die Unterhaltung wurde durch Gelächter unterbrochen, und dann stießen Flaschen klirrend aneinander. Daddy mußte einen seiner Freunde eingeladen haben, dachte ich, aber ich wußte, daß Mama ihm niemals erlaubt hätte, seine Freunde nach Hause mitzubringen, und daher beschlich mich eine gewaltige Neugier, als ich auf die Veranda zuging. Als ich um die Hausecke bog, sah ich Daddy auf Mamas Schaukelstuhl sitzen, und ihm gegenüber saß Richard Paxton, der Vater von Nicolas. Als ich näher kam, blickten die beiden auf.
»Da ist sie ja!« rief Daddy aus. »Und sie sieht so hübsch aus wie sonst auch.«
Monsieur Paxton nickte, und sein rundes Gesicht strahlte, während sich seine Lippen zu einem Lächeln verzogen. Sein Sohn war ihm wie aus dem Gesicht geschnitten und hatte dieselben runden Augen, dieselben Lippen, die sich wie ein Gummiband dehnten und immer blaßrosa waren.
»Komm her und sag Monsieur Paxton guten Tag, Schätzchen. Du kennst ihn doch schon. Schließlich bist du schon oft in seinem Laden gewesen. Er hat das größte und beste Geschäft in ganz Houma.«
Monsieur Paxton nickte, und seine Hängebacken schwabbelten.

»*Bonjour*, Monsieur«, sagte ich und lächelte ihn an. Ich ging auf die Tür zu.
»Nicht so schnell, Gabrielle. Monsieur Paxton wollte mich im Auftrag seines Sohnes sprechen. Den kennst du doch auch gut, nicht wahr?«
»Ich kenne ihn«, sagte ich.
»Ihr beide habt gemeinsam die Schule abgeschlossen, und Monsieur Paxton hat mir gerade erzählt, daß du das einzige Mädchen hier in dieser Gegend bist, das seinem Sohn gefällt. Das stimmt doch, Monsieur?«
»Jedesmal, wenn wir über eine Heirat reden, kommt er auf Gabrielle Landry zu sprechen.«
»Eine Heirat?« sagte ich und wich ein paar Schritte zurück.
»Klar. Warum denn nicht?« fragte Daddy. »Nicolas wird das Geschäft erben, stimmt's, Richard?« sagte Daddy und streckte einen Arm aus, um Monsieur Paxton auf die Schulter zu klatschen.
Er lachte. »*Oui*, Monsieur. So ist es.«
»Siehst du, Schätzchen? Du kannst ein schönes Leben führen, und Monsieur Paxton sagt, er wird dir und Nicolas eine Starthilfe geben und euch ein eigenes Haus einrichten. Das ist doch ein gutes Angebot, oder etwa nicht?«
»Nein«, sagte ich eilig.
»Nein?«
Monsieur Paxtons Lächeln verflog. Er sah Daddy nervös an.
»Ich kann Nicolas nicht heiraten, Daddy. Ich liebe ihn nicht.«
»Ihn lieben? Zum Teufel, Mädchen, du wirst es lernen, ihn zu lieben. Das sind ohnehin die besten Ehen.«
»Nein, Daddy, bitte«, sagte ich.
»Sieh mal her«, rief er, als ich eilig auf die Tür zulief. »Ich habe Monsieur Paxton bereits zugesagt, du würdest ...«
»Nein. *Niemals*!« schrie ich und rannte ins Haus. Ich hörte, wie Daddy etwas vor sich hinmurmelte und mir dann folgte. Mir graute. Mama war nicht zu Hause.
»Wie kannst du bloß nein sagen?« fragte Daddy vorwurfsvoll.
»Was willst du denn überhaupt, etwa für den Rest deines Lebens hierbleiben und mit den Tieren spielen?«

»Ich will nicht den Rest meines Lebens mit Nicolas Paxton verbringen, Daddy.«
»Und warum nicht? Du wirst auf mich hören«, sagte er und drohte mir mit seinem langen rechten Zeigefinger. »Es ist die Pflicht eines Vaters, einen angemessenen Ehemann für seine Tochter zu finden, und genau das habe ich getan. Und jetzt wirst du augenblicklich aus dem Haus marschieren und Monsieur Paxton sagen, daß du seinen Sohn heiratest, hörst du?«
»Nein, Daddy. Das werde ich nicht tun«, sagte ich und schüttelte den Kopf.
Sein Gesicht lief knallrot an. »Sieh dir doch an, wie alt du schon bist, und du weißt ganz genau, warum du nicht so wählerisch sein kannst«, sagte er. »Man kann von Glück sagen, daß es sonst niemand weiß.«
»Ich werde Nicolas nicht heiraten, Daddy. Das kommt gar nicht in Frage.«
»Gabrielle ...« Er kam einen Schritt auf mich zu.
»Lieber möchte ich sterben«, verkündete ich.
Das Fliegengitter in der Haustür öffnete sich, aber ich konnte nichts sehen, weil Daddy wie ein Habicht über mich gebeugt war.
»Wenn du diesem Mädchen auch nur ein einziges Haar krümmst, Jack Landry, dann werde ich dich verfluchen, und der Teufel wird dich holen«, sagte Mama.
Papa drehte sich eilig um und sah sie an. »Ich habe doch nur versucht, einen braven Mann für sie zu finden, Frau.«
»Schick diesen Mann nach Hause, Jack. Und gib ihm alles zurück, was er dir gegeben hat«, fügte sie hinzu.
»Was? Also, hör mal, er hat mir doch gar nichts ...«
»Vergeude deinen Atem nicht für deine Lügen«, sagte Mama.
Daddy sah sie einen Moment lang an, und dann wandte sich sein Blick mir wieder zu. Er schüttelte den Kopf. »Ihr beide gleicht einander wie ein Ei dem anderen«, murrte er und ging zur Tür hinaus.
Mama stand da und sah mich an.
»Es tut mir leid, Mama. Ich kann Nicolas Paxton nicht heiraten.«

»Dann laß uns jetzt nicht mehr darüber reden«, verfügte sie und ging, um ihre Sachen zu verstauen.
Trotz allem, was Daddy vergeblich versucht hatte, und trotz all seiner Klagen darüber, daß ich mich geweigert hatte, seinen Wünschen nachzukommen, waren die Monate, die darauf folgten, die glücklichsten meines Lebens. Schließlich gab Daddy den Versuch auf, mich dazu zu überreden, daß ich es mir noch einmal anders überlegte, und er wandte sich wieder seinen eigenen Angelegenheiten zu, was häufig dazu führte, daß Mama vor neuen Problemen stand, die sie lösen mußte.
Pierre und ich sahen jedoch mehr denn je voneinander, und jedesmal, wenn er kam, brachte er Geschenke. Unser kleines Liebesnest füllte sich mit hübschen Gegenständen an, mit echten Kostbarkeiten: Er brachte Bilder, Decken, Teppiche, weitere Kleider für mich und seidene Bademäntel und Pantoffeln für uns beide. Wir aßen immer öfter dort, stakten zum Teich, veranstalteten dort ein Picknick, liebten uns im Sonnenschein und im Mondschein, spielten unsere Platten und tanzten zu der Musik, einmal sogar bis zum Morgengrauen.
Pierre sprach nur wenig über sein Leben in New Orleans. Gelegentlich erwähnte er geschäftliche Dinge, doch er sprach kaum je über seine Frau oder seinen Vater. Ich stellte ihm keine Fragen, obwohl sie mir ständig auf der Zungenspitze lagen. Ich wußte, daß meine Fragen ihm nur Traurigkeit und Schmerzen bereitet hätten, und wir hielten uns beide strikt an das Gelübde, das wir einander gegeben hatten. Die Vereinbarung bestand darin, allem, was uns Kummer oder Unglück bereiten könnte, den Zutritt zu diesen vier Wänden zu verbieten. Nur das Lachen und die Liebe sollten hier zu Hause sein. Alles andere hatte draußen zu bleiben.
Die Natur hatte mich jedoch schon früh in meinem Leben gelehrt, daß alles seine Jahreszeit hat. Unsere Romanze wuchs und gedieh, blühte und reifte mit jedem Moment, mit jedem Kuß, mit jedem Versprechen, das unser Atem mit sich trug. Das Glück war ein Vogel, der flügge geworden war und anmutig der warmen Sonne entgegenschwebte.

Ich wußte, daß sich immer wieder Wolken einstellen, daß Regen fallen muß, daß Schatten dunkler werden müssen und daß unsere Liebe, wenn sie auch noch so schön, so rein und so erfüllt war, dennoch nicht stark genug war, um der harten, kalten Wahrheit standzuhalten, die schlummernd vor unserer Schwelle lag und wie eine geduldige Schlange wartete, die so still hält, das sie kaum noch von ihrer Umgebung zu unterscheiden ist, die jedoch auf der Lauer liegt und jederzeit bereit ist, bei der ersten sich bietenden Gelegenheit zuzuschlagen.
Wir waren nicht immer vorsichtig, wenn wir uns liebten. Am Anfang war unsere Leidenschaft so groß und übermächtig, daß wir ebensowenig zurückschrecken und uns schützen konnten, wie wir einen Orkan hätten aufhalten können. Hinterher, als ich die Gelegenheit fand, mich hinzusetzen und nachzudenken, mußte ich mir eingestehen, daß hier nicht nur reine Sorglosigkeit oder eine unbekümmerte Einstellung im Spiel war. Ich wollte tatsächlich ein Kind von Pierre haben. Ich wollte einen Teil von ihm in mir haben. Ich wollte uns in irgendeiner Form für immer und ewig aneinander binden. Vielleicht wollte er dasselbe.
Leider kannte ich die Symptome der Schwangerschaft nur zu gut. Ich brauchte Mama nicht zu fragen, was dies oder jenes zu bedeuten hatte. Es ging mir schlagartig eines Nachmittags auf, als ich feststellte, daß meine Periode sich verspätet hatte, und plötzlich standen sämtliche anderen Anzeichen mit absoluter Klarheit und Gewißheit vor meinen Augen.
Trotz meiner starken Gefühle bekam ich einen Schrecken. Ich hatte keine Ahnung, wie ich es Mama beibringen sollte, aber ich fand, erst müßte ich es Pierre sagen. Nachdem ich mir über meine Umstände klargeworden war, kam er fast zwei Wochen lang nicht zurück, und als ich das Halstuch aus blauer Seide sah, empfand ich nicht nur Glück, sondern verspürte auch eine gewissen Beklommenheit.
Als ich am frühen Abend zum Anlegesteg der Daisys stakte und zur Hütte hinauflief, zitterte ich von Kopf bis Fuß. War das das Ende unserer Liebesbeziehung? Würde er vor mir davonlaufen, sowie er erfuhr, was passiert war? Ich konnte die

Antwort nicht hinauszögern und verhindern, daß ich in diesem allzu vertrauten Pfuhl der Verzweiflung versank.
Er saß am Küchentisch und wartete dort auf meine Ankunft.
Eine Weinflasche war geöffnet worden, und er hatte bereits mehr als die Hälfte davon getrunken.
Als ich eintrat, blickte er lächelnd zu mir auf.
Aber ehe ich mit den Neuigkeiten herausplatzen konnte, begrüßte er mich mit seinen eigenen schockierenden Neuigkeiten.
»Daphne«, sagte er, »ist dahintergekommen.«

»Ich hätte nicht geglaubt, daß es ihr auch nur das Geringste ausmacht«, sagte er, nachdem er mich aufgefordert hatte, mich an den Tisch zu setzen, ehe er mit seiner Erzählung begann. Er schenkte mir ein Glas Wein ein und goß sich selbst Wein nach. Während er weitersprach, lief er auf und ab. »In all der Zeit habe ich geglaubt, daß sie die Freiheit genießt, die ich ihr lasse, daß sie ihre Ablenkungen auskostet, ihre Unterhaltung und ihre Wohltätigkeitsveranstaltungen, ihre Vernissagen und Galadiners. Sie hat sich mit so vielen Menschen umgeben und nur für die Gesellschaftsspalten der Zeitungen gelebt. Wenn ich geschäftlich verreisen mußte, war sie immer unbesorgt und hat Desinteresse gezeigt. Sie hat nie darüber geklagt, daß wir so wenig voneinander sehen.
Anscheinend war ihr mangelndes Interesse an mir und meinen Angelegenheiten nur vorgeschoben, um ihre wahren Absichten und Vorhaben zu vertuschen.«
»Wie meinst du das?« fragte ich.
»Sie hat einen Privatdetektiv engagiert, der mir gefolgt ist und all das aufgespürt hat«, sagte er und wies mit einer ausholenden Armbewegung auf unser Liebesnest. »Gestern ist sie in mein Büro gekommen, hat die Tür hinter sich geschlossen und mir voller Schadenfreude alles ins Gesicht gesagt, was sie in Erfahrung gebracht hat und inzwischen weiß.«
»Sie kennt meinen Namen?«
»Sie ist über die kleinsten Einzelheiten informiert«, sagte er und nickte. »Es hat ihr Vergnügen bereitet, sie der Reihe nach herunterzurasseln. Natürlich hat sie Drohungen ausgespro-

chen. Sie würde meinen Familiennamen in den Schmutz ziehen und den Ruf der Dumas' ruinieren, aber ich weiß, daß sie so etwas niemals täte. Ihr graut davor, ihr eigener Ruf könnte einen Makel bekommen. Für Daphne gibt es nichts Schlimmeres als Peinlichkeiten, die an die Öffentlichkeit kommen«, sagte er zuversichtlich, doch ich kam nicht gegen das Grauen an, das sich in meinem Herzen regte und mir eine Gänsehaut über die Arme laufen ließ.
»Vielleicht wird sie diesmal doch etwas dergleichen unternehmen. Du hast schließlich auch nicht damit gerechnet, daß sie dir nachspionieren läßt«, hob ich hervor.
»Nein«, sagte er kopfschüttelnd. »Das ist alles nur ein großer Bluff. Im Moment spielt sie die Rolle der hintergangenen Ehefrau.«
»O Pierre«, rief ich aus und begrub das Gesicht in meinen Händen.
»Es ist schon gut.« Er lachte über meine Reaktion, von der er glaubte, sie gelte nur seinen Neuigkeiten. »Ich wollte lediglich, daß du weißt, was vorgeht, aber ich habe nicht vor zuzulassen, daß diese Dinge unser Glück beeinträchtigen. Was Daphne angeht ...«
»Das Schlimmste weißt du noch gar nicht«, stöhnte ich und hob die blutunterlaufenen Augen, um in sein stolzes, schönes Gesicht aufzublicken. »Und dann auch noch zu diesem Zeitpunkt!«
»Das Schlimmste? Was könnte denn noch schlimmer ...« Er schnitt eine Grimasse. »Dein Vater hat wieder etwas angerichtet«, sagte er. Ich schüttelte den Kopf. »Ist etwas mit deiner Mutter?«
»Nein, Pierre. Mit mir. Ich bin schwanger«, platzte ich heraus. Die Worte hallten wie Donnerschläge in meinen eigenen Ohren.
»Schwanger?«
»Und es besteht nicht der geringste Zweifel daran«, schloß ich mit fester Stimme. Meine Tränen flossen ungehindert. Was würde jetzt passieren, da gleichzeitig auch noch Daphne auf dem Kriegspfad war?
»Schwanger«, sagte er noch einmal und setzte sich hin. Im er-

sten Moment wirkte er bestürzt. Dann lächelte er, und seine liebevollen grünen Augen leuchteten plötzlich. »Das ist ja wunderbar.«
»Wunderbar? Bist du verrückt geworden? Was ist denn daran wunderbar?« fragte ich, und meine Ängste schnürten sich zu einem festen Knoten zusammen.
»Du bekommst ein Kind von mir; wie könnte es etwas Wunderbareres geben?« erwiderte er. Ich schüttelte voller Erstaunen den Kopf. Manchmal erschien mir Pierre wie ein dummer kleiner Junge, trotz all seiner Kultiviertheit und Raffinesse, seines Lebens in der Stadt, seiner guten Ausbildung, seiner langen Jahre als Geschäftsmann und seiner Routine im gesellschaftlichen Umgang. War das etwa die Macht der Liebe? Konnte sie erwachsene Männer in ihren Bann ziehen und sie wieder zu Kindern machen, Kindern, die in Phantasiewelten lebten?
»Aber du bist doch verheiratet, Pierre. Und du hast mir gerade eben erst erzählt, wie schmerzlich du an diesen Umstand erinnert worden bist, *n'est-ce pas?*«
Sein Lächeln verflog. »Das ändert nichts. Unserem Kind wird es an nichts fehlen, was es braucht«, gelobte er. »Ich werde dir dein eigenes Haus bauen. Ich werde euch mit allem versorgen: mit Kleidung, Geld, Privatlehrern und Kindermädchen. Du brauchst nur zu sagen, was du willst, und ich werde dir jeden Wunsch erfüllen«, sagte er eifrig.
»Aber, Pierre, wenn Daphne dafür gesorgt hat, daß dich jemand verfolgt und daß er dir nachspioniert, dann wird sie auch all das schnell in Erfahrung bringen.«
»Na und?« fauchte er. »Daphne würde so etwas niemals an die Öffentlichkeit bringen. Sie würde vor Scham sterben. Mach dir keine Sorgen«, redete er mir mit einem kühlen, sarkastischen Lächeln zu. »Ich kenne meine Frau.«
»Mama wird wütend auf mich werden«, jammerte ich. Weshalb begriff er bloß nicht, was mir bevorstand und was ich jetzt durchmachen würde?
»Ich werde dafür sorgen, daß sie und dein Vater sich für den Rest ihres Lebens zur Ruhe setzen können. Ich bin ein wohlhabender Mann, Gabrielle. Mein Geld wird sämtliche Pro-

bleme lösen. Du wirst es ja selbst sehen«, sagte er voraus. Dann dachte er einen Moment lang nach. »Wann wirst du es deiner Mutter sagen?«
»Heute abend«, sagte ich. »Ich kann es nicht noch länger vor ihr geheimhalten.«
Er nickte. »Gut. Ich hatte zwar vor, am frühen Morgen wieder aufzubrechen, aber ich werde hier auf dich warten. Ich bleibe, bis du zurückkommst und mir berichtest, was sie gesagt hat und was sie jetzt unternehmen will. Wenn du möchtest, gehe ich selbst hin und rede mit ihr.«
»Ich habe Angst davor, es ihr zu sagen«, klagte ich. »Wie konnte ich all das trotz ihrer zahllosen Warnungen zulassen?«
»Weil du es so haben wolltest. Ich weiß jedenfalls, daß ich es mir gewünscht habe«, gestand er.
»Ist das wahr?«
»Ja. Du machst dir keine Vorstellung davon, wie mir bei dem Gedanken zumute gewesen ist, ich würde niemals ein eigenes Kind haben. Es ist einfach wunderbar«, behauptete er noch einmal, und dann sprang er auf, um uns Wein nachzuschenken und mit mir auf das freudige Ereignis anzustoßen. Seine Überschwenglichkeit überwältigte mich, und ich stellte meine eigenen Ängste und Zweifel in Frage.
»Wir werden für immer und ewig dieses heimliche Doppelleben miteinander führen«, versprach er mir. »Sieh mich nicht so skeptisch an«, fügte er lachend hinzu. »Verstehst du, für uns Kreolen ist das schon fast ein alter Brauch.«
»Was ist für euch ein alter Brauch?«
»Daß ein Mann verheiratet ist und trotzdem nicht auf die Frau zu verzichten braucht, die er wirklich liebt. Mein Vater hat eine Mätresse gehabt, und vor ihm hat sich schon mein Großvater eine Mätresse gehalten. Aber«, fügte er eilig hinzu, »du bist für mich mehr als nur eine Mätresse. Du bist meine wahre Liebe. Mach dir keine Sorgen. Wir werden alles schön der Reihe nach regeln. Zuerst einmal bekommen wir unser Kind. Dann werde ich dir ein neues Haus bauen, ein anständiges Zuhause für unser Kind. Du wirst genug Geld für alles haben, was du brauchst, und somit bleibt es nur an dir hängen, unser Kind großzuziehen. Manchmal«, fuhr er fort und

schmiedete weitere Pläne für unser Traumleben, »wirst du nach New Orleans kommen und dort in den besten Hotels absteigen. Wir werden Reisen nach Europa unternehmen, und wenn unser Kind groß genug ist, werden wir es in die beste Privatschule schicken.«
Ich starrte ihn an. Konnte das alles wahr sein?
»Und jetzt erzähl mir«, sagte er und kniete sich vor mich hin, ehe er meine Hände in seine nahm, »wie du dich fühlst. Möchtest du, daß ich beim nächsten Mal einen Arzt mitbringe?«
»Einen Arzt?« ich lachte. »Mama ist zehnmal besser als jeder Arzt. Vergiß nicht, daß sie mich schon einmal von einem Baby entbunden hat«, rief ich ihm ins Gedächtnis zurück.
Er schloß die Augen. »Das ist nicht dasselbe. Diesmal handelt es sich um ein Kind der Liebe, ein Baby, das wir beide haben wollen.«
Er meinte es zwar nicht so, doch seine Worte waren wie winzige Pfeile, die mein Herz durchbohrten. Ich weinte dem kleinen Paul nach und konnte mir nicht vorstellen, es könnte irgendein anderes Kind geben, das so schön und so süß war wie er. Ich konnte mir nicht vorstellen, ein anderes Baby mehr als ihn zu lieben.
»Aber wenn du zuversichtlich bist und dich in guten Händen fühlst, dann bin ich ebenso zuversichtlich«, sagte er und begann, auf und ab zu laufen, während er laut dachte. »Natürlich werde ich versuchen, dich öfter zu besuchen, und wenn auch nur das kleinste Problem auftritt oder es zu irgendwelchen Komplikationen kommt, werde ich mich sofort darum kümmern. Entscheidend ist nur, daß du dich sicher fühlst und glücklich bist. Mein Vater stellt ein gewisses Problem dar, aber jetzt werde ich ihm die ganze Geschichte erzählen.«
»Wirklich?«
Er nickte. »Er wird Verständnis dafür haben«, sagte er. »Ich glaube nicht, daß es eine allzu große Überraschung für ihn sein wird. Aber du brauchst dir darüber ohnehin keine Sorgen zu machen. Schone dich und tu dir viel Gutes, *Chérie*«, sagte er. »Sollen wir jetzt etwas essen?«
»*Oui*«, sagte ich und stand langsam auf. Ich fühlte mich jetzt

schon zwanzig Pfund schwerer. Eine unsichtbare Last drückte auf meine Schultern. Pierre umarmte und küßte mich und redete mir noch einmal gut zu. Ich lächelte ihn zärtlich an und bereitete unsere Mahlzeit zu. Hinterher brachte Pierre Verständnis dafür auf, daß ich nicht dazu aufgelegt war, mich von ihm lieben zu lassen. Er hielt mich in den Armen, wiederholte seine Versprechen und führte seine Pläne genauer aus. Ich brach etwas früher auf als sonst, weil ich noch mit Mama reden wollte, ehe sie ins Bett ging.
»Denk daran«, sagte Pierre auf dem Anlegesteg zu mir, »ich werde hier sein, falls du mich brauchen solltest.«
»Ja. Gute Nacht.
»Gute Nacht, meine heimliche Ehefrau«, flüsterte er. Er blieb auf dem Anlegesteg stehen und beobachtete, wie ich über das Wasser glitt.
Nachdem ich das Kanu festgebunden hatte, lief ich auf das Haus zu, und als ich um die Hausecke bog, stellte ich zu meinem Erstaunen fest, daß Mama noch auf der Veranda saß, jedoch auf ihrem Schaukelstuhl eingeschlafen war. Daddys Lastwagen stand da, aber auch von ihm war nirgends etwas zu sehen.
Einen Moment lang stand ich einfach nur da und starrte sie in ihrem süßen Schlummer an. Mama hatte mich nicht verdient. Sie verdiente nicht noch eine zusätzliche Last, einen weiteren Faktor, der ihren Alterungsprozeß beschleunigte. Mit Daddy hatte sie schon mehr als genug am Hals. Ich kannte niemanden, der so liebevoll und gütig wie Mama war, niemanden, der sich soviel um die Älteren und die Behinderten, die Kranken und die Schwachen kümmerte wie Mama. Für das Cajunvolk war sie wahrhaft eine Heilige, und am erstaunlichsten fanden alle, daß soviel Mitgefühl, soviel Weisheit und soviel Güte in einer so zierlichen Frau Platz fanden.
Ihre Lider flatterten und öffneten sich dann, schlossen sich wieder und öffneten sich erneut, als sie erkannte, das ich vor ihr stand. Sie setzte sich auf ihrem Schaukelstuhl aufrechter hin und rieb sich einen Moment lang mit den Handflächen die Wangen.
»Wie spät ist es?«

»Es ist noch nicht spät, Mama.«
Sie holte tief Atem und wies mit einer Kopfbewegung auf Daddys Lastwagen.
»Er ist im Haus und schläft im Wohnzimmer auf dem Fußboden. Ich mußte eine Platzwunde in seiner Schädeldecke zunähen. Er hat sich in der Stadt in eine Schlägerei verwickeln lassen, und jemand hat ihm ein Brecheisen auf den Schädel geschlagen. Oder zumindest ist das seine Version der Geschichte. Er könnte ebensogut sturzbetrunken über ein Geländer gefallen sein und sich den Kopf an einem Gegenstand angeschlagen haben.«
Sie sah mich wieder an. »Was ist, Gabrielle? Du willst mir doch etwas sagen.«
»*Oui*, Mama«, erwiderte ich kleinlaut. Ihr Körper straffte sich, als bereitete sie sich auf einen Hieb vor. Ich vermutete, daß es tatsächlich ein Schlag für sie sein würde.
»Ich treffe mich jetzt schon seit einer ganzen Weile oft mit Pierre.«
»Du sagst mir nichts, was ich nicht längst wüßte, Kind. Meine Warnungen waren umsonst, nicht wahr?«
Ich nickte. »Ich liebe ihn, Mama, und er liebt mich. Es war nicht so geplant, und es gibt auch nichts, was wir dagegen hätten tun können. Es ist nun einmal so gekommen, und es ist immer noch so«, sagte ich mit gesenktem Kopf.
»Du sagst mir immer noch nichts, was ich nicht schon vorher gewußt hätte, Gabrielle«, sagte sie und schaukelte.
Ich schluckte den Kloß in meiner Kehle und raffte meinen gesamten Mut zusammen.
»Ich bin schwanger, Mama.«
Sie hörte auf zu schaukeln, doch sie sagte nichts. Sie schaute in das Dunkel auf der anderen Straßenseite, und dann begann sie wieder zu schaukeln.
»Pierre weiß es, und er will für mich und das Baby sorgen. Er will für uns alle sorgen«, fügte ich eilig hinzu.
Mama sah mich nicht an. Sie schaukelte weiter auf ihrem Stuhl.
»Natürlich sagt er das jetzt. Das war ja zu erwarten. Er würde alles sagen.«
»Nein, Mama, es ist sein Ernst. Pierre liebt mich wirklich. Er

hat die Hütte der Daisys nur gekauft, damit er in meiner Nähe sein kann und ...«
»Für einen Mann von seiner Sorte ist es keine größere Anschaffung, einen schäbigen Pfahlbau im Sumpf zu kaufen, Gabrielle. Von dem Tag seiner Geburt an für ein Kind zu sorgen ... das ist eine echte Investition, und zwar nicht nur eine finanzielle, sondern man muß auch Liebe, Zuneigung und Fürsorge investieren. Und das läßt sich nicht einfach einmal in der Woche in einen Briefumschlag stecken, hörst du?«
»Das weiß ich, Mama. Aber ich wünsche mir das Baby mehr als alles andere. Es ist ein Kind der Liebe«, sagte ich zu ihr. Ich spürte gar nicht, daß die Tränen über meine Wangen strömten, doch ich fühlte, wie sie von meinem Kinn tropften.
Mama seufzte. »Du willst die Mätresse eines reichen Kreolen sein, ein Kind von ihm bekommen und für den Rest deines Lebens von seiner Großzügigkeit abhängig sein, Gabrielle? Ist es das, was du willst?«
»Ich will Pierre, und da ich ihn nicht für mich allein haben kann, bin ich bereit zu nehmen, was ich nur irgend bekommen kann, *oui*, Mama«, sagte ich zu ihr.
Sie schloß die Augen und legte sich eine Hand aufs Herz. »Ich bin müde«, sagte sie. »Ich glaube, ich gehe jetzt ins Bett.«
»Mama, bitte ...«
»Was willst du von mir hören, Gabrielle? Daß ich mich für dich freue? Daß ich dir helfen werde, so gut es irgend geht? Du weißt, daß ich das tun werde, aber verlang nicht von mir, daß ich an Versprechen von der Sorte glaube, wie er sie dir gegeben hat.« Sie stand auf, und ihr Gesicht wurde finster und ernst, und ihre Augen wurden klein.
»Ich weiß nicht alles, Schätzchen. Ich weiß nicht, warum der fünfjährige Sohn der Legrands letztes Jahr ertrunken ist oder warum Mrs. Kenner, die erst neununddreißig ist, auf der Veranda hinter ihrem Haus einen Herzschlag bekommen hat und gestorben ist, als sie gerade die Wäsche ihrer Kinder gewaschen hat, und warum Lyle jetzt allein mit den drei Jungen dasteht, die er großziehen muß; ich weiß nicht, warum Orkane über uns hereinbrechen und Fischer das Leben kosten, ganz zu schweigen von den guten Dingen in der Natur, die sie vernich-

ten. Ich weiß nicht, warum auf der anderen Seite des Ozeans täglich Menschen andere Menschen töten.
Die Welt ist voller Rätsel und Geheimnisse, und wir mühen uns damit ab, unseren winzigen Anteil an diesen Fragen zu lösen. Es gibt nichts und niemanden auf Erden, den ich mehr liebe als dich. Dein Glück liegt mir mehr am Herzen als alles andere auf der Welt, aber ich kann nicht so tun, als stünden dir keine harten Zeiten bevor, wenn ich doch weiß, daß es so kommen wird.
Wir werden tun, was wir können, und wir werden tun, was getan werden muß. Das haben wir schon immer getan, und wir werden es auch immer tun, solange wir die Kraft dazu haben und uns der Atem nicht ausgeht, aber wir werden uns nichts vormachen, oder zumindest werde ich mir nichts vormachen, ich könnte verstehen, wie es dazu kommen konnte.
Vielleicht«, sagte sie und schaute wieder in die Dunkelheit, »vielleicht gibt es einen Grund für all das. Vielleicht ist nicht nur die reine Willkür am Werk, aber es steht einfach nicht in unserer Macht, die Zusammenhänge zu begreifen. Vermutlich werden wir an diesem Glauben festhalten müssen, wenn wir weiterleben wollen, meinst du nicht auch?«
Sie ging auf die Tür zu. Mein Herz tat so weh, daß ich glaubte, meine Brust würde zerspringen.
»Mama!«
»Entschuldige dich jetzt bloß nicht, Gabrielle. Ich liebe dich kein bißchen weniger als vor einer Minute.«
Ich rannte die Stufen hinauf und schlang die Arme um sie. Sie hielt mich einen Moment lang fest, drückte Küsse auf mein Haar und streichelte mich zärtlich.
»Du bist etwas Besonderes, etwas ganz Besonderes«, flüsterte sie mir zu.
Plötzlich wurde das Fliegengitter hinter uns aufgerissen, und wir lösten uns erschrocken voneinander.
Daddy stand da. Sein Haar war wüst zerzaust, und seine Augen strahlten so hell, als seien sie mit Glühwürmchen gefüllt.
»Ich habe alles mitangehört«, sagte er. Seine Lippen verzogen sich zwischen dem ungepflegten Schnurrbart und dem struppigen Bart zu einem harten, kalten Lächeln. »Deshalb wolltest du also Nicolas Paxton nicht heiraten, was?«

Ich fing an, den Kopf zu schütteln, doch er wandte sich an Mama.
»Mach dir bloß keine Sorgen, Catherine. Du brauchst dir um nichts Sorgen zu machen. Dem werde ich es zeigen. Und wie ich es dem zeigen werde«, drohte er und zog sein langes Sägemesser heraus, mit dem er Fische fing.
Meine Knie wurden butterweich. Mama schrie laut auf, als ich auf den Boden der Veranda sank.

14.

Schall und Rauch

Ich kam auf dem Sofa im Wohnzimmer wieder zu mir. Mama hatte mir einen kalten Waschlappen auf die Stirn gelegt und hielt ein Glas Wasser für mich bereit. Ich stöhnte und setzte mich verwirrt auf.
»Was ist passiert, Mama? Warum liege ich hier auf dem Sofa?«
»Du hast das Bewußtsein verloren, Schätzchen. Aber sonst fehlt dir nichts. Hier, trink das«, sagte sie und hielt das Glas an meine Lippen. Ich trank einen Schluck, und sie sagte mir, ich sollte jetzt tief durchatmen. Als ich wieder bei klarem Verstand war, kehrte auch die Erinnerung wieder zurück.
»Daddy!« rief ich und sah mich rasend im Zimmer um.
»Er ist nicht da. Ich habe ihn fortgejagt, weil er dir einen solchen Schrecken eingejagt hat«, sagte Mama.
»Wohin ist er gegangen?« fragte ich, und mein gesamtes Wesen wurde von einer düsteren Beklommenheit durchdrungen, als mir wieder einfiel, was er gelobt hatte.
»Bestimmt läßt er in einer seiner Stammkneipen Dampf ab«, sagte sie mit einem hämischen Lächeln.
»Ich muß Pierre vor ihm warnen«, sagte ich und stand auf. Im ersten Moment wankte ich, und Mama stützte mich.
»Du kannst jetzt nicht gleich aus dem Haus gehen, Gabrielle. Ruh dich aus«, beharrte Mama. Sie zwang mich, mich wieder hinzusetzen und es mir auf dem Sofa bequem zu machen. »Ich werde dir einen Trunk anrühren, damit du schneller wieder zu Kräften kommst. Wie du weißt, wirst du jetzt mehr Nahrhaftes brauchen«, fügte sie hinzu.
Ich schluckte schwer, und dann nickte ich und schloß die Augen. Mama ging in die Küche, doch schon im nächsten Moment hörte ich sie ausrufen: »*O mon Dieu!*«

»Was ist passiert, Mama?«
»Irgendwo brennt es«, teilte sie mir mit und wies mit einer Kopfbewegung auf das Fenster.

Als ich über die Wipfel der Zypressen und Weiden hinausschaute, sah ich, wo der Himmel sich erst rosa und dann dunkelrot färbte und schwarze Rauchschwaden wogten. Eine Schar von Reisvögeln war in helle Panik geraten, und sie flogen wie verrückt im Kreis. Mein Herz blieb stehen. Es sah so aus, als käme der Rauch aus der Richtung der früheren Hütte der Daisys. Das Blut, das gerade erst in meine Wangen zurückgekehrt war, wich erneut.

»Pierre!« keuchte ich und wollte aus dem Haus laufen.

»Gabrielle! Gabrielle, wohin gehst du?«

Ich ließ mir nicht die Zeit für eine Antwort. Statt dessen wäre ich beinah die Stufen hinuntergefallen, hielt mich jedoch im letzten Moment am Geländer fest und raste um die Hausecke herum und den Pfad zum Anlegesteg hinunter.

»*Gabrielle! Komm sofort zurück!*« rief Mama hinter mir her.

Ich rannte, so schnell ich konnte. Sowie ich in meine Piragua gesprungen war, sammelte ich all meine Kräfte und stieß mich vom Anlegesteg ab. Meine Brust fühlte sich an, als hätte ich ein Nadelkissen geschluckt und die einzelnen Stecknadeln bohrten sich jetzt alle in meine Lunge, aber ich hielt nicht an, obwohl der Staken mir zehnmal so schwer vorkam wie sonst. Der Kraftaufwand ließ meine Schultern schmerzen. Mir wurde wieder schwindlig, und ich fürchtete, ich könnte ins Wasser fallen. Ich hätte ohnmächtig werden und ertrinken können, überlegte ich mir, doch dann holte ich tief Atem und stakte entschlossen weiter. Es war ein ganz enormer Brand! Ich mußte sehen, ob Pierre auch wirklich nichts fehlte.

Meine Kräfte kehrten zurück, als ich vor mir sah, wie die Funken aus den Rauchschwaden aufstoben. Minuten später konnte ich die Flammen sehen, die in der Dunkelheit züngelten. Der Feuerschein erhellte das Wasser. Alligatoren, Frösche und Schlangen und sogar die Fische zogen sich tiefer in den Sumpf zurück. Als ich den Anlegesteg erreicht hatte, war die gesamte Hütte bereits von Flammen umschlungen. Die Wände bogen

sich, und das Dach brach herunter. Trotz der Entfernung konnte ich die Hitze im Gesicht spüren.
»*Pierre!*« rief ich in der Hoffnung, er hätte sich irgendwo in der Nähe in Sicherheit gebracht. »Pierre, bist du da? Pierre!« Ich hörte nichts anders als das Knistern der Flammen und die Schreie von Vögeln. Ich blieb in meinem Kanu und suchte im Schein des Feuers nach Anzeichen von ihm. Ich rief wieder und immer wieder nach ihm, doch es führte zu nichts.
Einige unserer Nachbarn und diejenigen, die in der Nähe der Hütte der Daisys lebten und das Feuer und den Rauch gesehen hatten, trafen ein, um sich zu vergewissern, daß das Feuer sich nicht ausbreitete. Ich hörte ihre Rufe. Ich band mein Kanu an und lief auf das Feuer zu, wagte mich unter den Wogen von Hitze, die dem Brandherd entströmten, so nahe wie möglich heran. Ein gutes Stück weit rechts von mir sah ich Jacques Thibodeaux, Yvettes Vater, mit zwei anderen Männern stehen. Ich lief eilig auf sie zu.
»Monsieur Thibodeaux«, rief ich im Näherkommen.
»He, was hast du denn hier zu suchen, Gabrielle? Das ist zu gefährlich für dich. Mach dich schnell wieder auf den Heimweg, hörst du?«
»Ist jemand im Haus gewesen?« fragte ich voller Entsetzen.
»Nicht, daß ich wüßte«, erwiderte er und sah die anderen an, die ihre Köpfe schüttelten. »Dein Vater steht dort drüben auf der Straße, nicht weit von hier. Der würde sicher ziemlich wütend, wenn er wüßte, daß du so dicht an das Feuer herangekommen bist, meinst du nicht auch, Gabrielle?«
»Daddy ist da?« fragte ich. Meine Hoffnung, Mama hätte recht gehabt – er sei in eine Zydecobar gegangen, um dort Dampf abzulassen – wurde von der kalten Realität ausgelöscht. Das, was ich am allermeisten gefürchtet hatte, war vorgefallen.
»*Oui.* Und jetzt sieh zu, daß du wieder nach Hause kommst.«
»Sind irgendwelche Fremden hier?« erkundigte ich mich. »Ist sonst noch jemand in der Nähe?«
»Ich habe niemanden gesehen, aber Guy sagt, die Hütte sei an einen reichen Mann aus New Orleans verkauft worden. Der wird sich nicht gerade freuen, wenn er das hört, stimmt's?«
Die anderen Männer schüttelten die Köpfe.

»Diesen Brand hat bestimmt jemand gelegt«, sagte Guy Larchmont und wies mit einer Kopfbewegung auf das Feuer. »Hast du zufällig jemanden gesehen, der sich hier rumtreibt?« fragte er mich. »Vielleicht ein paar ungezogene Kinder?«
Ich schüttelte den Kopf, obwohl ich nur mit einem Ohr zugehört hatte.
»Du solltest jetzt besser nach Hause gehen, ehe dein Vater dich hier sieht«, warnte mich Monsieur Thibodeaux noch einmal. »Er scheint ohnehin schon nicht besonders gut gelaunt zu sein.«
»*Merci*, Monsieur«, sagte ich und wich weiter von dem Feuer zurück. Langsam bewegte ich mich wieder auf den Anlegesteg und auf mein Kanu zu. Ich beobachtete, wie die Veranda barst und die letzte Hauswand nachgab. Und all meine kostbaren Geschenke, meine Kleider, einfach alles, unser ganzes wunderbares Liebesnest, ging in Flammen auf. Der Rauch trug unser Geheimnis in die Nacht hinaus. Ich kam mir vor, als sei ich auf einer Beerdigung und sähe zu, wie Pierres und meine Liebe einem wütenden Gott als Flammenopfer dargebracht wurde.
Ich stakte nicht sofort nach Hause. Statt dessen setzte ich mich in das Kanu und sah zu, wie das Feuer langsam erlosch. Weitere Leute trafen ein und kamen näher, als die Flammen schwächer wurden. Schon bald darauf erschienen ganze Familien. Im Bayou war ein solches Feuer etwas Aufregendes. Die Leute erlaubten ihren Kindern mitzukommen und in den Automobilen sitzen zu bleiben oder sich in ihrer Nähe aufzuhalten, damit sie das rege Treiben beobachten konnten.
Was war aus Pierre geworden? Gewiß war er im Haus gewesen, als Daddy eingetroffen war, dachte ich mir. Wahrscheinlich hatte er angenommen, ich sei noch einmal zurückgekommen. Ich fühlte mich von Kopf bis Fuß betäubt, und mein Magen schien ausgehöhlt zu sein. Einen Moment lang wurde mir wieder schwindlig, und ich wünschte, ich hätte auf Mama gehört. Ich ruhte mich aus, spritzte mir Wasser ins Gesicht und stand endlich auf und stakte zu unserem Anlegesteg zurück. Erschöpft legte ich den Weg zur Hütte zurück, mit zitternden Knien und pochendem Herzen. Mama war außer sich vor Sorge.

»Wo warst du, Gabrielle? Wie kommst du dazu, einfach aus dem Haus zu stürzen, nachdem du gerade erst aus deiner Ohnmacht erwacht bist?«
»Daddy hat die Hütte angezündet, Mama«, klagte ich. »Ich weiß, daß er es war. Er ist dagewesen und hat gemeinsam mit allen anderen zugesehen. Pierre wollte dort auf mich warten. Ich weiß nicht, was aus ihm geworden ist«, jammerte ich.
Mama umarmte mich. »Aber, aber, mein Schätzchen. Sei ganz ruhig. Ich bin sicher, daß ihm nichts fehlt«, sagte sie. »Höchstwahrscheinlich ist er weggerannt, und dein Vater hat seine Wut an der Hütte ausgelassen. Komm jetzt ins Haus. Ich will, daß du dich hinlegst und dich jetzt endlich ausruhst, hörst du?«
Ich hatte nicht die Kraft, mich ihr zu widersetzen, obwohl ich gern wach geblieben wäre und auf Daddys Rückkehr gewartet hätte. Er kam jedoch erst gegen Morgen zurück. Von Mama erfuhr ich am nächsten Vormittag, daß er mit einigen seiner Freunde trinken gegangen war, um über das Feuer zu reden, nachdem es ausgebrannt war. Und als er dann endlich nach Hause gekommen war, war er so betrunken gewesen, daß er vor Müdigkeit sofort ins Bett gefallen war.
Er stand erst am späten Nachmittag auf. Ich saß auf der Veranda und schaukelte auf Mamas Stuhl, weil ich hören wollte, was passiert war. Endlich ging das Fliegengitter auf, und Daddy tauchte auf der Veranda auf, mit blassem Gesicht und blutunterlaufenen Augen. Seine Augen waren so rot, daß ich die Pupillen nicht sehen konnte. Er fuhr sich mit den Händen durch das Haar, gähnte und streckte sich.
»Wo ist deine Mama?«
»Bei Mrs. Sooter. Sie behandelt ihre Hühneraugen«, sagte ich. Er nickte und wollte wieder ins Haus gehen. »Daddy. Was ist letzte Nacht passiert? Was hast du getan?«
»Was ich getan habe? Ich habe gar nichts getan«, sagte er eilig und wandte das Gesicht ab, um meinen Blicken auszuweichen. »Ich weiß genau, was du getan hast, Daddy. Ich weiß, daß du die Hütte angesteckt hast. War Pierre da? Was ist passiert?« fragte ich.
Er drehte sich langsam wieder zu mir um und starrte mich einen Moment lang an. Dann schüttelte er angewidert den Kopf.

»Ich wollte, daß du Nicolas Paxton heiratest, aber für seinesgleichen warst du dir in deiner Hochnäsigkeit zu schade. Statt dessen läßt du dich von irgendeinem reichen Kreolen schwängern, der sich nicht die Bohne dafür interessiert, was aus dir, aus deinem Baby oder aus uns wird, die wir hier in Schande leben müssen«, erwiderte er.
»Das ist nicht wahr, Daddy. Pierre hat mich sogar sehr gern. Was hast du getan? Was ist aus ihm geworden?«
»So ein Quatsch«, sagte er kopfschüttelnd. »Er hat dich gern.« Er spuckte über das Geländer der Veranda. Dann sah er in die Richtung, in der die Hütte der Daisys gestanden hatte. »Er war da«, gab er schließlich zu.«
»Er war da? Was ist passiert? Erzähl es mir!«
»Ich werde es dir genau erzählen. Ich habe nichts zu verbergen. Ich habe ihn gefragt, was er jetzt vorhat, um wiedergutzumachen, was er angerichtet hat, und er läuft einfach weg, statt mit mir zu reden.«
»Er ist weggelaufen?«
»Schneller als eine Nutria. Sein Schatten konnte kaum das Tempo durchhalten«, fügte Daddy hinzu. »Soviel zu deinem reichen Geliebten. Und was jetzt? Eine Tochter sollte ihr Leben und ihre Arbeit so gestalten, daß ihr Daddy stolz auf sie sein kann. Und außerdem sollte sie Mittel und Wege finden, ihm unter die Arme zu greifen.
Ah«, sagte er, »deine Mutter hat dich furchtbar verzogen, Gabrielle, und ich hatte zuviel zu tun, um viel dagegen auszurichten. Sieh dir nur an, in welche Lage du dich jetzt gebracht hast. Ich muß mich in Ruhe hinsetzen und gründlich darüber nachdenken.«
Er ging ins Haus. Ich schaute auf die Straße hinaus und dachte über Pierre nach. Ich war froh darüber, daß er wenigstens mit heiler Haut davongekommen war. Ich war sicher, daß er sich schon bald wieder bei mir melden würde. Eine Woge der Erleichterung strömte über mich hinweg, und endlich gestattete ich mir, die Augen zu schließen. Ich schlief schnell ein und wachte noch nicht einmal auf, als Mama zurückkam und ins Haus ging. Was mich schließlich weckte, war, daß sie und Daddy einander laut anschrien. Es war qualvoll, den beiden

zuzuhören. Er gab ihr die Schuld an dem, was ich getan hatte und was jetzt passiert war.
»Ich bin hier derjenige, der zu nichts taugt. Ich bin hier derjenige, der nichtsnutzig, faul und so weiter ist, und ich versorge meine Familie nicht anständig; aber was ist mit ihrer moralischen Erziehung, Catherine? Vor deiner Nase treibt sie sich herum und stellt alles mögliche an. Jetzt tritt schön brav deinen Heiligen gegenüber, hörst du? Du wirst jetzt deinen Zauberstab schwenken und dafür sorgen, daß sich das alles wieder einrenkt.
Auf mich schaut zukünftig niemand mehr herunter«, betonte er. »Du und deine Tochter, ihr seid nichts Besonderes. Denk immer daran, und merk dir gut, daß du von jetzt an aufhören wirst, die Landrys zu beschimpfen, hast du mich gehört?«
Mama hatte nicht die Kraft, etwas darauf zu erwidern. Ich hörte, wie sie in die Küche ging und sich an die Vorbereitungen für das Abendessen machte, während Daddy im Wohnzimmer unablässig weiterschimpfte. Als er aus dem Haus kam, stellte ich mich schlafend. Ich spürte, daß er dastand und mich anstarrte, und dann hörte ich, wie er die Stufen hinunterstürmte, in seinen Lastwagen stieg und dabei vor sich hinmurmelte.
Nie hatte ich mich innerlich so elend gefühlt, so deprimiert und so angewidert von mir selbst. Die arme Mama, dachte ich. Immer wieder mußte sie die Hauptlast von Daddys Zorn ertragen. Als ich ins Haus ging, um mich bei ihr zu entschuldigen, saß sie am Tisch und hatte die Handflächen auf die Stirn gepreßt.
»Es ist alles nur meine Schuld, Mama. Es tut mir leid«, sagte ich. Einen Moment lang blieb sie reglos sitzen. Dann hob sie so langsam den Kopf, als wöge er soviel wie eine Tonne Regenwasser. Sie wirkte müde und erschöpft, und es sah so aus, als hätte auch sie geweint. Das versetzte mir einen Stich, und Tränen brannten unter meinen Lidern.
»Was passiert ist, ist passiert«, sagte sie. »Stör dich bloß nicht daran, daß dein Vater tobt und rast. Er sucht ja doch nur nach einem Vorwand dafür, daß er ein nichtsnutziger Lump ist. Er wird diese Ausrede dafür benutzen, sich zu betrinken und

Geld rauszuwerfen, das ist alles.« Sie stand auf. »Laß uns jetzt etwas essen.«
»Ich bin nicht besonders hungrig, Mama.«
»Ich auch nicht, aber wir sollten trotzdem sehen, daß wir uns von innen heraus etwas Gutes tun, um alles Böse abzuwehren, was von außen kommt«, sagte sie und lächelte gepreßt.
Ich ging auf sie zu, und wir umarmten einander. Sie strich mir über das Haar und gab mir einen Kuß auf die Stirn.
»Pierre wird zurückkommen und mir helfen, Mama. Ich weiß genau, daß er das tun wird«, sagte ich, denn ich mußte es mir selbst und nicht nur ihr bestätigen.
»*Oui*«, sagte sie mit einer müden Stimme. »Aber bis dahin sollten wir besser lernen, uns selbst zu helfen, meinst du nicht auch?«
Mama und ich aßen und tranken dann auf der Veranda Kaffee. Es war eine jener Nächte, in denen die Luft so still ist, daß man glaubt, die Welt hätte aufgehört, sich zu drehen. Nichts rührte sich, kein Vogel, kein Hase, einfach nichts. Diese Form von Stille hatte es an sich, einen zu durchdringen, sich einzuschleichen und einem das Gefühl zu geben, man sei hohl und voller Echos. Mama war die meiste Zeit über so still wie unsere Umgebung, und dann stellte sie plötzlich ihre Tasse hin und wandte sich an mich.
»Vermutlich ist dieser Zeitpunkt nicht besser und nicht schlechter als jeder andere auch, um dir die Wahrheit zu erzählen, Gabrielle«, bemerkte sie. »Gott weiß, warum ich sie so lange in mir verschlossen habe.«
»Die Wahrheit? Wovon sprichst du, Mama?«
»Von mir und von deinem Daddy. Und von dir«, fügte sie hinzu.
Ihre freudlosen Augen sagten mir, daß eine unerfreuliche Überraschung auf mich zukam. Ich hielt den Atem an und wartete darauf, daß sie weiterreden würde. Sie mußte ein paarmal schlucken, ehe sie es tat.
»Ich habe dir oft erzählt, wie gut er früher ausgesehen hat. Wenn er sich die Mühe macht, sich ordentlich herzurichten, schafft er das sogar heute noch. Also«, sagte sie, »er hat eine Zeitlang immer wieder zwischendurch um mich geworben, in

unregelmäßigen Abständen. Er war schon damals unzuverlässig, doch dem habe ich nicht genug Beachtung geschenkt. Meine Mutter war natürlich dagegen, daß ich ihn heirate. Sie kannte die Landrys und hat mich immer wieder vor ihnen gewarnt, aber ... wie ich dir bereits sagte, ich habe auf die Frau in mir gehört.
Tatsächlich ist es so«, sagte Mama und drehte sich wieder zu mir um, »daß ich vor der Hochzeit schwanger war.«
»Wirklich?«
»*Oui*. Wir haben gelogen, was das Datum unserer Hochzeit angeht. Wir haben behauptet, wir hätte uns schon Monate vor unserer eigentlichen Hochzeit von einem Richter trauen lassen. Wir haben nur deshalb kirchlich geheiratet, weil wir die Familie beruhigen wollten. Ich habe nicht geglaubt, daß dein Vater mich heiraten würde, als er herausgefunden hat, daß ich schwanger war, und ich war auch nicht sicher, selbst damals nicht, ob ich ihn überhaupt heiraten wollte. Er hat mich jedoch damit überrascht, daß er sich darüber gefreut hat und gesagt hat, wenn ich ihn nicht heirate, dann posaunt er erst recht in alle Welt hinaus, daß du sein Kind bist.
»Meiner Mutter hat es das Herz gebrochen. Nach der richtigen Hochzeit hat sie kaum ein Wort gesagt, doch es schien, als hätte die Heirat Jack Landry gutgetan, und eine Zeitlang hat er sich gut benommen. Er hat etwas auf die Beine gestellt, und er war verantwortungsbewußt, und dann war wieder alles so wie vorher.
Aber jedesmal, wenn ich meinen Entschluß bereue, dann sage ich mir, wie froh ich doch sein kann, dich zu haben, Schätzchen«, fügte sie hinzu und strahlte mich an.
»O Mama«, jammerte ich. »Als hättest du nicht schon schwer genug zu tragen, bin ich dir auch noch eine Last.«
»Aber, aber ... Ich versuche, dir etwas ganz anders zu sagen. Ich will nicht, daß du dich entschuldigst und dir meinetwegen Vorwürfe machst. In der Bibel steht geschrieben, wer frei von Sünde sei, der solle den ersten Stein werfen. Ich kann nach niemandem Steine werfen, und dein Daddy, der könnte noch nicht einmal einen Kieselstein nach einem Axtmörder werfen. Verstehst du mich, Schätzchen?«

»*Oui*, Mama«, sagte ich.
»Es ist mein Ernst«, sagte sie mit fester Stimme.
Ich lächelte. Mamas Geständnis gab mir die Kraft, ihr auch etwas zu gestehen.
»Mama, ich wollte unbedingt ein Baby von Pierre haben, und ich will es immer noch. Sogar sehr. Ich weiß, daß es falsch ist, vor allem, weil Pierre verheiratet ist, aber du weißt doch, wie furchtbar es für mich ist, Paul verloren zu haben.«
»Ja«, sagte sie mit einem tiefen Seufzen. Es erstaunte mich, wie schnell diese schmalen Schultern eine so große Last aufnehmen konnten. »Wir werden es schon irgendwie schaffen. Wir schaffen es sonst doch auch immer. Vermutlich verleihen einem große Lasten große Kraft.
Aber«, fügte sie hinzu und wandte sich mir mit einem sehr ernsten Gesichtsausdruck wieder zu, »wir müssen hier leben, und manche dieser Leute hier können ziemlich ekelhaft und gehässig sein, wenn sie es wollen, verstehst du. Ich halte es für das beste, wenn wir uns von vornherein eine Erklärung einfallen lassen. Ich lüge die Leute nicht gern an, noch nicht einmal deinen Vater, aber es könnte notwendig sein, die Wahrheit ein wenig zu dehnen. Wir müssen schon für so viele andere Sünden auf Vergebung hoffen, daß eine kleine Notlüge es nicht viel schlimmer machen kann, meinst du nicht auch?« sagte sie lächelnd.
»Doch, Mama. Aber ich bin ganz sicher, daß Pierre uns helfen wird«, fügte ich zuversichtlich hinzu.
Mama lächelte. »Wir werden es ja sehen«, sagte sie. Sie lehnte sich zurück, seufzte noch einmal tief und stand dann auf. »Ich glaube, ich lege mich jetzt schlafen. Es kommt mir vor, als hätten wir einen sehr langen Tag hinter uns gebracht.«
»Ich komme gleich nach, Mama«, sagte ich zu ihr.
»Bleib nicht zu lange auf«, riet sie mir und ging ins Haus.
Ich saß auf der Veranda und starrte in die Dunkelheit hinaus und auf die Straße, die an unserer Hütte vorbei zur Hauptstraße nach New Orleans führte.
»Er wird zurückkommen«, sagte ich zu den Schatten, die um mich herumlungerten. »Und zwar schon bald.
Und dann wird alles ... gut werden.«

Die Tage vergingen und wurden zu Wochen, und ich hörte nichts von Pierre. Jeden Morgen beim Erwachen erwartete ich etwas, ein Päckchen, einen Brief, einen Boten, und nachts saß ich nach dem Abendessen auf der Veranda und starrte erwartungsvoll auf die Straße hinaus, doch von dort kam nichts anderes als Stille und Dunkelheit.

Ich wußte, daß Mama mit mir litt. Wenn ich in ihre Richtung sah und sie dabei ertappte, daß sie mich mit mitleidigen Blicken musterte, wandte sie eilig die Augen ab und tat so, als gelte ihr Interesse etwas anderem.

Daddy kam und ging und ließ sich zwischendurch manchmal tagelang nicht blicken. Wenn er nach Hause kam, fragte er mich immer als erstes, ob Pierre wieder dagewesen sei.

»Er ist hier gewesen, Gabrielle? Du wirst es mir sagen, hörst du?«

»Nein, er war nicht hier, Daddy«, erwiderte ich daraufhin. Er nickte, nachdem er sich vergewissert hatte, daß ich ihn nicht belügen würde. Trotzdem ertappte ich mich oft dabei, daß er mich anstarrte. Dabei wirkte er immer so, als sei er tief in Gedanken versunken. Das machte mich nervös, doch ich sagte Mama nichts davon und sprach ihn auch nicht darauf an.

Wochen nach dem Brand nahm ich endlich die nötige Kraft zusammen und kehrte zu den Ruinen unseres Liebesnests zurück. Es war nichts als Schutt und Asche davon geblieben, ein Haufen verkohltes Holz und Metall. Als ich durch die Asche schlenderte, sah ich einen kleinen Überrest von einem meiner Kleider, und als ich im Ruß wühlte, fand ich ein paar Perlen. Ich sammelte sie eilig auf und säuberte sie. Dann steckte ich sie in meine Tasche und nahm sie mit nach Hause, um sie in meiner Nähe aufzubewahren.

Selbst die Nächte, die ich allein und eingeschlossen im Dachboden der Tates verbracht hatte, waren nicht so einsam und derart melancholisch für mich gewesen wie die Nächte nach dem Feuer. Wenn ich endlich nach oben ging, um zu schlafen, setzte ich mich ans Fenster und schaute auf den Wasserlauf hinaus, auf die Stellen, an denen ich Pierre gesehen hatte, als er im Mondschein auf mich gewartet hatte. Ich hoffte und betete so inbrünstig, daß meine Augen mir Streiche spielten und ich

hätte schwören können, daß er da war. Einmal ging ich sogar aus dem Haus, um nachzusehen, und natürlich fand ich keine Menschenseele vor.
Wenn ich dann doch einschlief, wälzte ich mich unablässig von einer Seite auf die andere und fiel von einem Alptraum in den anderen. In einem dieser Alpträume sah ich mich ertrinken und rief nach Pierre, damit er mir half. Er stand regungslos in der Piragua und beobachtete mich, und als er endlich beschloß, in meine Richtung zu staken, um mir zu helfen, rief ihn jemand zurück. Ich konnte nicht sehen, wer es war. Ich erwachte in dem Moment, in dem mein Kopf in dem dunklen, teefarbenen Wasser des Flußlaufs versank. Mein Herz pochte heftig, und mein Gesicht und mein Hals waren naß vor Schweiß. Nach solchen Alpträumen schlief ich erst gegen Morgen wieder ein, und wenn ich hörte, wie Mama durchs Haus lief und den Tag begann, stöhnte ich und schleppte mich nach unten, um ihr zu helfen.
»Ich möchte, daß du dich öfter ausruhst, Gabrielle«, sagte sie zu mir und musterte mich einen Moment lang. »Es sieht ganz so aus, als würde dein Bauch diesmal schneller dick.« Sie kniff mich zart in den Arm, beobachtete, wie meine Haut sich verfärbte, und nickte vor sich hin. »Jede Schwangerschaft verläuft anders. Ich finde das einleuchtend, wenn man bedenkt, daß jedes Baby anders ist. Du mußt immer daran denken und auf dich aufpassen, hörst du?«
Ich versprach ihr, mich zu schonen. Zu dieser Zeit brachte ich ohnehin nicht allzuviel Energie auf. Sogar meine Spaziergänge wurden immer kürzer, und meine Kanufahrten auf den Wasserläufen stellte ich ein. Gelegentlich begleitete ich Mama in die Stadt, doch selbst daran verlor ich das Interesse, und daher tat ich es nach einer Weile nicht mehr. Ich verbrachte viele Stunden am Webstuhl, oder ich saß auf der Veranda und flocht Palmhüte und Körbe aus Palmwedeln. Diese mechanischen Arbeiten schienen meinen leeren Gedanken zu entsprechen. Meine Finger bewegten sich, als hätten sie ihren eigenen Willen, und ich war immer wieder überrascht, wenn ich feststellte, daß ich einen Gegenstand fertiggestellt hatte.
Hatte Daddy Pierre wirklich für immer vertrieben? fragte ich

mich, wenn mein Verstand zwischendurch arbeitete. Was würde aus unserer ganz besonderen Liebe werden? Würde sie verwelken und wie Laub zertreten werden?

Das Grollen des Donners und die dunklen Wolkenschichten, die am Himmel aufgezogen waren, paßten zu meiner Stimmung. Wenn die Regenfälle kamen, dann schienen sie nicht nur die Pflanzen und Blüten, sondern auch meine Erinnerungen mit sich fortzuspülen. Orkanböen rissen Zweige ab und warfen Tische und Stühle um. Die Hütte ächzte und stöhnte. Ich verkroch mich unter meinen Decken und wartete darauf, daß es enden würde, und ich preßte das Gesicht ins Kissen und fragte mich, wie soviel Finsternis so schnell über meine Welt aus Licht und Hoffnung hatte hereinbrechen können.

Und dann kam eines Nachts nach einem besonders schlimmen Unwetter, als Mama und ich gerade die Veranda wieder hergerichtet hatten, Daddy mit seinem Lastwagen angefahren, knallte die Tür zu und pfiff, als hätte er beim Bourre den größten Gewinn seines Lebens gemacht. Mama und ich saßen erschöpft an dem roh gezimmerten Küchentisch, und keine von uns beiden hatte allzuviel Appetit. Sie blickte voller Abscheu zu ihm auf.

»Jetzt kommst du nach Hause, Jack«, setzte Mama an. »Nach dem Unwetter, nachdem wir die gesamte Arbeit getan haben, und zwar schwere Männerarbeit!«

»Von mir aus kann dieses Haus in die Hölle geweht werden«, sagte er. »Das spielt jetzt keine Rolle mehr.«

»Ach, ja?« begann Mama, und ihre Augen loderten trotz der Mattigkeit, die sich wie ein Film auf ihnen ausgebreitet hatte. »Du sagst also, mein Haus spielt keine Rolle mehr?«

»Jetzt warte doch erst einmal ab, Catherine«, sagte er und hob die Hände. »Lehn dich wieder auf deinem Stuhl zurück und benimm dich. Andernfalls«, sagte er mit einem albernen, breiten Grinsen, »könnte ich mir erst noch einmal ganz genau überlegen, ob ich dir sage, was ich getan habe und was werden wird.«

»Wahrscheinlich bin ich besser dran, wenn ich nicht weiß, was du getan hast«, murrte Mama.

»Ach, ja? Siehst du?« sagte er zu mir. »Siehst du, wie sie mich mißachtet, mich ständig schlecht macht und mich vor meinen Freunden und vor den Nachbarn als einen üblen Kerl hinstellt?«

Mama fing an zu lachen. »Ich? Niemand braucht etwas dazu beizutragen, daß du schlecht dastehst, Jack. Das kannst du selbst am besten.«

Daddys Lächeln verflog. Er starrte sie einen Moment lang an, und dann trat ein selbstzufriedenes Grinsen auf sein Gesicht, breiter als alles, was ich je an ihm gesehen hatte. Er steckte eine Hand in die Hosentasche und zog einen Packen Geldscheine heraus, den er mitten auf den Tisch legte. Als die Scheine sich aufrollten, sahen wir, daß es Fünfziger und Hunderter waren. Es war das erste Mal in meinem Leben, daß ich einen Hundertdollarschein zu sehen bekam.

»Was ist das?« fragte Mama argwöhnisch.

»Nach was sieht es denn aus, Frau? Das ist die gute alte amerikanische Währung, und dieser Packen dort ist für dich. Du kannst damit tun und lassen, was du willst, hörst du?«

Mama warf einen Blick auf mich, ehe sie wieder zu Daddy aufsah. »Und woher kommt dieses Geld? Aus einem Bourrespiel, bei dem die Leute Geld setzen, obwohl sie es sich nicht leisten können, es zu verlieren?«

»Nein. Daher kommt es«, sagte Daddy und bohrte sich den rechten Zeigefinger in die rechte Schläfe. »Das kommt davon, wenn man klug ist.«

»Ach, ja? Also, das muß ich hören«, sagte Mama. Sie lehnte sich zurück und verschränkte die Arme.

Daddy ging zum Schrank, fand Apfelwein und schenkte sich ein Glas ein. Wir sahen zu, wie er es in einem Zug leerte und sein großer Adamsapfel auf und ab hüpfte. Er wischte sich mit dem Handrücken die Lippen ab und sah mich finster an.

»Es mag zwar sein, daß sie den Sumpf und die Tiere besser kennt als die meisten Leute hier in dieser Gegend«, sagte er und wies mit einer Kopfbewegung auf mich, »aber sie hat keinen Schimmer, wenn es um Männer geht.«

»Laß Gabrielle aus dem Spiel, Jack. Im Moment reden wir über dich und darüber, wie du dieses Geld an dich gebracht hast.«

»Richtig. Ich habe mir gedacht, Jack Landry, wie kommt es bloß, daß du derjenige bist, der die heiße Kartoffel in den Fingern hält, kann mir das mal einer sagen? Wie kommt es, daß du derjenige bist, der sich Gedanken darüber macht, wie man es schafft, einen Esser mehr am Tisch zu haben, sein Haus entsprechend herzurichten und Schmähungen über sich ergehen zu lassen? Wie kommt es, daß diese reichen Leute einfach herkommen und uns ausnutzen können, wie es ihnen gerade paßt, uns benutzen können wie ein ... ein Handtuch, und dann werfen sie uns einfach weg? Also, ich sage euch, so geht das nämlich nicht!« rief er aus und hieb mit der Faust auf den Spülstein.
»Die meisten Männer hier in dieser Gegend haben nicht den blassesten Schimmer von dem, was außerhalb des Bayous stattfindet. Sie kennen sich nur hier aus. Sowie man sie aus ihrem Sumpf holt, sind sie verwirrt und stehen dumm da. Aber ich bin kein Hinterwäldler aus dem Sumpf, hört ihr? Ich bin Jack Landry. Mein Urgroßvater hat auf den Flußschiffen gearbeitet, und der Urgroßvater meiner Mutter war einer der besten Spieler diesseits des Mississippi«, prahlte er. »Es ist wahr, er ist gehängt worden, aber das war ein Irrtum.«
»Schon gut, Jack. Ich weiß, wie großartig deine Vorfahren waren. Komm zur Sache«, forderte Mama ihn barsch auf.
»Ja. Du weißt es. Du weißt alles, nicht wahr, Catherine Landry? Jedenfalls habe ich meine Siebensachen gepackt und bin nach New Orleans gefahren.«
»Was?« keuchte ich.
»Richtig«, sagte er, und seine Augen glühten.
»Was hast du in New Orleans getan, Jack?« fragte Mama.
»Ich habe herausgefunden, wo diese Dumas leben, und ich habe ihnen einen kleinen Besuch abgestattet. Und dann hat sich auch noch herausgestellt, daß der alte Mann gar nicht unglücklich über den Vorschlag ist, den ich ihm zu machen habe«, sagte Daddy und nickte.
Mama starrte ihn verblüfft an. Dann sah sie mich an und beugte sich schließlich vor.
»Was hast du ihm vorgeschlagen, Jack?«
»Ich habe ihm von Gabrielle berichtet und davon, in welche Lage sein Sohn sie gebracht hat«, sagte er und nahm eine

stolze, aufrechte Haltung ein. »Genau das habe ich ihm gesagt, und ich habe auch nicht mit Worten gespart. Ich habe ihm von der Hütte erzählt und davon, wie er mein kleines Mädchen verführt hat.«
»Das hat er nicht getan!« rief ich aus.
»Sei einen Moment lang still«, sagte Mama, deren Augen jetzt noch wacher wirkten und deren Gesicht gerötet war. »Sprich weiter, Jack. Was hast du ihm sonst noch erzählt?«
»Ich habe ihm gesagt, wenn es sein müßte, käme ich mit Gabrielle nach New Orleans und würde mit ihr zu den Zeitungsleuten gehen«, sagte er lächelnd und nickte wieder. »Ich würde dafür sorgen, daß die ganze Stadt erfährt, was sein Sohn, der feine, gutgestellte, aufrichtige Geschäftsmann, einem armen, unschuldigen Mädchen im Bayou angetan hat.«
»War Pierre da?« fragte ich mit pochendem Herzen.
»Ich möchte wetten, er hat sich irgendwo versteckt gehalten«, sagte Daddy. »In all der Zeit, die ich da war, habe ich ihn nicht zu sehen bekommen. Die wohnen in einem Palast, Catherine, und nicht etwa in einem Haus. Du kannst dir gar nicht vorstellen, welche Kostbarkeiten in diesem Haus herumgestanden haben und wie groß die Zimmer waren, und sie haben einen Tennisplatz und einen Swimmingpool und ...«
»Das interessiert mich alles überhaupt nicht, Jack. Erzähl uns einfach nur, was du Monsieur Dumas erzählt hast.«
»Na ja, ich wollte das Geld von ihm haben, das ich brauche, um hier draußen für Gabrielle zu sorgen. Jetzt wirst du nämlich keinen braven Mann mehr finden, Gabrielle«, sagte er zu mir und schüttelte den Kopf. »Eine Frau mit Kind und ohne Ehe hat keine Chancen, und die Wahl hat sie schon gar nicht. Jetzt könnte ich dir nicht mal mehr Nicolas Paxton beschaffen, und das hast du alles nur dir selbst zu verdanken.«
»Das spielt im Moment überhaupt keine Rolle, Jack. Du hast uns immer noch nichts berichtet, was wir nicht längst wüßten.«
»Also, gut.« Er nahm eine aufrechte Haltung ein. »Also, dieser Monsieur Dumas, der sagt mir, sein Sohn hat ihm längst alles erzählt. Er sagt, er ist bis in alle Einzelheiten informiert, und dazu kommt noch, daß er sagt, die Frau von seinem Sohn

kennt auch alle Einzelheiten, und daher kann ich ihm nicht drohen.«
»Seine Frau?« keuchte ich.
»Richtig. Genau das sagt er, und noch dazu voller Arroganz. Ich wollte gerade protestieren und ihn fürchterlich anschreien, als er die Hand hochhebt, einen Moment lang wegschaut und dann sagt, daß er bereit ist ... nein, daß er das Kind kaufen *will*.«
»*Nein!*« schrie ich.
»Nicht noch einmal, Jack«, sagte Mama. »Du bist doch nicht etwa hingegangen und hast wieder einen Pakt mit dem Teufel geschlossen?«
»Diesmal ist es etwas ganz anderes«, protestierte Daddy. »Wir können Gabrielles Schwangerschaft nicht geheimhalten. Wir können nicht verhindern, daß die gesamte Gemeinde davon erfährt und sie als ein gefallenes Mädchen dasteht. Schließlich muß ich an die Zukunft denken. Diese Leute sind so reich, daß die Tates im Vergleich zu ihnen wie arme Schlucker dastehen. Seht ihr diesen Packen Geld dort?« sagte er und deutete auf den Tisch. »Das ist lediglich eine Anzahlung, damit ich mir Gedanken darüber mache. Aus denen werde ich genug rausholen, damit wir für unser Lebtag ausgesorgt haben. Es braucht uns keine Sorgen mehr zu bereiten, ob Gabrielle jemals einen braven Mann finden wird, verstehst du? Und du brauchst nicht mehr aus dem Haus zu laufen, sowie dich jemand ruft, damit du Insektenstiche und Husten behandelst.«
Mama schwieg einen Moment lang. Die Tränen strömten über meine Wangen. Wo war Pierre? Wie hatte er zulassen können, daß sein Vater ein solches Angebot machte? Mama erhob sich zu ihrer vollen Größe, was nicht gerade viel war, doch mit weit aufgerissenen Augen wirkte sie größer, und Daddy wich kopfschüttelnd vor ihr zurück.
»Du mußt zugeben, daß ich meine Sache gut gemacht habe, Catherine. Das mußt du doch zugeben.«
»Du glaubst, du hättest deine Sache gut gemacht? Du glaubst tatsächlich, du hättest deine Sache gut gemacht? Wie kommst du darauf, Jack? Du hältst es wohl für eine gute Idee, das Kind deiner Tochter zu verkaufen? Du glaubst wohl, Kinder seien so

etwas wie ein Sack voll Austern? Dieses Kind ist ein Teil von ihr und somit auch ein Teil von uns beiden. Es ist unser eigen Fleisch und Blut.«

»Und es ist uns eine Last«, sagte Daddy, und seine Entschlossenheit war größer, als ich es je bei ihm erlebt hatte. Er zuckte nicht zusammen, und er schreckte auch nicht wie sonst vor Mamas Wut zurück. »Ich weiß, daß ich richtig gehandelt habe.« Sein Mut nahm zu, und seine Brust schwoll an. »Ich bin der Mann im Haus, verstehst du? Ich treffe die Entscheidungen. Es mag ja sein, daß du die beste Heilerin in dieser Gegend bist, Catherine, aber du bist trotzdem noch meine Frau, und das ist trotz allem noch meine Tochter, und was ich entscheide, das ... das wird auch gemacht, solange es um diese Familie geht, hörst du?«

»Scher dich zum Teufel, Jack Landry«, sagte Mama. Daddys Gesicht wurde so rot, daß ich glaubte, seine Schädeldecke würde bersten. Er sah mich an. Ich hielt den Atem an und hatte die Augen so weit aufgerissen, daß es weh tat. Das trug nur noch mehr zu seiner Verlegenheit bei. »Scher dich mit deinem Handel zum Teufel, und mach die ganze Geschichte rückgängig«, zischte Mama.

Daddy wich nicht vom Fleck.

Mama ging auf ihn zu, und plötzlich holte er mit dem rechten Arm aus und ohrfeigte sie. Der Schlag warf sie gegen den Tisch zurück. Ich schrie laut. Daddy stand da und war selbst überrascht über das, was er getan hatte. Er begann zu stottern und eine Entschuldigung zu stammeln, während Mama das Schwindelgefühl abschüttelte und ihm wieder gegenübertrat. Diesmal wies sie mit einem Finger auf die Tür. Als sie den Mund aufmachte, kam kaum mehr als ein Flüstern heraus, und ihre Stimme war kalt und heiser.

»Verschwinde aus meinem Haus«, sagte sie. »Und setze nie mehr einen Fuß über diese Schwelle, oder ich werde den schlimmsten Fluch auf dich herabbeschwören, den ich kenne. Ich schwöre es bei meinen Ahnen.«

Daddys Mund öffnete und schloß sich. Ich fühlte mich so matt, daß ich glaubte, ich würde ohnmächtig am Tisch zusammenbrechen. Er sah mich einen Moment lang an, ehe sein Blick

sich wieder auf Mama richtete, doch seine Augen wichen ihren Blicken schnell wieder aus. Es war, als schaute er mitten in die Glut eines lodernden Feuers. Er hob die Hand, als wolle er den Schlag abwehren, den er fürchtete, und dann wich er zurück.
»Es wird dir noch leid tun, daß du so mit mir geredet hast, Catherine. Wenn du Pech hast, komme ich wirklich nicht zurück«, drohte er.
»Ich verlange von dir, daß du nie mehr zurückkommst«, erwiderte sie darauf. Alles, was dir gehört, wird in weniger als einer Stunde auf der Veranda liegen. Du wirst kommen und die Sachen holen, und deine dreckige, verlotterte Seele kannst du auch gleich mitnehmen. Verschwinde! *Verschwinde!*« schrie sie ihn an.
Daddy wandte sich ab und stampfte zur Tür. Er schlug die Tür hinter sich zu und trampelte über die Veranda. Ich hörte seine Schritte auf den Stufen und dann ... ein tiefes, tödliches Schweigen, bis er den Motor seines Lastwagens anließ.
»Ich komme nicht zurück, solange du dich nicht entschuldigst!« schrie er, und dann fuhr er los.
Mama machte auf dem Absatz kehrt und eilte auf die Treppe zu, um nach oben zu gehen und ihre Drohung wahrzumachen: Sie packte Daddys Sachen zusammen und trug sie auf die Veranda. Ich hörte, wie sie in den Kommodenschubladen wühlte und Kleidungsstücke aus dem Schrank zog. Sie warf die Sachen die Treppe hinunter und folgte ihnen dann, und in ihren stampfenden Schritten drückte sich so viel Wut aus, daß ich Angst hatte, ihr in die Quere zu kommen. Ich sprach mit ihr, doch sie benahm sich so, als sei ich gar nicht da. Sie brauchte nur zehn Minuten, um Daddys gesamte Habe zusammenzutragen. Dann warf sie alles zur Tür hinaus, wie sie es ihm gelobt hatte. Es war der schlimmste Krach, den die beiden je miteinander gehabt hatten.
Und ich konnte an nichts anderes denken als daran, daß ich der Auslöser gewesen war.
Daddy kam an jenem Abend nicht zurück, um seine Sachen zu holen. Ich wachte immer wieder auf, weil ich mir einbildete, ich hätte ihn gehört, aber wenn ich angestrengt lauschte, hörte ich nur Stille, keine Schritte, nichts. Mama war schon früh

schlafen gegangen. Sie schien innerhalb von Minuten um Jahre gealtert zu sein, und das auch noch vor meinen Augen. Ich blieb wach, solange ich konnte, und blieb neben der Haustür sitzen, doch dann ging ich ins Bett.
Am nächsten Morgen stand Mama noch früher auf als sonst. Ich hatte den Verdacht, sie sei schon vor Sonnenaufgang nach unten gegangen. Ich war im Lauf der Nacht so oft wach geworden, daß meine Lider sich anfühlten, als seien sie aus Schiefer. Erst eine Menge kühles Regenwasser konnte bewirken, daß sie sich öffneten. Als ich an Daddys Sachen vorbeilief, die auf der Veranda verstreut waren, spürte ich, wie mir das Herz bleischwer in der Brust wurde und sank. Mama wollte nicht darüber reden. Sie sprach nur darüber, was sie heute alles zu tun hätte, und sie umriß einige der Aufgaben, von denen sie wollte, daß ich sie übernahm.
An jenem Tag ging sie den ganzen Tag über ein und aus, ohne Daddys Sachen auch nur eines Blickes zu würdigen. Ich sah, daß ein paar seiner Socken über das Geländer geweht worden waren, aber ich hatte Angst, etwas anzurühren. Wir hatten ein paar Kunden, und Monsieur Tourdan brachte seine Mutter, damit Mama ihre Warzen behandeln konnte. Als jemand sie fragte, was die Kleidungsstücke auf der Veranda zu bedeuten hatten, schaute sie hin, als sähe sie sie zum ersten Mal, und dann sagte sie: »Das ist Jack Landrys Angelegenheit, nicht meine.«
Sie sprach über Daddy, als sei er ein Fremder, jemand, den sie nur flüchtig kannte. Sie vermied es, von ihrem »Ehemann« zu sprechen. In ihrer Vorstellung war ihr Ehemann tot und unwiderruflich von ihr gegangen, und dieser Jack Landry, ein Pensionsgast, mußte seinen Kram noch holen und ihn von hier fortschaffen. Niemand sagte etwas oder stellte Fragen. Alle nickten nur verständnisvoll. Die meisten Leute hatten sich ohnehin schon oft gefragt, warum sich Mama all diese Jahre von Daddy hatte schikanieren lassen. Sie schoben es auf ihre Heilkräfte.
Erst beim Abendessen sprach ich das Thema endlich an. »Ich hasse mich dafür, daß ich an alledem schuld bin, Mama«, sagte ich zu ihr.

Sie lachte. »Du? Glaub mir, Schätzchen, die Mächte, die Jack Landry zu dem Mann gemacht haben, der er ist, stammen aus dem Garten Eden. Mach dir bloß keine Vorwürfe wegen deines Vaters, Gabrielle.«

»Vielleicht hat Daddy recht gehabt«, sagte ich kläglich. »Vielleicht ist es falsch, daß ich mein Baby behalten will. Vielleicht könnten wir ebensogut auch gleich eine Flagge der Sünde vor unserem Haus hissen.«

»Falls es eine solche Flagge gibt, dann hat sich dein Vater schon vor Jahren in sie gehüllt.«

Ich wandte den Blick ab und dachte nach, ehe ich mich wieder zu Mama umwandte. »Ich kann einfach nicht verstehen, warum Pierre nicht zurückgekommen ist, um nach mir zu sehen, Mama.« Mein Kinn zitterte.

»Er hat sich auch reichlich in die Nesseln gesetzt, Schätzchen. Ich bin sicher, inzwischen wäre es ihm am liebsten, wenn er alles ungeschehen machen könnte.«

Ich schüttelte den Kopf, und heiße Tränen rannen über meine Wangen. »Aber er liebt mich. Er liebt mich wirklich.«

»Das mag schon sein, aber es läßt sich nun einmal nicht machen. Es tut mir leid, Gabrielle, aber es sieht ganz so aus, als sei er zu dieser Erkenntnis gekommen. Rechne nicht mehr mit ihm. Du fügst dir selbst damit nur noch größere Schmerzen zu, Schätzchen«, sagte sie, um mir einen weisen Rat zu erteilen. »Hol tief Atem und schlag eine neue Seite auf.«

Ich nickte. Es sah ganz so aus, als hätte sie recht, wie so oft.

Ein weiterer Tag verging, und Daddy kam nicht zurück, um seine Sachen zu holen. Er kam jedoch im Lauf der Nacht. Ich hörte seinen Lastwagen näher kommen, und ich hörte, wie die Tür des Lastwagens zugeschlagen wurde. Ich wartete, weil ich damit rechnete, als nächstes die Gittertür zu hören, aber nur seine Schritte auf der Veranda waren zu vernehmen. Eine Weile verging, ehe er schrie.

»Das wird euch allen noch leid tun! Hört ihr! Ich denke gar nicht daran zu betteln und zu flehen, damit ich in meinem eigenen Haus leben darf, oh nein! Ihr werdet mich darum anflehen, daß ich zurückkomme. Ihr werdet es ja sehen!«

Seine Stimme hatte einen starken Hall. Schauer durchliefen

mich, als ich seine Worte hörte. Mama stand nicht auf und sagte auch kein Wort. Ich hörte, wie die Tür des Lastwagens zugeschlagen wurde, und er wegfuhr.
Die Dunkelheit erschien mir dichter, die Stille tiefer. Ich holte tief Atem und wartete.
Meine Augen waren immer noch offen, als die ersten Sonnenstrahlen zwischen den moosbehangenen Bäumen hervorlugten, aber Daddy war fort. Es hing etwas in der Luft, was auf Endgültigkeit hinzuweisen schien. Mama nahm es auch war. In unserem Haus herrschte eine Art Begräbnisstimmung. An jenem Tag sahen wir beide mehr als einmal dahin, wo Daddys Kleidungsstücke gelegen hatten, doch keiner von uns erwähnte, daß er in der Nacht gekommen und wieder gegangen war. Schließlich hob Mama eine seiner Socken auf, die er übersehen hatte. Ihre Hand ballte sich zur Faust um diese Socke, ehe sie sie zum Abfall warf.
Diesmal schimmerten Tränen in ihren Augen, als sie mich ansah.
»Mama?«
Sie schüttelte den Kopf. »In Wirklichkeit bin ich schon lange Jahre verwitwet, Gabrielle. Ich fange nur jetzt erst an zu trauern.«
An jenem Tag vergoß ich viele Tränen. Ich weinte um den Daddy, den ich nie wirklich gehabt hatte, aber auch um den Daddy, der fortgegangen war. Ich weinte den Erinnerungen an gute Zeiten nach. Ich weinte, wenn ich an Mamas Lächeln und an den Klang ihres Lachens dachte. Ich weinte dem Sonnenschein und der warmen Brise nach, der Geigenmusik und den dampfend heißen Gumbos, die wir früher einmal alle gemeinsam gegessen hatten. Ich erinnerte mich daran, wie ich als kleines Mädchen Daddys Hand gehalten und zu ihm aufgeblickt und mir gedacht hatte, er sei so groß und stark, daß nichts auf Erden mir jemals etwas tun könnte. Ich verließ mich auf seine starken Arme, wenn er mich durch den Sumpf trug, und ich glaubte ihm alles, was er mir über das Wasser und die Tiere erzählte.
Damals war er ein anderer Mann gewesen. Er hatte das ausgelebt, was gut in ihm war, und da ich vielleicht manchmal mehr

Ähnlichkeit mit einem Jungen als mit einem kleinen Mädchen aufwies, erkannte er sich in mir selbst wieder, und es machte ihm Spaß, in der Zeit zurückzugehen und selbst noch einmal jünger zu sein.
Es ist der Tod eines kostbaren Kinderglaubens, wenn man alt genug wird, um zu begreifen, daß der Mann, den man Daddy nennt, doch nicht vollkommen ist. Dann sieht man sich in seiner Angst und Verzweiflung anderswo nach seinem Prinzen und nach diesem Zauber um.
Zu mir war er gekommen, genauso, wie es in dem Cajunmärchen geschildert wird. Eines Tages war er da. Er kam in einem Kanu, lächelnd und schön, voller Versprechungen und voller Hoffnungen, und er hatte an bewölkten Tagen die Sonne scheinen lassen und bewirkt, daß jede Brise warm und sanft war. Wieder einmal war ich mit Küssen und Umarmungen überschüttet worden, und wieder einmal hatte ich mich geborgen gefühlt.
Aber jetzt war auch das vorbei.
Die Dunkelheit wälzte sich unter Donnergetöse über den Sumpf, in dichten Schwaden, die sich auf alles herabsenkten. Wir ertranken darin. Ich grub mir eine kleine Höhle in meinem Bett und rollte mich zusammen, und ich fragte mich, was für eine Welt wohl auf das Kind der Liebe wartete, das ich in mir trug. Geboren zu werden stellte wahrscheinlich unseren größten Vertrauensbeweis dar, einen Beweis unseres uneingeschränkten Glauben an das Gute. Wenn wir uns von der sicheren Welt im Innern unserer Mütter lösen, betreten wir hoffnungsvoll diese neue Welt.
In Wirklichkeit ist nicht die Mutter guter Hoffnung, dachte ich, sondern das Kind.
Ich begann zu wünschen, ich könnte dieses Kind für immer und ewig in mir behalten. Nur so konnte ich ihm jede Enttäuschung ersparen.
Ich begann, eine neue Seite aufzuschlagen, wie Mama es mir geraten hatte.
Und dabei zitterte ich.
Und ich fürchtete mich.
Und dazu hatte ich auch allen Grund.

15.

Aus den Augen, aber nicht aus dem Sinn

Die Zeit rann so zähflüssig wie Zuckerrübensirup. Manchmal sah die Sonne aus wie eine Waffel, die an den Himmel geklebt war und kaum dem Horizont näher rückte. Ich war ständig gereizt und regte mich über alles auf: die Tage ohne den leisesten Windhauch, die bewölkten Nächte, in denen die Sterne und der Mond nicht zu sehen waren, die Moskitos und Libellen, die wie verrückt über dem Wasser oder über dem hohen Gras schwirrten, der Schrei einer Nachteule. Dinge, die ich früher kaum zur Kenntnis genommen oder über die ich mich sogar gefreut hatte, bedrückten mich plötzlich.

Mama hatte recht mit ihrer Behauptung, daß mein Bauch diesmal schneller dick wurde als bei meiner ersten Schwangerschaft. Ich sah die Aufgedunsenheit in meinem Gesicht, und ich spürte sie in meinen Beinen. Ich versuchte, weniger zu essen, und dafür schimpfte Mama mich aus.

»Das liegt nicht am Essen, Gabrielle. Du kannst keine Diät halten wie eine Dame, die sich nach jeder Mode richtet. Du mußt bei Kräften bleiben«, warnte sie mich.

Was mich davon abhielt, vernünftig zu essen, war jedoch nicht nur die Sorge darüber, daß ich so unförmig geworden war. Derzeit brachte ich nur wenig Interesse an den Dingen auf, die mich früher interessiert hatten, und dazu gehörte auch das Essen. Mama tat ihr Bestes. Sie kochte all meine Lieblingsspeisen. Die meiste Zeit aß ich über meinen Appetit, um ihr eine Freude zu machen. Das wußte sie, und sie schüttelte betrübt den Kopf, wenn sie sah, wie teilnahmslos ich geworden war.

Ich konnte die Depressionen, die mich einhüllten, einfach nicht abschütteln, ganz gleich, wie sehr ich mich auch

bemühte. Da sich die Dinge zwischen Mama und Daddy so entwickelt hatten und ich auch kein Wort von Pierre hörte, war die Welt für mich grau geworden, und selbst die Farbenpracht der Blumen war gedämpft. Selbst dann, wenn die Sterne in einer klaren Nacht am Himmel standen, funkelten sie nicht und schienen nichts weiter zu sein als nichtssagende weiße Sprenkel. Der Gesang der Vögel wurde zur Totenklage. Nie hatten die Sümpfe so trostlos gewirkt, und das Louisianamoos hing herunter wie Vorhänge, die das Licht fernhalten sollten. Meine geliebte Welt aus Flußläufen hatte sich in ein Labyrinth der Einsamkeit und der Melancholie verwandelt.
Ich brachte meine Tage damit zu, an Mamas Seite zu arbeiten und mir ihre Geschichten über Leute anzuhören, die sie wegen des einen oder anderen Leidens behandelte. Sie redete unermüdlich, weil sie bemüht war, das tiefe Schweigen zu zerstreuen, das sich zwischen uns herabsenkte. Um mich aufzuheitern, sprach sie über Dinge, die wir später einmal tun würden. Sie begann sogar, mir in allen Einzelheiten auszumalen, welche Veränderungen wir in der Hütte vornehmen würden, damit wir Platz für das Baby hatten.
Jeden Abend versuchte ich, ein wenig zu lesen, doch meine Augen wanderten über die Seiten, und ich saß lange Zeit da, bis ich merkte, daß ich gedankenlos ins Leere starrte. Es erschreckte mich zu beobachten, wie ich in Kleinigkeiten abstumpfte. Mama hatte mir oft von Menschen erzählt, die sie gekannt hatte und die nach dem Tod eines geliebten Menschen vor Gram eingingen. Sie sagte, die Abwesenheit dieses geliebten Menschen hinterließe ein zu großes Loch im Herzen des Trauernden, und schließlich würde das Herz einfach aufhören zu schlagen. Ich frage mich, ob es bei mir auch so kommen würde.
Gelegentlich fanden Mama oder ich etwas, was Daddy auf der Veranda für uns abgelegt hatte. Er verdiente sich seinen Lebensunterhalt jetzt wieder mit Fallenstellen und mit dem Austernfang. Wir erfuhren, daß er mit seinen Sachen in die alte Hütte seines Daddys tief im Sumpf gezogen war. Im allgemeinen stellte er uns Lebensmittelkonserven hin, manchmal auch Pralinen. Mama wollte nichts davon wissen und ließ sie oft

dort stehen. Ich holte die Sachen ins Haus, ehe die Insekten oder die Feldmäuse sie anknabbern konnten. Dann räumte ich die Lebensmittel in den Schrank, aber Mama tat so, als hätte sie sie noch nie gesehen oder wüßte nicht, von wem sie stammten. Sie war auch nicht bereit, darüber zu reden, und über Daddy verlor sie ohnehin kein Wort. Wenn es um ihn ging, verweigerte sie jedes Gespräch. In dem Moment, in dem ich seinen Namen nannte, zog sie die Schultern hoch und kniff die Lippen zusammen.
Wenn sie sich je zu ihm äußerte, dann etwa in dem Sinne: »Endlich ist er da, wo er hingehört.«
Ich kam nicht dagegen an, daß er mir leid tat, ganz gleich, was er auch angerichtet hatte. Eines Tages, als ich gedankenlos am Wasserlauf entlangspazierte, kam er in seiner Piragua vorbei. Ich hörte, wie er mich bei meinem Namen rief, und dann stakte er ans Ufer, um mir die Bisamratten zu zeigen, die er gefangen hatte. Offensichtlich hatte er vergessen, daß es mir verhaßt war zu sehen, wie meine geliebten Geschöpfe aus dem Sumpf gefangen und getötet wurden. Wie üblich stank sein Atem nach Whiskey.
»Wie geht es dieser Frau, die du Mama nennst?« fragte er ohne jede Hoffnung auf Versöhnung.
»Wie immer«, sagte ich.
»Ich habe nur getan, was ich für richtig und für das Beste gehalten habe«, behauptete er. »Und ich denke gar nicht daran, mich dafür zu entschuldigen.«
»Es tut mir leid, Daddy«, sagte ich.
»Ja. Mir auch. Mir tut vieles leid«, murmelte er. »Ich komme gegen Ende der Woche wieder vorbei und stelle euch Lebensmittel hin. Sie nimmt meine Geschenke doch wenigstens an, oder nicht?«
»Nicht freiwillig, Daddy«, verriet ich ihm.
Er murrte. »Ich komme trotzdem«, sagte er dann. Als er sich vom Ufer abstieß, um weiterzustaken, drehte er sich noch einmal zu mir um und sagte: »Diese reichen Leute lassen dich nicht im Stich, Gabrielle. Du wirst nicht so wie deine Mutter die Ohren und die Augen schließen, hörst du?«
Ich schaute überrascht hinter ihm her. Was wollte er damit sa-

gen? Was hieß das nur? Bezog er Pierre in seine Anspielung auf die reichen Leute ein?

Ehe ich ihn fragen konnte, stakte Daddy kräftig und entfernte sich schnell von mir. Seine langen Arme waren ausgestreckt, und die Muskulatur seiner Schultern und seine Halsmuskeln zeichneten sich deutlich unter der Haut ab. Ich beobachtete, wie er um eine Biegung verschwand. Mein Herz hatte schon lange nicht mehr so heftig gepocht. Ich dachte über das nach, was er gesagt hatte; tatsächlich verfolgten mich seine Worte ständig, aber es dauerte fast eine Woche, bis ich mehr zu hören bekam, und wie ich es zu hören bekam, war fast so erstaunlich wie das, was ich zu hören bekam.

Es geschah eines Abends nach dem Essen. Mama wollte, daß ich sie begleitete und mit ihr die Baldwins besuchte. Maddie Baldwin war mit ihrem fünften Kind schwanger, aber es waren Komplikationen aufgetreten, zu denen die schlimmsten Rückenschmerzen zählten, die sie je gehabt hatte. Außerdem waren ihre Knöchel furchtbar angeschwollen. Mama fürchtete, meine Schwangerschaft könnte einen ähnlichen Verlauf nehmen. Wenn es jedoch etwas gab, was ich in dieser Zeit dringend vermeiden wollte, dann war es der Anblick einer anderen schwangeren Frau, vor allem, wenn sie außerdem auch noch Probleme hatte. Ich sagte Mama, ich wollte lieber zu Hause bleiben. Sie versprach, so bald wie möglich zurückzukommen. Nachdem sie gegangen war, setzte ich mich auf der Veranda auf ihren Schaukelstuhl. Ich schaukelte ein wenig und lauschte dem monotonen Gesang der Zikaden und der Zirpfrösche, als plötzlich eine schnittige, lange weiße Limousine auftauchte. Sie näherte sich so leise und so unerwartet, daß der Eindruck entstand, als sei sie wie durch Zauberhand aus der Dunkelheit gefallen. Vor unserer Hütte hielt sie an, und der Fahrer stieg aus. Er sah in meine Richtung, sprach mit jemandem, der auf dem Rücksitz saß, und kam dann auf mich zu. Ich hörte auf zu schaukeln, wartete und hielt den Atem an.

Es war ein großer Schwarzer mit karamelfarbener Haut und verblüffend grünen Augen. Er trug eine Chauffeurslivree mit einem Familienwappen auf der Brusttasche. Unter der Treppe blieb er stehen und zog seine Kappe vom Kopf.

»Entschuldigen Sie, bitte, Mademoiselle. Ich suche eine Mademoiselle Gabrielle Landry.«
»Das bin ich«, sagte ich.
Er lächelte. »Ich bin beauftragt worden, Sie zu fragen, ob Sie wohl so freundlich wären, sich mit Madame Dumas in ihrer Limousine zu unterhalten«, sagte er, und einen Moment lang kam es mir so vor, als sei meine Zunge an meinem Gaumen festgeklebt. Ich schluckte schwer, und dann warf ich noch einmal einen Blick auf die Limousine.
»Mit wem?« fragte ich schließlich.
»Mit Madame Dumas«, sagte er freundlich. »Sie wird auch nur ein paar Minuten von Ihrer Zeit beanspruchen, Mademoiselle.«
Ich rührte mich nicht von der Stelle, und ich sagte auch kein Wort. Er trat zurück und warf einen Blick auf die Limousine. Dann sah er mich wieder an, mit besorgter Miene und einem erstarrten Lächeln. Ich war nicht sicher, was ich tun sollte. Madame Dumas? Pierres Mutter war tot, und das hieß, daß es sich um seine Frau handeln mußte. Weshalb hätte seine Frau herkommen sollen, um mit mir zu sprechen? Saß Pierre etwa auch in der Limousine?«
»Madame Dumas ist allein gekommen?« fragte ich.
»*Oui*, Mademoiselle.« Er zog die Augenbrauen hoch.
Langsam erhob ich mich von dem Schaukelstuhl.
»Warum steigt sie nicht aus?« fragte ich und sah die schnittige Limousine an.
»Sie zieht es vor, vertraulich unter vier Augen mit Ihnen zu reden, Mademoiselle. Ich versichere Ihnen, daß Sie es in der Limousine sehr bequem haben werden. Sie können auch etwas trinken, wenn Sie möchten«, fügte er hinzu.
Die Vorstellung schüchterte mich ein wenig ein, doch ich wollte nicht furchtsam wirken, und ebensowenig wollte ich den Anschein von Ignoranz erwecken. Es ging nicht nur darum, daß ich noch nie in einer Limousine gesessen hatte. Ich konnte mir beim besten Willen nicht vorstellen, was Pierres Frau herführte, und alle möglichen finsteren Gedanken gingen mir durch den Kopf.
»Sie können sich in Sicherheit wiegen, Mademoiselle«, sagte

der Fahrer, der mein Zögern richtig auslegte. »Das versichere ich Ihnen.«

»Das ist mir klar«, sagte ich so tapfer wie möglich. »Also, gut, ich bin bereit, mit ihr zu reden«, sagte ich und stieg die Stufen hinunter.

Der Fahrer wartete auf mich und führte mich zu dem Automobil, dessen Rückscheiben getönt waren, damit niemand hineinschauen und die Fahrgäste sehen konnte. Der Chauffeur streckte die Hand nach dem Türgriff aus, öffnete mir die Tür und trat gleichzeitig zur Seite. Ich schaute in das dunkle Wageninnere und sah sie auf dem anderen Ende der Rückbank sitzen.

»*Entré, s'il vous plaît*«, sagte sie. »Ich will nur mit dir reden«, fauchte sie mich an, als ich mich nicht vom Fleck rührte. Ich sah mich nach dem Fahrer um, und dann stieg ich behutsam in die Limousine. Die Sitze waren mit weichem schwarzem Leder bezogen, und vor der Rückbank stand ein Tisch, auf dem ich Gläser und eine Flasche Sprudelwasser sah. Der starke Jasminduft schlug mir augenblicklich entgegen. Sowie der Chauffeur die Tür geschlossen hatte, beugte sich Madame Dumas vor und betätigte einen Schalter, um Licht zu machen.

Lange Zeit musterten wir einander schweigend. Ich konnte sehen, daß sie eine große Frau war, fast einen Meter achtzig, schätzte ich, und sie hatte eine majestätische Haltung. Ihr helles rotblondes Haar fiel weich auf ihre Zobelstola. Sie trug ein dunkelblaues knöchellanges Kleid mit betonter Taille und einem hohen Kragen. Das Mieder war mit Perlmuttknöpfen besetzt, und die Ärmel waren mit Spitze eingefaßt. Mit ihren großen hellblauen Augen und einem Mund, der nicht perfekter hätte gezeichnet sein können, erschien sie mir so wunderschön, daß ich mich fragte, wie irgendein Mann auf Erden es riskieren konnte, ihre Liebe zu verlieren, oder wie er auch nur mit dem Gedanken spielen konnte, sich von ihr abzuwenden, und sei es auch nur für ein kurzes Geplänkel. Ich glaubte, einem Filmstar gegenüberzusitzen. Ihre strahlende Schönheit und ihre raffinierte Eleganz flößten mir ein derartig starkes Gefühl der Unterlegenheit ein, daß ich mich regelrecht elend fühlte.

Ihre Lippen schnitten sich zu einem harten, kalten Lächeln in ihren zarten Pfirsichteint. Sie nickte, als wolle sie sich selbst etwas bestätigen, und dann schüttelte sie den Kopf.
»Du bist ja selbst noch ein Kind«, sagte sie, »aber das überrascht mich nicht.«
Sie drückte auf einen Knopf, woraufhin das Fenster auf ihrer Seite sich lautlos nach unten bewegte, und dann streckte sie eine Hand aus, um eine Zigarette aus ihrem goldenen Zigarettenetui zu nehmen. Gleichzeitig drückte sie den Zigarettenanzünder rein und nahm dann eine Zigarettenspitze aus Perlmutt vom Tisch. Sie sagte kein Wort, bis sie ihre Zigarette angezündet und Rauch aus dem offenen Fenster geblasen hatte. Dann wandte sie sich wieder zu mir um.
»Weißt du, wer ich bin?«
»Ja«, sagte ich. »Sie sind Pierres Frau.«
»*Oui*. Pierres Frau. Was auch immer das heißen mag«, fügte sie trocken hinzu.
»Weiß Pierre, daß Sie hier sind?« fragte ich.
»Nein, aber mach dir deshalb keine Sorgen. Er wird es erfahren. Ich fürchte mich nicht davor, ihm die Wahrheit zu sagen.«
»Was wollen Sie?« fragte ich mit scharfer Stimme. Meine Hand war in Bereitschaft, den Türgriff zu packen, damit ich jederzeit rausspringen konnte, wenn ich es wollte.
»Ich weiß nicht, was Pierre dir erzählt oder gar versprochen hat, aber ich versichere dir, daß nichts von alledem wahr werden wird.« Sie nahm wieder einen Zug von ihrer Zigarette und wartete darauf, was ich dazu sagen würde.
»Ich habe nichts von ihm verlangt«, sagte ich.
»Das ist ein Jammer und eine ziemlich große Dummheit. Es ist dein Recht, etwas zu verlangen. Dein Vater hat dieses Recht bereits genutzt.«
»Ich weiß. Ich habe ihn nicht hingeschickt. Und meine Mutter hatte auch nichts damit zu tun«, teilte ich ihr mit.
Sie lächelte kühl. »Ich habe schon gehört, wie starrköpfig und verwegen ihr Cajuns sein könnt. Vielleicht ergibt sich das von selbst, wenn man gezwungen ist, in dieser gottverlassenen Gegend Louisianas zu leben«, bemerkte sie.
»Das hier ist wohl kaum die gottverlassenste Gegend von

Louisiana, Madame. Wenn Gott irgendwo ist, dann ist Er hier. Hier gibt es mehr Schönheit und Güte als in der Stadt«, berichtigte ich sie voller Stolz.
»Ach? Du bist in New Orleans gewesen?«
»Nein, aber ... das weiß ich ganz einfach«, sagte ich.
Sie lächelte wieder.
»Was wollen Sie von mir?« erkundigte ich mich schroff. »Oder sind Sie einfach nur hergekommen, um sich mit Schadenfreude an meinem Anblick zu weiden oder um mir zu drohen? Was passiert ist habe ich nicht geplant, aber es ist nun einmal passiert.«
»Und es tut dir nicht leid, willst du das damit sagen?« fragte sie, und ihre Augen wurden zu Glas.
»Ich weiß es nicht«, erwiderte ich.
Sie wurde wieder etwas freundlicher und zog die Augenbrauen hoch. »Ach?«
»Ich habe meiner Familie großen Kummer bereitet ... meiner Mutter«, sagte ich.
Sie hörte auf zu rauchen und drückte ihre Zigarette schnell in dem Aschenbecher aus. »Ich werde direkt zur Sache kommen, Gabrielle – ich darf dich doch Gabrielle nennen?« Ich nickte. »Ich möchte gern, daß Pierre sein Kind um sich hat. Auch sein Vater wünscht sich das sehr. Vermutlich hat dir Pierre erzählt, daß es uns nicht möglich war, Kinder zu bekommen. Wir sind daran gescheitert, eine Familie zu gründen, und daran ist auch meine Ehe in gewisser Hinsicht gescheitert.
»Mein Schwiegervater hat mir von den Forderungen deines Vaters und von seiner Bereitwilligkeit berichtet, dir zu gestatten, daß du das Baby hergibst.«
»Und Sie würden sich das auch wünschen?« fragte ich, ohne mein Erstaunen zu verbergen.
»Ich möchte meinen Schwiegervater gern glücklich machen und ... ich hätte auch gern ein Kind im Haus. Natürlich hätten wir ein Kind adoptieren können, aber es wäre eben kein Dumas gewesen. Du trägst einen Dumas in dir, und das bedeutet meinem Schwiegervater sehr viel.
Ich bin hergekommen, weil dein Vater meinen Schwiegervater inzwischen darüber informiert hat, daß du dich weigerst, das

Baby herzugeben, ganz gleich, wieviel Geld dir dafür angeboten wird. Ich hoffe, es wird mir gelingen, dich zu einem Sinneswandel zu bewegen, aber falls du es dir anders überlegen solltest, dann mußt du es augenblicklich tun, da ich vorhabe, eine ausgedehnte Reise zu unternehmen, und in der Zeit werde ich ...«

»Vorgeben, schwanger zu sein«, sagte ich. »Das kenne ich alles nur zu gut.«

»*Oui*. So sieht mein Plan aus. Du siehst also, daß es sich nicht länger aufschieben läßt, falls es dazu kommen sollte. Entweder es kommt jetzt gleich dazu oder gar nicht. Du mußt einsehen, daß es uns, oder zumindest mir, bald unmöglich sein wird, das Baby als mein eigenes Kind auszugeben.«

»Aber ganz gleich, was Sie tun, es wird niemals Ihr Baby sein, Madame«, hob ich hervor.

»Es wird Pierres Kind sein, und daher wird es auch mein Kind sein. Wir sind miteinander verheiratet; wir sind eins, ob Pierre diese Tatsache nun anerkennt oder nicht. Ich bin gekommen, um dir zu versichern, daß ich das Kind als mein eigenes akzeptieren und zu einem oder einer Dumas erziehen werde. Das Kind wird in den Genuß sämtlicher Vergünstigungen kommen, es kann eine vorzügliche Ausbildung erwarten und wird nur das Feinste vom Feinsten haben, und es wird mit dem Vater zusammensein«, fügte Madame Dumas mit Nachdruck hinzu.

Ich fing an, den Kopf zu schütteln. »Ich kann mein Kind nicht hergeben ...«

»Und warum nicht? Du glaubst, wenn du gewaltsam an dem Kind festhältst, kannst du in irgendeiner Form auch an Pierre festhalten?« fragte sie, und ihr Lächeln wurde strahlender. »Ich kann dir eins versichern, Gabrielle. Pierre ist aus deinem Leben verschwunden. Er ist ein reicher kreolischer Gentleman. Er hat schon früher Affären gehabt, und bisher habe ich darüber hinweggesehen, aber diesmal ... diesmal ist er zu weit gegangen, und das weiß er selbst ganz genau.

Führe dir die Alternative vor Augen, Gabrielle«, sagte sie und lehnte sich zurück. Sie wies mit einer Kopfbewegung auf die Hütte. »Dein Leben wird noch schwerer werden. Deine Eltern

werden härter und immer härter arbeiten müssen. Dein Schuldbewußtsein wird sich mit der Zeit verstärken. Das wird sich darauf auswirken, wie du das Kind behandelst. *Oui*«, sagte sie, ehe ich Einwände erheben konnte, »es wird dazu kommen. Du willst das jetzt nicht akzeptieren, und vielleicht glaubst du es tatsächlich nicht, aber es wird zwangsläufig so kommen.
Und falls du jemanden kennenlernen solltest, einen anderen Mann, der dich trotz deines Kindes heiraten will, dann wirst du fürchten, daß er das Kind mit der Zeit ablehnen könnte, daß er das Kind ansehen und sich sagen wird: Das ist das Kind eines anderen Mannes, eines Mannes, den sie geliebt hat, und nicht etwa mein Kind, und ich arbeite hart, um dieses Kind zu unterstützen. Dann wird es zu Auseinandersetzungen und zu beiderseitigem Groll kommen.
Und falls du nie einen anderen Mann finden solltest, was hast du diesem Kind dann zu bieten? Welche Hoffnung kannst du ihm für die Zukunft geben? Wie soll das Kind beispielsweise eine Schule besuchen? Werden die anderen Kinder im Bayou dieses vaterlose Kind akzeptieren, oder wird es sich immer unterlegen fühlen? Dir ist doch klar, was dann passiert, Gabrielle? Das Kind beginnt, dich dafür abzulehnen, daß du es in eine solche Lage gebracht hast.
Bist du alledem tatsächlich gewachsen? Weshalb solltest du es sein?« fügte sie hinzu, ehe ich auch nur über eine Antwort nachdenken konnte. »Weshalb solltest du dir Sorgen machen müssen, Mittel und Wege ersinnen müssen, um all diese Schwierigkeiten zu vermeiden? Ich bin die erste, die zugibt, daß mein Mann dich mißbraucht hat.«
»Nein«, sagte ich. »Er hat nichts getan, was ich nicht selbst gewollt hätte.«
»Ich verstehe.« Sie verzog hämisch das Gesicht und lehnte sich wieder zurück. »Dann bist du also glücklich und zufrieden?«
»Nein.«
Sie starrte mich einen Moment lang an. Diese Frau mit ihrer kostspieligen Kleidung, ihren vorzüglich manikürten Nägeln und ihrer modischen Frisur, ihrem Make-up, ihrem Schmuck und ihrer städtischen Kultiviertheit unterschied sich so sehr von mir, daß wir verschiedene Sprachen hätten sprechen kön-

nen, und doch hatten unsere Lebenswege sich gekreuzt und unser Schicksal in Formen miteinander verknüpft, die sich keine von uns beiden je hätte ausmalen können.
»Du bist ein hübsches Mädchen«, sagte sie nach einer kurzen Pause mit einer freundlicheren Stimme. »Eine natürliche Schönheit und vielleicht doch nicht ganz so jung, wie du wirkst.« Sie beugte sich zu mir vor und heftete diese hellblauen Augen auf mich. »Ob es uns paßt oder nicht, aber hübsche Mädchen und schöne Frauen wie wir sind oft Opfer, weil wir attraktiv sind. Ja, in mancher Hinsicht bin ich auch ein Opfer. Ich weiß, daß ich in deinen Augen wohlhabend und erfolgreich wirken muß, aber genauso wie du bin auch ich in eine Lage geraten, die ich gern ändern würde, aber nicht kann. Genauso wie du sitze auch ich in der Falle. Ich bin in einem ganz anderen Käfig eingesperrt, und auch ich bin nicht frei.«
Sie wandte einen Moment lang den Blick ab, und mein Herz, das sich ihr gegenüber auf den ersten Blick verhärtet hatte, erweichte sich ein klein wenig.
»Ich wäre gern Mutter«, sagte sie, und dabei hielt sie den Kopf zum Fenster gewandt und sah in die Dunkelheit auf der anderen Seite des Weges hinaus. »Ich wäre dem Kind meines Mannes gern eine Mutter.«
Mit einem Taschentuch aus bestickter Seide tupfte sie sich die Augen ab und sah mich dann an. »Wirst du es tun?« fragte sie.
»Mein Schwiegervater wird deinem Vater auch das Geld geben, das er verlangt hat. Damit ist deiner Familie geholfen, deiner Mutter ...«
»Ich werde es nicht wegen des Geldes tun«, sagte ich. Sie nickte. »Falls ich es tue, dann für Pierre und auch deshalb ... weil vieles von dem, was Sie gesagt haben, wahrscheinlich der Wahrheit entspricht.«
»*Oui*. Es tut mir leid. Ich wünschte, ich hätte meinem Mann mehr geben können, damit er nicht hierhergekommen wäre und auch noch dein Leben verpfuscht hätte.«
»Das hat er nicht getan«, sagte ich und kam mir dann dumm vor, weil ich es gesagt hatte.
»Nichtsdestoweniger wäre meine Ehe, wenn ich ihm ein Kind hätte schenken können, ein größerer Erfolg gewesen. Das läßt

sich immer noch machen«, sagte sie. »Wir beide, du und ich, können ein bißchen Glück an uns reißen und aus etwas Üblem etwas Gutes machen, vor allem für das arme, unwissende Kind, das du in dir trägst. *N'est-ce pas?*«
Ich dachte einen Moment lang nach, und dann nickte ich.
Sie lächelte freundlich und strahlte mich mit Tränen in den Augen an.
»*Merci*, Mademoiselle. O Mademoiselle, *merci*.« Sie streckte eine Hand mit vielen Ringen an den Fingern nach meiner Hand aus. Ich kam mir vor, als streckte ich den Arm von einer Welt in eine andere, von der Realität in die Illusion. Sie nahm meine Hand, lächelte und ließ meine Finger dann wieder los.«
»Möchtest du vielleicht etwas Kaltes trinken?« fragte sie und wies auf die Flasche.
»Nein, danke, Madame Dumas.«
»Du hast meinem Schwiegervater das Leben verlängert, Gabrielle. Ich kann es kaum erwarten, nach New Orleans zurückzufahren, damit ich es ihm sagen kann. Er ist in der letzten Zeit meistens in Depressionen versunken. Vielleicht weißt du von meinem Schwager.«
»*Oui*.«
»Und von meiner armen Schwiegermutter, die kurz nach dem Unfall gestorben ist. Du siehst also, daß Reichtum keine Garantie für Glück ist. Mit Geld kann man nicht alles kaufen.«
»Mein Daddy glaubt, man könnte es«, sagte ich betrübt. »Und leider bestätige ich ihn nun in seinem Glauben.«
»Ja, natürlich, aber ich bin sicher, daß er die Wahrheit früher oder später erkennen wird. Ich danke dir dafür, daß du mir zugehört hast«, fügte sie in einem abschließenden Tonfall hinzu.
Mir wurde klar, daß sie aufbrechen wollte. In dem Moment, in dem ich die Hand auf den Türgriff legte, öffnete der Chauffeur die Tür für mich und trat zur Seite. Er hielt mir die Tür auf, als ich mich umdrehte.
»*Au revoir*, Gabrielle«, sagte Daphne Dumas. Sie sah aus wie ein wunderschönes Mannequin, das man auf einer Ecke dieser langen Lederbank dekorativ plaziert hatte. »Ich rechne nicht damit, daß wir einander wiedersehen, aber ich verspreche dir, eine gute Mutter zu sein.«

Ich nickte nur, und der Chauffeur schloß die Tür.
»Guten Abend, Mademoiselle«, sagte er und legte die Finger an seine Mütze. Er lief um die Limousine herum, um einzusteigen. Ich stand da und sah ihm nach, als er losfuhr und das weiße Automobil wie eine Geistererscheinung von der Dunkelheit geschluckt wurde. Einen Moment lang fragte ich mich, ob ich dieses Gespräch wirklich geführt hatte oder ob das alles nur ein Traum gewesen war.
Ich kehrte auf die Veranda zurück und setzte mich auf den Schaukelstuhl. Dort saß ich immer noch, als Mama von ihrer Mission als Heilerin zurückkehrte. Orville Baldwin brachte sie in seinem Lieferwagen nach Hause. Sie war überrascht, als sie sah, daß ich sie erwartete.
»Ich dachte, du schläfst schon«, sagte sie, als sie auf die Stufen zuging.
»Ich wollte gerade ins Bett gehen, Mama.«
»Ja, das möchte ich jetzt auch«, sagte sie und streckte sich.
»Wie geht es Maddie?«
Mama schüttelte den Kopf. »Ich glaube, sie hat eine schwere Geburt vor sich. Um das Baby mache ich mir auch Sorgen«, sagte sie mit einer finsteren Stimme. Trotz der Hitze und der drückenden Schwüle ließen ihre Worte einen eisigen Schauer bis in meine Knochen kriechen. »Natürlich werde ich tun, was ich kann«, sagte sie und ging auf die Haustür zu.
»Mama.«
»Ja, Gabrielle?«
»Ich habe mir das mit dem Baby anders überlegt. Ich habe beschlossen, daß das Kind bei Pierre in New Orleans aufwachsen soll.«
»Was?« Sie kam auf die Veranda zurück. »Warum denn das?«
»Es wird für alle Beteiligten das Beste sein, Mama.«
»Bist du ganz sicher, daß du das willst, Gabrielle?« Ihr Gesichtsausdruck veränderte sich schnell, als sie auf einen bösen Gedanken kam und in Wut geriet. »Dein Daddy ist doch nicht etwa hier gewesen und hat dir gedroht oder dich gepiesackt, oder etwa doch?« fragte sie.
»Nein, Mama.«
»Wenn er das nämlich tut ...«

»Nein, Mama. Er hat es nicht getan. Ich schwöre es dir.«
»Hm«, sagte sie, doch ihr Argwohn hatte sich immer noch nicht gelegt. »Und was ist mit Pierre? Ist er hier gewesen?«
»Nein, Mama.«
Sie dachte einen Moment lang nach. »Dein Entschluß steht fest?«
»*Oui*, Mama. Mein Entschluß ist gefaßt«, sagte ich mit fester Stimme.
Sie nickte. »Nun ... diese Entscheidung mußt du selbst treffen, Gabrielle. Wenn du es so haben willst ...« Sie öffnete das Fliegengitter. »Ich fühle mich plötzlich um zwanzig Jahre gealtert. Mein Bett reizt mich zusehends mehr. Du solltest besser auch nach oben gehen und dich schlafen legen, Schätzchen.«
Ich stand auf. Mamas Blicke glitten kurz über mich. »Ich weiß, daß du sehr leidest, Schätzchen, und ich leide mit dir.«
»Ich weiß, Mama«, sagte ich. Ich ging zu ihr, und sie umarmte mich einen Moment lang und küßte mein Haar und meine Stirn. Dann gingen wir gemeinsam ins Haus und hielten uns aneinander fest, bis wir die Stufen hinaufgestiegen waren und schlafen gingen.
Zwei Tage später tauchte Daddy am Morgen auf der Veranda vor dem Haus auf. Mama war in der Küche und kochte, und ich faltete Kopfkissenbezüge und Bettwäsche zusammen, die wir gewebt hatten, um sie zu verkaufen. In dem Moment, in dem das Fliegengitter quietschte, drehte Mama sich um. Als sie sah, daß es Daddy war, ließ sie die Zutaten unbeaufsichtigt in ihrem schwarzen Gußeisentopf sprudeln und stürzte ihm entgegen.
»Setz keinen Fuß in dieses Haus, Jack Landry«, schrie sie und hob den Schöpflöffel wie eine Keule.
Er zögerte. »Jetzt reiß dich doch zusammen, Catherine. Ich bin da, weil ich gehört habe, daß ihr beide zur Vernunft gekommen seid, du und Gabrielle.«
»Was?« Mama drehte sich zu mir um und sah mich an, als ich näher kam. Sie kniff die Augen zu argwöhnischen Schlitzen zusammen und heftete sie auf Daddy. »Wer hat dir das erzählt?«
»Die Dumas«, sagte er. »Wieso? Ist es etwa nicht wahr?«

»Wahr ist, daß du immer noch derselbe Halunke bist wie früher auch schon. Daran hat sich nichts geändert.«
Daddy schüttelte den Kopf. »Ich schwöre es, Cajunfrauen können einen Mann um den Verstand bringen. Ich bin doch nur vorbeigekommen, um darüber zu reden, wie wir das alles regeln«, wandte er ein. »Oder habt ihr etwa geglaubt, ihr könntet mich in irgendeiner Form übergehen? Habt ihr das wirklich vorgehabt?« fragte er und drehte sich zu mir um, und jetzt zeichnete sich auch in seinen Augen der blanke Argwohn ab.
»Nein, Daddy.«
»Dann ist ja alles gut. Wir werden das folgendermaßen handhaben. Ich verlange die Hälfte des Geldes jetzt und die Hälfte des Geldes bei der Geburt. In wenigen Tagen bringe ich euch einen Teil des Geldes«, sagte er und nickte.
»Wag es bloß nicht, dieses Blutgeld ins Haus zu bringen, Jack Landry«, sagte Mama.
»Wovon redest du? Du benimmst dich, als wüßtest du von nichts, und dabei seid ihr diejenigen, die hingegangen sind und alles geregelt haben«, protestierte er, und seine Stimme wurde schriller.
Mama biß sich auf die Unterlippe und starrte ihn an. Er wurde nervös und schloß das Fliegengitter zwischen sich und ihr.
»Also, gut. Ich komme ein anderes Mal wieder, und dann reden wir noch einmal darüber. Aber von jetzt an werdet ihr mich auf dem laufenden halten müssen, damit ich ganz genau weiß, wann ich ihnen Bescheid geben soll, damit sie herkommen, Catherine.«
»Geh wieder zurück in den Sumpf, Jack, und schlaf mit deinen Schlangen.«
»Ihr werdet mich nicht einfach übers Ohr hauen«, drohte er und fuchtelte mit dem langen rechten Zeigefinger durch die Luft. »Das kommt gar nicht in Frage. Ich komme wieder«, murrte er, und als er die Stufen, die zur Veranda führten, hinunterstieg, murmelte er immer noch vor sich hin. In dem Moment, in dem er gegangen war, wandte sich Mama an mich.
»Wie ist er dahintergekommen? Wie sind die Dumas dahintergekommen, daß du es dir anders überlegt hast, Gabrielle?«

»Es tut mir leid, Mama. Ich hatte gehofft, ich könnte das alles allein in die Hand nehmen. Ich wollte dir nicht noch mehr Kummer bereiten.«
»Als ich vorgestern abend von meinem Besuch bei Maddie Baldwin zurückgekommen bin, habe ich in den Knochen gespürt, daß hier etwas nicht stimmt. Hast du mich belogen, Gabrielle? Ist Pierre hier gewesen?«
»Nein, Mama.« Ich unterbrach mich und fügte dann hinzu: »Aber seine Frau ist hier gewesen.«
»Seine Frau?« Sie setzte sich auf den prall gepolsterten Stuhl, und auf ihrem Gesicht drückte sich großes Erstaunen aus.
»Wir haben uns lange Zeit in ihrer Limousine miteinander unterhalten, und ich habe gesehen, daß es ihr ernst damit ist, Mutter zu werden. Sie hat mich zur Vernunft gebracht und meine Augen für die Realität geöffnet, Mama.«
»Seine Frau ist hergekommen, um dich anzuflehen, daß du ihnen das Kind überläßt?« fragte sie ungläubig.
»Ja, Mama.«
Sie schüttelte den Kopf. »War es ihr denn gar nicht peinlich?«
»Vermutlich schon, Mama, aber sie ist eine sehr vornehme und kultivierte Dame. Ich habe gesehen, wieviel dem Baby geboten wird, wenn es bei den Dumas lebt, und wie schwer wir es hier alle haben würden. Und außerdem hat diese Familie schon viele Tragödien durchmachen müssen, Mama. Pierres Baby könnte genau die richtige Medizin gegen einen Teil dieser Traurigkeit sein, und die ganze Familie könnte wieder Hoffnung schöpfen.«
»Ich weiß, wie sehr du dein Kind behalten wolltest, nach allem, was du durchgemacht hast, Gabrielle.«
»Ich muß trotzdem daran denken, was das Beste für das Baby ist, oder etwa nicht, Mama?«
Sie schwieg einen Moment lang, und dann richtete sie ihre weisen Augen auf mich. »Was hat dich wirklich dazu gebracht, dir das mit dem Baby anders zu überlegen, Gabrielle? Ich bin sicher, es liegt nicht nur daran, daß sie soviel Geld haben.«
»Nein.«
»Also, was dann?« verfolgte Mama das Thema beharrlich weiter.

»Madame Dumas hat etwas gesagt, woraufhin ich mich fragen mußte, warum ich das Baby so dringend haben wollte, Mama. Sie hat gesagt, falls ich mir einbilde, wenn ich das Baby behalte, hätte ich Pierre in der Hand, dann würde ich mich irren.«
Mama nickte.
»Und dann habe ich mir überlegt, daß ich egoistisch bin, wenn ich so handele, und daß ich weniger an das Baby denke als an mich selbst. Kein Vogel, keine Nutria und noch nicht einmal ein Alligator denkt an sich selbst, ehe er an seine Babies denkt.«
Mama lächelte. »Ich habe mir oft Sorgen gemacht, weil du dich soviel in den Sümpfen herumgetrieben hast, aber wie ich jetzt sehe, hast du von dem besten Lehrer die beste Ausbildung bekommen«, sagte sie. Dann dachte sie einen Moment lang nach. »Dieser Mann wird zurückkommen, um sicherzugehen, daß er sein Geld auch wirklich bekommt. Sorg dafür, daß er mir nicht unter die Augen kommt.
Ich weiß, was ich tun werde«, sagte sie und trat vor ihren Schrank, um eine Statue der Jungfrau Maria herauszuholen. Sie lief über die Veranda und stellte die Statue mitten auf die oberste Stufe. »In dem Moment, in dem er das sieht«, sagte sie voraus, »wird er keinen Schritt näher kommen.«

Jetzt, nachdem ich meinen Entschluß gefaßt hatte, was das Baby anging, schien ein Gewicht von meinen Schultern genommen zu sein. Meine Welt blieb jedoch nach wie vor verändert, und je mehr Zeit verging, desto mehr ließen meine Energien nach, und ich schlief oder schlummerte immer länger und öfter. Mein Bauch wurde immer dicker. Mama flößte mir allerlei Kräutermedizin ein, doch ich war auch weiterhin aufgedunsen, und in jedem einzelnen Stadium schien ich doppelt so dick zu sein wie während meiner ersten Schwangerschaft. Mama war enttäuscht darüber, daß nichts von alledem im zweiten Drittel meiner Schwangerschaft besser wurde, wenn schwangere Frauen sich im allgemeinen wohler fühlen.
Aber Mama war sehr von Maddie Baldwins Entbindung abgelenkt und in Anspruch genommen, zu der es zu Beginn des

siebten Monates meiner Schwangerschaft kam. Wie sie es bereits vorausgesagt hatte, hatte Maddie eine sehr schwere Geburt, und nachdem das Baby geboren war, sagte Mama, es sei ein sehr kränklicher Säugling. Sie glaubte nicht, daß er die erste Woche überleben würde. Sechs Tage später starb das Baby. Noch Tage später lastete diese Tragödie drückend über allem, was wir beide taten. Mama machte sich Vorwürfe und glaubte, es gäbe etwas, was sie hätte tun können, und durch eine intensivere Behandlung und eine gezieltere Ernährung hätte sich vielleicht doch alles verhindern lassen.

Es schien, als säßen wir in jener Zeit auf einem Karussell der Traurigkeit, als fände jeglicher Trübsinn irgendwie den Weg zu unserer Türschwelle. Es war, als seien wir in einen Sturm geraten, der niemals enden wollte. Und dann, gut zwei Wochen später, durchbrach ein Sonnenstrahl die Wolken der Verzweiflung.

Ich hatte gerade eine Kleinigkeit zu Mittag gegessen. Die gewohnte nachmittägliche Stille setzte ein, doch eine Woge hoher Wolken verhinderte, daß es zu heiß wurde, und vom Golf her wehte eine kühle Brise. Ich beschloß, einen Spaziergang am Wasser zu machen. Ich hatte schon vor so langer Zeit aufgehört, Ausschau danach zu halten, daß ich es fast übersehen hätte, als ich um die Hausecke bog und auf den Pfad zum Anlegesteg zuging, doch dort war Pierres blaues Halstuch um den Pfosten gebunden. Ich war vor Erstaunen nahezu gelähmt. Im ersten Moment glaubte ich, Dinge zu sehen, die gar nicht da waren. Ich glaubte, ein Opfer meiner eigenen lebhaften und ausgehungerten Phantasie zu sein, doch als ich näher kam, stellte ich fest, daß es wirklich da war.

Ich spürte einen Schmerz in meinem Herzen, der es lauter schlagen ließ und mein Blut in Wallung brachte. So schnell ich konnte, begab ich mich zu meinem Kanu. Meine Hände zitterten vor Aufregung, als ich nach dem Staken griff. Meine Knie waren weich. Ich hatte meine Piragua jetzt schon seit einer ganzen Weile nicht mehr gestakt, und meine Handflächen waren empfindlich geworden. Meine Anstrengungen ließen die Haut auf meinen Händen brennen, aber ich konnte an nichts anderes mehr denken als an Pierre. Als das Kanu auf den Anlegesteg der Daisys zutrieb, drehte ich mich immer wieder um und sah voller Vorfreude vor mich hin, da mir die wenigen Minuten zu lang wurden, die ich brauchen würde, um den Steg zu erreichen.

Ich sah ihn nicht auf dem Anlegesteg, doch nachdem ich das Kanu festgebunden hatte und ausgestiegen war, sah ich ihn inmitten der Trümmer auf einer Holzkiste sitzen.

»Pierre!« rief ich, und er drehte sich um. Er stand langsam auf und sah in meine Richtung. Er trug einen hellblauen Anzug, aber er trug außerdem auch seinen Hut aus Palmwedeln. Er war braungebrannt und strahlte Gesundheit aus, und er sah besser aus denn je. Er kam auf mich zu, und ich beschleunigte meine Schritte und wäre im wuchernden Unkraut fast gestolpert. Wenige Momente später lagen wir einander in den Armen.

»Gabrielle, meine Gabrielle«, sagte er und legte seine Lippen auf meine Stirn, meine Augen, meine Wangen und dann auf meinen Mund. »Es tut mir leid«, sagte er, als er mich in den Armen hielt und mich mit Küssen überschüttete. »Es tut mir so leid.«

»Wo bist du gewesen, Pierre? Warum bist du nicht schon eher zu mir gekommen?« fragte ich, und Tränen des Glücks traten in meine Augen.

Er ließ mich los und trat einen Schritt zurück. Er hatte die Augen niedergeschlagen und den Kopf gesenkt. »Weil ich vermutlich tief in meinem Innern ein Feigling bin, und außerdem bin ich ein schwacher und selbstsüchtiger Mensch«, brachte er hervor.

»Nein, Pierre ...«

»Oh, doch«, beharrte er. »Das läßt sich beim besten Willen nicht beschönigen. Dein Vater ist damals gekommen, und er war aufgebracht und wütend. Ich habe versucht, mit ihm zu reden, ihm alles zu erklären und ihm Dinge zu versprechen, aber ich konnte schnell erkennen, daß er kein Mann ist, dem man mit Worten begegnen kann, und deshalb bin ich vor ihm weggerannt. Ich habe dagestanden und zugesehen, wie er unser Liebesnest in Brand gesteckt hat, und ich habe nichts dagegen unternommen. Als dann die ersten Leute eingetroffen sind, bin

ich nach New Orleans geflohen, habe mich in der Sicherheit meiner Mauern verkrochen und dich im Stich gelassen, es dir überlassen, die Hauptlast zu tragen. Es ist dein gutes Recht, mich zu hassen, Gabrielle.«
»Ich könnte dich niemals hassen, Pierre.«
»Hast du denn nicht viel durchgemacht?«
»Nur insofern, als ich nichts von dir gehört und gesehen habe«, sagte ich lächelnd.
Er schüttelte den Kopf. »Du bist viel zu gut für mich. Ich bin sicher, daß du dich beleidigen lassen mußtest und daß dein Vater ...«
»Er wohnt nicht mehr bei uns im Haus. Er lebt jetzt in den Sümpfen«, sagte ich. »Es ist zu einem furchtbaren Krach zwischen ihm und Mama gekommen.«
Pierre riß die Augen weit auf.
»Wenn es nicht das gewesen wäre, dann wäre etwas anderes passiert«, sagte ich betrübt. »Mama und Daddy haben sich schon seit langer Zeit auseinandergelebt.«
»Ich verstehe. Das tut mir leid. Kurz nachdem dein Vater hier war und ich nach Hause geflohen bin«, fuhr er fort, »habe ich meinem Vater alles erzählt, und dann hat er sich mit Daphne zusammengesetzt, und die beiden haben alles besprochen.«
»Er und Daphne? Du nicht?«
»Erst später. Daphne ist gewissermaßen eingesprungen und sorgt seit dem Tod meiner Mutter für meinen Vater. Sie steht ihm inzwischen sogar wesentlich näher als ich, und jetzt erst recht«, sagte er, und ich konnte mehr Traurigkeit als Bitterkeit aus seinen Worten heraushören.
»Du weißt, daß sie hier war und mich aufgesucht hat?«
»*Oui*. Es hat ihr großen Spaß gemacht, mir von ihrem Gespräch mit dir zu berichten. Jetzt komme ich mir vor, als sei ich ein noch größerer Schurke. Da habe ich dir all diese Versprechen gegeben, was unser Baby angeht, daß ich für euch beide sorgen und mich um euch kümmern werde, und dann überrascht sie mich damit, daß sie dich aufsucht und dich dazu bringt, so etwas zu tun. Aber das sieht Daphne ähnlich«, sagte er. »Sie ist eine ganz bemerkenswerte Frau, die mühelos das Leben aller anderen in die Hand nimmt, nur nicht ihr eigenes.«

»Sie wünscht sich inständig, die Mutter deines Kindes zu sein«, sagte ich.
Er verzog höhnisch das Gesicht. »Was Daphne will, das bekommt sie im allgemeinen auch, auf die eine oder andere Weise.«
»Ich hatte das Gefühl, daß sie das ebensosehr für deinen Vater tut wie für sich selbst und für dich«, sagte ich zu ihm.
Er blickte wieder auf und nickte. »Ja«, sagte er. Er wandte sich ab und schaute auf die Zypressen hinaus. »Ich bin dir gegenüber nicht hundertprozentig aufrichtig gewesen, Gabrielle«, sagte er mit einer Stimme, die so schwach und so bedrückt klang, daß ich unwillkürlich vor seinen nächsten Worten zitterte. »Ich habe dich in dem Glauben gelassen, ich sei ein vornehmer Gentleman, ein Mann von Charakter und gesellschaftlichem Status, aber in Wahrheit habe ich es nicht verdient, mich auch nur in deiner Gegenwart aufhalten zu dürfen, und noch viel weniger habe ich deine Liebe verdient. Oder die Liebe irgendeines anderen Menschen, wenn wir gerade dabei sind.«
»Pierre ...«
»Nein«, sagte er und zog den Kopf zurück, um zum Himmel aufzublicken. »Ich will, daß du verstehst, warum mir das Glück meines Vaters so sehr am Herzen liegt, sogar mehr als, verzeih mir das, bitte, dein Glück und erst recht mehr als mein eigenes.«
Er wandte sich mir wieder zu.
»Der Unfall meines Bruders war kein Unfall. Ja, wir hatten zuviel getrunken, und wir hätten bei einem solchen Wetter nicht rausfahren sollen, und es stimmt auch, daß er all das besser als ich hätte wissen müssen, denn schließlich war er der erfahrene Segler.
Sogar Daphne, mit der ich damals noch verlobt war, hat größere Wut auf ihn gehabt als auf mich. Unsere Heirat war eher eine Art Zweckehe, und die Verbindung zwischen uns hat man als naheliegend angesehen, aber bei ihm konnte sie romantisch sein, lebhaft ... ihm gegenüber hat sie sich verhalten wie eine echte Geliebte«, sagte er.
»Und daher habe ich die Gelegenheit beim Schopf ergriffen, als wir auf den See rausgesegelt sind, ihm Schaden zuzufügen. Ich

habe es augenblicklich bereut, doch es war schon zu spät. Der Schaden war angerichtet. Nur hatte ich einen Schlag ausgeteilt, der meine Eltern noch tiefer getroffen hat als Jean. Meine Mutter hat gelitten und Probleme mit dem Herzen bekommen, ist zur Invaliden geworden und gestorben. Mein Vater ist in tiefe Depressionen versunken, und tatsächlich war Daphne die einzige, die ihn aus seiner Niedergeschlagenheit herausreißen konnte.
»Sie war diejenige, die vorgeschlagen hat, daß wir ins Bayou rausfahren, um auf die Jagd zu gehen. Es war fast so, als hätte sie gewußt, daß ich dich hier finden würde. Das ist natürlich lächerlich, aber trotzdem ... Als sie mir den Vorschlag auf ihre gewohnte geschäftsmäßige Art unterbreitet hat, und als sie mir dann auch noch gesagt hat, wie sehr mein Vater es sich wünscht, konnte ich sie nicht davon abhalten. Ich konnte die Versprechen nicht mehr halten, die ich dir gegeben hatte. Es tut mir leid. Ich habe dich viel tiefer in einen Abgrund hinabgezogen, als du es dir je hättest vorstellen können. Ich habe deine Verachtung verdient, nicht deine Liebe«, schloß er.
»Dazu wird es nie kommen«, sagte ich.
»Ich werde nicht wiederkommen können, um dich zu sehen«, warnte er mich. »Und unser Kind werde ich erst recht nicht zu dir bringen können. Das wäre Daphne gegenüber nicht fair.«
»Ich weiß.«
»Mir ist noch nie ein Mensch begegnet, der so großzügig und liebevoll ist wie du, Gabrielle. Ich wünschte, du könntest mich hassen. Dann könnte ich leichter mit mir selbst weiterleben.«
»Dann bist du dazu verdammt, für immer und ewig zu leiden«, sagte ich zu ihm.
Er lächelte. »Sieh dich nur an«, sagte er lachend. »Du bist hochschwanger«, fügte er hinzu.
»Bin ich jetzt häßlich?«
»Keineswegs. Ich wünschte, ich könnte bei dir sein, deine Hand halten und dich trösten.«
»Du wirst bei mir sein«, sagte ich.
»Ich verspreche dir, daß ich unser Kind ganz fürchterlich verwöhnen werde, denn immer wenn ich es ansehe, werde ich

dich darin sehen, ganz gleich, ob es ein Junge oder ein Mädchen wird«, gelobte er.

Ich nickte, und die Tränen brannten unter meinen Lidern.

»Ich sollte jetzt besser gehen«, sagte er, und seine Stimme überschlug sich.

Wir starrten einander einfach nur an.

»Versprich mir, daß du mir Bescheid geben wirst, wenn du irgend etwas brauchst, ganz gleich, wann«, sagte er.

»Das verspreche ich dir.«

Er kam auf mich zu, und wir umarmten einander. Er küßte mich und hielt mich lange in den Armen.

Und dann wandte er sich ab und ging, bog auf den dunklen Pfad unter den Zypressen ein und verschwand genauso, wie ich es mir vorgestellt hätte, wenn er mein geliebter Geist gewesen wäre. Jahrhunderte schienen vergangen zu sein, seit ich Yvette und Evelyn auf dem Heimweg von der Schule diesen Mythos erzählt hatte.

Aber für mich war es kein Mythos mehr.

Für mich war er wahr geworden.

Epilog

Ich kann mich nicht mehr daran erinnern, wie ich an jenem Tag nach Hause gestakt bin. In einem Moment hatte ich mich für immer von Pierre verabschiedet, und im nächsten saß ich auf Mamas Schaukelstuhl, starrte auf die Straße hinaus und sah zu, wie die Sonne hinter die Baumwipfel sank und die Schatten aus den Wäldern und in mein Herz krochen.
Als Mama auf die Veranda trat und mich dort fand, war sie erstaunt.
»Ich habe dich gesucht, Schätzchen. Wo hast du gesteckt?«
Ich lächelte sie an, gab aber keine Antwort. Einen Moment lang legte sie den Kopf zur Seite und musterte mein Gesicht, und dann trat ein Ausdruck von allergrößter Sorge in ihre Augen.
»Was ist passiert, Gabrielle?« fragte sie mich.
Ich schüttelte den Kopf. »Nichts, Mama«, sagte ich und lächelte weiterhin.
Mama sagte, von jenem Tag an hätte ich mich wie ein Geist durch das Haus bewegt und sei von einem Ort zum anderen geschwebt. Sie sagte, ich sei so leise gewesen, daß sie geglaubt hätte, ich liefe auf Luft. Wenn sie sich plötzlich umdrehte, stand ich neben ihr.
Sie sagte mir, ich sei wieder zu einem kleinen Mädchen geworden, das kein Zeitgefühl hatte und sich mühelos von Vorgängen in der Natur hypnotisieren ließ. Sie sagte, ich hätte stundenlang dagesessen und beobachtet, wie die Bienen Nektar sammelten oder wie die Vögel von einem Ast zum anderen schwirrten. Sie schwor, eines Tages hätte sie aufgeblickt und gesehen, wie ich auf einen Blauhäher zuging. Er floh nicht vor mir. Sie behauptete, ich hätte wenige Zentimeter vor ihm ge-

standen, und er hätte keine Spur von Furcht gezeigt. Sie sagte, dergleichen hätte sie noch nie gesehen.
Ich konnte mich an nichts von alledem erinnern. Die Zeit trieb so unbemerkt an mir vorbei wie die Strömung im Wasserlauf. Ich hörte auf, einen Tag vom anderen zu unterscheiden, und man mußte mich immer zum Abendessen rufen. Auch war ich Mama keine große Hilfe, da ich kaum noch meine Arbeit tat. Wenn ich ihr in der Küche helfen wollte, jagte sie mich fort und sagte mir, ich solle mich ausruhen.
Mir fiel es ohnehin schwer, mich zu bewegen; mein Bauch war so dick geworden, daß ich glaubte, ich würde eines Tages einfach platzen. Mama untersuchte mich fast täglich, manchmal sogar zweimal am Tag, und in ihrem Gesicht drückte sich große Sorge aus. Gelegentlich fand sie Blutflecken auf meiner Unterwäsche, und ich begann, unechte Wehen zu bekommen.
Daddy kam während meines letzten Monats oft vorbei. Dann blieb er vor dem Haus stehen, wartete und kochte vor Wut. Eines Tages, während ich auf dem Schaukelstuhl saß, kam Mama endlich aus dem Haus, um mit ihm zu reden. Sie verschränkte die Arme, stand mit hoch erhobenem Kopf da und sah mit kalten Augen eher durch ihn hindurch und weniger an.
»Ich werde dir Bescheid geben, wann du sie benachrichtigen sollst«, sagte sie. »Gabrielle will es so haben, denn sonst täte ich es nicht. Du wirst dafür sorgen, daß sie die Hütte nicht betreten, hörst du? Ich will nicht, daß sie auch nur einen Fuß auf diese Stufen setzen, Jack. Ich warne dich. Die Schrotflinte wird geladen sein, und du weißt, daß ich nicht zögern würde. Nach der Entbindung werde ich das Baby persönlich zu ihnen bringen.«
»Klar«, sagte Daddy, der froh war, daß sie mit ihm sprach, obwohl von einem echten Gespräch nicht die Rede sein konnte. »Ganz, wie du willst, Catherine. Wie lange wird es noch dauern?«
»Nicht mehr lange«, sagte sie.
»Gut. Ich habe euch Geld mitgebracht«, fügte er hinzu.
»Und ich habe dir gesagt, daß ich keinen Penny von diesem Geld haben will, Jack.«

»Vielleicht will Gabrielle es haben«, sagte er und wies mit einer Kopfbewegung auf mich. Mama sah mich an.
»Ich brauche kein Geld, Daddy«, sagte ich lächelnd. Er sah Mama verwirrt an.
»Geh fort, Jack. Gott sei dir gnädig«, sagte sie zu ihm.
Er erschauerte, als sei er vom Blitz getroffen worden, und dann setzte er seinen Hut auf und stapfte davon. Aber danach kam er täglich wieder, manchmal sogar zweimal am Tag. Mama trat einfach nur vor die Tür und sagte zu ihm: »Heute nicht«, und dann nickte er und ging wieder.
»Ein wahrer Jammer, daß er früher nicht so oft nach Hause kommen konnte«, murmelte sie betrübt.
Fast eine Woche später bekam ich schlimme Blutungen, und Mama wollte, daß ich den ganzen Tag im Bett blieb. Auch die Art Schmerzen, die ich hatte, gefiel ihr nicht. Sie fütterte mich, wusch mich und verbrannte Bananenblätter. Sie betete ununterbrochen und bemühte sich, mich durch eine Maske der Sorge ständig anzulächeln.
»Mir fehlt nichts, Mama«, sagte ich zu ihr. »Bald wird es mir wieder gutgehen.«
»Ja, sicher, Schätzchen.« Sie drückte meine Hand und las mir vor, und manchmal legte sie Schallplatten auf und hörte sich gemeinsam mit mir Musik an. Sie saß da und sprach mehr denn je über ihre eigene Kindheit. Ihre Stimme nahm einen ganz eigenen Rhythmus und eine ganz eigene Melodie an und diente mir oft als Schlafmittel.
Nachts rief ich sie in meinen Träumen, und manchmal rief ich auch nach Pierre. Oft sah ich ihn so, wie er war, als wir einander das erste Mal begegnet waren. Wenn ich lange genug aus meinem Fenster hinausstarrte, kam er in einer Piragua angestakt und blickte lächelnd zu mir auf, oder er stand einfach nur auf dem Anlegesteg. Sein blaues Halstuch wehte immer in der Brise.
Manchmal ertappte mich Mama unvermutet, und sie fragte mich, warum ich weinte. Ich mußte mein Gesicht berühren, um meine eigenen Tränen zu fühlen.
»Weine ich, Mama?«
»O Schätzchen, meine süße kleine Gabrielle«, sagte sie dann und küßte mich.

Fast genau zwei Wochen, nachdem Mama Daddy gesagt hatte, bis zur Geburt sei es nicht mehr lange hin, erwachte ich mitten in der Nacht durch die unglaublichsten Schmerzen, die ich je gehabt hatte. Meine Schreie ließen Mama an meine Seite eilen. Sie zündete die Butangaslampe an und keuchte. Mein Bett war von Blut getränkt.
»O Gabrielle«, rief sie aus und ging, um heiße Handtücher zu holen. Daddy mußte unter meinem Fenster geschlafen haben, denn wenige Momente später stand er vor dem Fliegengitter der Haustür. Ich hörte ihn mit lauter Stimme fragen, was hier vorging.
»Ein Baby kommt«, teilte ihm Mama mit, und er verschwand sofort.
Schon bald, nachdem die Blutung begonnen hatte, kam das Fruchtwasser. Erst in diesem Moment teilte mir Mama die erstaunliche Neuigkeit mit. Sie kniete sich neben mich, nahm meine Hände in ihre und sagte in einem lauten Flüsterton: »Du wirst zwei Babies bekommen, Gabrielle.«
»Was? Zwei? Bist du ganz sicher, Mama?«
»Ich bin schon seit einer ganzen Weile sicher, Schätzchen, aber ich wollte kein Wort sagen, weil ich gefürchtet habe, dieser Halunke könnte sich auf die Socken machen und das andere ebenso schnell verkaufen wie das erste.«
»Zwei?« Mein Herz pochte so heftig, daß mir das Atmen schwerfiel. Mama legte mir ein kühles Tuch auf die Stirn.
»Du willst doch nicht, daß ich beide weggebe, Schätzchen? Es ist ein Segen. Du wirst dein eigenes Kind haben. Diese reichen Leute werden doch nicht alles an sich bringen.«
»Du willst ein Enkelkind haben, Mama?«
»*Oui*«, sagte sie lächelnd, aber in ihren Augen stand auch noch etwas anderes, etwas, was sie sah und was jetzt auch ich sehen konnte. Vielleicht hatte ich doch etwas von der Heilerin in mir, dachte ich.
»Ich verstehe, Mama«, sagte ich.
Mama biß sich auf die Unterlippe und nickte, und Tränen strömten über ihr Gesicht. Dann machte sie sich an die Arbeit. Meine Schmerzen waren so intensiv, daß ich immer wieder das Bewußtsein verlor. Stundenlang zog es sich hin, durch die ge-

samte Nacht. Der Morgen kam, und noch immer war das erste Kind nicht geboren. Mama war vollständig erschöpft.

»Sie kämpfen darum, diese Welt nicht zu betreten«, sagte Mama zornig. »Es scheint, als seien wir weiser, ehe wir geboren werden. Du mußt pressen, Schätzchen«, ordnete Mama an. »Los, mach schon.«

Ich raffte den letzten Rest Kraft zusammen, den ich noch in meinem Fleisch und in meinen Knochen finden konnte, und dann preßte ich. Es schien sich über Stunden hinzuziehen, doch es waren nur wenige Minuten vergangen, als ich den Schrei meiner ersten kleinen Tochter hörte. Das zweite Mädchen folgte gleich darauf, und Mama war vollauf beschäftigt, die beiden zu säubern und sie in Decken zu wickeln, und daher fand sie keine Zeit, sich um mich zu kümmern. Ich war zu erschöpft, um etwas zu sagen, und es gelang mir kaum, die Augenlider offenzuhalten. Sie legte das zweite Baby in meine Arme und nahm das erste an sich. Sie wußte, daß Daddy bereits wartete.

»Ich will mich eilen«, flüsterte sie mir zu, »damit er das andere nicht weinen hört.«

Das kleine Mädchen weinte nicht. Es war, als wüßte es, daß es jetzt still sein mußte, wenn es bei seiner Mutter und seiner Grandmère bleiben wollte. Ich sah in das winzige Gesicht und berührte mit den Lippen die Wange des Babys.

Wenige Minuten später war Mama wieder an meiner Seite. »Es ist vollbracht«, sagte sie. »Möge Gott uns vergeben.«

»Es ist in Ordnung, Mama. Pierre braucht sie auch.«

»Dieser Schurke, den du zum Vater hast, ist mit seinem Geld durchgebrannt. Ich bin sicher, daß er es innerhalb von Tagen ausgeben wird. Er wird es verspielen und vertrinken.«

»Sieh sie dir an, Mama«, sagte ich. »Sie hat rubinrotes Haar.«

»Das hatte ihre Zwillingsschwester auch.«

»Ich möchte sie Ruby nennen, Mama. Ist dir das recht?«

»Selbstverständlich, mein Liebling.« Sie lächelte, und dann verblaßte ihr Lächeln, als sie wieder auf das Bett sah.

»Was ist, Mama?«

»Die Blutung. Ich muß dir das Baby eine Zeitlang wegnehmen, Schätzchen, damit ich mich um dich kümmern kann.«

Die Blutung hörte einfach nicht auf. Mama sagte, das könnte passieren, wenn mehr als ein Baby auf einmal geboren wurde, doch ich konnte ihrem Gesichtsausdruck ansehen, daß die Lage diesmal ernster war als in den meisten anderen Fällen, die sie erlebt hatte.

Ich bemühte mich, wach zu bleiben, doch ich schlief immer wieder ein, und von Mal zu Mal dauerte es länger, bis ich wieder zu mir kam. Tatsächlich bildete ich mir ein, wieder ein kleines Mädchen zu sein und auf meiner Piragua zu treiben. Manchmal lehnte ich mich einfach nur zurück und ließ mich von der Strömung treiben, die selbst bestimmen konnte, an welche Stellen des Sumpfes sie mich führen wollte. Ich lag da, ließ die Sonne auf mein Gesicht scheinen und versuchte, mir auszumalen, wo ich wohl war. Dann setzte ich mich wieder auf und nahm meine Umgebung mit Erstaunen und Begeisterung zur Kenntnis. Da ich ganz still hielt, landete ab und zu ein Silberreiher auf dem Kanu und stolzierte kühn auf und ab. Und einmal kam sogar mein Blauhäher und tat es ihm nach.

Ich hörte, wie Mama meinen Namen rief. Ihre Stimme klang weiter und immer weiter entfernt, und ich wußte, daß es daran liegen mußte, daß ich in dem Kanu trieb.

»Mach dir keine Sorgen, Mama«, hätte ich ihr gern zugerufen. »Mir geht es gut. Ich bin genau da, wo ich sein möchte und wo ich für alle Zeiten geborgen sein werde.«

Ihre Stimme wurde immer dünner.

Das Louisianamoos vor mir sah wieder aus wie die geheime Tür. Mein Kanu glitt darunter hindurch, und dann war ich auf einem kleinen Teich angelangt, an dem mich all meine Vögel erwarteten, um mich zu begrüßen. Am Ufer standen Rehe, und Nutrias huschten fröhlich durch die Gegend. Eine träge alte Schildkröte trieb neben der Piragua her.

Ich spürte, wie ich mich aufsetzte.

Dort, direkt vor mir, stand mein mythischer Geliebter, und seine Schultern schimmerten im Sonnenschein. Als ich näher kam, wurden seine Gesichtszüge klarer und immer klarer, bis ich erkannte, daß es Pierre war.

»Ich habe schon auf dich gewartet«, sagte er und stieg ins Wasser. Er hielt das Kanu fest.

»Ich bin gekommen, so schnell ich konnte«, sagte ich zu ihm.
»Das war nicht schnell genug.«
Wir lachten beide. Er streckte mir seine Hand entgegen, und ich wollte danach greifen, versuchte es wieder und wieder und immer wieder … es gelang mir einfach nicht …
»Gabrielle!« schluchzte Mama. »Meine Gabrielle!«
Ich wandte mich langsam zu ihr um und lächelte sie an. »Es ist alles in Ordnung, Mama. Jetzt geht es mir gut.«
Langsam begann die Welt hinter mir zu schrumpfen und sich zu verfinstern, aber als ich mich wieder zu meinem Geliebten umdrehte, nahm ich nur noch Helligkeit und Wärme wahr.
Ich war zu Hause.
Wahrhaft.
Ich war wahrhaftig nach Hause gekommen.

GOLDMANN

*Das Gesamtverzeichnis aller lieferbaren Titel erhalten Sie
im Buchhandel oder direkt beim Verlag*

★

Taschenbuch-Bestseller zu Taschenbuchpreisen
– Monat für Monat interessante und fesselnde Titel –

★

Literatur deutschsprachiger und internationaler Autoren

★

Unterhaltung, Kriminalromane, Thriller
und Historische Romane

★

Aktuelle Sachbücher, Ratgeber, Handbücher und
Nachschlagewerke

★

Bücher zu Politik, Gesellschaft, Naturwissenschaft und Umwelt

★

Das Neueste aus den Bereichen
Esoterik, Persönliches Wachstum und Ganzheitliches Heilen

★

Klassiker mit Anmerkungen, Anthologien und Lesebücher

★

Kalender und Popbiographien

★

Die ganze Welt des Taschenbuchs

★

Goldmann Verlag • Neumarkter Str. 18 • 81673 München

Bitte senden Sie mir das neue kostenlose Gesamtverzeichnis

Name: _____

Straße: _____

PLZ / Ort: _____